KB000936

가을에 온 여인

박경리 장편소설

다산책방

차례

일러두기

- 의성어, 의태어, 방언 등은 작가의 의도에 따라 원문을 따랐다.
- 방언, 일본어에서 유래된 단어 등은 본문 뒤에 따로 정리해 찾아볼 수 있게 했다.

1. 푸른 저택

간밤에 하숙까지 쫓아와서 결사적인 구애를 한 걸프렌드를 돌려보내느라고 통금 직전에 이르도록 옥신각신한 신성표申性豹는 아침 늦게 눈을 떴다.

꿈자리가 나빴다. 벌판에 우거진 수풀이 물속에서 썩은 것처럼 온통 거무칙칙한 수박색이었다. 손으로 만지니 문적문적 무너졌다. 불쾌한 꿈의 뒷맛을 씹는데 어젯밤의 여자가 연상되었다.

"건방진 계집애."

성표는 배를 깔고 담배를 붙여 물며 중얼거렸다. 별다른 관심을 가지지는 않았지만 여자가 자기를 좋아하는데 불쾌할 까닭은 없었다. 그러나 평범한 얼굴이 교소를 띠며 다가왔을 때 성표는 별안간 주체할 수 없는 염증을 느꼈다. 더군다나 애정을 요구하는 대신 경제적인 후원을 내세운 여자의 말은 가난뱅이 학생인 성표의 비위를 뒤집어 놓고 말았다.

담배 한 대를 다 태운 뒤 부시시 일어난 성표는 세수를 하고 방으로 들어왔다. 좀 치사한 생각이 들었지만 하마 밥상이 들어올까 하고 기다렸으나 하숙집 마누라는 조반을 내놓지 않을 모양이다. 조반 때가 지났을 뿐만 아니라 밀린 하숙비 때문에 차마 밥 달라는 말은 못하고 한참 방 안에서 꾸물거리다가 성표는 외출 준비를 하고 나섰다.

그가 막 신돌 위로 몸을 꾸부리며 구두를 신고 있는데 깡마른 몸매의 하숙집 마누라가 앙상한 표정으로 나타났다.

"조반 안 드시우?"

"네."

조반을 못 내놓겠다는 말보다 마누라의 표정이 더 무섭다고 생각하며 성표는 아무렇지도 않게 대답했다.

"오늘은 돈 받아 오게 되나요?"

"글쎄요……."

"대관절 웬일이오? 전에는 그 색시가 와서 꼬박꼬박 하숙비를 내더니만 요즘에는 코끝도 못 보겠구려. 그 색시 어디 갔수?"

성표는 딱한 듯 시선을 떨어뜨린다.

"수도세도 밀리고 전기세도 밀리고, 매일같이 와서 성화니 야단났어요."

"그러지 않아도 지금 만나러 가는데 어떻게 되겠죠."

"정말 어떻게 해줘야지. 우리네도 흙 파다가 밥 짓는 게 아니니. 그럼 나가봐요."

성표는 대문 밖으로 풀려나왔다. 버스를 타고 시내로 나왔을 때 일요일이라 그런지 극장 앞에는 사람들이 득실거리고 있었지만 녹음이 깃들기 시작한 가로수의 거리는 한적했다.

'시장하다.'

식욕이 왕성한 그는 한 끼를 거른 게 괴로웠다. 어제저녁 때도 친구들과 어울려서 술을 몇 잔 들이켰을 뿐이다.

얼마 동안 거리를 서성거리다가 열두 시가 지난 뒤 성표는 음악 살롱 '싸포'에 들어섰다. 레지가 차를 마시라 재촉할까 봐 구석진 자리를 일부러 찾아 앉았다. 실내에는 〈내 친구에게 내 말 전해다오〉라는 노래를 부르는 스테파노의 목소리가 흐르고 있었다. 성표도 나직이 휘파람을 따라 분다. 불면서 그는 시계를 본다.

약속 시간은 거의 다 돼 있었다. 그러나 정란貞蘭의 약속 시간은 믿을 수 없고, 한 시간쯤 기다릴 각오를 하지 않으면 안 된다. 정란이 약속을 지키지 못하는 것은 성의가 부족한 탓이 아니다. 그의 생활이 약속을 지키도록 돼 있지 않았다.

"아아, 미스터 신 나오셨군."

귀에 익은 여자 목소리에 성표는 반갑잖게 고개를 돌렸다.

'이 계집애가 어젯밤에 여기 나온다 했더니 쫓아 나왔군.'

성표는 좀 머쓱했다.

"어젯밤에는 실례했어요."

"천만에."

성표는 대답하며 여자 곁에 말뚝처럼 서 있는 사나이를 올려다본다.

"그렇지만 오해는 마세요. 그건 재미나는 연극이었으니까요."

계집애는 생글생글 웃는다. 애절하게 사랑을 호소한 어젯밤의 일이 거짓말 같다. 그 멀쩡한 표정에 오히려 이쪽이 당황한다.

"연극이라뇨?"

평범한 얼굴에 다만 아욕我慾이 강하게 느껴지는 얇삭한 입술을 주시하며 성표는 의아하게 되었다.

"호호홋…… 심심하잖아요? 요즘, 때론 말예요, 그런 실없는 장난도 흥미로운 거예요."

나긋나긋한 계집애 손이 얼굴을 거꾸로 쓸어 올린 듯한 모욕을 성표는 느꼈다.

"역시 미스터 신은 현명했어요. 자존심도 강하구요. 그렇지 않았음 큰 망신당할 뻔했지 뭐예요?"

경제적 원조라는 모이를 내밀었다가 성표가 입을 벌리고 다가서면 모이를 홱 낚아채 버린다는 그런 의미의 말인 모양이지만, 계집애가 거절을 당한 보복으로 하는 짓이라 생각하니 성표는 쓴웃음이 절로 나왔다.

"그런 장난질 한 것 미안했어요. 그 보상으로, 어려운 일 있으면 찾아오세요. 조건 없이 도와드리겠어요. 결백한 천재가 돈 때문에 썩어서야 쓰겠어요?"

"뭐라구?"

성표는 오기가 빨끈 났다. 한 대 쳐주고 싶었으나 상대가 여자니 그럴 수는 없었다.

"어머! 왜 화내세요? 선의도 악의도 다 거절이시네요. 호호 홋……."

까드라지게, 그러나 다분히 공허하게 웃다가,

"가세요, 미스터 김."

계집애는 말뚝처럼 옆에 대령하고 있는 사나이의 팔을 잡았다.

"그럼 안녕."

사나이와 팔을 끼고 계집애는 나갔다.

'빌어먹을, 저 따위가…….'

성표는 억지로 화를 삭이며 등을 시트에 기대었다.

돈이 없어서 수모를 당한 일은 많다. 그러나 젊은 여자에겐 처음 당한 만큼, 또 그 자신이 젊은 만큼 기분이 아주 좋지 않았다. 더욱이 그의 결벽성에 대한 비웃음은 그를 견딜 수 없이 불쾌하게 하였다.

방금 나간 최경자崔京子는 K음대 기악과에서 피아노를 전공하고 있었다. 그는 환도한 후, 재목상을 벌이고 재건 바람에 한밑천 톡톡히 잡은 장사꾼의 외딸이었다. 음악 콩쿠르에 입선한 고교 시절의 경력을 보면 재주가 있는 모양이지만 예술은 하나의 몸치장이며 기갈난 사람처럼 명예를 열망하는 그런 여자였다.

'빌어먹을, 다 집어치울까 부다.'

배도 고프고 모욕도 당하니 울적할 수밖에 없다. 경제적 궁핍이 원인이기는 했지만 성표는 성악을 택한 것을 늘 후회하고 있었다. 정란이 벌어들이는, 비참하다면 비참한 그 돈으로 미래의 성악가를 꿈꾸는 일도 떳떳하지 못했다.

성표는 다시 시계를 보다가 테이블 위에 놓인 신문을 슬그머니 집었다. 눈길이 아래로 흩어진다.

성표의 시선이 머문 곳은 구인 광고가 난 광고란이었다.

> 가정교사…… 음대 재학생으로서 피아노, 기타 학습 지도 요망, 단 남학생에 한하며 면담 후 결정. 당방 국민학교 일 학년생.

주소는 구곡리九谷里로 되어 있고, 그 옆에 '푸른 집'이라는 글자가 붙어 있었다.

'가봐야겠다!'

성표는 대뜸 그렇게 생각했다. 국민학교 일 학년이라면 기초를 봐주는 것이니 그 정도의 피아노에는 자신이 있었다. 그러나 가정교사의 괴로운 경험이 두 번 있는 그는 이내 불안을 느꼈다. 사실 성악과 전공이 가정교사의 자격으로서 환영받을 것이 못 되었다. 기악과의 학생들은 웬만큼 실력이 있고 하려고 마음만 먹으면 가정교사로서 아쉽지 않게 용돈을 뜯어 쓸 수 있었건만 성악과 학생들은 소리나 고래고래 지르는 속 빈 족속으로 취급받기 일쑤였으며 가정교사로도 시세가 없었다. 성표가 두 번이나 가정교사 자리에서 쫓겨난 것도 그의 전공이 유죄였는지도 모른다. 그런 데다가 고난 많은 생활에도 불구하고 성표는 영 상식적인 인간이 못 되었다. 아이를 다루는 데는 능하지 못했고 기계적인 되풀이에 그 자신이 견디질 못했다.

'이번에는 음대 학생을 특별히 찾으니까…….'

적응성 없는 자신의 결함을 생각하며 성표는 애써 희망을 걸어보려고 한다.

'하여간 정란이를 만나보고, 그러고서 생각해 보자.'

성표는 다시 신문의 그 광고를 찬찬히 들여다본다.

'푸른 집…… 화원일까?'

교외니까 화원이 아닌가 생각할 수도 있다. 성표는 푸른 집이라는 말이 마음에 들었다.

'화원 하는 사람이 피아노를 두고 가정교사를 청할까? 돈 많은 사람의 별장인지도 모르지.'

그러한 추측은 성표의 희망을 희박하게 했다. 별장에다 푸른 집이라는 이름을 붙였다면 좀 아니꼽다.

'서먹서먹한 겉멋일 게야.'

별장으로 연상하니 왠지 촌스러운, 형식만을 찾는 벼락부자 따위가 그 집에 거만스레 도사리고 있을 것만 같았다.

'마음에 들건 안 들건 네가 무슨 상관이야? 널 누가 당장에 채용이나 한댔어?'

성표는 쓸쓸하게 웃었다.

'하여간…….'

그는 광고를 찢어서 그 조박지를 호주머니 속에 밀어 넣고 담배를 찾았다.

'……? 한 개도 없군. 그놈의 계집애!'

성표는 담배가 떨어진 것이 최경자의 탓이기나 하듯 아까 남기고 간 그 불쾌한 말을 되새기며 오만상을 찌푸린다. 실상 화는 벌써 가라앉았고 경자를 그다지 미워하지도 않았지만.

성표는 신문을 들고 얼굴 가까이 바싹 갖다 붙였다. 무슨 기적이라도 발견하려는 듯 기사를 더듬어 읽어나간다.

살롱 안에는 어느새 음악이 바뀌고 토인들의 북소리가 곁들인 재즈곡이 가라앉은 공기를 흔들고 있었다.

이때 싸포의 도어를 밀고 여자가 들어섰다. 여자는 머리를 한번 흔들고 머리칼을 뒤로 넘기더니 어두컴컴한 실내를 돌아본다. 그의 눈이 성표를 잡자 그쪽을 향하여 뚜벅뚜벅 걸어간다. 검은 드레스를 입은 그 여자는 피곤한 얼굴이었다.

"오빠."

"아아."

성표는 신문에서 얼굴을 들었다. 누이동생 정란이었다.

"신문에 뭐가 났기에 그리 열심이세요?"

"아무것도 아냐."

정란은 하얀 구슬 백을 테이블 위에 내던지듯 놓으며 맞은편 의자에 앉는다.

"오늘은 이르군. 으, 그 얼굴이 왜 그 모양이냐?"

묻기는 하였으나 짐작이 가는 듯 눈에 노여움을 띤다.

"맞았어요. 숭없죠?"

검푸르게 피멍이 든 눈언저리를 정란은 손끝으로 누른다. 은색 매니큐어를 한 뾰족한 손톱이 반짝거렸다.

"그 새끼! 또 행패를 부렸구나. 그만 죽여버릴까 부다."

"그이 잘못이 아니에요."

"그럼 뉘 잘못이냐!"

언제나 그 대답이 돌아오는 것을 뻔히 알면서도 성표는 소리를 바락 질렀다.

"다 제가 그일 좋아한 탓이죠."

눈언저리에서 손을 떼고 정란은 서글프게 웃는다.

"자존심을 좀 가져. 대체 그 꼴이 뭐냐?"

"저에겐 자존심이 없어요."

"언제까지 그런 생활을 계속할 참이냐?"

어떤 말을 해도 현재 그 생활을 청산할 수 없다는 것을 성표는 잘 알고 있었다. 그러나 말하지 않을 수 없었다.

"할 수 없지 않아요?"

정란은 오히려 반문했다.

"맹목적이다."

"애정이란 언제나 그런 거죠, 뭐. 오빠는 몰라요."

정란의 눈에는 눈물이 글썽 돌았다. 성표는 쓰게 입맛을 다시며 누이로부터 시선을 돌린다.

"저도 이제 지쳐버렸나 봐요. 죽고만 싶어요. 하지만 헤어질 수는 없어요. 이렇게 살다가……."

늙은 여자처럼 말하고 눈에 눈물이 괸 채 정란은 피시시 웃었다.

표정은 애잔했다. 얼굴이 자그마한 귀여운 모습이었다. 그러나 수면 부족 탓인지 피부는 거칠고 아이섀도가 짙은 눈, 거기다가 피멍까지 들어 일종의 퇴폐미를 발산하고 있었다.

"차 안 드시겠어요?"

레지가 정란을 힐끔힐끔 쳐다보며 물었다.

"밀크 두 개."

정란은 말하고 성표 어깨 위에 눈을 주었다.

성표와 정란 오누이는 타고난 미성美聲의 소유자였다. 그들의 슬프고 외로운 생장 속에서 그 아름다운 목소리는 더욱 가꾸어졌는지도 모른다.

현재 정란은 재즈 싱어였다. 그러나 유명해진 가수는 아니었다. 카바레로, 댄스홀로 흘러다니며 밤의 환락을 찾는 손님들을 위하여 노래 부르는 이름 없는 가수였다. 하루살이 같은 그런 인생의 뒤안길에서 그가 얻은 것은 내일의 희망이 없는 오늘

만의 생활이었던 것이다. 성표보다 두 살 아래인 스물넷의 나이지만 정란의 인생 경험은 성표보다 풍부하다면 풍부하고 곡절이 많다면 많았다. 그것은 또한 감정의 핍박을 뜻하는 것이기도 했다.

"오늘은 눈이 이래서 나가지도 못 하고 하루 허탕 치는군요."

정란은 화제를 돌리며 우울하게 뇌었다.

한동안 멍하니 앉았던 정란은 생각난 듯 핸드백을 열었다. 그리고 돈을 꺼내어 성표 앞으로 밀어내며,

"이거 오천 환이에요."

"……."

"어떻게 만 환이라도 만들어 올려고 했었는데 마셔버렸지 뭐예요."

그의 애인 김세형金世炯의 술값으로 나가버렸다는 얘기다.

"우선 아쉬운 대로 잡비나 하세요. 하숙비는 어떻게 또 마련해 보겠어요."

"……."

"아아, 빨리 여름이나 왔음…… 피서지에서 한몫 볼 텐데…… 파라다이스의 매니저하고 쌈했기 때문에 요즘엔 영 융통할 길이 없군요."

변명 비슷하게 말했다. 성표는 이렇다 저렇다 말없이 우두커니 앉아 있을 뿐이었다.

'그 녀석하고 나하고 뭐가 달라? 기생충이기는 매일반 아

닌가.'

성표는 돈을 집어넣을 생각도 않고,

"담배나 하나 다오."

누이에게 손을 내밀었다. 그들은 묵묵히 담배를 나누어 붙여 물었다.

지금 정란은 김세형과 동서생활을 하고 있었다. 세형은 본시 권투선수였으나 현재 그 길에서 빗나가 깡패로 타락한 사나이였다. 그러나 악당은 아니었다. 다만 바람이 많고 모질지 못하면서도 그런 타락된 생활을 멋으로 오해하고 살아가는 일종의 허풍선이.

〈목포의 설움〉이니 〈눈물 젖은 두만강〉이니 하는 가요가 유행했던 시절, 장안의 기생들이 다투어 가수에게 사랑을 바치던 그런 낭만의 풍조를 이어받았음인지 김세형은 인기 직업인 선수생활에 있어서 실력 배양은 등한히 하고 연애사업에 분주하였기 때문에 결국 선수 생명이 끊이고 말았던 것이다. 우연한 기회에 정란을 알게 되어 동서생활을 시작한 뒤에도 그는 여전히 남의 여자에게 한눈팔기에 바빴다.

그러나 다정다감한 그는 정란에게도 잘할 때는 기막히게 잘했다. 어떻게 해서 돈이라도 좀 생기면 입심 좋은 장거리 장사치에게 걸려들어 치맛감이다 저고릿감이다 하고 끊어와서는 빛깔이 어떠냐 천이 어떠냐 하며 웃는 것이었다. 그러나 비싼 값을 치르고 사 온 물건들은 대개 엉터리없는 것들이었다. 이같이 다정하면서도 며칠이 못 가서 그는 정란의 시계를 끌러 가고 반지를 뽑아 가고, 심지어 밥벌이의 밑천인 드레스까지 전당포로 들고 가는 사나이였다. 확실히 나이브한 사나이다. 그러나 아무짝에도 쓸모없는 인간임에는 틀림이 없다. 이러한 세형을 정란은 미칠 듯 사랑하고 있었다.

그 서글서글한 모습과 바람둥이지만 여자를 사랑할 줄 아는 그 심정에 정란은 홀딱 빠지고 만 것이다. 질투 때문에 매도 많이 맞았고, 어떤 때는 걸치고 나갈 옷이 없어서 슈미즈 바람으로 쭈그리고 앉은 채 한밤을 지새운 일도 있었다. 그러나 전당포에 옷을 잡힌 돈으로 밤새껏 돌아다니다가 새벽녘에 술에 전 몸으로 사나이가 돌아오면 밤을 지새며 겪은 고통도 잊고 그저 반갑기만 한 정란이었다. 정란의 생활이 이같이 허황하니 자연 성표에 대한 마음씀이 섬세해질 수밖에 없었다.

성표로 말하면 고등학교 때의 음악 선생이 그의 자질을 아까워한 나머지 상당한 무리를 해서 그를 음대에다 밀어 넣었던 것이다. 그러나 불행하게도 성표가 음대에 들어간 지 이 년이 채 못 되어 그 음악 선생은 급환으로 돌아가고 말았다.

학자의 길이 끊어진 성표는 결국 별도리 없이 군대에 뛰어들어 갔었고 복무를 끝내고 서울로 돌아왔을 때 어느 회사의 타이피스트로 다니고 있었던 정란은 재즈 싱어가 되어 있었다. 정란은 성표를 만나자 첫마디 하는 말이 학교로 돌아가라는 것이었다.

"자신이 없어졌어."

성표는 먼 곳에 시선을 던지며 중얼거렸다. 격렬한 몸짓을 하며, 남을 위하여 화려한 조명 밑에서 병든 장미처럼 노래를 부르는 정란의 애처로운 모습이 떠올라 왔다.

"네가 하는 그 일자리 나에게도 하나 구해다오."

성표는 시선을 먼 곳에 둔 채 다시 중얼거렸다.

정란은 아무 말도 못하고 울었다. 결국 성표는 비겁한 생각이 들었지만 정란의 울음에 설득되어 학교로 돌아갈 수밖에 없었다.

정란은 담배를 비벼 끄고 다 식어버린 밀크 잔을 들었다. 실업자의 집합소 구실밖에 못하는 음악 살롱에는 그래도 바쁜 듯 수시로 젊은이들이 들락거리고 있었다. 성표는 정란이 내놓은 오천 환 중에서 천 환짜리 한 장만 뽑아가지고 호주머니 속에 넣었다. 그리고 나머지는 정란 앞으로 도로 밀어낸다.

"……?"

"넣어두어라. 아마 일자리가 생길 모양이야."

"일자리요?"

정란의 목소리는 한 옥타브 높았다.

"음."

성표는 부득불, 신문에 난 광고에 희망과 기대를 걸지 않으면 안 되게 되었다.

"어딘데요?"

"가정교사지, 뭐."

정란의 얼굴에는 안도의 빛이 엷게 돌았다. 사실 그에게는 지금 미장원에 갈 돈도 없었다. 몽땅 털어온 것이 오천 환이었던 것이다.

"그렇지만 전에도……."

"아, 아냐, 이번에는 특별히 음대 학생을 원하고 있으니까."

성표는 정란의 불안을 급히 지우듯 말했으나 내심으로는 딱하기도 하고 우습기도 했다.

"그럼 천 환만 저 주세요."

정란은 성표처럼 천 환만 빼고 나머지를 밀어냈다.

서로 양보하는 그들의 심정은 아름답다기보다 한층 서글프고 가련한 것이었다.

"너, 점심 했니?"

"아뇨."

"그럼 그 돈은 집어넣고 점심이나 사라."

성표는 벌떡 일어섰다. 밖으로 나온 그들은 허술한 중국집으로 들어갔다. 짜장면 두 그릇을 시켜놓고 성표는 웃저고리를 벗으며,

"생활비는 있니?"

무심히 한 말이었으나 하고 보니 싱겁기 짝이 없다. 뻔한 일을 새삼스럽게 물어볼 필요가 없었던 것이다.

"제 걱정은 마세요. 정 어려워지면 그이가 어떻게 마련해

와요.”

성표는 피멍이 든 눈언저리를 쳐다보며 말이 없다. 뜬기기만 하고 믿을 수 없는 남자를 그래도 의지하려 드는 정란이 밉기보다 애처로웠던 것이다.

“내일이라도 홀에 나가기만 하면 그럭저럭 돌아가요.”

아까 한 자기 말이 제 깐에도 미덥지 못하였던지 정란은 말을 덧붙였다.

짜장면 두 그릇이 들어왔다. 정란은 소독저를 싼 종이를 천천히 벗기면서,

“제 잘못인 줄 알아요.”

“…….”

“그런 사람 좋아한 것.”

“…….”

“하지만 그인 나쁜 사람 아니에요. 직업을 잘못 택한 것뿐예요. 저 같은 처지…… 그런 사람 아니면 누가 상대나 해주겠어요?”

“그만둬. 자, 어서 먹자.”

성표는 짜장면 그릇을 잡아당겨 양념을 고루 묻히지도 않고 후딱후딱 먹는다.

“배고프셨군요.”

“음.”

“아침 안 드셨어요?”

"아니."

"하숙집 마누라가 싫은 소리 하죠?"

"별로."

"여간 아니던데……."

성표는 국수 가락을 훌 빨아올리며 그 말 대답은 하지 않는다.

"제 몫 덜어드릴까요?"

"너 다 안 먹을래?"

"전 생각이 별로 없어요."

"그럼 덜어다오."

성표는 너무 시장하여 땀을 뻘뻘 흘리며 먹는다.

"요다음 등록금 걱정은 하지 마세요. 계 하나 들어놨어요."

"내 걱정은 말라니까…… 가정교사로 간다잖아."

짜증을 낸다. 성표는 까닭 모를 울분이 끓어오름을 느낀다. 누이 덕으로 학교를 마쳐보겠다는 자기 자신에 대한 울분이었는지도 모른다. 애인에게나 오빠에게나 착취를 당하면서 그저 미안해하고 자기 잘못으로만 돌리는 착한 정란의 천성에 대한 울분이었는지도 모른다.

정란은 식욕이 없는지 얼마 안 되는 짜장면을 젓가락 끝으로 말면서,

"불안해요."

"뭐가?"

"오빠가 그만 학교에서 뛰쳐나오실까 봐."

"졸업한다고 무슨 수가 나겠나?"

"외국에나 다녀와야 한국에선 행세를 하나 보죠?"

"애당초부터 나에겐 사치였어."

그들은 짜장면 그릇을 비웠다. 성표는 땀을 닦고 정란을 물끄러미 바라보다가,

"너 왜 그리 말랐니?"

"말랐어요?"

"응, 어디 아프냐?"

"몸이 좋지는 않아요."

며칠 전에 정란은 인공유산을 했다. 벌써 두 번째 일이었다. 정란은 으스스 몸을 떨며,

"우리 부모도 죄가 많죠? 기르지도 못할 자식을 왜 낳았을까?"

처음으로 정란의 얼굴에는 노여운 빛이 돌았다.

"지나간 얘기 말할 필요 없다!"

정란의 눈에는 눈물이 가득히 괴었다. 어릴 때부터 울기를 잘하여 고아원 보모에게 구박도 많이 받은 정란이었다.

수술을 끝낸 그날 밤에도 피치 못할 사정으로 홀에 서서 노래를 부르며 정란은 하염없이 눈물을 흘렸던 것이다.

"나가자."

성표는 양복저고리를 걸치며 일어났다. 미도파 앞에서 그들은 헤어졌다.

성표는 돌아가는 정란의 뒷모습을 묵묵히 지켜보다가 돌아섰다. M동행 버스를 타려고 버스 정류장으로 발길을 옮긴 성표는 무엇이 눈에 띄었는지 얼굴빛이 약간 달라진다.

'새끼가!'

노여움을 깨물며 성표는 시선을 돌려버린다. 그러나 그쪽에서도 성표를 본 모양으로 재빨리 외면을 했다. 무척 당황하는 표정이다. 사나이는 감색 티셔츠 위에 말쑥한 연회색 춘추복을 걸치고 있었다. 어깨가 쩍 벌어진 늠름한 체격이다. 턱 아래 흉터가 있기는 했지만 눈이 서글서글한 호남아다. 다름 아닌 정란의 애인인 김세형, 바로 그 사람이었던 것이다. 그는 얼굴을 돌린 채 달아나듯 급히 걸어간다.

성표는 마침 굴러온 M동행 버스에 훌쩍 올라탔다. 버스는 이어 떠났으나 을지로 입구에 이르렀을 때 붉은 신호등에 걸려 멎었다. 손잡이에 매달린 성표는 무심코 차창 밖을 내다보았다. 방금 도망치듯 가버린 세형이 역시 신호에 걸려 서 있었다.

M동 종점에서 버스를 버린 성표는 구곡리로 가는 버스를 갈아탔다. 구곡리에 이르자 그는 다시 버스를 버렸다.

성표는 광고 조박지를 들고 부근에 사는 사람들에게 푸른 집을 물었다.

"저리, 저쪽으로 곧장 들어가 보슈, 숲속으로."

성표가 묻는 말에 밭에서 일을 하고 있던 일꾼이 일어서며 가르쳐주었다. 일꾼이 가리킨 곳은 온통 푸른 숲이었으며 집이라곤 한 채도 보이지 않았다.

"저기에도 집이 있습니까?"

미덥지가 않아 다시 물어본다.

"있다마다요. 대궐 같은 집이 있죠. 그 댁엔 아주 사나운 개가 많죠. 말만 한 개가 있어요."

개에게 혼이 났는지 묻지도 않은 말을 특별히 덧붙여 준다. 성표가 돌아서는데,

"오늘은 웬일인고? 벌써 세 사람째구먼. 집 가르쳐주다가 허기 들겠구먼."

일꾼의 혼잣말이 들려왔다.

'벌써들 간 모양이구나. 헛걸음하겠는걸.'

성표는 맥이 풀렸다. 꼭 되리라 믿고 찾아온 것은 아니지만 먼저 간 사람들이 있고 보니 혹시나 하는 희망마저 엷어지는 것이었다.

오리나무, 전나무, 벚나무 그리고 산목련 같은 잡목이 우거진 숲 사이로 성표는 들어섰다. 완만한 경사를 이루고 있는 꽤 폭이 넓은 백토 길을 따라 올라간다. 잘 닦여진 길 양켠의 잡목이 짙은 그늘을 드리워주어 마치 터널 속을 가는 것 같았고 바람이 없는데도 한기가 들 만큼 써늘했다. 숲속에서는 이따금 꾀꼬리가 또르르 울었다. 신기하고 상쾌한 기분이다. 그러나 일말의 불안이 성표의 마음을 무겁게 누르고 있었다.

'대체 이 골짜기에 무슨 집이 있다는 거야?'

너무나 조용했다. 꾀꼬리의 울음은 오히려 고요를 더하는 듯했다. 성표는 영화의 어느 장면 속에 자신이 있는 것 같은 착각이 들었다.

'이런 곳에서 강도나 만나면 꼼짝 못 하겠구나. 그런데 국민학교 일 학년 아이가 여기서 학교를 어떻게 다닐까?'

잡목이 뜨문뜨문해지고 전망이 차츰 트였다. 그러자 마침 저켠에 묵직한 청동빛 철문이 보이기 시작했다. 철문 앞에까지 가서 발을 멈춘 성표는 기가 팍 죽고 말았다.

"굉장하구나!"

대궐 같은 집이 있다는 일꾼의 말을 듣기는 했지만 이렇게 장려한 대저택이 있을 줄은 상상도 못 한 일이었다. 잘 가꾸어진 정원수에 둘러싸인 아득한 저켠에 녹색 지붕을 쓴 하얀 이 층 양관이 우뚝 서 있었다.

'영문도 모르고 왔었구나. 명함도 못 들여놓겠다.'

성표는 멍하니 정원 안을 바라보았다. 이따금 정원수에 모여든 새들이 오후의 긴 울음을 뽑을 뿐 사람의 기척 하나 없어, 고요 속에 사방은 묻혀 있었다. 하기는 그 넓은 뜰에 사람이 나와 있다 하더라도 문밖에까지 기척이 새어 나올 리 만무다. 흰 구름이 녹색 지붕을 거쳐 서쪽으로 유유히 흘러간다.

'밑져야 본전이다. 이왕 예까지 왔으니까 한번 부딪쳐 보자.'

성표는 문기둥에 박힌 벨을 눌렀다.

'도대체 이 벨의 줄은 어디까지나 늘어졌을까?'

집 안에까지 도저히 기별이 가지 않을 것만 같아서 성표는 난폭하게 누르고 또 누른다. 한참 만에 몸이 건장한 중늙은 사나이가 어슬렁어슬렁 나타났다. 눈이 부리부리하고 그다지 인상이 좋지 않다. 그는 큰 문 옆에 붙은 작은 문을 따고 얼굴을 내밀며,

"어디서 오셨소?"

말투가 퉁명스럽다.

"신문 보고 왔는데요."

성표는 아따 내 모르겠다는 기분으로 그다지 공손치 못한 말투로 응수했다.

"지금 주인마님이 안 계시오."

"언제 돌아오시죠?"

그 말 대답은 하지 않고,

"아침에 나갔소."

사나이는 더 이상 말하지 않았다. 아예 관심 없이 문을 닫아버린다. 그는 나올 때처럼 어슬렁어슬렁 걸어갔으나 양관 쪽으로 가지 않고 도중에서 옆으로 꺾어져 모습을 감추었다. 성표는 자기도 모르게 목을 길게 뽑아 사나이가 사라진 곳을 눈여겨보았다. 연둣빛이 보송보송한 은행나무 뒤에 푸른 페인트칠을 한 판잣집 하나가 숨겨져 있었다. 관공서의 수위실 비슷했으나 좀 커 보였다. 문지기가 대기하고 있는 장소인 모양이다.

'굉장하군, 굉장해.'

성표는 문지기에게 냉담한 대접을 받은 것도, 가정교사의 직을 얻기 위하여 이곳까지 찾아온 일도 잊고 굉장하다는 말만을 마음속으로 연발하였다.

영화에서, 혹은 외국잡지 같은 데서 볼 수 있었던 그 세련된 양관은 마치 요지경처럼 기울어지는 서쪽의 햇빛을 받으며 넋 잃은 사람같이 서 있는 성표를 멀리서 바라보고 있는 것이다. 균형이 잡힌 그 아름다운 건물은 여왕처럼 우아하게 느껴지기도 하고 호숫가에 날개를 잡은 백조처럼 청초하기도 했다.

'대체 이 집에는 어떤 족속들이 살고 있을까? 고관? 재벌?'

반감을 가져볼 겨를이 없었다. 모든 아름다움은 그를 위압하고 신비한 기분까지 들게 하였다.

'내가 사는 세계하고는 하늘과 땅 차이로구나.'

떠날 줄 모르고 우두커니 서 있는 성표 등 뒤에서 별안간 부드러운 클랙슨이 울려왔다.

"아!"

성표는 소스라쳐 놀라며 철문 앞에서 얼른 물러섰다. 불식간에 무슨 잘못을 저지른 사람처럼 얼굴이 붉어졌다. 무안했다.

에메랄드빛과 우윳빛의 앙상블로 된 고급 승용차가 점잖게 멈추고 있었다. 문지기보다는 좀 젊었으나 역시 늙수그레한 운전사가 핸들 위에 양손을 얹고 단정한 자세로 문 쪽을 바라보고 있다. 집 안을 기웃거리고 있던 낯선 청년에게는 아무 관심도 없는 양 한 번도 거들떠보지 않는다. 뒷자리에는 누가 타고 있는 눈치였지만 차일로 창문이 가려져 있어 어떤 사람이 타고 있는지 알 수 없었다.

이윽고 문지기가 쫓아 나왔다. 무거운 철문이 비거걱 소리를 내며 입을 떡 벌렸다. 자동차는 천천히 안으로 미끄러지고 문은 다시 굳게 닫혀졌다.

성표는 발길을 돌렸다.

"나는 은쟁반에다 음식을 담아 먹고 사는 족속들하곤 인연이 없는 중생이다."

성표는 자신의 서글픈 독백에 스스로 멋쩍음을 느껴 픽 웃는다. 그러나 저택의 내부가 어쩐지 궁금했다. 그 속에 어떤 사람이 살고 있는지 그것은 더욱 궁금한 일이었다.

"가만히 있자."

걸음을 멈추었다.

"방금 들어간 자동차에 주인이 타고 있었을 게 아니냐?"

그는 급히 되돌아가서 아까보다 더 오랫동안 벨을 눌렀다. 귀찮은 듯 문지기가 이마에 여덟 팔 자를 긋고 나온다.

"주인께서는 아직 안 돌아오셨습니까?"

문지기는 투덜댈 듯 성표를 쳐다보다가 느린 동작으로 작은 문을 열어주며 들어오라고 손짓했다.

"곧장 들어가 보슈."

양관 쪽을 가리켰다.

성표는 자동차 바퀴의 자국이 난 길을 걸어 올라갔다. 양관 앞에 다다랐을 때 자동차는 이미 차고로 들어갔는지 보이지 않았고, 거무스름한 벽돌로 싼 포치 위에 나무 질이 고운 도어가 성표를 냉랭히 맞이하고 있었다.

먼 곳에서 개 짖는 소리가 아슴푸레 들려왔다. 성표는 야릇한 흥분을 느끼며 또다시 벨을 눌렀다. 벨이 안으로 울리고 있는 것을 손끝의 촉감으로 느끼며 가만히 귀를 기울였다. 한참 후 희미한 발소리가 들려왔다. 문이 열렸다. 머리를 짧게 깎은 소녀가 기웃이 내다본다.

코언저리에 주근깨가 송송 솟은, 그러나 분홍빛 피부의 아주 귀여운 얼굴이다. 소녀는 무슨 용무냐는 듯 성표를 쳐다본다. 왠지 먼저 입을 떼기가 싫었다. 그 역시 소녀와 마찬가지로 빤히 쳐다볼 뿐이다.

"어디서 오셨어요?"

상냥스러운 어감이다.

"신문 보고 왔습니다."

또박또박 끊듯 대답한다.

"아아."

소녀는 알았다는 시늉으로 고개를 끄덕였다.

"들어오세요."

성표는 소녀를 따라 넓은 홀로 들어갔다.

"잠깐만 여기서 기다리세요."

소녀는 굽이 높은 구식 의자에 앉기를 권한 뒤 돌아섰다. 그러나 몇 발짝 안 가서 그는 몸을 돌렸다.

"부인은 말이 많은 사람을 싫어해요. 되도록 묻는 말에만 간단히 대답하세요."

소녀는 그렇게 말하며 미소를 띠었다. 듣기에 따라서 퍽 당돌한 말이다. 그러나 소녀의 미소는 밝고 깨끗했다. 성표의 얼굴에도 저절로 미소가 떠올랐다. 그는 알았다는 뜻으로 고개를 끄덕여주었다.

소녀는 상체를 약간 흔드는 듯하며 홀 서편 쪽 위로 뻗은 널찍한 층계를 밟고 올라간다. 층계가 왼편으로 꾸부러진 곳을 돌 때 소녀는 난간에 손을 얹고 성표가 있는 곳으로 한번 눈을 주었다. 마침 층계 맞은편 창문에서 쏟아지는 석양이 레몬빛 스웨터와 쥐색 스커트를 입은 소녀의 모습을 아름답게 물들였다.

소녀가 이 층으로 사라지자 성표는 안도의 숨을 내쉬며 홀 안을 둘러본다. 들어올 때는 얼떨결에 눈에 띄지 않았는데 콘크리트 블록으로 지석지석 쌓아올린 벽에 눈이 끌렸다. 그 블록 벽 한 구석에는 페치카가 있었고 페치카 위에는 꽃도 없는 꽃병이 덩그렇게 놓여 있었다. 비스듬히 걸려 있는 두 폭의 그림도 잿빛 벽의 빛깔과 마찬가지로 칙칙하게 어두운 그림이었다. 천장만은 계란빛이 살짝 도는 흡음吸音 텍스로 되어 있어 어두운 홀의 유일한 밝음이었다.

'괴상한 멋이다.'

그러나 성표는 잿빛이 싫었다. 우아한 건물의 외모하고 너무나 동떨어진 내부라 생각하였다. 의자랑 탁자, 그 밖의 비품들도 고물처럼 낡아 보였고 채색도 어두웠다. 그리고 훌렁하게 넓은 홀에 비하여 엉성한 느낌을 준다.

성표는 창밖으로 눈을 돌렸다. 열어놓은 창문 사이로 그윽한 향내가 풍겨왔다. 그 냄새는 테라스 위에 올려진 백등白藤에서 풍겨온 것이었다. 하얀 꽃이 마치 포도송이처럼 주렁주렁 매달려 있었다.

'호오? 저 등나무의 꽃은 희다?'

백등을 처음 본 성표는 신기하게 생각하였다. 소녀는 좀처럼 내려오지 않았다. 조용하다. 활짝 젖혀놓은 커튼이 간혹 흔들릴 뿐이다. 성표는 집 안에 혼자 있는 것 같은 느낌이 들었다. 그것은 또한 현실이 아닌 듯한 느낌이기도 했다.

한참 후 소녀는 가벼운 걸음걸이로 내려왔다.

"올라가실까요? 부인께서 만나 뵙겠다고 하십니다."

성표는 일어섰다. 소녀는 앞서 층계를 밟았다.

"부인은 냉정한 분이세요."

뒤돌아보지도 않고 소녀는 풀쑥 말하였다. 성표는 의아하게 소녀의 뒷모습을 올려다본다.

"아랫사람에게도 말을 거시는 일이 별로 없어요. 모두들 그분을 두려워하고 있지요."

아까의 당돌한 충고에 대한 변명 같기도 했다. 잘 아는 사람끼리 무심히 주고받는 말 같기도 했다. 그러나 소녀의 말투가 신중하여 처음 만난 사람에게 부인의 성격을 말하는데도 경솔한 감은 조금도 없었다. 다만 부인에 대한 소녀의 감정이 좋은지 나쁜지 그것은 헤아리기 어려웠다.

"부인은 정말 신비스런 분이에요."

소녀는 역시 뒤돌아보지 않고 말하였다. 그 말은 부인을 존경하는 뜻으로 들렸다. 그러나 비꼬는 것 같기도 했다. 성표는 종내 아무 말도 하지 않고 층계를 밟아 올라갔다. 소녀는 오히려 침묵을 지키는 성표를 만족하게 여기는지 가벼운 발걸음으로 이 층에 올라섰다.

청동빛 난간이 쭉 둘러진 발코니로 소녀는 나갔다. 성표도 따라 나갔다. 정원이 한눈에 내려다보인다. 햇볕이 엷어진 탓인지 비단처럼 쫙 깔린 잔디가 한결 푸르렀다.

도어 앞에까지 온 소녀는,

"어쩌면 댁은 합격하실 거예요."

돌아보며 좀 장난스럽게 웃었다.

"말을 통 하지 않아서 그렇습니까?"

성표는 처음으로 입을 떼고 소녀의 웃음에 화합하듯 미소 짓는다.

"그 점도 있구요."

소녀는 도어를 민첩하게 싹 열었다.

"자, 어서 들어가 보세요."

성표는 방으로 들어갔다. 여인은 천천히 얼굴을 들었다. 쓰고 있던 안경을 벗어 데스크 위에 놓는다. 성표가 방 안으로 들어갔을 때 그 여인은 책을 펴놓고 읽고 있었던 것이다.

여인의 쏘는 듯 강렬한 시선이 성표 이마 위에 박혔을 때 전신에 전율이 뻗치는 것을 성표는 느꼈다.

"앉으세요."

낮게 울리는 목소리에 정신이 바짝 들어 성표는 앞으로 나갔다. 창가에 놓인 의자에 엉거주춤 앉는다.

"으으으응!"

여인의 발부리에 도사리고 앉아 있던 스패니얼 한 마리가 조르르 달려 나오며 이빨을 드러낸다.

"베시, 가만!"

여인이 나무라자 비단실같이 부드럽게 굽슬어진 검은 털을 흔들며 개는 방바닥에 납작 엎드린다. 그러나 심술궂은 사람의 눈 같은 검은 눈동자가 적의를 품고 성표를 노려본다. 고양이만 한 작은 개였으나 과히 기분이 좋지 않았다. 여인은 성표가 앉은 맞은편 자리로 옮겨 앉았다. 주름을 담뿍 잡은 실크의 드레스는 어두운 보랏빛이었다. 부드럽게 착 달라붙은 드레스의 보랏빛은 희고 포스라운 여인의 피부에 묻어나올 듯 아련했다.

'신비스럽다기보다 무섭다.'

여인은 싸늘한 눈초리로 성표를 바라보았다. 천착하는 눈빛은 아니었으나 냉혹했다.

성표는 자기를 채용할 사람이 남자인지 여자인지 그런 것을 생각할 겨를도 없이 찾아왔던 것이다. 문지기는 주인마님이라 했고, 소녀는 부인이라 불렀다. 그리고 신비스러운 사람이라고 했다. 그러나 그런 말로 하여 호기심을 가질 만큼 성표의 마음이 한가하질 못했다. 그들의 말로 미루어 중년 부인이리라는 막연한 생각은 했었다.

성표는 지금 마주 앉아 있는 여인으로부터 받은 인상을 무어라 형용할 수 없었다. 연령을 헤아리기 어려웠으나 하여간 젊었다. 그러나 성표가 여인으로부터 받은 일별에서 전율을 느낀 것은 그 여자의 젊음과 일찍이 본 일이 없는 그 미모 때문은 아니었다. 찬바람이 얼굴을 확 덮치는 듯한 괴기한 분위기, 굳이 형용한다면 처절한 표정에서 온 것이었다.

"음대에 물론 계시겠죠?"

알토가 나직이 울려 퍼진다.

"네."

"피아노를 전공하세요?"

"아, 아닙니다."

"그럼?"

냉혹한 눈에 의아한 빛이 돌았다.

"성악입니다. 하지만 피아노도 했습니다."

성표는 당황했다. 여인은 잠자코 창가로 눈길을 돌렸다.

'틀렸구나!'

성표는 할 수 없다고 생각했다. 그렇게 마음을 먹고 보니 여유가 좀 생겼다. 여인은 얼굴만이 시야 가득히 들어왔었는데, 이제는 맞은편 벽 가득히 채워진 서적들이 눈에 보였다. 무지무지하게 많은 책들이었다.

그 서적과 데스크 위에 벗어놓은 안경과, 냉혹한 눈을 지닌 여인, 종잡을 수 없는 상황이 눈앞에 빙글빙글 돌았다. 서적은 퍽 다양하였으나 그중에서도 경제학과 사회학에 관한 원서가 가장 많이 눈에 띄었다.

'설마 이 여성이 경제학자는 아니겠지.'

성표가 여유를 가지고 살피고 있는데 여인이 무표정한 얼굴을 돌렸다.

"언제쯤 오시겠어요?"

무감동한 목소리였다. 순간 성표의 굵은 목덜미에 피가 부풀어 올랐다. 그는 자기도 모르게 흥분하고 말았던 것이다.

"내일이라도……."

"……."

"저, 저에겐 지장이 없습니다."

"하숙에 계셔요?"

"네."

"가족은 그럼 시골에?"

"누이동생이 하나 있을 뿐입니다."

그 말을 했을 때 성표는 자기의 환경이 과연 이 집의 가정교사로서 적당한가를 얼핏 생각했다. 그런 것을 꺼리는 까다로운 사람도 더러 있었기 때문이다.

"부모님은 돌아가셨어요?"

이쯤 되면 실토하지 않을 수 없다. 성표는 상대방의 눈을 응시했다.

"저희 남매는 고아원에서 자랐습니다."

길고 모양이 좋은 성표의 눈썹이 치올라 갔다. 여인의 눈에 희미한 감정의 그림자가 일순간 이는 듯했다. 성표는 시선을 떨어뜨렸다. 탁자 아래 여인의 조그마한 발이 보였다. 드레스와 같은 천에다 청자색 수를 놓은 실내화가 꼭 맞는 발은 날씬하고 예뻤다.

찬물을 끼얹은 듯한 괴이한 분위기와 냉혹한 눈빛과는 반대로 사랑스러울 만큼 예쁜 발을 보았을 때 성표는 이성異性을 느꼈다. 그것은 묘한 정감이었다. 그는 당황하며 얼굴을 들었다. 여인은 성표의 마음을 꿰뚫듯 쳐다보고 있었다. 성표는 더욱더 당황한다.

"사례는 한 달에 오만 환 정도로 생각하고 있어요."

"네?"

"의향이 어떠신지……."

"고, 고맙습니다."

"그럼 그렇게 아시고 내일부터라도 오세요."

용건은 이제 끝났다는 듯 여인은 몸을 일으켰다. 얼마 동안이

나 견디어 배길지 모르는 일이지만 성표는 우선 살았다고 생각했다. 성표는 다시 한 번 인사를 하고 자리를 떴다. 여인은 종내 미소 한 번 띠지 않았다.

도어를 밀고 밖으로 나왔을 때 성표는 고무줄로 얽어매는 듯한 압박감에서 풀려난 느낌이 들었다. 그와 동시에 오만 환이란 숫자가 눈앞에 그려졌다. 그는 빙그레 웃었다.

'나중에 어떻게 되든 우선 살았다.'

그는 복도를 지나 발코니로 나왔다. 소녀가 난간에 기대어 서서 뜨락을 내려다보고 있었다. 발소리를 듣고 소녀는 잠시 몸을 돌이켰다. 소녀는 성표의 밝은 표정에서 짐작했음인지 빙긋이 웃었다.

"잘되셨어요?"

"네, 감사합니다."

소녀는 난간에 한 팔을 걸친 자세로,

"이제 한 식구가 됐군요."

"앞으로 잘 부탁합니다."

성표는 고개를 꾸벅 숙였다. 그는 기분이 좋았다.

"호호홋…… 선생님이야말로 잘 봐주셔야 해요."

소녀는 댁이라는 말을 집어치우고 선생님이란 존칭을 깍듯이 붙였다.

"뭐 제가 압니까, 신입생인데."

"그렇지만 댁은 선생님이시고 저희들은 심부름꾼 아니에요?"

조금도 언짢아서 한 말은 아닌 듯했다. 그러나 여대생같이 보이는 소녀의 그런 말은 성표에게 이상하게 울려왔다.

"그런데 제가 돌볼 아이는……?"

생각난 듯 성표는 물었다. 묻고 보니 부인과 면담 시 아이에 관한 이야기가 한마디도 없었던 일이 상기되었다.

"아아."

소녀는 난간에서 손을 거두고 걷기 시작했다.

"언제 오시죠?"

묻는 말에 대답은 않고 딴전을 피웠다.

"내일 오기로 했습니다."

"내일 오시면 보시게 될 거예요. 몹시 허약한 아이랍니다."

"아드님입니까, 따님입니까?"

"사내아이예요."

"그 밖에는?"

"이 댁에 아이라곤 그 애뿐이죠."

이야기가 아이에 미치면서부터 왜 그런지 소녀의 태도는 떨떠름해졌다.

"아까는 정말 고마웠습니다. 여러 가지로."

성표는 화제를 돌릴 겸 새삼스럽게 감사를 표했다.

"이젠 말씀 많이 하시는군요. 처음 뵀을 때, 이분은 합격하겠다고 생각했어요. 그래서 미리부터 친해질려구요."

소녀는 본시의 밝은 태도로 돌아갔다.

"아 참, 선생님이 올라가신 뒤에 또 한 분이 나타났어요."

"그래요?"

"지금 홀에 대기 중인데, 부인 얼굴 한 번도 못 보고 미역국이군요."

말투가 좀 이상하여 성표는 소녀의 옆얼굴을 주시했다. 소녀는 타의가 없는 듯 시원한 표정이다. 어딘지 처음 볼 때보다 좀 성숙한 감이 들기는 했지만.

"그분, 선생님하고는 영 딴판으로 보여요. 명랑한 친구더군요. 흐흠…… 자기 집 안방으로 생각하는지 마음대로예요. 초면에 농까지 걸지 않겠어요?"

"거 무례한 친구군. 그래, 저는 우울하게 보입디까?"

성표는 농 삼아 물었다.

"아니, 그렇지는 않았지만…… 말수가 적을 것 같았어요."

"아까 말 많이 하지 말라고 충고하지 않았습니까?"

"확신하려고 테스트한 거예요."

"이거 앞으론 경계해야겠군."

그들은 소리를 합하여 유쾌하게 웃었다.

층계에서 홀로 내려섰을 때 아까 성표가 앉았던 바로 그 자리에 청년 한 사람이 앉아 담배를 피우고 있었다. 그는 성표를 보자 담배를 비벼 끄고 엉거주춤 엉덩이를 들었다.

"아니, 신 형 아니오?"

반색을 한다. 성표는 적이 놀라며 그 곁으로 급히 다가갔다.

"모든 계획은 수포로 돌아갔군."

청년은 중얼거리며 성표에게 손을 내밀었다. 청년이 중얼거리는 말을 성표는 듣지 못했다. 악수를 하면서,

"박 형이 웬일이오?"

가정교사를 희망하여 온 것을 뻔히 알면서도, 달리 인사를 대신할 적당한 말이 없었다. 그들은 기묘한 해후를 심히 멋쩍게 여기며 미소를 교환했다.

"신 형이 선수를 쳤으니 나야 도리 없군. 깨끗이 돌아가야지."

박이라 불린 청년은 유난히 큰 눈알을 굴렸다. 장난기가 담뿍 실린 얼굴이다. 이미 결정이 됐으므로 성표는 아무 말도 못한다.

"그래, 결정이 됐소?"

"그럭저럭 합격인 모양이오."

"이거 정말 물러가기는 해도 억울하게 됐는데."

낭패한 듯 머리를 긁적긁적 긁는다. 성표는 호기심에 찬 눈으로 바라보고 서 있는 소녀에게 작별 인사를 하고 돌아섰다. 내일부터는 한 식구지만 서로 이름도 성도 모른 채 그들은 헤어졌다.

밖으로 나왔을 때,

"정말 이대로 가긴 억울한데? 뭐요, 신 형은! 남의 분야를 침범하구, 분명히 피아노가 아니잖소?"

눈을 까뒤집고 호령 조로 말하다가 씩 웃는다.

"박 형은 어렵지 않다는 말을 들었는데 왜 왔소?"

웃음의 말이기는 해도 실망하는 품이 거짓도 아닌 것 같아서 성표는 물어보았다.

"좀 색다른 이유가 있었죠."

여음을 남기는 투다.

박영태朴永台는 부잣집의 막내아들이다. 음대 사 학년에 재학 중이며, 정작 그는 피아노를 전공하고 있었다. 성표는 학업 도중에 군에 갔다 왔으므로 현재는 그와 동학년이었다. 그러니 연령에는 두 살의 차이가 있었다. 연령의 차이뿐만 아니라, 한때는 선후배였던 관계상의 피차간에 존대도 반말도 아닌 어중간한 말을 쓰고 있었다. 그다지 친한 사이는 못 되지만 만나면 인사를 나누고 지내는 터이다. 놀기 좋아하고 돈 잘 쓰고, 낙천가이며 부잣집 막내아들인 그가 가정교사를 지망하여 찾아온 것은, 그의 말대로 색다른 이유가 없다면 수긍이 되지 않는 일이다. 그의 별명은 장루이 바로였다. 깡마른 데다가 몸집이 작고 커다란 눈은 맑았다. 얼핏 보기에 불란서의 명배우 장루이 바로를 좀 닮은 듯했다. 그는 돈을 물 쓰듯 하면서도 옷차림은 늘 헙수룩했다.

성표는 그 색다른 이유가 뭐냐고 물었다. 영태는 싱긋이 웃을 뿐 대답을 하지 않았다. 그리고 담배를 성표 앞에 내밀었다. 성표가 담배 한 개비를 뽑아 입에 물자 그는 재빨리 라이터를 켜서 불을 댕겨주고 자신도 붙여 문 뒤 한다는 소리가,

"마담이 어떻습디까?"

"글쎄…… 미인이더군요."

"이상하지 않습니까?"

"이상하다니?"

"좀 색다르지 않더냐 말이오."

색다르다라는 말은 아마도 그의 입버릇인 모양이다.

"통 웃지 않더군요."

"무섭지는 않습디까?"

성표는 놀라움을 감추며 영태를 지그시 바라보았다. 예사로 한 말인지는 몰라도 성표 자신이 여인의 괴이한 분위기에 충격을 받은 만큼 영태의 물음은 이상한 음향으로 들려왔던 것이다.

"좀 그런 기분이 들더군요."

성표는 눈길을 돌리며 말했다.

"역시……."

"박 형은 그 부인을 아시오?"

"직접은 모르죠."

"그럼?"

"집안끼리 좀 압니다. 그분의 부군이 유명한 한양물산의 사장 강명하 씨거든요."

"네?"

강명하姜明夏라면 한국에서 다섯 손가락 안에 꼽히는 대재벌이다.

"전혀 모르겠소?"

"전혀."

"그래요?"

"아주 젊어 보이던데?"

강명하 씨의 나이가 많으리라는 추측에서 한 말이다.

"젊어 보이겠지만 삼십은 훨씬 넘었을 게요."

"그런데 박 형은 가정교사를…… 도대체 무슨 색다른 이유요?"

성표는 못내 궁금하여 또 물었다.

"아아."

하고서 박영태는 껄껄 웃었다.

"우리 집 큰형수가 그 마담을 좀 알아요. 가끔 초대를 받아 가기도 하구. 그런데 형수 말이, 그 여성을 만나기만 하면 등골에 땀이 솟는다는 거요."

"땀이?"

"처음에는 너무 아름다워서 그런 거라고 생각했다나요? 그러나 그게 아니었더라는 거지. 무서운 살기를 갖고 있다는구먼."

"무서운 살기……."

"그런데 이상하게도 싫지는 않대요. 무서운 살기를 뿜으면서도 그 무표정한 얼굴은 때때로 통곡하고 있는 것만 같은 것을 느끼게 하고, 그럴 때면 까닭 없이 애처로워진다는 게 아니겠소."

"……."

"우리 형수도 소녀 시절에는 시 나부랭이도 썼고, 아주 감각적인 사람이거든요. 나는 무표정한 얼굴이 통곡하고 있는 것만 같다는 형수의 말에 그만 반했죠. 그 마담을 알고 싶은 호기심이 생기더군요. 그러나 그의 전신前身을 아는 사람은 아무도 없다는 거요. 하여간 비극을 지닌 여성임에는 틀림이 없는데, 현재로서는 그 모든 게 비밀이라는 거요."

"탐정을 위한 구직이었군."

"그런 살벌한 용어는 삼가시오. 적어도 내 심정에는 낭만이 깃들어 있으니까, 헤……."

우스꽝스럽게 입을 헤벌리며 웃는다. 성표도 따라서 쓰게 웃었다. 자기처럼 절박해서 찾아온 것이 아니라는 것쯤은 알고 있었으나, 동기가 그런 호기심에 있었다는 것을 생각하니 쓴웃음이 절로 나왔다. 그러나 오월의 하늘처럼 구김살 없이 밝은 이 젊은이에게 반감을 가질 수는 없었다.

"강 사장은 칠팔 년 전에 미국에서 그 여성을 데리고 와가지고 결혼을 했다는데, 표면에 나타나지는 않지만 강 사장의 사업에 있어서 그 여성의 영향력이 큰 모양이오."

그 밖에도 영태는 어느 외국인 실업자가 그 여인에게 정신을 못 차리고 날뛰다가 호되게 망신을 당했느니, 그 외국인이 적잖은 융자를 한양물산에 했느니, 여러 가지 말을 많이 했다.

잡목이 양편에 우거져 터널처럼 된 길이 끝났을 때 영태는 피

워 물었던 담배를 홱 던지며,

"제이기랄!"

영태는 푸른 저택을 위하여 닦여진 백토 길을 돌아보며 지나치게 귀족 냄새를 피운다고 욕설을 퍼부었다.

"개뿔도 아닌 것들이, 돈푼이나 있다고 별놈의 지랄을 다 하는군."

그는 이어 그의 아버지와 새로 사업을 확장하기 시작한 형들까지 싸잡아서 허물을 늘어놓기 시작했다. 입에서 튀어나오는 말은 신랄하고 가차 없는 것이었으나 표정만은 태평성세인 양 흥겹게 보였다.

"입이 맵군."

성표는 영태를 재미나다고 생각했다.

"심심하니까, 욕이라도 좀 해야 소화가 되지 않겠소?"

"마른 걸 보니 대식가도 아닌 모양인데?"

성표는 농담을 날렸으나 왠지 갑자기 마음이 어두워졌다.

시내로 나왔을 때 영태가,

"신 형, 우리 한잔합시다."

"글쎄, 술 생각은 간절하지만 난 빈털터리요."

"아따, 샌님 같은 소리 하네. 자, 갑시다."

성표는 영태의 뒤를 따랐다. 어느 뒷골목 빈대떡집으로 들어간 영태는,

"헤이, 교무 과장!"

이상한 말을 한다고 생각하며 성표가 얼굴을 들어 봤을 때 음식을 나르는 소년이 헤실헤실 웃고 있었다.

"학장님은 안녕하신교?"

이번에는 빈대떡을 지지고 있는 아주머니에게 활기 있는 인사를 던진다.

"어서 들어가이소. 영 그동안 얼굴 기경을 못 하겠더니……."

아주머니는 땀이 흐르는 이마를 손등으로 닦으며 정이 뚝뚝 떨어지게 경상도 사투리로 영태를 응대한다. 단골이라도 이만저만한 단골이 아닌 눈치다.

"학장님, 오늘예 신입생 한 사람 모셔 왔심더. 아시겠십니꺼."

"야, 알아 모싰심더."

아주머니는 성표에게 눈을 주며 웃었다. 못생겼는데도 귀염성이 있다.

"들어갑시다, 신 형."

그들은 골방으로 들어갔다. 이를테면 특별실인 모양이다. 그러나 기름 냄새, 술꾼들의 떠드는 소리가 간단없이 방 안으로 흘러들어 왔다.

"학장님은 뭐구 교무 과장은 또 뭐요?"

성표가 물었다.

"여긴 사회 학굡니다. 그 사람들 그런 호칭으로 불러주면 아주 좋아하거든요. 돈 안 드는 일에 인색할 필요는 없지 않소."

얼마 후 주문도 하지 않았는데 정말 알아 모셨는지 소년이 빈대떡, 족발 따위가 든 쟁반을 날라 오고, 곧이어 약주를 가지고 왔다.

"이 녀석아, 술잔에 코 떨어지겠다!"

영태의 고함에 소년은 당황하며 코를 훌쩍 들이마신다. 소년이 나가자 영태는 술잔에 술을 부으며,

"신 형, 나 이 집에 영 정이 들었소. 이곳 생리가 참 좋거든."

"박 형은 주로 양주파 아니던가요?"

비꼬아서 한 말은 아니었다.

"천만에, 멋도 없는 엽전들이 카운터에 기대어 서서 제법 고독한 척 양주를 마시는 품이란 아니꼽지. 그 자식들, 고독해서라기보다 영화의 한 신을 연상하고 있었을 게야."

그들은 서로 권하며 술을 마신다.

"그 자식들이 고독이 어떤 건가 알기나 하나?"

영태는 말하며 성표에게 또 잔을 밀었다.

"박 형은 그럼 고독하단 말이군."

"더러는……."

작은 얼굴에 주름을 모으며 놀랍게도 수줍어한다. 끊임없이 유머를 날리고 큰소리 펑펑 치는 영태에게 있어서 해괴한 현상이 아닐 수 없다.

"여러 번 딱지를 맞았죠."

성표는 영태의 심각한 표정에 웃는다. 영태도 쑥스러웠던지 픽 웃었다.

"따라다니는 게 더러 있지만 박영태가 아닌 부잣집 막내아들을 노리는 쓰레기들이니 그건 내가 싫단 말이오. 신 형이사 원판이 좋으니까 그런 비애는 없을 테지. 흐흐흠……."

"괜히 비행기 태우지 마시오."

술이 오가는 동안 겉돌기만 하던 성표의 마음이 풀리기 시작했다. 불그레한 눈자위가 볼만했다.

"미스 최가 신 형한테 반해서 환장을 하고 다닌다는 소문이던데?"

"그럴 리가 있겠소. 낭설이겠지."

성표는 낮에 한 최경자의 말을 생각하며 고소한다.

"고 계집애 아주 망나니야. 속이 없어서 그러면 귀엽기나 하겠는데…… 모든 남성을 임의로 선택할 수 있다고 자부하고 있거든, 그 주제에 말야."

"왜 그리 열을 올리시오? 미워하는 것도 관심이 있어서 그렇다는데 아마도 박 형은 미스 최한테 다른 감정이 있었던 모양이지?"

"만부당한 말씀이시지. 그런 것한테 얻어걸렸다간 두 번 다시 환생을 못 하리다."

농의 말을 농으로 응수하면서도 투가 좀 심각하다.

"저, 손님요!"

밖에서 부르는 소리와 함께 방문이 스르르 열렸다. 소년이 얼굴을 쑥 내밀었다.

"왜 그래?"

"이거 하는 사람이 왔심더."

소년은 머리를 들이박는 시늉에 두 주먹을 불끈 쥐어 보인다. 폼이 제법 그럴싸했다.

"아아, 그래?"

시덥잖게 대답하고 영태는 소년을 힐끔 쳐다본다.

"이봐, 이 신입생은 말야."

하더니 영태는 두 손을 맞잡고,

"아아아—."

몸집에 비하여 성량이 풍부하다.

"알았나? 그거 하는 사람이야."

소년과 성표는 크게 소리 내어 웃는다.

"자, 알았음 그 친구 이리로 오라고 해!"

"넷!"

소년은 연신 웃으며 쫓아 나간다.

"뭐 하는 사람이기에 그런 시늉을 하는 거요?"

그들의 수작이 하 우스워 웃음을 참지 못하며 성표가 물었다.

"권투하는 친굽니다. 저 녀석 날 보구는 이거 하는 사람이라 할걸."

영태는 두 손을 들어 피아노 치는 시늉을 한다.

"하하핫……!"

마음 놓고 웃는데 성표는 퍼뜩 김세형을 생각했다.

'망할 자식!'

"영태야."

온순한 목소리가 문밖에서 들려왔다.

"들어와라!"

방문을 열고 들어선 인물은 학생티가 나는 청년이었다. 그는 성표를 보자,

"실례합니다."

깍듯이 인사를 차린다. 청년은 자리에 앉았다. 권투라는 예비지식이 있었지만, 성표에게는 그 세계하고 동떨어진 사람같이 느껴졌다. 청년은 왠지 풀이 죽어 보였다.

"신 형, 소개하죠. 대학 상과에 있는 노대중입니다. 앞으로 잘 가르쳐주시오. 힘깨나 쓰는 녀석인데 호위병으로 적격이고, 그 밖에도 이용 가치가 있는 놈이오. 이봐, 인사해. 음대에 계시는 신성표 씨, 보컬리스트야. 까불지 말고 잘 모셔라. 현재는 동배지만 과거에는 선배였다."

노대중盧大重은 공손하게 고개를 숙였다.

"앞으로 많이 가르쳐주십시오."

"별말씀을."

이름 그대로 덩치는 컸다. 그러나 어딘지 모르게 앳돼 보이고 순후하게 생긴 노대중에게 성표는 호감이 갔다.

"자, 우리 술이나 듭시다."

영태는 술잔을 높이 쳐들었다.

"신 형! 이 녀석 뼈 없는 호인으로 뵈죠?"

"글쎄……."

"양처럼 어진 녀석인데 신통하게도 라이트급 챔피언이란 말이오. 그런데 자식이 겁이 많거든. 전에 깡패 한 놈을 쳐서 갈비뼈를 부러뜨린 일이 있는데, 그때부터 주먹 쓰는 것을 영 겁낸단 말예요. 귀여운 녀석이지."

"까불지 말어."

노대중은 얼빠진 듯한 목소리로 중얼거리며 골똘히 술만 들이켜고 있었다.

"신 형! 이 녀석 얼빠진 것 같지 않소?"

성표는 웃기만 한다.

"눈에다 명태 껍데기를 붙였는지 이 못생긴 녀석한테 반한 계집애가 있었더란 말입니다. 그리워서 그리워서 그만 자살을 하지 않았겠소? 그 길로 이 녀석은 그만 얼간이가 돼버렸답니다. 천하에 못난 놈이지."

"잔소리 더 하면 한 대 먹인다."

노대중은 정말 화난 얼굴이다.

"박영태 갈비뼈 뿌질기는 문제없지."

영태는 재미난 듯 끼둑끼둑 웃었다.

"알코올이 최대한도까지 오르면 이 녀석 틀림없이 신 형 앞에서 무릎을 꿇을 겝니다. 형님! 제 얘기 좀 들어주시겠어요? 나는 고백하겠습니다. 오늘은 무엇을 하고 어디 가고, 낱낱이 불

거요. 이런 범죄자만 생겼다간 경찰서에 양조장 하나만 두면 문제없지."

성표는 노대중을 흘깃 쳐다보았다. 두 사람의 시선이 마주치자 그들은 웃었다.

술잔을 거듭할수록 영태의 사설은 늘고 말씨는 험악해졌다. 성표에 대해서도 이 새끼 저 새끼 하며 마구 욕설이요, 그런가 하면 형씨 그렇지 않습니까, 양해하시오, 젊은 놈이 얌전히 앉아서 술맛이 나겠느냐 따위의 변명을 늘어놓기도 했다. 아무튼 영태의 술버릇은 과히 좋지 않은 모양이었다. 그러나 모두 취했으므로 탓할 사람은 아무도 없었다.

"이봐 신 형, 거 조심해야 돼."

"뭘?"

"오 여사 말야."

"오 여사라니?"

"아아, 그 왜 소름이 끼치도록 아름다운 신비의 여성, 신 형이 내일부터 상전으로 모셔야 할 강 사장 부인 말일세."

"미친 소리 작작 해."

"으응, 그럴 게 아니지. 나야 원래 갈비씨니까. 신 형은 곤란해. 희여멀쑥하거든. 내가 동성연애를 걸고 싶을 지경이니 탈이야. 으흐흐, 으흐흐……."

"자아식, 더럽게도 지껄인다. 인마! 아가리 좀 닥쳐. 살 좀 찌게."

노대중이 술잔으로 술상을 뚜들겼다.

"저 자식 주둥이 땜에 사고라니까."

대중은 성표를 보고 또 히죽이 웃었다. 그들은 실컷 마시고 지껄인다.

2. 그 여자의 시종들

성표는 트랜지스터를 팔아서 당분간의 잡비를 마련했다. 그리고 밀린 하숙비는 시계를 잡힘으로써 일단락 지었고, 남은 것은 짐을 꾸려서 하직하는 일뿐이었다. 사철을 콩나물에다가 불이 잘 들지 않는다는 구실로 불을 지핀 일이 없는 냉방, 잦은 봄비에 곰팡내가 물씬 나는 방이었건만 막상 떠나려고 하니 뭔지 시원섭섭한 기분이다.

"월급 받걸랑 곧 시계 찾아가시오."

성표가 작별 인사를 하자 하숙집 마누라는 다짐하듯 또 그 말을 꺼내었다. 시계방으로 들고 가서 시세를 안 뒤 승낙한 일이면서도 마누라는 마음이 놓이지 않는 모양이다.

하숙을 나선 성표는 곧장 구곡리로 나갔다. 어제 찾아갔던 그 문 앞에서 벨을 눌렀을 때 여전히 무뚝뚝한 표정으로 아무 말 없이 그 중늙은 문지기는 문을 열어주었다.

안으로 들어갔을 때 소녀가 웃으며 그를 맞이했다.

"방 다 치워놨어요. 바로 찬이 방 옆이에요."

"아이 말입니까?"

"네, 어제 제가 찬이보구 선생님이 오신다고 말했어요. 아주 기뻐하더군요. 외로운 아이예요."

"외롭다뇨?"

성표는 의아해서 소녀를 바라본다. 소녀는 잠시 동안 침묵을 지키다가,

"엄마 아빠 다 안 계세요."

"네? 그럼 고아원에서?"

성표는 순간 가슴이 뜨끔했다.

"아녜요. 아빠는 미국에서 돌아가셨다나 봐요. 이 댁 선생님의 아우 되시는 분인데……."

"그럼 어머니도?"

"엄마는 지금 미국에서 공부하고 계세요. 찬이는 아빠 얼굴도 몰라요. 그리구, 또……."

"……."

"이 댁에선 찬이의 엄마 아빠 얘기를 해선 안 돼요. 특히 부인께서는 엄격하시답니다. 선생님도 그 점 미리 알아두셔야 해요."

"네? 그러세요? 그럼 부인에겐……."

"아이가 없죠."

성표는 뒤통수를 얻어맞은 것 같은 기분이었다. 그는 그 여인의 아들인 줄 믿고 있었던 것이다. 그러고 보니 어제 아이에 관한 것을 물었을 때 소녀의 떨떠름해하던 태도가 생각났다.

"선생님 방으로 가실까요?"

소녀는 앞서 걷는다.

"부인께 인사드려야죠?"

"부인은 지금 만나 뵐 수 없습니다. 불편한 점이라도 있으시면 저에게 말씀해 주세요."

냉담하고 사무적이다.

그들은 홀을 지나서 복도로 나갔다. 복도 오른편에는 창문이 더러 있었으나 북쪽이 돼서 그런지 좀 어둠침침했다. 소녀는 어제와 달리 연한 핑크색 블라우스를 입고 있었다. 어둠침침해서 그런지 목덜미가 뽀오얗게 흔들린다.

"아 참."

소녀는 무슨 생각이 났는지 별안간 돌아섰다. 본시의 표정으로 돌아간 그의 얼굴은 부드러웠다.

"선생님 성함을 모르고 있었군요."

"아 참, 자기소개가 늦었습니다. 저 신성표올시다."

"묘한 이름이네요? 저는 석영희예요."

"그렇습니까."

그들은 새삼스럽게 복도에서 인사를 나누었다.

소녀는 미소 지으며 성표와 보조를 같이했다.

"오랫동안 비워둔 방이에요. 사람 손이 안 가서 좀 살풍경하겠지만 차차 꾸며드리겠어요."

영희는 앞으로 성표가 사용하게 될 방에 들어서며 방 안에는 허술한 침대와 탁자 하나에 의자가 한 쌍 휑뎅그렁하니 마주 놓여 있었다.

"짐은 이 벽장 속에 넣으세요."

영희는 벽장 문을 드르르 열어놓고 성표를 돌아다보았다. 성표는 잠자코 트렁크를 밀어 넣는다.

"우선 급한 대로 그림만 몇 장 오려 붙였어요. 시내에 나가는 일이 있으면 화방에 들러 틀에 끼워드리겠어요."

영희는 열어젖혀 놓은 창가로 가서 등을 기대며 말했다.

"그럴 필요 없습니다."

무뚝뚝하게 말하며 땀도 나지 않았는데 성표는 손수건을 꺼내어 이마를 문지른다. 여자와 단둘이 외떨어진 방에서 마주 보고 있다는 일이 성표의 기분에다 뭉뭉한 땀기를 섞었던 것이다. 묘한 괴로움이었다. 그는 슬그머니 벽에 붙은 그림에 눈길을 돌렸다. 미술전집 같은 데서 찢어냈는지 두꺼운 아트지에 빛깔이 선명한 그림이다.

"로랑생을 좋아하십니까?"

화제에 궁하여 별다른 의미 없이 성표는 뇌었다. 그림은 마리 로랑생의 〈친한 사이〉였다.

"네, 좋아해요."

영희는 거침없이 대답했다. 성표는 그 그림 속의 소녀들과 같은 분위기를 영희가 지니고 있다고 문득 생각했다.

"저쪽의 뤼르사의 그림은 어떻게 생각하세요?"

이번에는 영희가 물었다. 그들에게는 그림에 대한 얘기가 무난하기는 했다.

"글쎄요, 나는 문외한이니까."

"저 그림은 아마도 부인이 좋아하실 거예요. 그렇게 생각하지 않으세요?"

영희는 동의를 구하듯 고개를 갸웃이 기울였다.

"글쎄요, 내가 어떻게 압니까?"

그것은 장 뤼르사의 〈결빙結氷〉이란 작품이다. 어제도 좀 이상하게 생각했지만 오늘 또다시 영희는 그림으로부터 부인에게로 화제를 연결시키는 것이다. 성표는 어제와 달리 엷은 불쾌감을 느낀다.

'어떤 의도에서 이 소녀는 부인의 얘기를 자꾸 할까? 혹시 내가 그 미인에게 매혹당하리라 생각하고 있는 것이나 아닐까?'

성표는 태세를 고쳤다.

"어째서 부인께서 저 그림을 좋아하실 거라 생각합니까?"

"알고 싶으세요?"

"영희 씨가 로랑생을 좋아하는 것도 알고 싶군요?"

"대단히 공평하십니다. 그리고 약으시네요."

"그렇습니까? 호기심은 누구에게나 다 있으니까요."

벌써 그들은 이성으로서 서로 반발을 느끼기 시작하였다.

"저는 아직 어리니까 아마 로랑생을 좋아할 거예요. 그렇지만 저 그림의 메마른 나무, 물결, 희미한 달, 황량하고 냉혹하지 않아요? 저 분위기는 부인하고 통한다고 생각지 않으세요?"

"그럴까요? 뤼르사의 그림에는 꿈과 시詩가 있다고 생각하는데요?"

영희의 얼굴 표정이 살짝 움직였다. 성표는 그것을 놓치지 않았다.

'역시 이 소녀는 부인에게 적의를 품고 있구나.'

"뤼르사의 다른 그림은 그런 것같이 저도 생각했고 또 그렇게 들었어요. 하지만 저 그림에는 꿈이 없어요. 싸늘하고 죽음 같은 것을 느낄 뿐예요."

영희는 단호히 주장한다. 그 태도는 부인을 거부하는 것이기도 했다.

"영희 씨는 그림에 상당한 조예가 있군요."

성표는 자연스럽게 영희의 말허리를 분질렀다. 성표 자신도 그림에는 약간의 소양이 있었으나 영희의 그림에 대한 감각이 그의 몇 마디 표현에서 퍽 세련된 것임을 느꼈다.

영희는 복잡한 미소를 띠었다.

"재주는 없었던 모양이지만 한때 전 그림을 했었어요."

"그림을 하셨다구요?"

"네…… 미대를 중퇴했어요."

"왜?"

"……소질이 없었던 모양이죠."

흡사 남의 일처럼 말한다. 그것이 도리어 그의 절실한 심정을 전해주는 듯했다.

"아마도 욕심이 많았던가 보죠?"

"그렇게 심각한 것도 아니었어요."

영희는 빙글 돌아섰다. 그 이상 그 화제를 이어가기 싫은 눈치다.

"미미!"

영희는 창밖으로 몸을 내밀듯 하며 맑고 드높은 목소리로 불렀다.

"이리 온?"

낙타 빛깔에 커다란 귀를 너풀거리며 와이마라너 한 마리가 병신처럼 뒤뚝뒤뚝 걸어왔다. 영희는 발돋움을 하고 몸을 더욱 밖으로 내밀며 팔을 뻗쳐 개를 정답게 쓰다듬어 준다.

"미미, 또 구박받았니?"

개는 꼬리를 흔들 뿐이다.

"그 몹쓸 놈들 옆에 가면 안 된다. 알았니?"

마치 사람을 대하듯 타이른다. 옆으로 다가선 성표는 싱그레 웃으며,

"바보같이 생겼군. 눈알이 왜 그리 허옇습니까?"

그 말은 들은 체도 하지 않고 영희는,

"미미, 이제 가. 저리 가아."

개는 볼품없는 꼬리를 흔들다가 슬며시 물러간다.

"바보같이 생겼다구요? 얼마나 착하고 어진 짐승이라구."

영희는 돌아서며 따지듯 말했다. 성표는 노한 영희의 얼굴을 귀엽다고 생각했다. 개를 두둔하는데 고양이처럼 앙칼진 것이 있어 우습기도 했다.

"바보같이 생겼으니까 순할 밖에요."

"천만의 말씀. 이차대전 전까지만 해도 독일에서는 저 개를 다른 나라에 내놓지 않았대요. 얼마나 우수한 갠지 아시기나 하고 하는 말씀이세요?"

"개가 싫으니까 흥미 없고, 따라서 알 턱이 있겠습니까? 어제도 이 층에서 부인을 만났을 때 그놈의 개 때문에 기분 잡쳤어요."

"아아, 베시 말이군요. 그놈은 악돌이에요. 부인의 시종으론 제일급에 속하는 놈이죠. 오만하고 심술궂고, 정말 밉살스러워요."

"시종이라뇨?"

"궁중에서 시중드는 사람 있잖아요? 부인의 충견들인데 격을 높여서 한 말예요."

"호오?"

"그 밖에도 말만 한 그레이트 데인이 한 마리, 도베르만이 한 마리, 복서 두 마리, 또……."

"그게 다 개 이름인가요?"

영희는 성표 말에 싱긋 웃는다.

"아니에요. 이름은 따로 있어요. 견종이죠."

"그 밖에도 또 있습니까?"

"그럼요. 셰퍼드가 세 마리 있어요."

"말만 하다는 개가 사납습니까?"

사나운 개가 있다는 일꾼의 말을 상기하며 성표는 물었다.

"그놈은 덩치만 컸다 뿐이지 의외로 온순해요. 아주 못된 놈은 셰퍼드예요. 부인의 총애를 믿고 횡포하기 짝이 없어요. 의심이 많고 시샘이 여간 아니에요. 부인이 미미를 애무하다간 큰일 나죠. 막 미미를 물어뜯거든요."

"그야말로 동물의 왕국이군요."

"호호홋……."

영희의 웃음이 돌돌 굴러 나온다.

"그거 사람의 식량보다 더 들겠군."

"많이 먹죠. 고기만 먹는답니다. 하지만 개들이 벌어들이니까."

"벌어들이다니?"

"종견種犬으로요. 특히 제가 미워하는 셰퍼드는 훈련 성능도 좋고 체형도 그만이래요. 일본서 수입해 온 갠데 혈통이 굉장하다나 봐요. 한 마리가 지금 삼백만 환의 시세라나요?"

"삼백만 환?"

성표는 펄쩍 뛴다.

"종견으로 빌려주는 데 한 번에 십만 환에서 십오만 환까지 받아요."

"으음……."

성표는 신음할 수밖에 없었다.

"그래도 빌려간 사람은 장사가 되나 봐요. 다섯 마리만 낳아도 오만 환씩 치고 이십오만 환, 대개 예일곱 마리는 낳는다니까."

"인간이 개보다 못하니 가엾군."

"비관하지 마세요. 개장국집에 가는 똥개가 더 많으니까요. 사람도 대통령이 있고 이 댁의 강 사장 같은 분이 계시는 반면, 청계천에 우글거리는 걸인…… 짐승의 세계나 사람의 세계나 계급이란 어쩔 수 없는 모양이죠?"

이때 두 남녀의 마음은 이상하게 합쳐진다. 일종의 반발로써.

"그건 그렇고 아이는 지금 어디 있습니까?"

일종의 직업의식이 되살아났다. 나중에 이 집 공기에 동화되어나갈 수 있을지 그것은 의문이지만, 지금 영희의 풍부한 화제와 밝은 웃음에 휩싸여 성표는 지나치게 자유를 호흡한 듯하여 다소의 불안이 일기도 했다. 다른 집처럼 까다로운 인사치레가 없는 것도 기분에 맞는 일이기도 했지만 치를 것을 치르지 못한 꺼림칙한 마음도 남았다.

"찬이는 학교 갔어요. 오후반이 돼서 한참 있다 올 거예요."

영희도 현실로 돌아온 듯 말씨가 야무졌다.

"너무 많이 지껄였나 봐요. 이제 짐이나 챙기세요."

영희는 나갔다. 챙겨 넣을 짐도 별로 없는 성표는 의자에 앉았다. 담배를 꺼내어 천천히 피워 물었다.

'공부할 수 있고, 얻어먹을 수 있고, 그러고도 오만 환?'

도무지 실감이 나지 않았다.

'오만 환?'

어제는 얼떨결에 살았다고 생각했을 뿐 구체적으로 그 수입이 얼마나 성표에게 있어서 막대한 것인지를 미처 생각지 못하였다.

'한 달에 몇십만 환씩 벌어들이는 개도 있는데, 인간의 시세 더럽다.'

그러나 그는 지극히 만족하여 침대에 벌렁 나자빠졌다. 창밖에는 구름이 둥둥 떠내려가고 있었다. 졸음이 왔다. 성표는 누운 채 피워 문 담배를 뽑아 창밖으로 던졌다.

"어젯밤에는 술이 과했지. 재미나는 친구들이었어."

성표는 빙그레 웃었다. 박영태보다 처음 만난 노대중에게 성표는 더 많은 흥미를 느꼈다. 박영태의 말대로 노대중은 어젯밤 술이 취한 막판에 가서 고백을 시작했다. 성표 앞에 쭈그리고 앉은 그는,

"형님, 전 죽어도 마땅한 놈입니다. 제 얘기 들어주시겠습니까?"

"드디어 시작이군."

영태가 끼둑끼둑 웃었다.

"사랑하던 여자라도 자살을 하고 보면 섬찟하고 정이 떨어진다는데 제 경우는 반대란 말입니다. 좋지도 않고 싫지도 않고 그저 그랬던 사람인데 죽고 보니 그 환상을 잊을 수가 없습니다. 길을 가다가도 나만 살아서 걷고 있는 일이 도무지 용서받을 수 없을 것만 같고 괴로워 견딜 수가 없습니다. 저는 그 사람의 환상을 사랑하게 된 것이나 아닌지."

"근사해! 거 멋있는 말이다!"

영태는 또 말을 거들었다.

"우리 아버지가 나빠요, 아버지가. 전 정말로 사람 치고 하는 일 싫습니다. 아버지는 옛날에 B전문을 나왔습니다. 그때 아버지는 권투선수였었대요. 나는 착실히 공부하고 싶습니다. 그런 들뜬 생활은 싫습니다. 그러나 아버지는 이놈아! 그까짓 공부해도 아무 소용 없더라. 간판만 따란 말이야. 그래도 이날까지 써먹는 것은 지식이 아니고 이 주먹이란 말이야. 너 요즘 시원찮더라. 이리 나와, 연습이다! 하고 끌어내지 않겠어요. 아버지는 일종의 권투광이죠. 전 아버지의 꼭두각시란 말입니다."

노대중은 술 취한 사람답지 않게 차근차근 말을 했다. 차근차근 말을 한다는 게 벌써 그로서는 취한 탓이지만.

"아까 여기 오는 길에 그 사람, 죽은 사람 말입니다. 동생을 만났어요. 마치 살인범 같은 기분이 들어서 막 피해 달아났죠."

"그만, 이제 가자! 통금이 다 돼간다."

박영태가 시계를 보며 정신을 가다듬었으나 노대중은 아랑곳

없다.

"우리 아버지는 권투라는 악취미에 사로잡힌 사람입니다. 우리 집은 요리업을 하지요. 아버지는 건달이니 어머니가 집안을 다스릴 밖에요. 간혹 주먹 센 놈이 걸려들 경우도 있습니다. 그러면 아버지는 그놈을 적당히 때려눕히죠. 그때야말로 아버지는 말할 수 없는 희열을 느끼나 봐요. 그런데 이상하게도 아버지는 술을 안 하거든요. 그리구 어머니 이외의 여성과 연애한 일도 없다는 거예요. 대체 아버지의 인생은 뭡니까? 알 수 없어요. 아버지는 옛날에 났어야 했을 사람입니다. 아주 옛날에, 주먹 센 놈이 군주가 될 수 있었던 원시시대에 말입니다. 그런데 형님, 전 뭡니까? 겁이 나서 주먹을 쓸 수가 없어요. 다만 링 안에서, 그건 원숭이가 아닙니까? 아니 투견이죠. 사람으로 치면 어릿광대죠. 힘은 다만 링 안에서, 제왕도 될 수 없고, 장수도 될 수 없고, 가는 곳은 폐인의 길입니다."

성표는 어젯밤의 노대중의 얼굴을 되새기다가 어느새 잠이 들고 말았다.

노크 소리가 났다. 그러나 단잠이 든 성표는 아랑곳없다. 또 다시 노크 소리가 났다. 이번에는 강하게.

"어디 나갔을까?"

영희는 무심코 도어를 밀었다.

"어머!"

영희는 무색해지며 문을 닫으려 하는데,

"어!"

성표가 놀라서 벌떡 일어났다.

"주무셨어요?"

"좀 누워봤는데, 그만……."

성표는 무안하여 얼굴을 쓱쓱 문지른다.

"태평이네요."

영희는 성표의 신경이 굵은 데 놀랐다. 애초부터 호감으로 대한 성표였으나 환경의 변화에 아무런 장해도 받지 않고 낮잠을 잘 수 있는 그의 성격이 더 좋은 의미로서 영희 가슴에 왔다.

"아이가 왔습니까?"

"아니에요. 오후반이라니까요."

성표는 시계를 보려고 팔을 들었다. 그러나 시계는 없었다.

'아 참, 하숙집에 잡혔지.'

영희는 가지고 온 재떨이를 탁자 위에 놓고 차반에서 커피잔을 내리며,

"무료하실 것 같아서 커피 끓여 왔어요."

"커피보다 재떨이가 더 반갑습니다."

아까 담배를 피울 때 재떨이가 아쉬웠던 생각을 하며 성표는 빙긋이 웃었다. 영희는 그런 것을 가지고 오는 것을 핑계 삼아 성표하고 더 이야기하고 싶은 눈치였다. 영희는 창가에 가서 기대 서며 커튼을 만지작거렸다.

"커튼도 몹시 낡았군요. 갈아야겠네요."

"낡았으면 어떻습니까? 여태까지는 곰팡내가 물씬물씬 나는 방에서 줄곧 살았는데요."

영희는 성표를 빤히 쳐다본다.

"고생하신 것 같이 뵈지 않아요."

영희는 성표의 눈으로부터 이마로 시선을 옮긴다.

"고생이야 많이 했죠."

"많이 하셨다구요?"

"말할 수 없이."

"저만큼?"

"영희 씨 고생하신 걸 알아야 말이죠."

"호호홋…… 정말 그렇군요."

"……."

"말할 수 없이."

영희는 성표의 말을 그대로 흉내 냈다. 웃음의 말인 듯했으나 눈에 아픔이 지나갔다.

"이러다간 고생 자랑이 되겠어요. 영광스러울 것도 없는데……."

영희는 또다시 커튼을 만지며,

"여기는 부인이 잘 오시지 않아서 식모 아주머니가 늘 등한히 해요."

"그보다 피아노는 어디 있습니까?"

성표는 부인의 말이 나오자 거의 무의식적으로 말을 돌려버렸다.

"참, 그렇군요. 안내부터 했어야 할 텐데. 그럼 나가보시겠어요?"

그들은 방에서 나왔다.

"영희 씨는 이 댁과 무슨 연고라도?"

"전혀 남이에요. 저도 선생님과 같은 경로를 밟아 왔어요."

"그럼 직책은?"

"좋게 말하면 부인의 비서구요. 그저 심부름꾼이라고만 생각하세요."

복도는 꽤 복잡하게 꾸부러졌다.

"마치 미궁 같군."

"미궁?"

영희는 되뇌며 의미심장한 눈으로 성표를 올려다보았다.

"미궁, 그렇죠. 요지경이죠. 한 꺼풀, 한 꺼풀, 그러나 차츰 벗겨질 거예요. 아아, 싫어!"

영희의 얼굴은 혐오의 빛으로 일그러졌다.

"뭐가 싫다는 겁니까?"

"저 자신이요."

"미궁하고 영희 씨하고 무슨 관련이 있어 그러십니까?"

영희의 얼굴에는 순간 푸른빛이 돌았다. 그러나 그는 이내 웃음을 터뜨렸다. 그 웃음은 어두컴컴한 복도 저편에서 되돌아왔다.

"이상하군요?"

"아무것도 이상할 것 없어요. 전 너무 고생을 했으니까요."

영희는 밑도 끝도 없는 말을 했다.

'이 여자에겐 히스테리컬한 이런 면도 있다!'

처음 만났을 때 단순하고 귀엽게만 느껴지던 인상과 달리 영희의 감정에는 암명暗明의 도가 심하다고 성표는 생각했다.

"이 넓은 집에 대체 몇 식구나 살고 있습니까?"

"강 사장, 오 부인, 찬이, 그 세 사람이 이 집의 진짜 식구구요. 그리고 식모, 침모, 잔심부름하는 계집애, 운전수 염 씨, 문지기 김 씨, 개 시중을 드는 이 씨, 그리고 바깥과의 연락원 윤 씨."

영희는 일일이 손가락을 꼽으며 말했다.

"열 명이군요."

"선생님과 저를 합하면 열두 명이죠. 전에는 유모가 있었는데 나가버렸어요. 그래서 저는 보모를 겸하고 있답니다."

"세 식구에 시중드는 사람이 아홉이군."

성표는 굉장하다는 말을 덧붙이려다 그만둔다. 영희는 잠시 말을 끊었다가,

"역시 알아두시는 게 좋을 거예요."

"뭘 말입니까?"

"유모가 나가게 된 이유 말입니다."

"……."

"그 유모는 찬이가 나면서부터 있었던 사람이에요. 뭐 악의가 있어서 그런 건 아니었지만 미국에 있는 찬이 엄마하고 늘 편지

연락이 있었거든요. 하기는 찬이 엄마의 요청 때문이었지만. 찬이 엄마도 얼마나 찬이 일이 궁금했겠어요? 그이는 찬이의 소식을 상세히 알고 싶었던 거예요. 그러나 그들의 편지 연락을 알게 된 부인은 노했어요. 유모는 해고당하고 말았죠."

"그것이 뭐가 나쁩니까?"

"그건 저도 모르겠어요. 아무튼 이 집안에서는 미국의 얘기는 금물이에요. 그 점 아까도 말씀드렸지만."

성표가 영희를 따라 복도를 꼬불꼬불 돌아서 간 방은 결국 홀의 뒤켠에 있는 방이었다. 북쪽에 창문이 있고 창밖에는 석류나무가 한 그루 서 있었다.

성표는 피아노의 뚜껑을 열고 건반을 몇 개 두드려보았다. 조율이 잘된 맑은 소리가 영롱하게 울렸다.

"참 좋은데요."

갈색의 장중한 감이 드는 피아노는 독일제였다. 성표는 진정으로 부럽고 탐이 났다.

"생각나시는 대로 오셔서 연습하세요. 이 층까지 들리지 않으니까요."

"뭐 연습할 그런 처지도 아닙니다."

"왜요?"

"피아노가 전공이라야 말이죠."

"네? 그럼요?"

영화는 적이 놀란다.

"성악입니다."

"어머! 그럼……."

"피아노는 좀 하죠."

"부인이 아세요?"

"여쭈었습니다."

"네에? 그러세요?"

영희는 피아노 위에 팔을 얹고 턱을 괴면서 성표를 자세히 쳐다본다. 대담한 시선이다. 성표는 눈이 부시다고 생각했다.

"왜 그리 보십니까? 얼굴에 뭐가 묻었어요?"

성표는 거북한 김에 얼굴을 쓸어보았다.

"아, 아뇨. 그럼 선생님은 테너? 바리톤?"

"바리톤입니다."

"화려하지 못하군요."

"왜 그렇습니까?"

"오페라에서는 언제나 테너가 주연 아니에요?"

"그렇지도 않죠. 〈리골레토〉 같은 거야……."

"그건 주연이지만 노인 아니에요?"

"아아, 그런 뜻으로……."

"실제로도 주연이 될 수 있는 분인데……."

"놀리지 마시오."

"애인은?"

영희는 갑자기 물었다.

"있습니다."

성표는 괜히 그렇게 대답하고 싶었던 것이다.

"안심이네요."

"뭐가요?"

"저에게도 그 비슷한 사람이 있으니까요."

영희는 말하고서 피아노를 쾅! 쳤다. 성표는 자기도 헤아릴 수 없는 엷은 질투를 느낀다.

"샬리아핀이란 가수가 있죠?"

영희는 화제를 홱 돌렸다.

"러시아 사람이죠."

"그인 바리톤인가요?"

"아닙니다. 베이스죠."

"그 사람 이후에 그 사람을 능가할 가수가 없다면서요?"

"글쎄……."

"무식꾼이고 노동자였다면서요? 고리키의 친구구."

"영희 씨는 아주 박식합니다. 나는 모르는 얘긴데요."

"뭘요. 음악 살롱 같은 데서 얻은 귀동냥이죠, 뭐."

성표는 피아노의 뚜껑을 닫았다.

"나갑시다. 얘기가 길어지면 내 무식이 폭로될까 두렵군요."

비꼬는 말로 들었는지 영희는 살짝 얼굴을 붉혔다. 자연스럽기는 해도 사실 그들은 만나자마자 지나치게 대화가 길었고 대담했다. 그것을 스스로 느끼며 그들은 방에서 뜰로 나왔다.

"찬이가 돌아올 시간이 됐어요."

영희는 멍하니 서서 문켠을 바라보며 뇌었다. 그들은 다 같이 이상한 적막감을 느끼며 비라도 한줄기 퍼부을 듯이 별안간 낮아진 잿빛 하늘 아래 우뚝 서 있었었다. 봄도 가고 이제 초여름도 접어들었으니 날씨도 변덕스러울 수밖에 없다. 까마귀 떼들이 울지도 않고 뒤 숲으로 몰려간다.

"이제 오는가 봐요."

영희 말에 성표는 문 있는 쪽으로 시선을 보냈다. 쫓아 나가는 문지기 김 씨의 뒷모습이 보였다. 이내 문이 활짝 열리더니 지프차 한 대가 굴러 들어왔다. 차는 곧장 안으로 들어와서 영희 앞에 딱 멈추었다. 자동차는 변하였으나 운전수는 어제 세단을 몰던 그 사람이었다.

운전수는 조심스럽게 아이를 안아 내렸다. 아이가 땅을 딛고 내려섰을 때 성표의 눈은 크게 벌어졌다. 아이는 겨드랑이에 작은 목발을 끼고 있었다. 소아마비로 인한 불구였던 것이다. 아이는 새로 온 선생님인 것을 알아차리고 성표를 말끄러미 올려다보았다. 정맥이 내비치도록 창백한 얼굴에 입술만이 분홍빛이다.

"찬이야, 선생님이시다. 인사해야지."

영희는 아이를 감싸듯 하며 소곤거렸다. 아이는 영희 뒤에 몸을 숨기고 눈만 빠끔히 내밀며 여전히 성표를 쳐다봤다. 성표는 입이 붙어버린 듯 영 말이 나오지 않았다.

"부끄럼쟁이, 어제는 인사드리겠다고 했잖았니?"

영희는 곱게 눈을 흘겼다.

"괜찮다. 어서 들어가자."

성표는 처음으로 입을 떼며 아이의 손을 잡으려 했다. 아이는 울상을 지으며 성표의 손을 뿌리치고 영희 치마에 얼굴을 비볐다.

지프차는 되돌아서 문밖으로 나가고 이미 없었다. 후둑후둑 빗방울이 떨어졌다. 영희는 잽싸게 목발을 성표에게 주고 아이를 번쩍 안았다. 찬이 방으로 들어가서 의자에 아이를 앉혔을 때 줄기찬 빗줄기가 창문을 뚜들겼다. 성표는 창문을 뚜들기는 빗줄기를 바라보며,

'영희 씨는 아이가 불구자란 말을 왜 하지 않았을까?'

낯을 가리는 아이가 성표 보기에 딱했던지 영희는 갖가지 말로 아이를 달래고 있었다. 성표는 무슨 생각에선지 빙긋 웃었다.

"찬이야, 아저씨 노래 하나 불러줄까?"

"어머! 선생님이지 아저씨라뇨?"

"찬이야, 넌 선생님보다 아저씨가 좋지? 그렇지? 자아, 노래 불러줄게."

아이는 여전히 불안한 눈으로 성표를 바라다보고 있었다.

작년 가을 엄마하고

외갓집 갈 때

방울 달린 마차에

흔들리면서

랄랄랄랄 라

랄랄랄랄 라

꺼덕꺼덕 꺼어덕 꺼덕 다녀오세요—.

아이는 비시시 웃었다.

"됐어! 우리 피아노 치러 가자, 응?"

성표는 아이를 덥석 안았다. 체중이 병아리처럼 가벼웠다. 노래 한 곡에 성표는 아이의 신뢰를 샀다.

이튿날 성표가 학교에 나갔을 때 교문 앞에 박영태가 성표를 기다리고 서 있었다. 그는 성표를 보자 피워 물었던 담배를 뽑아버리고 싱긋이 웃었다.

"초야의 기분이 어떻습디까?"

"미궁 같습디다."

"그래, 미궁의 여왕을 배알했소?"

"코끝도 볼 수 없더군."

"호오? 그거 유감천만인데."

영태는 말하면서도 지나가는 여학생한테 일일이 눈길을 준다. 대상이 달라질 때마다 그의 눈빛도 달라진다.

"그래, 맥이 풀렸겠구먼."

영태는 바이올린이 든 케이스를 들고 가는 여학생, 어깨 위까지 머리를 너풀거리며 지나가는 뒷모습을 눈으로 쫓으며 말했다.

"그 대신 기가 막히게 센서블한 소녀가 있습니다."

"그 주근깨가 송송 난 여자 말인가요?"

영태의 눈썹이 꿈틀하고 움직였다.

"아 참, 박형이 그날 미스 석을 놀렸다며?"

"좀 집적여봤죠."

"아주 매력 있는 여자더군."

'그건 번지수가 다르다.'

영태는 입속으로 중얼거렸다.

"뭐라구요?"

"주근깨가 있어서 매력이 있나? 그러나 그 여자, 소녀의 경지는 벌써 벗어났을걸. 이미 사내를 알아버린 여자 같았어."

"거 징그러운 소리 하지 마시오. 함부로 중상하는 게 아니오. 결코……."

"무슨 증거라도?"

"박 형은 그럼 무슨 증거가 있어 그런 무책임한 말을 하는 거요?"

"숙맥이군. 아직 멀었어. 신 형은 아직 여자를 볼 줄 모른단 말이오. 거 옷 입은 맵시를 보지. 세련되고 깜찍하지. 여간한 기교파가 아니라니까."

"그야 전에 그림을 했다니까."

"물론 미술도 했을 거구 또 다른 것도 했을 거구……."

여음을 남긴다.

"박 형은 미스 석을 아시오?"

"아, 아니."

영태는 부인했으나 눈치가 좀 수상쩍었다. 그러나 성표는 추궁할 만큼 흥미를 느끼지도 않았고, 그 이상 영희에 대한 중상을 듣고 싶지도 않았다.

"소화를 위한 욕설로 들어두지."

성표는 화제를 밀어내듯 말했다.

"신 형은 그 여자에게 관심이 있는 모양이지만 괜히 그러지 마시오. 그러다간 자기도 모르게 실족하리다. 그까짓 송사리 떼 같은 것 얼마든지 있지 않소. 기왕이면 큰 고기를 낚아야지. 야심이 커야 해."

큰 고기라는 것은 오 부인을 가리키는 말임이 명백했다. 성표는 영희나 영태의 지나치게 자기를 오 부인과 결부시켜 보려는 의도가 마음에 들지 않았다. 성표는 그들처럼 오 부인에게 관심을 가질 수 없었다.

"개성에 대한 평가와 연정이 같을 수는 없지 않소."

"그야 그럴 테지. 그 주근깨가 송송 난 여자의 매력과 신 형의 연정이 평행할 수야 없지. 그러나 오해는 항상 방향을 바꾸는 역할을 하거든. 여자라는 건 원래 보살 같은 외모를 하고서 야차 같은 마음을 지니는 법이오."

"마음이 비비 꼬였군."

"좀 꼬여야지. 그래야만 샛길도 갈 줄 아는 법이오. 직선이면 바르게밖에 못 간단 말이야. 그랬다간 큰 빌딩에 부딪치고, 바위에 부딪치고, 결국 샛길을 모르니 제 대가리만 부수고 마는 거요."

"그만해두지."

"그래, 그만합시다."

그들은 휴전이라도 하듯 서로 마주 보며 빙그레 웃었다.

학교에서 좀 일찍 나온 성표는 정란을 찾아갔다. 가정교사로 낙착을 보게 된 일을 보고하기도 하고, 자기의 거처도 알릴 겸 찾아간 것이다. 정란은 충무로의 낡은 적산가옥의 이 층 방을 하나 빌려 김세형과 살림을 벌여놓고 있었다.

'있을까?'

성표는 정란이 있고 없는 것보다 김세형을 대하기가 싫었다. 정란의 오라비로서 대면한다면 무슨 말이고 좋지 않게 나올 수밖에 없는 때문이었다.

"정란아!"

성표는 방문 앞에 서서 나직이 불렀다. 정란이 방문을 화닥닥 열고 쫓아 나왔다.

"오빠!"

정란은 성표 가슴에 몸을 던지며 울음을 터뜨렸다.

"왜 그래? 또 쌈했나?"

성표는 짜증을 부리며 정란을 밀어낸다.

"그이가, 그이가 잡혀갔어요."

"뭐?"

"오늘 아침에 형사들이 와서, 어떡하면 좋아요?"

정란은 두 손으로 얼굴을 감싸며 흐느껴 운다.

"할 수 없지. 죄를 지었으면……."

무슨 일을 저질러 그랬느냐고 묻고 싶지도 않았다. 들으나 마나 사람을 쳤을 것이다. 아니면 갈취죄 정도일 것이라 생각했다. 김세형의 사람됨을 알고 있는 성표로서는 끔찍한 죄를 범했으리라 여겨지지도 않았다.

"오빠는 냉담하군요. 그이가 이렇게 된 것 고소하다고 생각하시는군요."

"별도리가 없지 않니?"

"알아요! 오빠 맘 다 알아요!"

전에 없이 정란은 성표에게 대들었다. 도리가 없는 것은 그 자신이 더 잘 알고 있었다. 그러나 몹시 고독했던 그는 말만으로라도 위로를 받고 싶었던 것이다.

"그럼 너처럼 나도 울란 말이냐?"

성표는 어세를 낮추며 우울하게 정란을 바라본다. 어젯밤 늦게 돌아와서 그대로 쓰러져 자다가 아침에 그 소동을 겪고 내내 울고만 있었던 모양으로 짙은 화장이 희뜩희뜩 지워진 얼굴은 볼품없이 초라하고 서글펐다.

"앉아. 별일은 아닐 게다."

성표는 정란의 두 어깨를 눌러 방바닥에 앉혔다.

"불쌍해. 그인 나쁜 사람 아니에요."

정란은 얼마간 진정이 되는지 눈물을 닦았다.

"불쌍한 건 너다."

성표는 눈길을 돌렸다. 벽에는 금박을 찍은 분홍색 드레스가 한 벌 축 늘어져 있고, 윗목에는 세형이 벗어 던지고 간 잠옷이 뒹굴고 있었다. 그 밖에 세간이란 거의 없고, 뒷골목의 싸구려 여관방처럼 쓸쓸하고 가난하다. 단벌옷과 짙은 화장과 목소리만을 유일의 밑천으로 삼고 사는 정란이, 역시 단벌옷과 서글서글한 눈과 주먹만을 유일의 밑천으로 삼고 사는 김세형. 성표는 어릴 때 곡마단을 구경한 생각이 났다. 정란은 그런 데 가고 싶다고 했다.

"초를 먹여서 뼈가 없어진단다."

성표는 어린 정란의 손목을 꼭 잡고 위협을 했었다.

"한 달에 삼만 환씩 줄 테니 너 그 직업 집어치우면 어떨까?"

"네?"

정란은 놀라며 얼굴을 번쩍 들었다.

"삼만 환요?"

의심이 가득 찬 눈이다.

"음, 가정교사로 들어갔는데 오만 환 받기로 했어."

믿어지지 않는 듯 정란은 성표를 물끄러미 바라만 본다. 그러나 차츰 그러한 눈빛도 사라지고 그의 생각은 김세형에게로 쏠리는 듯했다. 성표는 더 이상 가정교사에 대한 설명을 하지 않았다. 정란에게는 삼만 환이라는 돈이 현재에 있어서 아무런 뜻도 되지 않았고, 더군다나 직업을 버리겠다는 생각까지는 할 겨를이 없는 성싶었다.

"그럼 난 가겠다. 혹 연락할 일이라도 있으면."

전화번호를 적어놓고 그는 나왔다.

푸른 저택에 온 지 엿새가 지났다. 그러나 성표는 완전히 격리된 상태 속에 있었다. 말벗이라고는 영희가 있었고, 찬이가 있을 뿐이었다. 오 부인을 만난 일은 없었다. 강 사장의 얼굴을 구경한 일도 없었다. 워낙 집 안이 넓어서 그럴 테지만 일하는 사람도 좀처럼 눈에 띄지 않았다.

'정말 요지경 같은 집구석이군.'

자유로워 좋기는 했으나 가정교사를 데려다 놓고는 이렇다 저렇다 말 한마디가 없으니 좀 화가 나기도 했다. 영희가 알아서 모든 일을 잘 처리해 주었지만 그래도 아이를 기르는 큰아버지 큰어머니로서 한마디 의견이 없을 수 없는 일이다. 더욱이 찬이가 가엾은 불구자라 생각할 때 그들의 무관심이 괘씸하기도 했다. 찬이는 선생님이라기보다 아저씨처럼 성표를 따랐다. 처음에는 머뭇머뭇하고 정맥이 파아랗게 내비치는 얼굴에서 고

집 센 것을 느꼈으나 환경의 탓인지 아이는 참을성이 있고 조용하여 성표의 속을 썩이는 일은 없었다.

"하나 둘, 하나 둘."

성표는 찬이와 나란히 피아노 앞에 앉아 발을 구르며 박자를 맞추어준다. 그러면 찬이는 고사리 같은 손으로 건반을 치는 것이다. 아직 소리는 약했지만 아동용 바이엘의 오 번까지 나갔다. 학과 지도에 있어서도 그랬지만 피아노의 레슨을 받을 때도 아이에게는 범상치 않은 편린이 번득였다. 성표는 어느새 찬이에게 애정을 느끼고 있었다.

'한 달 후가 문제야. 싫증을 낼걸?'

성표는 조금이라도 아이가 지친 기색을 보이면 기분 전환으로 노래를 불러주기도 하고 옛날 이야기도 들려주었다. 그러나 아이는 옛날 이야기보다 성표의 노래를 더 즐겨 들었다.

"찬이는 노래가 좋은가?"

"응, 선생님 노래 참 잘 불러."

"찬이도 크면 그렇게 되지."

"정말?"

"그럼."

"선생님처럼?"

"그렇다니까."

"그렇지만 우리 학교 선생님은 노래 못 불러요."

말끔히 쳐다본다. 맑다 못해서 푸르게 감각되는 눈이다.

“학교 선생님은 어릴 때 노래 공부 안 하셨나 부지?”

“그럼 선생님은 어릴 때 노래 공부 했어?”

“하구말구.”

빙그레 웃어준다. 어릴 때, 고아원에 있을 때 일요일이면 언제나 예배당에 갔었다. 성표와 정란은 맨 앞줄에 서서 열심히 찬송가를 불렀던 것이다.

‘정란이 일이 어떻게 됐을까?’

우는 얼굴이 눈앞에 선했다. 성표는 그 얼굴을 지워버리듯 피아노 위에 놓인 오렌지만큼 작은 사발시계를 본다. 영희가 갖다 놓은 시계였다. 시계는 여섯 시가 지나 있었다. 여섯 시 반부터 저녁 식사가 시작되는 것이다. 식사가 끝나면 여덟 시부터 아홉 시까지 학과 공부를 돌보아 주어야 했다.

“오늘은 이만.”

성표는 아이를 안아 내리고 피아노의 뚜껑을 덮었다. 창밖의 한 그루 서 있는 석류나무에 황혼이 묻어오고 있었다. 성표는 아이를 부축하며 도어를 밀려고 했다. 그러나 밖에서 먼저 문을 열어젖히는 사람이 있었다. 영희가 새쭉한 표정으로 서 있었다. 성표는 머쓱해진다.

“전화 왔어요.”

“전화?”

성표는 정란으로부터 걸려온 것이리라고 이어 생각했다.

“고운 여자 목소리예요.”

"……."

"애인이세요?"

"적당히 생각하십시오."

성표는 샐쭉한 영희의 표정을 보며 마음속으로 웃었다. 그는 까닭 없이 연막을 치고 싶었던 것이다.

찬이를 영희에게 맡기고 급히 홀로 달려 나온 성표는 수화기를 들었다. 그러나 뜻밖에도 울려오는 것은 남자의 목소리였던 것이다.

"제가 신성표올시다만 댁은 누구시죠?"

그렇게 물어보면서도 상대가 누군지 도무지 짐작이 가지 않았다.

"으흐흐흣, 여보슈, 신 형! 대체 누가 전활 걸겠소, 나 아니면."

"아아!"

비로소 성표는 상대가 박영태라는 것을 깨달았다.

"이제 아셨소?"

"박 형이오?"

"맞았소이다. 그래, 별고 없으시우? 혹 무슨 사건이라도……."

"여긴 경찰서 아닌데 기자 같은 말을 하는군. 대관절 어떻게 알구?"

"전화번호 말인가요? 맹추 같은 소리 작작 하시우. 천하의 강명하 씨 자택의 전화번호를 몰라서야 서울 가서 김 서방은 어이 찾겠소."

"참, 그렇군."

성표는 픽 웃는다.

"그런데 말이오. 내일이 일요일 아닙니까?"

"그래서요."

"방문해도 좋소?"

"방문?"

"길잡이 좀 해주소."

"나를 박영태 탐정의 조수로 아시오?"

농담조로 얼버무렸으나 적이 난처했다.

"허, 그러지 말구 한번 그 마담을 배알할 영광을 주시구랴."

"실은 나도 아직 못 봤는데……."

"그럴 리가 있나?"

"뭣 땜에 거짓말을 하겠소?"

"흐음? 그야 내일 간다고 당장 만날 수야 없겠지. 하지만 출입할 수 있는 동기만 만들어주면 어느 때고 기회는 오지 않겠소?"

"에이, 실없는 친구. 그래서 어쩌자는 거요?"

"거 너무 삭막하게 굴지 마소."

"박 형도 알다시피 난 이 집의 고용인 아니오? 그리 한가한 몸이 아니란 말이오."

성표는 약간 정색을 하며 말했다.

"아따! 벌벌 떠시는군. 실직하면 손해배상 해드리리다."

말이 밉지가 않다.

“심심하면 등어리가 근질근질한 모양이지? 좋소, 마음대로 하시오.”

성표는 자기도 모르게 영태의 모험에 동조하고 싶은 기분이 되었다.

“그럼 내일.”

하고 영태는 전화를 끊었다.

“마음 편한 친구군.”

성표가 혼자 중얼거리는데 뒤에서,

“실망하셨어요?”

돌아보니 영희가 장난스럽게 웃고 서 있었다.

“실망이군요.”

성표는 담배를 꺼내어 물었다. 한번 빗나간 말이 자꾸만 꼬여 든다고 성표는 생각했다.

“안됐군요. 헌데 누구시죠? 지금 전화 거신 분.”

“야단났습니다. 영희 씨는 또 왜 문초를 하시오?”

“어머! 문초는 무슨 문초예요? 제가 뭐 형산가요.”

“사건이 없느냐고 묻는 사람이 있는가 하면 전화 건 사람이 누구냐고 따지는 사람도 있고, 이거 층층시하의 며느리 같습니다.”

성표는 싱긋이 웃는다.

“선생님도 말이 많이 늘었네요. 방금 전화 건 사람이 사건이 없느냐고 물으셨군요.”

“바로 그렇습니다.”

“무슨 사건요?”

성표는 잠시 생각하다가,

“아름다운 소녀가 옆에 있으니까 그러는가 보죠.”

“아름다운 소녀…… 어떻게 그이가 알아요?”

“영희 씨를 보았거든요.”

“언제?”

영희의 표정이 살짝 움직였다.

“처음 제가 여기 오던 그날.”

“오오라! 알았어요. 그 말라깽이 청년 말이죠?”

영희는 유쾌하게 소리쳤다.

“맞았습니다.”

“아이, 우스워라. 대추같이 생긴 그 친구가 어지간히 민감하게 구는군요.”

“영희 씨!”

“네?”

“그 친굴 영희 씨는 아시오?”

“아니, 그날 처음 본 사람인데?”

“그래요?”

영희는 전혀 모르고 있는 것이 확실하였다. 그러나 무슨 생각을 하는지 잠시 입을 다물었다가,

"그이가 절 안다고 그랬어요?"

"아, 아니."

성표는 급히 부인한다. 그러자 영희는 얼굴빛이 좀 파리해졌다. 그러나 더 이상 캐묻지는 않았다.

"내일 그 친구가 놀러 온다는데……."

"네?"

"이 댁에서 기분 나빠하실까요?"

"음…… 글쎄…… 괜찮겠죠."

"……."

"강 사장은 부산 가시고 부인도 아래 내려오시지 않을 테니까."

영희는 사무적으로 딱딱하게 말했다. 성표는 아무 말 않고 돌아서서 전화의 다이얼을 돌렸다.

"K호텔입니까?"

성표가 물었다.

"네, 그렇습니다."

"죄송하지만 지배인을 좀 대주십시오."

얼마 후 지배인이 나왔다.

"저, 말씀 좀 물어보겠습니다만, 로라 김이 나왔습니까?"

"아직 안 나왔는데요."

"그럼 어제는 나왔습니까?"

"네, 나왔습니다. 아마 좀 있으면 나올 겁니다. 시간이 아직 일러서.”

지배인은 손님인 줄 아는 모양으로 대답이 매우 공손했다.

“나오면 신이라는 사람이 전화했다고 전해주시겠습니까?”

“네, 전하죠.”

성표는 감사하다는 말을 남기고 수화기를 내려놓았다. 로라 김이란 정란의 예명이었다. 정란은 요즈음 K호텔 안에 있는 나이트클럽에 나가고 있었다.

성표가 돌아섰을 때 멍하니 서 있던 영희는,

“식사하러 가시죠.”

이튿날 오후 세 시경에 박영태는 푸른 저택에 나타났다. 작은 체구에 비하여 제법 큼지막한 손으로 성표의 손을 잡고 흔들며 영태는 눈을 굴리고 웃었다.

“대체 그게 뭐요?”

비교적 의복에는 무관심한 성표도 어안이 벙벙했다. 그만큼 영태의 복장은 기상천외한 것이었다. 루바시카*도 아니요, 터키 사람들의 옷도 아닌 참으로 기묘한 디자인의 옷을 그는 걸치고 있었다. 노란빛과 갈색의 대담한 체크무늬의 옷은 이상하기도 하려니와 어떻게 컸던지 움직이면 사람이 아닌 옷이 움직이고 있는 형편이다. 거기다가 짙은 그린빛 베레모를 머리에 얹고 구두는 또한 샛노란, 군화같이 생겨먹은 것이니 기가 찰 수밖에. 멋은 둘째 치고 이건 서커스단의 피에로가 아닌가. 화장을 하고 있지 않은 것만이 천만다행이었다.

“가만 계슈. 다 그럴 만한 이유가 있으니까.”

성표의 등을 떠밀듯 하며 성표 방으로 들어선 영태는 베레모를 벗어 탁자 위에 내던지고 호주머니 속에서 마도로스 파이프를 꺼내어 담뱃가루를 채우더니 입에 문다. 성표는 영태를 멀거니 바라볼 뿐이다. 영태는 다리를 꼬아 올리면서,

“고 계집애가 날 보고 눈을 흘기더군.”

“그 꼴로 하고 왔으니 눈을 흘길 수밖에.”

“전략상 필요하단 말이오. 이쯤 돼야만 우선 인상에 남을 것 아니오. 호기심부터 끌어놓고 볼 일이지. 회고적 수법이란 말이오.”

“회고적 수법이라…….”

“아따, 참 신 형 머리가 소걸음을 하는군. 아, 옛날, 십팔 세기에는 매명賣名을 위하여 문사들이 희한한 복장을 하고 마차를 몰며 다녔다고 하지 않소.”

성표는 참으로 어처구니가 없었다. 그러나 영태는 시원한 표정으로 연기를 내뿜고 있었다.

“참, 기가 막혀서. 사는 게 말짱 장난이군.”

나무랄 수도 웃을 수도 없는 분위기였다.

“어 신 형, 거 말 잘했소이다. 사는 게 장난 아니고 뭐요? 괜히 어렵게 생각할 필요가 없단 말이오.”

“그건 박영태 씨에 한해서 할 수 있는 말이지. 그래, 호기심을 끌어놓고, 다음은?”

"그다음은 드나드는 데 자유로워질 게 아니오."

"그다음은?"

"그다음은 글쎄, 아마도 마담을 알게 되겠지."

"또 그다음은?"

"그야 알 수 없지. 짝사랑이 될는지 호기심만 만족시키고 물러설는지, 하여간 사랑 자가 붙게 되면 짝사랑일 것만은 틀림이 없을 게요."

박영태는 우스운 내용을 심각한 표정으로 말했다.

"어느 편이?"

"물론 이 장루이 바로가."

하며 영태는 마도로스 파이프로 자기 가슴을 가리켰다. 성표는 크게 소리 내어 웃었다. 박영태도 끼둑끼둑 따라 웃었다. 조용한 집 안에 그들 웃음소리가 소용돌이쳤다.

"〈인생유전人生流轉〉이란 영화에서는 장루이 바로가 그 아름다운 여자의 사랑을 얻었는데 왜 그리 자신 없는 말을 하시오."

"진짜면야…… 난 가짜니까 슬프지. 하하핫……."

또 한바탕 웃고 있는 판인데 노크 소리가 났다.

"들어오세요."

영희는 냉정한 얼굴로 들어왔다. 차반을 들고 있었다. 영희는 들어서면서 재빨리 영태에게 일별을 던졌다.

"이거 미안합니다."

성표는 엉거주춤한다.

"순임이가 심부름 가고 없어서……."

영희는 찻잔을 탁자 위에 놓으며 전에 없이 주석을 달았다. 실은 박영태가 어쩌면 자기를 알고 있는지도 모른다는 생각에서—어제 성표가 한 말에서 이상한 예감이 들었기에—그 불안을 확인하기 위하여 영희는 커피를 끓여 일부러 나온 것이다.

영희가 찻잔을 박영태 앞으로 밀어놓는데 영태는 이마가 구겨질 만큼 눈을 치뜨며 영희를 올려다보는 것이었다.

"어디서 뵌 것 같은데요?"

넌지시 말을 던진다. 영희의 눈은 순간 영태의 눈을 쏘았다.

"뵌 일이 있어요? 어디서? 언제?"

눈을 치뜬 채 영태가 물었다.

"요전번 일요일에, 바로 이 집에서 뵀습니다."

영희의 야무진 대답에 영태는 한 대 얻어맞은 사람처럼 뻥해가지고,

"아아."

한다. 영희는 태연자약했다. 그러나 눈언저리의 근육이 살쭉살쭉 움직였다. 영희가 차반을 들고 돌아서서 나가려 하는데,

"여보세요."

영태의 목소리가 덜미를 잡았다. 좀 지나치다고 생각한 성표는 화를 내고 영태를 노려보며 손짓을 했다.

"아, 아냐, 좀 부탁드릴 일이 있어서 그러는데 왜 신 형이 미리 떠는 거요?"

영태는 손짓하는 성표에게 응수하며 눈길을 영희에게 돌렸다. 영희는 돌아선 자세로 발을 멈추고 있다가 천천히 얼굴을 돌렸다.

"실례올시다만 이 방 밖은 금족령입니까?"

"……."

"다시 말하자면 이 방 밖에는 나갈 수 없느냐 그 말입니다. 이를테면 정원을 거닐어볼 수 없겠습니까?"

빤히 쳐다보고 섰던 영희는 피식 웃었다.

"전 이 댁의 주인이 아닙니다."

"하지만 댁은 여러 가지 뜻으로 이 댁의 대리인이 아니세요?"

영희의 얼굴빛이 별안간 질렸다.

"거닐고 싶으시면 거니는 거죠."

하고 영희는 급히 방에서 나가버렸다.

"하하핫……."

영태는 입을 쩍 벌리고 웃는다.

"상당한 악취민데."

성표가 중얼거렸다.

"뭣 말입니까?"

영태는 시치미를 떼고 되묻는다.

"박 형은 여성에게 잔인해."

"난 신 형처럼 휴머니스트가 아니니까. 내가 피에로면 남도 피에로를 만들어버려야지."

그의 말은 어디까지가 진담이고 농담인지 측정하기 어려웠다. 성표는 영태를 다만 낙천가로 본 자기의 눈이 전적으로 옳지 못하였다는 것을 깨달았다. 영태의 그 작은 체구가 설명하고 있듯이 역시 맵고 짠 일면이 있다는 것을 느끼는 것이다. 그리고 영태의 태도가 짓궂기는 했지만 영희가 도전적으로 나온 것도 묘하게 마음에 걸렸다.

"고 계집애, 그러나 제법이야. 수작이 돼먹었어. 확실히 머리는 좋은 모양이지."

영태는 커피를 훌쩍 마시며 중얼거렸다. 그러고 나서 그는 그 독설을 악단樂壇의 선배들에게 돌리기 시작했다. 누구누구의 이름을 지적해 가면서 한다는 소리가,

"이건 뭐 딴따라패가 아닌가 말이오. 정말 부끄러워, 부끄러워요. 왜 좀 오만하지 못하고 긍지를 가지지 못하느냐 말이오. 그곳에서는 개뿔도 아닌 것들을 거장이랍시고 모셔다 놓고 눈을 까뒤집으며 꽁무니를 쫓아다니니, 그 꼴이란, 원 창피스러워서."

"그건 박 형의 일방적인 얘기죠. 감명 깊었던 연주도 많지 않았소."

"그야 모래알 속의 진주만큼 있었지. 왜 우리네들이 그만 못한가요?"

성표는 슬그머니 웃는다.

"과대망상증이 아니면 쇼비니스트인가?"

"옳은 말씀이야. 웃대가리만 떼어버리고 쇼비니스트로 자처하지."

"호오? 뜻밖의 감상가구먼. 하기야 박 형 같으면 이 나라를 사랑하지 않을 수 없지. 내게는 조국이 없는 것 같아서 그저 허허하기만 한데."

"신 형! 거 비겁하게 굴지 말아요. 박영태면 박영태지. 그 밖의 박영태를 따라다니는 조건으로 박영태의 사상까지 구속할 순 없어요."

영태는 열을 벌컥 낸다. 너희들은 이 나라에서 잘 먹고 잘사니까 이 나라를 사랑할 수밖에 없다는 뜻의 말에 그는 노한 것이다. 그러나 성표는 가볍게 받아넘긴다.

"관념적으로야 뭘 못 하겠소. 사상과 행동이 같이 이루어져야 말이지. 허나 그런 딱딱한 얘기는 이제 그만둡시다."

"예술은 귀족입니다, 아시겠어요? 신 형. 이렇게 되면 본론이 유령 꼬랑지처럼 돼버린 게 아니오. 나는 전송가戰頌歌를 부른 게 아닙니다. 예술을, 아니 예술시장을 말한 거요."

성표는 입을 다물어버렸다. 그러나 영태는 어떻게, 어떻게 해서 이야기를 본시로 되돌리고 있었다.

"예술가가 예술가에게 반하는 것은 당연지사고 또 국경이 있을 수도 없는 일이죠. 나는 그것을 말하는 게 아니오. 다만 예술가의 자세가 문제란 말이야. 삼류도 못 되는 것들을 불러다 놓고 신줏단지처럼 떠받드는가 하면 정작 시들하게 생각하는 사람들에게는 행여 접근이라도 할까 봐 그 용렬한 자들이 장막을 치거든. 소위 호랑이의 위威를 빌려 자기의 격식을 높여보자는 것인데, 실은 고양이 털을 빌린 쥐새끼들이란 말이야. 빠다 냄새만 나면 무조건 노예가 되면서 김칫국 냄새가 나는 동족들에겐 마치 선택받은 족속처럼 거룩한 표정으로, 참 배꼽을 빼지."

영태는 그가 심취하고 있는 피아니스트 G교수를 두둔하기 위하여 다분히 감정적으로 G교수의 적수를 치고 있는 것이다.

"박 형은 너무 편파적이야."

성표는 푸듯이 뇌었다.

"천만의 말씀, 내가 작당을 할 만큼 늙었단 말이오? 패권을 잡기보다 남의 욕이나 하고 언제까지나 젊어 있기를 원하지."

"남이야 떡을 먹든 술을 먹든 구경이나 하고, 우린 우리 할 일만 하면 되지 않소. 정치하는 사람은 정치를 하고, 예술계에도 그런 분자는 필요한 거요."

성표의 어조도 좀 시니컬했다. 그러나 영태는 또다시 음악 평론에 대하여 욕을 퍼붓기 시작했다.

"빙빙 돌려가며 품앗이를 하고 있단 말이야. 네가 연주회를 열면 내가 칭찬을 해주고 내가 연주회를 열면 네가 칭찬을 해주고. 옛날에 엿장수와 떡장수가 있었는데 돈 일 전을 가지고 서로 엿 사 먹고 떡 사 먹고 하다가 해가 지고 보니 물건은 간 곳없이 돈 일 전만 남았다 하더니 정말 이러다간 뭐가 남아? 응? 황막한 얘기지."

"박 형의 말에도 모순은 있어요."

"어째서?"

"아까는 오만하라, 긍지를 가져라 해놓고서 이번에는 소위 그 자화자찬을 비웃으니 말이오."

"그것하고 이것하고는 본질적으로 이야기가 다르지 않소."

"다르면 얼마나 다르겠소. 핏대를 울릴 만치 난 흥미가 없는 걸. 싸움도 정력 과잉에서 오는 거니까."

"초연한 언사로군."

"그랬음 오죽이나 좋을까…… 실은 의욕 상실이지."

성표는 그 말을 하면서 자신이 비굴해졌다고 생각했다. 그리고 정란을 생각했다.

"거 구미 떨어지는 소리 하지 마슈. 젊은 사람이 매력 없게스리."

영태는 파이프를 재떨이에다 대고 한 번 뚜드리더니 호주머니 속에 밀어 넣고 벌떡 일어섰다.

"자아, 정원에나 나가 걸어봅시다. 행여 누가 알아요? 마돈나께서 창가에라도 서 있으면 이 피에로를 눈여겨보아 줄지."

성표와 영태는 밖으로 나왔다. 이리저리 거닐다가 그들은 은행나무 아래 놓인 벤치에 가서 앉는다.

"참 하늘이 맑군."

영태가 중얼거렸다. 구름은 하염없이 어딘가로 흘러가고 있었다. 사방은 낡은 동굴처럼 깊은 침묵에 싸여 있고…….

“한심한 얘기지. 이 좋은 날씨에 멀쩡한 사내들이 이러고 있으니 말이오.”

영태는 가만히 있으면 좀이 쑤시는지 파이프를 꺼내어 가루 담배를 채운다. 천천히 입에 물다가,

“엇! 저게 뭐야?”

영태가 별안간 소리 지르는 바람에 성표는 지그시 감고 있던 눈을 떴다.

개만 전문적으로 돌보고 있는 이 씨가 거대한 그레이트 데인 한 마리를 끌고 가는 것이었다. 그 큰 개의 등에는 원숭이 한 마리가 타고 있었다. 원숭이는 개의 목을 꼭 껴안고 흔들리며 용하게 가고 있었다.

“원숭이 아니오?”

“원숭이지.”

“거 희한하구먼.”

영태는 신기해서 그곳으로부터 눈을 떼지 않았다.

“그 개 굉장하네. 한번 덤비면 뼈도 못 찾겠다.”

“덩치에 비해서 성질은 온순하더군.”

“그래요? 그럼 가봅시다.”

영태는 벌떡 일어서더니 마치 경주라도 하는 양 개가 있는 곳으로 쫓아간다. 성표는 천천히 그 뒤를 따랐다. 그새 벌써 영태는 이 씨와 말을 주고받고 있었다.

“거 참 신기한데요?”

개는 넓죽한 입을 다물고 쇠눈처럼—그보다는 예쁘지만—큰 눈을 꿈벅꿈벅 하며 걷고 있었다. 사람이 옆에 가도 아예 짖지 않는다. 원숭이는 캑캑 기성을 발하며 개의 굵은 목을 껴안고 마치 경마의 기수 같은 모습을 하고 있었다.

영태는 바지 주머니 속에 손을 찌르고 개를 따라가며 이 씨에게 뭘 먹느냐, 암놈이야, 수놈이냐, 새끼는 어떻게 낳느냐는 등 별별 질문을 다 던진다. 그때마다 이 씨는 간단명료하게 설명을 해준다.

"노형께서는 동물에 대한 조예가 깊으십니다."

"직업이니까요."

"헤에? 직업이라구요?"

"나는 원래 개 훈련사입니다."

"네에? 그럼 출장 오셨군요?"

"아닙니다. 노상 있죠, 이 댁에."

"이 개 한 마리를 위해서?"

이 씨는 싱그레 웃으며,

"어디 이놈 한 마리뿐인가요? 개만 해도 아홉 마린데요."

성표는 그들의 대화를 들으며 잠자코 따라 걷는다.

"그래 그 많은 개가 다 어디 있습니까?"

"견사에 있죠."

"견사는 어디에?"

영태는 바싹 마음이 당기는지 성급하게 물었다.

"지금 거기로 가는 길입니다."

그들은 이 씨를 따라 저택의 뒤뜰로 나갔다. 그때였다. 물어뜯을 듯 영악한 소리가 들렸다. 개 짖는 소리였다.

"이크!"

영태는 기겁을 하며 우뚝 서버렸다.

"견사에 있으니까 괜찮습니다."

이 씨의 말에 발을 떼어놓기는 해도 영태는 여전히 겁먹은 얼굴이었다. 견사 가까이 갔을 때 철망 속에서 셰퍼드 세 마리가 앞다리를 뻗은 채 그 예리한 이빨을 드러내며 미친 듯이 짖어대었다. 눈에서는 시퍼런 불을 내뿜고 있었다. 이 씨는 잠자코 입에다 손가락 하나를 갖다 대었다. 그러자 셰퍼드는 화난 표정으로 짖는 것을 중지했다. 이 씨는 원숭이와 개를 각각 제 집에 몰아넣고 돌아왔다. 영태는 견사 안의 개들을 이놈 저놈 둘러보며,

"이건 뭐 동물원 아닙니까?"

이 씨는 시부적하게 웃었다. 관골이 불거지고 나이도 많지 않은가 본데 이 씨의 머리는 홀딱 까져 있었다.

"저놈이 복선가요?"

영태는 또 물었다. 성표는 흥미 없는 듯 다 찌그러져 가는 나무 의자에 우두커니 앉아 있었다.

"네, 버크잡니다."

이 씨는 진달래를 붙여 물며 대답했다.

"왜 저리 흉측하게 생겼지요? 온통 험 투성이구먼."

"투견이니까 그렇죠. 귀가 찢어진 저놈은 작년도 챔피언이랍니다."

그런 이력에도 불구하고 귀가 찢어진 버크자는 점잖게 덤비지 않고 앉아 있었다.

"셰퍼드하고 붙여놓으면 어느 놈이 이기죠?"

"대체로 버크자가 이깁니다."

"몸이 훨씬 작은데도요?"

"처음에는 셰퍼드한테 많이 물리죠. 그러나 저놈은 한번 물고 늘어지면 절대로 놓지 않습니다. 호흡 관계도 있는 모양이죠? 셰퍼드는 입이 길어서 오래 물고 늘어지지 못해요. 하지만 저놈의 입은 위로 붙지 않았습니까. 콧구멍이 위를 보고 있으니 숨쉬기가 편한 모양이에요. 그런데다 셰퍼드는 원래 신경질이고 저놈은 아주 끈덕지거든요. 본시 버크자는 아까 그레이트 데인하고 불도그하고 교접에 의해서 생긴 놈인데 불도그는 옛날 들소하고 싸운 영악하고도 정력적인 놈이었으니까요."

개에 대한 이 씨의 지식은 풍부했다. 영태는 그야말로 흥미진진한 표정으로 이 씨의 이야기에 귀를 기울이고 있다.

"한국에는 좋은 개가 있다고 볼 수 없어요. 아까 그레이트 데인 같은 놈도 한 서너 마리 정도고, 성능도 좋은 편이 못 됩니다. 체형도 그렇고요. 아름답기로야 스위스의 세인트 버나드라는 놈이 그만이죠. 그야말로 견족의 왕자라더구먼요. 그리구 마스티프 같은 놈은 옛날에 사자 표범하고 싸우던 개라더군요."

"호오?"

"종류도 많거니와 기가 막히는 놈이 있죠. 우리 집의 저놈도……."

이 씨는 셰퍼드를 가리켰다.

"잘된 놈이죠. 밤이면 풀어놓는데 어떤 수작에도 넘어가지 않습니다. 지키는 사람 열에 도둑 하나 못 잡는다는 말이 있지만, 사실 이 넓은 집에 저놈 한 마리면 충분하죠."

"저놈의 꽁지는 짜른 겁니까?"

영태는 도베르만에게 눈을 주었다.

"짜른 거죠. 영국 같은 곳에서는 단미斷尾, 단미 같은 것을 법률적으로 금하고 있답니다만."

"저놈도 투견인가요?"

"본시는 투견을 목적으로 개량한 갭니다만, 셰퍼드처럼 일종의 군용견이죠. 훈련 성능이 아주 좋습니다. 셰퍼드보다 빨리 익히지는 못해도 한번 배운 것은 절대로 잊어버리지 않으니까요."

"오오라, 그 〈태양을 향하여 달려라!〉라는 영화 속에서 나온 놈이 바로 저놈이군. 물개같이 새까만 놈인데 지독하더구먼."

"글쎄……."

이 씨는 그 정도로 해두고 두 사람을 남겨둔 채 가버렸다. 영태는 견사 앞에서 좀처럼 떠나지 않고 기웃기웃하고 있다가,

“신 형은 개가 싫은 모양이죠?”

저만큼 앉아 있는 성표에게 말을 던졌다.

“별로 좋아하지 않소.”

“그러나 이 댁은 대단한 애견가인 모양인데 신 형이 이 견족들을 배척해서는 안 될 거요.”

“배척이 뭡니까? 이 댁에선 견족과 인간이 동등한데, 오 부인의 시종으론 견족이 일급이랍니다.”

“흠.”

하고서 영태는 어슬렁어슬렁 원숭이가 있는 곳으로 다가간다.

“야! 인마!”

영태는 마도로스 파이프를 창살 사이로 밀어 넣으며 원숭이를 놀려준다. 콩을 까먹던 원숭이는 이빨을 드러내며 노한다.

“어! 엇!”

영태의 갑작스러운 소리에 놀란 성표가 벌떡 일어섰다. 영태는 손등을 움켜쥐고 빙빙 돌고 있었다. 성표가 쫓아가는데,

“제니!”

등 뒤에서 여자 목소리가 날아왔다. 성표는 저도 모르게 고개를 돌렸다. 오 부인이 거기 서 있었다.

“많이 물리셨어요?”

영태는 노랗게 질린 얼굴을 하고서 바보처럼 오 부인을 바라본다.

“신 선생, 미스 석보구 약 가져오라 이르세요.”

성표는 등에 진땀이 솟는 것을 느꼈다.

영희를 데리고 성표가 돌아왔을 때 영태는 여전히 손을 움켜쥔 채 바보처럼 서 있었고, 그 모습을 오 부인이 바라보고 있는데 얼굴에는 엷은 미소가 감돌고 있었다. 하기는 오 부인이 아닌 부처님이라도 영태의 그 꼴을 보고 웃지 않을 수 없으리라.

"손 이리 내세요."

영희는 영태를 노려보며 말했다. 엉거주춤 손을 내어밀자 영희는 입을 꾹 다물고 알코올에 적신 탈지면으로 상처를 우악스럽게 닦아낸다.

"신 선생 친구 분인가요?"

오 부인은 미소를 거두고 성표를 돌아다보았다.

"네, 저……."

성표가 어물어물하자 영태는 팔을 영희에게 내맡긴 채 고개를 비틀며,

"네, 부인, 성표 군은 바로 제 친굽니다. 그리고 또, 박병태 씨가 제 형이구요, 형수씨께서……."

말구멍이 막힌 듯 영태는 침을 꿀꺽 삼킨다.

"네, 그러세요."

오 부인은 가만히 뇌었다.

"형수씨는 부, 부인의 말씀을 가끔 하죠."

"모두들 안녕하세요?"

"네, 무고합니다."

박영태는 갈팡질팡이다. 성표가 웃음을 참는데 오 부인이 힐끗 쳐다본다. 순간 눈이 부딪쳤다.

“다 됐어요.”

영희는 영태 손등에 붕대를 감아주고는 약품이 든 자그마한 케이스를 들었다. 그리고 그는 뒤돌아보지도 않고 가버렸다.

“그럼 노시다 가세요.”

오 부인은 천천히 몸을 돌리더니 영희가 사라진 방향으로 걸어간다. 황금빛 샌들을 신은 부인의 뽀오얀 뒤꿈치가 청년들 눈에 아련아련하게 서린다.

영태는 땅에 떨어진 베레모를 주워 흙을 털면서,

“제이기랄! 하필이면.”

투덜거리며 원숭이에게 주먹질을 한다. 성표 방으로 되돌아온 영태는,

“신 형, 내가 쓸데없이 주둥아리를 놀렸죠?”

풀이 죽은 소리로 물었다.

“뭣 말이오?”

“박병태 동생이라고 신분을 밝혔으니 말이오. 신 형을 경계하여 내쫓으면 사고란 말이야.”

“그러지야 않겠지.”

“엉겁결에 말이 그만 튀어나오더군.”

박영태는 베레모를 구겨 쥔 주먹으로 자기의 머리를 툭 친다.

“그래, 소원 성취한 기분은 어때요?”

"누가 얼굴이나 똑똑히 봤나? 눈앞이 흐릿해서 아무것도 보이지 않던걸."

"지나치게 흥분을 했군."

"재수 없게 원숭이한테 물렸으니."

붕대를 감은 손을 내려다보며 억울한 듯 뇌었다.

"부인에게는 퍽 인상적이었을 거요."

성표는 내내 참아온 웃음을 터뜨렸다.

3. 심야의 발소리

S형무소의 붉은 벽돌담은 낮게 내려앉은 컴컴한 하늘로 하여 더욱 음산하게 보였다. 비는 멎었으나 아직 안심할 수 없는 날씨였다. 정란은 우산을 담벽에 세워놓고 등을 벽에 붙이고 서 있었다.

'좀 앉아봤으면.'

그러나 땅바닥에는 빗물이 질퍽하게 괴어 있어 앉을 만한 곳은 아무 데도 없었다. 하이힐을 신은 발목이 시큰시큰 아파왔다. 체중이 자꾸만 아래로 훑어내려 가는 것만 같아 견딜 수가 없었다.

아래에 있는 사무실에서 수속을 끝내고 나서 이 붉은 벽돌담에 둘러싸인 철문 앞에 온 지가 벌써 한 시간은 족히 넘었다. 부엉이처럼 밤에 움직이는 정란에게 있어서 아침부터 집을 나서 가지고 수속을 밟는 데도 몇 시간씩 기다려야 했고, 지금 또 기다리고 있는 판이니 피곤할 수밖에 없었다.

형무소 앞마당에는 보따리를 든 노친네와 젊은 아낙들이 쥐어짜 놓은 걸레 같은 표정으로 여기저기 흩어져 있고, 남자들은 죄 없는 담배만 소비하며 멍멍히 어딘지 모르는 곳에 시선을 던지고 있었다.

병원에 가면 모든 사람은 다 환자요, 심뇌에 싸인 가족들이다. 어째서 이렇게 불행한 사람이 많을까 하며 성한 사람마저 공포에 떨게 되는 것이다. 그와 마찬가지로 이곳의 주민은 모두가 죄수요, 드나드는 사람은 그들의 가족들인 것이다. 어째서 불행한 사람이 이렇게 많을까? 어느 누구에게도 언제 어떻게 엄습하여 삼켜버릴지 모르는 운명의 문들, 사망과 사형의 곡성이 울리는 음산한 곳이다. 인간은 가능성 있는 그 공포에 떨면서 살아간다.

정란은 막연히 그런 생각을 하며 맞은편 산을 바라보았다. 뼈만 앙상하게 남은 듯 나무 한 뿌리 없는 돌산이다. 이곳 죄수들의 인고忍苦를 닮아 산도 그러한지. 정란은 눈길을 돌렸다.

불행한 사람들은 불행한 사람대로의 대화가 있다. 아낙들은 기다림에 지쳤음에도 가만가만히 이야기를 주고받고 있었다. 한결같이 무고하다는 것이요, 억울하다는 것이며, 남의 꾐에 빠졌다는 것이다. 정란은 그들과 이야기라도 나누고 싶었다. 그러면 다소라도 불안한 마음이 무마될 것 같았다. 그러나 그들은 아무도 정란의 옆으로 와주지 않았다. 화장도 엷게 하고 옷차림도 간소하게 했으나 매니큐어를 한 긴 손톱이나 무대생활에 젖은 그에게서 풍겨 나오는 것은 어쩔 수 없는 사치의 냄새다.

"앗!"

정란은 무심결에 소리를 질렀다. 자동차 한 대가 정란의 아랫도리에 빗물을 튀기며 지나갔다. 고급 승용차였다. 자동차는 정문 앞에 멈추더니 서류봉투를 든 변호사인 듯싶은 중년 신사와 한 여인이 내려왔다. 그들에게는 무슨 특혜가 있는지 굳게 닫혀진 철문이 열리고 그 속으로 그들은 총총히 사라졌다. 기다림에 지친 사람들은 선망과 증오의 눈으로 그들이 사라진 곳을 응시한다. 비가 부슬부슬 내리기 시작했다. 정란은 우산을 펴 들었다.

'어머, 저 할머니가.'

저만큼 떨어진 곳에 보따리를 을씨년스럽게 안고 그냥 비를 맞으며 노파 한 사람이 서 있었다.

"할머니, 이리 들어오세요."

정란은 노파 가까이 다가서며 우산을 내밀었다. 노파는 놀라며 정란을 쳐다보았다.

"고마워유."

노파는 보따리를 추스르며 가까스로 말을 했다.

"왜 이렇게 비가 오죠?"

"글쎄 말이유."

노파는 마지못해 힘없이 말했다.

"시골서 올라오셨어요?"

"야."

"누굴 만나러 오셨어요?"

노파는 한동안 말이 없다가,

"아들이유."

목소리가 떨려 나왔다. 노파는 안고 있던 보따리의 귀퉁이를 잡아당겨 눈을 비빈다. 그러나 눈물은 보따리 위에 염치없이 자꾸만 떨어진다. 누선淚腺이 약한 정란은 노파가 우는 바람에 눈물이 절로 괸다. 물론 그 눈물은 자기의 설움에서 나온 것이다.

비가 내리는 벽돌담 앞 빨간 우산 밑에서 파뿌리 같은 머리에 올올이 주름진 시골 노파와 병든 도시의 최첨단의 공기가 밴 모던 걸이 나란히 서서 울고 있으니, 이 광경은 사람들의 눈에 이채롭게 보였다. 그러나 그들은 같이 흘리는 눈물로 하여 무척 친근해지고 말았다.

"무슨 일로 아드님은 들어가셨어요?"

"내 아들은 이자 햇빛을 못 볼 것이유."

"설마…… 너무 낙심 마세요."

정란은 노파를 따라 울어버린 자기의 꼴을 어처구니없게 생각하며 손수건을 꺼내어 얼굴을 닦는다.

'얼마나 내 마음이 가난하기에 이러는 것일까?'

"좋게 되기를 어찌 바라겠시유? 그놈은, 그 몹쓸 놈은 샐인

죄인이라오."

정란은 눈을 크게 벌리며 노파를 쳐다보다가 절망에 찬 노파의 눈동자를 피하여 얼굴을 떨어뜨리고 만다. 무슨 말을 하겠는가, 물어본 것까지 뉘우쳐지는데.

"내 아들은 이자 햇빛을 못 봐유."

노파는 소리를 죽이며 운다.

"다 분복대로 살 것인디…… 그놈의 돼지 한 마리가 뭐라구……."

울면서 띄엄띄엄하는 노파의 말에 의하면, 작년 늦봄에 한마을에 사는 사람이 돼지 새끼 세 마리를 사다 주면서 노파의 아들에게 길러달라고 했다는 것이다. 잘 기르면 한 마리를 주기로 하고. 아들은 한여름에도 비지땀을 흘리며 읍내 술도가에 가서 술찌꺼기를 얻어 오고, 여관집 부엌마다 돌아다니며 밥찌꺼기를 거둬 왔다는 것이다. 겨울에는 겨울대로 설한풍이 휘몰아치는 고개를 넘어 읍내로 다녔다는 것이다. 그렇게 애지중지 길러 놓은 돼지를 어느 날 아들이 출타하고 없는 사이에 돼지 임자가 와서 장사꾼에게 몽땅 넘기고 저녁 늦게 집으로 돌아온 아들에게 한다는 말이,

"빚이 급해서 그랬네. 가을 추수 때나 보자구."

하더라는 것이다. 주거니 받거니 시비가 벌어진 끝에 아들은 낫으로 돼지 임자를 찍어 죽였다는 것이다.

"다 분복대로 살 것인디, 돼지 한 마리가 뭐라구 그놈이

그만…….”

초여름 비는 그칠 줄 모르고 내리는데, 노파의 흐느낌은 정란의 심장으로 깊이 스며든다. 흩어져 있던 사람들이 별안간 모여들었다. 철문이 삐그덕 소리를 내며 열렸다.

“할머니! 어서 가세요.”

정란과 노파는 허둥지둥 달려가서 행렬에 붙어 섰다. 정란과 노파는 번호가 새겨진 목패木牌를 받아 들고 형무소 안마당에 발을 들여놓았다. 푸른 수의를 입은 까까중의 죄수들이 물건을 나르고 있는 모습이 눈에 띄었다.

그들은 여러 사람들과 함께 대기실로 들어갔다. 차례를 기다리며 습기 찬 벤치에 자리를 잡고 앉았다. 어떤 기대와 불안이 소음 이상으로 대기실 안에 꽉 들어찬다.

“삼십이 번 김덕삼!”

간수가 소리 질렀다.

“김덕삼이 없나?”

그때서야 비로소 노파는 발딱 일어섰다. 그리고 허둥지둥 뛰어간다.

“흐음…….”

정란은 깊은 한숨을 쉬었다.

‘정말 햇빛을 못 보겠구나. 가엾은 사람들…….’

이윽고 정란의 차례가 왔다. 정란이 면회실로 들어갔을 때 김세형은 다른 출입구에서 들어오는 판이었다. 좀 얼굴이 해쓱했으나 깨끗하게 이발을 한 모습에는 오히려 어떤 음영이 깃들어 몹시 매력적이었다. 세형은 조금도 풀이 죽지 않고 미소까지 지었다.

'못난이.'

정란의 혼잣말은 애정에서 오는 반어反語에 불과했다. 그들은 기록을 하기 위하여 지켜보고 있는 간수의 눈을 의식하며 마주 보고 앉았다.

"울었나?"

세형은 정란의 눈을 들여다보며 물었다.

"아, 아뇨."

"별일 없을 거야. 걱정하지 마."

김세형은 정란이 앞에서 그 위세를 버리지 못한다.

"그, 그렇지만."

사건이 단순치 않음을 알고 있는 정란은 그의 말을 믿지 않았다.

"괜찮다니까, 그보다 변호사나 대주었으면 좋겠어."

마치 떼쓰는 아이 같다. 정란에게 그만한 능력이 없음을 모르는지, 알고도 그러는지, 김세형은 서슴없이 말했다.

"그러겠어요. 오빠하고 의논해서."

그보다 더 어려운 말을 해도 정란은 그러겠다고 대답했을 것이다.

"너희 오빠가 뭘 안다구."

세형은 내뱉듯 말했다. 서먹서먹하게 지내는 감정과 성표 앞에 떳떳하지 못한 자기의 위치 때문에 역으로 하는 소리다.

"저번 때 속옷 넣은 것 받으셨어요?"

"음."

"오늘 예치금 만 환 넣었어요."

"알았어."

"그 밖에 뭐 필요한 거라도……."

"글쎄…… 참, 박 군을 만나봐."

"박 군이라뇨?"

정란은 어리둥절해서 되묻는다.

"왜 있지. 성일방직회사 박성일 사장의 아들 말이야."

세형은 간수 쪽을 힐끗 쳐다보며 몸을 뒤로 잰다.

"꼭 잊지 말고, 알았어?"

"알았어요."

정란은 시부저기 대답한다.

"어려운 일 있으면 가서 말해. 봐줄 거야."

정란은 서글퍼졌다. 이런 곳에까지 와서 허풍을 떨지 않으면 안 되는 사나이의 심정이 슬펐다. 그러나 서글서글한 그 눈과 말끔하게 면도질을 한 볼, 넓은 가슴에 얼굴을 묻고 싶은 그리움이 치밀었다.

"시간 다 됐어요."

간수의 무뚝뚝한 말에 정란은 일어섰다.

"그럼…… 몸조심하세요."

하는데 염치없이 눈물이 왈칵 솟는다. 세형도 어처구니없이 흘러버린 시간이 아쉬운 듯 약간 눈살을 찌푸렸다.

"정란이도 몸조심해. 내 걱정은 하지 말고."

형무소에 들어앉아서 청할 것은 다 청하고서 걱정은 하지 말라니 참 마음대로다. 그러나 정란은 다정하게 작별 인사를 하고 돌아서 가는 사나이의 뒷모습을 절절하게 바라본다. 그 모습이 문턱에 이르자,

"아, 여보!"

세형은 고개를 돌렸다.

"또 오겠어요."

"음."

밖으로 나왔을 때 비는 줄기차게 쏟아지고 있었다. 정란은 지나가는 택시를 잡았다. 비도 거세게 퍼붓거니와 너무 피곤하여 버스에 흔들리며 갈 수 없었다. 밤에는 또 일터로 나가야 하였다. 정란은 가난한 주머니에만 신경을 쓸 수 없다고 생각했다.

택시가 빗속을 꿰뚫고 로터리를 돌아간다.

'아차.'

정란은 노파를 생각했던 것이다.

'이렇게 비가 쏟아지는데 우비도 없이…… 그 할머니는 어디 가서 잠을 잘까?'

정란은 중얼거리며 분복대로 살아야 한다던 노파의 말을 되

새겨보았다.

'나를 불행하다고만 생각한 것은 잘못이야. 이 세상엔 그 할머니처럼 가엾은 사람이 얼마나 많다고…….'

인생에 겸허한 정란은 자신의 불운을 한탄한 일마저 송구스럽게 여기는 것이다. 교양도 없고 가정교육도 받지 못한 정란은 언제나 이성보다 감정으로 판단하고 행동한다. 그가 겸허한 것도 타고난 천성이요, 감정의 소치일 것이다.

'어째서 그렇게도 세상 물정을 모를까? 딱하기도 하지.'

정란의 생각은 세형에게로 돌아갔다.

세형은 박 군을 만나보라 했으나 실상 정란은 박 군이라는 사람이 성일방직회사 사장의 막내아들이라는 것밖에 모른다. 그 이야기도 세형에게 들었을 뿐이다. 그의 거처도 모르고 얼굴도 모른다. 그리고 찾아가서 어려운 말을 할 수 있을 만큼 세형과 친한 사이였는지 그것도 의심스러웠다. 세형의 후배 격인 노대중을 통하여 그 박이라는 사람을 알게 되었고, 술까지를 같이한 것만으로 찾아가서 구차한 소리를 할 형편은 못 되는 것이다. 사실 세형은 박영태에게 어떤 기대를 걸고 한 말은 아니었다. 간수가 옆에 있으니 내게도 그만한 배경이 있다는 것을 뽐내본 데 불과했다. 죄 없는 허영심이 한 짓이었다.

집에 돌아왔을 때 정란은 다섯 시가 지나 있는 것을 알았다. 일곱 시까지 나이트클럽에 나가야만 했다. 정란은 서둘러 세수를 하고 화장을 공들여 했다.

"이 머리를 어떡한담."

비에 젖어 홀랑 풀어진 머리는 보기에 딱했다. 그러나 미장원에 갈 시간도 없었다.

"빌어먹을……."

정란은 빗질을 싹싹 하여 머리를 바싹 걷어 올려 핀을 찔렀다. 다행히 푸석한 머리보다 소청素淸하게 보였다. 정란은 급히 서둘러 스테이지 드레스를 걸쳤다. K호텔에 도착한 정란은 홀의 카운터로 가서 수화기를 들고 다이얼을 돌렸다. 싱싱하고 탄력 있는 여자의 목소리가 누구를 찾느냐고 물었다.

"저, 댁에 신성표라는 분 계시죠?"

"네, 계십니다."

어미語尾가 이상하게 딱딱했다.

"죄송하지만 좀 불러주실 수 없습니까?"

"실례지만 누구시라고 할까요?"

정란은 잠시 생각하다가,

"저, 여긴 K호텔인데, 그렇게 말씀하시면 아실 거예요."

수화기를 놓는 소리가 났다. 한참 동안을 기다리고 있노라니까,

"정란이냐?"

굵은 목소리가 울려왔다.

"네, 오빠!"

"지난 토요일엔 전화했었는데 아직 안 나왔다 하더구나."

“지배인한테 얘기 들었어요.”

“그런데 김은 어떻게 됐어?”

정란은 수화기를 고쳐 들고 잠시 말을 끊었다가,

“형무소로 벌써 이감됐어요.”

“대관절 무슨 일을 저질렀단 말이냐?”

“남부끄러워서 말 못하겠어요.”

“남의 집을 털었나?”

“아무리…… 세관원을 가장하고 밀수업자한테 돈을 받았다는 거예요.”

“사기죄로군. 그 새끼한테 그런 재간도 있었나?”

“구경꾼 같은 말을 하네요. 오빠가 그럴 줄 알고 전 여태 전화 걸지 못했던 거예요.”

“…….”

“오늘 거기 갔었어요.”

“형무소 말이냐?”

“네. 그런데 그이가 변호사를 대달라잖아요. 어떡하면 좋죠?”

“흥! 들앉아서 호강스런 소리만 하는군.”

정란은 입술을 깨문다. 정란이 아무 말도 못하자 성표는 가엾은 생각이 들었는지,

“그래, 어쩌자는 거야?”

“대라니까 변호사는 대야잖아요.”

“최소한 십만 환은 주어야 할 텐데…….”

“그렇게 많이?”

정란의 이맛살이 바싹 모여들었다.

“그럼 돈 삼사만 환으로 될 줄 알았니?”

“글쎄…… 그렇지만…….”

“나를 믿지는 말어.”

“오빠를 어떻게 믿어요.”

“그런데 한 군데 물어보마.”

“네? 오빠가 어떻게 그 큰돈을?”

정란은 놀란다.

“그러니까 믿지 말래잖아. 되면 다행이구.”

“전 오빠한테 그런 걱정 끼치려구 전화한 거 아니에요.”

“알어. 그 새끼 소행을 생각하면 내 주머니 속에 돈이 있다 해도 내놓지 않겠다만, 그럼 다음에 또 연락하지.”

전화는 그쪽에서 먼저 끊어졌다. 정란은 수화기를 든 채,

‘오빠가 어디서 그 돈을…….’

머리를 살래살래 젓는다. 정란은 성표 말에 기대를 걸지 않았다.

“로라 김, 무슨 걱정이라도?”

사무실의 여사무원과의 농담을 주고받던 바텐더가 말을 걸었다.

“네?”

정란은 멍하니 되물었다.

코 밑이 긴 바텐더는 싱글벙글 웃으며 더 말하지 않았다.

"억세게 쏟아진다. 장사 다 글렀군."

기지개를 켜면서 바텐더는 가버린다.

사방은 칠흑처럼 깜깜했다. 달도 없는 밤이다.

성표는 어둠을 헤치듯 앞으로 나갔다. 열흘 남짓한 동안 마룻바닥을 더듬는 발끝이 좀 익숙해지기는 했지만 마음 한구석에 미덥지 못한 그 무엇이 있어 허황한 몸가짐은 영 가셔지지 않았다. 꼬불꼬불 꼬부라진 복도에는 애초 전등 하나 없었다. 아래층만 해도 오륙십 평이 족히 되는 넓은 건물 속에는 완전히 소등이 되어 한 가닥의 불빛도 없이 쥐 죽은 듯 고요했다. 밤 두 시였다. 이때가 되면 성표는 자리에서 일어나게 마련이다. 오랫동안 어쩔 수 없이 몸에 붙어버린 버릇일 것이다. 화장실에 가야만 했다.

'오늘 밤에도 또?'

야릇한 기대와 불안이 그의 발소리를 죽였다. 성표는 화장실의 문을 밀고 들어섰다. 용변을 끝낸 그는 가만히 귀를 기울였다. 아니나 다를까, 조심조심하며 슬리퍼를 끄는 소리가 왼편 복도 쪽에서 희미하게 들려왔다. 그 발소리는 차츰 가까이 다가왔다. 화장실 앞을 지나서 그 발소리는 오른편 복도 쪽으로 사라져 버렸다.

'해괴한 일이다. 알 수 없어.'

오륙일 전부터 이 시간에 그 이상한 발소리가 어김없이 왼편에서 오른편으로 사라지는 것이었다. 처음 그 소리를 들었을 때 성표는 누가 화장실로 오는가 보다 그렇게만 생각했었다. 그 발소리가 화장실을 지나쳤을 때 그저 그런가 보다 하며 별 의심을 품지 않았다. 그러나 그다음 날도 그러했다. 그다음 날도.

'설마, 도깨비는 아니겠지.'

비교적 담대한 성표도 기분이 좋지 않았다. 방으로 돌아온 성표는 침대에 걸터앉아 담배를 피워 물었다.

'미궁? 그렇죠. 요지경이죠. 한 꺼풀 한 꺼풀, 그러나 차츰 벗겨질 거예요. 아아, 싫어!'

처음 왔을 때 복도를 거닐면서 하던 영희의 말이 되살아났다.

'한 꺼풀 한 꺼풀 벗겨진다고, 그건 무슨 뜻일까?'

그때는 무심히 듣고 넘긴 말이다. 그러나 밤마다 두 시경이면 들려오는 그 이상한 발소리는 영희의 말에 새로운 의문을 달았다.

'누굴까? 그 발소리의 임자는?'

손가락에 낀 담배에서 담뱃재가 폭삭 사그라지면서 무릎 위에 떨어졌다.

'부인?'

제일 먼저 떠오르는 사람은 역시 오 부인이었다.

'혹시……? 부인은 몽유병자가 아닐까?'

달밤에 높은 담을 훌쩍 넘어서 무덤으로 쫓아간다는 매구 생각이 퍼뜩 떠올랐다. 황당한 그 이야기를 믿는 것은 아니었으나 성표는 등골에 식은땀이 흐르는 것을 느꼈다.

'설마…… 설마 그러기야…… 몽유병자? 그야 있을 수 있는 일이지. 그러나 꼭 같은 그 시간에 같은 코스를 걸어간다. 몽유병자라면 이리저리 방황할 게 아니냐?'

밤의 고요와 더불어 냉수처럼 머릿속이 맑아오고 잠이 올 것 같지가 않았다.

'무슨 범죄라도? 무시무시한 비밀이라도?'

성표는 강하게 머리를 흔들었다.

'사람이 사는 집에 밤이라고 다녀서는 안 된다는 법은 없지. 오 부인이 아니고 식모였는지도 몰라. 아니, 심부름꾼 윤 씨였을지도…….'

성표는 애써 그러한 환상을 지워버리려 했다. 그러나 발소리의 임자가 식모나 윤 씨라고 하기에는 억지 춘향이요, 그 상황에 들어맞지 않는 일이었다.

'에라, 모르겠다! 내가 무슨 상관이람.'

성표는 불을 끄고 자리에 들었다. 그는 이내 잠이 들고 말았다.

이튿날 아침 성표는 영희와 찬이와 함께 아침 식탁에 마주 앉았다.

'영희 씨에게 그 일을 물어볼까?'

성표는 망설였다.

"무슨 생각을 하세요?"

눈치 빠른 영희가 물었다.

"아, 아니 아무 생각도."

냅킨을 목에 걸고 찬이가 성표를 말끄러미 쳐다본다. 근심이 잔뜩 어린 눈이다.

'좀 더 두고 보자. 그 일을 영희 씨가 안다면 내게 말했을 것이 아니냐? 알고 있으면서 말하지 않았다면 알리고 싶지 않은 비밀이겠지.'

"신 선생님?"

"네?"

성표는 영희의 얼굴을 건너다본다.

"부인께서 분부하실 일인데요."

"……?"

"일요일에는 아침에만 피아노 봐주시고 외출하셔도 좋답니다."

영희는 웃음 반 생각 반의 표정이었다.

"정말입니까?"

"언제 제가 거짓말했어요? 일전에 찾아온 그 어릿광대 같은 친구의 덕택이라 생각하세요."

"그러고 보니 나에게 오는 방문객은 거절이란 뜻이군요."

"말하자면 그렇죠. 하지만 신 선생님께 손해될 일은 아니잖아요."

"그야 고마운 얘기죠."

성표는 빙그레 웃었다.

"부인께서는 참 좋게 보셨나 봐요."

"뭘 말입니까?"

성표는 일부러 시치미를 떼었다.

"능청 부리지 마세요. 뭐기는요? 사람이죠."

"누구 말입니까? 그 친구 말입니까?"

영희는 어이가 없는지 더 이상 말하지 않았다.

학교에 간 성표는 곧장 박영태를 찾아간다. 돈 얘기를 해볼 참이었던 것이다.

"어머! 미스터 신."

최경자는 악보를 끼고 강의실 앞의 복도를 바삐 걸어오다가 성표를 보자 필요 이상으로 반갑게 불렀다.

"안녕하십니까?"

성표는 겸연쩍게 인사를 했다. 하얀 블라우스에 연한 감색 잠바스커트를 입은 최경자는 다른 때보다 좀 예뻐 보였다. 그는 이마에 내려온 머리를 쓸어넘기고 의식적인 포즈를 취하면서,

"누굴 찾으시죠?"

하고 물었다.

"박영태 군 나왔습니까?"

"아아, 그 얼간이 말인가요?"

영태가 경자를 경멸하는 정도로 경자의 표정에도 혐오의 빛

이 돌았다.

"아마 그 얼간 씨는 현재 발병 중이신가 봐요."

경자는 자기가 한 말에 스스로 멋을 느끼며 이빨을 살짝 드러내고 웃는다.

"어디가 아프답디까?"

성표는 상을 찌푸린다.

"어디가 아픈지 저로서는 모르는 일이지요. 아프다고들 그러더군요."

"음……."

"무슨 일로 찾으시죠?"

그것은 알아 뭣 하겠느냐 하려다가,

"좀 부탁할 일이 있어서……."

"저에게 부탁하면 안 되는 일이에요? 여성이라서?"

성표는 아니꼬운 생각이 들어 대답을 하지 않는다. 돌아서려고 하는데,

"소문 들으니까 미스터 신께서는 복덕방에 빠졌다면서요?"
하며 성표의 발걸음을 잡았다. 성표는 멍멍히 그를 바라보았다.

"어느 부호 댁의 가정교사로 드셨다더군요."

"그래서 복덕방입니까?"

성표는 시부저기 웃는다.

"고생을 면했으니 그렇잖아요."

"하긴 그 방은 복덕방이더군요. 넓고 시원하고 서비스가 그만

이고.”

“여성의 습격도 없겠구요.”

“왜요? 그 댁에도 아름다운 소녀가 있죠.”

“으응?”

경자의 표정이 굳어진다. 그것을 감추려 하니 얼굴의 밸런스가 더욱 뒤틀어진다. 성표에 대한 욕심이려니와 자기 제일주의인 그의 자존심이 쑤시고 아리는 것이다.

“무척 다행이군요. 불우한 청년을 위하여.”

화를 내자니 싱겁고 정색을 하자니 아니꼽다.

“그럼 물러갑니다.”

성표는 돌아섰다. 상대하고 있기가 매우 난처했던 것이다.

“미스터 신!”

경자는 어세를 달리하며 명령조로 성표를 불러 세우는 것이었다.

“무슨 용건이 또 있습니까?”

“호호홋…….”

경자는 별안간 신경질적으로 웃어젖혔다. 아무튼 아름다운 소녀가 있다는 성표의 말을 다시없는 모욕으로 알고 경자는 그 모욕의 보복을 할 참이었다. 성표는 별안간 웃는 바람에 어리둥절한 채 서 있었다.

“그 얼간 씨하고 요즘 친하시다니 그거 정말이세요?”

“친하면 나쁩니까?”

"나쁠 것 없죠. 특히 미스터 신에게는. 하지만 좀 체통이 없네요. 그야 부잣집 아들이지만 말예요."

"뭐라구요?"

금시 목덜미가 벌게진다.

"파트롱이면 역시 남자보다 여자가 나을 뻔했어요. 그런 얼간이를 이용하는 것, 품위 없는 짓일 거예요."

"망할!"

성표는 주먹을 쥐고 바싹 다가섰다. 차마 년 자는 붙이지 못했다.

"어머! 날 칠 작정이세요?"

경자의 얼굴은 흉하게 비틀어졌으나 눈만은 억지로 웃고 있었다.

"맞아보겠나?"

정말로 성표는 노했다.

"거 재미있군. 어디 한번."

얼굴을 내밀었다. 그러나 경자의 그 말투의 몸짓은 능란한 것은 아니었다. 좁은 소견에 보복심만 앞섰을 뿐 그는 마음의 갈피를 벌써 잃고 있었다.

"네가 사내새끼라면 죽여버리겠다. 그러나 네 말대로 체통을 살려 그만둔다."

성표는 주먹을 풀고 돌아섰다. 신들린 듯한 경자의 웃음소리가 뒤쫓아 왔다.

'진드기처럼 집요한 계집애다!'

한 가닥 남은, 안됐다는 생각마저 다 달아나고 정말 성표는 넌덜머리가 났다. 정란의 일도 그렇고, 최경자의 폭언, 이래저래 화가 난 성표는 일찍 교문을 나섰다. 목적도 없이 이리저리 거리를 헤매어 다니다가 다섯 시가 다 되어 집으로 돌아왔다.

성표가 문을 들어섰을 때 현관 앞에는 눈에 선 검은 세단 차가 한 대 머무르고 있었다. 그리고 포치에 키가 늘씬한 중년 신사 한 사람이 오 부인과 함께 서 있었다. 그들은 무슨 이야기를 하고 있는 모양이었다. 오 부인의 녹색 드레스와 신사의 회색 양복의 조화는 먼빛에도 매우 선명하고 아름답게 느껴졌다.

'강 사장인가 보다.'

성표는 좀 난처한 기분도 들고, 자기 자신에 대한 저항도 느꼈다. 그는 되도록 천천히 걸어갔다.

"그럼 부인, 안녕히 계십시오."

가까이 갔을 때 신사는 돌아서며 말했다.

'……강 사장 아닌가?'

신사는 검은 가방을 들고 자동차에 오르면서 성표를 힐끗 쳐다보았다. 희고 반들반들한 이마 밑의 로이드안경이 번쩍 빛났다.

자동차가 움직이자 오 부인은 목례를 보내고 나서,

"이제 오세요?"

성표가 인사를 하기 전에 먼저 그쪽에서 말을 거는 것이었다.

"네."

오 부인은 자연스럽게 성표와 보조를 같이하며 집 안으로 들어갔다. 은은한 향기가 부인의 옷자락에서 풍겨왔다. 성표는 눈앞이 흔들리는 것만 같은 긴장감에 빠졌다. 이 집에 들어온 후 두 번째 마주치는 오 부인이다. 홀 안으로 들어간 부인은 뻣뻣하게 서 있는 성표를 뒤돌아보았다.

"차나 들면서 얘기 좀 할까요."

"네."

긴장감과 더불어 성표의 목소리는 딱딱했다. 소파에 앉은 오 부인은 성표에게 앉기를 권하고 나서 벨을 눌렀다. 계집아이가 왔다.

"커피 두 잔만."

계집아이가 나가자 오 부인은 성표 얼굴을 지나서 정원 쪽으로 시선을 옮겼다. 그는 정원을 바라본 채 움직이지 않았다. 조각처럼 차가운 옆얼굴, 옆에 사람이 있는 것을 망각하고 있는 것만 같았다. 성표는 밤마다 들려오는 그 발소리를 생각했다.

'만일 부인의 발소리라면? 그렇다면 이 여인은 밤마다 어디를 가는 것일까?'

성표는 오 부인의 옆얼굴에 눈을 주었다. 여전히 조각처럼 차가운 옆얼굴이었다.

'부인은 무엇을 생각하고 있는 것일까? 아무것도 생각하고 있지 않다. 저 얼굴에는 영혼이 없다. 이 순간만은 영혼이 저 부

인의 육체에서 떠나버리고 없다.'

성표의 긴장감은 풀어지고, 어떻게 설명할 수 없는 연민의 정이 그의 마음속에서 솟았다.

뜰에서는 일꾼들이 잔디를 깎고 있었다. 오 부인 계집아이가 차를 날라 올 때까지 그러고 앉아 있었다. 커피잔이 탁자 위에 놓여지자 오 부인은 꿈에서 깨어난 듯 얼굴을 돌렸다. 그러나 이내 싸늘하게 가라앉았다.

"드세요."

낮은 목소리로 권하고 나서 오 부인 자신도 찻잔을 들었다.

"찬이가 좀 어떻습니까?"

한 모금 마시고 탁자 위에 찻잔을 놓으며 오 부인이 물었다.

"글쎄요…… 아직은 뭐라 말씀드릴 수 없습니다만."

성격을 두고 말하는지, 또는 피아노나 학과를 두고 말하는지 알 수가 없어 성표는 애매하게 대답했다.

"피아노 하는 것 싫어하지 않아요?"

"아뇨, 아주 열심입니다. 그렇지만 좀 있으면 싫증을 내겠죠."

오 부인은 성표의 얼굴을 빤히 쳐다본다.

"찬이에게 소질이 있는지……."

"음에 대하여 퍽 민감하더군요."

오 부인은 크게 고개를 끄덕인다.

"그 애 아버지는 피아니스트였죠."

어미에 가서 숨을 들이마시는 듯했다. 성표는 뭐라 대답할 수 없었다. 찬이의 부모에 관한 얘기는 하지 말라던 영희의 말이 생각났기 때문이다.

오 부인의 잔잔한 얼굴에 정말 소리 없는 통곡과도 같은 것이 서리는 듯했다. 무서움을 자아내게 하는 그런 괴로움이 피부에 묻어오는 듯했다.

'박영태의 형수가 그런 말을 했다지? 통곡하고 있는 것 같다고…….'

"살았으면…… 아마 그분을 따를 사람이 없었을 거예요."

"그분의 성함이 누구십니까?"

순간 오 부인의 표정이 모여들었다. 꿈에서 깨어난 듯 그의 표정은 냉혹하게 돌아갔다.

"말씀드려도 모르실 거예요. 알려진 사람은 아니었으니까."

성표는 입을 다물었다.

"찬이는 말 잘 듣습니까?"

오 부인은 화제를 돌렸다.

"아주 착합니다. 참을성이 있고……."

"참을성이……."

입가에 엷은 미소를 띠며 오 부인은 되뇌었다.

"감성이 예민하면서도 참을성이 있습니다."

"그럴 거예요. 예민할 거예요."

부인은 찻잔을 들었다. 그리고 다시 말을 이었다.

"조금이라도 싫증을 내는 기색이 있으면 쉬게 하세요. 신 선생이 책임을 느끼시고 지도에만 신경을 써서는 안 될 거예요."

"저의 의견도 그렇습니다. 생활의 한 부분으로 생각할 때까지는 초조히 굴어선 안 된다구요."

오 부인은 고개를 끄덕이며,

"더군다나 그 애는 신 선생이 보시다시피 몸이 불편하니까 제 기분을 살려주어야 할 거예요. 쓸쓸한 아이지요."

영희와 마찬가지 말을 했다.

"노력해 보겠습니다."

오 부인은 불편한 점이라도 없느냐는 인사치레 한마디 않고 일어섰다. 자기 방으로 돌아온 성표는 이상한 감동 속에 자기 자신이 있는 것을 느꼈다. 더 절실하게 말하면 그것은 연민의 정이었던 것이다.

'박 군의 형수씨께서 오 부인을 애처롭게 생각한다고 했었지? 왜 그럴까? 나도…… 왕후 못잖게 호사한 생활을 하는 미모의 여인에게 왜 연민을 느끼는 것일까?'

영희는 뜰에서 흰 장미를 한아름 꺾어 들고 홀로 들어왔다. 시든 꽃은 뽑아버리고 꽃병에 물을 갈아 넣었다. 그러고 있는데 마침 전화벨이 울렸다. 영희는 수화기를 들고 누구를 찾느냐고 물었다.

"저, 신성표 씨 계시죠?"

여자의 목소리였다.

'옳지, K호텔에 있다는 바로 그 여자구나.'

이쪽에서 대답이 없자,

"좀 대주실 수 없겠습니까? 죄송합니다만."

"지금 신성표 씨는 안 계세요."

영희는 전화를 찰칵 끊어버린다. 정란을 성표의 애인으로 오해하고 있는 영희는 순간적으로 자기도 모르게 거짓말을 하고 만 것이다. 지금 성표는 찬이에게 피아노를 가르치고 있었던 것이다.

'내가 왜 그랬을까?'

왜 그랬는지 그 이유는 너무나 명백하다

'내가 어떻게 신 선생을 사랑할 수 있어, 이 내가!'

영희는 장미를 멍하니 내려다본다. 전화는 또 요란스럽게 울리기 시작했다. 영희는 움직이지 않는다. 필시 그 여자가 또 전화를 거는 것이라 생각했다. 전화는 멎지 않고 계속하여 울린다.

"전화 안 받어?"

낮은 목소리에 놀라며 돌아보았을 때, 연회색 실내복을 입은 오 부인이 거기 서 있었다. 영희는 잠자코 수화기를 든다.

"아, 현 박사님이세요!"

"미스 석이구먼. 요즘 재미 좋으시오?"

"그저 그렇죠, 뭐……."

"그저 그렇다구? 부인 계시오?"

"네, 잠깐만."

영희는 오 부인을 돌아보며,

"현 박사님이세요. 이 층으로 돌릴까요?"

"아니, 여기서 받지."

오 부인은 영희로부터 수화기를 받는다.

"안녕하세요, 현 선생님?"

억양이 없는 목소리다.

"네, 덕택으로."

"부인께서도……."

"그저 그렇죠."

영희가 한 말을 되풀이한다.

"애기들도요."

오 부인의 입가에는 엷은 미소가 떠돌고 있었다.

"그보다 부인께서는 요즘 어떠세요? 잘 주무시는지."

"여전히 고통이에요."

"거 야단이구먼요. 그러시다면 여행을 좀 해보시는 게 어떨까요?"

"글쎄요…… 올 여름에는 별장에 내려갈려구 생각하고 있어요."

"마찬가지죠. 거기 가서도 서울 생활의 연장일 테니."

"바다에 들어가겠어요."

"흠…… 그거는 그렇고, 내일은 유월 이십팔 일이죠?"

"유월 이십팔 일이라구요?"

오 부인은 어리둥절하며 반문한다.

"네, 그렇습니다. 댁에서는 파티라도 여십니까?"

"파티?"

"아무 준비도 없으신 모양이군요?"

"무슨 말씀인지 통 모르겠는데……."

"그러실 줄 알았습니다. 망각증 환자가 되기를 그렇게 원하셨는데, 부인께서는 소원대로 망각증 환자가 되셨습니다."

오 부인은 오래전부터의 주치의인 현인구玄仁玖 박사의 말뜻이 잘 새겨지지 않아서 수화기를 든 채 우두커니 서 있었다.

"여직도 생각이 안 나십니까?"

"무슨 말씀인지 통 모르겠어요."

"호오, 유월 이십팔 일? 무슨 날이던가?"

오 부인은 이맛살을 모으며 중얼거렸다. 현 박사는 껄껄 웃었다.

"버스데이 아닙니까? 바로 부인께서 이 세상에 나오신 그날이란 말씀입니다."

"아아."

오 부인은 가볍게 감탄한다.

"이제 생각이 나세요?"

"네, 생각이 나요. 하지만 제가 잊어버리고 있는 생일을 현 선생님께서는 어떻게?"

"환자 카드에 적혀 있죠."

"어머."

오 부인은 얼굴을 찌푸린다.

"작년의 그날에도 부인께서 몸시 편찮으셔서 제가 갔었는데 아무 차림이 없더군요. 아마 그때도 부인께서는 생일을 잊고 계신 듯했습니다."

"저는 늘 생일을 잊고 말았어요."

"그래서 이번에는 제가 환기시켜 드리는 의미로서 저녁에 초대할까 싶습니다만……."

"감사합니다."

"어떻습니까? 초대할 수 있는 영광을 주시겠습니까?"

오 부인은 엷은 미소를 띤다.

"다른 사람하고 함께 가도 좋겠습니까?"

"강 사장 말씀입니까?"

"아뇨."

한참 있다가 현 박사는,

"좋습니다."

체념한 듯 말했다. 그리고 시간과 만날 장소를 지적하고 전화를 끊었다. 오 부인은 천천히 이 층으로 올라갔다.

이튿날 저녁때 오 부인은 영희를 불렀다. 영희가 이 층으로 올라갔을 때 오 부인은 외출할 준비를 끝내고 소파에 앉아 있었다. 밀크빛 장갑 위에 가느다란 백금 팔찌를 몇 겹으로 돌려서 끼고 있는 것이 무척 선명하게 느껴졌다. 그리고 그는 은은한 연회색 드레스를 입고 있었다.

"신 선생 들어왔지?"

"네."

"지금 뭐 하셔?"

"찬이 피아노 봐주고 있어요."

"그럼 일찍 끝내고 외출 준비 하시라 일러요."

"네."

영희는 무표정하게 대답했다. 그리고 막 돌아서려고 하는데,

"잠깐만."

하고 오 부인은 영희를 불러 세웠다.

"음…… 영희도 외출할 수 있게."

"네?"

"영희도 같이 나가기로 해요."

영희의 안색이 좀 흔들렸다. 아래층으로 내려온 영희는 곧장 성표가 있는 방으로 갔다. 성표는 찬이에게 열중되어 들어온 영희는 본체만체 하나 둘, 하나 둘 하고만 있었다.

"선생님."

"네?"

돌아보지도 않고 발로 박자를 맞추며 대답한다.

"외출 준비 하시래요. 부인하고 같이 나가신답니다."

"네?"

성표는 비로소 돌아본다.

"부인의 명령이에요."

"명령?"

반문하며 영희의 얼굴을 살핀다.

"왜 그리 놀라세요?"

영희의 얼굴이 심술궂게 느껴진다.

"어디 가시는데요?"

불안한 표정이다.

"잡아 먹히러 가는 사람 같네요. 걱정 마세요. 초대받아 가시는 데 호위병 노릇을 하시는 거예요. 부인께서는 언제나 용의주도하시니까요."

성표는 잠자코 악보를 거두었다. 끝날 시간도 되었고 찬이도 지루해하던 참이다.

"오늘은 이만하자."

찬이는 빙긋이 웃으며 고개를 끄덕였다. 성표는 영희에게 얼굴을 돌렸다. 그리고 영어로 강경하게,

"아이 앞에서 부인에 대한 비판적인 언사는 삼가주시오."

영희는 놀라운 듯 성표를 쳐다보았다. 그리고 자기 자신에 대한 분노를 느끼는 듯 얼굴을 붉혔다.

"잘 알았습니다. 미안했어요…… 저의 감정…… 후일 이해하실 거예요."

영희는 성표보다 더 유창한 영어로 말했다. 그리고 나갔다.

방으로 돌아온 성표는 와이셔츠만 갈아입고 양복저고리를

걸쳤다. 그리고 자기의 감정을 음미하듯 발끝을 가만히 내려다본다. 별안간 동행을 명령한 부인의 의도나 그 목적지에 대한 의심, 영희의 말 등. 영희의 그 말은 애정의 표시였는지, 아니면 이 집이 갖고 있는 어떤 비밀을 두고 한 말인지, 성표의 머리는 빠근했다. 동시에 어떤 호기심도 없지 않았다.

'어디로 가자는 것일까?'

성표는 밤마다 들려오는 그 발소리를 또 생각했다.

'자욱한 안개처럼 이 집은 비밀에 싸여 있다. 내가 어떻게 말려들어 가는 것이나 아닐까?'

밤에 들려오던 그 발소리가 마치 북소리처럼 요란하게 울려온다. 그리고 그 발소리는 머릿속에서 난무한다. 성표는 머리를 흔들었다.

'그 발소리의 정체를 알아야겠다.'

그러고 있는데 노크 소리가 났다. 도어가 열리는 것과 동시에,

"준비 다 됐으면 나오세요."

성표는 몸을 돌이켰다.

"……?"

영희는 성장을 하고 웃으며 서 있었다. 흰 바탕에 노르스름한 무늬가 있는 원피스에 아주 멋진 네클리스, 그리고 자그마한 핸드백까지 들고 있었다. 얼굴과 머리 모양도 손질하여 매우 아름다웠다.

“영희 씨는 어딜 가시죠?”

“저도 어딜 가는지 몰라요.”

“그럼 저하고 같이 가십니까?”

“그런가 봐요.”

성표는 슬그머니 웃었다. 여러 가지로 생각한 일들이 모두 기우에 지나지 않았다는 것을 깨달았다. 그러나 영희의 장난이 어이없었다. 일전에도 박영태로부터 전화가 왔을 때 여자한테서 전화가 왔다 하며 놀려주더니 오늘도 마치 부인과 자기만이 외출하는 것처럼 시치미를 떼고서 지금에 와서 웃고 있으니, 그러나 성표는 영희가 밉지는 않았다.

“어서 가세요. 부인이 기다리고 계세요.”

현관 앞에는 벌써 세단 차가 대기하고 있었다. 그리고 오 부인은 차에 올라 무표정하게 앉아 있었다.

그들이 내린 곳은 K호텔 앞이었다.

‘하필……?’

잊어버리고 있던 정란의 일이 생각되어 성표는 괴로웠다. K호텔의 무거운 문을 밀고 들어설 때 영희는 의미 있는 시선을 성표에게 던졌다. 성표도 그 눈길을 느꼈다. 정란을 생각하면 우울했지만 아무것도 모르는 영희가 정란을 자기 애인으로 오해하고 있는 일이 우습기도 했다.

오 부인은 앞장서서 지하층으로 내려갔다. 어떻게 된 영문인지 알지도 못하고 따라온 성표는 오 부인과 영희의 뒤를 밟아

바로 들어섰다. 구석진 좌석에 앉아 있던 안경 쓴 신사가 일어섰다. 점점 싱글에 보타이를 매고 있었다.

'저 사람은?'

성표는 주춤하며 발을 멈추었다. 얼마 전에 푸른 저택 포치에서 오 부인과 함께 이야기를 하다가 검은 세단 차를 타고 간 바로 그 신사였기 때문이다.

현 박사는 영희와 가정교사를 거느리고 태연하게 나타난 오 부인을 아연한 눈으로 바라보았다.

"앉으시죠."

목에 걸린 음성으로 말했다.

"자, 앉으시오."

현 박사는 성표와 영희에게도 앉기를 권했다. 자리에 앉자 오 부인은,

"선생님, 소개하겠습니다."

하고 성표를 보며,

"찬이의 피아노 선생님이세요. 신성표 씨. 신 선생, 인사하세요. 현인구 박사입니다."

성표는 어색하게 머리를 숙였다. 지상에서 더러 본 일이 있는 이름이다. 성표는 정신과의 권위자인 현 박사를 기억한다. 현 박사는 세련된 몸짓으로 성표의 인사를 받았으나 불쾌한 빛이 그 눈 속에 있었다.

웨이터가 주문을 받으러 왔다. 현 박사는 여성들을 위하여 콜

라를 시키고 나서 성표에게,

"뭘 드시겠습니까?"

모욕을 느낄 만큼 정중하게 물었다. 사실 현 박사는 오 부인이 가정교사를 끌고 나올 줄은 차마 몰랐다. 강 사장과 함께 나오는 일보다 더한 처사라 생각하고 있었다.

'이처럼 나에게 무관심할 수 있을까?'

성표는 잠시 망설이다가,

"저도 콜라로 하겠습니다."

"술은 못하시오?"

"좀 합니다만……."

"그럼 이 젊은 친구하고 나는 맥주."

현 박사는 젊은 친구라는 말에 강한 악센트를 주며 웨이터에게 말했다.

"부인께서는 어젯밤 잘 주무셨습니까?"

"비교적."

밤거리의 여자와 얼굴을 바싹 붙이며 술을 마시고 있는 외국인에게 멍한 시선을 보내며 오 부인은 간단하게 대답했다.

"호오? 다행입니다."

생일을 축하한다는 말을 쑥 빼버리고 다만 의사로서의 입장에서 말하는 현 박사의 심정을 오 부인은 우습게 여기며 엷은 미소를 띤다.

"그런데 강 사장께서는 안녕하세요?"

"네."

"일전에는 부산 가셨다 하셨죠?"

"네, 갔다 왔어요."

"거 강 사장도 조심해야 할 겝니다."

"왜요?"

오 부인은 현 박사를 바라본다.

"혈압이 높다고 걱정을 하시더군요."

"……."

"바쁜 양반이니까 부인께서 신경을 쓰셔야죠."

하고 현 박사는 영희에게 얼굴을 돌렸다.

"찬이는 요즘 학교 잘 다녀요?"

"네."

"명랑해졌소?"

"선생님이 오시고부터는 아주 명랑해졌어요."

"그거 참 잘됐군. 그보다 미스 석이 명랑해진 것 아니오?"

"아이, 선생님두."

"왜요? 젊은 사람들은 젊은 사람들끼리가 좋지 않아?"

은근히 오 부인에게 못을 박는다. 그리고 껄껄 웃었다. 영희도 난처한 척하며 현 박사를 따라 웃었다. 그러나 오 부인은 웃지 않았다. 성표는 정란이 생각을 하느라고 그들의 대화에서 비켜 있었으므로 돌연한 웃음에 얼굴을 들었다.

"젊은 친구, 자, 드시지."

성표가 눈을 들었을 때 현 박사는 맥주컵을 쑥 내밀었다.

'거북하게 걸려들었구나.'

성표는 안경 속의 현 박사 눈이 자기를 쏘아보고 있다고 생각했다. 성표는 어떤 저항을 느끼며 맥주컵은 받아둔 채 담배를 뽑아 물었다. 현 박사에 대한 인상은 과히 나쁘지 않았다. 그러나 그가 필요 이상의 정중한 태도로 경멸을 나타내는 데 대하여 성표는 좀 건방지게 굴어보고 싶었다.

현 박사도 맥주를 마시지 않고 받아둔 채 담배를 뽑아 무는 성표의 가정교사답지 않은 태도에 위압을 느꼈는지 성표를 내버려두고 오 부인에게 이야기를 자연스럽게 돌렸다.

그들은 바에서 얼마 동안 잡담을 하다가 이 층의 식당으로 올라갔다. 호화로운 저녁 식사를 마친 뒤 현 박사는 냅킨으로 입언저리를 닦더니,

"저기 올라가 보시겠어요?"

천장을 손가락질하며 오 부인에게 묻는다.

"바쁘시지 않으세요?"

"아, 아닙니다."

현 박사는 오 부인이 자기의 청을 받아들인 것으로 알고 몸을 일으켰다. 영희는 현 박사가 손가락질한 곳이 어딘지 알고 있는 모양으로 성표를 힐끗 쳐다보았다.

식당에서 나온 현 박사는 또다시 층계를 밟고 위로 올라갔다.

"영희 씨."

성표는 살며시 영희의 옷자락을 잡아당기며 나직이 불렀다.

"왜 그러세요?"

영희는 돌아보았다.

"지금 어디로 가는 겁니까?"

"왜, 겁이 나세요?"

"농은 그만두구."

"잠자코 따라만 오세요. 좋은 데 가니까요."

영희는 천연스럽게 말하며 성표의 궁금증을 풀어주지 않았다. 앞서 가던 오 부인은 꾸부러진 층계를 돌 때, 얼굴을 돌렸다. 머리를 수그리고 올라오는 성표를 내려다보았다. 창밖에는 어둠이 와 있고, 멀리 시가의 불빛이 기라성처럼 반짝이고 있었다.

복도로 나서니 몇몇 사람들이 우왕좌왕하고 있었다. 외국인들이 여자를 데리고 지나가는 모습도 있었다. 영희는 아무 말도 없이 복도 옆에 있는 화장실로 급히 들어갔다. 물수건으로 닦기는 했지만 닭고기를 뜯은 손이 끈적끈적한 것만 같아서 깔끔한 영희는 손을 씻으려고 화장실로 들어간 것이었다.

세면대 앞에서 손을 씻다 말고 영희는 바로 눈앞에 있는 거울을 보았다. 그 거울 속에는 단정한 자기 얼굴 이외에 한 여인의 옆모습이 비쳐 있었다. 푸르스름한 불빛 아래 스테이지 드레스를 입은 여자는 다른 거울 앞에 비스듬히 놓인 의자에 다리를 포개 얹고 앉아 있었다. 그는 하염없이 담배를 피우면서 무슨 생각엔지 잠겨 있었다. 영희가 거울을 통해 바라보고 있는 것도 모르고 여자는 한숨처럼 담배 연기를 내어뿜었다. 순백색의 스테이지 드레스에 푸른 불빛이 은은한 음영을 던져주는데, 오욕과 순결의 교차점 같은 분위기를 여자는 발산하고 있었다.

'매력이 있다.'

영희는 마음속으로 중얼거리며 손을 닦고 대강 머리를 고친 뒤 밖으로 나왔다. 밖으로 나왔을 때 복도에는 그의 일행이 없었다. 그러나 영희는 이곳의 형편을 잘 알고 있는 모양으로 서슴지 않고 복도를 뚜벅뚜벅 지나갔다. 그리고 열려 있는 문으로 쑥 들어갔다.

그다지 넓지 않은 홀이었다. 나이트클럽이었던 것이다. 일행은 벌써 창가에 자리를 잡고 앉아 있었다. 현 박사는 오 부인과 얘기를 하고 있었고, 성표는 좀 흥분된 표정으로 앉아 있었다.

영희는 잠자코 성표 옆의 빈자리에 가서 앉았다. 어두컴컴한 홀 안에는 열대지방의 식물들이 희미한 형광등 아래 축축 늘어져 있었다. 홀 안은 조용한 속에 흥겨운 분위기가 흐르고 있었으나 무대는 아직 비어 있었다. 대개의 손님들은 외국인인 모양이다. 그들은 제각기 애인 혹은 부인을 동반하고 와서 즐겁게 술을 마시고 있었지만, 더러는 소위 그 직업적인 여성을 상대하고 있는 축도 있었다. 웨이터가 손을 비비며 그들에게로 다가왔다.

"뭘 드시겠습니까?"

웨이터가 정중히 허리를 구부렸다. 현 박사는 오 부인의 얼굴을 한 번 스쳐 보더니 웨이터에게 눈을 돌리며,

"맥주를 하지."

했다.

"나는 스카치로 하겠어요."

오 부인은 현 박사의 독단을 잔둥 잘라버리듯 말했다.

"네, 알겠습니다."

웨이터는 다시 허리를 한 번 구부리고 물러갔다. 성표는 쓴 것을 머금은 듯 침울한 표정으로 말없이 앉아 있었다.

"왜 그리 우울해하시죠?"

영희는 나직한 목소리로 물었다. 성표는 영희를 한 번 쳐다보았을 뿐 아무 말도 하지 않았다.

"그 여인을 만나보셨어요?"

나직한 목소리로 다시 속삭이듯 물었다. 만날 기회가 없었던 것을 뻔히 알면서 묻는 영희를 얄밉다 생각하며 성표는 침묵을 지켰다.

"여기서 그인 뭘 하세요? 사무원?"

또 물었다. 성표는 입맛이 쓴 듯 침을 한 번 삼키고 영희를 쳐다보았다.

"딱한 소리 그만하라는 거죠?"

영희는 웃었다.

맥주가 왔다. 웨이터는 오 부인 앞에 스카치를 놓고 다른 사

람 앞에는 공손히 맥주를 부었다. 현 박사는 술잔을 높이 들었다.

"부인의 건강을 위하여, 이 세상에 나오신 영광을 위하여!"

뒤늦게 축배를 올렸다. 오 부인은 미소를 지으며 술잔을 입으로 가져갔다. 그리고 술을 한 모금 마신 뒤 담배를 꺼내어 붙여 물었다. 성표는 오 부인이 담배 피우는 것을 처음 보았기 때문에 좀 아연했다. 그러나 성표는 다시 우울한 자기로 돌아갔다.

'좀 있으면 정란은 나타날 것이다. 가엾은 것!'

정란이 무대 위에 선 것을 대할 생각을 하니 성표는 가슴이 죄어드는 것만 같았다. 그는 여태까지 무대 위에서 노래 부르는 정란의 모습을 본 일이 없었다.

이윽고 악사들이 나타났다. 그들은 느린 동작으로 직업적인 포즈를 취하며 악기를 퉁겨보기도 하고 매만져 보기도 했다. 성표의 얼굴은 긴장했다. 영희의 눈에는 이상한 빛이 돌았다. 슬픔 같기도 하고 무엇인지 회상하는 것 같은 눈빛이기도 했다. 현 박사는 흥미와 기대에 찬 눈초리였다. 다만 오 부인만이 멍한 표정으로 담배만 피우고 있었다.

홀 안이 좁아서 그런지 밴드는 극히 소수의 인원으로 구성되어 있었다. 밴드 마스터는 클라리넷을 든 중년 사나이인 모양이었다.

음악이 흘러나왔다. 그러나 손님들은 술을 즐기는지 첫 판이라 사양을 하는지 일어서서 춤을 추는 사람은 아무도 없었다.

다음 곡목이 시작되었을 때 현 박사가 일어섰다.

"추시지 않겠습니까?"

하고 청했다. 오 부인은 재떨이에 담배를 비벼 끄고 일어섰다.

"신 선생은 못하세요?"

영희는 손바닥으로 턱을 괴며 물었다.

"해본 일이 없습니다."

성표는 성난 듯 말했다.

"그이를 생각하셔서 거절하시는 거예요?"

"그이라니요?"

성표는 잠시 영희의 오해를 잊어버리고 있었다.

"신 선생 애인 말예요. 여기에 계시다면서요?"

"아아, 그 얘기……."

영희는 맥주를 홀짝홀짝 마시면서,

"우리한테 신경 쓰시지 말고 만나보고 오세요."

"그 얘기는 그만둡시다. 머리 골치가 아파요."

"왜요? 그 애인께서 저하고 이렇게 왔다고 오해하실까 봐서요?"

"애인이 아니란 말이오."

성난 듯 뇌까렸다.

"그럼 왜 그리 우울해요?"

"나도 그 이유를 몰라서 이렇게 앉아 있습니다. 그 애가 무대에 서기로서니 뭐가 어떻다는 겁니까?"

뚱딴지 같은 말을 했다.

"오오라, 알았어요. 애인은 싱어군요. 그렇죠?"

영희는 낮게 외치듯 말했다. 그러한 그에게 불현듯 생각나는 것은 아까 화장실에서 앉아 있던 그 여자의 모습이었다.

"……있을 수 있는 일이에요. 그이도 저처럼 미끄러졌군요."

"……."

"신 선생과 함께 성악과에 계셨죠? 그러다가 유행가 가수로 전락했군요. 그래서 마음이 언짢아져 그러시는군요."

"추리력이 그만입니다."

성표는 맥주를 들이켜고 춤을 추는 현 박사와 오 부인에게 눈을 보냈다. 오 부인은 우아한 몸짓으로 조용히 돌고 있었다. 후리후리한 키에 외모가 근사한 현 박사와 오 부인은 썩 잘 어울리는 한 쌍이었다. 외국인들도 오 부인의 세련된 몸가짐과 미모에는 정신이 팔리는 듯 바라보고 있었다.

밴드가 멎자 그들은 팔을 풀었다. 그리고 오 부인이 먼저 좌석으로 돌아왔다.

"피로하세요?"

현 박사는 염려스럽게 물었다.

"아주 피곤하군요."

그 말에는 현 박사와 다시 춤을 출 수 없다는 거절의 뜻이 있었다. 현 박사는 무료히 술을 마시다가,

"그럼 미스 석, 한번 출까?"

하고 일어섰다. 영희는 서슴지 않고 일어섰다.

춤을 추는 영희의 몸 전체는 참 율동적이었다. 춤도 잘 모르는 성표의 눈에도 기가 막히게 잘 추는 춤으로 보였다. 외국인에게 안겨서 돌아가는 댄스가 본업인 여자들도 영희를 힐끔힐끔 쳐다보았다.

"신 선생은 춤 못하세요?"

오 부인은 담배 연기를 훅 내뿜으며 영희와 같은 말을 물었다.

"못합니다."

"젊은 사람답지 않군요."

"그럴 기회가 없었습니다."

"그랬을 거예요. 그렇지만 오늘 밤을 위하여 섭섭하군요."

오 부인은 낮은 소리로 웃었다. 성표는 놀라며 오 부인을 쳐다보았다. 오 부인은 눈길을 돌리지도 않고 성표의 눈을 똑바로 응시하고 있었다. 대담한 행동이었다. 뭐라고 형용하기 어려운 눈빛이었다. 성표는 숨이 꽉 막히는 것만 같았다.

"나는 지금 착각을 일으키고 있는 거예요."

오 부인은 감정을 누르듯 담배를 재떨이에 눌러 끄고 나서,

"신 선생의 잔에다 술을 부어 저에게 주시겠어요?"

이번에는 차갑게 명령했다.

'대체 어떤 착각을 일으켰다는 것일까?'

그런 생각을 하면서도 성표는 오 부인의 눈길이 부셔 얼른 컵

에다 맥주를 부어 오 부인에게 내밀었다.

"무슨 착각을 일으켰는지 궁금하게 생각하시는군."

오 부인은 또 나직한 소리를 내며 웃었다.

'술 탓일까? 술을 마신 탓일까? 부인의 말은?'

성표는 오 부인이 자기에게 어떤 감정을 가지고 있다는 생각을 하고 싶지 않았다. 정말로 하고 싶지 않았다. 오 부인이 싫어서가 아니다.

"이름은 오세정吳世汀, 나이는 삼십이 세, 무척 궁금했을 거예요."

"……."

"더욱이 그 박 누구더라는 친구는 말예요."

오 부인은 성표의 마음속을 꿰뚫어 보듯이 노려보았다. 성표는 피가 거꾸로 솟구쳐 올라오는 듯한 흥분을 느꼈다.

"알고 싶어 하면 우리 집엔 못 있어요."

오 부인은 갈증 난 사람처럼 맥주를 마셨다.

'역시 오 부인이었구나! 밤의 그 발소리는…….'

이때 무대 위에 정란이 올라왔다. 흥분되었던 성표의 가슴은 멎었다. 영희가 급히 걸어왔다. 영희는 일부러 성표의 얼굴을 외면하며 무대에 올라선 정란을 뚫어지게 바라보았다.

'많이 여위었구나!'

성표는 정란을 바라보며 뇌었다. 무슨 감정인지 모를 일이었다. 물이 말라버린 분수처럼 삭막하다고 형용할 수밖에 없는 기분이 진하게 목구멍을 메웠다.

정란은 몸에 배어버린 그 몸짓을 하며 노래를 불렀다. 성표가 기억하고 있는 그 맑고 영롱한 목소리는 아니었다. 기름이 떨어진 기계의 잡음 같은 것이 그 목소리 속에는 끼어 있었다. 정란은 성표가 나와 있으리라고는 꿈에도 생각지 않고 자기의 천직인 양 노래를 부르는 것이다. 성표는 보아서는 안 될 것을 본 듯 눈을 탁자 위에 떨어뜨렸다.

"현 선생님?"

영희의 목소리가 아슴푸레 들려왔다.

"저 싱어 매력 있죠?"

"귀엽게 생겼구먼. 어딘지 멍청한 데가 있어 뵈지만!"

"멍청해 보인다구요?"

"음, 얼빠진 것 같아. 무식해 보이고, 몸짓도 어설프고, 하지만 매력은 있군."

"그런 말씀 하시면 안 돼요. 결투를 하자고 나설 사람이 있을지 누가 알아요?"

"누가?"

"그의 애인이."

"미스 석은 노파심이 강하군."

"그럼은요, 낮말은 새가 듣고 밤말은 쥐가 듣는다잖아요."

영희는 성표에게 눈을 주었으나 성표의 시선에 잡히지 않으려고 얼른 얼굴을 현 박사에게 돌렸다.

"그럼 벙어리 놀음을 하며 세상을 살아야겠군."

그들은 웃었다. 그러나 영희의 웃음소리에는 한 가닥의 공허가 서려 있었다.

'잘헌다!'

생각했으나 성표는 현 박사의 말에 노하지는 않았다. 성표의 눈에도 무대에 선 정란은 얼빠진 사람같이 보였고, 그 몸짓도 세련된 것은 아니었다. 그러나 영희에 대한 감정은 좋지 않았다. 정란은 애인이 아닌 누이동생이니 뭐라 한대도 혼자 웃어버리고 말 일이다. 그러나 섬세하고 상냥스러운 영희에게도 최경자 비슷한 그런 잔인성이 있었던가 싶으니 환멸을 느끼지 않을 수 없었다.

'아니야, 내가 잔인했지. 영희는 날 사랑하고 있다.'

얼마 전에 오 부인이 자기에게 어떤 감정을 가지고 있다는 생각을 그렇게 완강히 거부한 것과는 반대로 영희의 감정만은 순순히 시인하는 성표였다.

'그것은 내 도덕적인 관념 때문일까? 아니면 무사히 처세하고 싶은 교활한 마음 때문일까?'

성표는 자기의 마음을 들여다보며 쓰게 웃었다. 그것은 사실이었다. 마음 한구석에 자리하고 있는 것은 모범생이 되고자 한 일종의 소심, 그것이었다.

"현 선생님, 저 싱어 이 좌석으로 초대하세요, 네?"

영희의 말이 귓전을 쳤다. 성표는 고개를 번쩍 쳐들었다. 영희의 눈은 이상한 애원의 빛을 담고 있는 것으로 보였다.

'할 수 없어요. 저의 마음이 마구 줄달음을 치는 것을 어떡해요?'

그렇게 말하고 있는 것 같았다.

"뭐라구?"

현 박사는 오 부인과 이야기하고 있다가 영희를 돌아보았다.

"저 싱어, 노래 다 끝나면 이리로 초대하세요."

"음, 거 재미있군. 부인께서는?"

현 박사는 오 부인의 의견을 지극히 존중한다.

"영희 하고 싶은 대로…… 모처럼 나온 바깥 구경이니까요."

흥미 없는 듯 말했다. 현 박사는 웨이터를 불러 귓속말로 소곤거렸다. 그리고 나서 현 박사와 웨이터는 껄껄 웃었다.

노래가 끝난 뒤 정란은 웨이터의 안내를 받으며 그들의 좌석으로 왔다.

"앗!"

정란은 얼른 한 손으로 입을 막았다. 영희의 눈이 빛났다.

"거기 앉어."

성표의 말에 오 부인과 현 박사의 시선이 동시에 성표에게 쏠렸다. 성표의 말에 다소 진정이 되었는지 정란은 가볍게 고개를 수그리며 자리에 앉았다.

"오빠가 웬일이세요?"

이번에는 영희의 머리가 세차게 흔들리면서 성표를 보았다.

"아는 사이인가요?"

어안이 벙벙해진 현 박사가 물었다.

"네, 제 누이동생입니다."

성표는 좀 단호한 어조로 말했다.

"호오? 친동기간이오?"

"네."

순간 영희의 얼굴이 새빨갛게 물들었다. 오 부인은 흥미 있게 정란을 보고 있었다. 성표는 새삼스럽게 정란을 소개했다.

"이거, 아까는 실례했군."

현 박사는 난처해했다.

"아닙니다. 선생님께서는 옳게 보셨습니다."

그러나 현 박사는 성표의 말을 액면 그대로 받아들이지는 않았다. 성표가 자기에게 감정을 품은 것으로 오해했다.

"그러고 보니…… 좀…… 닮은 것 같아요."

영희는 풀이 죽어서 사과하듯 말했다.

"그런데 왜 그런 말씀 안 하셨어요?"

영희는 다시 말을 덧붙이며 물었다.

"손님으로 왔는데 그런 말은 필요 없을 것 같았습니다."

정란은 위축된 것처럼 몸을 움츠리며 앉아 있었다. 사실 그는 정신이 멀어지도록 놀라던 것이다. 사철을 습기 낀 하숙방에서 지지리 가난하게 살아온 성표가 보기에도 눈이 부신 귀부인과 엄하게 보이는, 그러면서도 최상급에 속하는 신사와 자리를 같이하고 앉아 있는 일이 거짓말만 같았던 것이다.

'오빠는 굉장한 곳으로 갔구나!'

성표를 위하여 좋으면서도 두려운 생각이 들었다.

'괜히 왔어. 이분들이 오빠를 멸시하면 어떡하지?'

"자, 한잔 드세요."

현 박사는 정란에게 술잔을 내밀었다.

"아니, 전 못합니다."

정란은 성표를 위하여 정숙을 가장했다. 그러면서도 허물이 드러날까 봐 마음이 울먹울먹해지는 것이었다.

"받아두시지."

정란은 술잔을 탁자 위에 놓고,

"저 오빠, 어제저녁 때 전화했어요."

"그래?"

"안 계시다고 하시더군요."

"언제쯤?"

"다섯 시 지나서요."

"음, 있었는데?"

영희의 풀 죽은 얼굴에 다시 피가 몰렸다.

4. 병실에서

"저는 검은 원피스 차림에 검은 핸드백을 들고 나가겠어요."

"그럼 나는 푸른 셔츠를 입고 나가겠습니다."

정란은 수화기를 놓았다. 크게 한숨을 몰아쉬었다. 잔뜩 긴장된 마음이 풀어지는 것과 동시에 형용할 수 없는 불안이 밀려들었다.

'만나자 하고서 그 말을 꺼낸다면 그분은 얼마나 나를 뻔뻔스런 여자로 생각할까?'

얼굴이 후끈 달아올랐다. 전화를 걸 때까지만 해도 도저히 만나줄 것 같지가 않았다. 그러나 막상 만나겠노라는 회답을 받고 보니 정란은 자기의 요청을 취소하고 싶을 만큼 두려운 마음이 치밀었다. 하여간 만나준다는 것만은 고마운 일이 아닐 수 없었다. 정란은 흐트러진 머리를 쓸어 넘기며 공중전화가 있는 담뱃가게에서 급히 걸어 나왔다.

정란은 애당초부터 성표가 돈을 마련하리라는 것을 믿지 않았다. 그러나 좀처럼 허튼 말을 하지 않는 성격이기에 행여나 하는 기분도 없지 않았다. 그러나 간밤에 K호텔에서 그들 일행을 만났을 때 성표는 돈에 관한 일언반구도 없었다. 그동안 정란은 돈 십만 환을 구하기 위하여 알 만한 사람은 모조리 찾아 쏘다녔으나 모두가 허사였다. 제일 믿었던 곗돈만 해도 타가는 사람이 긴히 쓸 데가 있다 하며 순서를 양보해 주지 않았다.

'얼마나 안에서 기다리고 있을까? 화를 내고 있을 거야. 남의 사정도 모르고…….'

노한 김세형의 얼굴을 생각하니 정란은 더 이상 참을 수 없었다. 그래서 담뱃가게로 달려갔던 것이다. 물에 빠진 사람이 지푸라기라도 잡는 심정으로 전화번호를 뒤졌다. 그리고 박성일 씨 자택에다 전화를 걸었던 것이다.

집으로 돌아온 정란은 담배를 한 대 피워 물었다. 좁은 방이 한없이 넓어 보였다. 마음이 텅 빈 것처럼 쓸쓸했다. 정란의 생활을 온통 망가뜨린 세형이었지만 그가 없는 생활은 정란에게 있어 다만 허허하기만 했다. 누가 뭐라고 하건 세형은 정란에게 기쁨이요, 슬픔이며, 괴로움이며, 감정의 전부였다. 정란은 흘러내린 머리를 버릇처럼 쓸어 올리고 시계를 보았다. 아직 약속시간은 멀었다. 그러나 그는 화장을 하고 검은 원피스를 걸쳤다.

다방으로 들어간 정란은 입구를 바라볼 수 있는 곳에 자리를 잡았다. 마음이 두근거렸다. 인생의 뒷골목 같은 밤의 무대에서 그 세계에 젖어버린 정란은 밴드 마스터나 카바레의 매니저하고 이따금 싸움도 하고 악도 쓴다. 그러나 일단 그 세계 밖으로 나오고 다른 사람을 대하게 되면 정란은 별수 없는 겁쟁이가 되고 바보가 되고 만다.

한참을 앉아 있노라니까 푸른 셔츠의 사나이가 나타났다. 정란은 사나이를 의심스럽게 바라보았다. 비쩍 마르고 키가 작은, 볼품없는 몸꼴이었다. 정란은 그가 박영태라 생각할 수 없었다. 그러나 사나이는 다방 안을 휘둘러보더니 뚜벅뚜벅 정란이 곁으로 다가왔다.

"저, 김세형 군의 일로 오신 분이세요?"

정중히 허리를 구부리며 말을 걸었다.

"네."

정란은 약한 목소리로 대답했다.

"제가 바로 박영태올시다만……."

의심에 가득 찬 눈으로 바라보고 있던 정란은 소스라쳐 놀라며 자리에서 벌떡 일어섰다.

"네, 제가, 제가 전화 걸었어요."

정란이 하도 당황하는 바람에 영태는 싱긋 웃었다.

"앉으세요."

제법 점잔을 빼며 영태는 정란에게 자리에 앉기를 권하고 자기도 자리에 앉았다. 그리고 정란의 모습을 주의 깊게 살폈다.

'이거 한번 멋있는 여자로군.'

한편 정란도,

'정말 이 사람이 그 사람일까?'

성일방직회사의 막내아들이라면 굉장한 신사, 멋쟁이리라 생각했던 것이다. 그러나 체구도 형편없이 초라했지만 걸치고 있는 옷이라는 것이 또 말이 아니었다.

"아까 전화에서 김 군에 관한 말씀을 하시겠다 했는데 무슨 말씀이신지?"

영태가 넌지시 물었다.

"네."

정란은 머뭇거렸다.

"죄송합니다. 이렇게 일부러 나오시라 해서."

묻는 말에는 대답하지 않고 엉뚱스럽게 뒤늦은 인사를 했다.

"아니, 천만에요."

말하면서 영태는 여자의 당황하는 모습을 재미나다고 생각했다.

'자아, 그러면 이 여자는 뭘 하는 여잘까? 당황하는 표정에 비하여 옷차림은 퍽 이상하게 세련되었고, 그리고 세형이라는 놈팡이하고는?'

"저……."

"네, 말씀하세요."

"저, 그이는……."

"김 형 말입니까?"

"네, 저 그이는 지금…… 이상한 곳에 가 있어요."

"이상한 곳이라뇨?"

정란의 얼굴이 순간 새빨개졌다.

"혀, 형무소에……."

"네?"

"……."

"사람을 쳤군요."

영태는 짐작할 수 있다는 듯 고개를 끄덕였다. 그러나 정란은 말문이 막혀버린 듯 다음 말을 잇지 못했다.

"오래됐습니까?"

"한 달 좀 못 됐어요."

"그래요? 공판은?"

"아직."

"거 야단났군요."

세형에게보다는 풀이 죽은 여자에 대한 동정에서 한 말이었다.

"저번 때 면회하러 갔었는데……."

정란은 얼마간 용기를 얻어 말을 꺼내었다.

"변호사를 대달라 하더군요. 그러면서……."

영태는 어서 다음 말을 해보라는 시늉을 한다.

"어려운 일이 있으면 서, 선생님께 의, 의논해 보라고 해서……."

"네?"

영태는 정란이 예상했던 대로 뜻밖이라는 표정을 지었다.

'역시…… 내가 공연한 짓을 했구나.'

슬픔이 왈칵 치밀어 정란은 탁자 위로 시선을 떨어뜨렸다. 그 동안 박영태는 정란의 이모저모를 살피고 있었다.

'자아식이 건방지기는, 나한테 그런 뒤치다꺼리까지 부탁할 만치, 언제 저하고 나하고 그런 사이가 됐냐 말이다. 주제넘은 자식 같으니라구. 이러다간 길 가는 개 보고도 절을 해야겠군.'

그렇게 마음속으로 투덜거리면서도 박영태는 냉정히 잡아떼고 일어설 수 없었다. 그는 정란이 마음에 들었던 것이다.

"그런데 무슨 일을 의논하러 오셨습니까?"

부드러운 어조에 정란은 얼굴을 들고 영태를 보았다. 그러나 좀처럼 입이 떨어지지 않는 모양이다.

"말씀하세요, 사양 마시고."

"저, 변호사를……."

"변호사를?"

"돈이 없어요."

건드리기만 하면 울음보를 터뜨리고 말 아이와 같은 표정으로 정란은 말했다.

"걱정 마십시오. 제가 어떻게 해보겠습니다."

순순히 하는 말에 이번에는 정란의 입술이 파르르 떨었다. 흡사 모욕을 당한 사람 같았다.

"몹시 소심하군요."

"네?"

"이 세상에 나와서 사람을 대해본 일이 없는 분 같습니다, 마치!"

영태는 유쾌하게 웃었다. 웃으면서 그 말은 이 여자에게 꼭 들어맞는 표현이라고 생각했다.

"네, 저, 가, 감사합니다."

비로소 정란의 얼굴에는 핏기가 돌았다. 기쁘기도 했지만 영태가 자기를 놀려주고 있다고 생각한 때문이었다.

"실례올시다만, 김 형하고는 어떻게 되는 사이죠?"

제일 궁금한 이야기를 풀쑥 물었다.

"같이 있어요."

"그러세요?"

영태는 실망의 빛을 보이며 레지가 날라 온 찻잔을 들었다.

'제기랄! 밤낮 헛물만 켜는군.'

투덜거렸으나 예상하지 않았던 일도 아니었고, 처음 만난 정란에게 선심을 베풀고자 한 결심에는 아무런 동요도 없었다.

"사랑하고 계시군요."

정란은 거북하게 웃을 뿐이다. 영태는 찻잔을 놓고 시계를 보았다.

"점심은 어떡하셨죠?"

화제를 홱 돌렸다.

"했어요."

"아직 점심때는 이른데요? 사양 마시고 같이 가시죠. 저도 점심 전이니까. 그리고 점심 하면서 구체적인 얘기를 하십시다."

영태는 일어섰다. 정란은 따라 일어서면서 자기 핸드백 속의 돈을 마음속으로 계산해 보았다. 점심은 자기가 사야겠다고 생각한 때문이다.

'최초의 이브처럼 순진한 여자다. 그놈의 새끼 복도 많구나. 나한테는 왜 이런 여자가 걸려들지 않느냐 말이다. 마음대로 뜻대로 되지 않는 세상이야, 제기랄!'

다방을 나서며 영태는 중얼거렸다. 거리에 나온 영태는 휘파람을 휙휙 불며 지나가는 택시를 잡았다.

"자, 타세요."

영태는 본색을 드러내어 장난스럽게 킥 웃었다.

영태가 정란을 데리고 간 곳은 사람들이 득실득실 뒤끓는 한식 음식점이었다. 택시로 호기스럽게 달려온 데 비하여 간 곳은 너무 허술했다.

"이 집 비빔밥은 특젭니다."

자리에 앉자 또 싱긋 웃으며 말했다. 그리고 정란의 의사는 무시하고 비빔밥 두 그릇을 주문했다.

"그동안 몸이 시원치 않아 집에서 쉬었더니 식욕이 왕성해졌습니다. 그놈의 원숭이 덕택으로."

밥을 후딱후딱 먹어치우더니 정란으로서는 알 수 없는 말을 중얼거리며 영태는 담배를 붙여 물었다. 정란은 벙어리처럼 아무 말 하지 않고 밥을 먹었다. 그러나 아까처럼 당황하는 빛은 없고 무슨 생각을 하고 있는 듯 보였다.

"실례지만 성함도 모르고, 어떻게 불렀으면 좋겠습니까? 김형 부인이라 하기는……."

영태는 커다란 손수건을 꺼내어 코를 한 번 닦고 물었다. 정란은 박영태의 심정을 저울질하듯 힐끗 쳐다보았다.

"제 이름은 신정란이에요."

"신정란 씨, 좋은 이름이군요. 본명이십니까?"

"본명인지 잘 모르겠어요. 신가라는 성만은 확실한가 봐요."

"네? 무슨 뜻이죠? 잘 모르겠는데요?"

"오빠하고 어릴 때 고아원에서 자랐거든요."

"네, 그러세요. 그럼 부모님은 돌아가셨어요?"

"중국에서 돌아가셨다 하더군요."

"그럼 어떻게?"

"이모가 저희를 데리고 일제 때 한국으로 나왔대요. 그런데 그 이모마저 죽어버리고…… 오빠가 그렇게 말하더군요. 전 아무것도 몰라요."

정란은 자기 신상에 관한 얘기를 한 때문인지 한결 친근미를 나타냈다.

"고생 많이 하셨겠군."

"고생 많이 했어요."

처음으로 정란은 쓸쓸히 웃었다. 바탕이 감상적인 영태는 여자의 그 웃음이 참 좋다고 생각했다. 흐뭇이 안아주고 싶은 기분이었다.

"그래, 오빠는?"

"있어요."

"정란 씨는 무얼 하시죠?"

"전 노래를 불러요."

"노래를 불러?"

"네, 싱어예요."

"네에?"

"쇼단에나 따라다니구 카바레 같은 데서, 이름도 없는 삼류 가수예요."

정란의 입에서는 말이 술술 나왔다.

"이거 정말 반갑습니다. 분야는 다르지만 저도 음악이랍시고 하는 친구거든요."

"뭘 하시는데요?"

"피아노, 피아니스트죠."

아직 학생이라는 말은 쏙 빼버린다.

"그러세요?"

정란도 그 말에 좀 반가워하기는 했다.

"왜 삼류 가수로 자처하시죠? 야심을 가져보세요. 유행가 가수라도 그 길로 성공을 하셔야죠."

영태는 이상하게 열중된다.

"아무 야심도 없어요. 밥벌인걸요. 수단도 없고 해서 팔군 쇼단에도 못 들어가요. 거기는 좀 수입이 낫다 하던데……."

"야심을 가져야죠. 남을 짓밟고서라도 내가 올라가야죠. 그렇잖으면 못 살아갑니다. 가만히 계세요. 제가 협력해 드리죠."

"어떻게요?"

맥이 풀리는 말이다. 영태는 바보 같다고 마음속으로 혀를 찼다. 그러나 실상 정란이 덤볐으면 그는 싫어했을 것이다.

"정란 씨의 목소리부터 들어봐야겠군요. 지금은 어디에 나가시죠? 카바렙니까?"

"K호텔의 나이트클럽에 나가요."

"거기에 가면 만날 수 있겠군요."

"네. 저녁에요."

"그러면…… 변호사의 건인데, 정란 씨께선 알아보셨습니까?"

"아직, 착수금이 십만 환쯤 될 거라 해서…… 그 준비가."

"네, 알겠습니다. 그 돈은 제가 해드리죠."

"죄송합니다. 갚겠어요. 두 달 후에 곗돈이 나오니까요."

영태는 어이없는 눈으로 정란을 쳐다보다가 씩 웃었다. 정란이 점심값을 내겠다는 것을 자기가 내겠다고 우기다가 영태는 할 수 없이 물러서며,

"마음이 편하겠거든 그럭허세요."

했다.

정란과 헤어진 영태는 오래간만에 거리를 싸돌아다니다가 저녁때 집으로 돌아왔다.

"어머! 몸이 편찮으시다더니 어디 갔다 오세요?"

양장을 한 큰형수 유옥曲玉이 말을 걸었다. 나이 삼십이 넘었는데도 처녀처럼 젊어 보이는 여자다.

"그렇게 됐어요."

영태는 시들하게 대답했다.

"어머님이 막 걱정하세요."

누님처럼 나무라는 표정이다.

"언제 오셨어요?"

"아까."

"이제 가시는 길입니까?"

"밖에서 만날 약속을 했어요."

"형은 여전하시구요? 사업은 잘됩니까?"

남의 일처럼 비꼬는 투다.

"여전하지 뭐, 그보다 한번 만났으면 하더군요."

"또 훈계를 하시려구요?"

"아니, 그런 게 아닌가 봐요."

"다 그만두세요. 참, 형수씨, 나 돈 좀 주시오."

영태는 정란을 대했을 때와는 딴판으로 막내둥이 티를 내며 손을 내밀었다.

"얼마?"

"되는 대루요. 십만 환이면 딱 좋겠어요."

"어머! 십만 환을요? 뭣에다 쓰게?"

"그걸 말할 수 있다면 어머니보고 달라게요?"

"지금 없어요. 이만 환뿐인데?"

"그럼 내일이라도 주시겠어요? 언제 내가 형수씨보고 돈 달라 합디까?"

"알았어요. 드리긴 드릴 테니 어디다 쓰는지 그 말씀부터 하세요."

"에이 참, 어머니하고 꼭 같은 소리 하네. 술값이 밀렸어요. 술값이."

"야단났어."

"내가 가겠어요. 주시죠?"

"그 대신 형님한테 일러바칠 테니 각오하시겠어요?"

"좋소. 일 분쯤 훈계를 더 듣죠."

영태는 껄껄 웃었다.

"정말 큰일 났어요. 비쩍 말라가지고 술만 하고 다니면 어떡해요?"

"어서 가세요, 어서. 그리고 내일 말씀하세요. 좋은 형수라는 것만은 인정합니다."

영태는 급히 집 안으로 들어갔다.

"어째 심심하다?"

영태는 자기 방으로 가지 않고 응접실로 들어갔다. 그리고 호주머니 속에서 수첩을 꺼내더니 전화 다이얼을 돌렸다.

"은숙이냐?"

"누구요?"

늙은 할머니의 목소리였다.

"제기랄!"

영태는 전화를 끊었다.

"재수가 없군, 자아, 그러면……."

영태는 수첩에 씌어진 이름을 죽 훑어보더니 다시 다이얼을 돌렸다.

"여보시오? 송숙향 씨 있어요?"

"저예요."

빽 소리를 지른다.

"아아, 숙향이야? 나 영태다."

"그런 줄 알았어. 명태 씨가 웬 전화질이야? 나한테 볼일은 없을 텐데?"

"까불지 마! 또 한 번 명태라 했다만 봐라. 죽여줄 테니!"

영태는 눈을 부라린다.

"호호홋…… 그건 니네 부모의 잘못이야. 귀여운 막내둥이를 왜 그리 말라 비틀어지게 했을까? 넌 영태가 아니구 명태야, 명태."

하더니 까드러지게 웃는다.

"이눔 기지배!"

영태는 주먹을 휘둘렀다.

"소용없어. 적어도 몇십 리 밖이라는 것을 알아야 해. 명태 씨의 주먹이 여기까지 닿지는 않을 테니 말이야, 호호……."

"그래, 그래, 난 명태다, 명태, 그렇다구 해두고, 숙향아!"

"왜 그러니?"

"너 지금 심심치 않나?"

"약간은."

"네클리스 하나 사줄게, 너 나하고 오늘 밤 놀지 않을래?"

"네클리스라? 흐음, 다이아몬드?"

"흥."

"아니면 진주?"

"흥."

"최소한 백금?"

"유리!"

"얘, 시시하다. 그만두어."

"아마 Y교수의 경우라면 숙향이 쪽에서 다이아몬드의 타이핀이라도 사가지고 갈걸?"

"그야 물론이지."

"이제 상처를 했으니 그 뒷자리를 노리는 건가?"

"구미가 동하는 얘기야. 그렇게 된다면야 오죽이나 좋을까? 명태 씨가 협력해 주겠어?"

"오늘 밤 날 만나준다면 고려해 볼 여지가 있지."

"그건 싫어. 대가가 없이는 말이야."

"야! 비싸게 굴지 말아라! Y교수한테는 그 아무개가 있다는 걸 몰라? 괜히 헛물만 켜지 말구."

"모르는 숙향이는 아냐."

"알면서도?"

"그건 내 마음대로야. 좋아하고 싫어하는 것은 인간의 자유며 권리 아니니?"

"대단하다. 그러지 말고 일찌감치 이 박영태나 택해놔. 가만히 앉혀놓고 밥 먹여줄게."

"재지 말어. 난 지금도 서서 밥 먹지는 않어."

"그럼 밥 떠먹여 줄게."

"난 곰배팔이 아냐."

"이봐, 우리 실연조합 하나 만들까?"

"뭐, 실연조합?"

"우선 조합원은 최경자, 송숙향, 박영태."

"그만두어! 난 최경자하고 다르단 말이야."

"하긴 그래. 그러니까 이렇게 전화도 걸어주지."

"이야기 다 했어? 나 배고파. 저녁 먹겠어."

숙향은 전화를 끊고 말았다. 영태는 하품을 늘어지게 하더니 일어섰다.

"에이, 지겨워, 뭘 한담. 아 참, 그렇지!"

영태는 신이 나서 또다시 다이얼을 돌렸다. 또렷또렷한 여자의 목소리가 울려왔다.

'옳지! 그 주근깨의 계집애구나!'

"여보세요?"

이쪽에서 말이 없자 저쪽에서 서둘러 불렀다.

"아아, 미스 석이군요."

"댁은 누구세요?"

따지듯 묻는다.

"저 말입니까? 박영태올시다."

"박영태 씨? 전 모르겠습니다."

영희는 시치미를 뗀다.

"일전에 친절하게도 약을 발라주시지 않았습니까? 그래도 모르시겠어요?"

"용건을 말씀해 주세요."

"하하, 참, 너무 그러지 마세요. 나는 정다워서 하는 말인데 너무 쌀쌀하지 않습니까. 나는 영희 씨하고 함께 춤을 춘 기억이 있어요. 아아, 확실하죠. 그 기억 말입니다."

"그래서 어쨌다는 거예요?"

영희의 목소리는 배 속에서 밀어낸 듯 굵었다.

"누가 어쩌겠다 했습니까? 알고 있는 처지에 너무 그러지 말라는 거죠."

"그 말씀 하시려고 전화 거셨어요?"

"아, 아닙니다."

말을 했으나 전화는 이미 끊어져 있었다.

"제기랄!"

영태는 신경질적으로 죄 없는 다이얼을 부리나케 돌렸다. 신호가 가는데 받지를 않았다.

"너가 이기나 내가 이기나 어디 해보자."

영태는 수화기를 그냥 들고 있었다. 할 수 없었던지 전화를 받았으나 영희의 목소리는 아니었다.

"여보시오, 신성표라는 친구 좀 불러주슈!"

"기다리세요."

영희보다는 한결 고분고분했다. 이윽고 성표가 나타난 모양이다.

"여보, 신 형이오?"

"아 박 형, 마침 잘됐소."

성표는 숨 가쁘게 서둘렀다.

"덤비지 마시오. 우리 인사나 나누고, 그래, 그간 안녕하셨소?"

"나야 무사고지만 박 형은 아팠다든요?"

"혼났지."

"이젠 괜찮소?"

"오늘은 밖에 나갔다 왔으니 아마 괜찮은가 보우."

"그럼 내일은 학교에 나오겠구먼."

“모르지. 나가기는 나가야겠는데…….”

“하여간 나 부탁이 있소.”

“부탁?”

“돈 오만 환만 돌려주슈. 오늘 마침 월급을 오만 환 받았으니.”

“오만 환 받았소?”

“오만 환 주더구먼.”

“그거 괜찮은 장산데?”

“오만 환 어떡하겠소?”

“그럼 십만 환 쓸 곳이 있단 말이군.”

“그렇소.”

“웬 십만 환 쓸 사람이 그렇게도 많아? 유감이지만 이번에는 안 되겠는걸. 먼저 신청한 사람이 있거든.”

“먼저 신청한 사람이?”

성표는 실망한 듯했다.

“여자요.”

“애인이오?”

“아아니, 난생처음 본 여자요.”

“거 선심 푸지게 썼구먼.”

“마음에 들었어. 아주 최초의 이브 같은 여자요. 실은 그 보고를 하기 위해 전화를 걸었는데.”

“처음 만난 여자가 십만 환을 신청했단 말이오?”

성표는 좀 우스운 이야기라 생각했다.

"다 그럴 만한 이유가 있죠."

"그럼 할 수 없군."

성표는 단념했다.

"그 여자의 얘기를 좀 하려 했는데 뜻밖에도 라이벌이 됐으니 흥미 없겠구먼."

"박 형도 이 집에 흥미를 잃었겠군."

"거 너무 거룩해서 내 생리엔 맞지 않더구먼. 더군다나 그놈의 원숭이 새끼한테 물리고부터는 정이 뚝 떨어졌어."

박영태는 말을 더 주절대다가 전화를 끊었다. 박영태가 전화를 끊은 뒤 얼마 되지 않아 정란으로부터 전화가 왔다. 내용인즉 김세형의 친구가 봐주기로 했으니 돈 때문에 걱정하지 말라는 것이다. 성표는 그 우연의 일치에 약간 고개를 갸웃거렸으나 박영태와 정란에다 선을 그어보는 데 미치지는 못하였다.

이튿날 아침이었다. 성표가 아침 식사를 하기 위하여 식당으로 갔는데 식모가 얼굴이 새파랗게 질려서 쫓아왔다.

"크, 큰일 났어요! 여, 영희가!"

"영희 씨가?"

"야, 약을……!"

"뭐?"

성표는 식모를 와락 밀어내고 영희 방으로 쫓아갔다. 벌써 오 부인은 와 있었다. 푸른 네글리제를 걸친 오 부인의 얼굴은 흙

빛이 돼 있었다.

성표는 침대 위에 반듯이 누워 있는 영희를 안아 일으켰다. 그리고 가슴에 손을 얹었다. 들릴 듯 말 듯한 심장의 고동…….

"살아 있습니다! 얼른 병원으로!"

"얼른 차를!"

오 부인도 외쳤다. 성표는 영희를 안고 밖으로 뛰어나왔다. 자동차에 오르자 오 부인은,

"신 선생! 부탁이에요. 영희는 죽어서는 안 돼요."

눈에 눈물이 글썽 돌았다.

"빨리, 빨리!"

운전수에게 소리치며 성표는 초조하게 영희의 가슴에 손을 얹었다. 심장은 약하게 뛰고 있었다. 그러나 몸뚱이는 나무토막처럼 성표의 무릎 위에 쓰러져 있었다. 자동차는 아침 길을 질풍같이 달렸다.

"빨리, 빨리!"

긴장한 운전수 염씨는 대꾸도 하지 않고 필사적으로 자동차를 몰았다.

'영희, 죽지 말어! 죽으면 안 돼!'

왜 이 지경이 되었는가 생각할 겨를도 없었다. 다만 병원에 닿기 전에 영희의 심장의 고동이 뚝 끊어질까 봐 그것만이 무서웠다. 심장이 얼어버리는 듯한 오랜 시간이었다.

얼마 후 자동차는 병원 앞에서 멎었다. 영희는 응급실 안으로

운반되었다.

"빨리, 빨리!"

성표는 잠꼬대처럼 그 말만 되풀이했다. 그러나 간호원은 느릿느릿한 동작으로 의사를 부르러 가는 것이 아닌가.

"뭘 하는 거요! 빨리!"

성표는 소리를 바락 질렀다. 한참 후에 눈을 비비며 의사가 나타났다. 그는 성표를 힐끗 쳐다보고 나서 천천히 영희 곁으로 다가갔다. 영희는 잠자는 듯 고요히 누워 있었다. 의사는 죽은 듯 움직이지 않는 영희의 심장의 고동 소리와 맥박을 살피더니 조수에게 눈짓을 했다. 영희는 진찰실에서 치료실로 옮겨갔다.

성표는 초조히 서 있다가 견딜 수 없는 기분에서 놓여나기 위하여 대기실로 물러 나왔다. 이리저리 서성거리다가 그는 나무 의자에 털썩 주저앉았다. 딱딱한 의자의 촉감이 황막한 벌판에 서 있는 듯 적막감을 불러일으켰다. 그러면서도 뒤통수를 무엇이 내리친 듯 머리가 삥 했다. 그리고 의식은 몽롱하게 흐려져 갔다. 그 몽롱해지는 의식 속에 마치 타악기의 리듬처럼 울려오는 소리가 있었다. 밤마다 들려오던 그 발소리였다.

'어젯밤에도 나는 그 소리를 들었다! 그리고.'

성표는 두 손으로 머리를 감싸쥐었다. 고개를 숙이며 시선을 마룻바닥으로 떨어뜨렸다. 그러나 머릿속에 리듬처럼 그 발소리가 집요하게 울려와 성표를 놓아주지 않았다.

'누구였을까? 누구였을까? 분명히 사람이었다!'

지난밤 성표는 화장실에서 그 발소리를 듣고 더 이상 참을 수 없어서 발소리를 죽이며 복도로 나갔던 것이다. 시꺼먼 그림자, 그 그림자는 복도의 모퉁이를 막 돌아서는 순간이었다. 누구였든지, 그림자의 정체가 남자였는지, 여자였는지, 그것조차 헤아릴 겨를도 없이 성표의 눈앞에서 그 모습은 사라지고 말았다. 그 그림자를 뒤쫓아 갈 용기는 없었다.

'알고 싶어 하면 우리 집엔 못 있어요.'

오 부인의 목소리가 귓전을 쳤던 것이다. 그러나 오 부인의 말이 무서웠던 것은 아니었다. 그는 오 부인의 뒷모습을 본 것 같아서 무서워졌던 것이다.

'그 발소리는 영희 씨하고 무슨 관련이라도 있는 것일까?'

성표는 번쩍 얼굴을 쳐들었다. 잿빛 구름이 눈앞에 확 밀려왔다.

'정말 영희 씨는 자살을 하려고 약을 먹었을까? 아니라면 그럼……?'

성표의 얼굴이 질린다. 그는 머리를 흔들고 다시 시선을 마룻바닥에 떨어뜨렸다.

영희에게 일어난 불상사를 밤의 발소리와 관련시켜 보는 순간, 그의 뇌리에서 누군가가 영희를 살해하려 했을지도 모른다는 생각이 스쳤던 것이다. 그 생각은 오 부인의 얼굴과 직결되었다. 살기를 띤 오 부인의 얼굴, 불길한 미모의 여인.

'아니다!'

성표는 강렬하게 머리를 흔들었다. 아까 푸른 저택에서 그 소동이 일어났을 때 단편적으로 들려온 식모 말을 종합해 본다. 아침 식사 시간이 됐는데도 영희는 나오지 않았다. 전에 없었던 일이었으므로 혹시 몸이라도 아파서 누워 있는가 생각하며 식모는 영희 방으로 찾아갔다. 문은 안에서 잠겨 있었고 식모가 아무리 두들겨도 아무런 기척이 없었다. 이상한 예감이 들어 불안해진 식모는 뒤뜰로 돌아갔다. 창문을 가린 커튼 사이로 들여다보았더니 영희는 반듯하게 누워 있었다. 유리창을 흔들었으나 의연히 반응이 없었다. 식모는 엉겁결에 이 씨를 불러와서 창문을 부수고 방 안으로 들어간 것이다.

'안팎의 문이 다 잠겨 있었다면 외부에서 누가 들어갔을 리도 없고, 흉기로 영희 씨가 상한 것도 아니다. 아무튼 영희 씨는 약을 먹은 것이다.'

그러나 그 약은 남이 먹일 수도 있다. 생각이 거기까지 미치는 순간,

'영희를 살려주세요!'

필사적으로 말하던 오 부인의 얼굴이 성표 눈앞에 떠올랐다. 성표는 어떤 구원을 받은 듯 어깨가 축 내려앉았다. 그리고 안도의 숨을 쉬었다.

'그렇다면 영희 씨는 왜 자살을 기도했을까? 무슨 이유로?'

때때로 어두운 그늘이 지기는 해도 다감하고 명랑한 영희가 자살을 기도했으리라는 것도 믿을 수 없는 일이었다.

'영희 씨는…….'

성표는 치료실에서 응급치료를 받고 있는 영희를 생각하며 벌떡 자리에서 일어섰다. 그와 동시에 도어를 밀고 간호원이 나왔다.

"어떻게 됐습니까?"

성표는 서두르며 간호원 앞으로 바싹 다가섰다. 간호사는 무표정한 눈으로 성표를 쳐다보았다.

"절망은 아니에요."

"괜찮겠습니까!"

"하지만 아직은 알 수 없어요."

간호원은 사무적으로 말했다. 그리고 환자를 입원시켜야 한다는 말을 덧붙였다. 간호원은 복도 저편으로 사라졌다.

성표는 안심과 불안에 얽혀 전신에 힘이 빠져나가는 것을 느꼈다. 그러자 마침 투약구 앞에 놓인 전화가 그의 시야에 들어왔다. 성표는 그곳으로 달려갔다. 수화기를 들고 다이얼을 돌렸다. 미리 대기하고 있었던지 오 부인의 목소리가 이내 울려 나왔다.

"여기 병원입니다."

"아, 신 선생! 영희가, 영희가 어떻게 됐어요?"

전화통이 쨍! 하고 울리는 듯한 긴장되고 날카로운 목소리였다.

"절망은 아니라고 합니다."

말을 뚝 끊었다. 오 부인은 크게 숨을 들이마시는 모양이었다.

"수고했어요."

한참 만에 말이 건너왔다. 이번에는 지극히 낮은 목소리였다.

"입원해야 한다고 병원 측에서 말하는군요. 아직 경과를 봐야 할 모양입니다."

자연히 목소리가 굳어져서 빳빳하게 밀려나왔다. 그러니까 그저께 밤 K호텔에서 오 부인으로부터 받은 야릇한 충격이 아직 마음 한구석에 남아 있었던 것이다. 그리고 조금 전에 오 부인을 두고 그려본 그 무서운 망상 때문이다.

"수고하셨어요…… 신 선생이 알아서 조처하세요. 그리고 다른 사람을 보낼까요?"

"네?"

"신 선생은 학교에 가셔야 하잖아요?"

"아, 아닙니다. 오늘은 쉬겠습니다."

"그러시겠어요?"

하고 한동안 말을 끊었다가,

"의식이 회복되면 신 선생께서 위로해 주세요. 가엾은 아이예요."

"……."

"그럼 무슨 일이 있으면 곧 전화로 연락해 주세요."

"네."

전화는 끊어졌다.

영희는 입원실로 옮겨갔다. 의사는 복용한 수면제의 양이 너무 많아서 위험했으나 아마도 밤 세 시 이후에 먹은 모양이니 퍽 다행한 일이었다고 말하면서 성표에게 마음을 놓으라 했다.

성표는 병실로 옮겨진 영희 옆에 지키고 앉았다. 영희는 아직도 몽롱한 상태에 놓여 있었다. 삶과 죽음의 사잇길을 방황하고 있는 듯 그의 얼굴에는 때때로 고통이 모여들다간 흩어지곤 한다.

"아아, 앗! 오 부인!"

성표는 놀라서 몸을 일으켰다. 그러나 그것의 영희의 헛소리였다.

"당신은 무서운 사람이에요. 잔인해요. 잔인해요! 나, 나, 난 제물은 아니에요. 왜 내버려두는 거예요? 왜 묵인하는 거예요? 비, 비겁해요. 으음, 음……."

'무슨 소릴까?'

성표는 영희를 내려다보았다. 괴로움에 일그러진 영희의 얼굴은 처참했다. 송송이 솟은 주근깨는 더욱 선명하고 그것이 묘한 매력을 발산하고 있었다.

"나, 나, 나에게도 사람을 사랑할 권리가 있고 자유도 있어요. 뭐라구요? 라이벌이 될 수 없다구요? 교, 교만한!"

영희는 자꾸만 헛소리를 했다. 성표는 영희의 헛소리에 자기 자신이 끌려들어 가고 있는 것을 느꼈다. 종잡을 수 없는 말이었다. 그러나 그 말속에는 뚜렷한 어떤 사건이 얽혀 있음이 확실하다. 그리고 오 부인에 대한 증오심이 뚜렷하게 나타나 있었다.

"제가 이렇게 된 것, 지 책임이에요. 그건 알고 있어요. 사랑하지 않았어요. 결코 사랑하지 않았어요. 그런데 왜 이렇게 됐죠?"

이 헛소리는 확실하였다.

'누굴 두고 하는 말일까?'

영희의 얼굴은 다시 평온한 상태로 돌아갔다.

"아아, 별빛…… 어두워요, 아무것도 보이지 않아요. 아아, 은하가, 은하수가 어디로 몰려가는 거예요?"

영희는 손을 뻗쳤다. 성표는 그 손을 꼭 쥐었다. 이상한 피가 징! 하고 흘렀다. 포옹하고 싶었다. 아니, 그보다 정복하고 싶었다. 아무도 없는 병실에서 영희는 아무렇게나 자신을 내던지고 있지 않은가. 비록 의식은 잃고 있지만. 성표는 땀을 흘리며 영희의 손목을 놓았다.

"신 선생님?"

"엇!"

성표는 소스라치게 놀랐다. 그러나 그것은 영희의 헛소리였다.

"신 선생님? 제 과거를 말씀드릴까요? 놀라 자빠질 거예요. 호호홋……."

성표는 급히 담배를 붙여 물고 밖으로 나왔다. 병원의 복도를 한참 배회하다가 다시 담뱃갑을 꺼내었으나 담배가 없었다. 그는 거리로 나왔다. 담뱃가게에서 담배를 하나 사서 붙여 물고 멍하니 거리의 오가는 사람을 바라보았다. 병실로 돌아가는 일이 두려웠다. 그는 담뱃가게로 되들어갔다. 그러고는 전화의 다이얼을 돌렸다.

"박영태 씨 계십니까?"

"네, 잠깐만 기다리세요."

얼마 후 박영태가 나타났다.

"나 신이오."

"아아, 웬일이오?"

"오늘도 학교에 못 나갔구먼."

"하루만 더 쉴려구요. 근데 신 형은 어디서 전화거는 거요?"

"병원에 왔다가."

"병원에는 또 왜?"

"그보다 어제 내가 부탁한 일 신경 쓰지 마시오. 돈이 된 모양이니까."

"그거 잘됐소. 그런데 병원에는, 누가 아파요?"

"뭐 좀 골치 아픈 일이 생겨서……."

"무슨 일인데?"

"약을 먹었단 말이오."

"누가? 신 형 애인이?"

"아니, 미스 석이."

"뭐?"

영태는 크게 반응을 보였다.

"그거 정말이오?"

"거짓말을 왜 하겠소."

"그래, 언제?"

"오늘 새벽에 먹었는가 본데……."

"죽었소?"

"아니, 괜찮을 모양이오."

"거 참, 공연히 내가 주둥아리를 놀렸구만."

영태는 풀이 죽어 말했다.

"뭐라구?"

"내가 어제 쓸데없이 말을 전화에다 대고 했거든요. 만일 죽기라도 했음 내가 하수인이 될 뻔했지 뭐요."

"금시초문인데. 무슨 말을 했기에……."

"나로서는 대단찮은 말이었지만 그 사람에게는 쇼크가 컸을지도 모르지. 하여간 그런 얘기는 요다음 만나서 합시다. 어어 참, 입맛이 쓴데……."

하며 영태는 전화를 끊었다.

성표로서는 되도록이면 영희가 깬 뒤 병실로 들어가고 싶었다. 그래서 과히 필요하지도 않은 전화를 걸었다가 뜻밖의 말을 들은 것이었다.

성표는 병실로 돌아왔다. 간호원이 다녀간 모양이었다. 성표가 멍하니 서 있는데 영희가 몸을 움직였다.

"여기가 어디예요?"

영희는 눈이 부신 듯 미간을 찌푸리며 사방을 둘러보았다.

"영희 씨!"

기쁜 마음보다 까닭 없는 노여움이 앞섰다.

"신 선생님, 여기가 어디예요?"

"지옥입니다."

볼멘 목소리로 말했다.

"제가…… 살아났군요."

겨우 생각이 난 듯 영희는 그렇게 말하고는 쓰디쓰게 웃었다.

"왜 그런 무모한 짓을 했어요?"

성표는 성난 눈으로 영희를 노려본다. 영희는 그 눈으로 피하면서,

"모르겠어요. 왜 그랬는지…… 하지만 살아나기를 잘했어요."

영희의 말뜻을 성표는 이해할 수 없었다.

"창피스럽긴 하지만, 그냥 꺼져버렸더라면 약간은 억울했을 거예요."

"억울했을 짓을 왜 했소!"

영희는 괴로운 듯 성표를 올려다보다가,

"제 얼굴 보심 안 돼요."

하고 돌아누웠다. 영희는 성표에게 등을 보인 채 움직이지 않았

다. 둥그스름한 영희의 어깨를 성표는 우두커니 내려다보았다.

"이렇게 될 것을 미리 계산에 넣고 약 먹은 건 아니었어요."

영희는 돌아누운 그 자세로 약간 어깨를 들먹거리는 듯하며 말했다.

"장난치고는 최고군."

영희가 이제는 살아 있다는 실감에서 성표는 공연히 빈정거리고 싶어졌던 것이다.

"장난? 장난……."

영희 그 말을 음미하듯 가만히 뇌었다. 얼굴이 보이지 않았으나 영희 얼굴에 쓴웃음이 떠올라 있으리라 짐작되었다.

"도대체 죽어야 할 이유가 무엇입니까?"

하면서도 성표는 방금 전화에서 들은 박영태의 말을 생각했다.

"따지시는 거예요? 방금 신 선생님은 최고의 장난이라 하지 않았어요?"

영희의 목소리는 격했다.

"그 말 잘못된 것 같소."

성표는 영희가 흥분해서는 안 된다는 생각을 하면서 빌었다.

"전 바보가 아니에요."

"바보 아닌 사람이 죽으려 했어요? 영희 씨는 바보요, 못난 사람이오."

그러나 성표의 목소리는 한결 부드러워졌다.

"숨구멍만 트여 있으면, 그럼 바보가 아니겠군요?"

"싸움은 요다음에 하시지. 자, 바로 누워요. 웬 헛소리는 그렇게 할까?"

성표는 무심히 말했다.

"헛소리요?"

영희는 자동 기계처럼 발딱 돌아누웠다. 얼굴이 온통 눈물에 젖어 있었다. 성표의 가슴이 뭉클했다.

'태연하게 돌아누워 쫑알거리면서 영희 씬 혼자 울고 있었구나!'

성표는 눈물에 젖은 영희의 얼굴을 깊숙이 내려다보았다.

"왜 울었어요?"

크게 벌어진 눈동자가 떨고 있는 것만 같았다. 성표는 자기도 모르게 영희의 얼굴 위에 자기 얼굴을 묻었다. 향그러운 입맞춤이었다.

"왜 울기는 울어? 죽으면 안 돼, 살아야지."

성표는 영희의 머리칼을 쓸어 넘겨주었다.

"어떤 헛소리를 했어요?"

여전히 그 눈동자는 떨고 있었다.

"여러 가지 말을 하더군."

"신 선생님을 사랑한다는 말을 했어요?"

"아니."

"그럼 다른 누구를 사랑한다고?"

영희의 눈동자에 눈물이 모여들었다.

"아니, 사랑할 권리가 있다는 말을 하더군."

"다른 말은?"

영희는 추궁하듯 또 물었다.

"잘 알아들을 수 없더군요."

부인에 관한 말은 할 수는 없었다. 영희는 반듯이 누워 천장을 멀뚱멀뚱 쳐다보면서,

"저는 언제나 수면제를 준비하고 다녔어요. 살아가는 데 용기를 잃었을 때 언제든지 죽을 수 있다는 생각이 저를 강하게 만들어주더군요. 타락하는 데 용기를 준 것도 바로 그 수면제였어요. 죽을 수 있다, 언제든지. 그렇다면 무슨 일을 못 하리, 그렇게 생각한 거예요. 삶이 아무리 비천하고 굴욕적인 것일지라도 마지막 빠져나갈 구멍은 있다고 생각한 거예요. 선생님은 모르실 거예요. 알 턱이 없죠."

영희는 가슴 위에 두 손을 포개어 얹었다. 시선은 천장에 둔 채.

"알 턱이 없는 그 일을 말해줄 수는 없을까? 나는 영희 씨의 친구가 아니오?"

"친구?"

영희는 성표의 눈을 쏘아보았다.

"애인이라도 좋구……."

"애인? 호호호……."

영희는 낮게 웃었다.

"그러면 더욱더 말할 수 없을 거예요."

"……."

"우리는 그저께 밤에 K호텔에 갔었죠."

성표는 고개를 끄덕였다.

"그리구 저는 어제 박영태라는 그 사람한테서 전화를 받았구요."

성표는 마음이 찔끔했다.

"그게 어쨌다는 겁니까?"

성표는 미간을 모으며 물었다.

"박영태라는 사람의 말이 전에 저하고 춤을 춘 일이 있대요."

영희는 내던지듯 말했다.

"뭐라구요?"

"그랬을지도 몰라요."

영희는 쓸쓸하게 웃었다. 그 웃음은 영희를 십 년이나 더 늙은 여자로 보이게 했다.

"무슨 뜻인지 난 잘 모르겠소. 영희 씨는 박 군을 모른다 하지 않았어요?"

"기억에 없었어요. 지금도 마찬가지지만…… 하긴 그 많은 사람들을 어떻게 일일이 기억하겠어요?"

"그렇게 많은 사람들하고 춤을 추셨어요?"

어렴풋이 짐작이 가면서도, 그리고 더 이상 듣고 싶지 않으면서도 별안간 그 화제를 끊어버릴 수 없었다.

"그럴 수밖에요. 전 직업이 댄서였으니까요."

“네?”

막상 영희의 입에서 그 말을 듣고 보니 충격은 가볍지 않았다.

“왜……? 놀라셨어요?”

“뜻밖입니다.”

“실망하셨겠군요.”

성표는 잠시 침묵을 지키다가,

“실망보다 뜻밖입니다.”

그것은 솔직한 성표의 마음이었다.

‘그랬었구나! 그래서 영희 씨는 자신을 미워하고 학대하고, 그리고 죽으려고 했었구나…… 그러고 보면 박영태의 주책 때문에…….’

그러나 뭔지 석연치 않는 것이 남는다. 그만한 길을 밟아온 여자라면 그 정도의 말로써 목숨을 버리려 한 것이 이상했다.

“……처음에는 아르바이트로 시작한 게 그만 본업이 되고 말았죠. 산다는 것은 치욕이더군요. 뭣이 돼보겠다는 야심도 신통한 것은 아니었어요. 차라리 평범하게 오피스 걸이나 됐더라면…… 하지만 구질구질한 얘기는 더 이상 않겠어요.”

영희는 눈을 감았다. 창밖에서 스며드는 저녁 햇빛이 영희의 얼굴을 비춰주고 있었다.

“그럼 영희 씨는 박 군의 말 때문에…….”

성표의 말이 미처 끝나기도 전에,

"약을 먹었느냐구요?"

영희는 날카롭게 말을 이었다. 그러나 감은 눈을 뜨지는 않았다.

"그런 말 때문에 죽을 만치 그렇게 유치한 영희는 아니에요."

성표는 슬그머니 웃으며 말은 하지 않는다.

"하지만 부풀어서 터지려 할 판에 바늘 끝이 닿으면 터져버리는 일이 있잖아요?"

"그럼 왜 부풀어서 터지려 했죠? 살아나서 다행이었다고 하면서."

성표는 힐책하듯 말하였다.

"따지지 마세요. 형식적이에요. 그리고 저에게 도덕적인 짓 강요하지 마세요. 사회가 저를 그렇게 했다면 탓하지는 않겠어요. 그 대신 저에게도 사회가, 혹은 남이 모럴을 강요하지 말아 달라고 말하겠어요. 당신네들은 모두 무관심하고 냉정하면서 나중에는 왜 비판하는 거죠?"

영희는 눈을 뜨고 흥분하며 성표에게 대들었다.

"무슨 영문인지 난 모르겠는걸? 누가 비판합디까?"

"신 선생님의 온 분위기 전체가."

영희는 홱 돌아누웠다. 그 순간 문을 두들기는 소리가 들려왔다.

"들어오세요."

성표는 무겁게 말했다. 문이 열렸다.

"아."

성표는 얼른 일어섰다. 오 부인이 들어섰던 것이다. 그의 뒤를 따라 과일꾸러미를 든 계집아이 순임이가 긴장한 표정으로 들어왔다. 그러나 영희는 돌아누운 채 꼼짝하지도 않았다. 오 부인은 성표에게 고개를 끄덕여 보이고 영희 옆으로 다가갔다.

"영희?"

나직이 불렀다. 그러나 영희는 여전히 꼼짝하지 않았다. 일부러 잠든 척하고 오 부인을 대하지 않으려는 모양이다.

"줄곧 이렇게 자고만 있었어요?"

오 부인은 찌푸려진 얼굴로 성표를 돌아보며 물었다.

"아, 아닙니다. 조금 전까지도 깨어 있었습니다."

성표는 얼굴을 붉히고 당황하며 말했다. 영희의 거짓을 알고 있는 때문이요, 조금 전에 영희를 포옹했던 일이 되살아났기 때문이다.

"이젠 안심해도 좋겠죠?"

"네."

오 부인은 성표가 밀어내 놓은 의자는 거들떠보지도 않고 창가에 가서 병원의 좁은 뜨락을 내다보았다. 그의 옆얼굴은 석상처럼 차갑고 표정이 없었다. 언제였던가 성표와 마주 앉았을 때 성표의 존재를 망각하고 영혼이 먼 곳에 방황하고 있는 것처럼 보이던 그때의 그 모습이었다.

병원 담 밖의 도로를 구르며 지나가는 육중한 차량의 울림이 들려온다. 순임은 겁먹은 표정으로 벽에 붙어 서 있었다. 숨이 막히는 침묵이었다.

"순임아."

오 부인은 비로소 자기 자신으로 돌아온 듯 순임을 돌아보았다.

"영희가 깨나거든 넌 여기서 시중들어라."

그러더니 오 부인은 성표에게 시선을 옮겼다.

"내일이면 퇴원하겠군요?"

"글쎄요……."

"아직 자고 있는 모양이니 나는 그냥 가겠어요. 그리고…… 신 선생도 가셔야죠. 찬이가 기다릴 테니."

영희는 여전히 미동도 하지 않고 있었다. 얼마나 그 무언의 반항이 완강한가를 성표는 느꼈다. 오 부인은 영희에게 잠시 시선을 던졌다가,

"나가시죠."

했다. 성표는 순임이 자기 대신으로 온 이상 버티고 있을 아무런 이유도 없었다. 밖으로 나왔다. 오 부인이 타고 다니는 그 눈익은 자가용이 보이지 않았다.

"차…… 차가 없군요."

"사장이 쓴대요."

오 부인은 가볍게 내뱉었다.

"그럼?"

"택시를 잡으세요."

성표는 택시를 잡았다. 그리고 오 부인이 오른 뒤 성표는 운전수 옆자리에 올라탔다. 자동차는 부드럽게 커브를 돌아 달리기 시작했다.

"식사는 어떻게 하셨어요?"

뒤에서 오 부인의 말이 날아왔다.

"아직 안 했습니다."

말을 하다 보니 아침과 점심을 꼬박 굶고 있었던 것을 깨달았다. 별안간 허기가 들어 견딜 수 없었다. 오 부인은 픽 웃었다.

"하루 종일 굶었단 말예요? 고지식하군요. 그냥 그대로 지키고만 계셨어요?"

오 부인은 나직이 소리 내어 웃었다. 아무렇지도 않은 말이었지만 성표는 공연히 마음이 찔끔했다.

"기사 양반……."

"네?"

운전수는 힐끔 오 부인을 돌아다보았다.

"C산장으로 가세요."

했다. 성표가 거북하게 몸을 움직이는 것을 주의 깊게 바라보고 있던 오 부인은,

"신 선생이 아직 식사 안 하셨다니까."

하고는 다시 말을 꺼내지 않았다.

식사하는 것이 목적이라면 명동으로 나가서 아무 데서나 할

수 있다. 구태여 교외에 있는 C산장까지 갈 필요는 없는 것이다. 성표는 어떤 불안을 느꼈으나 그러한 자신이 겁쟁이만 같아서 불쾌하기도 했다.

'귀찮다! 모든 일은 내 밖에서 일어난 일 아닌가.'

순간적인 기분으로 영희를 포옹한 일까지도 성표는 자기와 무관한 남의 일로 생각하고 싶어졌다. 아닌 게 아니라 푸른 저택에 온 후 성표는 오 부인의 분위기로 하여 너무 자기 자신을 구속해 왔던 것이다. 그는 그러한 구속에서 놓여나고 싶지 않은 충동을 느꼈다. 은근히 무슨 사건이라도 일어나서 푸른 저택에서 쫓겨났으면 속 시원하겠다는 느낌마저 드는 것이었다.

자동차는 어느새 듬성듬성한 송림 사이를 달리고 있었다. C산장에 도착했을 때 산장의 종업원들이 쫓아 나왔다. 연령을 불문코 남녀 한 쌍이라면 연인끼리로 간주하는 그들은 손을 맞잡고 다가서며,

"조용한 방으로 안내할깝쇼?"

했다.

"아니."

오 부인은 식당 있는 쪽으로 뚜벅뚜벅 걸어갔다. 그들이 창가에 자리를 잡았을 때 민첩한 웨이터가 쫓아왔다. 오 부인은 식사를 주문하고 담배를 피워 물었다. 식당 안에는 두서너 명의 손님들이 앉아서 조용히 맥주를 마시고 있었다.

"신 선생."

"네?"

"우리 집에 오신 지 얼마나 됐죠?"

"한 달 넘었습니다."

"그렇게밖에 안 됐어요?"

"네."

"인상이 매우 좋지 않은 곳이죠?"

성표는 쓰게 웃을 뿐이다.

"실은 신 선생께 얘기 좀 하려고 여기까지 왔어요."

"무슨 말씀인지요?"

오 부인은 성표의 눈을 똑바로 쳐다보았다. 성표는 그 눈길을 피하기에 어려움을 느끼고 숨 막히는 응시를 계속했다.

"영희가 무슨 말하지 않습디까?"

"무슨 말이라뇨?"

"자살하려고 한 동기 같은 것."

"확실한 말은 하지 않았습니다."

"그래요?"

오 부인은 잠시 생각에 잠기는 듯했다.

"그럼 영희가 자기의 과거에 대한 얘기도 하지 않았어요?"

성표는 오 부인이 영희의 과거를 알고 있다는 것을 이어 눈치챘다.

"그 얘기는 하더군요."

"언제?"

"오늘 낮에 그런 말을 하더군요."

오 부인은 재떨이에 담배를 비벼 끄고 입을 다물어버렸다. 웨이터가 음식을 날라 왔다. 오 부인은 냅킨을 펴면서,

"영희에게는 이미 오래전의 과거, 그 애가 들어올 때 벌써 서로가 다 알고 있었던 일인데 새삼스럽게 그런 일을 비관하고 자살하려 했다고 생각할 수는 없지 않아요?"

"글쎄요……."

"그 애는 왜 별안간 그런 생각을 했을까요? 혹 신 선생, 짐작되는 점이 없으세요?"

"다소 짐작이 가는 일이 있기는 합니다만."

성표는 자기도 모르게 눈살을 찌푸렸다. 말하기가 좀 거북한 일이었으나 오 부인이 의논조로 말하는 데 있어서 자기가 알고 있는 일을 숨겨버릴 수는 없었다.

"실은 어제 박 군이 영희 씨한테 전화를 걸었던 모양입니다."

"……?"

"워낙 장난이 심한 친구가 돼서 악의는 없으면서도."

"아, 그때 이상한 분 말예요?"

"네, 그 친구가 영희 씨의 과거를 건드려서 농을 걸었던 모양입니다."

"그이가 영희의 과거를 알고 있었던가요?"

"그랬던 모양입니다. 그런 곳에 드나들면서 알았나 부죠. 허지만 저 보고는 영희 씨의 과거에 대한 얘기를 한 적은 없었습

니다.”

그런 말이라도 해서 박영태의 면목을 세워주지 않을 수 없었다.

“음…….”

“반드시 그 말로 해서 한 짓이라 할 수는 없습니다만 충격은 받은 모양입니다.”

“아니, 아니에요.”

오 부인은 웬 까닭인지 세차게 고개를 흔들며 그 일을 부인하고서,

“어서 잡수세요. 배고플 텐데…….”

그 말이 나온 김에 성표는 음식의 맛을 음미할 겨를도 없이 마구 퍼먹기 시작했다. 성표가 어지간히 먹은 것을 본 오 부인은 냉수를 한 모금 마셨다.

“신 선생.”

“네?”

“영희가 그따위 실없는 농 몇 마디로 죽을 만한 아인 줄 아세요?”

“영희 씨도 그런 말 하더군요.”

“신 선생.”

“…….”

오 부인은 성표를 빤히 쳐다본다.

“영희는 신 선생을 사랑하고 있어요. 자살의 동기는 바로 그

것이었어요."

"하지만…… 그것으로……."

성표는 몹시 당황한다.

"영희는 신 선생을 사랑하고 있어요."

오 부인은 덮어씌우듯 같은 말을 되풀이하였다.

"그렇지만 영희 씨는 그런 말을 한 적이 없었습니다. 또 제가 그, 그 말을 거절한 일도 없구요."

"순진하군요."

오 부인은 내뱉듯이 말했다. 성표는 심한 모욕을 느꼈다.

"신 선생은 하나에 하나를 보태면 둘이 된다는 것밖에 모르는군. 하긴 신경이 굵어서 좋기는 하지만."

오 부인은 입가에 확실한 조소를 머금었다. 성표의 얼굴이 벌게졌다. 신경이 굵다는 말을 신경이 둔하다는 뜻으로 받아들일 수밖에 없는 오 부인의 표정이었던 것이다.

"저는 순진하지도 않고, 신경이 그리 둔하지도 않습니다. 조금 전만 해도 저는 영희 씨를 범하려고 했으니까요."

말을 냅다 던지듯 하고 난 성표의 얼굴이 파아랗게 질렸다.

"호호홋……."

오 부인은 정말 우스워 죽겠다는 듯 크게 웃어젖혔다. 성표는 패주병처럼 참담한 얼굴이었다.

"그러니까 순진하다 할 수밖에요. 호호홋……."

연신 웃는데 웨이터가 커피를 가지고 왔다. 오 부인은 웃음을

거두고,

"영희의 경우 신 선생에게 부딪쳐 보기 전에 자기 내부에서 좌절감을 느꼈을 거예요."

"그럼 제가 영희 씨의 자살 기도에 대한 책임을 져야 한단 말씀입니까?"

성표는 겨우 자기 마음의 자세를 고치며 물었다.

"그건 내가 말할 일이 못 돼요. 하지만 영희는 구원될 수 없을 거예요. 영희는 오히려 나에게 그 책임을 묻고 싶어서 그런 짓을 했을지도 모르죠. 신 선생으로서는 모르고 계시는 게 좋을 거예요. 지금 가장 현명한 길을 택한다면 그것은 신 선생에게 우리 집에서 나가달라고 부탁하는 일입니다."

성표는 갑자기 걷어차인 기분이었다. 내심으로는 쫓겨났으면 좋겠다는 생각을 했지만 쫓겨나게 되는 원인을 성표는 다른 곳에다 두고 있었다. 뚜렷하게 나타나기를 두려워하고 주제넘는 일이라 생각했으나 그의 의식 속에는 오 부인이 자기를 유혹할지 모른다는 위구심이 있었던 것이다.

"할 수 없죠. 짐을 싸겠습니다."

성표는 나이프와 포크를 가지런히 놓고 커피잔을 들었다.

"서두르지 말세요. 내가 그리 현명하다는 말은 하지 않았어요. 지금 기분으로는 사건이 마음대로 벌어지게 내버려두고 싶은 심정입니다."

"저 때문에 사건이 벌어진다면 그냥 있을 수 없죠."

"찬이의 일도 생각해야 하구, 결국 신 선생의 마음먹기 탓이죠."

"어떻게 마음을 먹어야 합니까?"

이래저래 성표는 화가 났다.

"하긴 막연한 얘기죠. 아무튼 이대로 계세요. 어쩌면 영희는 다시 그런 짓을 안 할지도 모르니까."

"사실 부인께서는 하나에 하나를 보태면 둘이 된다는 것밖에 모른다고 아까 말씀하셨습니다만 그건 부인께서 집안 분위기를 그렇게 만들어놓으신 것 아닙니까? 모르는 일이 너무 많습니다. 저도 무관심하려 합니다만 역시 제 신변에…… 부딪쳐오고……."

성표는 밤의 발소리를 얘기하려다 그만두었다.

"알겠어요. 모험하는 셈 치고 그대로 넘겨보세요."

"……."

"이번에 영희의 자살 소동에 저도 상당한 충격을 받았습니다. 내 자신이 자살하려다 살아남은 사람이라 그런지 모르지만. 그래도 지금 살고 있는 것이 덤으로 사는 것만 같아서 때론 이상한 느낌이 들기도 해요. 영희도 아마 앞으로 그런 생각을 할 거예요. 살아가는 데 의욕을 느끼지 못하는 대신 죽어야 할 절실한 이유도 없어지고, 그러면서도 죽음이라는 게 늘 숙제처럼 따라다니거든요. 어떻게 하든지 그 숙제를 해치워 버리자는 기분이 들지만 모두가 다 미약한 동기밖에 될 수 없으니…… 내가 미국에 있을 때…… 흠…… 이제 나가실까요?"

오 부인은 말을 하다 말고 벌떡 일어섰다.

5. 여름밤

간밤에는 창문을 뒤흔들며 무섭게 비바람이 치더니 새벽녘에 비바람은 그치고 영롱한 아침이 다가왔다. 쫓겨만 다니는 꿈을 꾸다가 성표는 눈을 떴다.

'일요일이니까.'

성표는 돌아누우며 다시 눈을 감았다. 그러나 청하는 잠은 오지 않고, 감은 안막 속에 어지럽게 오가는 영상이 있어 그의 마음을 질근질근 물어 씹는 것이었다. 그것은 분명히 회오의 쓰라림이요, 가책의 회초리였다. 성표는 배를 깔고 누우며 탁자 위에 놓인 담배를 끌어당겨 붙여 물었다.

'나는 속절없는 돈 판이었구나. 그래서 어쩌자는 거지? 결혼을 하겠단 말인가?'

성표는 얼굴을 찡그리며 웃었다. 뿌연 창문에 잔잔한 햇빛이 부서지기 시작했다.

'후회한다는 것은 어리석은 짓이더군요. 모두가 다 별것이 아니더라는 생각을 가지는 게 마음 편해요.'

어제 낮 아파트에서 하던 영희의 말이었다.

'그렇지, 별것 아니야. 후회한다는 것은 어리석은 짓이고…….'

영희의 말을 끌고 와서 자기가 취한 행동을 합리화시키려 했으나 그의 양심을 잠재울 수는 없는 일이었다. 그러면서도 그의 젊고 세찬 피는 다시 뒤끓기 시작했다.

"생각할 것 없다! 머리 골치만 아프다!"

성표는 벌떡 일어났다. 재떨이에 담배를 버리고 방문을 밀고 나섰다.

"제기!"

고양이처럼 앙증스럽게 웅크리고 앉아서 사람의 눈 같은 그 눈동자로 성표를 빤히 쳐다보고 있던 새까만 놈이 휙 몸을 날리며 달아났다. 오 부인의 애견인 베시 양이었다.

두 달 가까이 푸른 저택에서 지내는 동안 기질이 사나운 셰퍼드도 성표하고 다소 친해졌는데 원숭이 세리 양과 베시 양만은 여전히 거드름을 피우며 곧잘 성표를 도외시하려 들었다. 그런 만큼 성표도 그들을 지극히 미워하였다.

성표는 세수를 하고 수건을 목에다 건 채 손으로 머리를 빗어 넘기며 뜰로 나갔다. 축축이 젖은 잔디를 밟는 발의 감촉이 상쾌하였다. 사방을 둘러싼 산들도 간밤의 비바람에 씻긴 때문인지 한결 가까이 있는 듯 느껴졌다. 성표는 이 영롱한 아침에 상쾌함과 아울러 일종의 두려움을 느낀다.

뜰에는 견사에서 풀어놓은 개들이 자유롭게 뛰놀고 있었다. 그들 옆에 담배를 피워 문 이 씨가 지켜보고 서 있었다. 성표는 이 씨 옆으로 성큼성큼 다가갔다.

"시골 가셨다더니 언제 오셨어요?"

성표가 말을 걸자 이 씨는 슬그머니 돌아다보며,

"그저께 왔어요."

하고 빙그레 웃었다.

성표를 보고 달려온 미미가 다정스럽게 꼬리를 흔들며 덤벼들었다. 성표는 미미를 쓰다듬어 주면서,

"이렇게 아양을 피우는데 쓰다듬어 주지 않을 수 있어요? 사람의 경우도……."

성표는 혼잣말처럼 중얼거리며 물끄러미 은행나무를 올려다보았다.

"사람의 경우도?"

이 씨는 그 말을 되풀이하면서 성표를 유심히 살펴보았다.

"이 씨는 왜 서울 살림 안 하시죠?"

성표는 화제를 돌렸다.

"서울 살림 한다고 별수가 있겠습니까? 혼자 있는 게 홀가분하고 좋죠."

"그렇지만 불편하지 않아요?"

"뭐 별로 불편한 것도 없어요. 시골에 땅이 좀 있어서…… 식구들은 거기 두는 게 안심이죠. 서울 살림이라는 게 허황해서……."

무심히 하는 말이었으나 서울 살림은 허황하다는 이 씨의 말은 전에 없이 성표에게 강한 느낌을 주었다.

"나도 나이 들면 시골로 내려갈 작정입니다."

"돌아갈 곳이 있어 좋겠습니다."

이 씨는 짤막한 꽁초를 버리고 발로 문대며,

"시골에 며칠 다녀온 사이에 개 두 마리가 병이 났군요."

"어느 놈이 병이 났어요?"

"게로하고 아리스가 배탈이 난 모양입니다. 약도 먹이구 주사도 놨는데 영 기운이 없어요."

게로와 아리스는 셰퍼드였다.

"개 치료도 이 씨가 하시오?"

"수의는 아니지만……."

하고 픽 웃었다.

"오늘 현 박사 댁에서 암캐가 올 텐데 야단났구먼."

"의사 말이죠?"

"네."

"거만한 사람이더군요."

"있는 사람이니까."

이 씨는 가볍게 넘겨버린다. 그리고,

"그 댁의 개가 좋아요."

하고 덧붙였다.

"바로 시집오는 날이구먼."

"그런데 신랑감의 기분이 시원찮으니까……."

두 사람은 맑은 아침 공기를 마시며 껄껄 웃었다.

"어젯밤에 영희 씨가 왔다면서요?"

이 씨는 웃음을 거두고 물었다.

"왔어요."

성표는 회피하듯 내키지 않는 표정으로 대답했다.

"신 선생이 데리고 왔다면서요?"

"네."

여전히 떨떠름한 표정이다.

"그동안 어디 있었던가요?"

"친구 집에."

"누가 거기 있는 걸 알구?"

"글쎄…… 그건 나도 모르는 일입니다. 순임이가 집을 가르쳐 주더군요. 그리고 부인이 데리고 오라고 하시더라나요?"

"그만 놔둘 걸 그랬군."

이 씨는 얼굴을 찌푸렸다.

"왜요?"

순간 성표의 눈이 번득였다. 이 씨는 슬그머니 성표의 눈을 피하면서,

"글쎄…… 영희 씨도 젊은 사람이……."

하다 말고 이 씨는 입을 꾹 다물어버렸다. 성표는 그 얼굴을 우두커니 바라보다가 눈길을 돌렸다. 거듭 묻는다고 해서 대답을 할 표정도 아니거니와 영희의 일을 화제로 삼아 이야기를 계속하고 싶지는 않았다.

병원에서 퇴원한 그날이었다. 일단 푸른 저택으로 돌아온 영희는 오래도록 자기 방에 혼자 들앉아 있었다. 해가 질 무렵 잠깐 외출하고 온다 하며 울어서 부은 눈을 내리깔며 나갔다. 그 길로 영희는 돌아오지 않았다.

성표는 또다시 영희가 자살을 기도한 것이나 아닌가 하고 몹시 걱정을 했다. 보름이 지난 뒤의 일이었다. 그러니까 어제의 일이었다. 오 부인이 시키는 일이라 하며 순임이 와서 나가자고 했다. 그러나 말하는 품이 확실치는 않았다.

"어딜 가는 거요?"

"영희 언니 있는 곳으로요."

"뭐? 영희 씨 있는 곳이라구?"

순임이가 성표를 데리고 간 곳은 S동의 살풍경한 어느 뒷골목의 낡아빠진 아파트였다. 그 아파트의 지붕 위에는 역시 낡아빠진 풍차가 있었다.

"여기예요."

순임은 성표를 돌아다보며 말했다. 그리고 앞서 현관으로 들어가 층계를 밟고 올라간다. 순임은 어느 방 앞에서 걸음을 멈추었다.

“제가 여기까지 따라왔다는 말씀은 하시지 말래요.”

왜 이러한 방법으로 영희를 찾아야 하는지 납득이 가지 않았으나, 그런 말을 순임이한테 할 필요는 없었다. 순임은 종종걸음으로 삐걱거리는 층계를 밟고 내려가 버렸다.

성표는 감방처럼 양켠에 즐빗이 선 방, 그 한복판의 오솔길 같은 복도에 서서 눈을 감았다. 영희를 위하여 한 줄기 눈물이 없을 수 없었다. 자기 자신은 더 험한 곳에서 비참한 줄 모르고 살았었다. 그러나 햇빛조차 구경할 수 없는 낡고 쓸쓸한 복도에서 영희가 마치 공주의 자리에서 걸인의 신세로 떨어져 버린 듯 그의 눈시울은 절로 뜨거워진 것이다.

‘가엾은 영희.’

성표는 복도 저켠의 희미한 창가의 시든 금어초를 바라보다가 마음을 가다듬고 문을 두들겼다. 아무 대답이 없었다. 또다시 두들겼다. 이윽고,

“들어오세요.”

성표도 도어를 밀었다. 침대에 누워 비스듬히 고개를 돌리던 영희는 들어서는 성표를 보자 소스라쳐 놀라며 침대에서 발딱 일어나 앉았다.

“음…….”

영희는 경악의 소리를 깨물었다.

“영희 씨!”

보름 동안 영희의 모습은 수척해 있었다. 영희는 흐트러진 옷매무새를 급히 고치고 나서,

"웬일이세요?

높은 목소리였다. 성표는 말없이 그를 바라보았다. 아파트의 외관과 다름없이 방 안도 황량하였다. 다만 깨끗하게 정리되어 있는 물건들, 벽에 걸린 핸드백과 양복이 젊은 여자의 방이라는 것을 말해주고 있을 뿐이었다.

"갑시다."

"어디로요?"

"어디긴?"

"그 집으로 말예요?"

"물론이죠."

"누가 절 데려오라 했어요?"

"온 집안 식구가 모두, 그리고 내가 영희 씨를 데리러 온 거죠."

"거짓말 마세요."

"따질 것 없이 갑시다."

"어떻게 여기 있는 줄 알고 오셨죠?"

"다 아는 방법이 있죠."

"흥! 설마 사설탐정에게 부탁한 것은 아닐 게구."

영희는 서글프게 웃었다. 그러더니 침대에서 내려와 컵에다 냉수를 따르더니 마음속의 불이라도 끄려는 듯 들이켠다. 성표

는 영희의 돌아선 모습을 보는 순간 가벼운 현기증을 느꼈다.

"그럼 안 가시겠단 말입니까?"

영희는 돌아보았다. 그러더니 되돌아와서 침대에 걸터앉았다.

"신 선생님도 서 계시지 말고 여기 앉으세요."

영희는 자기 옆을 가리켰다. 성표는 슬며시 영희와 나란히 침대에 앉았다.

"여기 혼자 계세요?"

"아니, 동무하고요."

"그 동무는?"

"저녁에 돌아와요."

순간 성표는 저녁에 돌아온다는 동무가 남성이 아닐까 생각했다.

"여기서 왜 고생을 하죠?"

"고생 안 되는 곳이 어디 있어요?"

"이렇게 별안간 찾아와서 실례가 됐군요."

"실례될 것도 없어요. 전 레이디가 아니니까요."

"자학하지 마시오."

"신 선생님."

성표는 영희와 마주 보았다. 눈이 맑았다. 그러나 송송이 난 주근깨가 말할 수 없이 관능적으로 보였다.

"제 어머니는 일본 여자였어요."

성표는 조금도 놀라지 않았다.

"해방되던 해 일본으로 돌아갔다나 봐요. 전 큰아버지 댁에서 자랐어요. 그 댁에서 뛰쳐나온 것은 대학에 입학한 그해였어요. 지금도 그 댁은 버젓하게 잘살아요. 아버지는 죽었죠."

"왜 새삼스럽게 그런 말을 하죠?"

"갈 곳이 없다는 의미예요."

"그러니까 날 따라가면 되지 않소."

"거기를 갈 곳이라고 생각한다면 왜 그런 말을 했겠어요."

영희는 별안간 두 손으로 얼굴을 감싸더니 흐느껴 울기 시작했다. 성표는 잠자코 담배를 피워 물었다. 여자의 울음은 오래오래 그치지 않았다.

"영희 씨! 울고만 있으면 어떡하라는 거요."

성표는 영희 어깨 위에 손을 얹었다. 영희의 어깨가 핑! 하고 흔들렸다. 그리고 그의 상반신이 성표 가슴으로 기울어졌다. 성표는 순간 그를 포옹했다.

"영희 씨!"

영희는 격렬한 울음을 뿜었다. 영희가 아니고 울음 그 자체만 같은 몸뚱어리가 흔들리고 있었다.

"영희 씨!"

성표는 겨우 한 손으로 가슴에 묻힌 얼굴을 받쳐 들었다. 그리고 얼굴을 그 위에 얹었다. 심장과 심장이 엷은 옷을 통하여 서로의 심장을 치고 있었다. 그들의 젊은 피는 머리 위로 솟구

치고 발끝으로 쏟아져 내려갔다.

성표는 신음하였다. 영희가 애정에서 승화된 걱정이라면 성표는 다만 본능적인 욕정일 뿐이었다. 성표는 드디어 영희를 침대에 쓰러뜨리고 말았다.

"아, 안 돼요!"

영희는 소리치며 성표의 가슴을 떠밀었다. 그러나 성표는 맹수처럼 영희의 어깨를 움켜쥐었다.

"안 돼요! 안 돼요!"

영희는 기어코 성표를 떠밀어 내고 말았다. 성표는 창백한 얼굴로 두 팔을 늘어뜨린 채, 영희를 내려다보고 서 있었다.

한동안 무거운 침묵이 흘렀다. 시간이 흘러감에 따라 성표의 얼굴에는 피가 모여들기 시작했다.

"용서하시오."

성표는 고개를 떨어뜨렸다. 그 모습을 물끄러미 바라보고 있던 영희는 도어 쪽으로 달려갔다. 키를 돌리는 소리가 찰가닥 하고 들려왔다. 성표는 번쩍 얼굴을 쳐들었다. 열쇠를 걸어버린 도어를 등지고 영희는 쏘는 듯 성표를 노려보았다. 새파란 얼굴이었다. 그들은 마치 적과 적이 맞선 듯 주먹을 불끈 쥐고 서로를 응시했다.

"후회하시지 않겠어요?"

기름기를 잃은 쇳소리처럼, 신음처럼 영희의 입에서 그 말이 밀려 나왔다.

"무슨 뜻이오?"

성표의 목소리 역시 눌러놓은 물체처럼 밀려 나왔다. 영희의 얼굴은 한결 푸르렀으나 눈은 고양이 눈동자처럼 확대되어 있었다.

"결혼을 생각했느냐 말예요."

성표는 잠시 숨을 들이마신다.

"생각한 일 없소."

영희의 얼굴이 일그러졌다. 그러나 그것은 이내 미소로 변하였다.

"거짓말은 못 하시는군요."

목마른 듯 입술을 빨다가 성표는 주먹을 풀었다.

"날, 날 나가게 해주시오."

성표는 숨 가쁜 듯 허덕이며 말했다. 희미하게 비치는 이성에 매달리며 그는 애원하는 표정이었다. 영희는 뚜벅뚜벅 다가왔다. 그러고는 열쇠를 탁자 위에 내팽개쳤다.

"마음대로 하세요. 그런 상식적인 얘기 진심에서 한 건 아니에요."

영희는 돌아서서 발끝을 내려다보면서 말했다. 벽에 걸린 거울 속에 영희의 흰 이마가 있었다. 커튼 사이로 스며든 한 줄기 광선이 칼자국처럼 영희 이마를 비스듬히 긋고 있었다.

성표는 영희를 번쩍 안았다. 영희는 전혀 저항하지 않았다.

처참한 욕정에서 놓여난 성표는 창가에 서서 커튼을 걷고 우두커니 거리를 내다보았다. 영희는 침대에 얼굴을 묻고 움직이지 않았다.

거리에서 황혼이 깃들고 있었다. 구질구질한 뒷골목의 황혼은 살풍경하기만 했다. 성표는 뼈저린 고독을 느꼈다. 육체의 길이 이렇게 황량할 수 있을까. 사랑이 승화한 행위가 아니었기 때문이다.

"영희 씨."

"……."

"잘못했소."

영희의 두 어깨가 가벼운 경련을 일으켰다.

"후회한다는 것은 어리석은 짓이더군요."

"할 말이 없소."

"모두가 다 별것이 아니더라는 생각을 가지는 게 마음 편해요."

정말 할 말이 없었다. 성표는 황급히 담배를 꺼내어 붙여 물었다.

"선생님한테 책임을 물을 만치 전 순결한 여자도 아니에요. 신경 쓰지 마세요."

영희는 소리를 죽이며 울기 시작했다. 불도 켜지 않은 방 안은 어둑어둑했다. 창문에 빗방울이 떨어지면서 거리에는 한층 짙은 안개 같은 어둠이 휩쓸어 왔다. 성표는 창가에서 발이 떨어지지 않았다.

'내가 왜 이러고 서 있을까? 영희가 울고 있지 않느냐!'

그래도 발은 묶어놓은 듯이 떨어지지 않았다. 영희를 데리러 온 자기의 임무를 잊어버린 지는 오래였다.

문 두들기는 소리가 났다. 영희는 벌떡 일어났다. 돌아본 성표와 영희의 눈이 마주쳤다.

이번에는 밖에서 문을 흔들었다. 영희는 열쇠를 집어들고 침착한 걸음걸이로 도어 앞으로 갔다. 열쇠를 돌리는 소리가 찰가닥 들려왔다.

"얘가, 대낮에 문을 왜 잠그고 있는 거야!"

미색 원피스를 입은 여자가 숨을 할딱이고 들어서며 말했다. 영희 또래로 얼굴은 별로 예쁘지 않았다. 그는 창가에 버티고 서 있는 성표를 보지 못한 모양이었다. 그도 그럴 수밖에, 성표는 방 안에 놓인 물건처럼 꼼짝하지도 않고 있었으니까.

"별안간 비가 쏟아져서 혼났다. 막 뛰었지 뭐니? 이까짓 옷이야 빨면 되지만 어제 한 머리가 아까워서 뛰었는데 별수 없이 젖어서 풀어졌어."

여자는 탁자 위에 핸드백을 놓고 손수건을 꺼내어 머리를 닦으면서 거울 앞으로 오다가,

"에그머니! 깜짝이야."

그는 펄쩍 뒤로 물러서며 소리를 질렀다. 그리고 성표의 얼굴을 뚫어지게 바라다보다가 얼굴이 새빨개져서 영희에게로 눈을 돌렸다. 노여움에 눈이 세모꼴로 곤두섰다. 영희는 입술을 깨물

며 고개를 푹 숙였다. 성표도 고개를 숙였다.

"미안하다."

영희의 입에서 말이 나왔다. 여자는 이어 짐작이 가는 모양으로 눈에 노기를 띤 채 묵묵부답이었다.

"신 선생님, 밖에서 잠깐 기다려주세요. 저, 가, 가겠어요."

성표는 허둥지둥 밖으로 나왔다.

"인순아, 나 가겠어."

"……."

"여러 가지로 미안했어."

"대관절 그 사람은 누구야?"

"묻지 마."

"가고 안 가고는 너 마음대로야. 하지만 난 모르겠다. 도무지 모르겠단 말이야. 너같이 영리한 계집애가 왜 그 모양인지."

"나도 모르겠다."

영희는 옷을 갈아입었다. 그리고 올 때 가지고 온 핸드백을 팔에 걸었다.

"이 길로 가겠니?"

"음."

"울었구나."

인순은 안된 생각이 들었는지 표정을 좀 풀기는 했으나 여전히 못마땅해하는 눈치였다.

"그럼 잘 있어."

"생각이 내키거든 또 와."

인순은 그렇게 말하며 영희를 내보냈다.

영희가 휘청거리며 층계를 밟고 내려갔을 때 성표는 현관의 콘크리트 바닥에 우뚝 서 있었다. 가로등 빛에 뿌옇게 서리는 비를 바라보고 있는 성표의 뒷모습은 그림자 같았다.

"가세요."

그들은 비를 맞고 묵묵히 걸었다. 큰길로 나온 성표는 택시를 잡았다. 영희는 잠자코 차에 올랐다.

"거기서 바로 가시겠어요?"

차가 두 사람을 싣고 떠나자 영희는 몸을 웅크리듯 하며 물었다.

"영희 씨 좋을 대로."

"그럼 어디 가서 저녁이나 먹고 가요."

"그럽시다."

종로 네거리까지 와서 차는 멎었다. 성표가 내리려 하자 영희는 그의 손을 잡으며,

"아, 아니, 저녁은 그만두겠어요. 영화관으로 가요."

"그러죠."

성표는 넋 잃은 사람처럼 영희가 하자는 대로 내맡겼다. 차는 다시 달리기 시작했다.

"어느 쪽으로 가십니까?"

운전수가 물었다.

"아무 데나, 극장 앞까지."

자동차는 곧장 달려서 단성사 앞에 이르렀다.

"여기서 내리시겠어요?"

미심쩍게 생각하는지 운전수는 또 물었다.

"됐어요."

성표는 퉁명스럽게 대답했다.

차에서 내린 그들은 어떤 영화가 지금 상영되고 있는지 그것도 살펴보려 하지 않았다. 무턱대고 표 두 장을 사가지고 장내 어둠 속을 헤치며 들어갔다.

그들은 좌석을 찾아서 앉는 동시에 다 같이 가벼운 안도의 숨을 내쉬었다. 그리고 화면에 눈을 던지기는 했으나 그들 눈에는 무의미한 물체들이 움직이고 있을 뿐이었다. 영화 감상보다 얼마 동안 어둠 속에 머물러 있게 되는 일을 생광스럽게 여기는 것이었다. 그것은 범죄자가 햇빛을 싫어하고 어둠을 찾는 심리와 같은 것이었다.

영화를 보고 난 뒤 그들은 허술한 뒷골목 다방에서 마주 앉았다. 마치 집 잃은 개와 같이 처절한 기분을 씹으며 빗소리를 듣고 있었다. 그러다가 통금 시간이 거의 다 된 후 그들은 푸른 저택으로 돌아왔다. 그게 어젯밤의 일이었다.

성표는 이 씨가 쳐다보고 있는 것도 잊고 멍청히 서서 어제 일어난 일을 생각하고 있었다.

"신 선생, 뭘 그리 골똘히 생각하고 있소?"

이 씨 말에 놀라며 성표는 얼굴을 들었다. 홀딱 벗겨진 이 씨 이마빼기에 아침 햇살이 미끄러지고 있었다.

"아, 아니, 아무것도."

어색하게 성표는 웃었다.

"오늘은 한가하신 모양이군, 사장님이."

이 씨는 말하며 성표로부터 시선을 옮겼다. 성표도 이 씨의 시선을 따라 고개를 돌렸다. 갈색 바탕에 노란 무늬의 티셔츠를 입은 강 사장이 네글리제 위에 하얀 코트를 걸친 오 부인과 함께 뜰을 거닐고 있었다.

성표는 이 집에 온 후 먼빛으로 강 사장을 서너 번 보았으나 정식으로 만나서 인사한 일은 없었다.

그들은 어느새 쫓아갔는지 개들을 거느리고 이쪽을 향하여 걸어왔다. 그러나 도중에서 그들은 등나무 밑으로 들어갔다. 그리고 아침에 꺼내놓은 의자에 앉았다. 그들은 의자를 사이에 두고 무슨 얘긴지 심각한 표정으로 말을 주고받고 있었다.

"이 씨."

"네."

"부인하고 사장, 그 어느 편이 더 어려워요?"

"그야 부인이 더 무섭죠."

이 씨로부터는 서슴없이 대답이 돌아왔다.

"이 씨도 부인을 더 무섭다고 생각했어요?"

"누구든지 다 그렇게 생각하죠. 사장님은 가끔 농담도 하시고…… 부인께서는 너무 말씀이 없어서, 그러나 마음씨는 고운 분입니다. 찬이한테 좀 따뜻스리 대해주셨음 좋겠는데, 가엾지 않습니까? 이 좋은 집에서 하인들이 떠받치지만, 정이 그리운 아이니까요."

"미국에 어머니가 계신다죠?"

"나도 자세히는 모르오만…… 그래도 신 선생이 오시고부터는 많이 명랑해졌죠."

"본시 명랑한 아이죠. 총명하구. 나도 찬이한테 정이 들었어요."

그런 말을 하면서도 성표는 오 부인에 관한 말을 꺼낸 자기 자신을 이상하게 여겼다. 등나무 아래서는 오 부인과 강 사장이 순임이가 날라 온 커피를 마시고 있었다.

오후 두 시쯤 됐을 때 현 박사는 차에 개를 싣고 나타났다. 기다리고 있던 이 씨가 개를 데리고 뒤뜰로 가버리자 오 부인과 영희, 성표는 현 박사와 함께 자리를 하고 서로 인사를 나누었다. K호텔에서 대접을 받은 후 처음 만나는 현 박사였다.

"미스 석은 시집 안 가고 이러고만 있을 작정이야?"

영희의 자살 미수 소동을 모르는 현 박사는 너털웃음을 웃으며 말했다.

"왜요, 가야죠."

영희는 천장을 올려다보듯 하며 의자 뒤에 두 손을 돌리고 말했다. 그는 천연스럽게 웃고 있었다.

"아 참, 신 군, 그 누이동생도 안녕하신가요?"

이번에는 성표에게 시선을 돌리며 매우 천연스럽게 물었다.

"네."

"그런데 강 사장께서는 일요일인데도 나가셨어요?"

현 박사는 마주 앉은 오 부인에게 다시 말을 걸었다. 고루고루 인사치레를 하는 품이 정중한데도 왠지 경박하게 느껴졌다.

"바쁜가 봐요. 아까 나갔어요."

"그러니까 일주일 전에 만났군. 강 사장을 말입니다. 얼굴빛이 안 좋더군요. 왜 그러냐고 물었더니 사업이 복잡하게 되었다 하시더구먼요."

"일이 잘 안 되는 모양이에요."

오 부인은 팔짱을 끼고 눈 밑으로 영희를 넌지시 바라보며 말했다.

"순풍에 돛을 단 듯 너무 매끄럽게 사업이 돼나갔으니 더러는 그런 일도 있어야죠."

오 부인은 아무 말도 하지 않았다.

"부인께서는 요즘엔 건강이 괜찮으신 모양인데, 어떻습니까?"

"어젯밤에는 잠을 못 잤어요."

그러고 보니 오 부인의 얼굴은 몹시 피곤해 보였다.

"집착을 버려야 합니다."

현 박사는 의미심장한 말을 했다. 그때 오 부인의 눈은 번쩍 빛났다. 현 박사는 좀 잔인한 표정으로 오 부인을 바라보았다. 오 부인은 슬쩍 일어서며 벨을 눌렀다. 순임이 이내 쫓아왔다. 그리고 오 부인을 조심스럽게 바라보았다.

"뭘 드시겠어요? 맥줄 하시겠어요, 현 선생님?"

"맥주 좋죠."

오 부인은 도로 자리에 앉으며,

"찬이는?"

영희에게 물었다.

"잡니다."

"낮잠을?"

"날씨가 더워서 피곤한 모양이에요."

"일주일 후엔 방학이니까……."

오 부인은 생각에 잠기는 듯 뇌자 현 박사는,

"바다에 가십시오."

했다. 그러자 마침 전화벨이 울리기 시작했다. 영희가 일어섰다.

"네, 네, 그렇습니다."

하더니 영희는 수화기를 내려놓고,

"신 선생님, 전화예요."

성표의 얼굴을 쳐다보지 않고 말했다. 성표는 얼른 일어서서 수화기를 들었다.

"오빠예요?"

"음."

"어제 공판이 있었어요."

정란은 다 죽어가는 목소리로 말했다.

"그래서."

"일 년 구형이에요."

"……."

"그렇게 애써 변호사를 댔는데 다 허사예요."

정란은 흐느끼듯 말했다.

"어떡허면 좋죠?"

"아직 언도는 아니잖아."

"그래두요. 구형을 받은 이상 무죄가 될 순 없지 않아요?"

"할 수 없지. 일을 저질렀으니까."

"오빠는 그렇게밖에 말이 안 나와요? 미친년처럼 쫓아다니며 변호사를 댔는데……."

변호사만을 구세주처럼 믿고 있던 정란이었으니까 변호사, 변호사 하는 것도 무리는 아니었다.

"변호사라구 덮어놓고 다 되는 일 아니잖아."

"그럼 어떡하죠?"

"오륙 개월 살다 나오게 되겠지."

"정말, 정말, 외로워서 못 살겠어요. 아무도, 어느 누구 한 사람 내 뒤에는 없단 말이에요. 혼자서 울고 혼자서 쫓아다니구…… 오빠 너무해요. 어젯밤만 해두 전화를 며, 몇 번이나 걸었는데 오, 오빠는 없고 도리어 생판 모르는 사람이 절 위로해 주구."

정란은 푹푹 울었다.

"알았다. 나가마. 집에 있겠니?"

"미쳐버릴 것만 같은데 어떻게 집에 있어요?"

"그럼 어디서 만날까?"

성표는 달래듯 말했다.

"은하다방으로 나오세요."

"몇 시까지?"

"지금 두 시 반이에요. 오빠가 나오시려면 시간 걸리지 않아요?"

"그럼 네 시에 나가겠다."

"알았어요."

정란은 코 먹은 소리로 대답하고 전화를 끊었다.

성표가 자리에 돌아오자 순임이 맥주와 안주를 차려 내왔다.

"오 부인께서 별장으로 내려가시면 저도 한번 가서 바닷바람을 쐬어야겠어요."

"그럭허세요."

그들은 바다 얘기를 하고 있었던 모양이다. 성표는 그냥 자리를 뜨기도 거북하여 현 박사가 권하는 대로 맥주잔을 들었다.

"얼마 전에 우리 병원에 묘한 환자가 한 사람 찾아왔어요. 보기에는 멀쩡하고 교양도 있어 뵈는 중년 부인이었어요. 그 부인의 말이 자기는 남편을 죽였는데 남이 그렇게 곧이듣지 않고 미친 사람 취급을 하니 괴로워 견딜 수 없어서 찾아왔노라 하지 않겠어요? 그래서 남편을 어떻게 죽였느냐고 물었더니 맥주에다 수면제를 넣어서 살해했다는 거예요. 그래, 왜 남편을 죽이려 했느냐 했더니 다른 여자를 사랑하기 때문에 그랬다는 거 아니겠어요?"

오 부인의 눈이 현 박사를 쏘아보았다. 현 박사는 맥주컵을 들었다. 한 모금 마신 뒤 그는 다시 말을 계속했다.

"나중에 그 여자의 동생 되는 사람에게 얘기를 들었습니다만 그 말에 의하면 그 여자의 남편은 소위 그의 애인과 함께 드라이브를 하다가 교통사고로 죽었다는 것입니다. 그런데 그 여자는 자기가 남편을 독살했음이 틀림없다고 주장하는 거예요. 그러고선 자기를 가족들이 미쳤다고 하니 정말 자기가 정상인인지 감정을 좀 해달라는 게 아니겠어요? 그의 동생 말을 들어보면 그 일 이외는 아무 데도 이상한 곳은 없다는 거죠. 그의 의식 속에 늘 남편을 죽여야겠다는 생각이 있어서……."

성표는 현 박사의 말을 듣다가 자리에서 일어섰다. 흥미도 없거니와 정란을 만나러 가야 했기 때문이다. 자기 방으로 돌아온 성표는 담배부터 피워 물었다.

'뺀질뺀질하고 냉혈동물 같은 자식이다.'

그는 까닭 없이 현 박사가 미웠다. 한참 후 그는 집을 나섰다.

양켠에 나무가 우거진 터널 같은 길을 지날 때는 시원했으나, 그 길이 끝나고 양켠에 밭이 이어진 길로 접어들었을 때 햇볕이 쨍쨍 내리쏟아져 왔다. 그의 빳빳하게 풀이 선 셔츠가 땀에 흠씬 젖었다.

이글이글 타오르는 칠월의 햇볕, 더위보다도 그 강렬한 햇볕은 성표에게 어떤 쾌감을 주었다. 장엄한 저항같이 느껴졌던 것이다. 그와 동시에 어제 있었던 일, 방금 나올 때 까닭 없이 현 박사를 미워했던 일, 그것이 하찮은 일같이만 생각되는 것이었다.

'대담하게, 대담하게!'

그렇게 외치고 싶은 심정이다.

버스 정류장까지 간 성표는 땀을 닦고 버스에 훌쩍 뛰어올랐다.

약속한 다방으로 갔을 때 정란은 얼굴이 못쓰게 돼가지고 오두마니 앉아 있었다. 자랄 때 고생을 한 탓인지 정란은 여름을 몹시 탔다. 게다가 김세형 때문에 형무소다 법원이다 하고 쫓아다니며 애를 태웠으니 수척해질 수밖에 없었다.

성표는 그 얼굴을 보는 순간 대담하게, 대담하게 하며 외치고 싶었던 조금 전의 기분과는 달리 뉘우침이 칼끝처럼 마음을 찔렀다.

"아, 덥다!"

성표는 자리에 앉으며 말했다. 정란은 성표를 물끄러미 쳐다보았다. 상대가 아무리 못마땅한 인간이라도 그 사람을 사랑하고, 그 사람을 위하여 법정에서 정란이 눈물을 찔끔거리고 있을 무렵, 아무도 의지할 곳 없이 믿고 있는 오직 한 사람인 오라비는 비뚤어진 애욕에 시간을 보내고 있었다는 사실을 상기한다는 것은 역시 입맛 쓴 일이요, 미안한 일이 아닐 수 없었다.

"오래간만예요. 오빠."

전혀 타의 없이 한 정란의 말이었으나 성표의 가슴을 찔렀다.

"바빠서…… 미안하게 됐다."

또 찔끔찔끔 울까 싶어 걱정이 되었으나 정란도 체념했는지 울지는 않았다.

"애를 태운다고 한번 잘못된 일이 바로잡히겠나. 어차피, 할 수 없는 일이야."

미안한 김에 어물쩍거릴 수밖에 없었다.

"글쎄요…… 할 수 없는가 봐요. 변호사까지 댔는데."

정란은 아직도 변호사를 댄 일에 대하여 미련이 있는 모양이다.

"어차피 한번은 혼이 나야지."

정란은 못마땅한 듯 그 말 대답은 하지 않았다.

"오빠?"

"왜."

"이번 일에 말할 수 없이 신세를 진 사람이 한 분 계세요."

"십만 환 빌려주었다는 사람 말이냐?"

"네, 제가 벌어서 갚아야 하겠지만 누가 돈 십만 환을 선뜻 내주겠어요? 그걸 구하려고 쫓아다닌 생각을 하면 정말 고마워서 눈물이 날 지경이었어요. 저 같은 처지에 누가…… 하긴 그분은 그이의 친구였지만…… 그래서 그냥 있는 게 예의가 아닐 것 같아요. 잘됐건 못됐건 어제 재판도 있었고, 오빠가 인사라도 해 주셨음 싶어서……."

"어떻게 인사를 하니?"

"여기 나오시라고 전화했어요. 마침 일요일이라 댁에 계시더군요. 돈…… 돈은 제가 드릴 테니 오빠가 저녁 사시는 걸로 하세요."

"나한테도 돈은 있어."

"아니에요, 오빠도 쓰실 데가 많을 텐데요, 뭐."

성표는 조그마한 은혜라도 받으면, 그리고 어떻게 해서라도 그 은혜를 갚지 못하면 안달을 하는 정란의 성격이 조금도 변하지 않았다고 생각했다.

"뭐 하는 사람이냐?"

"피아니스튼가 봐요."

"쇼단에 있는 사람이냐?"

"아니에요. 잘은 몰라도 경음악하는 사람은 아닌가 봐요. 집이 부잔가 분데 뭐가 답답해서."

"김한테도 그런 친구가 다 있었나?"

"별로 친하지는 않았던 모양이에요, 그러니까 더욱 고맙지 뭐예요.”

“동정해서 한 짓이구먼.”

그렇게 말하면서도 성표는 그 사람이 바로 박영태라 생각하지는 못하였다. 박영태가 어떤 여자에게 돈 십만 환을 주었다는 얘기를 한 일조차 그는 까마득히 잊고 있었다. 도리어 그는 자기 앞에 나타날 사나이를 중년의 호색한으로 생각하고 있었다. 피아니스트라는 것도 생판 거짓말이며 기름이 번질번질 흐르는 야비한 모습일 것이라 상상하는 것이었다. 그는 그 사나이가 정란을 노리고 십만 환을 희사했으리라 믿었다.

그들이 아이스커피를 마시고 있는데,

“어머! 저기 나오시네요.”

성표는 천천히 얼굴을 들었다.

“…….”

박영태는 우쭐우쭐 걸어왔다.

“으음?”

자기를 쳐다보고 있는 성표를 발견하자 박영태는 어리둥절해한다. 성표는 자리에서 일어섰다.

“이거 어떻게 된 거요?”

영태는 한 번 눈알을 굴렸다.

“바로 박 형이군!”

하고 성표는 어처구니없다는 듯 말하고 도로 자리에 앉는다.

“정란 씨, 대체 어떻게 된 겁니까?”

이번에는 정란에게 영태가 물었다.

"아시는 사이에요?"

정란의 얼굴이 노오래진다.

"알다마다요."

"저의 오빠예요."

"뭐라구요? 신 형, 그거 정말이오?"

"앉기나 해요."

박영태는 자리에 털썩 주저앉았다.

서로 이야기를 주고받는 동안 사태는 밝혀졌다. 박영태는 유쾌해서 죽겠다는 듯 크게 소리 내어 웃었다.

"에이! 여보소, 누이동생 있다는 말은 입 밖에도 내지 않더니, 감쪽같이 속았구먼. 그러고 보니……."

성표와 영태가 천만 뜻밖의 그 우연에 기분이 좋아서 막 웃고 있는데 이미 경위를 다 알아버린 정란은 그래도 무엇이 잘못된 것처럼 느껴지는지 한참 웃고 있는 두 사람을 번갈아 보고 있었다.

"그야말로 천성天性인 미성의 오누이군그래."

"흠."

영태의 수선스러운 찬사에 성표는 쑥스러운 모양이다.

"거 아주 좋습디다."

"……?"

"한번 내가 거길 갔죠. 정란 씨가 노래하시는 모습을 보았습니다만, 그러나 그 좋은 목소리를 잘못 활용하고 있더구먼요."

정란의 옆에 있는 때문인지 영태는 필요 이상으로 말씨를 정중하게 썼다.

"재즈곡에는 맞지 않아요. 오히려 가요곡을 불렀음 좋겠습니다. 좀 하이브라우*한 걸로 말입니다. 욕심 같아서는 정규적인 공부를 애당초부터 했음 좋았을걸, 애석합니다."

영태는 성실하게 말을 했으나, 그의 말대로 천성인지 우스꽝스런 품이 없어지지는 않았다.

"박 형은 감격파니까 그렇지, 뭐, 대단하지 않소."

자기 누이이니 겸손해서 한 말이기는 했으나 성표는 사실 정란의 소질을 대단하게 보지 않았다.

"겸손의 말씀이겠지. 하여간 그 길로 기왕 나갔으니 그 길에서라도 성공은 해야지. 밤낮 그런 곳에서만 썩어서야 쓰겠어요?"

"할 수 없지요."

성표 말에 정란은 가만히 앉아만 있었다.

"그럴 게 아니오. 도무지 신 형이나 정란 씨는 의욕이 없어요. 그러고 어떻게 살아왔수?"

고아로서 어떻게 험난한 길을 살아왔느냐는 뜻이다.

"하기는 한국의 풍토가 돈이 없으면 천재는 죽어버리는 곳이니."

"거 어마어마한 얘기는 그만두시오."

"그보다 신 형, 나성구라는 사람 아시오?"

"나성구라니?"

"왜 있지 않소? 유행가 작곡하는 나성구 말이오."

"아아."

"그 사람 우리 둘째 형의 친구거든. 그 사람도 본시는 정규적인 음악공부를 한 사람인데 어쩌다가 그렇게 떨어지고 말았더군. 그래도 유행가 하는 사람치고는 제일 낫지요."

"감상적이지만 좀 독특한 멜로디가 있더구먼."

나성구羅城久는 현재 한창 팔리는 대중가요의 작곡가다.

"그런데 정란 씨를 그 사람한테 소개해 볼까 싶어요."

의향이 어떠냐는 투로 정란을 한번 쳐다보고 또 성표를 쳐다본다.

"정란을?"

"정란 씨의 목소리를 잘 살려줄 거요."

"글쎄……."

"정란 씨 생각은 어떠시오?"

"네?"

정란은 무슨 뜻이냐는 듯 고개를 부시시 들었다. 그는 줄곧 김세형 생각만 하고 있었던 것이다.

"허 참, 이렇다카이, 남매간이 왜 다 그 모양이오? 무욕도 좋지만 사고야, 사고."

영태는 혼자 열을 올리다가 맥이 풀리는 모양이다.

정란은 얼굴을 붉히며 몹시 당황하였다.

"술에 술 탄 듯, 물에 물 탄 듯, 왜들 그 모양이요? 미적지근해서 말하는 사람이 감질이 나겠소. 어떻소! 신 형, 우물쩍우물쩍하기요? 영!"

영태는 기합을 넣듯 소리를 바락 질렀다.

"그럼 거 잘 부탁합니다."

성표는 웃으며 고개를 꾸벅 숙였다.

"그럼이 뭐요? 제발 부탁합니다, 이렇게 나와야지. 글러묵었다카이."

야단을 치면서 영태는 실쭉 웃는다.

"그 얘기는 이제 그만하고 저녁이나 같이합시다."

성표는 탁자 위에 놓인 담뱃갑을 호주머니 속에 집어넣으며 말했다.

"어차피 이래저래 술은 얻어먹어야겠는데, 층층시하의 시집살이, 늦게 들어가도 괜찮겠소?"

"박 형 덕택에 괜찮게 됐지."

"내 덕택이라니?"

영태는 묘한 표정을 짓는다.

"요전번 일요일에 그 괴상한 꼴을 해가지고 나타나서 야단법석을 하는 바람에 일요일에는 깨끗이 밖으로 추방되었단 말이오. 언젠가 그 얘기 한 것 같은데?"

"오오라, 참 그랬지. 이래저래 신 형은 박영태의 덕을 보게 마련인 모양이지?"

영태는 탁자를 탁 치며 일어섰다. 밖으로 나오자,

"……허어, 저녁보다 다른 생각이 간절한데?"

영태는 힐끗 정란을 쳐다본다.

"술 생각이겠지, 뭐."

"레코드 감상을 하고 싶은데, 그 기름이 지글지글 나는. 그러나 차마 숙녀를 그곳에 모실 수는 없고……."

영태는 목하 연구 중이라는 태도로 여전히 정란을 쳐다본다.

"그럼 정란이 너는 가지."

성표는 우두커니 서 있는 정란에게 눈짓을 한다.

"그럼 오빠가……."

하며 정란이 허리를 굽히자,

"아, 아니, 아닙니다."

영태가 급히 손을 내젓는다.

"괜찮아, 너는 어서 가아."

성표는 기어이 우겼다. 정란은 난처해하다가 돌아서서 총총히 사라진다.

"에이, 신 형두! 그게 누이를 사랑하는 방법이오?"

그렇게 말하기는 했지만 뜻밖에 알게 된 이러한 기연에 영태는 공연히 마음이 부풀어 술 생각이 간절했다. 그리고 마음껏 지껄여 보고 싶어졌던 것이다.

"계집애들이 끼면 술맛이 없어져요."

계집애라는 말을 하는 순간 성표의 뇌리에 영희의 얼굴이 지나갔다.

두 사람의 발길은 명동 쪽으로 향하였다.

“멋있는 누이동생을 신 형은 가졌소.”

“멋이 있기는…….”

“아닌 게 아니라 나 그만 반해버렸지. 오해는 마시구. 그 인간성에 반했단 말이오. 지지고 볶고 물어뜯고, 아니면 새침하게 얌전을 빼고 거룩한 여성처럼 도사리고 앉아 있는 여자라는 동물 속에 그런 천사가.”

“그만, 그만하시지. 이거 술도 안 취했는데 무슨 주정이오?”

“나는 술이 취해도 거짓말은 안 하오. 생말이건 주정이건 마찬가지란 말이오. 정말 선량해. 바보처럼 선량하단 말이오.”

“좀 모자라지요.”

“흥, 말 마오. 모자란다는 것, 그게 얼마나 아름다우냐 말이오. 알맹이가 가득 찬 인간이 어디 있겠소. 모두가 빈털터리지. 다만 알맹이가 찬 것처럼 행세하고 있다 뿐이지. 그게 보기 흉하단 말이오. 패륜도 좋고 반역도 좋고 뭐든지 좋아요. 있는 대로라면 얼마나 인생이 아름답겠소.”

“속절없는 아나키스트구먼.”

“아무래도 좋아요. 무슨 딱지를 붙이든 간에, 난 인간의 가짜배기 허울이 싫어졌단 말이오. 그런데 당신 누이동생은 그게 아니란 말이지. 있는 그대로, 그러면서도 반역적이 못 되고 부덕도 하지 못하고 다람쥐 새끼처럼 겁만 잔뜩 집어먹고 있는 얼굴이거든.”

“그야 자랄 때 그렇게 해서 자랐으니까.”

성표의 얼굴은 좀 어두워졌다.

“십중팔구 성격이 비뚤어졌을 거요, 다른 사람의 경우라면.”

“마음은 착한 편이죠. 그러니까 잘못 걸려서 고생바가지지.”

“김세형 말인가요?”

“…….”

“놈도 아주 못쓰게 나쁜 놈은 아닌데, 그야말로 좀 모자라지. 정란 씨는 돼지에 진주 격이구.”

“진주는 무슨 놈의 진주. 못났으니까 못난 자끼리 어울려졌지.”

성표는 짜증 내듯 말했다. 영태가 너무 정란을 추켜세우는 바람에 약간 따분해졌던 것이다.

“내가 만일 앞으로 결혼하게 된다면 정란 씨 같은 여자하고 결혼하고 싶소.”

성표는 좀 놀라며 영태를 돌아본다. 영태는 히죽히죽 웃고 있었다.

“쓸데없는 소리 하지 말구 양가의 규수나 고르시오.”

“거 심히 어폐가 있는 말 아니오? 재미 적은 말인데. 신 형은 은연중에 나를 배척하고 있단 말이야. 부르주아에 대한 적의를 나에게 쏘아서는 안 된단 말이오. 나는 어디까지나 나요. 박성일 씨와 한통속이 아니란 말이오. 구태여 나는 당신네들 편을 들지도 않을 게요만 그렇다고 해서 나를 한켠에다 밀어붙이는 건 싫단 말이오. 내가 양가의 규수하고 혼인을 하건 거리의 창부하고 결혼하건 내 마음대로요. 알갔소?"

영태는 주먹을 풀쑥 내밀었다.

"실컷 씨부렸구먼. 이제 속이 후련하오?"

"후련할 게 뭐요."

"그럼?"

성표는 영태가 흥분하는 꼴이 우스워 껄껄 웃었다.

"한 대 쳐주고 싶소."

"그럼 우리 한강 모래밭으로 갈까? 나도 속이 부글부글 끓어오르는 판인데 가서 한번 뒹굴어 보게."

"거 좋은 생각이오. 그러나 가만있자, 노대중을 불러냅시다. 심판관은 있어야 할 게 아니오."

영태는 공중전화가 있는 서점으로 쫓아간다.

'재미있는 친구, 흠, 제 말대로 모자라서 매력이 있는 작자다.'

한참 만에 영태는 서점에서 나왔다.

"나오기로 했소. 자, 갑시다."

영태는 성표의 팔을 끼었다. 그러나 되돌아서지는 않고 앞으로만 간다.

"어딜 가는 거요? 한강에 가기로 안 했던가요?"

"한잔해야 가지."

영태는 또 실쭉 웃었다. 기세 좋게 성표의 팔을 끼고 빈대떡집으로 쑥 들어갔다. 빈대떡집에는 별로 손님이 없었다.

"학장 아지매요!"

일손을 멈추고 멍하니 앉아 있던 아주머니는,

"아이고오! 오래간만이네요. 와 그동안 안 오싰십니꺼?"

전과 다름없는 다정한 말솜씨다.

"고개를 넘다가 보니 발병이 나서 안 그렇습니꺼. 헤에, 오늘은 와 이리 손님이 없는교? 파리만 날리고 있네. 어디 구경 났습니꺼?"

"일요일이라 안 그렇습니꺼. 모두 집에서 쉬는 날이니 그렇지."

"여기도 직장이란 말이구먼. 하기는 주식회사酒食會社니까."

"가족들 데리고 극장 구경 나온 사람도 여기사 어디 오겠습니꺼. 그리고 여름이니 좀 손이 빠지지요. 우리 집은……."

"아지매 말이 맞소. 나도 그동안 맥주만 마셨으니까."

"자, 그라믄 어서 안으로 들어가이소. 오늘은 내가 사비스*로 공술 낼 것이니."

그들은 전에 왔던 그 골방으로 들어갔다. 상자에서 바로 꺼내 놓은 듯 말짱한 선풍기가 혼자 돌고 있었다.

"경상도 사투리가 아주 능숙한데?"

성표는 앉으며 말했다. 방바닥이 차가워 아주 기분이 좋았다.

"피난살이 하면서 배웠죠."

하더니 영태는 슬며시 영희의 말을 꺼내었다.

"그 집의 얘기는 그만둡시다."

성표가 가볍게 물리쳤다. 성표의 쌀쌀하고 범하기 어려운 표정에 영태도 좀 질렸는지 더 이상 캐묻지는 않았다.

얼마 후 아주머니는 손수 음식을 날라 왔다.

"아주매요, 돈 많이 벌었는가 배요?"

"와요?"

"저기."

영태는 선풍기를 가리켰다.

"아아, 그거 하나 장만할라꼬 애먹었십니더."

"그런데 머시매는 어디 갔습니꺼?"

교무과장이라고 부르던 그 소년을 두고 하는 말인 모양이다.

"목간에 안 갔습니꺼. 손님도 없고 짬이 나길래."

"왁자지껄해야 술맛이 날 긴데, 이거 기생방에 홀로 온 것 같아서 어째 기분이 서먹서먹하구마."

"아이고 참 학생도, 기생방엘 다 갔는가 배?"

"안 간 곳이 없습니더. 어디 할 일이 있습니꺼? 젊은 놈이."

"그러다가 학교 쫓겨나겠습니더. 하기사 요새 무슨 기생이 있습니꺼."

아주머니는 한동안 실없는 영태 말을 상대해 주다가 나갔다.

그들이 서로 술을 나누고 있을 때 노대중이 부숭부숭한 얼굴로 나타났다. 그는 여전히 성표에게 정중한 인사를 했다.

"이봐 대중이, 이 양반이 바로 김세형의 처남이었더란 말이야."

마음이 급한 영태는 노대중을 보자마자 그 말부터 터뜨렸다.

"뭐라구?"

"정란 씨의 바로 오빠란 그 말씀이야."

"그거 정말입니까?"

노대중은 적이 놀란다.

"자네도 소식이 깡통이구만. 자아, 어서 술이다, 술! 술을 하고 나면 갈 곳이 있어!"

"무사히 오기는 왔군."

성표는 침대에서 일어나 앉았다. 빈대떡집에서 술을 마시고 한강에 가자고 마구 떼를 쓰는 자기를 차에 싣고 푸른 저택으로 오던 일까지는 기억할 수가 있었다.

'사랑은 시들고 세월은 갔네…….'

차 안에서 노대중과 영태가 핏대를 세우며 유행가를 부르던 것도 기억에 남아 있었다.

"이 방까지 어떻게 들어왔을까?"

역시 남의 밥을 먹으니 무슨 실태를 벌이지 않았나 싶어 걱정이 되었다.

"영희 때문이야."

한강에 가자고 떼를 쓴 것도, 정신 못 차리게 술을 퍼마신 것도 영희 때문이라고 성표는 생각했다. 더 정확하게 말한다면 자기 실책에 대한 울분이었을 것이다. 그리고 절실하면서도 너그럽고, 집착을 버리려는 영희 태도 앞에 소심하고 비겁하고 자연스럽지 못한 자기 자신에 대한 경멸 때문이다. 진정 사랑한다면 사랑이라는 그것으로 성표의 행위는 떳떳했을 것이요, 젊은 날의 장난으로 친다면 그것으로써 잊어버리고 말 일이다. 그러나 성표는 그것도 이것도 아닌 것이다. 그의 생리적인 행동을 다만 향락으로 쳐버리기에는 성표 자신에게 그런 경험이 없을 뿐만 아니라, 영희에게 깊은 애정을 가질 수는 없어도 깊은 호의는 품고 있었던 것이다. 그렇다고 해서 영희에 대한 호의를 애정으로 슬그머니 돌려버릴 수 없는 것이 성표의 에고이즘인 동시에 자기 기만 속에 살 수 없는 일종의 정신적인 결백이기도 했다.

성표는 어둠 속을 더듬어 복도로 나갔다. 화장실에서 일어섰을 때다.

'발소리가 들린다.'

성표는 긴장하며 귀를 기울였다. 화장실 앞을 지나간다. 그동안 끊어졌던 그 발소리다.

"그렇다! 영희가 없는 동안은 저 발소리가 들리지 않았다!"

따라서 그는 그동안 그 발소리에 대하여 생각을 안 한 채 보름 이상이나 지난 것을 깨달았다.

"그렇다면 영희로구나! 영희가 왜? 무슨 까닭으로?"

성표는 화장실에서 급히 나왔다. 검은 그림자가 복도 모퉁이를 막 돌아가고 있었다.

'영희 방으로 간다.'

성표는 영희 방과는 반대 방향으로 급히 걸어 나왔다. 오늘 밤에야말로 그 발소리의 임자를 규명하고야 말겠다는 생각을 한 것이다.

그는 뜰로 나왔다. 깜깜한 밤이었다. 달도 없지만 날씨가 흐린지 별도 보이지 않았다. 그리고 기압이 얕은 탓인지 한밤인데 후덥지근하게 더웠다.

성표는 뒤뜰로 살금살금 돌아갔다.

"억!"

성표는 몸을 움츠렸다. 무엇이 파자마 자락을 물어뜯은 것이다. 셰퍼드 게로였다.

"게로! 나야. 싯!"

게로는 한번 위협을 하고는 슬그머니 물러서더니 마지못한 듯 꼬리를 흔들었다.

"저리 가아. 싯!"

성표는 나직이 소리 내어 개를 쫓고 나서 다시 발을 옮겼다. 그는 영희 방의 뒤창문 있는 곳으로 발소리를 죽이고 도둑처럼 다가간다.

환한 불빛이 창에서 새어 나오고 있었다. 성표는 걸음을 멈추었다. 칠흑같은 어둠 속에 번져 나오는 창문의 불빛은 요괴한 분위기를 발산한다. 성표는 저도 모르게 뒤돌아보았다.

'저놈이!'

불덩어리 같은 것이 네 개, 이쪽을 쏘아보고 있었다. 개 두 마리의 안광이었던 것이다.

'저놈들이 짖기만 하면?'

성표는 뒷머리를 잡아당기는 듯 느꼈으나 얼굴을 돌렸다.

'영희는 방 앞으로 사라진 발소리, 영희 방의 환한 불빛…….'

성표는 입속말로 중얼거렸다. 풀 냄새가 코끝을 찌르듯 강렬하게 풍겨온다. 영희 방의 창문을 중심으로 송충나방이 수없이 난무하고 있었다.

성표는 손바닥으로 이마에 흐르는 땀을 씻는다. 냉큼 발이 떨어지지 않았다. 뒤에 지키고 있는 개 때문인지도 몰랐다.

'발소리와 불빛.'

아무래도 그 두 가지 현상을 갈라놓을 수는 없었다. 그 두 가지가 서로 어떤 깊은 연관을 갖고 있는 것만은 틀림이 없다는 생각이 들었다. 이미 오 부인은 그의 뇌리 속에 남아 있지 않았다.

지금은 다만 영희가 불가사의한 존재로서 그의 머릿속에 뚜렷이 떠오를 뿐이다. 영희의 평상시의 언동, 영희의 자살 미수 사건, 어제 낮에 그 아파트에서 영희를 범하고 난 뒤 영희가 하던 말, 그런 것들이 마치 바람개비처럼 빙빙 돌아간다. 모든 것은 헤아릴 수 없는 깊은 의혹을 성표에게 안겨줄 뿐이다.

성표는 개 있는 쪽을 한번 뒤돌아보고 겨우 발을 옮겨놓았다.

발소리를 죽이며 게걸음처럼 살금살금 옆으로 걸어갔다.

창문에는 엷은 레이스 커튼이 늘어뜨려져 있었다. 방 안이 환하게 들여다 보인다. 성표는 창문 앞에 이르렀다.

'아악!'

성표는 얼른 두 손으로 입을 틀어쥐었다. 숨이 콱 막히는 듯했다. 방 안에서 살인극이 벌어지고 있는 만큼 성표는 놀랐던 것이다.

'이게 어찌 된 일이야?'

꿈에도 상상할 수 없는 일이었다. 밤마다 들려오곤 했던 그 발소리의 임자는 바로 강 사장 그 사람이었던 것이다.

강 사장, 그는 지금 파자마 바람으로 침대에 걸터앉아 담배를 피우고 있었다. 그에게 등을 보이고 서 있는 여자는 물론 영희였다. 엷은 슈미즈를 입은 영희의 둥그스름한 양어깨와 두 팔, 성표의 눈에 따갑게 들어온다. 엷은 레이스로 가려진 때문인지 영희의 그 흰 어깨와 팔은 말할 수 없는 관능을 자아내고 있었다.

"오늘 밤에도 당신 부인은 당신을 침실에서 쫓아내셨어요?"

영희의 목소리가 가만히 울려왔다. 강 사장은 묵묵부답이다.

"고등 창부에겐 휴일도 안면도 없군요."

영희는 나직이 웃었다. 공허한 웃음이 엷게 번져나간다.

"잔말 말어!"

강 사장은 거칠게 말했다.

"비웃고 있을 거예요, 부자 양반들이."

강 사장은 유유히 담배만 빨고 있었다.

"조롱에 갇혔던 새는 결국 돌아오게 마련이라구…… 죽어 없어지지 않는 이상. 하기는 내 자신이 다 나를 웃고 있으니까요."

영희는 머리를 손가락 끝으로 말아 올렸다.

"왜 당신 부인께서는 질투하지 않죠? 왜 당신을 놓아주죠? 결국은, 결국은 후궁이니까, 흐흐흣……."

웃다가,

"그러나 강 사장께선 어림도 없는 얘기죠. 제왕은 고사하고 여왕의 노예도 못 될 사람이거든요."

"돌아와가지고 무슨 잔소리야?"

처음으로 응수하는 강 사장의 목소리는 비정에 차 있었다. 그리고 시니컬한 것이었다.

"그래요. 돌아왔어요, 이렇게. 갈 곳이 없어서 돌아왔어요. 이 오욕과 모멸과 비정 속으로 돌아왔단 말예요. 제 자신이 당신에게 애정이 없는 이상 부인이 질투하거나 말거나 상관없었던 거예요. 내가 하는 일은 오피스에서의 비즈니스나 다름없는 것이니까요."

영희는 신경질적으로 몸을 흔들며 흐느껴 운다.

"나는 물체예요. 나는 창부가 아닌 물체예요!"

그러자 침대에 걸터앉아 있던 강 사장은 천천히 담배를 눌러 껐다. 그리고 한 팔을 뻗어 영희의 팔을 낚아챘다. 영희는 휘청

거리며 강 사장 품에 안겼다. 커튼에 무수히 붙어 있던 송충나방이 날개가 찢어질 듯 터들거린다.

성표는 눈이 부셨다. 현기를 느끼며 머리를 짚는 순간 방 안의 불이 꺼졌다. 천지는 암흑 속에 빨려 들어가고 말았다.

성표는 머리를 짚은 채 뒷걸음질치듯 하며 창문가에서 물러났다. 혼돈과 혼돈, 그 속에서도 생리적인 충격이 불같이 일었다.

그는 뒤뜰에서 돌아 나왔다. 개들이 어슬렁어슬렁 따라왔다. 그는 앞뜰 등나무 아래까지 와서 벤치에 털썩 주저앉았다. 축축한 이슬이 엉덩이를 적셨다. 그는 얼굴을 들고 하늘을 우러러보았다. 마음속의 불길을 식히기 위해서였다.

어두운 밤은 적막과 오욕과 죄악과, 그 밖의 모든 것을 감싸고 한 줄기의 광명도 내주지 않았다.

성표는 다시 손바닥으로 얼굴을 쓸었다. 끈적끈적한 땀이 묻어 나왔다.

'그랬었구나!'

성표는 비로소 자신의 정욕에서 풀려난 듯이 중얼거렸다.

'아아, 그렇다면, 그렇다면 영희를 데려오게 한 것은 오 부인이 아니었구나. 그 사람, 그 강 사장이란 작자였었구나!'

중얼거리는데 일요일 아침, 그러니까 그가 나간 아침에 이 씨가 하던 말이 퍼뜩 생각났다.

'그만 놔둘 걸 그랬군.'

말하면서 찌푸렸던 이 씨의 얼굴도 눈앞에 떠올랐다.

'정말 내버려둘 걸 그랬구나!'

그랬더라면 자기도 그런 과오를 범하지 않았을 것이 아니냐는 생각이 들었던 것이다. 그러나 그러한 이기심은 잠시였고, 이내 아까 그 광경으로 생각은 되돌아가고 말았다.

'불쌍한 여자다.'

냉혹하기 이를 데 없는 강 사장의 표정이 생각났다.

'자살하려고 생각한 것도 무리는 아니다. 뱀 같은 사내다! 그리고 영희는 미처 정부도 되지 못하는, 그의 말대로 창부, 가엾은 창부…….'

경멸하고 돌아서기에는 도저히 그의 감정이 따르지 않는 일이었다.

"흠! 뭐가 달라? 넌 뭐냐? 넌 청교도냐? 바보 같은 자식아, 생리적인 배설의 대상으로 생각하기는 강 사장이나 너나 다 마찬가지 아니냐?"

성표는 주머니를 뒤졌다. 담배가 없었다. 그는 방으로 돌아왔다. 그리고 담배를 찾아 피워 물었다.

"영희하고 결혼을 한다? 현실 문제가 아니야!"

성표는 영희를 어떻게 먹여 살리고 어떻게 해서 결혼을 한다는 문제를 도외시하듯 결혼 그 자체를 현실 문제가 아니라고 소리치는 것이었다. 그것은 억지였다. 현실에 대한 억지였을 뿐만 아니라 자기 감정에 대해서도 억지임에는 틀림이 없었다. 영희의 비극은 두 사나이가 다 같이 그를 사랑하지 못하는 것에 있었다. 강 사장과 성표가 영희에 대하여 마음 씀이 서로 다르다 할지라도 영희가 구원될 수 없는 일에는 변함이 없었던 것이다. 동정은 결코 애정이 될 수 없는 일이다.

성표의 생각은 다른 각도로 옮겨졌다. 영희가 어찌하여 그런 처지에 빠졌는가 하는 문제였다. 그의 생모가 일녀日女였다는 것을 생각해 보았다.

'그것이 이유가 될 수는 없지.'

영희의 큰집은 지금도 버젓이 살고 있다는 생각을 해보았다.

'그곳, 그 환경은 영희에게 어떤 것이었을까?'

성표는 생각하다가 지쳐서 자리에 들었다.

아침에 눈을 떴을 때 간밤의 일이 이내 머릿속에 떠올랐다. 꿈 같기도 했으나 그 창문 안의 광경은 너무나 선명한 것이었다.

'에잇, 그만 다 집어치워 버릴까 부다! 구역질이 나서 못 살겠다!'

구역질을 느끼는 그 대상은 강 사장이었으나, 그러나 그 대상 속에 자기 자신도 포함이 된다는 사실을 잊을 수는 없었다.

그는 다른 때보다 좀 늦게 일어났다. 식당으로 들어갔을 때 영희와 찬이는 다 같이 탁자 위에 팔을 괴고 그 위에 턱을 얹은 채 멍하니 서로 바라보고 있었다. 영희는 분홍빛 원피스를 입고 있었다. 찬이는 하늘색 모시 셔츠를 입고 있었다.

"잘 잤니? 찬이야."

성표는 말하며 비어 있는 자리에 앉았다. 찬이는 빙긋이 웃었다.

"늦었군요."

영희는 성표를 보지 않고 말했다. 어젯밤에 본 그 하얀 팔에 눈을 주는 순간 성표는 몹시 당황한다. 이렇게 천연스레 앉아 있는 모습, 징그럽기도 하고 가엾기도 했다.

'동정으론 안 된다. 넌 후회할 것이다. 그리고 그 결혼은 영희를 더욱 불행하게 할 것이다.'

성표는 묵묵히 조반을 들기 시작했다.

"괴로워하실 필요 없어요, 조금도. 부담을 느낄 필요는 더욱 없구요."

영희는 찬이에게 마음을 쓰며 탁자를 내려다본 채 나직이 말했다. 성표는 아무 말도 할 수가 없었다.

'어젯밤의 일을 영희가 안다면?'

성표는 자기 자신의 실수를 영희의 그런 말로 덮어두는 게 괴로웠다. 차라리 영희가 그런 가엾은 처지가 아니고 그가 스스로 자기를 낮추지 않았다면 자기가 좀 덜 비겁해질 것만 같았다. 책임을 회피할 수 있는 모든 조건이 갖추어진 것이 오히려 그의 마음을 구속하는 것만 같았던 것이다.

"선생님, 영희 아줌마 돌아와서 좋지요?"

말없이 밥을 먹고 있는데 별안간 찬이가 뚱딴지 같은 말을 했다. 하기는 어제 아침은 일요일이어서 찬이는 큰아버지, 큰어머니하고 아침 식사를 같이했기 때문에 실상 세 사람이 합석하기는 그 일이 있은 뒤로 이번이 처음인 것이다.

"음, 찬이도 좋지?"

찬이는 성표 말에 빙그레 웃으며,

"좋아요. 그렇지만 선생님이 더 좋을 거야."

찬이는 입에 밥을 물고 흐흐 하고 웃었다.

"잠자코 먹어요."

영희는 찬이에게 고기를 잘라주며 살짝 눈을 흘긴다.

"아줌마도 얘기하면서, 뭐."

"그래그래, 나도 찬이가 보고 싶어서 왔다."

영희의 눈에는 으스름히 눈물이 돌았다.

"이제 가지 마, 아줌마."

"그래."

"어제 말이야."

찬이는 대단한 뉴스라도 있는 듯 성표와 영희를 번갈아 본다.

"큰어머니가 그랬어."

"뭘?"

"방학하면 별장으로 내려간대요."

"좋겠구나."

영희는 생각에 잠기며 맞장구를 친다.

"나만 데리고 가는 게 아냐."

"그럼?"

"선생님도 가시구 아줌마도 간대요."

"이제 그만 얘기하고 밥 먹어. 학교 늦겠다."

그러나 별장에 내려가는 일을 굉장하게 생각하고 있는 찬이는 영희 말을 귀담아듣지 않았다.

"큰아버지도 내려가신대요. 그리고 현 박사도 가시기로 했대……."

강 사장 부부의 대화를 전하면서 찬이는 무슨 공이라도 세운 듯했다.

"그럼 피아노 공부는 못 하겠구나."

성표도 말을 거들어주지 않을 수 없었다. 되도록 자기는 피서지에 가는 일을 그만두고 싶은 생각도 있었기 때문이다.

"선생님, 나 열심히 할게요."

찬이는 혹시 별장으로 내려가는 일이 좌절될까 싶었던지 입술을 쫑긋거리며 황급히 말했다.

"그렇지만 며칠 남았어야지. 뭣하면 선생님은 집이나 지키고 남아 있는 게 어떨까?"

영희는 힐끗 쳐다본다.

"아냐! 그건 안 돼요! 선생님이 안 가시믄 나도 안 갈 테야!"

별안간 찬이의 창백한 이마에 핏줄이 부풀어 올랐다.

"알았어, 알아. 그럼 가겠어."

성표는 찬이가 전에 없이 격렬하게 표시하는 감정에 놀라며 엉겁결에 그렇게 대답하고 말았다.

"아줌마? 아줌마도 선생님 안 가시믄 별장에 안 내려가지?"

찬이는 그래도 미덥지 못한지 영희의 응원을 청하듯 말했다.

"그럼."

찬이는 비로소 안심이 된 듯 급히 밥을 밀어 넣는다.

식사가 끝난 뒤 찬이는 마침 오전반이었기 때문에 그를 실어다 주는 지프차에 성표도 같이 올라탔다. 아침인데도 일기는 무더웠다. 영희는 전과 다름없이 손을 흔들며 찬이를 보내는 것이었다.

6. 피서지

강 사장의 별장이 있는 Y해변은 뒤쪽으로 가난한 어촌을 등지고 있는 곳이다.

송림 사이로 듬성듬성 인가가 흩어져 있고, 그곳 남자들은 대개 멀리 바다로 품팔이하러 가기 때문에 조용한 고장이었다. 한여름이 되어도 피서객들이 별로 찾아오는 일 없어 역이 한적했다. 바다와 수심이 고르지 못하고 갯가에는 온통 암석투성이였기 때문에 해수욕장으로는 마땅치 않았던 것이다. 겨우 손바닥만 한 사장沙場이 있어서 아쉬운 대로 강 사장 일가 수영장 구실은 해줄 수 있었다. 그 대신 바닷속을 깊숙이 들여다볼 수 있으리만큼 물빛이 곱고, 밤낮으로 암석에 부딪치는 파도 소리, 솔바람 소리, 그리고 바위에 부서지는 구슬 같은 물결은 상쾌하고 장엄한 감을 주었다. 아기자기한 곳은 아니지만 굴곡이 심하고 남성적인 풍경이었다.

몇 해 전에 강 사장과 함께 나온 여행길에 이곳을 발견한 오 부인은 부랴부랴 별장을 짓고 이태 동안은 여름 한철 혼자서 이곳으로 내려와 지냈으나 그 부근에 어느 무역회사 사장이 별장을 짓고부터는 내려오지 않았던 것이다.

집은 방갈로처럼 목재로 간이하게 지은 것이지만 녹색 바탕에다 창문은 하얀 칠을 하여 산뜻하고 예뻤다.

성표는 뜰과 바로 통하게 돼 있는 넓은 마루로 나와 우두커니 서 있었다. 찬이는 아직 일어나지 않은 모양이고 오 부인도 기척이 없었다. 영희만은 마루방 뒤에 붙은 취사장에서 왔다 갔다 하고 있었다.

"아주머니가 아픈 모양이죠?"

영희는 파를 다듬으면서 말했다.

"글쎄요……."

"불이 시원치 않아서 밥이 설었어요."

"불이 시원찮은 게 아니고, 영희 씨의 솜씨가 시원찮겠지."

"아무리."

영희는 명랑하게 말한다.

"먼저 조반 드시겠어요?"

"천천히 하죠. 아주머니가 시골 사람이라도 솜씨가 좋던데……."

아주머니란 이 고장에 사는 사람으로 별장을 지켜주고 서울서 사람이 내려오면 시중드는 사람이다.

"선생님도 음식 맛을 아세요? 그런 말씀을 다 하시게……."

영희는 비꼬아 준다.

"하나님이 인간을 낳으실 때,"

"평등하게 다 마련하셨다, 그 말씀이군요."

"그렇죠."

성표는 씩 웃는다.

"육체적인 조건만은……."

냄비 뚜껑을 열고 음식의 간을 보면서 영희가 대꾸한다.

"으흠…… 그런데 강 사장이 내일 오신다죠?"

영희는 돌아서서 물었다.

"난 모르겠소."

"오시면 선생님이 거북하시겠어요. 집도 좁고……."

"거북할 것 없어요."

성표는 퉁명스럽게 말한다. 영희는 얼굴을 들어 성표를 한번 힐끗 쳐다 보고 나서,

"감정이 좋지 않을걸요!"

"그거 무슨 뜻이오?"

"뜻은 없어요. 막연히 그렇게 생각했어요."

순간 성표는 천연스러운 영희의 표정이 밉다고 생각했다. 어쩌면 영희는 강 사장을 사랑하고 있는지도 모른다고 생각했다.

"나는 조금도 거북할 것 없소. 거북하다면 영희 씨가 거북하

겠죠."

다소 심술 비슷한 기분에서 말을 내뱉었다.

"왜 그렇죠?"

영희는 야무진 표정으로 성표를 빤히 쳐다본다.

"왜 그런지는 나도 모르겠소. 막연히 그렇게 생각했지요."

그 말이 의미심장함을 영희도 깨달았는지 얼굴이 노래진다. 그 얼굴을 쳐다보고 있던 성표는 자기 자신에 대한 혐오 때문에 더 이상 앉아 있을 수 없었다. 그는 벌떡 일어서서 밖으로 나와 버렸다.

해가 완전히 솟아버린 바다는 거울처럼 번들거리고 남쪽을 등진 암석 위의 소나무들의 묵화처럼 짙은 그늘을 강기슭에 드리워주고 있었다. 그러나 발바닥 밑에 밟히는 모래는 아직 열기가 없었다. 찝찔한 바다 냄새, 상큼한 해초 냄새가 스쳐온다. 성표는 펑펑한 바위 위에 올라앉았다. 하늘과 바다가 맞닿은 곳으로 배가 한 척 가고 있었다.

성표는 부산에 피란 갔던 시절, 그 우중충한 바다를 기억하고 있었다. 아니 그 바다를 잊을 수 없었다. 피란민들이 몰려 있는 부둣가의 밤 풍경은 슬픔을 넘어선 무감동 그것이었고 서치라이트에 비치는 바다는 검은 지옥만 같았다. 한낮의 바다는 항상 기름이 떠 있고, 그 기름 사이로 어디서 떠내려오는지 사과 하나가 떠 있었다. 성표는 정란의 손목을 꼭 잡고 부둣가로 헤매어 다니다가 손이 닿지 않는 곳에 떠 있는 사과 한 알에 얼마나 군침을 삼켰는지 모른다.

그러나 비참한 기억은 언제나 그 우중충한 바다와 더불어 되살아나곤 했었다. 언제나 불안했던 바다였었다. 낭만도 향수도 없었던 바다. 지금 역시 일렁이는 바다를 보는 것은 어지럽다. 어떤 감정을 자꾸만 도발하기 때문이다.

'그때 병아리처럼 가냘프던 정란은 지금 어른이 되어 남자 때문에 고생을 하고 있다.'

성표는 정란의 손목을 잡고 헤매어 다니던 그때의 정情을 생각했다. 이제는 아무래도 순수해질 수 없는 인간에 대한 감정, 정란에게 있어서도—성표는 서글퍼졌다.

'나는 정말 이러다간 누구도 사랑할 수 없을지도 몰라? 아니, 음악을 한다는 놈이 예술에마저 애착을 느낄 수 없고 앵무새처럼 소리만 내고 있지 않느냐. 나에게는 영혼이 없단 말인가? 감동할 수 있는 감정이라는 게 없단 말인가? 그렇게 아름다운 오 부인을 봐도…… 나는 얼굴을 붉힌다. 그러나 사랑하는 마음에서가 아니다. 다만 그 여자를 여자로 보았을 뿐이지. 그리고 영희는 좀 더 손쉽게 생각하고 있을 뿐이고.'

처음 성표는 오 부인을 경계하였다. 과실에 대한 두려움에서였다. 그러나 영희를 범하고 강 사장과의 관계를 알아버린 지금, 그는 도리어 자기 자신이 여성에게 어떤 정신적인 정열이 없음을 깨달은 것이다.

'내게는 부덕한이 될 소질이 얼마든지 있다. 연애를 모르고 너는 애욕만을 알고 있다. 너는 감정의 책임을 지지 못한다. 외로운 사나이다. 아무것도 너는 너의 것으로 만들지 못할 것이다. 너의 감정은 썩은 나무토막이다.'

성표는 바위 위에서 일어나 아래로 뛰어내렸다. 그리고 모래밭에 와서 섰다.

온 천지에는 사람도 없는 듯하고, 아까까지 보이던 배도 간 곳이 없다. 오직 바다와 성표만이 마주 보고 서 있는 것이다.

성표는 발을 뻗치고 가슴을 펴며 노래를 불렀다. 노랫소리는 솔바람 소리와 바위에 일렁이는 물결 소리를 따라 멀리 울려 퍼져간다.

정말 아름다운 목소리였다. 풍부한 성량이었다. 그의 짙은 눈썹과 반듯한 이마, 그리고 두 팔, 아니 몸 전체가 선율에 흔들리고 있는 것만 같았다. 그의 눈에도 어떤 희열이 넘쳐흐르고 있는 듯했다. 그는 방금 우울해하던 일을 모조리 잊고 있는 것이다. 그의 기분은 상쾌했다. 자기 목소리에 대한 자신이 실로 오래간만에 찾아온 것이다.

그는 그 마음을 잃지 않기 위해선지 모래밭에 주저앉는다. 그리고 한동안 숙연한 표정으로 앉아 있었다. 성표가 일어서서 돌아보았을 때 오 부인이 바람에 머리칼을 나부끼며 서 있었다. 그는 먼바다를 응시하고 있었다.

"웬일이십니까?"

성표는 다소 당황한다.

"신 선생의 노래를 듣고 있었어요."

성표는 얼굴을 붉힌다.

"처음이군요."

오 부인은 움직이지 않고 말했다. 다만 엷은 옷자락과 머리칼이 마치 그의 감정인 양 나부끼고 있을 뿐이었다.

"조용한 산책을 방해해서 죄송합니다."

"아니에요."

오 부인은 처음으로 미소 지으며 물가로 다가왔다.

"신 선생."

"네."

"인간에 대한 애정이 없이 예술이 있을 수 있다고 생각하세요?"

그 말을 성표는 자기에 대한 비판으로 들었다.

"있을 수 있죠."

방금 가진 자신을 잃지 않으려는 듯 성표는 반발적으로 대답했다.

"그건 예술이 아니고 기술이겠죠."

"사람 살아가는 일에 있어서 애정이 전부가 아닌 것처럼 예술도 그럴 수 있잖을까요?"

"하긴 그럴지도 모르죠. 예술 이하의 애정이 얼마든지 있으니까."

성표는 그 말이 무슨 뜻인지 얼핏 알아들을 수 없었다. 그러나 이내 그것이 강 사장을 두고 하는 말임을 깨달았다.

'부인은 강 사장을 사랑하고 있을까?'

왠지, 그러나 그렇지 않은 것만 같았다.

"예술은 아름답고 진실하고…… 하지만 애정의 경우 진실해도 그것이 추할 경우가 얼마든지 있죠. 아름다운 것이 허위고 추한 것이 진실일 경우…… 있죠. 그런 경우가……."

오 부인은 허리를 꾸부리고 모래를 집어 손바닥에 올려놓고 그것을 우두커니 바라본다.

"진실이 어째서 추하겠습니까?"

오 부인은 눈을 들어 성표를 쳐다본다.

"진실은 자기의 욕망이기 때문이에요. 아시겠어요?"

노한 목소리로 힐난하는 투다. 그러나 그 말투보다 그의 표정이 하도 격렬하여 성표는 움칠하고 놀란다. 오 부인은 발을 뻗고 모래 위에 앉았다. 돌아앉았기 때문에 성표의 눈에는 소녀처럼 풀어헤친 오 부인의 긴 머리만이 보였다.

"나는 음악에 대해서, 아니 음악가에 대해서 향수를 갖고 있어요."

오 부인은 손바닥 위에 올려놓은 모래를 한 줌씩 집어 물에다 던지면서 아까와는 정반대로 부드럽고 조용한 어조로 말했다.

"옛날의 애인이 음악을 했었죠. 죽었어요. 이상하게 죽었죠."

무감동한 것 같으면서도 이상한 음향이 성표의 가슴을 흔들었다.

"해방 전에 나는 아버지를 따라 일본으로 들어갔어요. 아버지는 민족반역자, 덕택에 돈은 많았어요. 아버지는 늘 나를 보고 하는 말이 아욕我慾이 강한 계집애라 했어요. 나는 속으로 아버지도 그렇다고 생각했어요. 아버지가 죽고 난 뒤 난 돈을 쓸 작정으로 불란서로 떠났어요. 국적이 없는 인간 같은 기분도 들고 해서…… 그곳에서 나는 모든 사치한 생활을 배웠고, 그 사람을 만났어요. 우린 서로 사랑했습니다."

오 부인은 마지막 남은 모래를 전부 뿌리고 벌떡 일어섰다. 전에도 몇 번인가 말을 하다 말고 끊은 일이 있었다.

"늙은 여자의 회상이에요. 미안합니다."

오 부인은 웃었다. 그러나 눈에는 타는 듯한 증오의 빛과 그것을 이겨내려는 빛이 서로 싸움질을 하고 있는 것을 역력히 볼 수 있었다.

오 부인은 걷기 시작했다. 성표도 따라 걸었다.

"오늘 읍에 좀 나가야겠는데 같이 가시겠어요?"

"네."

"식료품을 좀 사 와야겠어요."

성표는 마음속으로 영희를 시키면 될걸 하고 생각했으나 부인과 함께 가는 것이 싫지는 않았다.

'아버지는 민족반역자, 덕택에 돈은 많았어요.'

하며 말하던 오 부인의 심정이 가슴에 왔던 것이다. 고아라는 열등감과 민족반역자의 딸이라는 열등감이 합쳐지는 듯한 기분이 들었던 것이다. 국적이 없는 인간 같은 기분도 들고…… 하던 말도 성표의 감정에다 어떤 공감을 불러일으켰다. 이유 없이 가엾다고 생각한 오 부인에 대한 느낌이 짙어진 것이다. 아무것도 동정할 주제가 못 되면서도 성표는 그렇게 생각하고 있는 것이다.

집에 가까워졌을 때,

"선생님!"

하고 찬이는 목발을 짚고 쫓아 나오다가 오 부인을 보자 좀 주춤한다. 오 부인은 슬며시 외면을 했다.

"영희 아줌마가 선생님 찾아오라고 해서 나왔어요. 아침 다 됐대요."

"음, 그래? 가자."

성표는 찬이를 안으려고 했다.

"신 선생!"

"네."

"되도록이면 혼자 보행하게 내버려두세요. 너무 의지하려 들면 곤란하니까."

찬이 면전에서 그런 말을 하는 것은 마땅치 않았으나 오 부인의 말은 옳다고 생각했다.

"나 혼자 갈 수 있어요. 선생님!"

찬이는 자기 때문에 성표가 야단맞는 것이 언짢았던지 목발을 짚고 토끼처럼 뛰어서 걸어 보인다.

세 사람은 나란히 마루방으로 들어갔다. 말끔한 아침 식사가 식탁 위에 준비되어 있었다.

"오늘 아침엔 영희가 준비했나?"

오 부인은 취사장에서 손을 씻고 나오며 물었다. 아주머니가 아프다는 말을 듣고 오 부인은 아무 말도 하지 않았다.

환하게 트인 마루방에서 그들은 바다를 바라보며 조용히 아침 식사를 마쳤다.

"차는 내 방으로 갖다주어요."

오 부인은 찬장에서 커피잔을 꺼내는 영희를 보고 그렇게 말하며 자기 방으로 가버렸다.

"어떻게 부인하고 나가셨던가요?"

아까부터 그들이 같이 돌아오는 것을 본 순간부터 궁금했던 모양으로 영희가 물었다.

"아뇨, 바닷가에서 만났죠."

아무렇지도 않게 대답했으나 긴 머리칼을 나부끼며 돌아앉아서 하던 오 부인의 말들은 강하게 되살아 왔다. 그 말들은 오 부인의 존재가 성표에게 한결 가까워진 것을 느끼게 하였다.

그러나 한편 오 부인이 왜 그런 얘기를 느닷없이 자기에게 말했는가 하는 의심이 들지 않는 것도 아니었다. 범할 수 없는 차가운 여자, 오히려 그쪽에서 남자를 짓밟아 버릴 수 있을 것 같은 기우가 없지 않은 강인한 성격의 여자이기 때문에 어느 한구석이 석연치 못했던 것이다.

'설령 나에게 관심이 있다 할지라도 그렇게 쉽사리 자기 얘기는 하지 않을 사람인데? 그 여자는 스스로 자기를 안갯속에 묻어놓고 있지 않느냐? 그의 죽은 애인이 음악가이기 때문에?'

성표는 생각하다가 그만두었다.

아침을 먹고 한동안을 보낸 뒤 성표는 찬이의 공부를 돌보아주었다. 학습시간이 끝나자 성표는 담배를 피워 물고 창밖을 바라보았다. 조용하다. 사람 소리는 물론 짐승 소리도 들려오지 않는다. 갈매기가 날아다니는 풍경이 눈앞에 있었으나 거리 탓인지 그 울음소리도 들려오지 않았다. 성표는 어느 무인도에 유배당한 듯 착각을 했다.

성표는 여느 때처럼 찬이를 데리고 바다에 나갈 생각을 하지 않고 있었다. 읍에 나가자던 오 부인의 말이 있었기에 대기하고 있는 셈이다. 성표는 오 부인과 함께 가는 일에 대하여 어떤 기대와 흥미를 갖고 있었다. 아침에 바닷가에서 하던 오 부인의 말이 계속될지도 모른다는 생각에서. 언젠가, 그러니까 영희의 자살 미수 사건이 있던 날 저녁때 오 부인과 함께 교외로 나가던 때의 불안한 심정과 지금의 마음은 사뭇 다른 것이었다. 그동안의 여러 가지 사건이 그를 대담하게 했는지도 모르고, 그 자신의 소심함에 대한 반발이 의식적으로 그렇게 했는지도 모른다.

"선생님, 바다에 안 가요?"

성표가 꼼짝하지 않는 것을 본 찬이가 물었다.

"음."

"왜요?"

"큰어머니하고 읍에 나가야지."

찬이는 시무룩해진다.

"게 잡으려고 했는데……."

"내일 나가서 선생님이 많이 잡아줄게. 그럼 되잖아? 응?"

찬이는 하는 수 없다는 듯 고개를 끄덕였다. 성표는 가엾은 생각이 들었다.

"내일 많이 잡아주지."

"응."

떼쓰는 일 없이 언제나 순순히 말을 듣는 찬이였다. 그러나 찬이의 맑은 눈에는 무엇을 희구하는 빛이 감돌고 있었다.

'어머니를 그리워하고 있다. 어머니의 얼굴도 모르면서…….'

"선생님?"

"응."

"심심해요. 미미라도 데리고 올 걸 그랬죠?"

"곧 서울 갈걸."

"서울엔 가고 싶지 않아요. 혼자 자니까 무서운걸."

별장에 내려오고부터 찬이는 영희와 한방에서 지내고 있었다. 성표는 찬이를 물끄러미 바라보다가,

"찬이야."

"네?"

"엄마가 보고 싶으니?"

"엄마가, 엄마가……."

찬이는 엄마라는 말을 여러 번 중얼거렸다.

"음, 전에, 전에 엄마한테서 편지가 왔어요. 유모가 읽어주었는데 이젠 영 안 와. 우리 엄마는 참, 참 예쁘대요."

"누가 그랬어?"

"유모가, 유모가 있었음 편지 읽어줄 텐데. 선생님."

"응?"

"큰어머니보고 그 말 하면 안 돼요."

작은 얼굴에 근심이 서린다.

"괜찮아. 찬이야? 우리 노래 공부나 하자."

하고 말머리를 돌렸다.

"피아노도 없는데."

"전번 때 바닷가에 나가서 했잖어? 그런 식으로 말이야."

"응, 그러믄 해요."

"자아, 그럼 아—."

성표는 길게 목소리를 뽑았다.

"이건 도야, 알았니?"

"응."

"그럼 아— 이건 뭐지?"

"미."

"옳지, 맞았어."

성표는 기뻐한다.

"아—."

"그건 솔."

한참 동안 음계연습을 하다가,

"그럼 전번 때처럼 우리 노래 만들어보자."

성표는 종이에다,

미미는 겁쟁이

아리스만 보면

꽁지가 빠지게

도망을 친대요

하지만 미미는

착한 개예요.

되는 대로 가사를 만들었다. 찬이는 꽁지가 빠지게 도망친다는 말이 우습다고 소리 내어 깔깔거리며 웃었다.

"자, 그럼 우리 곡을 붙여볼까? 미미는 겁쟁이, 아무렇게나 불러봐."

찬이는 머뭇머뭇하다가,

"미미는 겁쟁이……."

"하하핫…… 그건 엄마 닮았네, 그 곡 아니야? 남의 것 흉내는 못써요. 다시 한 번 찬이 마음대로."

"미미는 겁쟁이."

이번에는 달랐다. 가락이 좀 슬프다. 성표는 찬이가 한 대로 여러 번 익혀 부르고 나서,

"미— 뭐지?"

"시."

"그래. 또 미— 는?"

"솔."

"는—?"

"라."

"시 솔 라, 그렇지?"

성표가 열중하고 있는데 영희가 왔다.

"읍에 가시기로 하셨다면서요?"

영희가 물었다.

"네."

성표는 자리에서 일어섰다.

"가솔린 넣으러 가나요?"

"그것도 있고…… 아마 식료품 같은 것 좀 사실려나 봐요."

"나가보세요."

누나 같은 표정으로 말하고 영희는 성표를 덤덤히 바라본다.

"부인이 기다리고 계세요."

억양이 없는 말을 다시 덧붙인다. 성표는 찬이와 영희를 내버려두고 급히 밖으로 나왔다.

오 부인은 서울서 몰고 내려온 지프차 위에 핸들을 잡고 앉아 있었다. 그는 성표가 급히 달려오는데도 잠자코 앞만 바라보고 있었다. 물빛 슬랙스에 약간 푸른기가 도는 레몬빛 블라우스를 오 부인은 입고 있었다. 그리고 역시 물빛 네커치프로 머리를 질끈 동여매고 있었다. 그러나 풍요한 머리는 네커치프에서 넘쳐 양어깨 위에 흩어져 있었다. 그러한 머리 모양은 오 부인을 소녀처럼 앳되게 했다.

성표가 자리에 오르자 오 부인은 시동을 걸고 힘차게 액셀러레이터를 밟았다. 지프차는 앞으로 밀려 나갔다.

서로 입을 다문 채 방축을 쌓아올린 해안 길을 지프차는 달린다. 오른편은 듬성듬성한 송림, 이따금 물이 철렁철렁한 논이 나타나기도 하고 게딱지만 한 농가 지붕이 지나가기도 한다. 왼편은 가없이 푸른 바다가 향유를 부어놓은 듯 매끄럽고 팽팽하게 펼쳐져 있었다.

읍까지 가려면 오십 분은 더 차를 몰아야 했다.

"신 선생."

"네."

"블라우스 호주머니 속에 담배가 들어 있어요. 좀 꺼내주세요."

오 부인은 앞을 바라본 채 말했다.

성표는 잠시 망설이다가 조심스럽게 호주머니 속에 손을 넣었다. 체온이 손끝에 닿는다. 바로 유방 위다. 성표의 손이 떨렸다. 겨우 라이터와 담배를 꺼내었다.

"물려주시구, 불도 켜주세요."

성표는 담배 한 개비를 뽑았다. 그리고 이번에도 주저하면서 오 부인 입에 물려준다. 루즈 탓이겠지만 오 부인의 입술은 타는 듯 붉었다. 한 손으로 바람을 막으며 라이터를 켜서 불을 댕겨줄 때 오 부인의 머리칼이 성표 볼에 와 닿았다. 미묘한 촉감이었다. 그리고 그윽한 냄새였다. 성표는 전기가 통한 것처럼 전신의 피가 거꾸로 흐르는 것을 느꼈다.

"순진하군요. 왜 그리 떨어요?"

오 부인은 조롱하듯 웃는다. 사실 성표는 제비처럼 민첩하질 못했다. 그의 섬세한 감성과는 달리 여성의 시중을 드는 동작은 무겁고 우둔했다.

오 부인이 담뱃불을 붙여달라거나 호주머니 속에서 담배를 꺼내달라 했다 하여 그의 마음의 틈을 보인 것은 아니었다. 성표는 그것을 잘 알고 있었다. 설령 오 부인이 성표를 포옹하고 사랑을 속삭였다 하더라도 그 여자의 강인하고 살벌한 분위기는 가셔지지 않았을 것이다. 하기는 오랫동안 해외 생활에 젖어온 오 부인인 만큼 그만한 일은 보통이었고, 한편 그는 차를 몰고 있었으니까.

"신 선생, 바다를 좋아하세요?"

연기를 뿜어내며 오 부인이 말했다.

"별로…… 늘 바다는 불안하게 느껴지더군요."

"왜 불안할까?"

"저도 모르겠습니다."

"내가 무서워서 그러세요?"

"부산 피란 때 인상이 나빴나 봐요."

성표는 오 부인의 옆얼굴을 쳐다본다.

'세상에 저렇게 아름다운 코가 또 있을까?'

성표는 잠시 대화도, 몸이 조여드는 듯한 압박감도 잊고 오 부인의 조각처럼 차가운 코를 쳐다본다.

'전능하신 신도 저렇게 아름다운 코를 빚어내지는 못했을 거야.'

성표는 가볍게 한숨을 내쉬었다.

"죽은 그 사람은 이따금 나에게서 무서움을 느낀다고 했어요."

'저도 그렇습니다. 그리고 이따금 부인이 불쌍해지기도 하구요.'

그러나 그런 말이 입 밖에 나올 리는 없다.

"그리고 내 낭비벽을 두려워하기도 했죠. 나를 마리 앙투아네트 같은 여자라 하면서요."

불란서 혁명과 더불어 루이 십육 세를 단두대에 보낸, 그리고 그 자신마저 처형당하고 만 비운의 왕비 마리 앙투아네트, 그 여자의 사치와 낭비는 혁명의 원인 중 하나였었다.

"남자를 파멸시키고 말 여자라나요."

오 부인은 소리를 죽이고 은은히 웃었다. 성표는 겉으로라도 그럴 리가 있겠느냐고 말할 수 없었다. 말을 듣고 보니 그 자신도 오 부인이 마리 앙투아네트 같은 여자라는 생각이 들었다. 남자를 파멸시키고 말 여자라는 말에도 동감이었다. 그리고 마리 앙투아네트가 바스티유 감옥에서 양말을 기워 신고 끝내 왕비로서 품위를 잃지 않았다는 일도 오 부인의 차가운 성품과 견주어볼 수 있었다.

성표가 침묵을 지키고 있는데 자동차가 속력을 내기 시작했다. 질풍처럼 무인가도를 달린다. 송림과 수답과 농가가 눈부시게 날아간다. 오 부인은 핸들을 꼭 눌러 잡고 차 밑으로 깔려 들어가는 하얀 신작로만 응시하고 있었다. 신작로는 제지공장에서 롤러에 말려들어 가는 긴 종이만 같았다.

'이대로 바다에 추락된다면 사람들은 우리를 정사했다 하겠지.'

성표는 마음속으로 중얼거렸으나 두려운 생각이 들지는 않았다. 속력은 그에게 이상한 쾌감을 주었다.

"겉핥기예요!"

차가 세차게 달리는데 오 부인의 목소리는 고함처럼 크게 울렸다.

"아무도 오세정을 알아버리지는 못했어요. 낭비벽이라구요? 오세정은 아마도 그런 여자는 아니었을 거예요. 나는 내 용모에 자신을 갖고 있어요. 부정한 거지만 과거에는 많은 유산도 있었어요. 그러나 나를 사랑한 사람은 누구였던지? 없었어요. 나는 정신적인 무산자였죠. 미모와 재산, 그 밖의 나는 꼭두각시였었어요. 나는 내 재산을 다 뿌려버렸어요. 하지만 차마 내 얼굴에다 청산가리를 뿌릴 수는 없더군요."

오 부인은 조금도 흥분하고 있지 않았다. 다만 엔진 소리 때문에 목소리를 높이고 있을 따름이다. 그러나 성표는 오 부인이 그 말을 통곡처럼 듣고 있는 것이다.

'왜 오 부인은 나보고 그런 말을 자꾸 할까?'

성표는 흔들리는 몸을 가누기 위하여 손잡이를 꼭 잡았다. 앞을 응시하고 있는 오 부인의 눈에는 흥분과 다른 이상한 광기가 번득이고 있었다.

"남성을 파멸시키고 말 요소가 나에게 있을 거예요. 하기는, 그건 아마도 집착 때문일 거예요. 송두리째 갖고 싶다는, 머리카락 한 오라기도 빼앗기기 싫다는 집착 때문일 거예요. 아버지의 말대로 아욕이죠. 그 집착은 살인도 할 수 있었을 거예요. 지금은 망각된 정물靜物, 강 사장은 날 무서워하지 않아요."
하고 오 부인은 소리 내어 웃었다.

그 말뜻은 강 사장이 오 부인의 성격 이상으로 강한 사람이라는 것으로 들을 수도 있고 오 부인이 강 사장을 사랑하지 않기 때문에 집착을 가지지 않으므로 상대방이 자유롭다는 뜻으로도 들렸다.

"불란서에 있을 때였어요. 어느 외국 신사가 저보구 한다는 말이 불길한 미모의 여인이라나요? 그 사람 딴에는 멋있는 표현이었다고 생각했는지 모르지만, 〈흑인 오르페〉에 나오는 여배우를 가리켜 불길한 미모라 한다더군요. 그 여배우의 이름이 지금 생각나지 않지만."

시인 오르페를 사랑한 죽음의 사자 역을 한 여배우 얘기인 모양이다. 성표도 그 영화는 두 번이나 연거푸 보았다. 그런데 그 여배우의 이름이 얼핏 생각나지 않았다. 생각이 나지 않는 채 성표는 침묵을 지켰다. 줄곧 오 부인 혼자서만 얘기한 셈인데 오 부인은 구태여 성표의 대답을 바라지도 않는 표정이었다. 아니 그보다 오 부인은 성표에게 얘기하고 있지 않았는지도 모른다. 엔진 소리와 공간을 뚫고 가는 자동차의 속도에서 나는 소리, 그 생명 없는 기계와 저항하는 공간을 향하여 이야기를 던져주고 있었는지도 모른다. 그의 이야기는 단편적이었던 것이다.

바다가 아득히 아래서 잠겨 있었다. 왼편 송림은 각도가 심한 마루턱을 이루고 있었다. 아슬아슬한 길과 공중을 나는 듯한 속도.

"어때요? 핸들만 한 번 돌리면?"

오 부인의 목소리가 쨍하고 울렸다.

"고기밥이 되겠죠."

"무섭지 않으세요?"

또 무섭지 않느냐고 묻는다.

"글쎄요, 그다지."

"왜 그럴까? 젊은데……."

"살아봐도 별로 신통한 일이 없을 것 같습니다."

"신 선생은 예술가 아니에요?"

"그게 그렇게 대단할까요?"

오 부인은 아슬아슬한 커브를 돌고 나서 속력을 늦추었다. 시가가 보이기 시작한다.

"야심이 없군. 나를 적당히 이용하면 밀라노에 가는 것쯤 문제없을 텐데……."

순간 두 사람은 거의 동시에 얼굴을 돌려 마주 본다. 오 부인의 눈이 이글이글 타는 듯했다. 핏발이 선 때문일까?

읍내로 들어간 그들은 우선 주유소를 찾아 가솔린을 넣고 몇 갤런쯤 더 실은 뒤 시장으로 향하였다.

읍이지만 조촐한 항구도시인 이 고장의 시장에는 생선이 풍성하고 채소도 소담스러웠다. 오 부인은 계란과 과일, 그 밖의 식료품을 잔뜩 사서 성표에게 안겼다. 모든 사람들의 눈은 오 부인의 미모와 복장에 쏠렸으나 오 부인은 여왕처럼 무인지경을 가듯 태연한다.

돌아올 때는 서로 간에 별로 말이 없었다. 성표 쪽에서 찬이에 관한 말을 몇 마디 했을 뿐이다. 오 부인은 묵묵히 차를 몰았다.

'부인은 찬이의 말이 듣기가 싫은가?'

성표는 생각하며 입을 다물어버렸다.

천천히 달리는 자동차에서 보는 바다와 하늘이 성표는 아름답다고 생각했다. 그리고 오 부인을 그지없이 아름다운 여자라 생각했다. 오 부인의 표정은 여전히 삭막했으나, 성표로 인한 것은 아니었다. 그 여자는 자기 자신 속에 차분히 가라앉아 있는 것 같기도 하고 허황한 것에 쫓기고 있는 것 같기도 했다. 아까 갈 때 오 부인이 그런 말을 했기 때문에 성표에게 그렇게 느껴졌는지도 모른다.

별장으로 돌아가자 오 부인은 차에서 훌쩍 내리더니 돌아보지도 않고 자기 방으로 들어가 버리는 것이었다. 성표는 영희를 불러내어 둘이서 사 온 물건을 집 안으로 운반해 갔다.

"빨리 오셨네요."

"초스피드로 달렸거든요."

성표는 영희 말에 대답하며 아슬아슬한 마루턱을 지나가던 생각을 한다.

"왜요?"

"왜라뇨?"

"왜 그렇게 달렸느냐 말예요?"

"내가 운전했나요?"

"흐흠…… 신났겠군요?"

"바다에 떨어지면 멋이 있겠다고 생각했죠."

"괴로워서?"

"구질구질해서."

"그럼 약을 잡수셔야지."

"계획적인 건 싫소. 우연이라야지."

"청교도처럼, 그렇게 후회할 것 없잖아요."

영희의 눈에 눈물이 괸다.

"밤거리의 여자들을 사는 사람도 얼마든지 있는데."

눈물이 불룩한 가슴 위에 투둑투둑 떨어진다.

"왜 그런 말을 해요?"

"그렇잖아요. 신 선생님은 그날의 일을 후회하고 계세요. 그 일을 생각하면서 자기 자신을 구질구질하다고 느끼는 거예요. 책임감에서 그러는 게 아니에요. 난, 난 잘 알아요. 애정 없는 여자를 범한 게 싫어서 그런 거예요."

"그건, 그건 지나친 억측이오."

"그럼 뭐가 구질구질하죠?"

"자신이, 자신의 이기심이 싫었던 것뿐이오."

"아무래도 좋아요. 신 선생님은 오 부인을 위하여 자기의 순결을 잃은 것 같아서 그래서 고민하고 계시는 거예요!"

영희는 두 손으로 얼굴을 감쌌다. 손가락 사이에서 눈물이 넘쳐 나온다.

"당치도 않은 말을 함부로."

"그이를 사랑하지 않는 남자가 어디 있겠어요? 무서운 힘을 갖고 있는 그이를, 모두 그 앞에서는 노예가 되고 말아요. 모든 것을 다 불사르고 말죠."

영희는 질투의 감정을 마구 팽개치듯 말하며 흐느낀다. 성표는 그날 밤 강 사장에게 하던 영희의 말을 생각했다.

'영희는 나를 사랑하고 있는 것일까? 아니면 강 사장을 사랑하고 있는 것일까?'

"나는 보았어요. 파멸하는 남자들을. 부인은 눈 한 번 까딱하지 않았어요. 어림도 없어요. 누가 그 여자를 정복했겠어요?"

"나하고는 아무 관계 없는 일이오! 영희 씨의 질투는 나 때문이 아닐 것이오."

성표는 짜증을 부리며 담배를 꺼내어 물었다.

"질투라구요? 물론 질투예요. 질투하지 않을 여자는 아마도 이 세상엔 한 사람도 없을 거예요. 그래요, 나는 질투해요. 그 여자는 태양이지만 나는 부스러기 별도 못 될 거예요. 그걸 누가 모르는 줄 아세요?"

그걸 누가 모르느냐고 했을 때 영희의 어세는 푹 꺾였다. 그는 흩어진 이성을 주워 모으려고 무척 애를 쓰는 것 같았다.

"그이 때문에 파멸하지 않은 사람은 현 박사뿐일 거예요. 좋은 적수죠. 현 박사가 그이를 사랑하지만 말이에요."

영희는 내처 해온 말에 대한 타성처럼 덧붙였다.

"나보고, 나보고 그런 말 할 필요는 없어요. 강 사장보구나 하시오."

성표는 삼가야 할 말을 기어이 입 밖으로 내고 말았다. 영희는 눈물이 마르지 않은 눈을 들어 성표를 멍하니 바라본다.

"아셨군요."

"……."

"알아버렸군요. 할 수 없는 일이에요."

영희는 고꾸라지듯 의자에 주저앉아 버린다. 묵은 늪 속의 그것과도 같은 침묵이 흘러갔다. 성표는 어금니를 서너 번 악물다가 돌아섰다. 그는 밖으로 나오고 말았다.

이튿날 저녁때 강 사장과 현 박사는 서울에서 이곳으로 왔다. 그들은 속으론 몰라도 겉으로는 매우 다정한 친구처럼 보였다.

노르스름하고 반들반들한 얼굴에 굵은 테 안경을 쓴 현 박사는 여전히 날씬한 몸매였다. 그는 피서지에 오면서까지 흰 싱글 양복에다 푸른 보타이를 단정하게 매고 있었다. 지옥에 가서도 능히 신사도를 지킬 위인같이 보였다.

그와 반대로 몸집이 크고 다소 야성적으로 보이는 강 사장은 고급지의 자줏빛 남방 셔츠를 아무렇게나 걸치고 역시 자줏빛 선글라스를 쓰고 있었다.

두 사람의 모습 속에는 다 같이 잔혹한 줄기가 바닥에 흐르고 있었다. 다만 강 사장의 그것은 굵은 것으로 느껴졌고 현 박사는 가느다란 것으로 느껴졌다. 그러나 여간해서 부러질 것 같지는 않았다. 그것은 그들의 체격의 차이에서 오는 것이었는지도 모른다.

현 박사는 성표에게 윗사람답게 말을 건넸으나 강 사장은 찬이의 머리를 한번 쓸어주고는 성표에게 일별도 던지지 않았다. 마치 성표의 존재를 느끼지 못하는 것처럼. 성표는 현 박사의 얇삭한 친절보다 강 사장의 무시를 더 나쁘게 생각지는 않았다.

강 사장은 앞장서서 마루방으로 뚜벅뚜벅 걸어 들어갔다. 신하를 거느린 제왕과도 같은 태도였다. 모두들 그를 따라 들어갔다. 성표만이 엉거주춤 서 있었다.

"왜 안 들어오슈?"

현 박사가 돌아보며 말을 걸었다. 성표는 잠자코 걸음을 떼 놓았다. 강 사장이 무관심하게 한다면 자기도 무관심하게 앉아 있으리라고 생각했던 것이다.

마루로 올라간 현 박사는 사방을 한번 휘둘러본다.

"시골에다 뭐 하려고 이렇게 넓은 리빙룸을 만드셨소? 여름 한철 쓰면 그만인데. 댄스 파티라도 넉넉히 하겠는걸."

이 별장에는 초행인 모양이다.

"댄스 파티?"

조잡하게 만든 나무 의자에 등을 비비듯 하고 앉아서 강 사장이 뇌었다.

"이 넓은 바닷가에 좁으면 답답하잖아요?"

영희는 현 박사에게보다 강 사장에게 핀잔 비슷한 것을 주는 듯한 감정을 나타내며 말했다.

"댄스 파티…… 거 좋지. 오늘 밤에라도 한번 벌여봅시다."

강 사장은 선글라스를 벗어 탁자 위에 팽개치듯 놓으며 굵은 목소리로 말했다. 성표는 바다를 바라보고 있었다. 그러다가 강 사장의 눈으로 시선을 돌렸다. 재미있는 얼굴이라 생각했다. 못생긴 얼굴은 아니었는데 어쩐지 울툭불툭해 보인다. 눈만은 날카롭게 번득이고 있었다. 지적인 빛이 없는 것은 아니었지만 보다 동물적이요 본능적인 것을 유감없이 나타내고 있었다. 그러나 그의 눈빛 깊숙한 곳에는 패배와 초조가 숨겨져 있었다.

"사람이 있어야 댄스 파티를 하지."

현 박사가 실쭉 웃는다.

"사람이 없어? 왜 없어. 남자가 셋에다가 여자가 둘인데."

하면서 강 사장은 처음으로 성표에게 시선을 주었다. 그 말은 강 사장이 성표의 존재를 충분히 의식하고 있었다는 것을 나타내고 있었다.

"옛날에는 여자란 사내들의 공동소유물이었으니까 적으면 적은 대로, 하하핫……."

크게 소리 내어 웃는 강 사장의 눈길은 다시 성표에게로 갔다.

'내가 어쨌다는 거야?'

적대 의식까지 가지는 않았으나 성표는 그 눈길에서 상당한 불쾌감을 느낀다. 그 눈빛은,

'자네가 내 소유물인 영희에게 손을 내민 일을 나는 알고 있지.'

그런 말을 하고 있는 듯 보였다.

"호오?"

현 박사는 당신의 만용이 대단히 부럽소 하는 투로 탄성을 발하였으나 코언저리에 냉소를 모으는 오 부인을 쳐다본다.

"하긴 그 반대의 경우를 생각할 수도 있지. 모계사회라 했으니 남자란 여자들의 공유물이었는지도 몰라."

집어던지듯 강 사장은 껄껄 웃어젖힌다.

"마찬가지 아니오, 이러나저러나 그건 모두 주관의 문제지."

가볍게 응수하며 현 박사도 이번에는 약간 소리 내어 웃는다.

"마실 것, 뭘 할까요? 커피? 레몬 주스?"

영희의 돌연한 목소리가 그들의 화제를 분질러버린다. 대답을 기다리는 듯 그는 강 사장과 현 박사의 얼굴을 번갈아 본다.

"얼음 없지?"

영희를 깔보듯 눈을 내리깔고 턱을 쳐들며 강 사장이 묻는다.

"얼음? 시골에 무슨 얼음이 있어요?"

"그럼 차라리 따끈따끈한 커피를 주시지. 아, 아냐. 참, 맥주는 없는가?"

"있어요."

영희도 턱을 쳐들고 눈을 내리깔며 대답한다.

"그럼 그걸로 가져오시지."

"네, 우물 속에 채워놨으니까 찰 거예요."

영희는 모욕으로밖에 들을 수 없는 강 사장의 말의 억양에는 아무런 감정도 나타내지 않고 급히 방에서 밖으로 나갔다.

성표는 그동안 좀 건방진 포즈로 담배를 피워 물고 있었다. 오 부인은 의자에 비스듬히 기댄 채 강 사장이 가지고 온 타임지를 펼쳐 들고 읽고 있는 것이었다. 오 부인은 국외자의 취급을 받고 있는 성표에게는 물론 며칠 만에 만나게 된 남편이나 먼 곳에까지 일부러 찾아온 손님인 현 박사에게도 도무지 신경을 쓰고 있지 않았다.

"전망이 좋은데요?"

현 박사는 눈빛처럼 하얀 손수건을 꺼내어 땀도 없는 얼굴을 한 번 닦고 안경을 벗어가지고 역시 닦아서 다시 썼다. 그리고 창가로 다가갔다.

"시각적인 것은 의미가 없는 거요."

강 사장은 현 박사 등 뒤에다 대고 말을 던졌다. 왜 그러냐는 듯 현 박사는 돌아본다.

"가장 초보적인 쾌락이란 말이오. 미적지근한 것이지. 그런 것으로 안 돼. 우리네같이 바쁜 사람들에겐 말이오. 촉감보다 직접적인 것 말이오."

아주 욕정적인 말이었으나 그의 말투는 누군가를 경멸하고 있는 듯 들렸다. 어떻게 들으면 아름다운 오 부인의 용모보다 영희의 육체가 자기에게는 더 의미가 있다는 뜻으로 받아들일 수 있는 말이었다. 그래도 오 부인은 그들의 화제 속에 끼어들려 하지 않았다.

"전망도 좋지만 역시 시원하군."

“현 박사, 바로 그것이오. 이 별장이 존재하는 이유 말이오. 여름에는 시원해야 하고 겨울에는 따뜻해야 하고. 휴식이란 언제나 그런 말초적인 육체의 반응이니까.”

맥주가 왔다.

“자, 드시오.”

강 사장은 비로소 성표에게 맥주를 들 것을 권하였다. 그 태도는 성표에게 얼마간의 안도감을 주었다. 처음 말을 걸어오는데 전혀 수사적인 것이 없었기 때문이다.

“오늘은 저물어서 바다에 들어가기는 글렀고…….”

“참 강 사장, 수영에는 기록을 가지고 있다죠?”

“도버해협쯤이야.”

“설마.”

“그건 좀 과장한 거구, 수영에는 자신이 있습니다. 그러나 이제는 늙었으니 전만 하겠소.”

조금도 서글퍼하는 표정은 아니다.

“늙기야 했을까만 혈압이 높으니까 조심하셔야지.”

강 사장은 그 말 대답은 하지 않는다. 저녁 식사 때 오 부인은,

“현 선생님, 죄송하지만 신 선생하고 같이 방을 쓰셔야겠는데요.”

“네, 좋습니다.”

그러자 성표가,

"아, 아닙니다. 저는 여기 마루방에서 자죠."

"그러시겠어요?"

오 부인이 고개를 갸웃거린다.

"아, 아닙니다."

이번에는 현 박사가 손을 내젓는다.

"나그네가 임자를 내쫓아서야 쓰겠어요?"

현 박사는 여느 때와 마찬가지로 필요 이상 성표를 대접하듯 말하고 너그러운 미소를 띠었다. 성표는 먹고 남은 밥찌꺼기를 베푸는 듯한 현 박사의 친절이나 겸손함이 싫었다. 그의 전신前身이 고아였다는 것에서 그러한 친절을 식별하는 데 있어 남달리 예민했는지도 모른다.

'옛날, 몽매했을 시절에 저 작자가 났더라면 틀림없이 가짜 구세주가 됐을 거야.'

생각하며 현 박사가 한방을 쓰겠다는 말에는 아무 대꾸도 하지 않고 밥만 먹는다.

현 박사와 강 사장, 오 부인은 저녁이 끝나자 바닷가로 같이 나갔다. 영희는 성표와 단둘이 남게 되자 좀 억척스러운 표정으로 성표를 쳐다보았다.

"뭣하면 신 선생님은 서울로 돌아가세요."

"왜요?"

"공기가 더러워질 테니까."

"비꼬는 겁니까?"

"천만에요."

"모두들 참 못났군."

성표는 자신을 비웃듯 나직이 웃었다.

"잘나고 싶으면 오 부인을 유혹해서 유학하세요."

"잘나고 싶어서 그럼 영희 씨는 그러는 건가요?"

성표의 목소리는 신랄하다.

"마음 편하군요. 그런 말 들으니까. 비밀처럼 사람의 마음을 비겁하게 하는 것은 없더군요."

영희는 딴전을 피웠다. 그러나 성표는 그런 말을 하는 영희의 마음을 이해할 수 있었다. 그러나 어제 읍내에 나가는 길에서 오 부인도 그런 말을 한 것을 생각하며 성표는 속으로 웃었다. 오 부인을 유혹하는 일보다 그 말 자체에 자기 자신이 유혹당하고 있다는 생각을 하니 더욱더 쓴웃음을 웃지 않을 수 없었다.

"방 치워놔야겠어요. 현 박사가 주무시자면."

영희는 일어서서 성표가 거처하고 있는 방 쪽으로 가버린다.

'강 사장의 말은 진심에서 우러난 것이었을까?'

성표의 생각은 비약한다. 그는 여자란 공동 소유물이라는 말을 했을 적의 강 사장 표정을 눈앞에 그려본다.

'영희는 현 박사가 오 부인을 사랑한다고 했다. 강 사장이 그것을 알고 있을까? 알고 있다면 그러고서도 이곳까지 그와 함께 내려왔다?'

어쩌면 강 사장의 말은 거짓도 아닌 성싶어졌다.

'묘한 세계다.'

오 부인은 영희와의 관계를 허용하고 있다. 그리고 강 사장마저 현 박사의 심중을 알고 있으면서 그것을 그냥 보아 넘긴다면…….

'애정을 부정하고 있을 뿐만 아니라 그들은 결혼이란 그 자체도 부정하고 있지 않느냐? 만일에 그렇다면?'

성표로서는 이해할 수 없었다.

해는 벌써 지고 말았다. 바다는 차츰 검은빛으로 변해가고 있었다. 바다 울음이 들려온다.

'바람이 불려나?'

성표는 귀를 기울인다. 솔바람 소리가 파도 소리에 섞여 지나간다.

'작년 이맘때 나는 어디 있었던가?'

성표의 생각은 다시 비약했다. 현실에 대한 신빙성이 자꾸만 가셔지는 듯했던 것이다. 불과 일 년 남짓한 세월을 사이한 과거와 현실의 간격은 너무나 큰 것이었다.

성표는 현실과 과거, 그 어느 것에서도 실감을 느낄 수 없었다. 흐릿한 머릿속에는 안개만이 자욱이 쌓여 있는 것만 같았다. 확실한 대상이 없는 것이다. 명확한 목표가 없는 것이다. 아니, 시간에 대한 관념조차도 없는 듯싶었다. 그러면서도 바닷가로 떠난 세 사람에 대하여 궁금증을 느낀다.

서울에 있을 때보다 성표는 여자와 남자라는 것, 오 부인이 여자이며 강 사장과 현 박사가 남자라는 것에 강한 자극을 느낀다. 강 사장을 처음으로 가까이서 보았기 때문인지, 그 장려한 저택이 아닌 간이한 별장이라는 좁은 환경 때문에 그런 것을 새삼스럽게 느꼈는지 모른다. 아니 방금 강 사장이 남기고 간 그 늙은 목소리 때문인지도 모른다. 역시 영희는 이지러진 별 같았다. 그의 귀엽게 생긴 용모나 젊음, 그리고 미워할 수 없는 성품이 그 세 사람의 어기차고 세찬 힘 앞에 희미하게 흐려지고 만 것이다. 그만큼 세 사람의 분위기는 강렬한 것이었다.

밤에는 현 박사가 권하는 대로 성표는 한방에서 지내기로 했다.

'저 얼굴에도 수염이 있나?'

성표는 현 박사의 뒷모습을 바라보며 중얼거린다. 현 박사는 여자의 침의같이 부드러운 천에다가 잔잔한 무늬가 있는 미색 파자마를 입고 있었다. 그는 지금 거울 앞에 서서 열심히 면도를 하고 있었다.

"젊은 사람들에겐 너무 쓸쓸한 곳이 아니오?"

현 박사는 거울 속에 웅크리고 앉은 성표에게 말을 걸었다.

"바다에 올 수 있는 것만도 감지덕지인데요, 뭐."

성표는 거울 속의 현 박사를 힐끗 쳐다보며 좀 아이러니컬한 어조로 대답한다.

"그야 어떤 의미로나 일급에 속하는 여성들의 수행이니."

하고는 볼에다 바람을 넣고 얼굴을 민다. 성표는 아무 말도 하지 않는다. 그의 완강한 어깨를 좀 흔들었을 뿐이다.

"내가 보기에는 젊은 사람치고 상당히 의지가 강하게 보이는데?"

"어째서 그렇게 보일까요?"

성표는 현 박사의 의도를 알면서도 공연히 반문하고 싶었다.

"이 집에서 배겨나는 것을 보면."

"이렇게 편한 직업이 어디 있습니까?"

성표는 내뱉듯 뇌까린다. 현 박사는 면도를 든 채 돌아보았다. 두 사람의 눈길이 마주친다. 현 박사는 얇삭한 웃음을 머금는다. 그는 거울 앞으로 되돌아서서 얼굴을 닦고 면도용 기구를 챙겨 넣으면서,

"직업상 나는 현대문명에 병든 젊은 사람들을 많이 상대하고 있어요. 그들 대부분의 신경쇠약의 원인은 청춘을 억압했다는 것에 있단 말이오."

"……."

"신 군에게도 지나친 억압은 좋지 않을 거요. 풀려나야지."

현 박사는 성표와 마주 앉아 담배를 꺼내었다. 그 말투는 성표에게 지금이라도 당장 이 집에서 나가라는 것으로 들렸다.

"나는 청춘을 억압한 일이 없습니다."

"호오? 그럼 신 군은 그렇게 많은 여자를 알았던가요?"

성표는 말이 막혔다.

"하기는 미남인 데다가 신 군은 로맨틱한 성악가니까."

성표는 목구멍까지 말이 치밀었으나 그 말들은 정리되지 못했다.

"그런 뜻으로 한 말은 아닙니다."

"그럼 애인이 있단 말씀인가요?"

"있죠."

귀찮은 생각이 들어서 성표는 그렇게 말했다.

"애인이 불안하겠소."

현 박사의 입에서 더 많은 말이 나올 것 같아서 성표는 일어섰다.

"바람 좀 쏘이고 오겠습니다."

하고 성표는 밖으로 휙 나오고 말았다. 바람이 거실거실 부는데, 그러나 달은 밝았다.

'기분 나쁜 자식이다! 그 새끼 미워서 오 부인과 연애할까부다.'

바닷가의 밤은, 더욱이 달이 떠 있는 밤은 확실히 낮보다 좋았다. 피가 부드러워지는 것 같았다. 어떤 구속에서 놓여난 것 같았다. 그는 어제 나가서 올라앉았던 바위 있는 곳으로 갔다. 낮에 찬이에게 게를 잡아주고 굴을 따서 먹이던 곳이다.

성표는 바위 위에 앉았다. 소금기를 품은 바람이 얼굴을 쳤으나 역시 한여름이라 춥지 않았다.

"망할 계집애, 오라면 오는 거지. 왜 피하는 거야!"

말소리와 함께 뺨을 후려치는 소리가 들려왔다. 성표는 놀라며 바위 아래를 내려다보았다.

'음…….'

바위 아래 사장에는 거의 반라가 된 영희와 강 사장이 있었다. 영희는 몸을 죽 뻗고 누워 있었고 강 사장은 그 옆에 앉아서 영희의 뺨을 친 모양이다.

"돈 주면 여자는 얼마든지 있어요. 하나 데리고 오시지 그랬어요?"

강 사장은 영희의 뺨을 다시 쳤다.

"넌 나에게 애정을 강요하는 거야? 애초에 우리는 그런 약속이 아니었다! 무조건 복종이야. 네 발로 내 집에 걸어 들어온 이상."

강 사장은 영희를 포옹한다. 달빛 아래 영희의 흰 손이 강 사장의 굵은 목을 껴안는다. 그들의 애욕은 거의 광란에 가까웠다.

성표는 바위에서 뛰어내려 쏜살같이 반대 방향으로 달려갔다. 전신이 훌훌 달아오는 듯했다.

'신경쇠약의 원인은 청춘을 억압했다는 것에 있단 말이오.'

무슨 주문처럼 현 박사의 목소리가 귓전을 쳤다.

'망할 기지배! 나쁜 년이다. 나쁜. 본시 그런 여자야, 그런 여자.'

성표는 뜀박질을 멈추고 모래 위에 주저앉았다.

'유치하지, 쳇!'

성표는 침을 퉤 내뱉고 두 다리를 모아 손을 깍지 끼었다.

'의지가 강하게 보인다구?'

그것이 얼마나 강한 조롱인가를 비로소 깨닫는다. 그러나 그의 눈앞은 막막했다.

'영희를, 나는 영희를 마음대로 할 수 있다. 마음대로, 마음대로.'

성표는 사장에 반듯이 드러누웠다. 그냥 그대로 잠들고 싶었던 것이다.

성표는 어느새 그곳에서 잠이 들고 말았다.

"어머! 여기서 자네?"

성표는 아슴푸레하니 들려오는 여자 목소리에 눈을 떴다.

"이슬을 맞고 여기서 주무셨어요?"

그윽한 향기와 더불어 무언가가 잠이 덜 깬 성표의 귀를 부드럽게 흔들었다. 오 부인의 목소리였다. 그러나 얼굴은 잘 보이지 않았다.

성표는 부시시 일어나 앉았다. 사방에 옥색빛이 뿌옇게 서려 있다. 아침인 모양이다. 그러나 아직 해는 솟지 않았고, 그 옥색빛 하늘에는 별이 서너 개 가물가물 꺼져 들어가려 하고 있었다.

성표는 오 부인 쪽으로 얼굴을 돌렸다. 물기 머금은 듯한 오 부인의 눈이 아슴푸레하게 보였다. 그리고 옷자락에서 스쳐오는 향기는 더욱더 코끝에 확실했다.

“여기서 잤는가 봐요.”

성표는 푸듯이 뇌었다. 몸이 무거웠던 것이다.

“현 박사하고 같이 지내기 불편하셔서 그러셨어요?”

손길을 내미는 듯한 상냥한 어조다.

‘처음 들어보는 목소리다. 잠이 덜 깨어서 그럴까?’

성표는 오 부인을 올려다보았다. 눈이 부셨다.

“아뇨.”

뒤늦게 대답을 했다.

“그럼 왜?”

“바람 좀 쐬러 나왔다가…… 그만 잠이 들었던 모양입니다.”

“어머.”

“정말입니다.”

누가 거짓말이라 하는 것처럼 성표는 다시 뇌었다.

“그렇게 수월하게 잠이 들다니 참 행복한 일입니다. 불면증으로 고통을 받는 사람에게는 정말 부러운 이야기예요.”

“날이 아직 밝지 않았군요.”

“곧 해가 솟겠죠.”

“산책 나오셨습니까?”

“잠이 오지 않아서…… 좀 이르지만 나왔어요.”

오 부인의 하얀 얼굴이 차츰 확실하게 보여진다. 그와 동시에 어젯밤의 광경이 눈앞에 확 되살아난다. 관능에 몸부림치던 한 쌍의 남녀, 다시 눈앞이 흐려진다. 성표는 현기증을 느꼈다.

그는 벌떡 일어섰다. 그리고 오 부인과 마주 보는 위치에 버티고 서서 노리듯 오 부인을 바라본다.

"왜 그러세요? 갑자기."

오 부인은 웃는다.

"오 부인!"

성표의 목소리는 조금 전과는 달랐다. 굵고 성이 난 것 같았다.

"저는 서울로 가겠습니다."

"왜?"

"견딜 수 없습니다."

"뭐가? 분위기가 그래요?"

"네, 분위기가."

"강 사장 때문에 그러세요?"

"아, 아뇨."

"현 박사 때문에?"

"아뇨."

"그럼."

"누구를, 누군가를 사, 사랑하고 싶어졌습니다."

"……."

"무슨 일을 저지를 것만 같습니다."

"태양 빛이 강렬하기 때문에?"

오 부인은 여전히 아무렇지도 않게 웃는다.

"어느 소설의 주인공은 태양 때문에 살인을 했다더군요."

오 부인은 다시 덧붙였다. 순간 성표는 『이방인』의 주인공인 뫼르소를 생각했다. 태양 때문에 살인을 한 일보다 양로원에서 어머니의 장례식을 끝낸 뒤 곧장 정부 집으로 찾아가서 같이 자고, 그렇다고 해서 여자에게 애정을 느끼는 것도 아닌, 그 비정상적인 인간형을 생각한 것이다. 그것은 정직했다는 뜻에서 지금 적어도 성표에게는 영웅으로 느껴지는 것이었다.

"……가시지 마세요."

낮은 목소리가 울려왔다. 그 말이 떨어지자 성표의 몸은 앞으로 기울어졌다. 그는 덮어놓고 오 부인을 와락 안았다.

"왜 이러세요?"

오 부인은 성표를 뿌리치지도 않았다. 그러나 목소리는 쇠를 퉁기는 것처럼 싸늘했다. 성표는 오 부인을 놓아주지 않았다. 포옹한 채 오 부인의 얼굴을 내려다보았다. 싸늘한 눈이었다. 어쩌면 성표의 만용을 조롱하고 있는지도 모르는 눈이었다. 그 눈은 성표에게 적개심이 끓어오르게 했다. 그는 오 부인의 눈을 덮어씌우듯 거칠게 얼굴을 그 위에 묻었다.

싸늘한 눈과 목소리와는 반대로 오 부인의 입술은 감미롭고 격정에 떨고 있었다. 그러나 성표는 다음 순간 놀라며 오 부인 앞에서 물러섰다. 날카로운 여자의 이빨이 성표의 입술을 깨물었던 것이다.

"주린 개 같구먼."

오 부인은 내뱉었다. 성표는 주먹을 불끈 쥐었다. 그 반반한 얼굴을 후려쳐 주고 싶은 충동 때문에 그는 전신이 떨려왔다.

"모두 다 같은 눈이군요."

오 부인은 돌아서서 물가에 가 주저앉으며 뇐다. 바다가 불그레하게 물들기 시작한다.

성표는 잠자코 돌아섰다. 노여움과 수치와 자기 혐오 때문에 성표는 눈앞이 보이지 않았다.

'못난 자식아, 만용을 부렸음 그런대로 너의 감정의 책임을 지는 거야. 그 여자를 때려주든지 아니면 떠나버리든지, 그럼 그만 아니냐?'

성표는 자기 자신이 어처구니없는 풋내기라 생각했다. 그러나 그것은 피상적인 생각일 뿐 그의 마음의 밑바닥에는 아물 수 없는 상처에서 피가 질퍽하게 쏟아지고 있는 것만 같았다.

'잘못된 선택이었다. 아아…….'

성표는 집으로 들어왔다. 영희는 벌써 일어나 조반 준비를 하고 있었다.

"어디 갔다 오세요?"

"그건 왜 물어요?"

잔인할 만큼 올곧잖은 어조다.

"어머, 아침부터 왜 화를 내시죠?"

성표는 의자에 주저앉으며 담배를 꺼내 문다.

"현 박사는 일어났어요?"

"모르겠어요. 신 선생하고 같이 주무시지 않았어요?"

"밖에서 잤어요."

"왜?"

"몰라요."

"묘하군요."

"묘하죠. 우습죠. 하하핫……."

성표는 소리내어 껄껄 웃어젖힌다. 영희는 성표를 주의 깊게 바라본다.

"악남악녀가 모였으니 묘할 수밖에, 하하핫……."

영희는 들고 있던 접시를 마룻바닥에 확 팽개친다. 접시는 산산조각으로 부서진다.

"왜 웃는 거예요?"

얼굴이 벌게지며 영희는 바락 소리를 지른다.

"세숫대야라도 두들기며 춤이라도 춥시다. 인생은 담대한 자에게만이 즐거운 거요."

"성인인 척 굴지 마세요. 위선자!"

"성인? 성인과 정직은 반드시 일치하는 것은 아니지. 그러니 위선자! 정직한 군상들을 따라나섰다가 그만 낙오하고 말았으니…… 좋소. 사실 이곳에서는 정직과 대담을 요구하고 있지. 그런데 대담할 수도 없고 인고하기에는 너무나 작은 성인이고, 뭐가 뭔지 모르겠다."

성표가 알지도 못할 말을 중얼거리고 있을 때 영희는 허리를 꾸부리고 부서진 접시 조각을 쓸어 모으고 있었다.

아침 식탁에 모여 앉았을 때 오 부인은 창백한 성표의 얼굴에 눈을 주었다.

"신 군은 어디서 잤소?"

현 박사는 적당한 시기를 택하여 말문을 열었다.

"모래밭에서 잤습니다."

"호오?"

강 사장의 눈이 번득였다.

"왜? 불편했던가요?"

"밖이 시원해서요."

"젊구먼."

현 박사는 일부러 경멸하는 듯한 웃음을 흘리며 의미 깊은 눈을 강 사장에게 보냈다. 강 사장은 지그시 성표를 쳐다본다. 그럴 때의 눈은 사려 깊고 불거져 나온 관골은 돌로 쪼아놓은 것처럼 단단하게 움직이지 않는다. 그러나 평소 대식가인 성표는 오늘따라 구미를 잃었는지 마지못한 듯 빵을 입에 쑤셔 넣고 있을 뿐, 그의 시선은 집요하게 탁자 위에 머무르고 있었다. 그는 강 사장의 눈을 의식하고 있지 않는 것 같았다. 아니, 주변에 사람이 있고 방금 현 박사가 자기에게 말을 걸었던 일마저 잊어버리고 있는 것만 같았다.

그는 새벽에 모래밭에서 오 부인에게 당한 모욕과 자기의 어처구니없는 만용에 생각이 사로잡혀 있었다. 지금까지 느껴본 일이 없는 패배가 먹물처럼 마음 밑바닥에 깔린다.

'내가 만일 오 부인을 사랑했다면 그런 거절을 당했다 하더라도 내 자신이 이렇게 을씨년스레 느껴지지는 않았을 거야. 그리구 영희의 경우에도…….'

"그런데 여보시오, 강 사장."

현 박사는 강 사장에게 말머리를 돌렸다.

"어떻게 된 거죠?"

"뭐가?"

강 사장은 좀 멍해진 듯 현 박사에게 얼굴을 돌렸다.

"어젯밤에는 댄스 파티를 연다고 해놓고서 강 사장은 어디 숨어버렸죠?"

"아아."

시들하다는 듯 맥 빠진 소리로 뇐다.

"더 바쁜 일이 있었지."

이번에는 싱그레 웃는다.

"오늘 밤에 합시다그려. 좋다 좋다 하기에 왔더니 아주 답답한 곳이구먼."

현 박사는 투덜거리듯 말하며 영희를 힐끗 쳐다본다.

"낫살이나 잡순 양반이 왜 그리 보채시우."

"아니, 왜 이러시오? 댄스 파티 얘기는 내가 했나? 기왕 놀러 왔으니까 강 사장이나 내나 재미는 좀 보고 가야잖겠소?"

현 박사는 실쭉 웃는다. 그러나 강 사장은 자기가 한 말에 아

랑곳없다는 듯,

"그건 현 박사의 잘못이오. 당신 말대로 기왕이면 서울서 올 때 스틱 걸이나 하나 데리고 올 일이지."

서로 주고받는 말의 여운이 매우 점잖치 못하다. 그리고 무관한 사이처럼 보이지만 역시 어딘지 모르게 가시를 품은 말투다. 강 사장의 그것이 직설적인 거라면 현 박사는 고양이처럼 발톱을 감추고 하는 말이다.

이런저런 잡담 끝에 현 박사는,

"요즘 풍문에 들으니 강 사장 회사가 딜레마에 빠졌다 하는데 그게 사실이오?"

"시원찮소."

강 사장은 내뱉듯 말한다.

"하기는 그 큰 사업체, 시원찮다 하더라도 현상 유지겠지."

"흥!"

강 사장은 남의 일처럼 콧방귀를 한 번 뀌고 나서,

"풍문이 돌고 있다니 얼은 크게 간 거지."

"설마 그럴 리가…… 그 큰 사업체에 얼이 가다니."

"크니까 무서운 거지. 연쇄적으로 오거든."

강 사장의 눈에 붉은 액체가 모여드는 듯했다.

"대관절 뭐가 틀려서 그렇소?"

현 박사는 다부지게 또 묻는다.

"그쯤 해둡시다. 현 박사 말대로 놀러 왔으니까."

강 사장은 얼굴을 찌푸렸다.

아침 식사가 끝나자 성표는 곧장 자기 방으로 돌아왔다. 모두들 바다에 나가는 모양이었다. 느지막이 먹은 아침에다 잡담도 길었고, 해는 중천에 떠 있었으니 바다에 들어가기 알맞은 시간이었다.

성표는 잠자코 짐을 챙겼다. 서울로 올라갈 참인 것이다. 서울로 간다는 것은 푸른 저택과의 작별을 의미하는 것이다.

짐은 다 챙겼으나 생각해 보니 좀 우스웠다. 아무 일도 없이, 다른 사람들이 보기에는, 별안간 풀쑥 가버리는 일이 마음에 걸린다. 말없이 가는 것도 비겁한 일이고 말을 하고 가자니 구실이 없었다.

'빌어먹을! 물귀신에 홀린 것 같구나. 서울에서 편지라도 왔으면 핑계가 되겠는데…… 정란은 왜 편지 회답을 안 할까? 같이 가고 싶다고 우쭐거리던 영태한테서 편지 한 장쯤 있을 법한데?'

짐을 챙겨놓고 보스턴백 위에 우두커니 걸터앉아 있는데 밖에서 문 두들기는 소리가 났다.

들어선 사람은 오 부인이었다. 성표는 눈을 크게 떴다. 오 부인은 물이 뚝뚝 듣는 수영복 위에 비치코트를 걸치고 있었다. 착 달라붙은 검은 머리칼에서도 물방울이 떨어지고 있었다. 그는 성표가 깔고 앉은 보스턴백을 내려다본다. 성표의 눈은 오 부인의 코에 가 머문다. 그 자신도 미처 깨닫지 못한 겁먹은 눈이다.

"왜 바다에 안 나오세요, 혼자만?"

"서울 갈려구요."

오 부인은 보스턴백에서 눈을 떼고 성표를 쳐다본다.

"어린애처럼 이러구 가면 어떡허죠?"

"잘못했습니다."

"서울 안 가신다는 얘기예요? 아니면 아침의 무례를 사과하는 거예요?"

"아침의……."

오 부인은 성표 곁으로 다가왔다.

"신 선생."

"……?"

"여기 계셔주세요. 아침에, 아침엔 내가 잘못했어요."

오 부인의 표정은 온통 무너지고 말았다. 성표는 일어서려고 했다. 그러나 물기에 젖은 오 부인의 팔이 성표 두 어깨 위에 얹어졌다. 바다 냄새가 풍겨왔다. 성표는 무엇이 자기를 강하게 속박하는 것을 느꼈다. 오늘 새벽 사장에서보다 더 강한 심장의 고동이, 오 부인의 심장의 고동이 울려온다.

오 부인의 차가운 얼굴이 가까이 왔다. 차가운 입술이 이마를 스치고 간다.

"가심 안 돼요."

성표는 세차게 오 부인을 끌어안았다. 오 부인도 성표의 목을 껴안았다. 오랜 입맞춤.

서로 엇갈리기만 하던 유성流星이 처음으로 마주친 듯 그들의 포옹은 불을 뿜는 것이었다. 아무런 죄의식도 없었다. 스스러움도 없었다. 핏빛 같고 원색만 같은 정염이 있을 뿐이었다.

성표는 오 부인의 젖은 머리를 쓸어 넘겨준다.

"바닷물에 이 고운 머리가."

하며 성표는 미소한다. 오 부인은 웃지 않고 들린 사람처럼 성표의 눈을 쳐다보고 있었다.

7. 검은 태양

"이 애, 옥순아! 셔츠 빨리 가져와라!"

박영태가 소리를 지르자,

"네!"

시원스러운 대답과 함께 계집아이가 세탁소에서 찾아다 놓은 셔츠를 조르르 가져왔다.

"어디 나가세요?"

"음."

"대천엔 안 가세요?"

"음."

계집아이는 그저 음, 음 하기만 하는 박영태를 이상하게 쳐다보다가 나가버린다.

집안 식구들 모두 다 대천해수욕장으로 내려가고 넓은 집 안은 텅 비어 있었다. 예년보다 날씨는 덥고 가뭄이 계속되어 도시의 바람은 건조하고 시민들은 더위에 허덕이고 있는 판이었다. 그런데 웬 까닭인지 영태는 집안 식구들이 대천해수욕장으로 출발하려 하자,

"어머니, 난 대천 안 가겠어요."

"뭐? 그건 또 무슨 변덕이냐?"

"대천 안 가는 대신 돈이나 주슈."

하며 그는 어머니에게 손을 불쑥 내밀었던 것이다.

"남 먼저 우쭐거리고 나섰을 텐데, 올해는 네가 웬일이냐?"

"집 좀 봐드릴려구요. 도둑이 들면 어떡허죠?"

"능청스럽기는, 무슨 꿍꿍이속이 따로 있는 모양이구나."

하면서도 막내아들에게는 눈이 없는 영태의 어머니는 적잖은 돈을 쥐여주고 떠났던 것이다.

집을 나선 영태는 곧장 명동으로 나갔다. 극장 앞을 막 지나치려 하는데 누가 뒤에서 숨 가쁘게 쫓아오더니 그의 어깨를 툭 친다. 돌아본 영태는,

"아아, 니로구나."

노대중이었던 것이다. 노대중은 땀을 뻘뻘 흘리며,

"안 갔댔나?"

"어디로?"

"대천 말이야."

"으음, 좀 생각하는 바가 있어서."

하고 실쭉 웃는다.

"흥, 또, 무슨 음모를 꾸미고 있는 게로구나."

"이 녀석이 형을 보구, 말버릇이 그게 뭐냐?"

"아무튼 맥주나 사라. 간에 불이 난다."

"뭐 내가 소방수냐?"

박영태가 눈을 부라리자 노대중은 싱그레 웃으며,

"호주머니가 말라버렸거든."

"가엾다, 이 새끼야. 음, 너 또 어젯밤에 술 처먹구 어디 갔었구나. 그렇지? 이 암흑의 천사야."

"잔말 말고 어서."

"시간이 없지만, 좋아."

마르고 단구인 박영태는 당당한 체구의 노대중을 떠밀다시피 하며 근방에 있는 비어홀로 들어간다.

"이봐, 십 분이다. 알겠나?"

"십 분?"

노대중이 되뇐다.

"십 분의 여유밖에 없으니 그동안 많이 퍼마시란 말이야."

"흐음? 대체 누굴 만나러 가는 건데?"

"애인!"

"거 듣던 중 반가운 소식이로구나."

"애인은 애인이로되 내 애인이 아니란 말씀이야."

"그건 또 무슨 소린고?"

"김세형이 그 작자의 애인을 보러 간단 말이야."

"정란 씨 말이야?"

"음."

"신 형은 시골 내려갔다며?"

"음."

"정란 씨는 왜 만나?"

노대중의 표정이 좀 신중해진다.

"그 가난한 여인을 조금쯤 행복하게 해주기 위하여."

"그렇지만 마음이 가난한 여자는 아니다."

노대중은 좀 씨쁘득한 표정으로 영태를 건너다본다.

"그걸 자네도 아나?"

영태는 노대중의 씨쁘둥한 표정과는 달리 즐거운 눈빛으로 묻는다.

"암…… 좋은 여자야."

"최초의 이브다."

"최초의 이브인 것은 기정사실이다."

"까불지 말어. 내가 이브라 한 것은 뭇 여성에 대한 총칭이란 말이야."

"알어."

노대중은 거품이 부글부글 나는 맥주를 한 잔 들이켜고 나서,

"아 시원타. 맥주만 있으면 바다엔 뭣 하러 가누. 충분히 행복한데……."

"왜? 맥주가 없어서 하는 소린가? 슬그머니 나가보는 거지."

"틀렸어. 어머니가 앉아 계시는데 내가 나가서 술을 마셔? 그건 아버지 영역에 속하는 거야."

"칫, 요릿집 아들이 내 주머니를 털다니, 그건 말이 안 된다."

"영태."

"왜 그러노."

"너 정란 씰 좋아하지?"

"좋아한다, 물론."

노대중은 입맛을 다시며,

"너, 그 여자의 우주 속에는 김세형밖에 없다는 것을 아나?"

"쩨쩨한 소리 말어. 내가 김세형을 라이벌로 생각하고 있는 줄 아나?"

"사람 무시하는 것 아냐. 지금은 일을 저질러서 큰집 신세를 지고 있는 처지지만, 본바탕이 나쁜 인간은 아니다. 차라리 나이브한 사나이지."

"그렇지만 그자는 정란 씨를 불행하게 했다."

영태의 입이 쑥 나온다. 노대중의 말이 못마땅한 모양이다.

"그건 자네가, 객관적으로 본 판단이지. 행불행이 객관적인 요건으로서 결정되는 건 아냐."

"제법 똑똑한 소리를 하는군그래. 하지만 그자는 평생을 정란 씨의 기생충 노릇밖에 못 할 거야."

"나도 자네와 같은 생각이다. 하지만 사랑이란 주는 것만으로 행복한 경우가 얼마든지 있다."

"호오? 역시 여자를 위하여 가슴 앓아본 사나이의 변이로군."

영태는 처음으로 껄껄 웃는다.

"자네 오해하고 있네."

영태는 웃음을 거두고 제법 차분한 목소리로 말한다.

"오해? 무슨 오해?"

"나는 김세형의 애인을 뺏으려 하지는 않아. 라이벌 의식이나 질투를 느끼지 않는 것도 김세형이란 작자가 못났기 때문은 아냐. 정란 씨가 너무 선량하기 때문이다. 오만한 얘긴지 몰라도 나는 그 여인을 보기만 하면 무엇이든 주고 싶어진단 말이야. 자네 말대로 주는 것만으로 행복한 경우인지도 몰라. 그건 가진 자의 여유일지 모르지만, 나로서는 가장 순수한 거라고 생각한다."

노대중은 순간 빙그레 웃는다. 영태는 혀를 한번 두들기다가 씩 따라 웃는다.

"왜 웃는 거야?"

"너는 왜 웃어?"

둘은 크게 소리 내어 웃다가 맥주 글라스를 부딪고 쭉 마신다. 서로가 다 심각해진 것이 약간은 부끄러웠던 것이다.

"아무튼 정란 씨의 우주 속에 무엇이 있건 말건 난 도와주고 싶다. 이러한 생각은 신 형의 누이동생이었다는 사실에서 좀 더 짙어졌는지도 몰라. 하여간 객관적인 요건도 행복에 불필요한 건 아니니까."

하자 노대중은,

"신 형은 참 매력 있는 사나이지."

하고 딴전을 피웠다.

"매력이 있지. 고민을 하고 있는지 초월을 했는지 도무지 정체 모를 사나이야. 그런데 옆에 있으면 그 이상한 분위기에 젖어들고 말거든. 그러나 누이동생보담은 좀 질이 나쁠 거야."

"그런데 정란 씨는 왜 만나?"

아까 묻던 말을 다시 되풀이한다.

"나성구 씨를 좀 만나려구."

"나성구 씨?"

"음, 거 유명한 가요 작곡가 있잖어? 모르나?"

"아아, 그래서?"

"정란 씰 소개해 줄려구."

"그거 괜찮지."

"사실 정란 씨는 얼마든지 발전할 여지가 있는 사람이야."

"나야 뭐 아나? 문외한인걸, 그리고 그 사람 노래 들어본 일도 없다."

"하여간,"

영태는 흥분하기 시작한다.

"하여간 정란 씨는 그 천부의 목소리를 잘못 쓰고 있어. 억울한 일이지만 지금은 할 수 없고, 어차피 그 길로 들어갔으니 그

길에서라도 성공은 해야잖어."

"암, 그렇지."

노대중은 덮어놓고 맞장구를 친다.

"나성구 씨는 형의 옛날 친구야. 그리고 또 내 자신이 음악을 전공하고 있으니만큼 정란 씨 얘기를 했을 때 그냥 귓가로 흘려버리지는 않더군."

"그래 지금 거기 가는 거야?"

"음, 오늘 정란 씨하고 같이 나성구 씨 자택으로 찾아가기로 했어."

"그거 참 잘됐구나."

노대중은 눈을 꿈벅꿈벅하며 좋아한다.

"하기는 가봐야 알지. 그의 감각과 이 박영태의 감각이 같으란 법도 없으니까. 그러나 나성구 씨는 저속한 긋쟁이는 아니란 말이야. 적어도 일단은 아카데믹한 것을 거쳐서 나가떨어진 사람이니까. 그러나 좀 골치 아픈 일이 있지."

"……?"

"그건 인의 장막이야."

"인의 장막이라니?"

"나성구 씨의 부인은 유명한 히스테리거든."

"그래서?"

"정란 씨가 예쁘고 젊으니까 신경 쓸 것 아냐? 자꾸만 막아서려고 들면 곤란하거든."

"그러한 것쯤이야 사내대장부가……."

"그거야 너같이 주먹질만 하고 사는 둔한 놈의 얘기지."

"흥."

"나성구 그 사람, 굉장히 팔리지 않아? 바쁘거든."

"바쁜 것하고 여편네 신경질하고 무슨 상관이야?"

"바쁘면 자연히 복닥복닥 괴는 일은 회피하려 들게 된단 말이야."

"그건 무책임한 짓이다. 에고이스트다!"

노대중은 나성구 씨가 사실 그러했던 것처럼 주먹을 불끈 쥔다.

"원래 예술가는 에고이스트야."

"뭐 그런 게 예술가들의 특권인 줄 아나? 그따위 유행가 나부랭이."

한동안 시간을 잊어버리고 이야기에 열중해 있던 영태는 시계를 보더니 황급히 일어섰다.

"어, 늦었다!"

"이거 간에는 기별도 안 갔는데 일어서기야!"

"에따! 실컷 혼자서 마셔라!"

박영태는 천 환짜리 다섯 장을 탁자 위에 내던지고 급히 나간다. 그는 몹시 서두르며 길모퉁이를 돌아서 정란과 만나기로 약속한 다방의 문을 밀고 들어섰다. 구석진 자리에 오두머니 혼자 앉아 있는 정란을 보자 역시 급한 걸음걸이로 정란의 곁으로 다가간다.

"가시죠."

자리에 앉을 생각도 않고 영태는 말했다.

"차도 안 하시고요?"

정란은 반색을 하면서도 우물쭈물한다.

"시간이 없습니다."

박영태는 또 시계를 본다.

"더우실 텐데 죄송해요."

정란은 잠시 망설이다가 일어섰다. 박영태는 또 성급하게 카운터로 쫓아가서 정란의 찻값을 치르고 낯선 곳에 데려다 놓은 망아지처럼 우물쭈물하고 있는 정란을 떠밀다시피 하며 밖으로 나왔다.

택시를 잡은 영태는,

"어서 타세요."

차에 올라 행방을 지적한 영태는,

"이쪽에서 부탁을 하러 가는 것이니 약속 시간보다 늦어서는 안 되거든요."

마치 누이동생에게 하듯이 타이른다. 집에서는 막내둥이로 그 나이에도 아직 어리광기가 남아 있는데, 정란 앞에서는 제법 의젓하고 믿음직스럽게 군다. 그리고 평소에는 덜렁이 같은 그였는데 의외로 말투가 신중하고 생각이 치밀하다.

"괜히 가가지고 딱지 맞으면 어떡해요?"

딱지 맞는 일이 무서운 게 아니다. 정란은 나성구 씨를 만나러 가는 일이 무서운 것이다. 그는 가요계의 혜성인 나성구 씨를 천상의 사람인 양 생각하고 있는 것이다. 그 사람을 만남으로써 출세하고 어쩌고 하는 문제보다 정란은 당장에 가슴이 답답한 것을 견딜 수 없었던 것이다.

"미리 떨면 못써요. 마음 턱 놓으세요."

"그래두요."

영태는 정란의 눈동자를 보며 그가 발발 떨고 있다고 생각했다.

"뭐 나성구는 사람이 아니구 하나님인가요? 알구 보면 밥 먹구 똥 싸는 평범한 인간이죠."

"전에, 전에 어디서 한번 뵌 일이 있어요."

"어디서?"

"길가에서요. 동무가 그분이라구요. 냉정해 보여요."

"아무튼 낙관하구 갑시다. 딱지 맞으면 맞지, 겁낼 것 없어요. 만일 그렇게 된다면 그건 정란 씨 잘못이 아니구 나성구의 귓구멍이 막힌 탓이죠."

박영태는 킥 웃는다. 차는 명륜동을 향하여 달리고 있었다.

"그저께는 어디 아프셨어요?"

박영태는 담배에다 불을 붙이고 성냥개비를 차창 밖으로 휙 집어던지면서 물었다.

"아뇨."

정란은 차창 밖을 바라보던 눈길을 돌리며 의아한 표정을 짓는다.

"그럼?"

"……?"

"그저께 거기에다 전활 걸었죠."

"아아."

"안 나오셨다구요?"

"네, 안 나갔어요."

정란은 잠시 말을 끊었다가,

"형무소에 갔었어요."

"형무소?"

"네, 면회 날이 돼서요."

"……."

"종일 기다리다가 저녁때 돌아오니까 피곤해서 영 나갈 수가 없더군요."

"열심이군요."

영태는 좀 비꼬듯 말했다.

"저만 열심이면 무슨 소용이 있겠어요? 안에 든 사람의 고생은 마찬가진걸요."

"그래, 김 군을 만났습니까?"

영태는 아까 노대중이 정란의 우주 속에는 김세형밖에 없다고 한 말을 생각하며 물었다.

"네, 만났어요. 박 선생님께 감사하다는 말 전해달라구…… 몇 번이나, 정말 그인 고마워하고 있어요."

"고마워한다……."

박영태는 콧등에 잔주름을 모으며 쓰게 웃는다. 그의 말대로 질투까지는 가지 않았지만 묘한 기분이었던 것이다. 김세형이 자기에게 고마워할 이유는 조금도 없다고 생각하니 더욱더 마음이 묘해진다.

"정란 씨."

"네?"

"김 군의 어디가 그리 좋으시죠?"

"어머."

"어째서 그렇게 사랑할 수가 있어요?"

"그걸 제가 어떻게 알아요?"

성난 것 같지는 않았으나 슬픔에 꽉 잠긴 것 같은 목소리였다.

'그런 말 지금 할 수 있는 처지는 아니에요. 그만한 여유는 저에게 없어요.'

하는 듯한 표정이다.

"세상의 일이란 정말 고르지 못합니다."

영태로서는 정란이 좀 더 똑똑한 남자의 보호를 받을 수 있는 귀엽고 순진한 여자인데도 잘못 걸려 고생을 한다는 뜻에서 한 말이었으나, 정란은 영태의 말을 김세형에 대한 동정으로 받아들이는 것이었다.

"그래, 신 형의 소식은 듣습니까?"

영태는 정란을 힐끗 한 번 쳐다보고는 화제를 바꾸었다.

"네, 며칠 전에 편지 왔어요. 박 선생님한테는 안 왔어요?"

정란은 매우 염려되는 어조로 묻는다.

"간단한 엽서가 왔더군요."

"저에게도 엽서가, 바다가 참 아름다운 곳이래요."

"서울 오구 싶다고는 안 했습디까?"

"오구 싶다고 했어요."

"이상한데? 나한테도 그런 말을 했더군요. 오구 싶을 리가 없는데?"

영태는 싱긋 웃는다.

"너무 으리으리해서…… 자유가 없어서 그럴까요?"

"하여간 신형은 여난女難의 상입니다."

영태는 껄껄 웃는다. 영태가 웃자 정란도 까닭 모르고 따라 웃으면서,

"부인이 참 미인이데요."

"언제 보셨습니까?"

"전에 한번 우연히 만났어요."

하고 정란은 K호텔의 나이트클럽에서 그들 일행을 만난 이야기를 대강했다.

그런저런 얘기를 하다 보니 어느덧 차는 명륜동 입구에 들어

서고 있었다.

박영태가 지시하는 대로 차는 이 골목 저 골목을 돌아서 어느 집 앞에 멎었다.

차에서 내린 영태는,

"바로 저 집입니다."

소쇄한 이 층 양옥을 가리킨다. 상록수에 가려진 사이로 언뜻 창문이 보이는데 수박색 커튼이 무겁게 내려져 있었다. 정란은 긴장 때문인지 금시 얼굴이 해쓱해진다.

"그 친구 돈 벌었죠."

영태는 정란의 긴장을 풀어줄 양으로 실쭉 웃으며 말했다.

"정란 씨도 이런 집에서 사셔야 합니다."

이번에는 격려하듯 말을 덧붙인다.

"제가요?"

정란의 눈이 휘둥그레진다.

"왜 놀라죠? 안 될 소린가요?"

"제가 어떻게?"

"용기를 내세요. 부자, 가난한 사람이 따로 있어요? 누구나 다 잘살 권리는 있는 거요."

"아무리 제가……."

"에이, 그러니까 틀렸다는 거지, 자아."

영태는 정란의 어깨를 툭 친다. 위축되는 정란에게 영태는 말할 수 없는 연민을 느낀다.

"아 참, 정란 씨."

"네?"

"실은 나성구 씨한테 말이오, 정란 씨를 내 애인이라구 해두었으니 그렇게 알아두세요."

"네?"

정란은 의아하게 영태를 쳐다본다.

"하나의 방편입니다. 사람이란 남보다 좀 더 잘살자면 여러 가지 책략이 필요한 겁니다."

제법 많은 인생을 살아본 늙은이처럼 말을 한다.

"전, 전 남보다 더 잘살고 싶지 않아요."

책략이니 애인이니 하는 말에 정란은 어리둥절하며 남보다 잘살고 싶지 않다는 말을 했다가 다시,

"왜 그렇게 해야 하나요?"

바보처럼 되묻는다.

"허 참…… 뭐라구 설명을 해야 하나? 저 나성구 씨 부인은 유명하거든요."

"뭐가요?"

"강짜가 심하기로……."

"어머!"

"그래놔야만 우선 그 부인이 안심하고 방해를 놓지 않거든요."

"아무리, 저 같은 것보구 질투하겠어요?"

정란은 얼굴을 붉힌다.

"아무 말 마시고 내가 하라는 대로 하시오."

영태는 좀 강한 어조로 명령하다시피 말하고는 돌아섰다.

영태는 화난 듯 대문에 장치된 초인종의 단추를 누른다. 개가 막 짖어댄다. 정란의 얼굴은 한층 더 해쓱해진다.

얼마 후 안에서 사람의 기척이 나더니 현관문이 열린다. 영태는 아랫입술을 쑥 내밀고 서 있었다. 젊은 청년이 나와서 문을 열어주었다. 그리고 그들은 응접실로 안내되었다. 나성구 씨는 먼저 온 손님과 이야기를 하고 있다가 들어오는 그들을 보자 지극히 자연스러운 태도로 그들에게 앉으라고 권했다.

"잠깐만……."

나성구 씨는 영태에게 말하고 나서 다시 손님과 하던 이야기를 계속한다. 그는 정란을 별로 눈여겨보지도 않는 것 같았다. 나성구 씨는 벌써 바다에 갔다 왔는지 얼굴과 팔이 거무스레하니 그을려 있었다. 고수머리에 안경을 쓰고 있었는데 그 안경 너머에 보이는 눈은 졸고 있는 듯 희미하게 느껴진다.

선풍기가 분주하게 돌고 있었으나 방 안의 기온은 높았다. 그래서인지 손님 앞에 놓인 컵 속의 얼음마저 덥게만 보인다.

영태는 손수건을 꺼내어 땀을 닦고 있었고 꾸어다 놓은 보릿자루처럼 앉아 있는 정란은 이따금 자기 얼굴 위로 쏟아지는 손님의 시선에 당황하기도 한다. 손님은 늘씬한 나성구 씨의 체격과는 반대로 땅땅하고 눈이 민첩하게 움직이는 사나이였다.

"거, 자식들이 뭐 알아야지. 신파가 아니면 팔리지 않는 거로 알거든. 고무신 관객들만 노리고 있지 외화 관객들을 뺏어올 생각은 도무지 하지 않는단 말이야."

나성구 씨는 잠자코 담배만 태운다.

"나도 뭐 구태여 팔리지 않는 고급을 만들려고는 안 해. 적어도 채산은 맞아야지. 하지만 영화의 수준을 올리면 관객이 떨어진다는 생각은 제작자 측의 오해란 말이야."

"수준을 높인다지만 글쎄, 그 수준의 성질이 문제 아닌가."

처음으로 나성구 씨는 무겁게 입을 떼었다.

"그야 〈흑인 오르페〉 같은 작품, 한국에서 만들어봐야 안 먹히지. 그런 작품 만들 재간도 없지만……."

'흐흠…… 저 사람 나성구 씨의 말뜻을 잘 모르는군. 영화감독인 모양인데?'

영태는 땅딸막한 사나이를 힐끗힐끗 쳐다보며 마음속으로 중얼거린다. 정란은 국민학교 학생처럼 무릎 위에 두 손을 얹고 굳어버린 듯 앉아 있었다.

"대중의 감각이란 알 수 없어."

나성구 씨는 한숨짓듯 하며 말한다.

"그 대중의 감각을 알고 있는 사람이 바로 자네 아닌가?"

나성구 씨는 고개를 저었다.

"난 모른다. 다 밥벌이로 하는 짓이지."

내던지듯이 말하고 재떨이에 담배를 눌러 끈다. 한창 팔리고 있는 그였건만 그의 얼굴에는 삭막한 그늘이 지나가고 있었다.

그들은 한동안 영화 음악에 관한 상의를 하다가 그 일을 일단락 짓자 땅딸막한 사나이는 일어섰다.

"손님이 기다리시니까…… 그럼 일간에 또 한번 오겠어."

그렇게 말하면서 그는 정란을 머리끝에서 다리까지 한번 죽 훑어보는 것이었다.

'으음, 괜찮구나. 다리가 좋은데? 얼굴은…….'

땅딸막한 사나이는 마음속으로 중얼거리며 나간다.

나성구 씨는 사나이를 현관 앞까지 바래다주고 돌아왔다. 그는 머리를 걷어 올리고 피곤한 표정으로 자리에 와서 앉았다.

"형님은 여전하시겠지."

"네, 저……."

영태는 정란을 소개하는 일이 선결 문제라 생각했으나 나성구 씨의 졸리는 듯한 눈을 보니 어쩐지 좀 걱정이 된다.

"전에 말하던 그분인가?"

처음으로 나성구 씨의 시선이 정란에게로 왔다.

"네. 정란 씨."

정란은 자기도 모르게 벌떡 일어섰다.

"인사드리세요. 나성구 선생님."

정란은 허리를 꾸부리고 울상을 짓더니 도로 자리에 주저앉는다. 무슨 인사말이라도 있을 법인데 그냥 자리에 앉아버리는 정란을 멍한 눈으로 바라보던 나성구 씨는 다시 졸리는 듯 눈을 내리깐다.

"바쁘신 모양인데요?"

영태는 잇몸이 근질근질했다.

"아니."

"사모님은……."

하다 말고 영태는 손가락으로 콧등을 한번 튀긴다.

'정말 개똥 같은 소리! 사모님은 무슨 놈의 사모님이야?'

전혀 어울리지 않는 사모님이란 말을 한 자기 자신에게 마음 속으로 항의를 하면서도,

"사모님은 안 계십니까?"

하고 묻는다. 알기는커녕 얼굴 한 번도 본 일이 없는 나성구 씨의 부인 일을 물어보는 것은 그만큼 정란을 위하여 경계하는 때문이다.

"대천서 아직 안 왔어."

달갑잖은 듯 대답하고 그는 다시 몸을 일으켰다. 그는 현관과 통하는 도어와 반대편에 있는 도어를 밀었다. 그리고 정란을 돌아다보며,

"이리 오실까?"

영태는 정란의 옆구리를 찌르다시피 하며 그 자신이 먼저 일어섰다.

나성구 씨를 따라 들어간 방은 이른바 나성구 씨의 작업실인 모양이다. 한 칸 벽면에는 레코드가 가득 쌓여 있고 북편 창가

에는 피아노가 놓여 있었으며 책상 위엔 악보, 오선지가 난잡하게 널려 있었다. 나성구 씨는 여전히 별 관심도 없는 듯, 어떻게 보면 영태의 간청을 거절하기 거북하여 한번 보아준다는 태도 같기도 했다.

그는 피아노 앞에 앉았다. 그리고 피아노 옆의 탁자 위에 놓인 것을 부시럭부시럭 뒤적인다.

"정란 씨! 잘하세요, 마음 턱 놓구."

영태는 정란의 귀에다 대고 소곤거렸다. 정란은 더위보다 흥분 때문에 산모처럼 두 어깨를 들먹거리며 숨을 쉬었다.

"이리 오세요."

나성구 씨는 돌아보지도 않고 말했다.

"어서!"

영태가 정란을 밀어낸다. 정란은 나성구 씨 곁에 가서 섰다.

"모르면 보구 하세요."

그는 악보 한 장을 정란에게 건네어 준다. 그 곡은 나성구 씨가 최근에 작곡한 〈밤의 속삭임〉이었다.

나성구 씨는 나직이 피아노를 쳤다. 정란의 입에서 노래가 흘러나왔다.

> 우리들에게 밤은 다시 돌아오고 저 갈대밭을 스쳐오는 바람은 사랑한다고 사랑한다고 속삭이는…….

졸리는 듯한 나성구 씨의 눈이 차츰 벌어진다. 맑은 눈동자였다. 그 노래가 끝났을 때 나성구 씨는 다시 다른 곡을 치기 시작했다.

"점심 준비됐어요."

나무 그늘 아래서 현 박사하고 같이 바둑을 두고 있는 강 사장 등 뒤에서 영희는 말을 걸었다. 그러나 묵묵부답이었다.

"점심 하셔야죠."

"알았어."

한참 만에 그들은 일어섰다.

식구들은 모두 식탁 앞에 앉아서 그들이 오기를 기다리고 있었다. 오 부인만은 우편으로 부쳐 온 신문을 보고 있었다.

"부글부글 끓는 된장국 생각이 나는군."

강 사장은 털썩 주저앉으며 말했다.

"저녁에 하죠, 생선 넣구……."

영희가 볼멘소리로 말한다. 그들은 따끈하게 끓인 커피와 샌드위치를 들었다.

마요네즈 소스를 담뿍 넣어서 버무린 오이, 사과, 감자 따위의 주로 야채류를 사용한 샌드위치의 소박이는 간이 알맞아서 맛이 있었다. 강 사장의 혈압을 고려하여 되도록 육류를 피한 음식을 장만한 것이다. 그러나 음식에 변화가 없으니 강 사장은 좀 따분했던 모양이다.

점심이 끝나고 얼마간 휴식을 취한 뒤 그들은 모두 바다로 나갔다. 모두들 바다에 뛰어들었으나 성표는 찬이의 손목을 잡고 우두커니 서 있다가 바위 쪽으로 걸어간다.

성표와 찬이는 수영을 못 했다. 그래도 찬이는 물장난을 했으나 성표는 짤막한 팬츠에 셔츠를 걸치고 아예 물에 들어갈 생각조차 하고 있지 않았다. 그는 찬이에게 굴을 따주기도 하고 게도 잡아주면서 시간을 보내는 것이었다.

얼쩡얼쩡하고 서 있는 성표를 안타깝게 생각했는지 영희는 수영을 가르쳐줄 터이니 물에 들어와 보라고 했으나 성표는 서울서 영희가 준비해 온 수영복조차 입으려 하지 않았다.

"왜 그래요?"

"……."

"바다가 무서워서 그러세요?"

"흥미가 없어요."

"고집이 세군요."

"새삼스럽게 배워서 뭣 하겠소."

"그러다가 혹 조난이라도 당하면 어떡허죠?"

영희는 웃으며 말했다.

"배 탈 일이 있어야지."

"젊은 사람이 그럼 매력이 없어요."

"본시부터 매력이라곤 없죠. 흐리멍텅하고 결단력이 없구……."

"그러실 거예요."

영희는 비꼬듯 말했다.

햇빛이 내리쏟아졌다. 모래들이 후끈후끈했다. 그러나 바닷바람은 시원했다. 강 사장과 영희는 경쟁하듯 멀리멀리 나가고 있었다.

"선생님?"

찬이는 게 다리를 들고 흔들며 성표를 올려다보았다.

"음?"

"우리 보트 타고 저 섬으로 가요, 네?"

찬이는 손가락질을 했다.

"섬?"

"저기, 저기 보이지 않아요?"

"그게 섬이냐?"

"물이 나가면 생기는 섬이래요. 애들이 그랬어요. 거기 가면 굴이랑 소라랑, 부처손이 이만큼 있대요."

찬이는 팔을 크게 벌려 보인다.

"가요, 네?"

"음, 가볼까?"

성표는 아이를 보트에다 태우고 천천히 노를 저어 갔다.

찬이가 섬이라 한 것은 정확하게 말해서 암석에 가까운 것이었다. 심한 썰물 때면 해면에 나타나고 들물 때는 바닷속에 잠겨버리는 곳이었다.

성표는 보트에서 내려가지고 쭈뼛한 바위 끝에 로프를 단단히 매어두고,

"자아,"

찬이를 안아 내렸다.

"거 참 좋구나."

꽤 넓은 곳이었다. 움푹 패인 곳에는 물이 남아 있고, 그 속에 작은 고기들이 놀고 있었다.

"좋죠! 선생님?"

"음."

양양한 바다가 한없이 뻗어 있다. 지평선은 아스라이 먼 곳에 있었다.

"선생님! 이 보세요, 굴!"

아닌 게 아니라 암석에는 누룽지처럼 굴이 따닥따닥 붙어 있었다. 소라도 있고 부처손—손같이 생긴 이상한 조개 같은 것, 찬이는 이곳에 와서 아이들에게 먹는 법을 배웠다—홍합 따위도 먹음직스럽게 붙어 있었다. 성표는 호주머니 속에서 장도를 꺼내어 굴을 따가지곤 까서 찬이에게도 먹이고 자기도 쉴 새 없이 먹는다. 육지에서도 도저히 맛볼 수 없는 그야말로 선미仙味였다.

작기는 했으나 그들은 전복도 두 개나 발견하였다.

"야! 신난다!"

한참을 그러고 있는데 별안간 찬이가 죽는소리를 낸다.

"왜 그러느냐!"

성표는 놀라며 돌아보았다.

"이거! 이, 이거!"

좇아가 보니 커다란 문어 한 마리가 바위와 바위 사이 움푹 패인 곳에 도사리고 있었다.

"이크! 이놈!"

성표는 엉겁결에 문어 대가리를 덥석 잡았다. 물컹 잡혀오는 감촉이 싫다.

"에이!"

힘껏 잡아당겼으나 문어는 바위에 자석처럼 붙어서 꼼짝달싹도 하지 않는다.

"에잇! 엇."

있는 힘을 다하여 잡아당겼다. 그러나 떨어지기는 했지만 이번에는 성표 팔 위에 문어 다리가 감겼다. 성표는 저도 모르게 손을 뿌리치고 말았다. 그사이에 문어는 그만 물속으로 달아나고 말았다.

"제기, 그놈 지독한 놈이야."

성표는 억울한 듯 혀를 찬다.

"선생님."

"에잇, 분하다! 무슨 연장이 있어야 말이지."

"우, 우리도 그, 그럼 항아리 사요, 네?"

무섭기도 하고 놀라기도 한 찬이 역시 문어를 놓치고 보니 원

통한 모양이다.

"항아리라니?"

"여기서는 모두 항아리 가지고 문어 잡지 않아요?"

"아아, 문어 단지 말이냐?"

"네, 그걸 물속에다 넣어두면 문어란 놈이 지 집인 줄 알구 기어든대요. 그러면 문어 단지만 올리면 되잖아요? 도망도 못 치고 맥도 못 쓴대요."

"단지 하나 가지고 되나? 많이 사가지고 줄로 얽어매서 먼바다로 나가야지."

바다에 며칠 동안 와 있으면서 얻어들은 그들의 지식이었다.

그들은 시간 가는 줄도 모르고 그 암석 위에서 놀았다. 노래 부르고 휘파람 불고. 우선 성표로서는 강 사장과 현 박사가 눈앞에 보이지 않아 기분이 좋았다.

"선생님, 저기 큰어머니가 와요!"

"어디?"

과연 오 부인이 그들이 앉아 있는 암석을 향하여 헤엄쳐 오고 있었다.

면경처럼 잔잔한 수면에 두 줄기 사다리꼴 선을 그으며 오 부인은 일단 보트를 잡고 얼굴을 한 번 물에 적신 뒤 바위 위에 올라섰다. 그가 올라서자마자 찬이는 손을 벌리며 문어 얘기를 하느라고 정신이 없다. 오 부인은 미소하며 그 얘기를 듣고 있었다. 오래간만에 보는 좋은 분위기라 생각했다, 성표는.

찬이의 얘기를 다 듣고 난 오 부인은 성표에게 얼굴을 돌리며,

"심심하거든 낚시질이나 하세요. 낚싯대가 있어요."

"괜찮습니다."

한참 동안 말이 끊어진다.

"내일 모두들 서울 간다나 봐요."

"……."

"신 선생은 어떻게 하시겠어요?"

"강 사장께서?"

"현 박사하구…… 영희도……."

"부인은?"

하다가 성표는 얼굴을 붉힌다.

"전 며칠을 더…… 신 선생, 가시고 싶다면 찬이 데리고 가세요."

성표는 오 부인의 마음을 헤아리기 어려웠다.

"신 선생이 더 계시고 싶다면…… 영희를 못 가게 하겠어요."

오 부인은 성표의 눈을 똑바로 바라본다.

"찬이야, 너 서울 갈래?"

성표는 궁여지책으로 찬이의 의견을 물었다. 서울엘 가더라도 현 박사와 강 사장하고 같이 떠나기는 싫었던 것이다.

"싫어이! 더 있다 갈래요."

그것으로써 성표와 오 부인 사이에는 온다 간다 말이 없어지

고 말았다. 한참 동안 그들은 다 같이 바다를 바라보고 있었다.

"강 사장이 이리루 오시는군요."

오 부인은 입가에 미묘한 웃음을 머금으며 말했다. 성표는 묵묵히 다가오는 강 사장을 지켜보았다. 보고 있는 동안에 그는 보트에 올라앉았다. 두 사람에게는 아무 말도 걸지 않고,

"찬이야, 이리 와. 보트 타자."

찬이는 엉금엉금 기다시피 하며 강 사장이 타고 있는 보트에 오른다. 그러자 강 사장은 로프를 끌러버리고 노를 암석에다 대고 배를 밀어냈다.

"아! 큰아버지, 선생님하고 큰어머니는요?"

"괜찮다. 저기 한 바퀴 돌고 온다."

순간 강 사장의 눈은 핏발이 선 듯 붉게 빛났다.

오 부인은 무릎 위에 손을 깍지 끼어 얹고 그러한 광경을 말없이 바라보고 있었다. 성표 역시 묵묵히 서 있었다.

생각하기에 따라서는 고의라 할 수도 있었다.

'고의적으로 우리 둘만 남겨놓는다……? 그럴 수 있을까?'

보트는 저 멀리로 나아갔다. 그동안 오 부인은 손 하나 까딱하지 않았다. 노란색 수영복이 착 달라붙은 허리의 굴곡은 미동도 하지 않았던 것이다.

해는 차츰 서쪽으로 기울어져 가고, 고기 떼를 보았는지 갈매기가 급강하를 하며 바다 위로 떨어진다.

"혹시? 강 사장이……."

성표는 엉거주춤하듯 하며 말했다. 노오란빛 수영복을 입은 오 부인은 등을 둥글게 꾸부린 채 성표의 말을 듣고 있지도 않은 듯 대답이 없다. 성표는 오 부인의 침묵에서 어떤 예감이 한층 구체화되는 것을 느꼈다. 불안했다. 짜증 비슷한 기분이 치솟았다.

"오 부인, 저……."

"오 부인이라 부르지 마세요!"

오 부인은 멀어져 가는 보트를 바라보며 날카로운 목소리로 말했다.

"내 이름은 오세정이에요!"

오 부인의 목소리는 연거푸 성표의 귓전을 쳤다. 성표는 오 부인의 감정에 따라가지 못하는 자기 자신을 느꼈다. 막막한 기분이었다. 그리고 그 말에 대답할 바를 잊었다.

'왜 내가 서울로 가지 않았을까?'

조금 전에 내일 서울 가겠느냐고 오 부인이 말했을 때 애매한 대답밖에 할 수 없었던 일보다 짐까지 꾸려놓았다가 떠나지 못한 일을 생각하고 있었다. 바닥 모를 늪 속으로 자꾸만 빠져들어 가고 있다는 생각이 아울러 들었다.

허리를 꾸부리고 앉아 있는 오 부인의 발밑으로 물결이 싸아! 하고 밀려들다가 밀려나간다. 오랜 시간이 흘러간 듯했다.

"신 선생?"

"네?"

"신 선생은 나하고 같이 죽으면 한이 되겠죠?"

"……."

"왜 대답을 못 하세요?"

"말 못 하겠습니다."

오 부인은 두 다리를 뻗치며 밀려오는 물결을 한 번 걷어찼다.

"만일 죽어야 한다면?"

"죽어야 할 까닭이 없지 않습니까?"

성표는 막연히 뇐다.

"그럴 거예요. 죽어야 할 까닭이 없을 거예요."

오 부인은 숨을 들이마시듯 말했다. 저 멀리 해송이 우거진 산기슭 밑의 물빛이 짙어진다. 해가 서쪽으로 넘어가는 때문이다.

'내가 왜 이럴까?'

성표는 자신을 걷잡을 수 없었다. 감정과 본능이 유리된 행동에 대한 책임에서 완전히 도피할 수는 없었고, 그렇다고 하여 뉘우침이 큰 것도 아니었다. 또 한편 오 부인에 대한 여러 가지 일들이 감정의 결과였는지 본능의 결과였는지 그것조차 분명치 않았고, 머릿속은 혼돈으로 이루어져 있었다. 아무튼 어떤 형태이건 간에 감정과 본능이 어떠한 일치점을 발견하지 못하고 부조화 속에 놓인 것만은 확실하다. 게다가 강 사장이 와서 두 사람만 남겨놓고 찬이만을 데리고 갔다는 사실이 석연치 못한 뒷맛을 남겨놓았다. 그렇다고 해서 죄인 의식이 드는 것은 아니었다. 하여간 정신적인 일종의 차질 속에 성표는 있는 것이다.

오 부인이라고 부르지 말라던 오 부인의 말은 두말할 것도 없이 사랑의 선언이었다. 이미 그들은 일순간이었지만 서로 포옹하고 교감하였다. 그런데도 지금 성표는 무반응이며 그것으로 하여 오 부인이 빠져린 고독 속에 묻혀 있다는 일도 성표는 생각하고 있지 않았다.

"하지만……."

오 부인은 다시 말을 이었다.

"누군가가 우리를 죽이려 한다면 신 선생은 어떡하시겠어요?"

오 부인은 의연히 돌아앉은 채 말했다. 성표는 말이 없다.

"억울하죠? 그럴 거예요."

오 부인은 혼자 뇌듯 말하고 역시 혼자서 고개를 끄덕였다.

"우리를 죽이려는 사람은 강 사장입니까?"

성표는 무겁게 입을 떼었다.

"그렇다고 가정한다면."

"할 수 없죠."

"할 수 없다…… 지금 이 부근에는 아무도 없어요. 아무도, 아무도 없단 말예요. 얼마 가지 않아 해는 떨어지고 어둠이 올 거예요."

과연 부근에는 아무도 없었다. 있는 거라고는 바다, 바위에 부딪치는 파도뿐이다. 그리고 그들이 지금 위치하고 있는 좁은 면적의 바위뿐이다. 태양빛이 엷어짐에 따라 바람이 이는 것도 아닌데 물결이 차츰 거세어진다. 아마도 들물 때라 그런 모양이다.

찬이를 태운 보트도 지금은 어디 갔는지 보이지 않았다. 멀리 떨어진 곳에서 수영을 하고 있던 영희와 현 박사의 모습도 보이지 않았다. 아마 모래밭으로 올라가서 쉬는 모양이다. 아니면 집으로 돌아갔든지.

"내가 신 선생을 데리고 저 언덕까지 헤엄쳐 나갈 수 없을 것은 뻔한 일이죠."

그 말을 하면서 처음으로 오 부인은 그를 돌아보았다. 눈에 눈물이 번득이고 있었다. 순간 성표의 얼굴은 해쓱해진다. 그는 그 자신도 모르게 발부리로 시선을 떨어뜨렸다.

"그거 무슨 뜻이죠?"

성표는 엄습해 오는 불안을 떠밀어 버리며 물었다. 그러나 목소리는 약하고 떨려 나왔다.

"무서운 사람이에요."

"……."

"나만큼 그 사람은 교묘한 방법으로, 천재적인 두뇌로 살인을 계획하고 있는 거예요. 손가락 하나 다치지 않고 말예요."

성표의 얼굴은 더욱더 파아랗게 질린다. 부정할 수 없는 사실이 지금 눈앞에 다가오고 있다는 것을 그는 깨닫는다.

"그 사람은 이러한 방법으로써 자기 아내의 정숙을 심판하려는 거예요. 한 사람을 죽임으로써 아내의 정숙이 입증되든지, 아니면 두 사람의 죽음으로써 복수를 끝내든지 두 가지 중 하나의 결과를 바라고 있는 거예요."

"……."

"내가 여기로 헤엄쳐 가는 것을 본 순간 그 사람은 놀라울 만큼 치밀하고 과학적인 살인 방법을 생각해 낸 거예요."

"살인 방법."

성표는 넋을 잃고 뇌었다.

"신 선생, 발밑을 내려다보세요. 우리가 서 있는 장소는 차츰 차츰 좁아져 가는 거예요. 하늘로 날지 않는 이상 우리는 바다에 침몰할 수밖에 없어요."

오 부인은 처절한 웃음을 띠었다. 성표는 다시 발부리를 내려다본다. 오 부인이 말하지 않아도 그런 상황이 아까부터 성표의 머리통을 내리누르고 있었던 것이다.

"강 사장은 내가 과연 신 선생 혼자 내버려두고 나만 헤엄쳐 달아날 것인가, 그것을 지금 흥미 있게 생각하고 있을 거예요. 내가 달아날 수 있는 심정이라면."

오 부인은 턱을 쳐들고 나무 막대기처럼 서 있는 성표를 올려다본다.

"죽은 사람에겐 일이 없어요. 삼면 기사에 조그맣게 나고는 그만일 거예요. 누이동생이 슬퍼하겠죠. 우리 두 사람이 죽어도 마찬가질 거예요. 하지만 오세정을 위하여 울어줄 사람은 아무도 없어요. 걔들이 나를, 돌아오지 않는 나를 생각할까요? 하찮은 사고도 사람들 기억 속에서 사라지고…….”

“그, 그럼 오 부인은 아까 그것을 알고도…….”

“네, 알고도…….”

“그, 그렇다면 오 부인이 헤엄쳐 가셔서 보트를 가져오실 수도 있었던 일 아닙니까?”

“오 부인이라 부르지 마세요. 신 선생은 나를 원망하세요?”

“아닙니다. 왜 고의적으로 그러셨는지 모, 모르겠습니다.”

“그건 나도 모르겠어요.”

성표의 얼굴은 점점 창백해진다. 그러면서도 그 자신은 죽음에 임박하고 있다는 일이 실감나지 않았다. 오 부인의 태도가 태연했기 때문인지도 모른다.

“강 사장은 내가 보트 오기만을 고대하고 있다가 이제사 당황하고 있는 줄 알고 있을 거예요.”

오 부인은 좀 높은 곳으로 옮겨 앉으면서 신경질적으로 웃었다. 쪽 고른 이빨이 진주알처럼 빛난다.

“하여간 앉으세요.”

성표는 오 부인 옆에 앉았다.

“왜 우리는 같이 죽어야 합니까?”

성표의 입에서 말이 밀려 나왔다.

“그때 읍에 갈 때 신 선생은 살아봐도 별 신통한 일이 없을 것 같다 하셨죠?"

"그런 말 한 것 같습니다. 때론 그런 생각도 들었습니다."

"지금은?"

"살고 싶습니다."

"왜?"

"본능인가 봐요."

"이젠 할 수 없어요. 내가 헤엄쳐 가서 보트를 가져온다 해도 이미 이 바위는 물속에 잠겨버린 뒤가 될 거예요."

"물이 이 꼭대기까지 올라오거든 오 부인은 가세요."

성표는 별안간 머리를 감싸며 낮게 신음한다.

"당신 마음대로? 당신이 죽는 게 아니에요. 내가 죽는 거예요. 다만 당신은 외로운 오세정의 동반자일 뿐입니다."

성표는 오 부인을 껴안았다. 두 사람은 포옹한 채 숨을 죽였다.

"성표 씨."

"……."

"이렇게 우리는 살아볼 수 없을까?"

"이렇게……."

"이렇게 둘이서, 인간 세상을 등지고."

그들은 뜨거운 키스를 했다. 물결 소리는 한결 높았다. 뜨거운 입김과 체온이 서쪽으로 기울어져 가는 붉은 태양마저 먹빛으로 지워버리고 말았다. 그들에게는 좀 더 넓은 공간이 필요했고, 시간이 필요했다. 그러나 이제는 암흑이 남아 있을 뿐이다.

오 부인은 넓은 성표 가슴팍에 얼굴을 묻고,

"무서웠던 것은 세상도 아니었고, 고난도 아니었어요. 형벌도, 그렇다고 강 사장도 아니었어요. 무서워한 것은 바로 당신, 성표 당신이었어요. 할 말이, 할 말이 너무나…… 할 수만 있다면 당신을 어느 빙산 속에 묻어두고 싶었어요. 여자가 없는 곳, 사람이 없는 그런 곳에……."

오 부인의 목소리는 심한 오열 속에 끊어졌다. 심장을 짓이기는 듯한 울음이었다. 무표정 속에 소리 없이 통곡하는 듯 그런 오 부인이 지금 아무 스스럼없이 울고 있지 않는가.

성표는 허리를 감은 한 팔을 들어 오 부인의 턱을 받쳐 들었다. 그러나 오 부인의 얼굴이 그의 눈에는 보이지 않았다.

'이 여자가, 이 여자가,'

성표의 눈에서도 눈물이 떨어졌다. 이 여자로 하여 아직도 젊음이 아까운 자기가 죽어야 한다는 원망은 추호도 일지 않았다. 그저 측은하고 가엾을 뿐이었다. 그리고 적막한 성표의 가슴에는 죽음을 초월한 여자의 진실만이 젖어들었다. 형용할 수 없는 감동이었다.

"물이 이 꼭대기까지 올라오거든 당신은 가세요."

성표는 아까 한 말을 다시 되풀이하였다. 그리고 비로소 당신이라 불렀다. 오 부인은 고개를 세차게 가로저었다. 성표는 오 부인의 얼굴 위에 흩어진 머리를 쓸어 올려준다. 햇빛과 바람에 그의 머리는 거들거들 말라 있었다.

"외롭지 않소."

성표는 오 부인의 얼굴 위에 자기 얼굴을 묻었다.

'불쌍한 여자, 그리고 불쌍한 신성표…… 이렇게 죽어가다니…….'

성표는 마음속으로 중얼거렸다. 그의 뇌리 속에는 오 부인의 얼굴도 모습도, 그리고 오 부인의 과거도 그 처지도, 그러한 아무것도 있지 않았다. 아니, 자기 자신에 대한 것도, 오직 외로운 한 여자의 처절한 영혼만이 자기 내부로 스며들고 있다고 생각했다.

한편 찬이를 데리고 간 강 사장은 구석진 바위 뒤에서 찬이를 어르며 같이 놀아주고 있었다. 조개껍질을 주워주고 게를 잡아주면서.

찬이는 노는 데 정신이 팔려 내버리고 온 성표와 오 부인을 까맣게 잊고 있었다. 아직 어린애인 그로서는 물이 들고 나는 것은 알고 있었으나, 물이 들면 그 섬이 없어진다는 데까지는 생각이 미치지 못했던 것이다. 그리고 강 사장은 찬이의 관심이 그곳으로 쏠리지 않게 교묘히 찬이의 신경을 조종하고 있었던 것이다. 그러나 해가 떨어지고 바닷바람이 써늘해지자 노는 데도 지친 찬이는 손에 들었던 것을 다 버리고 일어섰다.

"큰아부지."

"응?"

"선생님한테 가요, 네?"

"응, 그래."

대답은 해놓고 꾸물거리던 강 사장은,

"찬이야?"

"네?"

강 사장은 빙그레 웃어 보이며,

"너 엄마 보고 싶으냐?"

"네?"

강 사장은 빙그레 웃어 보이며,

"너 엄마 보고 싶으냐?"

"네?"

찬이는 놀란다. 금지된 엄마라는 말이 강 사장 입에서 나온 일이 신기로웠던 것이다.

"엄마 보고 싶지 않어?"

"난 엄마 모르는데 뭐……."

찬이는 경계하듯 뒤로 물러서며 말한다.

"몰라도 보고 싶지?"

강 사장은 슬그머니 다가서며 굳어버린 듯한 미소를 짓는다. 찬이는 의심이 가득 찬 눈으로 강 사장을 빤히 쳐다본다. 그러나 그 눈에는 희망과 기대의 그림자를 지워버릴 수는 없었다.

"엄마 오라 할까?"

"오라 하믄 엄마가 와요?"

찬이는 입속으로 중얼거렸다. 강 사장은 손바닥으로 얼굴을 한 번 쓸고나서,

"그럼."

하고 대답한다.

"정말?"

"정말이잖고."

"큰어머니도 오라고 해야지요?"

"으음……."

애매한 대답을 하고 강 사장은 눈길을 돌린다.

"그럼 오라고 하믄 언제 와요? 오래 걸리지요?"

"아니, 곧 온다."

찬이는 기쁨을 참지 못한다.

"큰아버지, 엄마 올 때 비행기 타고 와요?"

"음."

"야아, 신난다! 그럼 난 선생님하고 같이 비행장으로 가야지."

강 사장의 낯빛이 약간 변한다. 그는 동요되는 감정을 물리치듯 몸을 한 번 흔들고 나서,

"좋으냐?"

찬이는 강 사장의 두 손을 잡고 매달리듯 하며,

"좋아요, 큰아버지? 엄마가 오믄 나하고 같이 자지요? 그렇죠?"

"음."

"혼자 자는 것 정말 싫어요. 무서운걸요."

입을 헤벌리고 웃다가 찬이는 얼굴을 찡그렸다. 그러나 이내 입을 함박같이 벌리고 웃는다. 강 사장은 잠자코 바다 쪽으로 눈길을 돌렸다. 그러나 이곳에서는 오 부인과 성표가 있는 곳을 물론 볼 수 없었다.

이때 영희는 수영복을 벗고 원피스를 걸친 모습으로 찬이를 찾고 있었다.

"찬이야!"

영희의 목소리가 멀지 않은 곳에서 울려왔다. 그 울림이 미처 사라지기도 전에,

"영희 아줌마!"

하고 찬이가 큰소리로 대답한다. 찬이는 영희에게 기쁜 마음을 어서 전달하고 싶었던 것이다.

영희는 찬이의 대답 소리를 듣고 그들이 있는 곳으로 나타났다.

"아줌마, 저……."

찬이가 쫓아가자 강 사장은 얼굴을 잔뜩 찌푸린 채 그들을 노려본다.

"저녁 준비 다 됐어요. 찬이야? 선생님하고 큰어머니는?"

"아 참! 선생님 섬에."

찬이는 침을 꿀꺽 삼킨다.

"섬에?"

"큰어머니하구 함께."

"섬이라니?"

"저기, 저어기 있잖아요. 굴이 많아요. 문어도 있는걸. 그만 놓쳤지 뭐예요?"

영희의 얼굴이 순간 파아래진다. 그의 눈길이 한쪽 구석에 밀어놓은 보트에 갔다. 그러나 그 눈길은 이내 강 사장 얼굴로 옮겨졌다. 영희를 노려보고 있는 강 사장의 눈은 야수같이 무서운 것이었다.

"큰일 났다!"

영희는 외치며 보트에 뛰어올랐다. 그리고 화급히 노를 저으며 강 사장에게 험악한 눈길을 보낸다. 강 사장은 태연자약하게 버티고 서 있었다.

"아줌마, 나도 가요!"

찬이가 소리쳤으나 영희는 들은 척도 하지 않고 힘차게 노를 저었다. 그는 모든 것을 짐작했다. 그의 마음은 초조했으며 그는 불안에 떨고 있었다.

보트가 모퉁이를 돌아 나왔을 때 저 멀리 성표와 오 부인의 모습이 보이기 시작했다.

'도대체 어쩌자는 것일까?'

안심과 더불어 영희는 야릇한 흥분을 느낀다. 그들은 바다 위에 떠 있는 것처럼 보였다. 얄팍한 배를 타고 있는 것 같이도 보였다.

'내가 가지 않는다면 오 부인은 성표 씨와 함께 죽을까? 죽을 거야, 능히 그럴 수 있지. 흥! 그야말로 화려한 정사가 되겠구먼.'

그러나 영희는 땀을 흘리며 노를 젓고 있었다. 차츰 그들의 모습이 가까워진다. 그들은 굳게 포옹한 채 보트가 다가오는 것도 모르고 죽음을 기다리고 있었다. 그들은 바위의 맨 꼭대기까지 쫓겨 올라가 있었으나 물은 이미 그들의 발목을 적시고 있었다.

"으음……."

영희는 신음 소리를 냈다. 그의 얼굴에서는 땀이 연방 쏟아지고, 마음의 갈등 때문에 입술빛마저 하얗게 변해 있었다.

영희는 그곳으로 돌진하듯 보트를 몰았다.

"어쩔려구 이러구 계시죠?"

야무지고 또렷한 영희의 목소리가 윙! 하구 바람을 끊었다. 두 사람은 꿈에서라도 깨어난 듯 창백한 얼굴을 들었다.

"자, 어서 타세요."

영희의 목소리는 다시 윙! 하고 바람을 끊었다. 성표의 얼굴에는 차츰 피가 돌기 시작했다. 그러나 한없이 어두운 눈빛이었다. 오 부인의 얼굴은 돌처럼 굳어져 있었다.

"어서 타시라니까요!"

영희는 성표의 눈을 쏘아보며 다시 외쳤다.

"어서 갑시다."

성표는 오 부인의 손을 잡아끌었다. 그들은 보트에 올랐다.

"제가 하죠."

성표는 영희가 잡고 있던 노를 받았다. 그는 부들부들 떨고 있었다. 영희는 뱃전에 쭈그리고 앉으며 그들로부터 고개를 돌렸다. 오 부인은 이제는 한 뼘 정도 남은 바위 꼭대기를 넋 잃은 사람처럼 바라보고 서 있었다.

그들은 한마디 말도 없이 육지에 닿았다. 보트에서 내린 오 부인은 날 듯 빠른 걸음으로 앞서 가버린다.

"거 보세요."

떨리는 영희의 음성이 들려왔다.

"수영 배우라 하잖았어요?"

영희의 목소리는 얼음 같았다.

"하긴 화려한 정사를 방해해서 죄송하지만."

영희는 모랫바닥에 털썩 주저앉고 만다. 성표는 그러한 영희를 내버려 둔 채 가버린다.

집 앞에까지 온 성표는 잠시 걸음을 멈추었다. 그는 자기가 쓰고 있는 방으로 곧장 들어가고 싶었다. 그러나 마루방을 지나지 않고는 갈 수가 없었다. 마루방에는 영희가 준비해 놓은 식탁 앞에 현 박사와 강 사장이 있었다. 그리고 찬이가 있고, 방금 앞서 간 오 부인이 앉아 있었다. 오 부인은 서릿발같이 차가운 표정으로 담배를 피우고 있었다.

"어서 들어가세요."

뒤에서 영희의 목소리가 울려왔다. 그와 동시에 영희는 앞섰다. 영희는 잽싼 동작으로 마루에 올라섰다. 그리고 식탁을 돌아서 주방으로 사라졌다.

성표는 올라섰다. 강 사장과 현 박사가 빤히 성표를 쳐다본다. 성표도 똑바로 강 사장의 눈을 주시했다. 강 사장은 엷은 조소를 머금은 채 성표의 눈을 대담하게 받는다.

"명이 길구먼. 영희가 아니었더라면 물귀신이 될 뻔했지, 으하하핫……."

강 사장의 호탕한 웃음소리를 들으며 성표는 자기 좌석을 지나 방으로 돌아왔다. 그는 젖은 옷을 갈아입을 생각도 하지 않고 침대 모서리에 걸터앉았다.

'정말 물귀신이 될 뻔했구나!'

성표는 중얼거리면서 자리에 쓰러졌다. 얼마 동안이나 지났는지,

"어머, 불도 켜지 않고."

언제 들어왔는지 영희의 목소리가 아슴푸레 들려왔다. 영희는 성냥을 그어 불을 붙이고 석유 남포의 심지를 줄인다.

"저녁 안 하시겠어요?"

불을 등지고 서 있는 영희의 얼굴을 무섭다고 생각하면서도 성표는 눈길을 돌리지 않고 영희의 얼굴을 응시한다.

"저녁 안 하시겠으면 맥주라도 하세요. 지금 식당에서는 맥주

판이 벌어지고 있어요."

"……."

"참 못난 사람이군요. 정정당당하게 도전하세요."

영희의 이빨이 순간 빛난다.

"저하고는 형편이 다르잖아요? 신 선생은 승리하시잖았어요?"

"시끄러워요!"

성표는 돌아누웠다. 영희는 잠자코 나가버린다. 영희가 나가자 성표는 일어나 앉아 담배에 불을 붙인다.

'내가 왜 이렇게 됐을까? 불쌍한 여자다. 으음, 그렇지.'

성표는 중얼거렸으나 머릿속에는 안개가 가득 찬 듯 막막하기만 했다.

'정말로 강 사장은 날 죽이려 했을까? 그렇다면 앞으로도 나는 그런 위험을 각오해야 한다.'

바람에 남폿불이 흔들린다. 문을 밀고 누가 들어섰다. 성표는 얼굴을 번쩍 들었다. 그는 순간 강 사장이라 생각했다. 그러나 강 사장은 아니었다.

"왜 저녁은 안 하오?"

현 박사가 히죽히죽 웃으며 말했다.

"식욕이 없어서요."

현 박사는 맞은편 좌석에 앉으며,

"수장당할 뻔했다면서요?"

이번에는 넌지시 말을 걸었다.

"아직 청춘이 아까운데 큰일 날 뻔했군."

"……."

"오 부인이 신 군을 먹어버리지 않아 천만다행이군요."

"……?"

"그 여자는 사랑하기만 하면 먹어버리거든. 뭐더라? 그 왜 그런 곤충이 있지요. 교미가 끝나면 암컷이 수컷을 먹어버리는 곤충 말이오. 오 부인은 그런 여자요. 앞으로 조심해야지."

"너무 지나친 말씀이 아닙니까?"

성표의 목소리는 어두운 동굴에서 울려오는 것만 같았다.

"아아니, 지나친 말은 아니지. 두고 보면 내 말뜻을 알게 될 거요. 그 여자가 미국에 있을 때……."

현 박사는 말을 하다 말고 일어서서 창문을 닫았다.

8. 바다 건너온 소식

푸른 저택의 사람들은 일단 서울로 돌아오자 원상으로 돌아가고 말았다. 그릇에 담긴 물의 형태처럼 푸른 저택 속에 담겨진 그들은 그 저택의 모양대로 형태가 잡혀지고 말았다.

더위에 체중이 줄어들었다는 개들이 오 부인에 대한 열광적인 환영을 하여 약간 색다른 감을 주기도 했다. 강 사장은 푸른 저택에 오자마자 연기처럼 성표의 시야에서 사라지고 말았다. 침묵 속에 묻힌 집 안에서 성표는 찬이를 위하여 피아노를 두들겼다.

피서지에서 일어난 마지막 날의 사건은 성표에게 이상한 반발을 갖게 하였다. 그는 푸른 저택에서 나간다는 것은 비겁한 짓이라 생각하였다. 무서워서 도망치지는 않으리라 마음먹었다. 그러면서도 오 부인에 대한 감정은 복잡하고 미결인 상태였다.

서울로 돌아온 지 사흘이 지났다. 아침에는 피아노를 봐주고 저녁에는 학과 지도를 해주기 때문에 한낮엔 언제나 할 일이 없었다.

성표는 정란을 찾아가야겠다고 생각하면서도 거의 없을 것이 확실한 박영태의 집에 전화를 걸었다.

"영태 군 계십니까?"

전화를 받는 여자에게 물었다.

"네, 잠깐만 기다리세요."

영태를 부르는 여자의 목소리가 들리더니 조금 후 수화기를 드는 기척이 났다.

"박 형이오?"

"아아, 신 형 아니오?"

"그렇소."

"언제 왔죠?"

"한 사흘이 됐소."

"이이, 진작 전화 걸어주지 않구, 뉴스가 태산 같은데. 참, 신 형은 정란 씨를 만나보셨어요?"

"아니."

"여태? 거 곤란한 오빠군그래. 하여간에 좋소. 나오시오."

"어디로?"

"자아, 어쩐다? 아 참, 우리 집으루 오시지. 아무도 없어요.

식모뿐이니까 술이나 실컷 하구 마룻장이나 부숴봅시다구랴."

성표는 마침 잘됐다고 생각했다.

"가죠."

전화를 끊은 성표는 급히 외출 준비를 하고 나섰다.

영태 집으로 가서 초인종을 눌렀을 때 마침 기다리고 있었다는 듯 급히 식모가 나와서 문을 열어주었다. 시내이기 때문에 푸른 저택만큼 규모가 큰 집은 아니었으나 부호의 저택답게 실직하고 건실하면서도 집 내부는 호화판이었다.

박영태는 성표를 보자마자 가능한 대로 입을 크게 벌리고 웃었다.

"오래간만이오. 얼굴이 검어지니 한층 더 호한好漢으로 보이는데?"

손을 굳게 잡는다.

"농담은 그만두시구, 왜 피서 안 갔죠?"

"마음먹기에 따라 더워지기도 하고 추워지기도 하는 것 아니오?"

"호오? 그럴싸한 말을 하는군."

"하여간 앉으시오."

영태는 자리에 앉기를 권했다. 영태 방은 아닌 모양이다. 응접실 같지도 않았다. 유리문을 단 벽장 속에 고급 양주가 가득 차 있고 갖가지 글라스가 즐비하게 놓여 있다. 자그마한 바를 연상케 한다.

'이런 고급주를 두고 빈대떡집을 찾아다녔다니?'

성표는 그런 생각을 하며 영태를 유심히 바라본다.

"전화 걸어놨죠. 곧 올 겁니다."

영태는 풀쑥 말하고서 성표에게 담배를 내밀었다.

"누가?"

"노 군 말이오."

"아아."

"오늘 밤엔 정말 연극을 좀 해야겠소."

"연극?"

"가만히 계시오. 재미나는 일이 벌어질 테니까."

영태는 싱글벙글 웃는다. 그러고는 전축 옆으로 갔다. 그러더니 무슨 생각을 했는지 되돌아서 성표 앞에 와 앉는다.

"사흘 전에 왔다면 편지 못 받아보셨겠군."

"박 형이 편지했소?"

"아니, 정란 씨가 했을 거요."

"정란이를 더러 만났소?"

"거의 매일처럼. 사랑하니까."

"네?"

성표는 이맛살을 바싹 모으며 얼굴을 앞으로 쑥 내밀었다.

"허허, 참, 사랑한다 하기만 하면 모두들 불순하게 생각한단 말이야. 친하다는 말보다 어감이 좋지 않소. 난 신 형도 사랑하고 노 군도 사랑하니까 말이오."

성표는 피시시 웃는다.

"그런데 어쩌면 스타가 탄생할지도 몰라요."

"그건 또 무슨 소리요?"

"문자 그대로죠. 정란 씨가 말이오."

"정란이가?"

성표의 얼굴은 다시 긴장된다.

"사실은 얼마 전에 나성구 씨 집에 가지 않았겠소. 나성구 씨도 정란 씨를 테스트해보고 정말 마음에 드는 모양이더구먼. 그래서 나도 면목을 십분 살린 바인데, 그보다 그날 나성구 씨를 찾아온 영화감독이 정란 씨를 봤단 말이오."

"그래서 스타가 탄생된다는 그 말이군."

"교섭을 받고 있어요, 지금."

영태는 신이 나는 판인데 성표는 반대로 흥미를 상실한 상태다.

"거, 안 될 말이오."

성표는 냉정히 내뱉는다.

"어째서?"

영태는 오기를 발끈 낸다.

"그 애를 모르니까 그렇지. 천지가 개벽하는 한이 있어도 정란이는 배우가 못 될 거요."

"그래도 본인은 뜻이 있는 모양이던데……."

처음부터 부정하고 나서는 성표 앞에 영태도 약간의 의심을 표시하면서 중얼거리듯 말했다.

"그야 보수 문제가 따르니까 마음이 동하겠지만, 카메라 앞에서 손 하나 움직일 줄 아시오?"

"그야 해봐야지. 미리부터 단정할 일은 못 되잖소."

"두고 보시오. 영화가 아니구 벽화壁畵를 만든다면야 몰라도."

"……그래도 무대에 서본 경험이 많으니까 거 알 수 없지."

영태는 못내 희망을 포기하지 않으려 한다.

"하여간 안 될 거요."

성표는 잘라 말한다.

"그건 두고 봐야 알 일이구, 신 형은 바다에 가서 재미 많이 봤죠?"

영태는 슬그머니 화제를 돌린다.

"재미?"

성표는 쓰디쓴 웃음을 머금은 채 눈길을 돌린다. 쓰게 웃고만 있던 성표는 무슨 생각을 했는지 갑자기 껄껄 소리 내어 웃어젖힌다.

"왜 그러시오?"

공허한 성표 웃음에 영태는 눈이 휘둥그레진다.

"하하핫…… 왜? 웃는 게 나쁜가요?"

"나쁠 거야 없지. 그러나 웃는 게 우는 것 같구먼."

"설마."

"그래, 좋아서 웃는 거요?"

"박 형 말대로 우는 건지도 모르지."

"실연을 당했나?"

"누가 날 죽일까 봐 겁이 나서."

"문제없어, 사랑을 위한 결투라면 신나지 않어?"

그들은 어느새 무관한 사이의 말투로 돌아갔다.

식모가 들어왔다. 냉장고에서 꺼내온 모양으로 서리가 앉은 맥주병과 안주를 탁자 위에 놓는다.

"역시 여름엔 맥주라야지."

식모가 나가자 영태는 맥주를 컵에 부었다.

"자, 신 형과 나의 연애를 위하여 축배!"

컵을 부딪는다. 쭉 들이켜고 난 뒤, 컵을 소리 나게 놓으며,

"이봐요, 신 형."

영태는 목소리를 줄인다.

"그 여자가 정말 좋소?"

물론 그 여자라는 것은 오 부인을 두고 하는 말이다. 그러나 성표는,

"그 여자라니?"

하고 일부러 연막을 친다.

"허이, 능청 부리지 마오. 오 부인이지 누굴 말하겠소? 바다까지 같이 갔으면 무슨 로맨스라도 있을 게 아니오."

"좋아해도 별수 없지."

"소심하구먼. 신 형은 순수와 비순수를 좀 구별할 줄 알아야

겠어. 우리 모두 연애에 대하여는 대기상태지만 말이야. 그러나 그 공간이 삭막해서야 쓰나."

"이것도 저것도 아니지, 흥!"

성표는 냉소하며 맥주를 마신다.

"그만한 연세에 곤란한 이야기야. 책임을 지지 않아도 좋을 본능의 경우가 있고, 책임을 져야만 할 감정의 경우가 있지. 그걸 적당히……."

"내게는 무척 어려운 말인데?"

"가짜 연애를 좀 해보란 그 말이지, 뭐."

"의식하구?"

"의식하지 말구. 의식한다는 게 탈이거든."

성표는 영희를 생각했다. 너무나 뻐져리게, 영태의 말을 빌리자면, 가짜 연애임을 의식했었다. 오 부인에 대해서는 어떠했던가. 그 바위 위에서 미친 듯 포옹했던 오 부인, 그러나 지금은 마치 풍화작용을 한 태곳적의 암석처럼 멀고도 무미한 감정의 찌꺼기가 남아 있을 뿐이다.

'푸른 저택에 돌아와서 그 여자는 그의 방에 숨어버린 때문일까? 아니면 남의 사람이라는 의식의 장벽 때문일까? 그 여자를 완전히 내 것으로 만들지 못한 때문일까?'

성표는 맥주컵을 밀어내고,

"나 맥주 말고 독한 놈을 주슈."

"그러지."

영태는 양주 한 병을 꺼내어 탁자 위에 탁 놓았다. 성표는 그것을 연거푸 마시고서 일어났다. 그는 방 안을 빙빙 돌면서,

"누군가를 죽도록 사랑해 봤으면 좋겠다. 갈증이 나서 못 살겠어."

"마음대로! 누가 말렸나?"

영태가 말을 퉁겼다.

"아무래도 병신인가 봐."

"설마…… 성적 불구자는 아닐 게고, 정신적 불구잘 거야. 소심하거든. 그러면서도 오만하니 말이야."

성표는 다시 자리로 돌아와서 술을 부어 마시고 영태를 바라본다. 어두운 눈빛이었다. 방황하고 있는 눈빛이다. 그리고 취한 모양이다.

"박 형!"

"말해봐요. 얼마든지 들어줄 테니, 그리고 모르는 일 있으면 가르쳐주지."

"여자에 대한 경험 있어?"

"있지."

실쭉 웃는다.

"어떤 여자?"

"쳇! 좀 고약한 질문이군. 바걸이지, 뭐."

"그 밖에는?"

"책임지기 싫어 가짜 연애에는 버진을 피했지."

"버진이 아니어서 후회는 없었단 그 말이지?"

"거래니까."

"거래가 아닐 때는?"

"그야 자기 감정에 물어봐야지. 난 아직 그런 경험은 없어. 거래의 조건이 결혼이면 곤란하니까 난 피했을 뿐이야. 그것도 박영태가 아니구 박성실의 아들이 목표거든. 하긴 신 형의 경우는 안 그럴 테니 적당히 하고 끊어버려도 좋겠지."

성표는 껄껄 웃는다.

"먹여 살릴 능력만 있다면 영희하고 결혼하겠어."

"뭐라구?"

영태는 생각 밖의 일이라는 듯 펄쩍 뛴다.

"그 여자, 그 여자를 좋아하오?"

"나도 모르겠어."

"에이, 바보 같은 소리."

그러고 있는데 노대중이 쑥 들어왔다.

"어서 오시오, 노 형!"

성표는 왜 그런 말을 했는지 알 수 없었다. 영희와의 결혼 따위는 한동안 그의 뇌리에 없었는데 별안간 자기도 모르게 그런 말을 해버린 것이다. 얼떨떨한 기분 속에 노대중이 나타나 그는 그 얼떨떨한 기분으로 소리를 질렀던 것이다.

노대중은 벙실벙실 웃으며 성표의 손을 잡았다.

"축하합니다."

"……?"

"정란 씨가 이번에."

"아아 참, 정란이가 있었지."

성표는 머리를 쓸어 넘기며 말을 한 노대중이 무안할 지경으로 갑자기 냉정해진다.

"이거 안 되겠다. 사내새끼들만 모여서 무슨 재미야. 쇼걸들을 불러 와야지. 오늘은 박영태가 제정한 임시 사육제!"

영태는 팔딱 뛰어간다. 그러고는 거칠게 수화기를 들어 다이얼을 돌린다.

"은숙이냐? 응, 응, 그래그래, 우리? 한판 벌어졌어. 곧 와. 응, 응, 지금 곧 와야 해."

영태는 일단 전화를 끊더니 다시 다이얼을 성급하게 돌렸다. 그리고 다시 아까와 같은 말을 지껄였다. 이야기가 끝난 그는 천천히 수첩을 꺼내었다. 그리고 다시 다이얼을 돌렸다.

"최경자 씨 댁이죠? ……좀 바꿔주실까요?"

영태는 성표의 뒤통수에다 대고 찡긋 한 눈을 감아 보인다.

"아아, 미스 최요?"

"그렇습니다. 누구시죠?"

"목소리 듣고도 모르세요? 이거 비관인데?"

"비관만 하지 말구 이름을 대세요."

"나 박영태라는 사나이올시다."

"아아."

경자는 시들하다는 듯 뇐다.

"그래, 무슨 용무죠?"

"지금 우리 집에서 굉장한 카니발을 벌이고 있다 그 말입니다."

"그래서요."

"미스 최를 여왕으로 모시려고 하는데."

"거 시시한 소리 그만두어요."

"성표 군이 모시려 해도 시시한 얘긴가요."

"흥!"

했으나 최경자의 마음은 동하는 모양이다.

"오시겠소?"

"오시겠소 하지 말구 자가용으로 모시러 오세요."

"허, 이거 곤란한데, 자가용은 대천으로 징발되구."

"그럼 집도 모르는데 어떻게 가요?"

경자의 목소리는 차츰 누그러진다.

"우리 집이 있는 동네 이름은 아시죠?"

"알아요."

"그럼 파출소에서 물어보슈. 바로 근처니까."

"하긴 천하의 박성일 씨니까."

"천하는 그만두고, 오시겠어요?"

"가보죠."

영태는 전화를 끊었다.

"흥, 가보죠. 비싸게 굴다가 오기만 해봐라. 망신이다, 망신. 흐흐흣……."

성표와 노대중은 술을 마시며 주거니 받거니 얘기하느라고 전화 거는 것까지는 알았으나 이야기는 귀담아듣지 않았다.

"온대?"

노대중이 돌아본다.

"여부가 있나."

그들은 여자가 오는 동안 진탕으로 마셨다. 집은 넓고 비어 있었다. 거리낄 사람은 아무도 없었다. 무진장 술이 있고 젊음이 넘쳐흐르니, 더군다나 여자들이 오기로 돼 있으니 마음이 술렁거리지 않을 수 없었다. 노래 부르고 춤추고 뚜드리고 마시고. 마치 개구쟁이 아이들만 같다.

영태가 벌렁벌렁 춤을 추고 있는 판에 여자들이 나타났다.

"웰컴!"

영태는 쌍수를 들고 쫓아가더니 마룻바닥에 무릎을 꿇고 마치 여왕을 맞이하는 시종처럼 손을 내민다.

"호호홋……."

여자들은 여왕답게 손으로 입을 가리지도 않고, 쪽 고른 이빨을 모조리 드러내며 웃는다.

"신사숙녀 여러분! 지금부터 새로운 인연은 시작되는 것입니다. 이쪽은 은숙이, 이렇게만 불러줍쇼. 그리고 이 엉덩이가 큰 여자는 숙희, 그리구 저쪽은 노, 이쪽은 신, 자아, 이만하면 됐지, 뭐."

영태는 코를 들이마신다. 방 안에는 웃음이 넘쳤다.

은숙이라 불린 여자는 노란빛 원피스를 입고 있었다. 얼굴은 예쁜 편이고 여대생 같은 차림이었으나 그의 표정은 아름답지 못했다. 그 표정은 생활이 거칠었다는 것을 말해주고 있는 듯 보였다. 숙희라고 불린 여자는 일견하여 직업여성 같았다. 입고 있는 원피스의 빛깔만은 어둡고 수수한 청색이었으나 그 원피스라는 게 명색만의 옷이지 거의 반나체에 가까웠고 풍만한 유방을 바스트와 웨스트 사이의 천 조각이 겨우 받쳐주고 있는 형편이다. 땀이 흐르기 때문에 그런지, 여름에는 얼굴빛이 검은 것을 멋으로 여겨 그런지는 몰라도 얼굴에 분은 바르지 않았으나 푸른 아이새도가 짙고 눈꼬리를 치켜올린 아이라인은 얼굴에다 입체적인 뉘앙스를 주기는커녕 오히려 그로테스크한 감을 준다.

그러나 어지간히 술에 취한 젊은 사나이들의 눈에는 퍽이나 아름답고 싱싱해 보였다. 성표의 몽롱한 시야에도 여자들은 환상적으로 비쳤다. 그 여자들이 걸치고 있는 의상의 색채에서 온 혼돈이었는지도 모른다. 하여간 어떤 환경 속에서 어떠한 때가 묻었든 간에 그 두 여자들은 아주 젊었다.

여자들은 끊임없이 웃음을 뿌리며 남자들 사이에 끼어들어 박영태가 부어주는 술을 사양하지 않았다. 그러나 술맛을 알고 술을 마시는 것 같지는 않았다. 그리고 노대중과 성표하고도 초면인데도 아무런 스스럼없이 농을 날리며, 한술 더 떠서 자기네들보다 나이 어린 사람 취급을 한다.

부산하게 떠들어대던 박영태가,

"숙아, 너 이 양반 마음에 드나?"

하고 성표를 가리켰다.

"얼굴이 멋있게 그을었군."

성표는 졸린 듯 눈을 가늘게 뜨고 여자를 바라본다. 여자의 벌건 입술이 별안간 확대되어 성표는 어지러움을 느낀다.

"옛날 같으면 연애하고 싶어졌겠다."

눈 아래로 한번 훑어보며 은숙은 덧붙였다. 성표는 가슴 위에 벌레가 기는 듯한 기분이 들어 몸을 옆으로 돌리며 술잔을 들었다.

"지금은 왜?"

영태는 짓궂게 또 묻는다.

"쑥스럽잖어."

"아아주, 또."

"이 애! 그 족足 좀 불러들여!"

은숙은 소리를 팩 지른다. 영태가 탁자 밑에서 은숙의 발을 눌러 디뎠던 모양이다.

그들은 전축을 틀어놓고 춤을 추기 시작했다. 노대중과 박영태는 제법 춤을 추는 모양이다. 노대중은 술의 작용인지, 양성이 음성으로 변하듯 자못 심각한 표정으로 돌아가고 있었다. 성표는 춤을 모르니 술만 마실 수밖에 없었다.

"쑥이군!"

은숙은 성표 앞을 지나가며 조소를 퍼부었다.

"번지수가 틀리는군. 점잖은 사람은 이런 데 안 오는 거예요."

은숙은 노대중과 돌아가면서 다시 성표를 향하여 내뱉었다. 성표는 못 들은 척하고 술잔만 눈께로 들어 올려서 쳐다보고 있었다. 소란스럽게 울리는 음악과 방 안 그득히 찬 체취와 젊음의 몸부림들은 먼 이방의 지역에서 일어나고 있는 일만 같았다. 그러나 침묵으로 가라앉은 푸른 저택이 이보다 더 가까운 지역이라 느껴지지도 않았다.

"아이, 골치야."

박영태하고 춤을 추고 있던 숙희는 그를 떠밀어 버리고 탁자 곁으로 오더니 담배를 집어 들었다. 숙희는 창가에 가서 밖으로 몸을 내밀며 담배에다 불을 붙였다.

파트너를 잃어버린 영태는 성표 옆에 와서 엉거주춤 앉았다.

"감상이 어떠시오? 억지로 어울릴 필요는 없구."

영태는 술잔을 비우며 물었다.

"뭐 하는 사람들인데?"

성표는 여전히 눈을 가느스름하게 뜨고 물었다.

"이렇게 노는 자리에서는 신분을 묻지 않는 게 불문율로 돼 있지. 하지만 신 형은 문외한인 데다 앞으로도 이런 기회는 없을 테니까 말해도 상관없겠지."

"이 방면도 전문 분야에 속하는가?"

"취미 여하지. 하여간 저것들이 다 양가의 자녀들이란 말이오."

"흐음."

"복통을 할 일이지."

"댄서 아닌가 했는데……."

"댄서는 아니지. 하나는 대학을 다니다가 그만두고는 PX에 나가더니만 글쎄 저렇게 대단한 모습으로 변했더구먼."

"한 사람은?"

"은숙이? 그 애는 H여대 학생이지. 한때 요직에 있었던 강상길 씨 딸인데, 개차반이란 말이야. 그러나 곧 나타날 최경자 같은."

"최경자?"

"놀라기는 또, 가만히 구경만 하시오. 오늘은 그 높은 콧대를 납작하게 해줄 작정이니까. 그 군群에 어울리는 꼴이 볼만할 거야."

"오라고 했소?"

"아까, 신 형 이름을 팔았지, 뭐."

"악취민데."

"악취미라야 재미가 나는 법이니, 어쨌든 고 계집애한테 비하면 저 애들이 훨씬 순수해. 노출증이 엄폐증보다 양성이니 말이야. 저 애들은 저래 봬도 그 거추장스런 명예나 야심 따위는 걷어차고 야수파로 자처하고 있지. 인생은 빛이 아니라 강렬한 원색 자체다! 하는 거지, 하하핫."

"그런데 왜 매력이 없어?"

"그건 우리들이 보수적이 아니라면, 저 애들의 때가 말끔히 벗어지지 않았기 때문일 거야. 그러면 너무 위대해서 못쓴단 말이야."

"그들을 상대하고 있는 우리는?"

"범용한 놀량패, 하지만 노상은 안 그렇지."

이야기를 주고받는 동안 은숙도 파트너를 잃고 숙희와 함께 창가에서 지껄이고 있었다. 노대중은 차츰 그 우울증이 짙어지는 모양으로 동떨어진 곳에 우두커니 앉아서 허공을 쳐다보고 있었다.

그러던 참에 마침 최경자가 들어섰다. 풍모는 그렇지 못했으나 기분만으로는 여왕처럼 당당하다. 그는 방 안의 흐트러진 분위기를 느끼고는 눈살을 찌푸렸다.

"못 오시는 줄 알고 절망하고 있던 차에 이 누옥에 왕림하여 주시니 영광이로소이다."

어릿광대처럼 영태는 허리를 꺾고 수다를 떨었다. 최경자는 슬그머니 얼굴을 돌리며 술잔을 드는 성표에게 재빠른 시선을 보냈다.

영태는 아까 하던 식으로 최경자를 소개했다. 그리고 이 신래자新來者를 존중하는 뜻에서 탁자 앞에 모여 앉았다. 최경자는 여자들을 의식적으로 묵살하는 태도였으나 여자들은 무관심이다.

"저는 연습 때문에 대천에도 못 가고 말았어요."

최경자는 우월감을 가지며 말했다.

"거 유감이군."

처음부터 건들건들한 영태의 말투가 비위에 거슬렸으나 최경자는 성표에 대하여 태산 같은 미련이 남아 있기 때문에 애써 어울리려 한다.

"미스터 신께서는 바다에 다녀오셨군요."

"덕택에."

한다는 말이 그렇게 돼버렸다.

"어머, 제 덕은 아니에요."

"누구 덕택이면 어떻다는 거요. 신 형은 삼라만상에다 은혜를 느끼고 있는데."

"아아, 그러세요? 그럼 예술은 그만두시고 나무 밑에 가 앉으세요."

"나무 밑?"

성표가 뇐다.

"도를 통하시게 말예요."

얄밉게 비꼬아준다. 미련도 태산 같았지만 그에 못잖은 미움도 있었던 것이다.

"말재간이 제법인데?"

성표 대신 영태가 응수한다.

"하지만 미스 최한테만은 그렇지도 않은 모양이야."

영태는 말을 덧붙인다.

"무슨 말씀이신지?"

최경자의 얼굴이 금시 샐쭉해진다.

"감사한 마음을 가진다면 사내새끼로서는 사랑으로 감정을 발전시킬 수 없지 않겠어? 그러니까 신 형은 미스 최한테만은 은혜를 느끼기 싫었을 거야."

최경자는 반신반의로 듣는다. 듣기에 따라서는 물질적인 혜택으로 성표를 얽어매려 했던 자기의 행동을 영태가 알고서 빈정거리는 말 같기도 했고, 정말 영태가 말하는 것처럼 은혜와 애정을 합쳐 생각할 수 없기 때문에 성표가 자기를 거절했을까 하는, 두 갈래의 생각이 최경자의 머릿속에 맴돌았다.

'그렇다면 방법이 글렀었어. 나는 그의 열등감에다가 지나치게 많은 상처를 냈구나.'

자기에게 좋을 대로 해석하고 싶은 것은 그의 자존심이 약한 소위다. 그러고 보니 성표에게 가한 가지가지의 모욕적인 언사가 뉘우쳐지지 않을 수 없었다. 그러나 성표는 들은 척도 하지 않고 앉아 있었다.

"어젯밤 텔레비전 봤어요?"

최경자는 성표에겐지 영태에겐지 모르게 화제를 돌려서 말을 걸었다.

"무슨 일인데?"

박영태가 되묻는다.

"윤미혜 말이야. 리사이틀 시간에."

"아, 난 그 시간에 애인을 만났었지."

"엉망이야. 드뷔시의 〈에튀드〉가 특히 더해. 쓸데없는 감정이 마구 흘러나와서 버려놨어."

"난 듣지 못했으니까 알 바 없지. 하지만 그 애 기질로 봐선 비서정적인 것이 맞을 텐데?"

말없이 앉아 있던 성표는 비교적 최경자의 견해가 옳다고 생각했다. 그는 우연히 어젯밤 텔레비전에서 윤미혜의 피아노 독주를 봤던 것이다.

"아니야. 그건 미스터 박이 오해하고 있어. 그 애의 지성은 의식적인 거야. 어젯밤 레퍼토리는 잘못 선택된 거야, 오히려 멘델스존 것이……."

지금까지 최경자의 독무대 같은 방 안 분위기를 관망만 하고 있던 두 여자 중에서 은숙이 박영태의 어깨를 툭 친다.

"여보시오, 예술가!"

"왜 그래?"

영태가 은숙을 쳐다보는데 은숙은 아랑곳없이,

"무식해서 죄송해요."

고개를 갸웃하며 최경자에게 생긋 웃어 보인다. 최경자는 어리벙벙한다. 얼굴을 쓸어주고 아랫도리를 걷어차는 격이다. 꼬

집어 하는 말임이 분명했다. 그러나 생긋 웃는 얼굴을 보고서야 뭐라고 응수하겠는가.

"미스터 박, 왜 그리 덤비는 거야? 산통 다 깨지지 않어?"

최경자로부터 얼굴을 돌린 은숙은 영태를 노려본다.

"내가 언제 덤볐어?"

영태는 은숙의 저의를 알고 있기 때문에 반문하고서 개글개글 웃는다. 영태가 덤빈 것은 없다. 경자의 말 상대가 되어주었을 뿐이다. 그러니 그 말은 경자에게 가는 말이었다. 경자의 얼굴이 벌게진다.

"우릴 불러다 놓고 무시하기야? 고상한 음악 얘기는 당신네들끼리만 있을 때 하시란 말이야. 임시 카니발이니 뭐니 하면서 무슨 놈의 〈에튀드〉고, 또 드뷔시야? 오오, 실례."

은숙은 다시 경자를 보고 생긋 웃는다. 경자는 심한 모욕을 받은 셈이다. 그러나 화를 낸다는 것은 자기 체면의 문제라 생각하고 꾹 참는다. 성표와 숙희가 침묵을 지키고 있으니 더욱 기분이 나쁘다.

"이봐 영태, 앞으로 삼십오만 시간, 서둘 것 없어. 뭣이든 할 수 있고 뽐낼 수도 있단 말이야. 단, 지금은 노는 거야, 알겠어?"

"노는 거는 알겠다만 삼십오만 시간이란 뭐꼬?"

"하하핫……."

은숙은 사내처럼 웃고 나서,

“이 바보야, 우리 남은 인생이 사십 년이라면 삼십오만 시간이지 뭐냐?”

“호오?”

“왜, 아득해서?”

“아냐, 서글퍼지는군.”

“서글퍼진다?”

“한 시간 잡아먹기 문제없잖어? 그리고 난 여덟 시간씩 자니까 말야, 쌀뒤주 속에 굶어가기만 하는 양식 같아서 불안하다.”

“욕심은, 자아, 춤을 춥시다. 거기 예술가께서도 일어나시지. 순수파끼리 한번 추어보시지.”

은숙은 성표의 눈을 쳐다보며 턱으로 경자를 가리킨다. 성표는 쓰디쓰게 웃을 뿐이다.

“어머! 내 파트너가.”

노대중은 의자 모서리에 얼굴을 처박고 잠이 들어 있었다.

“이봐요!”

은숙이 노대중을 흔들어 깨우려 하자,

“잠깐만.”

영태가 은숙의 팔을 잡으며 귓속말을 한다.

“음, 음…….”

은숙이 빙그레 웃는다. 영태는 뒤로 물러섰다. 그리고 전화기 옆으로 간다.

“이봐, 노군! 대중아!”

은숙이 별안간 일갈하는 바람에 노대중이 벌떡 일어섰다. 모두들 놀라며 은숙을 쳐다본다. 은숙은,

"이 새끼, 거기 앉아서 이 형님한테 모든 것 고백해라. 그리고 참회하는 거야."

모두들 어리둥절했으나 성표만은 영태의 장난질을 알아차리고 빙그레 웃는다.

노대중은 흐릿한 시선을 은숙에게 쏟더니 슬그머니 의자에 주저앉는다. 그의 눈에는 호령조로 말하는 은숙의 모습은 보이지 않고, 그 당당한 목소리만 들리는 모양이다.

"대중아!"

"네."

"자네 어제 어디 갔었지?"

"망우리에 갔었습니다."

"거긴 왜?"

"불쌍한 소녀를 위하여."

노대중은 고개를 푹 숙인다. 숙희는 허리를 잡고 웃는다. 성표와 최경자도 웃지 않을 수 없었다. 숙희와 경자는 이 촌극의 깊은 내막을 알 수 없었으나 소처럼 덩치가 큰 사나이가 양처럼 순한 모습으로 순순히 대답하고 있는 꼴만으로 웃음이 터졌던 것이다.

"그리고 또 어제, 오늘, 못된 짓은 안 했나?"

"어머니 핸드백 속에서 용돈을 훔쳐냈습니다."

이쯤 되고 보니 심문을 하던 은숙 자신이 배를 잡고 웃는다.

"그 돈을 가지고 뭘 했지?"

"거리의 여자를 찾아갔습니다."

"왜?"

"그 불쌍한 소녀를 잊어버릴려구요."

방 안에 웃음소리가 막 터지는데 구석에서 수화기를 들고 있던 영태가,

"신 형! 신 형! 전화요."

하며 고함을 쳤다.

"전화?"

"어서, 어서."

영태는 발등에 불이 떨어진 듯 서둘러댄다. 성표는 의아한 표정으로 왔다. 영태는 성표 귀에다 대고,

"오 부인이오."

"오 부인? 내가 여기 있는 걸 어떻게 알구?"

"어서 받기나 해요."

영태는 성표의 옆구리를 찌르며 서둔다. 성표는 수화기를 들었다.

"여보세요."

대답이 없다.

"여보세요!"

역시 대답이 없다.

"잠깐만 기다려보시오."

전화에서 울려 나온 말은 아니었다. 뒤에 서 있는 영태의 말이다.

"어떻게 된 영문이야? 여기 내가 온 걸 아무도 모르는데?"

성표는 수화기를 든 채 영태를 돌아보았다. 영태는 실쭉 웃으며,

"잠자코 있어보라니까."

영태의 말이 끝나기도 전에,

"여보세요?"

오 부인의 목소리다, 분명히.

"네, 접니다."

"저라뇨?"

억양이 없는 싸늘한 목소리가 반문한다.

"신성표올시다."

"아, 네."

성표는 상대방의 말을 기다리며 잠자코 수화기를 고쳐 쥐었다.

"웬일이세요?"

"네?"

성표는 순간 영태의 장난에 넘어간 자신을 깨달았다. 영태는 전화를 먼저 걸어놓고 전화가 오 부인의 거실인 이 층으로 연결되는 동안 성표를 재빨리 불러냈던 것이다.

"저, 다섯 시까지 돌아가겠습니다."

엉겁결에 얼버무렸다. 싱겁기 짝이 없는 일이었다. 돌아가면 돌아갔지 오 부인에게 전화까지 걸 필요는 없었던 것이다. 그들은 푸른 저택으로 돌아온 후 마음은 어찌 되었든 간에 완전히 원상으로 돌아간 생활 상태였기 때문이다.

"지금 어디 계시죠?"

엉거주춤하고 있는데 오 부인의 목소리가 울려왔다.

"저, 박 군 댁에 있습니다."

"아, 그 재미있는 분 말이죠? 음악이 화려하게 울려오기에 바인 줄 알았어요."

"아닙니다."

한동안 침묵이 흘러갔다.

"내 방은 지금 한없이 넓어 보이는군요."

오 부인의 말은 별안간 비약했다. 성표는 대답을 잃는다.

"다섯 시에 오시겠어요?"

이야기는 다시 돌아왔다.

"네, 가겠습니다."

"아니, 여섯 시에 오세요."

"네?"

"그때, 언젠가 가셨죠?"

오 부인의 말은 다시 비약했다. 성표는 멍한다.

"그 C산장 말예요."

성표가 미처 대답도 하기 전에 전화는 찰칵 끊어지고 윙 하는 소리만 귓전을 친다. 성표는 수화기를 놓을 생각도 않고 우두커니 서 있었다.

영태가 장난스레 웃고 있었다. 성표는 겨우 수화기를 놓고 자리로 돌아왔다. 그는 이내 술잔을 들었다. 영태가 뭐라고 놀려주는 것이었으나 성표는 대답을 하지 않았다. 술잔을 골똘히 내려다보다간 마시곤 할 뿐이다. 그는 최경자가 의심에 가득 찬 눈을 희번덕거리고 있었지만 한 번도 거들떠보려 하지 않았다. 은숙과 숙희가 노대중을 사이에 두고 심문을 계속하며 마구 웃어댔으나 그 웃음소리에도 성표는 끼어들지 않고 있었다.

그는 오 부인과의 관계에 있어서 어떤 결정적인 단계가 왔다는 것을 느끼고 있었다. 그의 눈앞에는 그 바위 위에서 자기를 바라보던 오 부인의 눈이 흔들리고 있었다. 귀에는 그 파도 소리가 멀리에서, 가까이에서 들려오곤 했다.

'여섯 시…… C산장…….'

얼마 동안이 지났는지 모른다. 성표가 눈을 번쩍 떴을 때 형광등의 광선이 눈을 쏘았다. 그는 침대에 누워 있었다.

"엇! 여기가?"

성표는 벌떡 일어났다. 탄력 있는 스프링에 성표의 몸은 잠시 침대 위에서 뛰놀았다. 그의 방 침대는 아니었다.

'박 군 집에서 내가 잤나?'

그는 사방을 휘둘러보았다. 깨끗하고 큰 방이었다. 커튼을 건

어놓은 창문 밖은 어두웠다.

'여긴 호텔 아냐?'

성표는 다시 사방을 휘둘러본다. 도무지 기억이 없다. 어떻게 이곳까지 왔는가를 생각해 낼 수도 없다. 그는 시계를 보았다. 한 시다.

'아 참, 그렇지! 여섯 시! 그럼 내가 오 부인하구 C산장에?'

그러나 오 부인의 모습은 아무 곳에도 없었다. 뿐만 아니라 오 부인이 이 방에 머물다 간 흔적조차 찾아볼 수 없었다. 그리고 그 자신은 옷을 입은 채 그대로 잔 모양이 아닌가.

그는 침대에서 뛰어내려 창가로 달려갔다. 한눈에 내려다보이는 것은 서울 한복판의 시가였다.

서울의 시가는 하루의 시름을 잊은 듯 소음이 사라진 별빛 아래 잠들어 있었다. 너무나 조용하다.

'이 도시가 이 상태로 영원히 잠들어 버린다면…… 폐허, 폐허…….'

성표는 전신이 으시시 떨려왔다. 마치 눈 아래 뻗어 있는 도시가 무인無人의 폐허인 것처럼 착각되면서 해방감과 자유에 대한 희열이 치솟는다.

성표는 혈연적으로 고아였지만, 그보다 그는 내면적인 영혼의 고아였던 것이다. 그는 창가로 뛰어온 애초의 목적을 잊어버리고 이 거대한 도시를 감싸고 있는 검은 연기와 무한에 닿은 듯한 침묵 속에 얼마 동안 자신을 내동댕이치고 있었다. 그가 뒤돌아보았을 때 뱀이 꼬리를 문 듯한 모양의 형광등이 그의 눈을 쏘아왔다.

'아아, 여기는 C산장이 아니었구나.'

그러나 성표에게는 이미 자기가 놓여 있는 이해할 수 없는 상황에 대한 호기심이나 의심은 소멸되고 없었다. 산장이 아니라는 것도, 어째서 여기에 와 있는가, 그런 따위의 일이 이제는 그에게 그리 큰 뜻을 가지지 못했던 것이다.

'그때 그 바위 위에 오 부인이 없이 나 혼자 그 일을 당했다면 난 희열을 느꼈을까?'

'아니다. 그때는 모든 생명 속에, 나 혼자의 죽음이 있었다. 그러나 지금은 이 괴물 같은 도시가 폐허라면 나는 죽음 속에, 모든 죽음 속에 나 혼자의 생명이 있는 것이 아니냐?'

몸이 다시 으시시 떨려온다. 희열이다. 악마의 웃음 같은 희열이었다.

창가에서 떠난 성표는 방 한편에 붙은 화장실의 도어를 밀고 들어갔다. 한참 후 그는 입은 옷을 모조리 벗어 던지고 욕실의 샤워를 틀어 전신에 물을 맞는다.

'생각이 안 난다!'

차가운 물방울이 머리에서 전신을 타고 내려가자 그는 망실亡失된 자기를 찾는 듯 소리쳤다. 폐허의 몽상은 사라지고 의식은 어젯밤으로 더듬어간다.

성표는 걸려 있는 타올을 걷어 전신을 닦고 옷을 주워 입은 뒤 담배를 찾아 붙여 물고 다시 창가로 갔다.

비행기의 폭음이 윙! 하고 울려온다. 밤하늘에서, 모든 빌딩의 창문에서 사람들의 얼굴이 쏟아져 나온다. 피난 행렬, 육이오.

'가만있자.'

성표는 그런 환상을 떠밀어낸다.

'가만있자, 어젯밤 영태 집에서 놀았지? 숙희, 경자, 은숙이? 그러다 오 부인한테서 전화를 받았지, 그리구…….'

그러나 그의 기억은 발을 딱 멈추고 한 발도 앞으로 나가질 못했다.

'여긴 어디야? 여긴? 호텔이지, 물론.'

그는 찬찬히 창밖의 건물을 살펴본다. 사람의 얼굴들은 하나도 없었다. 굳게 닫혀진 창문뿐이다. 저만큼 유명한 M극장의 지붕이 보인다.

'아아, 여긴 A호텔이구나!'

성표는 침대에 와서 걸터앉았다. 정열 없는 공허한 대화를 생각해 본다.

'이 바보야, 우리 남은 인생이 사십 년이라면 삼십오만 시간이지 뭐냐?'

'호오?'

'왜, 아득해서?'

'아냐, 서글퍼지는군.'

성표는 슬그머니 일어섰다.

'그렇지. 박 군한테 전화 걸어보자. 어쩌면 그 군상들은 여태 놀고 있을지도 모르니까.'

성표는 머리맡에 놓인 전화의 수화기를 들었다. 그러나 다이얼을 돌리기도 전에,

"네!"

여자의 목소리다. 호텔의 교환수인 모양이다. 성표는 영태의 집 전화번호를 일러주고 걸어달라고 부탁을 했다.

얼마 동안 있노라니까 벨이 울려왔다. 성표는 수화기를 얼른 들었다.

"나왔어요!"

교환수의 화난 목소리다. 아마 영태가 농을 걸었던 모양이다. 곧이어 여자들의 웃음소리가 수화기를 타고 들려왔다.

'아직 노는구나.'

영태의 기침 소리가 난다.

"누구시오?"

묻는다.

"나요."

"아아, 난 또 누구라구? 신 형이오?"

"그렇소."

"이 심야에 웬일이시오?"

영태의 말로 미루어 성표가 A호텔에 있는 일과는 관련이 없

는 모양이다.

"여태 노는 거요?"

"지금 마작을 하고 있는 판이오."

"끈덕지게도 노는구먼."

"놀 때는 아주 뿌리를 뽑아야지. 그래야만 뒷맛이 개운하거든. 한데 이 밤에 신 형은 웬일이시오?"

"나 지금 A호텔에 있소."

"뭐라구? A호텔? 거 호화판이구먼. 어떻게 그리됐소?"

"그걸 몰라서 전화 건 거 아니오."

"혼자요?"

"혼자고 뭐고 잠이 깨어보니…… 대체 어떻게 된 거요? 박 형 댁에서 내가 언제 나왔죠?"

"아아, 알겠소이다. 미스 최는?"

"미스 최? 내가 그걸 어떻게 알아요?"

"허…… 그럼 다른 방에 들었을까?"

"다른 방이라니?"

"아 글쎄, 미스 최하고 같이 나갔는데 그걸 기억 못 하겠소?"

"전혀, 전혀 기억이 없어요."

"하긴 술을 많이 마시더라니…… 지독하게 먹더군."

"박 형 장난이 아니오?"

최경자의 말이 나오자 성표는 의심이 들었다.

"천만에. 사실은 신 형이 초저녁부터 자꾸만 여섯 시, 여섯 시하고 떠들더란 말이오. 그러니까 아마 아홉 시쯤 됐을까? 신 형이 간다고 일어서더구먼."

여섯 시, 하고 떠들더라는 말에 성표의 가슴은 철렁 내려앉았다. 여섯 시라고 떠들었다니 술김에 다른 무슨 말을 지껄였는지 알 수 없었기 때문이다.

"그때 신 형은 몹시 취해 있었죠. 무슨 놈의 고집이 그렇게도 센지, 붙잡아도 뿌득뿌득 나선단 말이오. 꼭 가야 한다고. 어겨서는 안 되는 약속이 있다면서 나서더란 말이오. 사실 취기는 대단했으나 노대중처럼 심장을 홀딱 빼앗길 사람도 아니고 해서……."

"그래, 아홉 시가 지나서 혼자 나갔단 말이죠?"

"아니지. 신 형 때문에 뭉개고 앉았던 최경자가 그냥 있겠소? 조르르 따라 일어서더구먼. 사실 최경자에겐 살벌하기 짝이 없는 분위기였거든요. 자존심 때문에, 신 형 때문에 눌러앉아 있기는 해도 좀이 쑤셨을 것이오. 같이 나가서 신 형에게 차라도 잡아줄까 싶었지만 최경자에게 선심 쓰는 기분으로 사양하기로 하고 내버려두었지."

그러고는 영태는 껄껄 웃어젖힌다. 그는 한바탕 웃고 나서,

"아, 설마한들 사랑하는 남자를 개천에 처넣지는 않을 테니 안심했죠. 그렇잖소, 신 형?"

"그렇다면 왜 내가 여기에 와 있을까?"

"하하핫…… 뻔하지 않소. 개천에 처넣는 대신 호텔로 모셔

간 거지, 뭐.”

“그렇지만 미스 최는 여기 없지 않소?”

“글쎄…… 그건…… 신 형만 두고 혼자 돌아갔을 리도 없겠는데? 하여간 통금이 해제되면 곧 내가 그곳으로 가리다, 진상 조사차. 하하하핫…… 기분 나쁠 것 있소? 폭신한 베드에서 한잠 자슈.”

성표는 수화기를 놓고 침대에 들었다. 머리가 몹시 쑤셨다. 새벽녘에 잠이 들었다. 얼마나 잤는지 문 두드리는 소리에 잠이 깨었다.

‘왔구나!’

성표는 벌떡 일어났다. 침대에서 뛰어내려 도어 앞으로 갔다. 도어를 밀었다. 열리지 않는다.

‘……?’

내려다보니 열쇠 구멍에 열쇠가 걸려 있었다.

‘이상하다?’

성표는 여태까지 방문을 잠그고 자본 일이 없었다. 열쇠를 돌려서 도어를 밀었을 때 밤샘을 한 탓인지 벌겋게 핏발이 선 눈을 하고서 영태는 히죽히죽 웃고 서 있었다. 방으로 들어선 영태는,

“정말 혼자구먼.”

그 대꾸는 하지 않고 성표는,

“나 어서 가야겠소.”

풀쑥 해놓고 보니 성표 자신에게도 갑작스러운 말이었다고 생각되었다.

"왜요? 오 부인이 노하실까 봐? 약속을 어겼다구?"

성표는 눈을 들어 영태를 바라본다.

"속절없는 간부의 눈이구먼."

난폭한 말을 영태는 서슴없이 내뱉는다. 성표의 얼굴이 검붉게 부풀어 오른다. 그러나 영태의 표정은 부드러웠다.

"제발 그 소심증 좀 버리시오. 숫돌에다 그 윤리의식이란 놈을 우둑우둑 갈아버렸음 속 시원하겠다."

영태는 발길질하듯 하며 돌아섰다. 그리고 뚜벅뚜벅 옆으로 걸어가더니 마치 자기 방처럼 서슴지 않고 벨을 찾아 누른다.

얼마 후 보이가 나타났다.

"여보시오, 당신이 이 방의 담당자요?"

영태는 명령조로 묻는다.

"네, 그렇습니다."

"어젯밤에 이 친구 누구하고 왔수?"

보이는 우두커니 앉아서 담배만 피우고 있는 성표를 쳐다본다. 말해도 상관없겠느냐고 묻는 듯한 눈빛이다. 그러나 성표는 여전히 담배만 피우고 있다. 이미 그 일에는 관심이 없는 듯 보였다.

"마음 쓸 것 없소. 말하시오. 이 친구 자신이 지금 여기에 왜 와 있는지 궁금해하구 있으니까."

"정말 모르세요?"

보이는 성표에게 묻는다.

"모르겠소."

그제서야 종업원은 피식 웃으며 영태에게 시선을 돌렸다.

"많이 취하셨더군요."

"그래서?"

그러나 종업원은 다시 성표에게 눈길을 돌리며,

"여자를 쫓아낸 것도 모르세요?"

"여자를?"

성표가 반문하는데 영태의 눈과 마주친다. 영태가 빙그레 웃는다.

"네, 어젯밤에."

하다 말고 종업원도 빙그레 웃는다.

"이 방으로 제가 안내했었죠. 방 앞에까지 아무 말씀도 안 하시고 그 여자 손님하고 함께 오셨습니다. 그런데 그 여자 손님이 따라 방으로 들어가려구 했을 때 별안간 떠밀어 내면서……."

"떠밀어 내면서."

성표는 바보처럼 뇐다.

"네, 떠밀어 내면서 난 이제 죄 안 짓겠다고 막 언성을 높이지 않겠어요? 하도 여자 손님 보기가 민망해서 전 그만 그 자리를 피했습니다. 그런 얼마 후 그 여자 손님은 얼굴이 핼쓱해가지고 내려오더군요."

"그래, 가버렸소?"

영태가 묻는다.

"네."

"거 비참한 얘기군."

그 지경까지 이르렀다니 영태도 최경자에게 동정이 가는 모양으로 얼굴을 찡그렸다.

"신 형, 그럼 어떡허시겠소? 나가시겠어요?"

영태는 이제 그 이야기는 끝났다는 듯 보이로부터 얼굴을 돌리고 멍하니 앉아 있는 성표에게 물었다. 종업원은 우물쭈물하다가 나가버린다.

"가야죠."

성표는 일어섰다. 계단을 내려오면서 영태는,

"정말 신 형은 죄 많이 짓는구먼. 아무래도 여자 때문에 고생 좀 하겠소."

여자 때문에 고생하겠다는 말은 오 부인을 두고 하는 말이라 성표는 생각했다.

"적당히들 하고 끊으시오. 진짜가 되면 곤란해. 황막한 이 풍토에 예술가들의 로맨스가 자랄 수 있겠소? 스캔들로 끝난다면 오히려 다행이지. 난 신 형을 아끼니까."

영태로서는 퍽이나 신중한 어조로 말했다. 물론 그 말도 오 부인을 두고 하는 말이다.

"예술가는 선민選民이 아니오. 난 그 대열에도 속하지 못하는 인간이지만.”

성표는 반발하듯 뇌까린다. 가벼운 장난 기분으로 영태가 부채질할 때는 다소 도망치는 마음으로 회피해 오던 성표였다. 그러나 지금 영태가 정면으로 심각하게 충고를 하자, 도리어 그게 어쨌다는 거야 하고 소리 지르고 싶은 기분이다. 그리고 영태의 선량한 속마음을 알면서도 예술가니 로맨스니 하는 따위의 말은 속이 느글느글할 지경으로 불쾌하게 들렸다.

영태는 힐끗 성표를 쳐다보며,

“예술가의 병아리도 좋아요. 선민의식은 가져야지. 그것 없이 무슨 재미로 가난뱅이 예술가가 된단 말이오? 권세도 돈도 안 되는 그까짓 것을. 하하핫!”

영태는 웃고 나서,

“오만하지, 오만해. 오만해서 그런 말을 하는 거요, 신 형은.”

“오만과 열등의식은 통한다더군.”

“얼마나 죄 없이 나이브하오? 나는 예술가, 선택받은 인간이라 뽐내는 것 말이오. 인간의 냄새가 물씬물씬 나지 않소? 그런 치기는 예술가에게 좀 필요한 요소지, 그렇잖소, 신 형? 신 형은 너무 자의식이 강해서 탈이란 말이야.”

영태는 성표의 팔을 툭 친다. 성표는 영태의 솔직한 말에 더 이상 할 말이 없었다.

‘정말 그늘이 없구나. 나는 예술을 회의하고 있지만 이 친구는 숫제 무시하고 있지 않느냐? 그게 더 무섭지.’

놀고 떠들고 어릿광대처럼 휩쓸고 다니지만 영태는 누구보다 음악 이론에 밝은 것을 성표는 알고 있다. 언제나 놀고 있는 것 같지만 실력은 무시할 수 없고, 그의 예리한 감수성은 기교보다 곡曲 해석에 민감했다.

미도파 앞에까지 걸어 나온 성표는 버스 정류장에서 걸음을 멈추었다.

"기왕이면 택시 타고 가시지. 일류 호텔에서 잠을 자고 버스를 타고 간대서야 그거 어디, 서글픈 이야기가 아니오?"

영태는 핀잔을 주면서 잽싸게 지나가는 택시를 잡으려 한다.

"아아, 싫소!"

성표는 화난 어조로 말하며 치켜든 영태의 손을 끌어내렸다.

영태와 헤어진 성표는 곧장 푸른 저택으로 돌아왔다. 정원의 잔디가 아침 이슬에 젖어 한결 푸르게 보였다.

성표가 홀에 들어서자,

"어머, 일찍 오시네? 웬일이세요?"

다리미질을 한 하얀 식탁보와 냅킨을 안고 나오던 영희가 힐책하는 표정으로 말을 걸었다. 그 표정은 방종한 아들이 돌아왔을 때 대하는 어머니와 같은 것이었다. 피서지에서 그 사건이 있은 후부터 영희는 가끔 어머니 같은 표정을 지었다. 의식적인 것이었다.

성표는 그 표정이 싫었다.

"못 들어오시면 전화나 걸어주실 일이지, 모두 걱정하잖아요?"

"누가 걱정해 달랬어요?"

성표는 내뱉듯 말하고 자기 방 있는 쪽을 향하여 터벅터벅 걸어간다. 영희는 그 뒷모습을 한참 동안 바라보다가 식당으로 가버린다. 넓은 홀에 아침 햇빛이 환하게 스며들었다.

방으로 들어가 성표는 향긋한 냄새를 맡았다. 영희가 지닌 향수 냄새다. 그가 오기 전에 영희가 다녀간 모양으로 방 안은 말끔하게 정돈되어 있었고, 꽃병에는 타는 듯 붉은 사루비아가 꽂혀 있었다.

성표는 죄 없는 담배만 피우다가 문득 찬이 생각이 나서 찬이 방으로 갔다. 찬이는 없었다. 그는 무심코 책상 위에 놓인 공책을 집어 들었다. 네모 반듯반듯한 글씨가 씌어 있다.

> 어머니, 보고 싶어요. 큰아버지가 오시라 하면 꼭 오셔야 해요. 난 혼자 자는 게 제일 무서워요. 영희 아줌마는 야단치지만 미미가 울면 잠이 안 와요. 참, 그리고 말예요. 우리 선생님이 그러는데 나 피아노 참 잘 친대요. 우리 선생님은 노래를 잘 부르는데 그만 죽을 뻔했지 뭐예요.

성표는 슬그머니 웃는다. 그러나 띄울 수 없는 편지를 찬이가 쓰고 있다고 생각하니 측은하여 마음이 언짢았다.

"어디 갔을까?"

성표는 찬이를 찾아 밖으로 나갔다. 뜰에도 찬이는 없었다. 그는 뒤뜰로 돌아갔다.

아직 햇빛이 들지 않는 원숭이 집 앞에 서서 오 부인은 콩을 던져주고 있었다. 원숭이가 주워 먹으면 또 던져주고, 마치 기계처럼 그 짓을 되풀이하고 있었다. 속살까지 내비치는 검은 레이스의 원피스가 한곳에 몰려 왼편 어깨가 드러나 보인다.

성표는 한참 바라보고 섰다가,

"오 부인."

오 부인의 두 어깨가 파르르 떨렸다. 그는 천천히 몸을 돌렸다. 불이 튀기는 듯한 눈이 성표를 응시한다.

"어젯밤 약속을……."

성표는 앞으로 다가서며 말을 하려 했다. 눈은 불이 튀기는 듯했으나 오 부인의 눈언저리는 푸릇푸릇한 색소가 침전된 듯 보였고, 잠 못 이루고 오뇌에 전전한 모습이 뚜렷했다.

"그만 과음해서……."

말이 끝나기도 전에 콩이 휙 나는 순간 오 부인의 손바닥은 성표의 뺨을 쳤다. 성표의 짙은 눈썹이 서너 번 꿈틀거렸다. 백랍처럼 하얗게 질린 오 부인은 입술을 다문 채 성표를 노려보다가는 돌아서서 천천히 가버린다.

오 부인의 모습이 사라지자 성표는 호주머니 속에서 담배를 꺼내어 붙여 물었다.

원숭이는 땅에 떨어진 콩을 주우려고 철망 사이로 손을 내어

휘젓고 있었다. 성표는 그것을 보자 허리를 꾸부려 땅에 떨어진 콩을 주워 원숭이에게 던져주고 다시 담배 연기를 빨아당겼다.

마음 밑바닥이 짜릿했다. 뭐라 형용할 수 없는 기분이다. 그러나 노하고 있지는 않았다. 오 부인을 미워하지도 않았다. 성표는 푸릇푸릇한 오 부인의 눈언저리를 생각했다.

황혼의 비애가 가슴을 짓누르는 듯했다.

'늙었구나!'

성표는 돌 위에 퍼질러 앉았다. 늙었다고 생각하는데 묘하게 오 부인이 자기보다 어린 사람 같은 착각이 든다. 정란에 대한 것처럼 가엾은 생각이 들었던 것이다. 나이 덜 찬 여자가 자기의 뺨을 때린 것만 같았던 것이다.

'바보같이…….'

맞은 자기가 바보같이 생각되지 않고 때린 오 부인이 바보같이 생각되는 것이었다. 이때 음악실에서 피아노 소리가 울려 나왔다.

"……?"

성표는 귀를 기울인다. 쇼팽의 〈장송곡〉이었다.

"영희가 아니다."

영희는 겨우 바이엘을 뗐다 했으니, 그리고 성표는 영희의 솜씨를 알고 있었다.

"오 부인이구나!"

성표는 쓴웃음을 머금는다. 하필이면 왜 쇼팽의 〈장송곡〉이냐 싶기도 했으나 오 부인의 피아노 치는 정도가 성표 자신을 능가하고 있었기 때문이다. 성표는 오 부인이 피아노를 치는 것을 처음 듣는다. 아니, 피아노를 친다는 일까지도 알지 못하고 있었던 것이다.

한참 후 성표는 슬그머니 일어섰다. 그는 음악실로 가서 도어를 밀었다. 오 부인은 뒤돌아보지도 않고 피아노를 치고 있었다.

"오 부인!"

옆에까지 가서 불렀으나 대답이 없다.

"오 부인!"

여전히 대답을 하지 않는다. 성표는 손바닥으로 건반을 확 눌렀다. 오 부인이 성표를 올려다본다. 눈물 한 방울 없는 싸늘한 눈이다. 아까 그 불꽃은 언제 이렇게 말끔히 사그라졌단 말인가.

"술이라는 것은 대단히 편리한 거군요."

"오해하고 계십니다."

"오해라구요."

오 부인은 별안간 깔깔 웃어젖힌다.

성표는 눈을 크게 뜨고 오 부인을 내려다본다. 방금 입을 쩍 벌리고 깔깔거리며 웃고 있던 오 부인이 별안간 얼굴을 찌푸리며 우는 모습으로 변해 있었던 것이다. 창창한 하늘에서 갑자기 소나기가 쏟아진 것처럼 급격한 변모다. 웃는 얼굴, 우는 얼굴,

그 어느 것이 실태인지 헤아리기 어렵다. 성표는 눈을 크게 뜬 채 한동안 멍하니 서서 오 부인을 내려다볼 뿐이다.

오 부인은 분명히 울고 있었다. 그러나 조금도 슬픈 것같이 보이지 않았다. 고독한 여자의 모습같이 느껴지지도 않았다. 아까 뒤뜰에서 성표의 뺨을 후려갈길 때보다 더 강렬한 분노가 그의 우는 모습 속에서 발산되고 있는 것 같이 성표에게는 느껴졌다. 이미 그것은 성표에 대한 분노는 아닌 듯싶었다.

얼굴을 숙이지도 않고 울고 있는 오 부인의 얼굴은 몹시 창백했다. 눈언저리는 한결 푸르고 굴곡은 짙다. 창밖의 푸른 나무 그늘 탓이었을까.

"일부러…… 일부러 술을 많이 마셨습니다."

성표는 갑자기 숙제를 생각한 듯 중얼거렸다.

"그랬을 거예요."

오 부인은 울고 있지 않은 듯 태연히 대꾸한다.

"술을 마시지 않고는."

"겁이 나니까, 늪 속에 빠지지 않으려구."

여전히 울면서 응수했으나 벌써 그 일로부터 오 부인의 생각은 떠나 있는 듯 보였다.

"아닙니다. 피하려고 그랬던 것은 아닙니다. 반댑니다. 접근하려구요. 당신을 정복하려구요."

성표 얼굴 위에 약간 붉은 기운이 돌았다. 오 부인은 울음을 그치고 창밖에 눈길을 던진 채 침묵을 지키고 있었다. 그러다

한참 만에,

"아마 거짓말은 아닐 거예요."

혼잣말처럼 뇐다.

"술에 취하지 않고는 갈 수가 없었습니다."

"마녀가 사는 동굴이라도 찾아가는 것처럼, 청교도가 이교도의 여자를 만나러 가는 것처럼?"

하며 처음으로 눈길을 돌려 성표를 노려보다. 성표는 고개를 숙인다.

"그런 공포와 마음의 가책이 없었다고 할 순 없습니다. 청교도는 고사하고 차라리 지하에 사는 사탄을 부러워했죠."

청교도라는 말이 비위에 거슬려 성표는 약한 반항을 한다.

"사탄이 되지 못한 것이 불행이었다면 그럼 천사도 못 되었겠구먼."

"현대의 영웅도 될 수 없었고, 고대의 현자도 될 수 없었습니다."

"연옥에 가서 천당을 우러러보고 있었겠구먼요."

"아니, 아마도 연옥에 가서 지옥을 내려다보고 있을 겝니다."

"으흠? 그래요? 하기는 천당을 기억하는 한에 있어서 신 선생의 영혼은 지옥에서 방황할 수밖에 없을 거예요."

"……?"

성표는 그 말이 무엇을 상징하는지 얼핏 깨닫지 못한다.

"천당은 공포 없이, 가책 없이 만나게 될지도 모르는 당신의 여자. 그리고 지옥은 이 나, 오세정일 것이오, 당신에겐."

그 말에는 무서운 암시가 있었다. 물론 성표는 오 부인의 말 뜻을 알 수 없었다. 천당을 기억하는 한에 있어서 성표의 육체는 지옥에서 방황하리라는 오 부인의 말은 그 어떤 여자의 그림자도 성표의 머릿속에 있어서는 안 된다는 것이요, 만일 그것이 있을 때 오 부인의 보복을 당하리라는 경고였던 것이다. 그러나 그 말은 현재 성표에게 큰 자극이 되지 못하였다. 그에게는 지금 오 부인의 말을 빌려서 천당에 해당되는 여자가 없었다. 그런데 오 부인 자신이 잘 알고 있는 바와 같이 성표에게 있어서 오 부인은 천당에 비유할 여성이 될 수는 없었다. 성표의 고민은 그것이었다. 성표가 자신을 불신하는 것도 바로 그 점 때문이었다.

사탄이 부러워지더라는 말은 오 부인에 대한 감정의 솔직한 고백이다.

성표는 오 부인에 대하여 지순한 사랑을 바칠 수 없는 것과 동시에 애욕의 대상으로도 그의 감정이 철저하지 못했던 것이다. 윤리를 파괴하는 현대의 영웅도 될 수 없고, 윤리를 지존의 것으로 수호하는 고대의 현자도 될 수 없었다는 것은 그의 고민의 한 표현이었다. 그는 불타지 않는 자신을 채찍질해 왔다. 그리고 실망하며 회의해 왔다.

'정신적인 불구자란 말인가? 아니, 나는 냉혈동물이 아닐까?'

대상은 누구이건 좋았다. 성표는 진실로 연소되는 자신을 느끼고 싶었던 것이다. 사탄이 부럽더라는 말은 오 부인에게 한 고백인 동시에 자기 자신에게 주어진 말이다. 악의 구렁창 속에서도 오직 불타기만을 원하는 성표였던 것이다. 성표는 지금 강인한 오 부인의 흡인력에 매달려 있다. 의식적으로 스스로에게 강요하는 구심력이었던 것이다.

"선생님?"

먼 곳에서 울려오는 소리라 생각했다. 그러나 얼굴을 든 성표의 눈에는 창밖의 하늘과 푸른 수목이 선명한 색채로서 확 펼쳐졌다.

"다르뻬이의 바위를 아세요?"

오 부인의 목소리는 좀 가까운 곳에서 들려왔다.

"로마에 있는 암벽이랍니다. 옛날에 죄인들을 그 바위 위에서 떠밀어 떨어뜨려 죽였다 하더군요. 그 죄인들 속에 간통을 범한 남녀가 얼마나 있었을까? 하긴 그곳에서 간통이 그런 극형으로 취급되었는지는 모르지만……."

오 부인의 눈에는 별안간 생기가 돌아왔다. 무엇에 들린 사람처럼 그런 말을 하는 오 부인은 강한 쾌감에 전신을 떨고 있는 것처럼 보였다. 엷은 미소마저 그의 입가에 맴돌고 있었다.

"……여자에게는 영원한 소유가 됐을 거야."

오 부인은 피아노를 쾅! 내려쳤다. 그러고는 세차게 뚜들겼다. 미친 듯이 질풍처럼 빠르게 〈터키행진곡〉을 치는 것이었다. 창밖의 수목과 하늘이 눈부시게 구르는 음音에 부서지고 흩어지는 것만 같았다.

성표는 좀 물러서서 오 부인을 내려다본다. 완강한 어깨였다. 세찬 허리였다. 범하기 어려운 자세다. 누구도 범할 수 없는 덩어리, 돌덩어리였다.

성표는 밖으로 나왔다. 어지러웠다.

'과음했었구나!'

성표는 머리를 흔들며 뜰로 나갔다. 그는 다시 찬이를 찾기 시작했다. 성표는 뜰 안을 샅샅이 찾아다녔으나 웬일인지 찬이는 보이지 않았다.

'어디 갔을까?'

성표는 영희에게 물어보려다가 피곤하여 나무 밑에 있는 벤치에 주저앉았다.

'술래잡기 같구먼.'

성표는 혼자 뇌며 빠개지는 듯 아픈 머리를 주먹으로 두들겼다. 성표 자신이 오 부인을 잡으러 가는가 하면 돌아서서 달아나고, 오 부인 역시 뒤쫓아오나 하면 휙 몸을 사리며 도망을 치고, 그러한 심리적인 운동의 되풀이 속에서 한 번도 잡히지 않고 서로가 떨어져 있는 거리.

'그 거리는 나에게만 있었던 것은 아니었을 거야. 오 부인의 마음속에도, 그렇다! 오 부인의 마음속에도 있었다!'

오 부인은 그의 강렬한 말과는 반대로 자기를 사랑하고 있지 않은지도 모른다는 생각이 퍼뜩 성표 머리에 떠올랐다. 자기를 통하여 오 부인은 애정 아닌 다른 무엇을 찾으려 하고 있는지도 모른다는 생각도 들었다.

'이렇게 허황하게 서로의 마음이 겉돌 수 있을까? 오 부인은 옛날 연인의 환영을 내게서 찾고 있는 것이나 아닐까? 그리하여 때때로 그 여자는 환영 아닌 나를 발견하고 뒷걸음치는 것일까?'

성표는 돌덩어리같이 느껴지던 오 부인의 뒷모습을 눈앞에 그려봤다.

"신 선생님? 거기서 뭘 하구 계세요?"

저만큼 서서 영희가 손짓한다.

"점심 하세요!"

성표는 일어섰다. 그리고 영희 옆으로 다가가며,

"찬이는 어디 갔어요?"

"강 사장이 데리고 나갔어요."

"어딜."

"모르겠어요."

왠지 성표는 불길한 예감이 들었다. 전에는 한 번도 없었던 일이기 때문이다.

"부인도 함께하신대요."

"뭘?"

"아이 참, 점심 말예요."

"아아."

"조용히 두 분께서 하세요."

"……."

"서로가 죄의식을 무마할 수 있어서 참 좋지 않아요?"

영희는 머리를 두 손으로 긁어내리듯 하더니 한번 고개를 흔들었다.

"영희 씨의 선심이라면 사양하겠소. 그런 따위의 연애 공작을 하는 자기 자신을 관대하다고 자위한다면 구역질 나는 일이야."

"천만에, 오 부인의 분부랍니다. 나는 단지 고용인일 뿐이에요."

그들은 더 이상 말하지 않고 집 안으로 들어갔다. 그들이 식당으로 갔을 때 오 부인이 먼저 와서 기다리고 있었다.

"영희도 같이하지."

오 부인의 말이었다. 영희와 성표의 눈이 마주친다. 그들은 아무 말 없이 식사를 끝냈다. 그리고 계집아이가 날라 온 홍차를 마시기 위해 그들은 홀로 자리를 옮겼다.

"편지 안 왔어?"

오 부인이 찻잔을 든 채 영희를 보고 묻는다.

"왔을 거예요. 가지고 올까요?"

"음."

영희는 밖으로 나갔다. 성표는 강 사장이 왜 찬이를 데리고 나갔는가 그것을 궁금하게 생각하고 있었다.

얼마 후 영희는 편지 한 뭉치와 서류철 같은 것이 들어 있는

듯싶은 큰 봉투를 들고 들어왔다. 그는 탁자 앞에 앉았다. 그리고 편지 하나하나를 손에 들면서,

"이건 부산지사에서 온 거구요, 이건 이 상무가 싱가포르에서 보내온 거구, 또 이건 강원도……."

거의 모두가 다 강 사장 앞으로 온 사무적인 서신들이었다. 강 사장은 무슨 까닭인지 오래전부터 사신私信은 물론이거니와 회사의 사무적인 서신도 대부분 집을 통하여 교환하고 있었다. 그리고 또 그러한 사무적인 연락은 오 부인이 중계적 역할을 했고 내용 검토도 오 부인이 하게 되어 있었다. 그러고 나면 오 부인은 강 사장에게 조언을 하는 식의 습관이 계속되어 왔던 것이다. 그만큼 오 부인은 강 사장의 사업 분야에 침투하고 있었으며 영향을 주고 있는 것이다.

"이것은…… 미국에서 온 거군요."

영희는 눈을 들어 오 부인의 얼굴을 살핀다. 뭔지 의미심장한 영희의 표정이다. 오 부인은 무표정하게 앉아 있었다.

"나의화 씨예요."

오 부인이 말이 없는 것을 본 영희는 그의 주의를 환기시키려는 듯 다시 말했다.

"뜯어서 읽어봐."

나의화羅儀和라는 사람으로부터 온 편지는 언제나 불문에 부치게 마련이다. 피봉을 뜯지 않은 채 강 사장에게 넘어가는 편지였다. 그러나 오늘따라 그 편지를 뜯으라 하니 영희로서는 좀

의아스러웠던 것이다.

"뜯어서 읽어봐."

오 부인은 같은 말을 억양 없이 되풀이하였다. 영희는 성표를 힐끗 쳐다본다. 성표는 묵묵히 앉아 있었다. 영희는 피봉을 찢었다.

> 시아주버님께. 이 더운 여름 날씨에 집안은 두루 편안하온지 문안 드리오며, 오랫동안 소식 전해드리지 못하여 죄송하게 생각하고 있습니다. 일전에 시아주버님께서 말씀하시기를 이곳이 싫어지면 불란서로 가는 게 어떠냐고 하셨습니다만 이곳이 싫기보다 오직 고국으로 돌아가고 싶은 마음만이 간절하여 깊으신 뜻 거역하게 되었사옵니다. 구월 하순경 고국으로 돌아갈 예정으로 지금 만반의 준비를 갖추고 보니 시아주버님께서 꾸지람…….

"그만, 그만!"

오 부인의 목소리는 비명에 가까웠다. 그는 자리에서 벌떡 일어섰다. 오 부인의 입술은 부들부들 떨리고 있었다.

성표와 영희는 아연한 눈으로 오 부인을 바라본다. 오 부인은 몸을 휙 사리듯 하며 돌아서더니 거의 달음질치다시피 이 층으로 뛰어 올라가는 것이었다.

"……?"

성표와 영희는 마주 본다. 그들의 눈에는 다 같이 깊은 의혹이 있었다.

"오 부인이 왜 저러실까?"

"글쎄……."

"누구죠? 찬이 어머니죠?"

"그런가 봐요."

"영희 씨도 몰랐어요?"

"대강 짐작은 갔지만 나의화라는 분의 편지는 오늘 처음 읽었어요. 그분의 편지만은 오 부인이 보지 않고 강 사장에게 넘겼으니까요. 오 부인은 그분 편지를 손에 들어본 적이 없었어요."

"왜 저렇게 흥분을 할까?"

성표는 오 부인이 사라진 곳으로 다시 눈길을 보내며 중얼거렸다.

"그렇게도 걱정이 되세요?"

영희는 슬그머니 웃는다. 성표에 대하여 동정하는 것같이 보이기도 하고 자기 자신에게 동정하는 것같이 느껴지기도 하는 웃음이었다. 성표는 입을 다물었다.

'모르겠구나, 모를 사람이야.'

마음속으로 중얼거리는데,

"저도 잘 모르겠어요. 아무튼 이 집에서는 찬이 엄마 얘기는 하지 않았어요. 그리고 미국에 관한 이야기도 금기에 속했답니다."

영희는 흩어진 편지를 주워 모아가지고 오 부인의 거실로 찾아간다. 그때 마침 현관 쪽에서 클랙슨이 울려왔다.

'찬이가 오나?'

성표는 일어섰다. 얼마 후 찬이는 강 사장에게 이끌려 홀로 들어왔다.

"선생님!"

그는 꾸러미를 들고 성표에게 달려왔다. 그러나 성표는 강 사장으로부터 눈길을 돌릴 수 없었다. 강 사장은 웃고 있었다. 웃고 있는데 그 시선은 집요하게 성표의 눈을 잡고 늘어진다. 서울로 돌아온 후 첫 대면이었던 것이다.

"신 선생."

"네."

"찬이가 피아노에 소질이 있소?"

강 사장은 성표가 전혀 예상치 않은 말을 물었다.

"더 두고 봐야죠."

"두고 봐야 한다? 그렇지, 두고 봐야지."

강 사장은 미소와 반대로 적의에 찬 몸짓을 하며 이 층으로 천천히 올라간다.

"선생님?"

찬이가 속삭이듯 불렀다.

"어디 갔었니?"

"저 말예요, 외삼촌 집에."

"뭐? 외삼촌 집에?"

성표는 적이 놀란다. 처음 듣는 찬이의 외삼촌이었기 때문이다.

"큰아버지가 그러던걸, 뭐."

"큰아버지하고 같이 갔었니?"

"네."

"처음이냐?"

"응."

네가 응으로 된다. 찬이는 흥분하고 있었다. 그가 새로 접촉하고 온 환경에 대한 충격이 컸던 모양이다.

"이거, 그 외삼촌이란 사람이 주었어요."

"장난감이냐?"

"장난감이에요. 자동차하구 곰하구, 또 기린하구."

"재미있었니?"

"몰라. 선생님."

"……."

"나 거기 가서 피아노 쳤어요."

"그래서."

"외삼촌이란 사람 아무 말 안 하데요. 그리구 큰아버지하고 자꾸만 엄마 얘기만 하던걸."

"엄마 보고 싶으냐?"

찬이는 성표의 얼굴을 힐끗 쳐다본다.

"엄마가 오시면 찬이는 좋겠구나."

"오신댔어요?"

찬이는 긴장한다.

"글쎄…… 오시기는 오실 거 아냐?"

"큰아버지가 오라 하겠다 했었지만……."

어린 찬이로서는 생각이 많은 모양이다.

"자, 우리 이제는 공부다!"

성표는 찬이를 데리고 방으로 갔다.

9. 의상을 벗어라

나의화로부터 편지를 받은 그날 저녁 강 사장과 오 부인이 뜰에서 어성을 높이며 언쟁하는 것을 성표는 보았다.

한동안 성표는 오 부인에 대하여 의혹을 품고 있었다. 그러나 그 여자에게 숨겨진 여러 가지 비밀에 대한 호기심보다 현재 처해 있는 오 부인과의 미묘한 감정의 갈등이 그런 호기심을 잊게 하였던 것이다. 그러나 나의화라는 찬이 어머니의 보이지 않는 존재가 이 집안에 던져주고 있는 파문은 다시 성표의 마음에다 짙은 안개를 드리웠다. 그러나 그러한 의혹은 전과 같은 단순한 호기심의 것은 아니었다.

"전화예요. 신 선생님."

성표가 이 생각 저 생각을 하며 별로 눈에 들어오지도 않는 책을 펼쳐놓고 있는데 영희가 도어를 열고 말하였다. 성표는 박영태가 전화를 걸었을 거라 생각하며 홀로 나갔다.

"오빠예요?"

정란이었다.

"아아."

다소 미안했다. 그래서 아아, 하고 만다.

"박영태 씨한테 들었어요. 오빠가 올라오신 것."

"며칠 전에 왔어."

"그동안 저에겐 여러 가지 일들이 많았어요."

"박 군한테 들었다."

"저 이번에 연속 드라마의 주제가를 취입하게 되었어요."

"뭐?"

"나성구 선생님이 작곡하신 거예요."

"아아, 그래? 그거 잘됐구먼."

성표는 남의 일처럼 말한다.

"아무튼 얘기할 일이 태산 같아요. 내일 좀 만났음 싶어요."

"내일……."

"내일 아무 때라도……."

"그러지, 열한 시에 나가마."

"피가로에서 만나요."

"그래, 참, 너 뭐, 영화계에서 교섭이 있다면서?"

"누가 알아요, 자신 없어요."

"공연히 덤비지 말고 집어치워. 네가 스크린에 나타났다간 부처님이 웃으실 거야."

"오빠 괜히 그래. 누가 뭐 나간다 했나요? 수입이 는다니까 생각해 본 거지요, 뭐……."

정란의 풀이 죽은 목소리가 좀 애처롭다고 성표는 생각했다.

"아무튼 내일 나가겠다."

성표는 더 이상 잔소리를 하지 않고 전화를 끊었다. 성표가 방으로 돌아와서 다시 멍하니 앉아 있는데 영희가 들어왔다.

"무슨 보고가 또 있소?"

성표는 영희를 쳐다보며 좀 심술궂게 뇌까린다.

"왜 저한테 시비를 걸려구 해요? 공연히 신경질만 부리네요. 주도권은 언제나 신 선생이 가지고 있으니까. 약자를 학대하는 것은 비겁한 일예요."

영희는 농담 반 진담 반으로 말했다.

"약자가 어디 있구 강자가 어디 있죠? 성별을 말하는 건가요?"

"성별도 있을 게고, 처지의 차이도 있을 거예요."

"처지? 영희 씨나 나의 처지가 어떻게 다르죠?"

"실없는 얘기는 그만둡시다. 그보다 오 부인이 지금 나갔어요. 얼굴이 파아랗게 질려가지구. 강 사장하고 다투었나 봐요."

"그게 걱정이 돼서 나한테 왔어요? 아니면 승리감을 느끼고 나한테 왔어요?"

성표의 목소리는 찬물처럼 냉정했다.

"잔인하군요."

"잔인하다구요? 영희 씨는 강 사장을 사랑하고 있지 않았던가요?"

"그럼 저도 묻겠어요. 아니, 그대로 말을 돌려드리겠어요. 신 선생은 오 부인을 사랑하지 않았던가요?"

성표는 그 대답을 못 한다. 영희는 창가에 가서 기대어 섰다.

"그림을 그린다면 이러한 관계들을 무슨 색채로 표현할 수 있을까? 회색? 브라운? 그리고 형태는?"

하고 영희는 나직이 웃었다.

"한 여자는 한 사나이의 세컨드, 한 남자는 한 여자의 젊은 제비, 그리고 한 사나이와 한 여자는 부부, 한 사나이와 한 여자는, 그건 뭘까?"

영희는 고개를 갸웃거린다.

"사각관계에다 다시 사각관계를 보태면 팔각관계? 호호호……."

"닥쳐!"

성표는 영희의 뺨을 갈겼다. 그러나 영희는 말똥말똥 눈을 뜨고,

"왜요? 더러워서 그러세요? 무슨 사상에선가는 남녀공유를 주장하고 있더군요. 하긴 강 사장도 잠시 채용하여 남에게는 금지하면서 자기 혼자만이 악용하고 있습니다만……."

성표는 영희의 뺨을 때린 것으로 하여 아침에 오 부인으로부

터 뺨을 맞은 생각을 했다.

"영희 씨."

"말씀해 보세요."

"잘못했소. 고독으로 인한 발광이오. 자, 이제 어서 나가주시오."

성표는 도어를 열어주면서 영희를 바라본다. 영희는 태연히 걸어왔다.

"혼돈과 혼돈입니다. 이 속을 흘러가는 것에 앙탈하지 맙시다."

고 말하며, 성표는 어두운 눈을 들어 영희를 쳐다보며 손을 내밀었다. 영희는 성표의 손을 잡았다. 우스운 일이면서도 그들의 감정으로는 지극히 자연스러운 악수였다. 그러나 화해의 악수인지 공동운명의 공감에서 온 악수인지 그들 자신은 헤아리지 못하였다.

영희는 빙그레 웃으며 성표 손을 놓고 돌아서 간다.

'참 별일도 다 있구나.'

그들은 다 같이 자기 자신들을 어처구니없이 생각하는 것이었다.

이튿날 아침까지 오 부인은 돌아오지 않았다. 성표의 마음은 무거웠으나 오 부인을 위하여 무슨 일을 해야 할지. 새까맣게 먹칠한 듯한 오 부인의 과거나 현재와 마찬가지로 성표 자신 속에도 오직 검은 혼돈이 있을 뿐이었다. 그는 정란과의 약속을 존중하는 의미보다 그 혼돈 속에서의 탈출을 꾀하듯 아침을 끝낸 후 찬이의 학습을 봐주고 밖으로 나왔다.

피가로다방에서 성표는 정란을 만났다.

"오빠, 나 부탁이 하나 있어요."

"실현성 없는 부탁은 하지 말어."

"오빠 마음먹기에 달렸는데요, 뭐."

정란은 여름인데도 전보다 낯빛이 좋았다. 살도 좀 오른 듯하여 성표는 가벼운 안도를 느꼈다. 그러면서도 그는 아무 대꾸도 하지 않고 멍하니 앉아 있다.

"어디 좀 같이 가줄 수 없어요?"

"형무소 말이냐?"

"아니에요."

하고서 정란은 불현듯 김세형 생각을 하는지 다음 말을 잇지 못한다. 정란의 기분이 가라앉은 것을 본 성표는 잠시 김세형을 생각했다. 웬 까닭인지 이제는 김세형을 미워한 이유가 막연했다고 생각했다.

"그럼 어디 가자는 거야?"

그 말 대답은 하지 않고 정란은,

"열심히 돈 벌어서 그이가 나오면 장사라도 시키겠어요. 오빠는 그일 미워하지만."

정란은 별안간 흐흑 하고 느낀다. 참으려고 침을 꿀꺽 삼키며 눈을 여러 번 깜박였으나 눈물이 정란의 볼을 흘러내렸다.

"그래?"

성표는 다른 때처럼 정란이 우는 것을 보고 짜증을 내지는 않았다. 자기 동생이지만 참 좋은 여자라 생각했다.

"좋도록 해라. 설마 지도 사람인데, 고생한 보람이 있겠지."

정란은 놀라움을 띠며 성표를 쳐다본다. 그는 성표가 또 짜증을 부릴 것이라고만 생각했었다. 그에게 성표의 말은 정말 뜻밖이었다.

"네가 가진 그것의 반 몫만 내가 가졌어도……."

"……?"

성표의 눈은 초조와 욕구불만으로 어둡게 빛나고 있었다.

"세상이 도무지 재미가 없어. 뭣이 내게 맞을는지. 에이! 그만 고아원에서 내 푼수에 맞는 목공 일이나 배울걸……."

"오빠."

"음?"

"고독해서 그러세요?"

"고독해서? 음, 고독해서 그렇다."

성표는 빙긋이 웃는다. 정란의 얼굴에는 미안해하는 빛이 돌았다.

"미안해할 것 없어. 너 탓은 아니니까. 그보다 어딜 가자는 거지?"

"아 참, 저 나 선생님 댁에요."

"나성구 씨 말이냐?"

정란은 고개를 끄덕인다.

"거긴 뭐 하러? 내가 꼭 가야 하나?"

"여러 가지 저를 위해서 애써주셨어요. 그러니까 이쪽에서도."

"그래서 내가 인사하러 가야 한단 말이지?"

"오빠가 바쁘지 않으면 그랬음 좋겠어요."

"그래라. 가보자."

정란의 눈빛이 싱싱해진다.

"그, 그럼 오빠?"

"……."

"뭘 사 가야 할 텐데 뭘 할까요?"

"넥타이나 하나 사 가지."

"안 돼요. 그건 부인이 싫어할 거예요."

"어째서?"

"여자를 싫어한댔어요."

"흐흠?"

성표는 픽 웃는다.

"오빠가 사 가는 걸로 하고 오빠가 고르세요."

"그럼 양주나 한 병 사 가면 되겠구나."

"그럭허세요. 그게 좋겠어요."

그들은 일어섰다. 거리로 나온 그들은 가게로 들어갔다. 성표는 양주에 대한 지식이 별로 없었으므로 정란이 골라서 점원에

게 포장을 부탁했다. 양주 병을 들고 밖으로 나오자,

"오빠, 전화 걸어놓고 가요."

"그건 네가 해라."

"안 돼요. 부인이 받으니까 오빠가 해요. 다른 때도 박영태 씨가 전화를 걸었거든요."

"대단한 여자로구나."

그들이 공중전화 있는 곳으로 걸어가는데 최경자하고 딱 마주치고 말았다. 최경자는 성표의 눈을 얼른 피했다. 그리고 가면처럼 걸어갔다.

성표는 아무렇지도 않게 공중전화가 있는 곳으로 들어갔으나 그의 눈은 최경자의 뒷모습을 좇고 있었다. 최경자의 모습이 시야에서 사라지자 성표는 정란이 가르쳐준 대로 다이얼을 돌렸다. 정란이 말한 대로 여자가 받았다.

"나 선생님 계십니까?"

"댁은 누구세요?"

"저는 정란이 오라빕니다만."

"아아, 잠깐 기다리세요."

이윽고 나성구 씨가 수화기를 잡는 모양으로 밭은기침 소리가 들려왔다.

"아, 여보세요."

"나 선생님이십니까?"

"네."

"제가 정란의 오라빕니다. 만나 뵙고 싶습니다만, 지금 댁으로 가도 좋겠습니까?"

"네, 오십시오."

나성구 씨는 간단히 말하고 전화를 끊었다. 간단하다는 것이 묘하게 성표의 마음을 끌었다.

그들이 나성구 씨 집에 들어갔을 때 나성구 씨는 응접실에 앉아 담배를 피우고 있었다. 몹시 피곤해 보였으나 일을 끝낸 뒤의 허탈감과 휴식을 즐기는 기분이 엇섞여 있는 표정이다.

성표는 매우 인상이 좋은 사람이라 생각한다. 단순히 인상이 좋은 것이 아니고 무엇이 있는 듯한 느낌을 받는다. 나성구 역시 성표에게 확 끌려가는 충격을 받는다. 두 사람은 악수를 나누면서 말 없는 속에 서로의 느낌을 교환한다. 자리에 앉자 나성구 씨는 정란을 도외시하고 성표에게 관심을 쏟는다.

"박 군한테 얘기 들었습니다. 성악을 전공하신다죠?"

"네."

"리드를 하신다는데……."

"일단은…… 막연합니다."

성표는 초대면인데도 솔직히 말한다.

"오페라나 오라토리오를 하시는 게 어떨까? 언뜻 보기에 그런 느낌이 드는군요."

"아무래도 발붙일 곳이 못 되는 것 같습니다."

그건 무슨 뜻이냐는 듯 나성구 씨는 성표의 눈을 깊숙이 바라본다.

"정열 상실입니다."

성표는 스스럼없이 웃는다.

"그런 고민에 빠지면 내 꼴이 되죠."

나성구 씨도 성표의 심정을 이내 헤아리듯 흐뭇이 웃었다. 수염이 자라서 듬성듬성한 얼굴에 띤 미소에는 털끝만큼의 자학도 없었고, 도리어 소년 같은 흔적이 있었다. 정란은 성구 씨의 미소 짓는 얼굴을 처음 본다고 생각했다.

"남의 것에 미치다가도 내 것에 대하면 그냥 뻗어버리는 기분입니다. 뭐가 도무지 있어야겠는데 그 뭐가 없습니다. 폭풍이 있어야겠는데 그게 없습니다. 나뭇잎 스치는 소리가 있어야겠는데 그게 없습니다. 바탕이, 아무래도 바탕이 없는 것 같습니다."

성표는 안심하고 지껄인다. 정란은 나성구 씨의 미소도 의아했지만 성표의 다변에도 의아함을 금하지 못했다. 성표가 자기 고민이나 음악에 대하여 얘기하는 것을 처음 보았기 때문이다.

"이러한 공백 속에서는 아무것도 할 수 없고 발붙여볼 곳도 없는 것 같습니다."

"신 군."

나성구 씨는 다정하게 불렀다.

"신 군은 예술과 인생, 그 어느 것을 우위에다 둡니까?"

"그것을 모르고 있습니다. 예술을 위하여 인생을 희생한 일도 없고, 인생을 위하여 예술을 희생한 일도 없습니다. 그리고 예술을 한다는 것조차 때론 치사스럽게 느껴지는 일이 많습니다."

나성구 씨는 고개를 끄덕였다.

성표는 얘기하면서도 자기 자신이 헤프게 말을 쏟아놓고 있다는 자각이 조금도 들지 않았다. 그리고 처음, 난생처음으로 만난 사람이라는 생각도 없었고 현재는 야심을 다 버리고 비록 생활을 위하여 어쭙잖은—나성구 씨의 처지로서는—대중가요 따위를 작곡하는 사람이지만 그 옛날에는 어떤 사명감에 살았으리라 여겨지는 나성구 씨의 과거도 지금 성표에게는 아무런 의미도 주지 못하고 있었다.

언젠가는 모르지만 오래전부터, 아주 오래전부터 그 사람을 알았던 것 같은 명확한 의식이 성표 가슴속에 흐르고 있었다.

굴곡이 심한 용모인데도 성표의 눈에 비치는 나성구 씨의 얼굴에는 아련한 회색의 연기 같은 것이 서려 있는 것처럼 느껴졌다. 그리고 뜨문뜨문 말을 하는데도 침묵하고 있는 듯한 느낌을 받았다. 그러나 그 회색 연기 같은 것 속에 강렬하고 싱싱한 푸르름이 숨겨져 있는 듯하였고, 침묵 속에는 선명하고 공통되는 언어가 숨 쉬고 있는 것만 같았다.

나성구 씨 역시 마찬가지였다. 성표는 홀연히 나타난 미지의 청년이었다. 박영태로부터 이야기는 들었지만 실상 별로 귀담아두지도 않았던 청년이다. 그러나 그가 응접실로 들어섰을 때 나성구 씨는 어떤 충격을 받았다. 후리후리하면서도 완강한 체구, 청수한 이마, 그리고 그 밑에는 고뇌에 젖은 듯한, 방황하는 듯한 어두운 눈이 있었다.

나성구 씨는 일순간 자취조차 없었던 인간에 대한 관심이 그 자신 속에서 되살아나는 느낌이었다. 그리고 명쾌한 성표 모습 속에서 회색의 우수를 재빨리 감지하였다. 그것은 기적에 가까운, 그리고 지극히 드문 한순간의 공감이었다.

"선생님."

불러놓고 성표는 주의 깊게 나성구 씨를 응시하였다. 나성구 씨 역시 주의 깊은 눈으로 성표를 쳐다본다.

"외계의 누더기와 비단을 전부 벗어던진 기분입니다. 알몸으로 제가 있는 것 같습니다."

성표의 감정과 더불어 그의 말은 비약했다.

"기연奇緣이죠."

나성구 씨의 말도 비약한다. 그러나 그들은 일치된 것을 느꼈다.

나성구 씨는 의식하지 않는 속에 성표로부터 지난날에 자기가 가지고 있었던 어떤 것을 발견하였고 성표는 성표대로 나성구 씨로부터 자기의 앞날의 모습을 예감했는지도 모른다.

그들은 그다지 많지 않은 이야기를 교환했을 뿐이다. 그러나 그들은 각기 자기의 분신 같은 것을 보고 있었다. 그리고 잠자코 있었던 것 같은 자기 자신에 대한 지각이, 괴로운 것이든 희망적인 것이든, 마치 그 출구라도 발견된 듯, 성표는 다소 조급히, 나성구 씨는 다소 서서히 유동해가는 것이었다.

그것은 일종의 나르시시즘이었는지도 모른다. 호수 속에 비친 자기 모습에 연정을 느낀 나르키소스의 자기 동경 같은 것이었는지도 모른다. 그러나 만일 이런 경우 어느 한편이 여성이었다면? 그러면 그것은 감동에서 희열로 승화하지 않았겠는가. 나르키소스의 나르시시즘은 결국 그의 분신을 찾지 못한 결과일 것이며 고독일 것이다.

나성구 씨는 천천히 담배를 붙여 물었다.

"앞으로 선생님께서는 많이 가르쳐주셔야겠습니다."

성표 말에 나성구 씨는 히죽이 웃었다.

"무엇을 가르쳐달라는 겁니까?"

나성구 씨는 웃음을 거두고 몸을 비스듬히 누이며 성표를 내려다보았다. 성표는 구체적인 말이 입안에서 맴돌았을 뿐 말이 되지 않았다.

"신 군이 아시다시피 나는 타락된 인간 아니오? 불씨조차 없는, 다 사그라져 버린 잿더미요."

그러나 그의 표정에는 아무런 열패감도 없었고 서글픔도 없었다.

"아아, 아닙니다. 무슨 일에 종사하건 그것이 인생과 무슨 상관이 있겠습니까. 인생, 선생님이 마시고 살아온 인생을 저에게 가르쳐주십시오. 저는 그것을 모릅니다. 저의 앞에는 혼돈과 막막한 공백만이 있을 뿐입니다."

"막막한 공백과 혼돈? 역설적이구먼. 하지만 사실이 그렇지."

나성구 씨는 혼잣말처럼 중얼거렸다.

"나는 신 군으로부터 잃어버리고 온 것을 찾아보고 싶은데?"

"아무것도 가진 게 없습니다. 몸이나 마음이 다 가난한 고아일 뿐입니다."

성표는 이맛살을 찌푸렸다.

"그러나 갈망하고 있지 않소?"

"무엇을 갈망하고 있는지도 모르고 있습니다."

"무엇을 갈망하고 있는지 모른다고? 하긴 그랬었지. 그런 것도 지금은 잊어버렸지만…… 내가 걸어온 길은 실패의 연속이지. 그것도 지금은 잊어버리고 있지만…… 나는 아무것도 만나지 못하였소."

"여인 말입니까?"

성표의 눈에 불그레한 것이 모여들었다.

"여인? 마 그렇다 할 수도 있겠죠. 예술일 수도 있고, 아마도 그것들은 동시에 와야 하나 봐요. 손에 잡히지 않더라도 발견이나 했더라면, 만날 수만 있었더라면…… 찾아도 소용없지. 만나져야만 하는 거니까."

나성구 씨는 농담 비슷하게 말했다. 그러나 성표는 나성구 씨의 깊은 눈에서 형용키 어려운 비애를 느꼈다.

"가끔 바람을 피우지요. 그래서 아내는 미치광이처럼 돼버렸구, 한 군데만이라도 좋은 곳이 있으면 나는 그 옆을 스치고 지나가죠, 하하핫…….”

나성구 씨는 소리 내어 웃었다.

이러는 동안 정란은 완전히 초상화에 지나지 못하였다. 그들은 옆에 있는 정란의 존재를 까마득히 잊고 있었던 것이다.

“애정이 없이도 결혼생활을…….”

성표는 뇌면서 영희를 생각했다.

“만나지 못하였으니까. 나는 내 육친을 버리지는 않았죠. 부부란 오래 같이 살게 되면 육친같이 되어버리는 거요. 모두들 나를 공처가로 알고들 있지. 바람을 피우면서도 여편네한테는 꼼짝 못 한다구. 나는 언제나 아내의 히스테리를 방관하는 사람이거든. 보다 잔인한 방법인지도 모르지요. 어떤 때는 아내의 히스테리가 없었다면 살맛이 나지 않을 거라고 생각되는 일도 있으니까, 하하하…….”

나성구 씨는 웃으며 일어섰다.

“아아! 미스 신!”

나성구 씨는 처음으로 정란을 본 듯 놀란다. 성표도 역시 놀랐다. 정란은 인내성 깊게 미소로써 답한다. 그는 오빠와 나성구 씨가 담소하는 것만으로 만족하고 있었다. 약간은 외로웠지만.

그러나 그들은 이내 정란을 잊어버렸다.

“내 일 방에 가보시겠소?”

나성구 씨는 성표를 돌아보며 말했다. 성표는 얼른 일어서서 그의 뒤를 따라 일 방이라는 곳으로 들어갔다.

그러나 가엾게도 정란은 오두머니 그냥 혼자 앉아 있었다. 아무도 그에게 일 방으로 같이 가자는 사람이 없었던 것이다. 그는 외로운 생각이 들었지만 뭔지 그들 속에 끼어들어서는 안 된다는 겸양의 마음이었던 것이다. 정란은 창밖에 눈을 던진 채 거리에서 굴러오는 차량 소리에 귀를 기울인다. 하늘이 참 맑다고 생각했다. 그리고 오빠 성표에게 무슨 좋은 일이 있을 것 같은 기분이 들기도 했다.

일 방으로 들어간 나성구 씨는,

"그게 남아 있는지 모르겠어?"

혼자 중얼거리며 한쪽 벽면에 밀어붙여 놓은 함을 열었다. 아주 낡아버린 옛날의 함이었다.

성표는 깨끗한 응접실과는 달리 몹시 지저분한 방이라 생각했다.

함을 열어젖힌 나성구 씨는 그 속에서 종이 부스러기, 일기장 같은 것, 낡은 사진, 그리고 찌그러진 꽃병, 접시 따위를 주섬주섬 꺼내놓는다. 성표는 그것들을 내려다보고 서 있다. 그리고 나성구 씨의 과거가 모조리 이 속에 묻혀 있다는 생각이 들었다.

나성구 씨는 누렇게 바랜 종이 한 뭉치를 꺼내어 마룻바닥에 철썩 놨다. 그 바람에 낡은 사진 한 장이 성표 발부리에 굴러 왔다. 성표는 허리를 구부리고 그것을 집어 들었다. 그리고 혼자서 빙그레 웃는다. 그것은 나성구 씨의 소년 시절의 사진이었다. 앞머리를 가지런히 자른 서너 살 먹어 보이는 계집아이를 안고 찍은 모습이었다.

'…….'

성표는 나성구 씨의 소년 때 모습을 응시한다. 아무래도 어디서 본 듯한 얼굴이었기 때문이다.

'어디서 봤을까?'

성표는 고아원에서 함께 지낸 동무들의 얼굴을 하나하나 되살려봤으나 사진의 얼굴과 닮은 얼굴은 하나도 없었다.

"오래된 사진이군요."

성표는 나성구 씨에게 눈을 주며 말했다. 나성구 씨는 일어서서 허리를 펴면서,

"아아, 그 사진?"

"안고 있는 아기는?"

"누이동생이오."

하다가 나성구 씨는 담배를 붙여 물고,

"남매간이니까 분신임에도 틀림이 없겠지만 그 애야말로 정신적인 내 분신인지도 몰라."

하고 웃는다. 그러나 그 웃음 속에는 수심이 가득 차 있었다.

"지금은 어디 계시죠?"

"미국에…… 불행한 아이요. 그 애 불행의 절반은 나에게도 책임이 있겠지만."

"결혼은 하셨습니까?"

무심결에 말을 한 성표는 순간 얼굴을 붉혔다. 정말 기현상이었다.

"결혼은 했죠. 그 결혼이라는 게……."

나성구 씨는 말을 하다 만다.

"이렇게 어린아이가 결혼을 했다니 영 실감이 나지 않습니다."

성표는 웃는다. 얼굴을 붉힌 일이 무안하여 그런 말로 얼버무렸으나, 그러나 서너 살 먹은 아기가 결혼을 했다는 데 대하여 실감이 나지 않는다는 말도 거짓은 아니었다.

"거기 있는 소년이 지금의 이 나성구라는 것은 실감이 나오?"

두 사람은 까닭 없이 웃었다. 그들은 웃으면서도 서로 잔인한 쾌감을 느꼈다. 그것은 세월이 흘러갔다는 일이 남의 일 같고, 그 남의 일처럼 무관심한 데 대하여 묘하게 느껴지는 쾌감이었다. 그리고 남과 나를, 나와 남을 혼돈하는 속에 허탈이 있었으나, 그러한 부정은 열띤 것이 아니어서 좋았다.

나성구 씨는 담배를 비벼 끄고 꺼내놓은 종이뭉치를 들추기 시작했다.

"신 군."

"네?"

"부모님은 어디 계신가요?"

영태가 그 일만은 보고하지 않았던 모양이다.

“그런 족보는 없습니다.”

성표는 냉정하게 말했다.

“부모 없는 자식이 어디 있소?”

나성구 씨는 여전히 종이뭉치를 들추며 말했다.

“날 때는 있었겠지만 고아였으니까 없는 거죠.”

“호오?”

했으나 나성구 씨는 여전히 손을 멈추지 않고 종이를 들추었다.

“고아 아닌 사람이 있을까? 다 부모는 여의기 마련이지.”

나성구 씨는 그 일에다 별로 큰 의의를 부여하고 있지 않았다.

“신 군.”

“네?”

“내가 지금 뭣을 찾고 있는지 모르죠?”

“네.”

“옛날에 만들어놓은 것을 찾고 있지요. 가곡의 악본데…… 나성구라는 이름이 있기 이전의 것이지요.”

“그럼?”

“나성구라는 것은 삼십 이후의 나요, 삼십 이전의 나는 그런 이름이 아니었어요.”

나성구 씨는 그 삼십 이전의 이름을 대려 하지도 않고 부지런히 손만 놀린다.

“허? 없어졌나? 내 기억 속에는 다 사라지고 없는 것인데…….”

나성구 씨는 함 속을 다시 들여다보더니 나머지 것을 꺼내었다.

방 안은 흡사 고물상 같은 모양이다. 낡은 물건의 형태와 아울러 낡은 냄새가 성표의 콧가에 스쳤다. 그런 낡은 형태와 냄새가 성표에게는 어쩐지 좋았다.

“아아, 여기 있구먼.”

나성구 씨는 만면에 웃음을 띠며 성표를 올려다보았다. 역시 누우렇게 색이 바랜 오선지를 제법 두툼하게 철한 것이었다.

나성구 씨는 피아노 옆에 있는 소파에 가서 앉으며 성표에게 오라고 눈짓했다.

방 안에 수북히 쌓인 물건에 못지않게 소파도 낡은 것이었다. 스프링이 다 망가져서 소파 바닥이 울퉁불퉁했다.

나성구 씨는 오선지를 한 장 한 장 넘기며 눈으로 곡명을 쫓더니 그 중에서 서너 장을 찢어 성표에게 넘겨준다. 성표는 넘겨준 것을 가벼운 휘파람으로 불러본다. 그러나 나성구 씨는 성표의 휘파람에 귀를 기울이지 않고 연신 악보를 넘기고 있다.

한참 후에 나성구 씨는 일어섰다. 그리고 피아노 앞으로 갔다. 성표도 아무런 거리낌 없이 피아노 앞으로 다가갔다.

곡목 하나가 끝나자 성표는 피아노 앞에 멍하니 앉은 나성구 씨에게,

“선생님, 저의 목소리를 테스트하기 위하여 옛날 가곡을 찾으

셨죠?"

"시시한 것이기 때문에 그러시오?"

"아, 아닙니다."

나성구 씨의 눈은 깊은 비애에 젖어 있었다. 절망이라 할 수는 없었지만 오랫동안 씹고 또 씹어온 듯한 고독의 그림자가 이 말수 적은 중년 사나이의 전신을 별안간 에워싸는 것 같았다. 나이에 비하여 일찍 세어버린 몇 오라기의 흰 머리칼이 성표의 눈에 퍼뜩 띄었다. 성표는 전신이 압축되어 가는 듯한 충격을 느끼며 말을 더듬었다.

"선생님, 저는 그런 뜻으로 말씀드린 게 아니었습니다. 다 버린 듯…… 희망과 욕망을 가지시리라곤……."

사실 성표는 나성구 씨가 작곡한 그것을 나성구 씨의 말과 같이 시시한 것이라고는 절대로 생각하고 있지 않았다. 나성구 씨의 초연한 태도는 성표로 하여금 자기의 감상을 베푸는 짓을 어설프고 구차스레 느끼게 했던 것이다.

"늙었을지는 몰라도 나는 아직 살아 있지 않소?"

나성구 씨는 복잡한 미소를 띠었다. 살아 있는 인간에게 어찌 희망과 욕망이 없겠느냐는 뜻이다. 성표는 처음의 말이나 두 번째의 말이 다 엇나가고 만 것을 깨달았다.

"하여간 내 것이 어찌 되었든 간에 신 군은 나보다 혜택을 받은 사람이오. 좋은 목소리야. 그런데 불손한 데가 있고 감동이 없어. 천부의 자질을 경멸하고 있지 않느냐 말이오. 의식하지도 못할는지 모르지만 열등감의 소산인 것 같구먼."

"선생님의 〈상처〉는 쓰디쓴 것이었습니다."

〈상처〉란 나성구 씨가 작곡한 가곡의 제목이었다.

나성구 씨는 빙그레 웃었다. 어쩌면 그 웃음은 퍽이나 만족스러운 것이었는지도 모른다.

"불손하고 감동 없는 것과 쓰디쓴 것은 상통된 것이었는지도 모르죠. 진실된 인생이 없었다는 그런 면에서, 숭고하고 감미로운 것을 긍정하는 인생이 아니겠소? 난 지금 그 감미롭다는 것을 사기하고 있어요."

"……."

"남한테 빌려 온 것을 사탕처럼 조금씩 발라준단 말이오. 그래도 그 유행가라는 게 팔리니 참 대중이란 어수룩하죠."

나성구 씨는 일어섰다. 그리고 입을 떡 벌리고 있는 낡은 함에다 악보 뭉치를 미련 없이 내던지며,

"자, 나갑시다. 신 군은 내가 만나지 못한 것을 만나게 될지도 모르지."

뒷말은 혼자 뇌는 말 같았다.

응접실로 나온 나성구 씨는 성표의 노래를 듣고 깊은 감동에 빠져 있는 정란을 보고도 지극히 무관심한 태도였다.

"그럼 사무적인 얘긴데 화요일에 나갈 연속 드라마의 주제가는 녹음이 되어 있고…… 시간이 있으면 들어보시오. 화요일입니다."

나성구 씨는 이제 용무가 끝났다는 듯 두 사람을 번갈아 보았다.

"선생님, 또 오겠습니다. 그럼."

성표는 나성구 씨의 무관심한 표정과는 달리 깊은 감동을 나타내고 있었다. 물론 정란이 연속 드라마의 주제가를 부르게 된 일에 감동한 것은 아니었다.

밖으로 나오자 정란은,

"오빠? 역시 천재는 천재를 알아보는 모양이죠?"

한껏 표현한 말이다.

"미친 소리 작작 해. 천재는 너야. 네가 천재다!"

바락 소리를 질렀으나 성표는 이내 유쾌한 듯 껄껄 웃었다.

"어머!"

정란의 눈이 휘둥그레진다.

"너는 천상의 백치야. 그리고 우리는 지상에서 잿빛 수의를 입고 뒹구는 인간이란 말이야."

성표는 우리라는 말에 힘을 주며 또 껄껄 웃었다.

"오빠? 나 선생님 만나 뵌 게 그렇게도 즐거워요?"

"음, 뼈가 저릿하도록. 무척 괴로운데 왜 이리 즐거운지 모르겠구나."

"그건 아마도 나 선생님께서 오빠를 이해해 주시니까 그럴 거예요."

"이해? 미적지근한 표현이야. 피가 통한 거야. 태만한 피가 별안간 급한 속도로 전신을 맴돌고 있는 것만 같다. 동면에서 깨어난 것만 같다. 아무 계시도 없었지만, 그리고 방향도 없었지만 모든 잿빛의 응고마저, 그것마저 왜 즐겁게만 생각되는지 모르겠다. 밖에 나오니 한층 더해. 내가 강렬하게, 그리고 그 양반이 강렬하게, 이렇게 눈앞에 있단 말이야."

성표는 흥분하며 지껄인다. 그러나 그는 정란에게 한 말은 아니었다. 아니, 정란이 이해하고 어쩌고 할 겨를도 없었다.

"참 이상하네요?"

"이상하지, 이상해. 논리 이전이니까. 하지만 난 만날 거야. 그분이 만나지 못한 것, 그것을 나는 만날 것만 같다."

성표가 저녁 무렵 푸른 저택으로 돌아왔을 때 찬이는 잔디밭에 앉아서 무엇을 열심히 찾고 있었다.

"찬이야?"

"아, 선생님!"

'……?'

찬이는 획 돌아보며 웃었다.

성표는 찬이와 같이 웃다가 별안간 걸음을 멈추었다. 그리고 찬이를 뚫어지게 바라본다.

'맞았다! 그 얼굴이다. 아까 아무래도 기억할 수 없었던 바로 그 얼굴이 아니냐!'

그와 동시에 오 부인이 회피한다는 미국서 온 편지의 발신인

이름이 그의 머리에 번개같이 떠올랐다.

'나의화! 나성구? 아, 아냐. 삼십 이전의 이름은 나성구가 아니라 했었지.'

"찬이야?"

"네."

"너 저번 때, 아니 어제 외삼촌 댁에 갔었지?"

"네."

"가서 피아노를 쳤다지?"

"네."

"그 방이 훌륭하더냐?"

"아뇨. 참 지저분했어요."

"그래, 함이 있었지?"

성표의 목소리는 다급했다.

"네? 그런 거 있었을까? 있었던 것 같은데…… 으흐흥."

갑자기 찬이가 웃었다. 그러더니,

"선생님? 저 말예요, 소파가 말예요, 어떻게나 망가졌던지 숫제 내려 앉았어요. 내가 피아노 치는 동안 큰아버지가 거기 앉았는데 어쩌면 그리 난쟁이 같아요? 피아노 치면서 혼났어요. 우스워서 말예요. 그러데 외삼촌이라는 사람 큰아버지 보구 한 번도 웃지도 않았어요."

"찬이야!"

성표는 찬이를 덥석 안아 올렸다. 그의 기분은 찬이를 허공에다 던져 올리고 싶을 만큼 유쾌했다. 그러나 성표는 나도 너의 외삼촌을 안다는 말을 할 수 없었다. 그는 찬이의 손을 이끌고 휘파람을 날리면서 집 안으로 들어갔다. 홀에 들어섰을 때 오 부인은 현 박사와 함께 이 층으로 올라가는 판이었다.

성표의 기분 좋은 휘파람 소리와 찬이의 웃음소리에 오 부인은 층계 위에서 돌아다보았다. 현 박사도 마치 자동기계처럼 정확한 몸놀림으로 천천히 몸을 돌려 층계 아래를 내려다보았다. 그러나 성표와 찬이는 그들을 보지 못하고 연방 웃으며 그들이 거처하는 방으로 통하는 복도의 문을 밀고 나가버린다. 오 부인은 가만히 내려다보는 자세로 서 있었다.

"부인."

"……."

"나락에 떨어집니다."

오 부인은 몸을 돌렸다. 그리고 현 박사의 얼굴을 물끄러미 바라보면서,

"지옥 말입니까?"

"그렇게 해석할 수도 있겠죠."

현 박사는 오 부인을 뚫어지게 쳐다본다.

"그럼 현 박사께서는?"

현 박사는 슬그머니 웃었다.

"나는 무신론자니까, 그러나 나락이란 현실적인 뜻으로 한 말입니다. 현실 속의 지옥 말입니다. 현실 속의 지옥이라면 나

는 갈 용무가 없지 않습니까?"

다시 그는 위협하듯, 그러나 교활하게 웃었다.

"……아무튼 우리는 용담을 끝내야겠으니까 갑시다, 어서."

오 부인은 층계의 난간에 손을 짚으며 걸음을 옮겼다. 이 층의 거실로 들어간 그들은 창가에 있는 탁자 앞에 마주 앉았다.

현 박사는 득의와 잔인한 표정이 엇섞인 얼굴을 오 부인에게 돌리고 담배를 피워 물었다. 오 부인은 덤덤하면서도 어떤 결의를 나타낸 얼굴로 포개 얹은 무릎을 두 손으로 감싸듯 하며 깍지 끼고 있었다.

"찬이 어머니가 귀국한다는 것은 틀림없는 일인가요?"

오 부인은 고개만 끄덕인다.

"강 사장이 그것을 찬성하구 계시구?"

오 부인은 또 고개를 끄덕였다.

"왜 강 사장에게 그런 심적 변화가 생겼을까요?"

현 박사는 능히 짐작하면서도 오 부인의 괴로움을 향락하듯 물었다.

"강 사장의 심적 변화가 문제가 아니지요. 그곳에 있는 사람의 결정이 문제 아닙니까?"

"만일 귀국하게 되면 오 부인으로서는 이곳에서 떠야 하잖습니까? 그것을 강 사장이 노린 게 아닐까?"

"노."

오 부인은 강하게 머리를 흔들었다.

"이젠 다른 자극이 필요했던 겁니다. 그리고 내가 강 사장을 따라 외국으로 가지 않을 것을 강 사장 자신이 더 잘 알고 있을 테니까요."

"다른 자극이라뇨?"

"아시면서 왜 물으시죠?"

"나는 강 사장이 오 부인을 사랑한다고 믿고 있습니다만."

"그러나 그것이 변태적인 심리라는 것을 아울러 알고 계실 텐데요?"

"……."

"아마도 강 사장은 미국에서 일어난 사건이 없었더라면 나하구 결혼하지 않았을 거라는 사실을 현 박사는 잘 아시고 계실 텐데요?"

오 부인의 얼굴에 처절한 웃음이 흘렀다. 현 박사는 제법 안됐다는, 동정한다는 표정으로 오 부인을 건너다보았으나 마음속으로는 조금도 그렇지 않은 것이 뻔했다.

"옛날로 되돌아가서 얘기한다는 것은 오 부인이나 저나 다 괴로운 일입니다만, 그렇다면 왜 그 결혼이라는 것을 하셨습니까?"

"저도 아마 강 사장의 마음과 마찬가지였을 거예요."

"마찬가지라면?"

"그 사건이 없었더라면 강 사장하고 결혼하지 않았을 거란 말입니다."

"……."

"호신책으로 그분하고 결혼한 건 아니란 말이에요."

"정말 악마구먼."

현 박사는 노한 듯 격한 목소리로 말했다.

"동생에 대한 것을 형에게 복수하려고? 철두철미 악마가 아니오?"

현 박사는 말을 덧붙였다.

"누구에 대한 복수는 아니에요. 저 자신에 대한 복수죠."

현 박사의 격한 목소리와는 반대로 오 부인은 지극히 냉랭하다.

"그럼 한쪽은……."

하다가 현 박사는 흥미 없는 듯 말을 끊었다.

"그런데 이것은 쓸데없는 얘기구, 오늘 말씀드릴 것은 저의 재산상에 관한 얘긴데요."

"그것을 별안간 왜? 그리고 저한테 말할 성질의 것이 아닐 텐데요?"

현 박사는 담배를 비벼 끄며 말했다.

"만일의 어떤 경우, 저의 재산상의 문제는 처리돼 있어야 하리라 생각합니다."

"만일의 어떤 경우라뇨?"

"죽음의 경우 말입니다."

현 박사의 낯빛이 약간 변한다.

"누구를 두고 하는 말씀이죠? 부인 자신을 두고 하는 말씀인가요?"

"그것은 여러 가지 경우를 생각할 수 있어요."

"……."

"내 재산을 현 박사에게 드리고 싶습니다."

"네?"

현 박사는 크게 동요한 빛을 나타내며 오 부인을 똑바로 바라본다.

"내 재산으로 된 것은 아마 일 억이 넘을 거예요."

오 부인은 현 박사의 눈을 놓치지 않고 응시하며 그 눈 속의 움직임을 악착스럽게 파고든다. 현 박사의 빤질빤질한 이마빡에 푸르스름하게 정맥이 부푼다.

"그것을 나에게 줄 이유가 없지 않습니까?"

현 박사는 숨찬 듯 약한 목소리로 말했다.

"그것은 인사의 말씀이고, 이유의 절반은 이미 과거에 있었습니다. 그리구 이유의 절반은 앞으로 있을 거예요. 아무튼 나는 지금 비밀리에 그 수속을 밟아둘 필요가 있습니다."

"앞으로 있어야 할 이유의 절반은?"

"그것은 현 박사가 이행하셔야죠."

"이행해야 할 일의 내용은?"

"지금 말할 수 없어요. 어쩌면 그것이 필요 없게 될지도 몰라요."

"만일 그것을 이행 못 한다면?"

"일종의 도박입니다. 이행 못 한다면 절반의 보수는 무로 돌아갈 것이며, 그럴 필요가 없을 적에는 모두 군말 없이 현 박사에게 돌아갈 거예요."

오 부인은 수수께끼에 싸인 미소를 지었다. 현 박사는 한동안 침묵을 지키며 혼자 생각에 잠겨 있다가,

"그러한 조건은 거절합니다."

그로서는 드물게 겸연히 말했다. 오 부인은 놀란다. 그리고 의심스러운 눈으로 현 박사를 노려본다.

"그러면 다른 조건이 따로 있단 말씀인가요?"

"그렇습니다."

"그것은?"

"불가능한 일일 겁니다. 아마도……."

"제가 할 수 없는 일인가요?"

"할 수 있죠. 허나 안 하실 겁니다."

"그럼 말씀하세요."

"당신의 의상을 벗으십시오."

"제 마음을 달라는 겁니까?"

현 박사는 웃었다. 그리고 고개를 저었다.

창가에는 어느새 어둠이 묻어오고 있었다. 불도 켜지 않은 어스름한 방, 넓고 허허한 방, 오 부인의 얼굴이 흰 박꽃처럼 흔들리고 있었다.

"당신의 육체를 달라는 겁니다."

현 박사는 타는 듯 붉은 혀로 입술을 축였다.

"호호홋……."

어스름한 방 안의 공기가 갑자기 뒤섞이는 듯, 와락와락 흔들리는 듯 오 부인의 웃음소리는 기분이 나쁠 만큼 요란스러웠다.

"당신의 마음이야 과거에 있건, 현재 그 가정교사에게 있건 간에 나는 당신의 육체가 어느 때고 한 번은 내 곁에 있으리라는 것을 믿어왔어요. 성급하게 굴지는 않았지만."

그러나 현 박사의 목소리는 허덕이고 있었다.

"좋아요!"

웃음을 거둔 오 부인은 일어서며 말했다. 현 박사는 뒤통수를 한 대 심하게 얻어맞은 것처럼 오 부인을 올려다본다.

오 부인은 다시 한바탕 웃었다. 광기 서린 목소리로.

"현 박사께서는 아까 불가능하다 하셨죠? 그런데 지금은 내가 현 박사 곁에 한 번은 있을 수 있다는 것을 믿어왔다구요? 호호홋……."

"말이라는 건 때론 군소리일 경우도 있죠. 액면 그대로는 아닙니다."

현 박사는 눈을 희번덕거렸다.

"좋습니다. 좋아요."

오 부인은 다시 자리에 앉으며,

"아까 제가 말씀드린 바와 같이 어쩌면 그 일이 필요하지 않게 될지도 모른다고 했죠?"

"그랬습니다."

"그러니까 필요하게 될 때, 그때 현 박사의 조건을 받아들이죠."

하고 오 부인은 다시 일어섰다.

"오늘은 일단 이것으로 끝냅시다. 차도 한잔 대접해 드리지 못해서 죄송하군요."

뒤의 말은 어서 가라는 뜻이다. 그러나 자리에서 엉거주춤 일어선 현 박사의 얼굴빛은 노오래지고 눈이 똑바로 박히더니 오 부인의 팔을 덥석 잡았다. 그러고는 자기 앞으로 와락 잡아당겼다.

"입 밖에 말이 나간 거와 마찬가지로 일단 밖으로 나온 감정은 수습이 안 되는 법이오."

현 박사는 오 부인을 포옹하려 하며 숨찬 목소리로 지껄였다. 그러나 오 부인이 가슴을 주먹으로 떠미는 바람에 현 박사는 발을 헛디디며 한 걸음 물러섰다. 그리고 한 손으로 탁자를 짚으며 몸의 중심을 잡는다. 오 부인은 표독스러운 눈초리로 현 박사를 노려보았다. 찌를 만한 곳이 없는 다부진 몸매다. 현 박사는 저주에 서린 웃음을 흘렀다. 그러나 분을 이기지 못하는 듯 그의 입에서는 이빨 부딪는 소리가 났다.

"성미가 몹시 급하군요."

오 부인은 고개를 흔들어 얼굴에 흘러내린 머리를 뒤로 젖히며 말했다.

"성미가 급했군. 독사 같은……."

현 박사는 따각따각 소리가 나는 이빨 사이로 말을 밀어냈다.

"흐음……."

오 부인은 턱을 약간 치키고 눈을 내리깔며 마치 더러운 벌레를 바라보듯 멸시에 찬 미소를 띤다.

"하지만 난 늑대니까, 하하핫……."

좀처럼 소리 내어 웃는 일이 없는 현 박사의 웃음소리가 넓은 방에 울려 퍼진다.

"늑대는 독사를 먹어버리진 못합니다."

"마찬가지죠. 독사도 늑대를 먹어버리진 못하지. 더군다나 나는 독소에 대한 면역체니까."

"든든하시겠습니다."

눈만 빛났을 뿐 오 부인의 입언저리에는 여전히 더러운 벌레를 혐오하는 웃음이 떠돌고 있었다.

"요다음 독아毒牙가 미칠 사람은 누구죠? 신성표? 아니면 강 사장?"

현 박사가 약간 밀리는 기색이다.

"그것을 위하여 아까 상의하지 않았습니까?"

오 부인의 눈이 갑자기 파아래지는 듯했다. 동공이 커진 탓일까?

"몹시 슬퍼 보이는군요. 하여간 나로서는 밑질 게 없으니까.

그렇지 않소? 오 부인, 하하핫……."

"믿천이 들었나요?"

"그야, 정신적인, 말하자면 그렇죠. 입을 봉하고 있는 일도 다소는 괴로운 노릇 아니겠소?"

"누가 부탁드린 건 아니에요."

"누가 그걸 모릅니까? 물론 자발적인 나의 선심이지요."

"부탁드린 건 아니지만 난 공것은 싫으니까요."

"그래서 재산 절반의 상속권을 나에게 준다 그 말씀이죠?"

"새삼스럽게 재확인하지 않아도 됩니다."

"좋소. 그럼 일어서겠습니다. 오 부인이 의상을 벗어야 할 경우를 기대하며 돌아갑니다."

현 박사는 패세敗勢를 만회한 듯 유유히 방에서 걸어 나갔다. 오 부인도 아무 일 없었던 것처럼 그를 전송하기 위하여 따라 나갔다.

"어머 선생님, 벌써 가세요?"

홀에서 서성거리고 있던 영희가 인사 삼아 현 박사에게 말을 걸었다.

"벌써라니? 꽤 오래됐을걸?"

시계를 본다. 밖은 어두웠다.

현관 앞에서 현 박사와 오 부인은 여느 때와 다름없이 정중하게 작별인사를 나누었다.

현 박사가 푸른 저택에서 나가버린 뒤 오 부인은 미친 듯 뒤뜰로 돌아갔다. 그리고 견사 속에서 개들을 불러내어 앞뜰로 몰고 나왔다. 그리고 그는 아무도 없는 뜰에서 개들과 어울려 뜀박질을 하는 것이었다. 한참을 그러고 난 뒤 오 부인은 잔디 위에 푹 쓰러졌다. 사람보다 주인의 마음에 민감한 개들은 쓰러진 오 부인 곁에 와서 그의 손, 그의 얼굴을 열심히 핥으며 근심을 표시한다. 오 부인은 개의 목을 쓸어안고 오랫동안 흐느껴 울었다.

별이 쏟아질 듯 밤하늘에 빛나고 있었다. 정적이 소리 내듯 오 부인의 전신을 적신다. 아니, 그보다 과거의 그림자가 그의 마음을 칠흑 속으로 몰고 간다.

'사랑한다고, 사랑한다고 나에게 말하지 마시오. 우리는 이렇게 떨어져 있어야만 할 사람들이요. 우리는 도형수徒刑囚처럼 한 사람에 묶여 눈보라 치는 시베리아로 간다 할지라도, 우리들 사이에는 끝없이 강이 흐르고 있소. 사랑한다고, 사랑한다고 나에게 말하지 마시오. 그 말은 형벌이며 저주일 것이오.'

오래, 오래된 옛날의 말이다. 그 말은 비수처럼 오 부인의 가슴을 찔렀다. 얼마 동안은 잊고 있었던 말이었다.

오 부인은 일어섰다. 개들은 견사 속에 몰아넣고 그는 천천히 뜰 안을 다시 한 바퀴 돌았다. 그러다가 그는 찬이 방 앞에서 우뚝 걸음을 멈추었다. 성표의 웃는 옆모습이 오 부인 시야에 들어왔던 것이다. 마주 보며 웃고 있는 찬이의 얼굴도 있었다.

오 부인은 들린 사람처럼 그 광경을 바라보고 있다가 발길을 돌렸다. 천천히 층계를 밟고 이 층으로 올라갔을 때 강 사장의 눈이 오 부인의 얼굴을 쏘았다.

"언제 오셨어요?"

오 부인은 창문을 열어젖히며 물었다.

"오세정의 눈에도 눈물이 있었나?"

빈정거리듯 강 사장이 말했다.

"왜요? 저는 울면 안 되나요?"

부숭부숭 부은 눈을 감추려 하지도 않고 오 부인은 강 사장을 돌아보았다.

"하도 고귀한 눈물일 것 같아서."

"현 박사의 말솜씨 같군요."

"흠."

강 사장은 소파에 벌렁 나자빠진다.

"어떻게 의논이 잘 돌았소?"

강 사장은 잔인하게 천장을 바라보고 웃었다. 오 부인은 아무 말 하지 않고 옷장 속에서 침의를 꺼내어 걸치며 창 너머로 시선을 보낸다.

"당신의 신상 고문인 현 박사하구 말이오."

강 사장은 덧붙였다. 그래도 오 부인은 대답을 하지 않았다.

"어느 곳으로 선택하셨지?"

강 사장은 다시 넌지시 말을 던졌다.

"한국으로 선택했어요."

"한국? 한국의 어느 곳?"

"바로 이곳이에요."

"으음?"

강 사장은 벌떡 일어나 앉았다.

"그럼 찬이는?"

"갈 곳으로 가게끔."

"그럼 가정교사는?"

"그도 갈 곳으로 가겠죠."

오 부인은 어둡고 짙은 미소를 띠었다.

"거 재미나게 되었구먼. 그럼 나의화가 와도…… 당신은 만나겠소?"

"코가 비뚤어졌나요?"

"호오? 이거 놀라운 변환데?"

"……."

"뭣하면 의화도 이곳에 같이 있기로 하지. 당신이 그처럼 초월할 수 있다면."

"마음대로. 한동안은 당신의 쾌감을 충족시킬 수 있을 테니 마음대로 하세요."

"아마 무서운 적수들이 당신 주변에다 성곽을 쌓을걸…… 하긴 초연할 수 있는 게 오세정의 위대함이지."

강 사장은 증오에 찬 눈으로 오 부인을 응시하다가 벌떡 일어서서 오 부인의 팔을 잡아끌었다.

강 사장은 오 부인을 끌고 침대 곁으로 가더니 그를 침대 위로 떠밀었다. 그리고 나이트가운을 확 잡아 찢었다. 오 부인은 별다른 저항도 하지 않았건만 강 사장은 심한 저항이라도 당한 사람처럼 씨근덕거리며 난폭하게 오 부인을 다루는 것이었다.

"추악한 계집, 이 추악한 영혼을 내가 사랑할 줄 알어? 하기야 난 유신론잔 아니지만, 더러운 계집."

강 사장은 으르렁거리듯 말하며 이번에는 오 부인의 숱한 머리칼을 두 손으로 움켜잡고 와락와락 흔들었다. 그러나 오 부인은 눈을 지레 감은 채 아무런 저항도 하려 하지 않았다. 강 사장의 폭력은 오늘 밤에 한한 것은 아닌 모양이다.

"너의 손은 내 동생의 피로 더럽혀졌고 너의 심장은 이미 내 동생이 다 가지고 갔다. 복수하기 위하여 이런다구? 천만의 말씀이지. 내 동생의 피가 묻은 악마일지라도 나는 오세정을 사랑한단 말이야. 이 추악한 영혼을 사랑한다는 말씀은 물론 아니지. 노망을 한 조물주가 악마에게 씌운 이 아름다운, 그렇다, 이 아름다운 육체를 나는 사랑한단 말이야."

강 사장은 목쉰 소리를 내어 끼둑끼둑 웃었다. 강 사장은 감정이 앙양되면 언제나 목쉰 소리로 웃는 버릇이 있었다. 그러나 오 부인은 여전히 눈을 꼭 감고 뜨지 않았다. 다만 그의 입언저리의 근육이 미미하게 경련을 일으키고 있을 뿐이었다.

"아름다운 육체를 사랑하는 것과 동시에 나는 추악한 영혼을 증오한다. 또 동생에 대한 복수냐구? 천만에, 육체를 사랑하는 이상으로, 너의 영혼을 증오하고 학대하는 것은 내게 있어서 말할 수 없는 희열이야. 희열이구말구."

"……."

"언젠가 오세정은 그런 말을 했었지, 나를 악마주의자라구. 아암, 그렇지, 오세정은 악마구, 나는 악마주의자야. 그러기 때문에 오세정은 강명하에게 필요했었지. 만일 오세정이 살인귀가 아니었더라면 내가 오세정을 사랑했을까? 아니, 세상에 둘도 없는 비너스였다 할지라도 사랑할 수 없었을 거야. 난 악마주의자니까."

강 사장은 다시 목쉰 소리로 끼둑끼둑 웃었다.

"나는 때때로 오세정에게 살의를 품어본다."

오 부인의 머리를 움켜쥐었던 강 사장의 손이 차츰 오 부인의 목덜미로 미끄러져 내려간다. 그러자 오 부인은 눈을 번쩍 뜬다. 파아란 동공이 크게 벌어진다. 그리고 청동과 같은 광물성적인 것이 번득인다. 불투명한 빛이다.

"나와 마찬가지로 오세정도 강명하에게 살의를 품고 있는 것을 나는 알고 있지."

그 말이 끝나기도 전에 오 부인의 목으로 내려간 강 사장의 손에 힘이 모였다. 오 부인은 불투명한 빛을 발하고 있는 눈을 강 사장 쪽으로 돌리고 있었다.

"전율을 느끼는군."

이번에는 소리 없는 무서운 웃음이 강 사장 얼굴 위에 흘렀다. 그와 동시에 오 부인이 목을 조르는 그의 손에는 한창 더 큰 힘이 가해졌다. 오 부인의 얼굴이 충혈되어 갔다. 두 다리가 꿈틀거렸으나 크게 저항하지는 않았다.

창밖에는 다만 암흑이 있을 뿐이다.

강 사장은 오 부인이 거의 단말마斷末魔까지 갔을 때 별안간 손의 힘을 풀었다. 실신한 오 부인을 무서운 눈초리로 내려다보고 있던 강 사장은 찢어진 오 부인의 나이트가운을 벗겼다. 그리고 전라에 가까운 오 부인의 몸을 강 사장은 범하는 것이었다.

대개 오 부인이 의식을 회복하는 것은 강 사장이 오 부인을 범한 뒤다. 강 사장은 탁자 위에 놓인 냉수를 기분 좋게 들이마시고 축 늘어진 오 부인을 돌아다본다. 이러한 강 사장의 발작은 일 년에 한두 번 있었다.

냉수를 기분 좋게 마신 후 강 사장은 술을 꺼내어 탁자 앞에 앉았다. 그리고 그는 그러한 고독을 몹시 소중히 여기는 듯 천천히 술을 부어 음미하듯 마시고는 생각에 잠기곤 했다.

"사디즘과 마조히즘이 만났으니 우리는 헤어질 수 없게 되지 않았소?"

술이 얼근히 돌아가자 강 사장은 맞은편에 사람이 앉아 있기라도 한 듯 중얼거렸다.

"오세정은 내 동생을 죽였습니다. 찬이 애비 말입니다. 죽도록, 죽도록 사랑한 나머지 죽였다는군요. 하기는 세정이도 같이 죽으려고 약을 먹었다죠, 아마? 그러나 내 동생의 죽음을 확인하고 싶어서 약을 조금만 먹었다지 않습니까. 무서운 여자 아니오. 내가 그 복수를 하기 위하여 오세정하고 결혼했다구요? 아, 아닙니다."

강 사장은 팔을 저으며 다시 술을 들이켰다.

"내가 뭐 동생한테 대단한 애정이라도 가지구 있는 줄 아시오? 나는 그 동생 놈 같은 감상가는 아니란 말씀입니다. 놈처럼 창백한 미남도 아니구요. 뭐라구요? 동생에게 질투를 느꼈던 건 아니냐구요? 으하하핫핫……."

한바탕 웃고 나서 강 사장은 다시 술잔을 들었다.

"내가 오세정한테 애정을 요구하는 줄 아시오? 나는 그 여자가 나를 증오하는 것을 원하고 있소. 오세정이 왜 나하고 결혼했는지 그것을 당신은 모를 것이오. 알았다 하더라도 그것은 터무니없는 것이었을 거요. 그의 범죄를 감추기 위한 수단으로 생각할 거요. 하긴 그렇지. 오세정이 내 동생을 죽였다는 것을 알고 있는 사람은 나와, 그리고 현 박사밖에 없으니 말이오. 그때, 그 사건이 일어났을 때 마침 미국에 있었던 현 박사, 그는 그때 그 주변에서 병원을 개업하고 있었단 말씀이오. 현 박사의 힘이 컸죠. 그 늑대 같은 놈은 감쪽같이 일을 꾸몄습네다. 약은 동생 놈이 오세정에게 먹이구, 또 저 자신도 먹은 걸로 돼 있거든요. 오세정은 몰랐다는, 마 그런 결론이 내려졌다 이 말씀이오. 으하하핫……."

강 사장은 여전히 누군가가 그의 말을 들어주기라도 하는 듯 이번에는 일어서서 방 안을 왔다 갔다 하며 지껄였다.

"그럼 왜 오세정은 나하구 결혼했나 그 말씀인데 그의 말을 빌리자면 자기의 죽음은 일단 숙제로 남겨두기로 하고, 형인 나에게 학대받을 각오를 했을 것이오. 내가 학대하지 않더라도 죽여버린 애인의 형을 보고 자기 학대를 할 참이었던 모양이죠? 그러니 결국 오세정은 마조히즘이고 나는 사디즘이란 말이오. 이러한 해후가 흔한 일 같소? 지극히 희귀한 일 아니오? 악마주의자에게 걸려들었다는 건 말이오."

강 사장은 진정 오세정과 해후를 신기하게 생각하듯 두 어깨를 흔들며 그의 말대로 악마주의자에게 어울리는 웃음을 흘렸다. 그리고 몸을 좌우로 흔들며 방 안을 왔다 갔다 하는 동안 손에 든 술잔을 수시로 입으로 가져갔다. 술이 다 비워지면 그는 탁자로 돌아와서 술을 다시 부어 가곤 했다.

"결국 사람이 사는 것이란, 이것은 내 지론입니다만, 시간을 잊는 일이오. 그것만이 손해 없이 인생을 지내는 방법이란 말이오. 투기적인 사업을 하는 것도 시간을 잊는 방법의 하나일 것이오. 사업이 단조로워서 곧 안 되죠. 그러한 나의 도박심은 뜻밖에도 큰 성공을 거두었단 말씀이오. 그러나 나는 자꾸만 새것에도 손을 대지 않을 수 없는 이 성벽 때문에 무너지고 말리라는 것도 알고 있어요. 여자의 문제도 그렇죠. 나는 오세정을 만나기 이전에는 한 여자에게 안주해 본 일이 없었소. 자극이 며칠을 못 가니 말이요. 나는 안주할 수 있는 이 여자를 미국에서 발견했거든요. 영희 얘기를 합니까? 영희, 영희, 아아, 영희 말이죠. 그 계집애는 오세정의 그림자요. 오세정으로부터 받은 자극은 영희 아닌 다른 여자에게도 연장될 수 있죠. 다만 편리상 영희를 집에 둔 거요. 불쌍하지 않느냐구요? 그럴 리 없죠. 영희는 영희대로 심각한 척하고 몸부림치는 척하지만 행복한 거요. 행복은 아닐지라도 그런대로 무사하단 말입니다. 그 계집애는 자기도 모르는 니힐리스트니까요. 자살이다 뭐다 소란을 떨기도 했지만 조금도 절박하지 않았다는 게 그 특징이죠. 말이 났으니 합니다만 가정교사인 그자에게 영희도 반하고 오 부인께서도 반한 모양이오. 영희는 어찌 되었든 간에 오세정의 없어진 심장이 다시 돋아나는 것을 원치 않습니다. 절대로 원치 않는단 말입니다. 악마가 천사로 변한다는 것은 내게 있어 치명적이거든요. 질투하느냐구요? 그렇소, 질투하죠. 죽여버리고 싶을 정도로. 아니, 죽이려 했었지요. 내 질투는 지극히 유물적인 것입니다. 죽은 동생 놈은 오세정의 육체를 가져가진 못하니까요. 아까 내가 무슨 말을 했죠? 아아 참, 그렇지. 시간을 잊는 일이야 했죠. 그것만이 손해 없이 인생을 지내는 방법이라 했죠. 그렇습니다. 시간은 짧으면서도 한없이 지루한 거 아닙니까? 죽음을 생각하면 어린아이라도 주어진 시간이야 기갈이 나게 짧고 아쉬운 거 아닙니까? 허나 시간이란 또한 한없이 지루한 거요. 이 시간, 어느 모로 보나 고통일 수밖에 없는 시간을 잊고 산다는 것은 인생을 가장 잘 살 수 있는 요령이란 말씀입니다. 왜 알렉산더나 나폴레옹이 세계 정복을 꿈꾸었습니까? 시간이 무섭고 시간이 지겨웠기 때문입니다. 자극을 구했죠. 가난한 자가 새 옷 한 벌을 마련하는 그 순간의 희열과 비슷한 거죠. 다만 우리가 보기에, 또 듣기에 그 범위가 컸을 뿐이죠. 그들이 만일 세계 정복의 꿈을 실현했다면, 그럼 그대로 얌전히 앉아 있었을 것 같습니까? 아아, 이야기가 굉장히 비약했군."

강 사장은 비틀거리며 손에 든 술잔의 술을 융단 위에 엎지른다. 오 부인은 시체처럼 누워 있다.

"오세정이가 내 동생 놈을 왜 죽였느냐구요? 그야 천사 때문이죠."

강 사장은 더욱더 몸을 비틀거렸다.

10. 마돈나

"찬이야, 좋지?"

자동차가 푸른 저택에서 빠져나오자 성표는 찬이의 어깨를 정답게 꽉 안으면서 다소 들뜬 목소리로 말했다. 그러나 찬이는 두려운 눈초리로 성표를 힐끗 올려다보더니 손가락으로 자기 볼을 찌르는 시늉만 한다. 너무나 크나큰 기쁨에 오히려 찬이의 마음은 위축되는 모양이다.

"찬이보다 신 선생님이 더 좋으신가 부죠?"

영희가 좀 냉랭한 어조로 말했다.

"내가요?"

"아침부터 정신 못 차리는 것같이 보여요."

"글쎄…… 내가 정신을 못 차립디까?"

성표는 영희 핀잔에 싱글벙글 웃으며 묻는다.

"어머, 정말 왜 이러시죠?"

영희는 웃는 성표의 얼굴을 어이없다는 듯 쳐다본다.

"뭐, 내가 어쨉니까?"

"마치 신 선생님 어머니라도 돌아오시는 것 같군요."

성표는 고개를 차창 밖으로 돌리며 혼자 비밀스러운 미소를 띤다. 초가을 하늘은 맑게 개어 있었다. 투명한 공간을 코발트빛 자가용은 경쾌하게 달리고 있다.

'나 선생님이 얼마나 놀라실까?'

성표와 영희는 지금 찬이를 데리고 공항으로 가는 것이었다. 귀국하는 찬이의 어머니, 나의화를 맞이하러 가는 길이다.

나성구 씨가 그의 누이가 돌아오는 공항으로 나올 것은 거의 확실하다. 며칠 전에 성표가 그를 찾아갔을 때도 그는 그의 누이 얘기를 기쁨에 넘치는 표정으로 말했고, 공항에 간다는 말도 했었다.

그러니까 피서지에서 돌아와 나성구 씨를 처음 만난 후 두 달이 지났다. 여름에서 초가을로 접어드는 동안 성표는 나성구 씨를 여러 번 만났다. 그리고 그들은 참으로 친밀한 사이가 되었다. 학교에서 박영태를 만나면 그가 투덜거리며 불평을 할 지경으로 나성구 씨와 성표는 가까워졌던 것이다. 그런데도 불구하고 성표가 푸른 저택에서 찬이의 가정교사로 있는 사실을 나성구 씨는 알지 못하고 있었다. 성표가 말을 하지 않았기 때문이다. 그들의 화제가 그런 신변적인 것에서 떠나 있기 때문에 말할 기회가 없었다고도 하겠으나 그보다도 성표는 양가兩家에 내왕이 없고, 한편 두 집 사이에 뻗친 이상한 적의—그것은 찬이가 그의 외삼촌을 모르고 자랐다는 점으로 미루어—를 느꼈기에 성표는 스스로 입을 떼기가 거북했던 것이다.

그러나 그보다 더 중요한 것은 성표가 나성구 씨에게 느끼는 순수한 감정에 어떤 외적인 침해를 경계했다는 점이다. 나성구 씨와 성표 사이에 그들 이외의 일이나 사람으로 교량橋梁을 놓고 싶지는 않았다. 정란의 경우만 해도 그러했다. 성표는 지극히 냉담했던 것이다. 나성구 씨 역시 마찬가지였다. 그러나 정란은 차츰 새로운 싱어로서 팔리기 시작했다.

성표가 스크린에 정란이 나온다면 부처님이 웃을 거라고 예언한 대로 정란은 배우로서는 쓸모 없는 여자로 딱지를 맞았다. 그러나 경제적으로 훨씬 윤택해진 그는 성표에게 늘 가정교사를 그만두고 자유롭게 공부하라고 권하곤 했다. 그리고 몇 달 후면 출옥하게 될 김세형을 위하여 외투에서 속옷, 양말까지 마련해 놓고 여전히 그를 생각하며 우는 일이 많았다.

성표 일행은 비행장에 도착했다. 성표는 눈으로 나성구 씨를 찾았으나 그의 모습은 보이지 않았다.

'좀 이르군.'

성표는 시계를 보며 마음속으로 중얼거렸다. 그들은 구내에 있는 다실로 내려갔다.

"찬이야, 너 얼굴이 파아랗구나!"

자리에 앉자 영희는 좀 놀란 듯 말했다. 정말 찬이의 얼굴은 파리했다. 찬이는 억지로 웃음을 지으며,

"아줌마, 나 아무렇지도 않아."

했다.

"너 걱정되니?"

"음, 조금."

"왜?"

"어, 엄마가…… 큰어머니처럼 안아주지 않으믄……."

하다 말고 찬이는 얼굴을 새빨갛게 붉히는 것이었다. 성표와 영희가 소리 내어 웃으니 찬이는 더욱 당황해서 어쩔 줄을 모른다.

"걱정 말어. 어머닌 찬이를 안아주실 거야."

영희가 웃으며 말했다.

"어머니가 안아주시고 안 안아주시는 일보다 찬이가 도망갈까 봐 걱정이다."

성표 말에,

"도, 도망 안 가요."

흥분이 되어 찬이의 눈에는 눈물마저 으스름히 괸다.

"어머! 우네?"

그들은 또 웃었다.

"선병질이라 큰일 났어. 이 애는 몸보다 마음이 더 섬세해."

성표는 중얼거리며 담배를 꺼내어 붙여 물었다.

"강 사장께서는 집에서 제수씨를 알현한답디까?"

영희는 호기심에 가득 찬 표정으로 물었다. 찬이만 옆에 없다면 할 말이 참으로 많았던 것이다.

"어떻게 내가 알아요, 그걸?"

성표는 화제가 깊어지는 것을 경계하듯 잘라버린다.

"아, 선생님, 저기!"

성표는 고개를 홱 돌린다. 찬이를 향하여 뚜벅뚜벅 걸어오던 나성구 씨가 성표를 보자 주춤한다.

"선생님!"

성표는 자리에서 일어섰다.

"신 군이, 신 군이 어쩐 일이오? 찬이하고?"

이번에는 영희가 어리둥절해하고, 찬이도 눈을 크게 뜬다.

"제가 찬이 가정교삽니다."

"뭐라구?"

"앉으시죠. 혼자 나오셨습니까?"

나성구 씨는 고개를 가로저으며 자리에 앉았다.

"영희 씨, 인사하세요. 찬이……."

하다가 성표는 말이 막힌다. 그는 나성구 씨에게 고개를 돌리며,

"저, 찬이를 돌보아 온 분입니다. 석영희 씹니다."

하고 소개를 한다. 어설픈 소개였다.

"아아, 그러세요. 나 찬이 외삼촌입니다."

"어머!"

영희는 거의 경악한다. 그러나 나성구 씨는 영희의 놀라는 표정에는 무관심했다.

"신 군은 그럼 벌써부터 알고 있었구먼."

힐난하는 투는 아니었다.

"네."

"왜 아무 말도 하지 않았소?"

"별로 필요 없는 일 같아서요."

나성구 씨는 성표를 한참 바라보다가 빙그레 웃었다.

"그도 그렇기는 해…… 찬이야?"

나성구 씨는 찬이에게 눈길을 보냈다. 깊숙한 눈에는 연민의 빛이 흐르고 있었다.

"이제 외삼촌 집에 오겠구나."

"그, 그럼, 엄마 오시믄 그리로 가나요? 선생님하구 영희 아줌마는 어떡허구요?"

"아니다, 놀러 오는 거지."

찬이는 히죽이 웃는다.

나성구 씨는 영희에게 미안할 지경으로 그 말을 한 뒤 침묵을 지켰다. 텁수룩하게 기른 머리에는 기름기 하나 없고 가라앉은 눈은 우수의 상징만 같았다. 회색 양복 깃 언저리에는 비듬마저 떨어져 있어 인생에 피폐한 꼴이 역력하였지만 맑고 가는 한 줄기의 선이 그의 곧고 후리후리한 모습을 가누고 있는 듯 보였다.

영희는 여러모로 나성구 씨를 관찰하였다. 강 사장과 현 박사, 그리고 이 연배에 속하는 여러 남성들과 비교해 보았다.

'도대체 이 사람은 무엇 하는 사람일까? 어디서 본 듯도 한데…… 하기는 찬이 외삼촌이라니까…….'

찬이에게 외삼촌이 있다는 사실을 방금 알았고 또 어째서 찬이가 그의 외삼촌을 알고 있는지, 아니 그보다 성표가 나성구 씨를 알고 있다는 사실, 그것은 모두 수수께끼로 영희에게 덮쳐 씌워진 것이었지만 그런 것을 다 밀쳐놓고도 남음이 있을 만큼 나성구 씨는 영희에게 흥미로운 존재였다. 그리고 성표와 교류되는 나성구 씨의 분위기, 그리고 성표의 분위기는 영희에게 있어 하나의 놀라움이 아닐 수 없었다.

현 박사와 강 사장을 대했을 때는 말할 것도 없고, 박영태를 대했을 때도 성표의 표정 속에는 어떤 싸늘한 것, 그리고 시니컬한 것이 번득이고 있었다.

'그런데 저 표정은? 숭배일까? 아니 있는 그대로다. 대체 어떤 사람이기에?'

감성이 예민한 영희는 사리의 판단보다 먼저 느낌으로 확연하게 그런 것을 받아들이는 것이었다.

스피커가 울리는 소리에 그들은 일어섰다.

밖으로 나갔을 때 무척 가까운 곳에서 비행기가 떠오는 것을 보았다. 이때 낯빛이 변한 사람은 나성구 씨와 찬이였다.

햇빛에 은어처럼 번득이던 기체는 차츰 사람들 시야 속에 검은빛으로, 그리고 크게 들어왔다. 찬이는 성표의 손을 꼭 쥐었다. 성표는 찬이의 손을 마주 쥐어주었다.

얼마 동안의 시간이 흘렀는지 찬이는 의식하지 못했다. 어떤 여자가 다가온다고 생각했을 뿐이다. 의화는 폭이 넓은 회색 코트에 몸을 감싸고 있었다. 머리끝이 바람에 나부끼고 있었다.

"오빠!"

그는 나성구 씨의 손을 잡았다. 성표와 영희는 찬이의 손을 잡고 나성구 씨하고 떨어진 거리에서 나의화를 주시하고 있었다.

성표는 얼굴이 어떻다는 것을 느끼지 못했다. 몹시 고풍의—표현이 가능하다면—신화 속에 홀연히 나타난 여인.

"오빠, 찬이는? 우리 찬이는 어디 있죠?"

여인의 목소리는 흐느낌에 젖어 있었다. 나성구 씨는 누이의 얼굴을 뚫어지게 쳐다보다가 저만큼 나무토막처럼 우뚝 서 있는 세 사람에게 시선을 돌렸다. 의화의 시선도 그리로 따라왔다.

의화는 오랫동안 두 사람 사이에 끼어 겁에 질린 듯한 눈과 굳어버린 듯 서 있는 찬이를 바라보았다. 의화의 얼굴에는 막연한 공백이 있었다.

나성구 씨에게 우리 찬이가 어디 있느냐고 의화는 물었지만 그가 찬이를 못 보았을 리 없다. 그는 비행기에서 내리는 순간 목발을 겨드랑이에 낀 찬이를 보았던 것이다.

의화의 폭 넓은 회색 코트 자락이 가볍게 펄럭였다. 그가 다가갔다.

"찬이야!"

전신을 움츠리며 밀어내었으나 목소리는 작았다.

"찬이야!"

이번에는 성표가 불렀다. 그러자 찬이는 다람쥐 새끼처럼 성표 뒤로 돌아갔다. 그리고 성표의 허리를 양손으로 꽉 껴안으며 자기 자신을 숨기는 것이 아닌가. 목발이 땅에 나둥그러졌다.

의화는 괴로운 미소를 띠며 성표를 올려다보았다. 참으로 아름다운 시선이였다. 그 시선은 이어 영희에게로 옮겨졌다.

"찬이야!"

성표는 소리치며 찬이를 번쩍 안았다. 그리고 거친 동작으로 내던지듯 의화 가슴에 찬이를 안겨준다.

"어머니다! 네가 안기고 싶어 하던."

비로소 모자는 스스럼없이 포옹했다. 한낮의 태양이 나부끼는 의화의 머리카락에 아낌없이 쏟아진다. 의화의 흐느낌은 그들 나성구 씨 일행을 완전히 침묵 속에 몰아넣고, 그 모자는 일찍이 그들만의 세계에 있었던 것처럼 무無 속으로 녹아들어 간다. 모성의 아름다움, 그것은 어떤 극지極地의 상태였다.

"자, 이제 가지."

드디어 나성구 씨가 입을 떼며 의화의 어깨를 가볍게 두들졌다.

그들은 자동차에 올랐다. 뒤칸에는 찬이를 중심으로 의화와 영희가 앉았다. 코발트빛 자가용은 공항을 떠났다.

성표는 온 대지가 거꾸로 곤두서서 자기 가슴에 와 닿는 듯 그런 숨 가쁨 속에 헤아릴 수 없는 침묵을 삼키는 것이었다.

폭이 넓은 회색 코트에 몸을 싼 여자, 여전히 그 얼굴은 눈앞에 보이지 않았다. 차량 밑으로 말려들어 가는 무한한 가도에 폭이 넓은 회색 코트가 펄럭이고 여자의 머리카락이 자꾸만 나부낀다.

"신 군은 언제부터 그 집에 갔었소?"

펄럭이는 코트와 나부끼는 여자의 머리카락이 크게 흔들린다고 생각하는 순간 나성구 씨의 음성이 풀쑥 뛰어들었다.

"네? 아, 올봄에, 아니 지난봄에 갔습니다."

"어떻게, 아니 우리 집에 처음 올 때 우리들의 일을 알고 왔었소?"

"아닙니다. 사진에서……."

"아아."

나성구 씨는 천천히 담배를 피워 물었다. 한 모금 시원스럽게 빨아당기더니,

"아아 참, 내가 잊었구먼."

그는 몸을 뒤로 돌렸다.

"의화야."

"네?"

"이거 장소가 이래서 거북하다만…… 저분은 미스 석, 미스 석이라 하셨죠?"

나성구 씨는 영희를 쳐다보며 물었다. 영희는 엷은 미소를 띠며 고개를 끄덕였다.

"찬이를 돌보아 주신 분이야."

의화는 눈물이 마르지 않은 얼굴을 영희에게 돌리며 서로 눈으로 인사한다.

"그리고 이분은 신성표 씨, 찬이 선생님이다."

성표는 돌아보지 않을 수 없었다.

의화는 약간 당황하는 눈으로 웃음 지었다. 성표는 고개를 한 번 숙였다. 의화는 찬이의 손을 꼭 쥐고 있었다. 성표의 눈이 그 손으로부터 거슬러 올라갔다. 찬이는 입을 비죽비죽하고 있었다. 와! 하고 금시 울음이라도 터뜨릴 것만 같았다. 그러나 강아지처럼 순한 눈을 하고 있었다.

성표는 미소하며 얼굴을 돌렸다. 따뜻한 강물이 심장 한구석에서 흘러나오는 것 같았다.

'성모…….'

이 세상에 나서 나성구 씨를 만나 받은 감동, 그 다만 감동에 지나지 못했던 것에다가 이번에는 어떤 슬기로움이 구체화되어 성표의 마음에 퍼지는 것이었다. 그것은 온 대지가 곤두서서 성표의 가슴을 눌러 다지는 듯한 것이었다.

자동차가 달려 명륜동 앞에 이르도록 그들 사이에는 대화가 없었다.

“여기서 나는 내려야겠어.”

나성구 씨가 차를 멈추게 했다. 그는 내리면서,

“그쪽의 인사가 끝나거든 집으로 와.”

“네.”

자동차는 다시 달리기 시작했다.

의화의 얼굴에는 한 가닥 어두운 그림자가 서리기 시작했다.

“이렇게 먼 곳에?”

교외로 차가 빠져나가자 의화는 불안한 듯 말했다.

“퍽 외딴 곳이에요.”

대답하는 영희의 목소리는 긴장되어 있었다. 영희는 수수께끼에 찬 오 부인과 역시 수수께끼에 싸인 의화가 어떤 첫 대면을 할까 그것이 궁금했을 뿐만 아니라, 내막을 모르면서도 오 부인에게 의화가 몰릴 것만 같은 생각이 들어 한 가닥의 불안을 느꼈다.

‘아냐, 정반대의 결과가 될지도 모르지.’

“찬이야?”

의화는 무슨 생각을 했는지 찬이의 얼굴을 들여다보며 불렀다. 찬이는 웃을락 말락 하면서 의화를 본다. 의화는 찬이 볼에 자기의 얼굴을 비비며,

“참 보고 싶었다. 찬이는?”

견디고 견디다가 하는 말 같았다.

"나두요."

하고는 얼굴을 붉히다가 옆에 있는 영희의 무릎을 주먹으로 탁 쳤다.

"호호홋…… 아까는 엄마가 안아주지 않으면 어쩌나 하고 걱정을 하더니, 정말 찬이는 부끄럼쟁이야."

영희가 놀려주자,

"거짓말!"

하고 찬이는 다시 주먹으로 영희의 무릎을 탁 쳤다.

"아얏! 뭐 나 혼자만 들었나? 신 선생님도 들었는데?"

의화는 또 흐느꼈다.

"찬이야? 이제 엄마 아무 데도 안 가. 찬이도 엄마 안 가는 게 좋지?"

"응, 엄마."

했다가 찬이는 죄지은 듯 영희를 힐끗 쳐다본다.

성표는 앞만 바라보고 있었다.

무거운 철문이 열리는 것과 동시에 자동차는 푸른 저택 안으로 미끄러져 들어갔다. 포치 앞에 이르러 차는 멎고 성표가 먼저 뛰어내렸다. 그는 여성들이 내릴 수 있게 문을 열어주었다.

뜰에 내려선 찬이는 한참 머뭇거리다가,

"저, 저, 나하고 같이 자지요?"

하고 의화를 올려다본다. 아무래도 엄마라는 말이 입에 설었던 모양이다. 그러나 그 문제만은 미리 따져두고 싶었던 것이다.

"오늘 밤은."

하고 의화는 웃었다.

"오늘 밤은 찬이하고 같이 잘게요."

"그럼 다음은?

"그건…… 또 생각해 보구."

성표는 흐느껴 울던 의화하고 사뭇 다른 일면을 그 말에서 느꼈다. 의화의 대답은 어머니로서 매우 현명한 것이었다.

홀에 발을 들여놓았을 때 의화의 얼굴은 좀 굳어졌다. 강 사장은 들어서는 의화를 보는 순간 의자에서 몸을 일으켰다. 도어에 등을 보이고 앉아 있던 오 부인은 움직이지 않았다.

의화는 검정 드레스를 입은 오 부인의 뒷모습에 잠시 눈을 보냈다. 오 부인의 대리석 같은 목에는 철사처럼 가는 황금 목걸이가 걸려 있었다.

"고생 많이 허셨소."

평소에는 상상조차 할 수 없을 만큼 강 사장은 정중한 태도로 제수를 맞이하는 것이었다.

의화는 다가갔다. 그리고 오 부인과 정면으로 마주 보이는 위치에서 오 부인을 쳐다본다.

"처음이죠?"

강 사장이 오 부인을 눈으로 가리키며 의화에게 넌지시 물었다.

"네."

"찬이 큰어머니요."

오 부인은 몹시 느린 동작으로 일어서더니 입술을 꾹 다문 채 손을 내밀었다.

"할 말이 없습니다. 죄송합니다."

의화는 오 부인의 손을 꼭 눌러 잡으며 힐난하듯, 의아해하듯, 말 없는 장벽을 주먹으로 치듯 착잡한 눈으로 오 부인을 쳐다본다.

'우리가 이렇게 만나기는 처음이지만, 수없이 보내진 제 편지에 대한 완강한 침묵은 무슨 까닭입니까?'

오 부인은 분명히 의화의 눈에서 그 말을 읽었다. 그의 눈에 칼날같이 날카로운 빛이 서는 듯했으나 이내 그것은 사라지고 하나의 가면이 허공을 바라보고 있다.

"앉으세요."

오 부인은 의화에게 앉기를 권했다. 의화는 강 사장과 오 부인을 번갈아 보고 나서 자리에 앉았다.

영희와 성표는 숨이 꽉 막히는 듯한 이들의 대면을 바라보며 말뚝처럼 우뚝 서 있었다.

"모두들 앉으시지."

오 부인의 가면 같은 얼굴에는 다시 생경한 소리가 났다. 성표와 영희, 그리고 찬이는 시립侍立하고 있던 궁노宮奴처럼 자리에 앉았다.

강 사장은 어둡고 축축한 시선을 오 부인에게 던졌다. 그러나 그 가면에서 시선은 튀고 말았다. 쇳덩어리 같은 그 여자의 의지는 강 사장의 잔인성을 누르고도 남음이 있는 것이었다.

영희가 일어서서 밖으로 나갔다.

"일전에 찬이를 데리고 명륜동 오라버니 댁으로 한번 갔었죠."

강 사장 말에 의화는 고개를 수그렸다. 고운 눈매와 좀 솟은 듯한 관골에 그늘이 진 듯했으나 그의 맑음을 해치는 그런 어두운 것은 아니었다.

"오늘 만났습니까?"

강 사장은 다시 말을 걸었다.

"네, 비행장에 나오셨더군요."

하면서 의화는 무심히 얼굴을 들었다. 그 순간 성표의 눈과 마주친다. 의화는 살며시 오 부인에게 눈길을 돌렸으나 성표는 심장이 저리는 것 같은 기분이 들었다. 그 눈은 찬이의 눈 같기도 했다. 그 눈은 나성구 씨의 눈 같기도 했다. 그러나 더 깊고 더 맑았다.

"제가 마음 약하게 이렇게 돌아온 것을 아주버님께서 노하고 계시는지…… 오고 싶어서 정말 견딜 수 없었어요."

말은 강 사장에게 하면서 의화는 딱하다는 듯 오 부인을 보고 미소했다.

"아, 아닙니다. 잘 돌아오셨소. 그러지 않아도 엄마 오게 하라고 찬이가 조르더군요."

말투는 그렇거니와 강 사장의 태도는 의심스러울 만큼 정중하고 조심스러운 것이었다.

"고맙습니다."

오 부인은 대안의 불을 구경하듯 요동 없는 자세로 앉아 있었다.

"앞으로의 계획은?"

강 사장의 질문은 아니었다. 균형을 찢어버린 듯한 오 부인의 말이었다.

"글쎄요……."

의화는 얼른 대답을 못한다.

"저…… 저의 처신을 말씀하시는지, 혹 직장 문제 같은 것을……."

고개를 갸웃하며 의화는 오 부인에게 되물었다.

"찬이 엄마가 원하시다면 이 집에 함께 지낼 것을 생각하고 계시는 모양이에요. 강 사장이 말입니다."

입언저리에 가벼운 경련이 지나간다.

"내가 물어보는 계획이라는 것은…… 그렇죠. 직업에 대한…… 의상디자인을 연구하고 오셨다죠?"

의화가 미처 대답을 하기 전에 오 부인은 덧붙여 말했다. 의화는 얼굴을 붉히며,

"뭐 연구랄 것도 없습니다. 허지만 앞으로 그런 직업이……."

"결혼은 안 하시구 혼자 사시겠어요?"

뒤집어씌우듯 오 부인의 날카로운 말이 쫓아왔다. 순간 강 사장과 성표의 눈이 마주쳤다. 그들은 다 같이 오 부인의 말에 당황했던 것이다.

"대답하기가 딱합니다."

오히려 의화가 실례된 그 말을 웃음으로 넘겨버린다. 그러나 차분하고 연장자처럼 여유 있게 보인 것은 아니었다. 물론 의화는 오 부인보다 훨씬 나이 어린 사람이다.

"자, 그럼 방에 가서 쉬시지."

강 사장은 일어서며 오 부인을 노려보았다. 오 부인은 손을 뻗쳐 벨을 눌렀다. 계집아이가 나타나자,

"손님, 준비된 방으로 안내해요."

하고는 천천히 층계를 밟고 올라가 버린다.

"그럼 피곤할 텐데…… 불편한 점이 있으면 아까 그 미스 석한테 말씀하세요. 난 바빠서."

하더니 강 사장은 밖으로 나갔다.

"내 짐은?"

의화는 성표를 한 번 쳐다보더니 두리번거렸다.

"방에 갖다 놨을 겁니다."

성표는 의화를 건너다보며 무뚝뚝한 목소리로 대답했다.

"아, 그래요?"

의화는 성표에게 말하고서 청신한 이빨을 보이며 찬이에게

미소 짓는다.

"저, 방에……."

계집아이가 의화를 바라보느라고 넋을 잃고 서 있다가 생각이 난 듯 우물쭈물 말했다.

"내가 안내해 드리지."

성표는 계집아이를 물리치고 성큼 앞으로 나섰다. 그러자 찬이는 얼른 성표 손에 매달린다.

"제 방보다 찬이 방에 먼저 안내해 주시겠어요?"

의화는 성표의 얼굴을 들여다보듯 하며 말했다.

"네, 그러죠."

성표는 찬이 손을 잡은 채 앞섰다. 그러나 절룩거리는 찬이의 모습을 뒤에서 의화가 바라보며 따라온다고 생각하니 뒤통수가 빳빳해지는 것만 같았다.

"찬이가 몹시 따르는군요."

"글쎄요…… 비교적 우린 사이가 좋습니다."

성표는 돌아보지도 않고 대답했다. 그들은 찬이 방으로 들어갔다.

"예쁜 방이군요."

"그 공적은 영희 씨에게 있습니다."

성표는 자기가 들떠 있다는 것을 확실히 느꼈다.

"찬이가 피아노에 흥미가 있어요?"

의화는 장난감 하나하나를 들여다보면서 물었다.

"소극적이지만 흥미도 있고 재질도 있습니다."

의화는 장난감을 제자리에 놓고 돌아서서 찬이를 가만히 바라본다.

의화는 그 자리에 그대로 서 있었다. 그러나 성표는 목이 멘다고 생각했다. 그런가 하면 의화는 아득히 먼 곳에 엄지손가락만 한 크기로 보이기도 했다.

'내가 만났어야 할 여자는 이 사람이 아니냐!'

성표는 목구멍 속에서 소리 지르고 있었다. 그는 갑자기 전신에서 힘이 빠져나가는 것을 느꼈다.

"차차 선생님하고 의논해야겠군요."

의화는 방에서 나가며 말했다.

의화를 그의 방으로 안내하고 성표는 돌아섰다.

'나는 저 사람을 옛날부터 알고 있었다.'

성표는 픽 웃었다. 훌훌 얼굴이 달아오르는데 그는 웃었던 것이다. 방으로 돌아온 성표는 머릿속에서 환상이 갈기갈기 찢어져 피가 흐르는 것 같은 착각에 사로잡힌다.

오 부인이 차가운 조각 같은 얼굴이라면, 의화는 형태를 잡을 수 없는 안개 같은 얼굴이었다.

지금도 방 안에 그 안개가 자욱히 싸여 있는데, 성표는 자신이 출혈하고 있다는 느낌에서 떠날 수 없었던 것이다. 나성구 씨로부터 받은 충격보다 더 컸다. 아픔과 괴로움이 따랐던 것이다. 그러니만큼 희열은 더 컸을지도 모른다.

얼마 동안이 지났는지 모른다. 영희가 들어왔다.

"식당으로 오세요."

성표는 후다닥 일어서며,

"벌써 저녁입니까?"

"그분을 위해서 모두 같이하는 거예요."

"강 사장두?"

"지금 돌아왔으니까요."

성표는 식당으로 나갔다. 오 부인과 강 사장, 찬이가 기다리고 있었다.

성표가 자리에 앉아 얼마 동안 있노라니까 의화가 들어왔다.

하이네크의 보랏빛 원피스로 갈아입은 의화는 씻은 듯 깨끗했다. 화장기 없는 얼굴에 처음으로 성표는 가늘고 짙은 눈썹을 의식했다.

조용히 식사가 시작되었다. 어느 때보다 성찬이었다.

"저, 아까 현 박사님께서 전화 주셨더군요."

영희는 오 부인을 보고 말했다. 오 부인은 아무 대꾸도 하지 않았으나 강 사장은 그 독특한 웃음을 입가에 흘렸다.

"손님이 오셨느냐구요."

오 부인은 여전히 아무 대꾸도 하지 않았다. 의화는 주위를 좀 살폈으나 이내 시선을 찬이에게 보냈다.

"어떻습니까? 제수씨께서는 한국이 전보다 다소 변했다고 생각지 않으셨습니까?"

강 사장이 화제를 만든다.

"아무것도 눈에 보이지 않았습니다. 차차……."

의화는 미소했으나 그 얼굴에는 비행장에서 찬이를 안고 흐느껴 울던 그때의 감정이 물굽이치고 있었다. 그것을 강 사장도 알아차린 모양이었다. 그는 다시 화제를 이었다.

"한국도 미국만 못하지 않습니다. 민주주의가 최고도로 발달되어 있으니까요."

강 사장은 농담 비슷하게 말하며 웃었다.

"우리들에겐 그야말로 금과옥조 같은 거죠. 민주주의라는 것이 말입니다. 돈푼이나 가지고 있는 우리네들에겐."

강 사장은 무엇을 비웃는지 또 웃는다. 그리고 오 부인을 힐끗 쳐다본다.

강 사장의 말은 화제를 만들기보다 오히려 화제를 막는 결과가 되었다. 그리고 그들은, 특히 성표는 무엇 때문에 강 사장 같은 처지의 사람이 민주주의라는 것을 비웃고 한국의 현실을 비웃는지 알 수 없다. 약간의 양심의 가책을 받았다면 적어도 무관심으로 위장할 것이요, 또 양심의 가책을 받을 그런 위인도 아니었기 때문이다.

"신 선생?"

이번에는 오 부인의 입에서 말이 나왔다.

"네?"

성표는 오 부인의 눈을 바로 쳐다본다. 강 사장의 눈이 가늘게 감겨졌다.

“시월 중순에 오페라 공연이 있다죠?”

“네.”

“신문에 났더구먼요.”

“걱정입니다.”

“왜요?”

“처음이니까요.”

“하기는 모두 기성인이더군요.”

“선배라기보다 모두 선생님뻘 되는 분입니다.”

“마스크가 좋아서 그랬나?”

강 사장이 냅다 던지듯 말했다. 모욕적인 언사다.

“분장하면 마스크가 무슨 소용이에요? 하긴 못한 것보담 낫겠지만…….”

영희가 말을 거들었다. 다른 때 같으면 강 사장이 면전에서 영희를 면박했겠지만 참는다.

“〈토스카〉래죠?”

오 부인이 또 물었다.

“네.”

성표는 쑥스럽게 얘기가 돼간다고 생각했다.

“스칼피아를 하나요?”

성표는 오 부인이 묻는 말에 대답을 하지 않고 얼른 입속에 음식을 밀어 넣었다. 자기가 화제의 중심이 되는 것도 싫었거니와 이번에 특별히 픽업되어 중요한 역을 맡게 된 일을 강 사장 앞에 늘어놓기도 싫었다.

"아니면 안젤로티예요?"

오 부인은 심술 사납게 추궁하듯 물었다.

"아닙니다. 스칼피압니다."

성표는 음식을 우물우물 씹으면서 마지못한 듯 대답한다.

"악역이구먼. 하지만 안젤로티보담 스칼피아의 비중이 크니까 잘하세요."

성표는 오 부인을 힐끗 쳐다본다. 그 목소리는 오 부인의 목소리 같지 않았다. 말도 역시 오 부인의 말 같지 않았다.

'어머니처럼 부드러운 말을 하는군.'

그럴수록 그 여자의 압력은 성표를 무겁게 누른다. 오 부인은 의화를 염두에 두고 전에 없이 다정한 말을 남의 앞에서 했는지 모른다.

'책임은 없다. 나는 방황하고 있었을 뿐이니까.'

성표는 다시 오 부인을 힐끗 쳐다보았다. 황혼이 그 여자 뒤켠에 자욱이 드리워져 있는 것 같은 느낌이 들었다. 심장 한구석이 짜릿했다. 그러나 성표는 하는 수 없다고 생각하는 것이다.

의화는 흥미 있는 눈으로 성표를 보고 있었다. 비행장에서 이곳에 이르기까지 그는 성표에게 주의를 기울일 만한 겨를도 없었고, 단순히 찬이의 피아노 교사라고만 알고 있었다. 비행장에서 찬이를 자기에게 안겨줄 때 고마움과 호의를 가졌지만, 그는 오빠 나성구 씨와 성표의 친밀한 분위기에도 별반 관심을 가지지 않았던 것이다. 그러던 그가 지금 성표와 나성구 씨의 관계를 문득 생각해 낸 것이다.

'오빠와 저 사람은 어떤 사일까? 어떻게 아는 사일까? 찬이 때문에?'

"유행되고 유명해진다는 것은 과히 좋은 일은 아니에요. 그런 뜻에서 난 〈토스카〉를 싫어해요. 〈별은 빛나건만〉, 그 아리아를 모르는 사람이 있어요? 신 선생이 카바라도시가 아니어서 다행이에요. 청승스러워요."

오 부인은 상을 찌푸리며 말했다.

"원래 예술은 귀족의 독점물이니까요."

성표는 비꼬아 준다.

"물론이지요. 예술의 본질은 귀족적인 데에 있으니까요."

오 부인은 서슴지 않고 대꾸한다.

"태곳적부터 예술은 있었지만 귀족은 그 후의 산물입니다."

"예술이 있었다구요? 실용품이 있었겠지."

"실용품이 예술 아니란 법은 없습니다."

성표는 이야기가 시시하게 돼간다고 생각했다. 오 부인의 견해는 옳았는지도 모른다. 그러나 성표는 오 부인이 오늘따라 왜 이럴까 싶어졌다.

"〈토스카〉가 싫어진 이유는 아마도 오 부인께서 질투를 느꼈기 때문일 거야."

강 사장이 성표와 오 부인의 대화를 갈라놓았다.

"부인께서는 지나치게 흥분을 하시는데 아마도 그 젊은 남녀의 죽음이 부러웠던 모양이지?"

강 사장은 다시 말을 걸었다. 모두 다 실없는 농으로 들었으나 오 부인의 입가는 저주에 찬 웃음으로 일그러지고 있었다. 오 부인은 그 웃음의 얼굴을 의화에게 돌렸다. 의화를 지그시 바라보는 오 부인의 눈은 모든 사람의 가슴에 박히고야 말 그런 무서운 것이었다.

의화는 그 눈에서 비켜나며 으시시 떨었다.

"위대한 예술의 얘기는 이제 그만들 하시고…… 자아, 부인, 식문제食門題나 해결하시지. 어서 식사나 합시다."

강 사장은 쾌감에 몸부림치듯 굵은 목을 흔들며 웃었다. 이번에도 강 사장의 독침을 뿜는 듯한 웃음이나 말을 실없는 농담으로 모두 생각했다.

사실 강 사장은 의화에게 온갖 조심성을 다하고 있었다. 그래서 강 사장의 말은 오 부인에게는 잔인한 학대의 일환이었지만 의화는 재치 있는 화제의 전환이라 생각했다.

강 사장은 그 자신이 말하듯 죽은 동생을 별로 사랑하지 않았다. 그런데도 이상한 일은 의화에게 그로서 할 수 있는 한의 온갖 성의 다 베풀어왔다는 것이다. 거친 성품과 잔인하고 현실적인 강 사장의 눈에도 의화는 슬기롭게 보였던 모양이다. 인간으로서 악惡의 요소가 보다 강렬한 강 사장이었지만 그에게도 어느 한구석에 맑은 것, 선한 것, 그런 것에 대한 갈망이 있었을까?

자리를 같이한 성표나 영희는 의화가 푸른 저택에 나타난 순간부터 그것을 느끼고 있었지만 강 사장 자신도 의화를 대하는 자기의 태도가 지금까지의 강명하의 균형을 파괴하고 있다는 것을 깨닫고 있었다. 몸에 배지 않은 태도였다. 그러니만큼 그의 자세는 불안하고 어색하였다.

의화는 누가 보나 오 부인보다 아름답지는 못하였다. 그러나 그의 영혼의 맑음, 그의 자태를 부드럽게 감싸주고 있는 그 천부天賦의 것은 오 부인의 미모를 능가하고도 남음이 있었다. 그는 분명히 모성임에도 불구하고 성처녀聖處女 같았고, 그 슬기로움은 인접을 불허하는 그런 것은 아니었다.

식사가 끝나자 그들은 홀로 나갔다. 강 사장은 홍차를 마시면서,

"아까 현 박사한테서 전화가 왔다 했지?"

하고 영희에게 묻는다.

"네."

"현 박사를 저녁에 초대할걸 그랬군."

그 말은 오 부인에게 던진 것이다.

"잘못되었군요."

오 부인은 냉정하게 받아넘긴다.

"현 박사는 미국에서 오래 살았고, 찬이 애비하고도 친면이

있었을 테니까."

강 사장은 오 부인의 목을 조르듯 말하고 이래도 참겠느냐 이래도, 하는 눈으로 오 부인을 쏘아본다.

"지금 오시게 할까요?"

오 부인의 아래로 처진 긴 눈꼬리가 살짝 곤두섰다.

강 사장은 돌연 껄껄 웃어젖힌다. 웃으면서,

"그야 부인의 사려에 달린 일이지. 허나 그만두지. 다음 기회가 또 있을 테니까."

웃음의 말 속에 광포한 감정이 숨어 있는 것을 영희는 느꼈다. 무거운 공기를 찢듯 전화벨이 요란스럽게 울린다. 영희는 구원이라도 받은 듯 얼른 일어서서 수화기를 들었다. 간단한 말을 주고받더니 영희는 수화기를 내려놓고 자리로 돌아와,

"전화예요."

하고 의화를 건너다보았다. 의화가 일어서서 수화기를 잡는다.

한참 동안 수화기를 들고 말을 주고받던 의화는 자리에 돌아왔다.

"오빠한테서 전화가 왔는데…… 잠시 들렀다 와야겠습니다."

의화는 강 사장과 오 부인을 번갈아 보며 말했다.

"다녀오세요. 차가 있으니까."

강 사장은 선선히 말했다.

"찬이하고 약속을 했는데 혹시 자고 오게 되면……."

의화는 찬이를 데려가고 싶은 눈치를 오 부인에게 보였다.

"찬이는 잠자리가 달라지면 잠을 못 자요. 혼자 다녀오세요."

오 부인은 명령적으로 말했다.

"그럼 찬이야? 엄마 곧 다녀올게?"

의화는 자식 없이 찬이를 길러온 오 부인의 심정을 자기 나름으로 생각하며 오 부인의 말을 거역하려 하지 않았다.

"그리고 저…… 신 선생님."

"네?"

성표는 놀라며 의화를 쳐다본다.

"저의 오빠 집을 아신다죠? 오빠가 전화로 그러시는군요."

"네, 압니다."

오 부인과 강 사장의 눈이 동시에 성표에게 쏠린다.

"저는 오빠 집을 몰라요. 몇 번이나 이사를 하셨으니까."

"신 군이 어떻게 그 댁을 아오?"

묻는 강 사장보다 잠자코 성표를 지켜보는 오 부인의 눈에 더 심한 의혹이 있었다.

"전부터 나 선생님하고 잘 아는 사입니다."

"우리 집하고의 관계를 알고 계셨나?"

"아닙니다. 오늘 비행장에서……."

성표는 이야기가 복잡해질 것 같아서 얼른 거짓말을 했다.

"그럼 제수씨하고 같이 다녀오시오."

강 사장은 더 이상 묻지 않았다. 그러나 오 부인은 생각 깊은 눈으로 성표를 쳐다보고 있었다.

성표와 의화가 차에 올랐을 때 서편 산기슭에 고기비늘과 같은 구름 떼가 모여 있었다. 붉은빛은 거의 없어지고 짙은 잿빛에 물든 구름 떼는 불안한 일기를 내포하고 있는 듯했다.

자동차는 미끄러져 나갔다.

"저, 오빠를 어떻게 아시죠?"

의화가 말문을 열었다.

"우연한 기회에 뵈었습니다."

"자주 만나세요?"

"이따금 제가 찾아가 뵙습니다."

"오빠는 별로 친한 사람을 갖지 않는 성격이에요."

하고는 실언을 했다고 느꼈는지 의화는 살짝 얼굴빛을 붉힌다.

"고고하신 분이더군요."

"사는 데 흥미가 없는 모양이에요. 지금은 좀 변하셨는지 모르지만……."

성표는 뭐라 대답할 수 없었다. 의화는 핸드백 위에 가지런히 두 손을 올려놓고 앉아 있었다.

자동차가 목적지와 출발지의 중간 지점까지 왔을 때 사방은 어둠에 묻히어 있었다.

"앞으론 신 선생님께 많은 의논을 해야겠어요."

의화의 목소리는 아까와는 달리 퍽 슬픈 색조를 띠고 있었다.

"찬이 성격이나 지도방법 같은 것을……."

"저는 교육에 대해서는 백지올시다. 다만 제가 아는 것을……

하지만 아이들이란 그냥 내버려두는 게 좋지 않을까요? 너무 구속이 심해도, 친구같이 놀아주면 될 것 같습니다."

성표는 말을 하면서도 자신이 무슨 말을 지껄이고 있는지 알 수 없었다.

"하기는 그럴 거예요. 그렇지만 그 애는 몹시 성하지 못한걸요."

의화는 창밖으로 눈길을 돌렸다. 어둠만이 자욱한 창밖의 거리, 의화의 가슴에는 찬이의 그 애처로운 모습으로 가득 차 있었다.

명륜동의 나성구 씨 집에 들어갔을 때 나성구 씨는 의화의 손을 잡았다.

"고생했지?"

부드러운 목소리였다.

"오빠도 늙으셨어요."

의화는 서글픈 표정이었다.

"그야 늙을 수밖에. 자아, 들어가자, 신 군도."

그들은 응접실로 들어갔다.

"언니는?"

"인천에 갔다. 언제 올는지."

"여전하세요?"

"여전하지. 병적인 것도."

나성구 씨는 성표를 보고 슬며시 웃는다.

"오자마자 이런 얘기하는 것 안됐다만 앞으로 넌 어떡할 참이냐?"

"……."

"나는 그곳에서 네가 결혼해 줄 것을 바라고 있었다."

"그게 그렇게 쉬운 일일까요?"

"신 군을 나는 동생처럼 사랑하고 있어."

나성구 씨는 돌연 말을 홱 바꾸었다.

"너도 그렇게 알구, 신 군에게 신경 쓸 것 없이 솔직하게 너의 신상에 관한 얘기를 해라."

"전 그럼 잠시 실례하겠습니다. 말씀하시죠."

성표는 일어섰다.

"아, 아니 앉으시오. 앞으로 나보다 신 군이 의화에게 더 중요한 사람이 될지도 모르니까."

나성구 씨는 복잡한 표정으로 의화를 바라본다.

"정말 그래요. 오빠는 무심하니까. 찬이의 일만 해도 신 선생님의 역할이 더 크실 거예요."

의화는 어떠한 뉘앙스도 두지 않고 나성구 씨의 말을 받아들였다.

나성구 씨의 복잡한 표정은 쉽게 사라지지 않았다. 성표는 얼굴을 붉힌 채 꾸어다 놓은 보릿자루처럼 앉아 있었다.

"첫째, 너는 그 집에서 나와야 한다."

"왜요?"

"나와서 너는 너의 독립된 생활을 해야 한다."

왜 그러느냐는 말에는 대답하지 않고 나성구 씨는 강조하듯 말을 되풀이했다.

"하지만 시아주버님이 같이 있기를 원하세요."

"안 돼!"

나성구 씨의 어세는 강했다.

"되도록 조속한 시일에 나와라."

"급히 나올 순 없어요. 찬이의 일을 생각해 보세요. 육 년 동안이나 정이 들었는데……."

나성구 씨는 그 말 대답도 하지 않고,

"그 집 속에는 음모로 가득 차 있다. 내 책임이지만 너의 결혼은 시초부터 실패였지. 넌 그렇게 생각지 않느냐?"

"……."

성표는 고개를 숙였다.

"결혼 생활 한 달만에 생겨난 것이 찬이지. 그 애 때문에 너를 희생한다는 것은 우스운 얘기야."

"그렇게 거추장스런 생각은 하고 있지 않아요."

의화는 기운 없이 말했다.

"제발 너는 내 꼴이 되지 말어."

나성구 씨는 드물게 흥분했다.

"정란 씨! 전화요!"

여드름이 송송하고 입언저리가 거무스레한 주인댁의 대학생이 복도에서 소리쳐 부른다.

"네에—."

방 소제를 하던 정란은 수건으로 머리를 질끈 동여맨 모습으로 이 층에서 급히 내려왔다. 정란은 한 달 전부터 좀 볼품 있는 이 집의 셋방으로 옮겨온 것이다. 주인댁에 전화가 있어서 정란에게 걸려오는 전화를 친절하게 중계해 주는 것이다.

"전화 바꿨습니다."

"정란 씨!"

"네."

박영태였다.

"좀 나오시오."

명령적일 뿐만 아니라 화가 잔뜩 난 목소리였다.

"왜요?"

"하여간 나오시오. 네 시에 우리가 만나는 그 다방으로 나오시오."

"무슨 일이 있었어요?"

그러나 영태의 화난 목소리는 다시 들려오지 않았다. 전화를 끊어버린 것이다.

"이상하다? 그분은 요즘 늘 화만 내더라?"

김세형의 출옥 날이 가까워진 때문이라는 것을 정란은 어렴풋이 알고 있었다. 어떤 때는 몹시 심술궂게 비꼬며 웃기도 하고, 어떤 때는 사소한 일로 짜증을 부리며 정란을 난처하게 만들기도 했다.

정란은 김세형이 나오기 전에 해둔다고 어제 놓은 난로를 우두커니 바라보고 앉았다가 일어섰다. 거의 시간이 다 되었으므로 화장은 그만두었다. 검은 코트를 걸치고 그는 밖으로 나갔다.

가로수는 노오랗게 물들어 있었다. 낙엽이 한두 잎 굴러가는 가로에는 햇빛마저 희미한 것 같고 지나가는 사람들의 얼굴들이 해맑게 보였다.

다방으로 들어갔을 때 박영태는 언제 내가 화를 냈느냐는 듯 평상시와 다름없이 싱글벙글 웃으며 정란을 맞이했다.

"왜 화나셨어요, 아까……?"

정란은 자리에 앉으며 물었다.

"내가요?"

박영태는 시치미를 뗀다. 날씨가 쌀쌀한데도 그는 코트 없는 갈색 싱글을 입고 있었다. 좀 얼굴이 창백한 것 같고, 작은 눈이 더 작은 듯 보였다. 양복 빛깔이 짙어진 때문일까.

그는 양복 호주머니 속에 손을 밀어 넣더니 십만 환짜리 다발을 하나 꺼내어 탁자 위에 놓는다.

"이거 그저께 주셨죠?"

"네."

정란은 의아하게 영태를 바라본다.

"돌려드릴려고 했는데 용도가 저에게는 희미한 것 같아서 그만두었습니다."

"……."

"김 군하고 나하고의 우정은 그런 게 아니거든요. 사실 우정이라면 쑥스런 표현이구요."

정란은 여전히 어리둥절한 표정으로 박영태를 바라본다.

"김 군의 변호사를 대는 데 있어서 돈 십만 환을 내가 던져줄 만큼 그런 우정은 아니란 말입니다."

박영태는 묘하게 말을 비비 꼬았다. 정란은 여전히 모르겠다는 얼굴이다.

"동정으로 던져줄 수도 있죠. 하지만 정란 씨를 위해서 그러긴 싫었단 말입니다. 난 위선자는 아니니까."

박영태의 비비 꼬는 말투는 그의 밝은 천성에다 어두운 상황이 겹쳐진 뒤틀림에서 오는 표현 부족에서 오는 것이었다.

"그러니까 돌려드렸잖아요."

비로소 정란이 입을 열었다. 지난봄에 김세형을 위하여 박영태로부터 빌린 십만 환을 정란은 그저께 돌려주었던 것이다. 그 이야기를 지금 박영태가 하고 있는 것이다.

"그러니까, 그러니까 나도 그저께 그 돈을 받아 넣었단 말입니다."

박영태는 그러니까 하는 정란의 말을 되풀이하며 골자를 잃은 표정이 된다.

"그럼 됐잖아요? 뭐가 그리 화나세요?"

"그런데 이놈의 돈이 내 수중에 있는 이상 화가 나서 견딜 수 없거든요."

"어머, 그 전에도 종종 화를 내시던데요, 뭐…… 그렇게 화나시면 다 써버리세요."

"나를 위해 써버린다면 내가 갖는 것과 마찬가지죠."

"참 까다로우셔."

"내가 까다로운 게 아니구 정란 씨가 바보야."

영태는 떼쓰듯 말하며 정란을 가만히 노려본다.

"전 바보예요."

"그러니까 점점 바보가 되는 거지. 정말 바보, 바보야."

영태는 발을 구르듯 말했다. 정란은 딱하다는 듯 웃고만 있다.

"하여간 이 돈은 오늘 밤 안으로 둘이서 다 써버려야 해요."

영태는 탁자 위에 놓았던 돈을 호주머니 속에 도로 집어넣는다.

"그 돈을 어떻게 다 써요?"

수입이 늘어서 안정된 생활을 하고 있지만 돈 때문에 무진 고생을 해온 정란은 눈이 휘둥그레진다. 그러나 영태는 그 말 대답은 하지 않고 휘파람을 휘익! 불어 레지를 오게 했다.

"제일 비싼 놈을 가져와요."

"파인 주스를 하시겠어요?"

레지는 정란을 향하여 물었다.

"기껏 이백 환? 그만두어, 레몬 주스 깡통째 가져와요. 그리고 또 난 위스키 티!"

"깡통 하나 다 못 마셔요."

정란은 눈살을 찌푸렸다. 역시 알뜰한 마음씨다. 영태는 그 말 대답도 하지 않고,

"정란 씨?"

"네?"

"사는 게 즐겁습니까?"

"요즘엔."

"왜?"

"요즘엔 좋은 일뿐이거든요. 오빠도 오페라에 나가구, 저도 모든 일이 잘되구, 돈도 있구요."

정란은 정말 행복한 듯 부드러운 미소를 짓는다.

"김 군도 나올 거구요."

정란은 미소할 뿐이다.

"아아, 참패구먼. 이 박영태는 지금까지 무얼 했단 말인고?"

영태는 주먹으로 자기의 머리를 한 번 친다. 그러고는 껄껄 웃었다.

"외국에나 가시죠, 뭐."

정란은 미안해하지 않을 수 없었다.

"흥미 없는걸요."

"마음만 먹는다면 가실 수 있으니까 그렇죠, 뭐."

정란은 시쁘둥하게 앉아 있는 박영태의 기분을 달래어보듯 말했다.

"으응? 정란 씨도 제법 이제는 사회인 같은 말을 하는군요."

"놀리지 마세요."

"놀리긴? ……제발 이제는 겁내지 마시오."

박영태는 도중에 말을 바꾸어버린다.

"그대로 밀고 나가면 되는 거요. 한몫의 가수가 됐으니 말이오."

영태는 연민과 깊은 애정이 서린 눈으로 가만히 정란을 바라보았다. 그러나 그것도 일순간이었다. 그의 눈에는 또다시 그의 독특한 장난기와 조롱대는 빛이 돌아왔다.

"하여간."

영태는 침을 꿀꺽 삼키고 나서,

"정란 씨나 신 형한테 이제 햇빛 쏟아졌소. 더욱이 신 형은 말이오. 좋은 일만 있었지. 게다가 이번에는 미국에서 온, 정신을 뒤흔들어 놓을 만한 마돈나가 돌아왔으니까."

"마돈나라뇨?"

"찬이 진짜 어머니 말이오."

"네?"

"학교에서 만난 신 형의 표정이야말로 볼만하더군요. 시나이 산에서 신의 계시를 받고 내려온 모세 같더란 말입니다. 그럴 수밖에. 그 무감동한 사나이가 얼이 빠질 지경으로 심취한 나성구 씨의 누이동생이니."

"네? 나 선생님?"

"왜요? 기연인가요?"

"참!"

정란은 감탄사를 발할 뿐이다.

"오는 토요일이죠, 공연이?"

"네, 토요일부터 시작하죠."

"신 형도 지금 땀을 빼고 있을 게요."

"걱정이에요. 그것만 생각하면 가슴이 떨려요."

"뭐가 대단한 거라구 가슴이 떨립니까? 걱정 마세요. 능청스럽게 해낼 겁니다. 그리고 화려할 거요. 마돈나에다가 판도라, 그리고 가련하진 않지만 약간 집시 같은 아가씨, 또 있죠. 모조품의 왕관을 쓴 거지 아가씨, 이 일군一群의 여성들이 열광적인 꽃다발을 던질 테니, 다만 토스카의 애인이 아니어서 축축한 기분이 덜할 겝니다만."

영태는 빈정거리듯 말하기는 했으나 재미난다는 표정이다. 정란은 영태의 말을 경청하고 있다가,

"판도라란 나쁜 여자 아니에요?"

"나쁜 여자일까요?"

영태는 의심스러운 눈으로 정란을 살폈다.

"인간에겐 액운을 가져다준 여자래잖아요."

"슬픈 괴뢰죠. 불을 훔친 인간들을 벌하기 위하여 제우스가

창조한 저주의 여자죠."

"그런데 아까 말씀하신 판도라란 누구예요?"

"오 부인."

"어머! 그럼 집시 아가씨란 그 미스 석이라던가요, 그 여자겠군요?"

영태는 희미하게 웃으며 탐탁지 않은 표정으로 고개를 끄덕였다.

"왕관 쓴 거지 아가씨는요?"

정란은 또 묻는다. 성표를 둘러싼 여자라면 그로서도 흥미를 아니 가질 수 없었던 것이다.

"그런 여자가 있지요. 신 형을 못 잊어, 못 잊어하는 여자가…… 하여간 신 형은 여난의 상이니까."

영태는 담뱃갑을 호주머니 속에 밀어 넣고 일어서려고 한다. 그러나 정란은 멍하니 앉아서,

"참 아름다운 분이었는데 어째서 판도라일까?"

혼잣말처럼 중얼거렸다. 정란은 판도라를 악녀로만 믿고 있는 것이다.

영태는 도로 자리에 주저앉는다. 아직 바깥이 밝기 때문이다.

"아름다우니까 저주를 받았겠죠. 너무나 인간의 냄새가 물씬 나기 때문에 저주를 받았겠지요. 본능이 극에 달한 여자거든요."

"정말 여신같이 아름다웠는데…… 너무 아름다워서 무서울

지경으로…… 하지만 어떻게 그분을 그렇게 잘 아세요?"

"만나기야 몇 번 만났습니다만 말하자면 일종의 영감이죠. 비밀에 싸여 있는 여자, 비밀이란 언제나 아름답기보다 추한 것이고 즐거운 것이기보다 슬픈 것, 그리고 은혜를 받은 것이기보다 저주받은 것이니까."

"참 잘도 아시네요?"

영태의 말투가 어디까지나 농이 서린 것이었으므로 정란도 깊이 천착하지 않고 웃으며 말했다.

"이것도 영감에 속한 일이지만 신 형의 처지야말로 파란만장, 기가 막히게 극적인 로맨스로 발전해 나갈 테니 두고 보시오."

영태는 씩 웃었다. 정란은 영태의 말이 싫지 않았다. 여러 여성이 성표를 사모한다는 것은 비록 농담일지라도 그만큼 성표가 잘난 사나이라는 이유가 되기 때문에 듣기 좋았다.

그들은 다방에서 나왔다. 간단한 식사를 하고 난 뒤,

"이제 갑시다. 정란 씨."

영태는 억압하듯 정란의 팔을 덥석 잡았다.

"어디루요?"

"정란 씨의 옛 고향으로."

"어머, 저한테 무슨 고향이 있어요?"

"눈이 돌아가도록 춤을 추잔 말입니다."

"아아, 하지만…… 곤란하잖아요?"

"뭐가?"

영태는 윽박지르듯 굵은 소리로 말했다.

"제가 나가던 곳인데……."

"헹! 숙맥이구먼."

영태는 다짜고짜로 지나가는 택시를 잡았다.

"녹수장이면 되겠구먼. 거기 나간 일은 없죠?"

하더니 정란을 택시 안으로 밀어 넣는다.

"나간 일은 없지만 밴드 맨들하고 다 구면인걸요."

"그렇다구 연애 못 하란 법 없구, 춤 못 추란 법도 없지 않소?"

"……거북해서요. 그리고 또, 또 너무 멀어서 돌아오려면……."

"자고 오면 되지. 운전수 양반! 기분 냅시다. 녹수장까지, 빨리!"

자동차는 시내에서 빠져나왔다. 그리고 녹수장이 있는 S유원지로 마구 달려간다.

그동안 그렇게 말이 많던 영태는 무슨 까닭인지 입이 붙어 버린 듯 말 한마디 하지 않았다. 정란은 영태가 또 변덕을 부리고 있다고 생각했다. 그러나 영태를 손톱만큼도 의심하지는 않았다. 처음부터 영태를 대하는 정란의 태도는 무방비 상태였으니까.

두 사람은 숲으로 둘러싸인 녹수장 앞에서 차를 내렸다. 싱그러운 바람이 그들의 얼굴을 치고 녹수장에서 새어 나온 불빛이 희미하게 사방을 비춰주고 있었다.

녹수장의 홀은 굉장히 넓었다. 시내의 조용한 나이트클럽과는 달리 많은 사람들이 본시의 의상을 모조리 벗어던지고 일시의 망각 속으로 파묻혀 들어가듯 춤을 추고 있었다. 사람의 수효가 많아 그런지 밴드의 규모가 좀 커서 그런지 소란스럽고 웅성거리는 분위기가 홀에 들어서는 영태의 얼굴을 쳤다.

"이거 시장터로 우리가 찾아온 것 아닐까?"

영태는 우선 빈 좌석을 찾아가 앉으며 투덜거렸다.

"하지만 장꾼들은 하나도 없을 거야. 왜냐하면 비싸니까."

영태는 조롱하듯 웃었다. 그리고 담배를 꺼내어 입에 무는 정란에게 재빨리 라이터를 켜준다. 영태는 다가온 웨이터에게 술을 주문했다.

감미로운 탱고가 한창이었다. 행복하다고만 할 수 없는 군상들이 제각기 이 시간을 떨쳐버리듯 변화 많은 스텝을 밟고 있었다. 조명은 푸른빛 붉은빛으로 유치했으나 어두워서 괜찮은 편이었다.

"이거, 사람 구경이구먼. 돈을 써가며 왜 이런 곳으로 찾아올까?"

영태는 진한 술을 마시며 정란을 건너다보았다. 영태 자신이 이곳을 찾아온 것만은 예외인 모양이다.

"여기가 댄싱의 본고장이거든요."

정란은 뒤늦은 대답을 했다.

밤의 여자는 누구나 다 고운 법이다. 영태는 그 어느 때보다 정란을 아름답고 이국적이며, 매력이 있다고 생각했다. 퇴폐적인 것과 소박한 것이 이상한 조화를 이루고 있는 애정형愛情型의 얼굴이다. 영태는 정란으로부터 눈길을 돌리며 술잔을 내려다보았다. 술잔이 몹시 작다는 것을 느낀다.

"춤을 출 처지가 못 되는 사람들도 있을 텐데?"

"도리어 눈에 띄지 않아요, 많으니까."

"그럴는지도 모르지. 또 군중 속의 고독이란 것도 있을 테고……."

"정말 그래요. 이런 곳에 나오는 사람들, 그다지 행복한 사람들 아니에요, 특히 여자들은……."

"배고프지 않을 정도로, 마음 맞는 사람과 살 수 있는 사람."

정란은 말을 해놓고 약한 웃음을 띠었다.

영태는 벌떡 일어났다. 그리고 정란에게 손을 내밀었다. 정란은 익숙하게 몸을 맡기고 미끄러져 나갔다.

"정란 씨는 여기 처음이오?"

"처음이에요."

"거북하지 않소?"

"아뇨."

"아까는 옛 동료들이 있어 거북하다 했잖어?"

호흡이 맞아들어 감으로써 영태의 말씨는 차츰 가깝고 부드러운 것으로 변하여 갔다.

"이렇게 사람들이 많은데 어떻게 알아요? 알아도 상관없어요."

"애인이라고 봐도 상관없겠어?"

"괜찮아요."

"정란은 지금 날 애인으로 생각해?"

영태는 정란의 허리를 감은 팔에 힘을 준다.

"아닌걸요, 뭐."

정란은 미안스럽게 말하며 영태의 어깨 위에 얼굴을 묻는다.

"지금까지의 내 친절이 정란을 얻고 싶어서 한 짓이라면?"

"할 수 없어요."

"그것을 정란이가 알고 있었다면 불순해."

"할 수 없었어요. 좋았으니까."

"좋다는 것과 사랑하는 것은 다르겠지."

영태는 나직이 소리 내어 웃었다. 그리고 정란을 가슴 가까이 바싹 끌어당겼다.

"미안해요. 저에겐 그 사람이 맞아요. 그 사람도 불쌍하구 저도 불쌍하니까."

정란은 영태가 끌어당겨도 저항하지 않고 말했다.

"하긴 나도 그래. 정란이가 날 사랑한다 해도 난 결혼까지는 생각 안 했을 거야. 그건 악취미거든. 순수하지 않은 나에게 있어서 말이야."

솔직했다. 솔직한 말을 하면서도 영태는 강한 취기와 이성에 대한 본능적인 흥분을 느낀다.

"정란은 굶지만 않으면 만족하구, 난 쓰다가 남아도 평생 불평만 하구…… 나는 이 속의 허황된 귀족이구, 정란은 오두막집에 사는 흡족한 서민이구, 마음이 흡족하니 구걸하지 않았구, 그래서 주는 게 좋았을 거야."

"전 구걸했어요."

"이 단순한 아가씨, 내 말을 못 알아듣는군. 마음이 가난하지 않다는 뜻이야."

영태는 더욱 정란을 힘주어 안았다. 그들의 얼굴과 얼굴은 거의 맞닿았다.

"미안, 미안하게 생각하구 있어요. 마음대로 하세요."

정란은 숨찬 목소리로 속삭였다. 그러나 영태는 그 말에 대답을 하지 않았다.

그들은 입을 봉한 채 그야말로 눈이 돌아갈 지경으로 춤을 추었다. 다변과 침묵은 요즘 영태에게 있어서 간헐적으로 온다.

영태는 정란을 끌고 밖으로 나갔다.

"아, 덥다!"

녹수장의 정원만은 아름다웠다. 꾸밈새 없이 자연으로 내버려둔 것이 좋았다.

그들은 녹수장 정원 뒤켠을 돌아 숲이 우거진 곳으로 들어갔다.

영태는 정란의 손을 잡고 가다가,

"정란이."

"네?"

"오늘 밤 나하고 여기서 잘 자신이 있어?"

"있어요."

서슴지 않는 대답이 돌아왔다. 영태는 놀라며 발걸음을 멈춘 채 정란을 쳐다본다.

"어째서?"

"좋아하니까요."

"김 군한테 죄짓는다는 생각 안 해?"

"전, 전 안 해요. 전에도…… 전 처녀가 아니었어요."

정란은 필사적으로 영태를 쳐다보았다. 영태는 정란을 와락 끌어안았다. 그리고 그의 입술을 빼앗았다. 한참 후 정란을 놓아준 영태는,

"이제 됐어. 정란은 나에게 빚을 갚은 셈이야. 정란의 후한 인심에 비하면 인색하기 짝이 없는 내 선심이지. 백만 인에게 몸을 던져도 정란은 창부가 될 수 없는 여자야."

영태는 정란의 손을 잡았다. 정란은 얼굴을 붉혔으나 영태는 어느 때보다 부드럽고 정답게 가까운 분위기로 정란을 감싸주었다.

그들이 앞뜰로 되돌아왔을 때다.

"저, 저 사람들 누구야?"

영태는 놀라며 걸음을 멈추었다.

"오 부인 아니야?"

영태는 적잖게 놀라며 말했다.

"어머! 그 부인이네요."

정란 역시 놀란다.

오 부인은 뜰에 놓인 벤치에 앉아 있었다. 검은 양복을 입은 사나이와 나란히 앉아 있었다. 그 사나이는 이쪽으로 등을 보이고 있었다. 오 부인은 소매를 끼지 않고 코트를 어깨에 걸치고 있었는데, 그 거무스름한 코트 사이로 순백의 드레스가 비쳐 나오고 있었다. 목에는 다이아몬드의 네클리스가 번쩍거리고 있었다. 멀리서 그의 눈빛을 의식할 수 없었지만 영태는 그 눈도 번쩍거리고 있을 거라 생각했다.

"누굴까? 날씬한 걸 봐서는 강 사장도 아니구?"

지금껏 심각했던 기분은 다 달아나고 영태는 또다시 그 특유의 장난기가 동했는지 히죽히죽 웃으며 그들 쪽을 살핀다.

"가세요."

정란은 영태의 팔을 끌었다. 오 부인과 마주치는 일도 거북했지만 그러한 밀회를 더 이상 살피고 있는 것도 싫었던 것이다.

"가만있어요."

영태는 호기심에서 정란의 팔을 꽉 잡는다. 그러자 마침 검정 양복을 입은 사나이가 양어깨를 뻗치듯 하며 고개를 돌리고 손으로 안경을 밀어 올린다. 수목 사이에 가설된 외등의 빛 아래 프로필이 선명하다.

"어머? 저게 누구야? 현 박사 아니야?"

"어머! 저분도?"

영태는 몹시 놀랐으며, 정란은 안면 있는 사람이라 도리어 반가운 듯한 목소리다.

"정란이도 알어?"

"그럼요. 그때 오빠랑 저 부인이랑 함께 나이트클럽에 오셨어요."

"그래?"

"그리구 그 영희라는 사람두요."

"그럼 내가 계산을 잘못했나?"

"왜요?"

"신 형을 좋아하는 줄 알았지. 이거 환멸인데?"

"아무려면 그럴라구요? 가난뱅이 가정교사를……."

그 말 대답은 하지 않고,

"거, 오 부인 취미 고약한데?"

"왜요?"

"좋지 않어. 상대가 밀회할 만한 상대가 못 되거든."

"훌륭한 분이라던데요? 박사구 미국에서 오래 살았구, 신사 아니에요?"

"흐음! 박사구 신사라? 박사의 자격은 있을 거구, 양복도 썩 멋있게 입을 줄 아니까 신사임에도 틀림이 없겠고, 얼굴도 저만큼이나 때가 빠졌음 지식인이라 하겠구, 허나 마음의 고향이야 변할 수 있나."

영태는 여전히 능청스러운 목소리로 장난 삼아 하듯 말했다.

"어떻게 그리 잘 알아요?"

"형의 친구였었대요. 어릴 때 우리 집에 드나들었지. 몇 해 전에도 우리 집에 한 번 왔더군."

하고는 더 이상 현 박사에 대해서 말하지 않고 영태는 돌아섰다.

"갑시다."

"집으루요?"

"그럼."

영태는 정란의 등을 한 번 두드렸다.

이날 밤 결국 영태는 그 돈 십만 환을 다 쓰지 못하고 돌아왔다.

11. 쫓는 사람들

제1막, 안드레아 델라 발레 성당에서 스칼피아가,

"토스카! 널 위해 천당을 버렸도다—."

그 노래에 이어 합창, 성당의 종이 울리고 장중한 합창을 배경으로 스칼피아의 독백이 막이 내린다.

성표의 스칼피아는 힘찬 것이었다. 창법도 정확하고, 성량도 풍부하고, 연기도 자연스러웠다. 그동안의 피나는 연습도 연습이려니와 그의 타고난 자질과 서두르지 않는 그의 침착성이 이 첫무대를 능히 감당케 했던 것이다. 사실 오페라 토스카는 그 제명을 스칼피아라 해도 무방할 만큼 로마의 총감總監이며 음흉한 인물인 스칼피아의 역할은 중요하고 어려운 것이었다.

열광적인 박수가 그친 장내는 조용하였다. 허허한 느낌이 들 만큼.

오 부인은 눈을 감고 있었다. 그의 옆에는 의화가 앉아 있었고, 의화 옆에 영희가 앉아 있었다.

"어쩌면?"

영희로서는 난생처음 느껴보는 감동인 것처럼 중얼거렸다.

"어쩌면 저렇게도 능청스러울까요? 한집에 있으면서도 전 처음 들어봤어요."

"정말 장래성이 있는 분이군요."

의화는 신중한 표정으로 말했다.

"역시 예술가예요. 포즈가 없지 않아요?"

"글쎄……."

영희 말에 의화는 가볍게 고갯짓을 하며, 눈을 감고 있는 오 부인의 강한 분위기를 느낀다.

청중들이 얼마간 긴장에서 풀려났을 때 짧은 전주곡으로 제2막이 올려졌다.

파르네제 궁전 이 층에 있는 스칼피아의 거실이다. 스칼피아는 식사를 하다가 부하를 불러 불안한 표정으로 토스카가 오지 않았느냐고 묻는다. 열리어진 창문에서 전승戰勝 축하의 연주가 들려온다.

극은 숨 가쁘게 진행된다. 고문을 당하는 애인 카바라도시의 비명에 못 이겨 토스카는 정치범 안젤로티의 거처를 알린다. 안젤로티는 자살하고 카바라도시는 사형을 당할 처지에 놓이게 된다. 가련한 토스카는 애인을 살리기 위하여 스칼피아에게 몸을 맡기는 대신 애인을 구출하려 한다.

스칼피아는 카바라도시의 처형은 형식뿐 실탄 대신 공탄을 발사할 것을 약속하고 국외로 도망갈 수 있는 여행권에 서명까지 해준다. 그러나 토스카는 식탁에 놓인 칼로 스칼피아를 살해하고 만다.

"사람 살리오! 나 죽소!"

스칼피아의 단말마의 신음이다.

오 부인은 들린 사람처럼 무대를 응시하고 있었다. 영희는 손을 꼭 쥐었다. 의화는 약간 고개를 돌렸다.

토스카는 시체 위에 십자가를 놓아준다. 멀리서 북소리가 나고, 토스카는 조용히 방에서 나간다. 막은 내려졌다.

스칼피아의 역은 끝났다.

영태는 옆에 앉아 있는 정란의 생각도 하지 않고 일어섰다. 그는 이 층에서 쫓아 내려왔다. 그리고 무대 뒤에 있는 분장실로 뛰어 들어가는 것이었다.

"브라보! 신 형!"

성표는 피곤한 얼굴에 웃음을 띠었다. 그리고 손을 내밀었다. 영태는 그 손을 잡고 흔들면서,

"밖으로 나갑시다! 여자들이 습격이 있기 전에!"

영태는 서둘렀다. 그는 성표의 역량을 높이 평가하고 있었지만 평소엔 비교적 냉정했다. 그러나 오늘 밤만은 냉정할 수 없었다. 그는 흥분하고 있었다. 성표의 폭넓은 스칼피아 역에 완

전히 매료당했던 것이다.

"얼굴이나 지워야지."

성표는 금이 가고 군데군데 칠이 벗겨져서 얼룩얼룩한 거울 앞에 앉았다.

화려한 무대에 비하여 인생의 뒷골목처럼 너저분하고 쓸쓸한 분장실이다. 얼룩진 벽면, 다 찌그러진 의자, 난로도 피우지 않은 분장실 안의 공기는 차다. 그러나 성표와 영태의 얼굴은 다 상기되어 있었다.

마지막 제3막을 위하여 출연자, 그 밖의 사람들은 모두 무대 뒤로 나가서 대기하고 있는 모양이다.

안젤로티 역을 한 K씨와 성당지기 역을 한 P씨가 한편에 밀어붙여 놓은 낡은 소파에 앉아 담배를 피우며 잡담을 하고 있었다. 영태는 성표 옆에 바싹 붙어 서서,

"시기할 여지가 없지. 노타리들의 간이 서늘해졌을 거야."

K씨와 P씨가 힐끗 영태를 쳐다본다. 영태는 아예 묵살해 버린다, 그들을. 처음 성표가 스칼피아 역을 맡았을 때 이 신인 기용에 말썽이 많았던 만큼 영태의 마음은 한층 더 통쾌해지는 모양이다.

"정말 그런 박력 있는 악인이 되어보고 싶더군."

성표는 거울을 향하여 싱긋 웃는다. 마침 3막이 올라가는 모양으로 벨이 울린다. K씨와 P씨는 무대를 보기 위하여 관객석으로 가는지 분장실에서 나갔다.

“사실 말이오, 카바라도시 역은 두 개의 아리아를 빼버린다면 그다지 매력 있는 건 아니지.”

영태는 찡찡한 코를 풀고 나서 말했다. 그날 밤 정란과 함께 녹수장에 갔다온 후 영태는 감기가 들었던 것이다.

“원체 사건의 템포가 빨라서 음악은 부수적인 역할밖에 못 하는 극이니까.”

성표는 가발을 벗어 팽개치며 말했다.

“박력 있는 악인이 되고 싶다? 신 형은 갈등을 느끼고 있군.”

영태는 아까 한 성표의 말을 되풀이하며 미소 짓는다. 성표는 잠자코 있다.

“악이란 상대적인 것이지. 본인을 위해서야 어디 악인가?”

“애당초에는 선악은 없었을 게요.”

성표는 피곤한 듯 중얼거렸다.

“예술에나 인생에 있어 아름다운 것에는 곧잘 선을 부여하고자 하지요. 스칼피아가 만일 신 형처럼 잘나고 멋이 있었다면 〈토스카〉의 각본은 달라졌을걸? 하하핫.”

“각본이 달라질 수야 있나, 운명이 아닌데.”

성표는 시덥잖은 듯 내뱉는다. 그러나 영태는 그 말대답은 하지 않고,

“아마도 토스카는 변심했을 것이고, 뒤쫓아온 마리오는 토스카를 죽였을 게요.”

함축성 있는 표정으로, 그러나 놀려먹듯 영태는 성표를 바라

본다. 성표는 아무 말 없이 벌떡 일어서서 옷을 갈아입는다.

"모름지기 못난 놈은 후퇴하여야만 연극 속의 히어로가 되는 거구, 잘난 놈은 더욱 전진하여야만 히어로가 되는 거구, 그래야만 아름다운 법이니라. 신 형은 뒷 것을 택하면 돼요. 용길 내세요."

영태는 성표의 어깨를 툭 쳤다.

"나성구 씨 오셨습니까?"

성표는 화제를 돌렸다.

"아아, 나왔더군요."

"정란이는?"

"나하구 함께."

"……."

"또 물어볼 사람은 없소? 푸른 저택의,"

"봤어요."

"호? 그곳만 쳐다보았군."

성표는 약간 얼굴을 붉힌다.

"분위기의 여자더구먼. 그 여자 옆에 앉으니 오 부인도 그 왕후 같은 격이 이지러지고 말더군. 딱딱한 것만 같구."

성표의 눈이 빛났다.

"기쁨과 고독을 주는 사람이지요. 매우 상냥하면서도 심연같이 마음이 깊어서 쫓아가다가 그냥 쓰러져 버릴 것만 같소."

처음으로 성표는 이성에 대한 감정을 영태에게 고백하는 형식을 취했다.

"그것은 신 형 자신의 마음이 욕심으로 깊어진 때문이오. 겁을 내고 있구먼."

"정말 겁을 내고 있는지도 몰라."

성표는 평소의 모습으로 돌아가며 담배를 꺼내어 붙여 문다.

"그 바보 같은 여자들은 아마도 3막이 끝나야만 여기 나타날걸."

"그야 오페라를 보러 왔으니까 끝까지 봐야지."

"흥! 오페라 구경을 왔나? 신 형을 보러 왔지."

여러 가지 이야기를 주워섬기면서도 영태는 녹수장에서 오 부인과 현 박사가 같이 있던 이야기는 하지 않았다.

"자, 이제 나갑시다."

영태는 성표의 등을 밀었다.

"나가면 쉬 돌아올까?"

성표는 주춤거린다.

"왜?"

"인사나 해야죠."

"인사는 무슨 놈의 인사? 속되게 구는구먼. 하기는 그 마돈나 한번 쳐다보고 싶을 게요."

"실없는 소리, 누가 여길 온답디까?"

성표는 당황한다. 사실 그는 의화를 만나보고 싶었던 것이다. 영태를 상대로 실없는 말을 주고받으면서도 의화 옆에 가서 서고 싶은 충동을 몇 번 느꼈는지 모른다. 그러면서도 성표는 자기 감정을 무서워하고 있었다.

나가느니 안 나가느니 하고 있는 판에 노크 소리가 났다. 성표와 영태의 눈은 그곳으로 쏠렸다. 또 한 번 노크 소리가 났다. 두 사람은 다 같이 누가 들어올 것인가 그것을 생각했다. 외래인이 아닌 이상 노크는 필요 없었기 때문이다.

"네."

목 쉰 듯한 성표의 대답이다.

문을 밀고 여자가 들어섰다. 머리가 앞 이마에 착 달라붙은, 그래서 이마가 한결 선명하게 보이는 오 부인이었다. 오 부인은 영태를 보고도 놀라지 않았다. 그는 구두 소리를 또각또각 내며 성표 앞으로 다가섰다.

"축하합니다."

성표는 오 부인의 손을 쥐었다. 괴로운 빛이 성표 얼굴에 잠시 스쳤으나 이내 그것은 사라지고 말았다. 오 부인은 피하는 성표의 눈을 좇다가,

"집에 돌아가려구 잠시 들렀던 거예요."

변명은 아니었다. 그는 혼자 돌아가고 싶었던 것이다. 오 부인은 초점을 잃은 듯한 눈으로 박영태를 바라보다가 느껴질락 말락 한 미소를 머금는다.

"안녕하십니까?"

박영태는 엉겁결에 고개를 꾸벅 숙이며 오 부인에게 인사를

걸었다.

"네, 안녕하세요?"

얼굴 근육은 움직이지 않고 목소리만 허공에서 날아오는 듯했다.

영태는 이 자리에서 피해 나가야 한다고 생각했다. 그러나 도무지 발이 떨어지지 않고 숨만 콱 막혀왔다. 오 부인의 분위기가 열풍처럼 강하게 왔던 것이다.

"신 선생?"

오 부인은 고개를 돌렸다.

"별일 없으시면 나하고 한차로 돌아가실까요?"

그렇게 되지 못할 것을 나는 빤히 알고 있다는 듯한 눈으로 오 부인은 말했다.

"아니……."

성표는 의자 모서리를 잡으며 양미간을 바싹 모았다.

"왜요? 이제 신 선생은 다 끝나지 않았어요?"

낮았지만 목소리가 쨍! 하니 울렸다. 그렇게 못할 것을 미리부터 알고 있었으면서도 오 부인의 얼굴에는 실망의 빛이 완연했다.

"저 혼자 가버릴 수는 없습니다."

성표의 어조는 아까보다 명확했으며 오 부인과 맞선 그의 눈은 차갑고 단호했다.

"그러세요? 그러시겠죠."

오 부인은 또다시 초점을 잃은 듯한 시선을 영태에게 보냈다.

"그럼."

오 부인은 문을 밀고 나가버린다. 열기를 뿜는 빨간 선인장 꽃이 별안간 시들어버린 듯 처참한 오 부인의 뒷모습이었다.

영태는 말뚝처럼 우뚝 서 있는 성표의 모습을 바라보다가 벽에 비친 성표의 그림자로 눈길을 옮긴다. 성표가 지금 무슨 생각을 하고 있는지 그것을 헤아리기 전에 영태는 방금 눈앞에서 사라져 버린 오 부인을 생각하고 있었다.

'오만한, 그렇게도 오만한 여자가…… 아무 가진 것 없는 걸인이었구나!'

돌아가는 오 부인의 허허한 마음이 영태 자신의 가슴이 쫙 퍼져 나가는 듯했다. 그리고 자기 자신 속에서 피가 흐르고 있다는 느낌마저 들었다.

'별수 없는 감상가…… 쳇!'

영태는 코를 한 번 눌러 쥐고 나서,

"나갑시다."

영태 말에 말뚝처럼 우뚝 서 있던 성표의 자세는 허물어졌다.

"나갑시다."

영태는 되풀이했다.

"그럽시다."

고개를 돌리는데 불빛이 흐르는 성표의 얼굴은 한없이 어두웠다.

"없는 것도 걱정, 너무 많아도 걱정, 왜 이리 살기가 어려운고?"

바바리코트를 걸치고 수건으로 다시 얼굴을 문지르는 성표에게 농을 던지며 영태는 히죽이 웃는다.

성표는 잠자코 앞장서서 나갔다. 아무도 없는 긴 복도를 그들은 말없이 빠져나왔다. 극장 앞에 나섰을 때 싸늘한 바람이 그들의 감정을 약간 식혀주었다. 이때 두 어깨를 움츠리듯 하고 담배를 입에 문 사나이가 고개를 숙이듯 하며 그들 앞을 지나쳤다.

"아, 선생님!"

성표가 낮게 소리쳤다. 사나이는 가다 말고 걸음을 멈추었다.

"아아."

나성구 씨였다. 그는 입에 물었던 담배를 뽑으며,

"벌써 가나?"

"아뇨, 잠시……."

"아아, 박 군도 함께."

나성구 씨는 손을 내밀어 박영태에게 악수를 청한다.

"형님 안녕하신가요?"

"네, 피둥피둥합니다. 그런데 선생님, 왜 벌써 가세요?"

영태는 가라앉은 기분을 날려버리듯 농조로 말했다.

"보는 것, 듣는 것, 다 끝났으니까. 휴게실에 앉아 있으니까 두통이 나더군."

결국 성표 혼자만을 위하여 왔다는 뜻이다.

"감사합니다."

성표는 고개를 숙였다.

"거 너무하시잖습니까? 한국의 오페라는 처음부터 무시하시는군요."

"정열이 없어서…… 나에게 말이오. 그런데 박 군은 왜 나왔소?"

나성구 씨는 빙그레 웃는다.

"저야 우정 때문이죠. 아니면 낡아서 그런가요?"

"낡아서…… 하긴 전자음악 시대가 멀지 않았으니."

나성구 씨는 무덤덤하게 말했다.

"그런데 어딜 가시오?"

"차나 한잔할려구요."

영태가 대답한다. 술 한잔하러 간다는 말을 하기가 거북했던 모양이다.

"그럼……."

나성구 씨는 한참 생각하는 것 같더니,

"누굴 좀 만나려구 다방에 가는데 나중에 시간이 되거든 그리로 오시오."

나성구 씨는 영태보다 성표를 향하여 말했다.

나성구 씨와 헤어진 두 사람은 한참 동안 무작정 걸었다.

"우리도 술은 그만두고 차나 합시다. 내일도 공연이 있으니까.”

“그럽시다.”

영태는 쉽사리 성표 말에 응했다.

“이상한데?”

“뭐가?”

“혼자 슬그머니 와가지고 또 혼자 슬그머니 빠져나가니 말이오.”

“나 선생님 말이오?”

“좋아하는 사람이면 와서 얼굴이라도 한번 보고 가야 할 게 아니오.”

“성질이 본시 그렇지.”

말은 그렇게 했으나 성표는 나성구 씨의 기분을 잘 이해하고 있었다. 열등감까지는 아니라 하더라도 유행가 작곡가가 분장실에 나타나는 일은 역시 어색했을 것이다.

“기분이 묘한데?”

영태는 나성구 씨의 일에서 떠나 한참 만에 뇌었다.

“왜 또?”

“신 형은 그렇지 않소?”

“…….”

“감동과 비애…… 그런 게 엇섞이는데. 왠지 사는 게 시시해지는 것도 같고 뭔지 때려 부수고 싶기도 하고, 감상에 대한 반발인지도 몰라.”

성표는 잠자코 걷는다. 영태가 왜 그런 말을 하는지 그의 심중을 알 수 있었기 때문이다. 영태의 감동은 패잔병처럼 돌아선 그 긍지 높은 오 부인의 뒷모습에서 부서져 버린 것이다. 성표의 눈에도 오 부인의 뒷모습이 삼삼했다.

"박 형의 순진한 선의도 고루, 평등하게 나눌 수는 없는 일 아닙니까?"

성표는 우울하게 되었다. 어쩌면 그 말은 자기 자신에게 주는 변명 같은 것이었는지도 모른다. 내 애정도 평등하게 고루 나눌 수는 없다고. 그러나 성표는 그런 말 따위로서 마음의 어떤 가책 같은 것을 덮어둘 수는 없다고 생각했다.

애당초부터 그것은 커다란 실책이었다. 성표의 행동은 희미한 안개 같은 것이었다. 오 부인과의 사이에다 타인이라는 장벽을 쌓아올리지 못한 지난날의 그의 무의지 상태는 성표에게 있어 괴로운 회오가 아닐 수 없었다.

"남아나는 물질과 정신이 베푸는 자선이란 말인가요?"

영태의 표정이 예민해진다. 순진한 선의라는 말이 마음에 걸렸던 모양이다.

선심은 가진 자의 도락道樂의 일종이라는 말을 인정하면서도 남이 그런 투의 말을 하면 영태는 병적으로 싫어하고 모욕으로 받는다.

"아니, 내 자신의 에고이즘에 대한 반성이오."

성표는 영태의 불쾌한 표정에는 과히 신경을 쓰지 않고 생각에 잠긴 듯 말했다.

"하찮은 짓이오! 철저한 에고이즘은 의지로 통하지만 가냘픈 감상이나 선심 따위는 겁쟁이의 위선으로 끝나는 거요."

남이 하는 말은 싫어하면서도 영태는 자기 자신을 감상파라 인정할뿐더러 신랄하게 내리깐다.

"겁쟁이가 아니고 위선자가 아닌 초인이 어디 있겠소?"

"그야 농도의 차이겠죠. 사실은 주제넘는 짓이지. 자기 자신에게도 충실치 못한 녀석이 남의 걱정을 하게 돼 있어요. 낸들 뭘 가졌겠소? 오 부인과 마찬가지요."

성표는 얼굴을 들어 영태를 쳐다본다. 그러나 영태는 걸음을 멈추지 않고 걸어가면서 말을 계속한다.

"그러나 오 부인은 줄기차게 안개를 잡으려 하고 나는 아예 잡으려 하지 않지요. 설령 나는 사랑한다 해도 시궁창의 여자를 아내 삼을 생각은 없고 프린세스에게 장가들 생각도 없을 테니. 욕망이란, 특히 인간에 대한 욕망이란 피곤한 거요. 분복대로 격에 맞추어서, 외롭다는 생각은 내던져 버리고. 볼품 없는 나 같은 인간으로선 가장 안전한 길이 아니겠어요? 어떻습니까? 신 형! 약죠? 이래도 나를 센티한 사내로 봅니까?"
하더니 영태는 껄껄 웃는다.

"지혜로운 자의 사고방식입니다."

"하하핫…… 지혜로운 자의 사고방식이라고요? 실상은 그 반대일 겁니다. 희미하고 바보 같은 에고이스트죠. 그러나 신 형은 좀 무서운, 아니 아주 짙은 로맨티시스트인 거요. 하하핫…….”

영태는 아까 한 자기의 말을 뒤집어 엎고 무엇이 그리 우스운지 밤공기를 울리며 크게 웃는다.

그들은 아무 데나 눈에 띄는 다방으로 들어갔다. 다방 안의 풍경은 몹시 저속하게 그들 눈에 비쳤다. 더욱이 오페라의 여음이 남아 있는 그들 기분에 떠들썩하기만 한 재즈곡은 귀에 거슬리고 귀찮기만 했다.

그들은 따끈한 커피를 주문하여 마셨다. 얼굴은 흥분으로 상기되어 있었으나 속으론 후들후들 떨고 있었던 그들에게 따끈한 커피 맛은 일미였다.

차분히 자리를 같이하고 차를 나누고 보니 잠시 잊었던 감동이 그들 가슴에 되살아났다. 오 부인이 들어오고 나가던 그때의 광경이 씁쓸한 뒷맛을 남기기는 했으나, 성표로서는 대단한 성공이라 볼 수 있는 오늘 밤의 공연이 더 큰 비중으로 그들의 마음을 적셔오는 것만은 사실이었다.

“좋습디다.”

영태는 푸듯이 뇌었다.

“나 자신도 좋았을 거라 생각했소.”

“신 형이라 그런지 스칼피아가 밉지 않더군요.”

“착각을 했죠.”

“무슨?”

“스칼피아의 마음을.”

"어떻게?"

"스칼피아의 감정은 애욕이 아니구 연애였다구, 하기는 애매한 구별이겠지만……."

"그건 스칼피아의 마음이 아니구 신 형 자신의 마음이었겠지."

"사랑한다는 것이 좌절되었을 때 사람은 누구나 다 잔인해질 수 있을 것 같더군요."

"그 전형적 인물은 오 부인일 거요."

성표의 낯빛이 약간 변한다.

"애욕과 연애의 구별이 애매하다 했지만 정말 연애의 순수성을 재어보는 사회의 눈도 애매하기 짝이 없죠. 오 부인의 경우도 유한마담이 남편의 눈을 속이고 감정의 유희를 하고 있다고 누구나 그렇게 볼 거요. 그런데 나는 그렇게 받아들여지지 않더군요. 그 긍지 높은 여인…… 불쌍합디다."

"감정의 유희는 내가 한 거구, 오 부인의 긍지는 자존심 때문이 아닐 거요. 사실은 긍지 같은 것 지니지 않고 있는지도 몰라요. 심한 상처를 받아 굳어져 버린 자세는 아닐는지……."

"글쎄…… 그건 신 형이 자기 마음을 편하게 가지려고 하는 말이나 아닐까?"

"솔직히 말하자면 내 마음도 희미했어요. 강하게 나오는가 하면 몹시 주저거리고, 그것은 결코 유부녀라는 윤리의식에서 그랬던 것은 아닌 것 같았소."

영태에게 말하면서 성표는 곰곰이 자기 혼자의 생각에 빠진다.

"어느 정도까지 나갔소?"

영태로서는 궁금한 얘기였으나 웃으며 물어보지 않을 수 없었다.

"뭐라구요?"

성표는 바보처럼 되뇌었다.

"오 부인과의 로맨스 말이오."

"같이 죽으려고 했죠."

"왜?"

그러나 성표는 피서지에서 생긴 일을 설명하려 하지 않았다.

"다만, 다만 그 순간 그런 생각을 했죠."

성표는 영태로서는 모를 말을 해놓고 다시 생각에 잠긴다.

"안 되겠소. 술이나 하러 갑시다. 도무지 기분이 나야지. 맹송맹송해가지고."

영태는 성표의 팔을 잡아 일으켰다. 거리로 나와서 술집을 찾아가다 말고 성표는 빙글 돌아섰다.

"아니, 왜 이러시오?"

"가봐야 해요."

"어딜?"

"나 선생님한테."

"나 선생님한테 그 여인이 와 있을까 봐?"

"끝났을 테니 와 있을지도 모르죠."

"그럼 나는 사양해야겠구먼."

성표는 아무 말 하지 않았다.

"그럼 가보슈. 나는 거기 돌아가서 신 형 대역이나 하리다. 정란 씨도 만나구."

성표가 S다방으로 들어갔을 때 나성구 씨는 우두커니 혼자 앉아서 담배만 태우고 있었다. 성표는 크게 실망했다. 마음이 쓰릴 지경으로 허전했다. 발길을 그냥 돌려 의화를 찾아 내닫고 싶은 충동마저 들었다.

"혼자시군요."

성표는 나성구 씨 곁으로 다가가며 말했다.

"음? 아……."

나성구 씨는 풀어진 듯한 눈동자를 들고 성표를 쳐다본다. 성표는 의자에 앉으며,

"만나보신다는 분 만나셨습니까?"

"아아…… 아직 안 오는구먼. 오겠지, 끝나면."

"누굴 기다리시는데요?"

"의화가 오기로 했는데……."

성표의 얼굴에는 곧 흥분의 빛이 떠올랐다. 그는 황급히 시계를 들여다보며,

"끝났을 텐데요?"

"글쎄…… 끝났을 텐데? 신 군을 찾아다니는가?"

아무 생각 없이 한 나성구 씨의 말이었으나 성표에게는 비바

람처럼 강하게 부딪쳐왔다. 그는 저도 모르게 얼굴을 붉혔다. 얼굴을 붉혔다는 자의식이 들자 얼굴은 한층 더 달아오른다. 소년처럼, 아니 차라리 소녀처럼.

이 감정의 균형을 잃은 사나이의 기묘한 꼴을 바라보고 있던 나성구 씨는 싱긋이 웃었다.

"신 군."

"네?"

목소리마저 목에 걸려서 들릴락 말락이다.

"보기보다 소심하군."

"네."

"하하핫……."

나성구 씨로서는 파격적인 큰 웃음이다. 성표는 그만 따라 웃고 말았다.

"그거는 그렇구, 앞으로 몇 달 안 남았구먼."

"뭘 말입니까?"

"졸업."

"한 석 달이면 끝나죠."

"그러면 어떡허지?"

"학교 선생질이나 하죠."

"가고 싶지는 않소?"

"외국 말입니까?"

나성구 씨는 고개를 끄덕였다.

"가게 될 희망도 없지만, 별로 중대한 일도 아닌 것 같습니다."

"왜 그럴까?"

"얼마나 한국이 좋습니까."

"호오?"

"반드시 음악을 하고 살라는 법도 없지 않습니까? 뭐든지 하고 산다는 게 중요할 것 같습니다."

성표의 얼굴은 밝았다.

"그 숱한 회의는 어떡하고?"

"저도 모르겠습니다. 회의는 고독에서 오는 게 아닐까요?"

"그럼 지금은 고독하지 않단 말인가?"

"……."

나성구 씨는 또다시 싱긋 웃었다.

"사람이 있으니까 예술이 있는 거구, 또 사람이 있으면 예술을 제가 하지 않아도 좋고, 해도 좋지 않겠습니까?"

표현 부족의 말이었으나 듣는 나성구 씨나 말하는 성표에게 있어 그 사람이 누구인가는 명백한 일이었다. 이때 의화가 들어왔다. 그는 상냥스럽게 두 사람에게 인사하고 자리에 앉았다. 그리고 잠시 성표를 쳐다보더니,

"여기 와 계셨군요."

"네, 벌써부터."

성표는 쪽 고른 이빨을 내비치며 상쾌하게 웃었다.

"미스 석하고 함께 갔었는데 안 계시더군요. 인사나 올리려구, 그리고 큰어머니는 2막이 끝나자 이내 돌아가셨어요."

"아, 네."

의화는 오 부인을 형님이라 부르지 않고 늘 큰어머니라 했다. 찬이가 부르는 대로 따라서 그러는 모양인데 퍽 자연스럽게 들렸다.

"축하합니다."

의화는 새삼스럽게 말하며 좀 신기로운 눈으로 성표를 쳐다보았다.

"열심히 했습니다만."

"참 좋았어요."

의화는 귀국할 때 입었던 그 폭이 넓은 코트 깃을 세우며 말했다. 참 아름다운 손이었다. 얼굴보다 훨씬 아름다운 손이었다.

"자, 그럼 오늘 밤은 내가 한턱내지, 그리구 얘기도 하구."

나성구 씨는 탁자 위의 담배를 호주머니 속에 집어넣으며 일어섰다. 그들은 반도호텔로 갔다. 그리고 스카이라운지로 올라갔다.

"참 전망이 좋네요."

창가에 앉자 의화는 찬란한 시가의 불빛을 내려다보며 말했다. 성표는 의화의 즐거워하는 모습을 바라보며 마음속에 따뜻한 강물이 흐르는 것을 느꼈다. 그리고 현재의 자기가 있다는

데 희열을 느꼈다.

그들은 맥주를 시켜 마시면서 오페라에 관한 이야기를 주고받다가,

"찬이하구 좀 친해졌나?"

나성구 씨가 의화에게 물었다.

"네, 아주."

의화는 맥주컵을 입에 가져가다 말고 행복한 표정으로 대답한다. 성표의 마음에는 한 줄기 질투 비슷한 감정이 지나갔다.

"준비는 다 됐나?"

"거의……."

"언제 이사하나?"

"아무래두 일주일쯤 지나야만 되겠어요. 집을 손봐야 하니까요."

처음 의화가 왔을 때 나성구 씨는 의화가 푸른 저택에 머무는 것을 반대했었다. 그때 의화는 소극적인 의사를 표시했을 뿐이다. 그러던 것이 얼마 가지 않아 의화 쪽에서 그 집을 나오겠다고 서둘렀다. 그러나 의화는 나성구 씨하고 같이 있을 것도 거부하고 강 사장과 의논하여 따로 집을 마련했던 것이다.

"그런데 찬이는 어떡허지?"

"어떡허기는요? 저하고 함께 있는 거죠, 뭐."

의화는 뜻밖이란 얼굴이다. 아니 거의 항의 조의 얼굴이었다.

"물론 함께 있지. 그게 아니구 여태 신 군이 돌보아 왔는데 피

아노는 계속해야 할 게 아니냐 말이다. 더욱이 그 애는 몸이 그래놔서…….”

의화는 생각에 잠긴다. 몸이 그렇다는 말도 가벼운 충격이었으나, 그보다 그 일에 대해서는 정작 아무런 생각이 없었던 것이다.

“미처 그 일은 생각하지 못했어요. 앞으로 신 선생님하구 의논해야죠.”

푸른 저택에서처럼 성표가 찬이와 함께 기거할 수 없는 것은 뻔했다. 그런데 성표도 의화와 마찬가지로 그 일에 대해서 구체적으로 생각해 본 일이 없었다. 〈토스카〉의 공연을 앞두고 바쁘기도 했으나, 의화에 대한 감정만이 가득 차 있어서 그런 일이 마음의 한자리를 차지할 여지도 없었던 것이다.

“그것은 찬이를 위하여 아주 중요한 일이야. 내 생각 같아서는 시간을 정해가지구 신 군이 하루 한 번씩 와서 돌보아 주는 게 어떨까?”

나성구 씨는 손 위의 성냥갑을 빙빙 돌리며 종잡을 수 없는 시선을 의화에게 보냈다.

“글쎄요…….”

의화는 선뜻 대답을 하지 않고 말꼬리를 흐려버린다. 그리고 성표를 한번 눈여겨본다.

성표로서는 진열장 속에 놓인 물건처럼 잠자코 있을 수밖에 없었다. 그리고 그러한 의화의 진의를 알 수 없는 것이 괴로웠고 언짢은 마음도 들었다.

“그리고 너도 어차피 학교에든 어디든 나가야 할 게 아니냐?”

나성구 씨의 눈빛은 여전히 희미했으나 그의 성격으로서는 집요하리만큼 말을 이었다.

“나가야죠, 지금 B여자대학에 말이 있어요. 결정되는 대로 나갈 작정입니다.”

“그러니까 찬이는 늘 혼자 있게 되지 않나.”

의화의 얼굴빛이 다소 긴장한다.

“그렇잖아도 선병질적이고 외로움을 몹시 타는 아인가 보던데…… 하기는 신 군의 형편도 모르고 일방적인 얘기지만.”

그러자 의화는 다시 성표를 눈여겨보았다. 성표는 의자에 기대었던 몸을 일으키며 의화의 눈과 맞선다. 여자의 심중을 헤아려보려는 듯.

“신 선생님.”

의화는 깍지 낀 손을 탁자 위에 얹으며 불렀다.

“네?”

“찬이를, 오빠 말씀대로, 돌보아 주시겠어요?”

처음 의화의 망설임에 어떤 뜻이 있었는가 괴롭기도 하고 자존심도 상해 있던 성표는,

“저는 피아노가 전공이 아니니까요. 얼마만큼이나 찬이에게 도움이 될는지 자신이 없습니다.”

무의식중에 한 말이었으나 해놓고 보니 생각해 볼 만한 중요

한 문제였다.

"아직은 뭐 그런 것 따질 것 있나? 바탕만 만들어주면 되는 거지."

나성구 씨는 가볍게 성표의 의도를 꺾어버리고 술잔을 들었다.

"신 선생님께 큰 지장이 없으시면 오빠 말씀대로 해주세요."

성표는 한다 안 한다 말도 없이 침묵을 지켰다. 나성구 씨는 그 정도로 하고 화제를 돌렸다.

그들이 반도호텔에서 나왔을 때 시간은 꽤 늦어 있었다.

"거기까지 가려면 좀 힘들겠는데? 벌써 열 시 오십 분이야."

나성구 씨는 시계를 보며 말했다.

"하여간 택시나 잡자."

나성구 씨는 택시를 하나 잡았다.

"어디까지 가십니까?"

운전수는 차를 몰면서 물었다.

"하여간 갑시다. 명륜동으로 해서 곧장."

밤이 늦어 가지 않겠다 할까 봐 나성구 씨는 그렇게 말했다.

"늦겠는걸, 뭣하면 집에서 자고 가지."

나성구 씨는 사람이 줄어든 거리를 바라보며 말했다.

"아, 안 돼요. 찬이가 기다릴 테니까요."

의화는 강하게 고개를 저었다.

"벌써 잘 텐데 기다리긴."

"그래두요."

나성구 씨는 명륜동에서 내렸다. 그리고 뒤돌아보지도 않고 뚜벅뚜벅 걸어간다. 자동차가 미아리고개에 이르자,

"더 갑니까?"

하고 운전수가 물었다.

"곧장 가시오."

명령조로 말하기는 했으나 성표의 마음은 조마조마했다.

"시간이 늦은데요? 차고까지 돌아가려면 통금에 걸릴 테니 그렇죠."

택시는 시외로 빠져나왔다.

"아직도 멀었습니까?"

"조금만 더 가시오."

"이거 야단났군?"

운전수는 투덜거린다. 의화는 불안한 표정으로 성표를 올려다본다.

"아직도 멀었어요?"

성난 목소리로 운전수는 또 물었다.

"조금만 더 갑시다."

말은 그렇게 했으나 더 가자고 우길 자신이 없어진 성표는 불안한 눈으로 의화를 보았다. 굳어버린 듯한 두 눈이 부딪친다.

"안 되겠습니다. 더 갈 수 없어요. 미안합니다만 내려서 걸어가십시오."

운전수는 차를 딱 멈추고 말했다.

"조금만 더 갑시다. 속력을 내서, 여기 내려놓으면 어떡합니까?"

"안 됩니다. 어서 내려주시오."

운전수는 완강히 거부했다.

"하는 수 없군요. 내려서 걸어가요."

의화가 먼저 체념을 하고 몸을 일으켰다.

"그럭허시겠어요?"

성표는 엉거주춤 물었다.

"할 수 없지 않아요?"

의화는 말하며 성표를 가볍게 떠밀었다.

성표와 의화가 차에서 내리자 운전수는 사정없이 차를 획 돌리더니 희미한 신작로로 질풍같이 달아나 버린다.

이지러진 달빛 아래 건너편 숲이 짙게 떠 있었다. 헤아릴 수 없이 무한한 고요.

"우리가 너무 오래 얘기를 했나 보죠?"

의화는 걸어가면서 부드러운 목소리로 말했다. 까닭 없이 자기의 잘못도 아니건만 성표가 미안해하는 기색을 살피고 한 말이었다.

"시간 가는 걸 몰랐군요. 시내 같으면 아무 일 없는 건데……."

성표는 허겁지겁 발을 떼어놓으며 말했다.

"집에까지 걸어가면 몇 분이나 걸릴까요?"

의화는 성표보다 훨씬 침착했다.

"이십 분쯤."

성표는 숨이 막히는 것 같았다. 정말로 그는 의화를 포옹하고 싶었던 것이다. 그러나 의화는 밤바람을 마시고 흙냄새를 맡는 듯 코로 숨을 들이마시며,

"그래도 달이 있어서 길은 밝아요."

성표는 묵묵히 걷는다.

"참 좋군요. 저도 이런 곳에 살고 싶어요. 북적거리는 시내는 골치가 아파서."

보조가 정확하지 못한 성표의 괴로움을 아는지 모르는지 의화는 여느 때와 다름없이 자연스럽게 말했다.

"서울보다 더 큰 도시에 계셨을 텐데요?"

성표는 억지로 말을 밀어냈다. 서투르기 짝이 없는 말이었다고 이내 뉘우쳤다.

"아니에요. 제가 있었던 곳은 미국에서도 아주 조용한 소도시였으니까요."

의화는 한국의 어느 시골에 나가 있다가 돌아온 사람처럼 말했다.

"외롭진 않았습니까?"

한다는 말이 또 그렇게 나와버리고 말았다.

"왜 외롭지 않았겠어요? 밤낮 오고 싶은 생각뿐이었어요."

"한국에 말입니까?"

"네."

"왜 그랬을까요? 저 같음 이곳이나 그곳이나 마음의 상태는 다 같을 거라 생각되는데요."

"가시면 안 그래요."

의화는 왜 그런지 좀 나무라는 어조로 말했다.

"아니, 그럴 겁니다."

성표는 공연히 우겨댄다.

"안 그렇대두요."

"아니, 그럴 겁니다."

"고집이 세시군요."

의화는 웃는다.

"이곳이라고 또 하나의 내가 있겠습니까? 모두가 다 타인이 아닙니까? 이렇게 함께 걷고 있지만 찬이 어머니도 타인이 아닙니까? 눈 빛깔이 좀 다르고 머리 빛깔이 다소 다르다고 더 멀다 할 수는 없죠. 안 그렇습니까?"

하는데 성표는 별안간 고독감이 가슴 뭉클 치솟는 것을 느꼈다.

"모두가 다 타인이라 할 수는 없지 않아요?"

"어째서 그렇습니까?"

성표는 바싹 다가서듯 하며 묻는다.

"어머!"

의화는 놀란 듯 성표를 힐끗 쳐다보았다.

"전부가 타인이라면 어떻게 살아요?"

"그래도 사람들은 다 살고 있습니다."

"타인이라 생각하면서?"

"그렇죠."

"전 그렇지 않다고 생각해요. 누구든 사랑하며 살아간다고 생각해요."

"의화 씨도?"

성표는 찬이 어머니라 부르기가 싫었다.

"그럼요."

순간 성표는 자기도 모르는 사이에 의화를 와락 끌어안았다.

"미안합니다."

성표는 낮은 소리로 말하며 의화의 입술에 얼굴을 덮쳐 씌웠다. 어떻게 몸을 피할 사이도 없는 돌발사에, 성표의 팔에서 풀려나온 의화는 도리어 멍하니 성표를 바라본다.

"죄송합니다. 견딜 수 없었습니다."

성표는 고개를 숙이며 중얼거렸다. 의화는 발길을 돌리고 걷기 시작했다. 성표는 그 뒤를 터덜터덜 따라 걸어간다. 한참을 걷고 있다가,

"고독해서 그러셨어요?"

의화는 걸음을 멈추지 않고 물었다.

"사랑해서 그랬습니다."

의화는 아무 말도 하지 않았다. 그들은 그냥 침묵을 지키며 걸었다.

성표 눈앞엔 희미한 신작로밖에 보이지 않았다. 그 신작로 위에 날카로운 파편 같은 빛이 난무한다. 현기증을 느낀 것이다.

"다 왔어요."

의화의 목소리가 아득한 곳에서 울려왔다. 머리를 들어보니 바로 눈앞에 철문이 시커멓게 서 있었다. 의화가 초인종을 눌렀다. 한참 만에,

"웬일이십니까? 이렇게 저물게."

문지기 김 씨가 작은 문을 열어주며 두 사람 사이를 쳐다보았다.

"차가 없어서요."

의화는 짤막하게 말하고 안으로 들어섰다.

"그럼 전화를 하실 걸 그랬죠?"

김 씨가 문을 잠그며 말했다. 그 말 대답은 않고 그들은 홀로 들어섰다.

"아."

두 사람 입에서 동시에 가벼운 경악의 소리가 나왔다. 오 부인이 의자에 앉아 있다가 얼굴을 들었던 것이다. 백랍처럼 하얀 얼굴에 주홍빛이 몰려든다고 생각되는 순간 그는 벌떡 일어서서 빙글 돌아섰다. 그는 한 번도 뒤돌아보지 않고 층계를 밟고 올라가는 것이었다.

말 한마디 걸어볼 수 없는 그 강한 거부의 뒷모습이 이 층으로 사라지자 성표는 의화를 쳐다보았다. 의화의 얼굴은 새파랗

게 질려 있었다. 그리고 오들오들 떨고 있었다.

"들어가시죠."

의화는 겁에 질린 듯 커다랗게 뜬 눈을 성표에게 돌렸다.

"들어가시죠."

성표는 되풀이했다.

"큰어머니가 왜 저리 화를 내시죠?"

의화의 목소리가 떨려 나왔다.

"이유가 있겠죠."

"이유? 어떤?"

성표는 바지 주머니 속에 두 손을 찌르고 벽면에 걸린 그림에 눈을 주었다.

"화나시진 않았습니까?"

성표는 중얼거리듯 말했다.

"……."

"저는 사랑한다고 했습니다, 난생처음으로."

"……."

"용서를 하시든지 화를 내시든지……."

"용서해 드리겠어요."

괴로운 표정이 잠시 의화 얼굴 위에 스쳤다.

"그럼 안녕히 주무세요."

의화는 먼저 복도로 나갔다. 그는 급한 걸음으로 발소리를 울리며 가버린다. 성표는 한없이 넓기만 한 홀에 언제까지나 우뚝 서 있었다.

방으로 돌아온 성표는 담배를 붙여 물었다. 그러고는 연기를 내뿜고 빨아당긴다. 불을 껐다. 희미한 달빛이 커튼 사이로 확 스며든다.

개가 짖는다. 창가에 선 성표 눈에 정원의 수목들이 온통 몸을 흔들고 있는 듯한 착각이 든다.

"자야지, 내일을 위하여."

그러나 성표는 창가에서 떠나지 못하였다.

"이런 밤이 어디 있어?"

성표는 머리 속에 손가락을 쑤셔 넣으며 중얼거렸다. 가슴이 메일 지경으로 답답하고 허허하였다. 그 요란스러운 갈채 소리가 일 세기 전에나 있었던 일처럼 아득하게 되살아난다. 성표는 주먹을 꼭 쥐어봤다. 너무나 가진 것이 없었다. 의화의 마음 한 조각도 손에 잡히지 않았다. 성표는 요 며칠 사이에 가져본 의욕이 모조리 흩어지고 마는 것을 느꼈다. 내일의 무대가 무거운 짐짝처럼 머리 위를 내리눌렀다.

의화를 포옹했다고, 의화의 입술을 빨았다고 해서 의화는 자기 것이 아니었다. 오히려 그를 바라볼 때보다 더 먼 곳으로 뒷걸음질 친 것으로 생각되었다.

"내일은 무슨 기적이 일어나겠지."

성표는 창문을 열고 방 안의 공기를 갈아 넣은 뒤 침대에 무거운 머리를 얹었다.

오페라의 공연도 끝났다. 신문 문화면에는 판에 박은 듯한 평이 실렸다. 과장된 칭찬도 있었고, 설교 조의 당부도 있었다.

성표는 그 어느 것도 시시하다고 생각했다. 그의 머리는 의화의 일로 가득 차 있었다. 그것이 때때로 그를 멍청하게 했다. 의화는 그 일이 있은 후 다소의 거리를 두는 모양이었다.

성표는 이사를 며칠 앞둔 의화의 형편에 따라 그 자신도 하숙을 구하지 않으면 안 될 단계에 이르렀다. 찬이를 계속해서 가르쳐주는 문제에 구애됨이 없이 하여간 그는 하숙을 찾아야 했다. 찬이가 없는 푸른 저택에 머물러 있을 이유가 없었던 것이다.

학교에서 나온 성표는 푸른 저택으로 가는 정류장을 지나쳐 버렸다. 하숙을 구해볼 생각도 있었고, 어젯밤에 출옥한 김세형을 만나볼 생각도 있었다.

늦가을의 하늘은 차갑고 높았다. 푸르고 맑은 그곳을 비행기가 지나갔다. 요란스러운 폭음이 그 하늘을 산산이 깨어버릴 듯한 착각이 들었다. 그리고 그 무수한 파편이 성표의 몸뚱어리에 내리박힐 것만 같았다. 만일 그렇게 된다면 통쾌하리라는 생각도 들었다.

터덜터덜 걸어가던 성표는 김세형을 만나러 가는 일을 집어치우고 방향을 돌렸다.

나성구 씨 댁에 갔을 때,

"아, 마침 잘 왔군."

나성구 씨는 먼지가 뽀오얗게 앉은 머리를 들었다. 두 사람은 마주 보고 앉았으나 별반 할 말이 없었다. 서로가 그런 침묵을 거북하게 생각지도 않았다.

"하숙은 구했소?"

"글쎄요. 찾아봐야겠는데요."

"서둘러야지."

그러고는 다시 말이 끊어졌다. 나성구 씨는 마침 잘 왔다 했으나 그 말에 대하여 아무런 설명도 붙이지 않았다.

"오늘은 밖에 안 나가십니까?"

"별로 나갈 일이 없는데……."

그러고 있는데 도어를 열고 의화가 무심코 들어왔다. 성표는 당황하며 몸을 일으켰다.

"오셨어요?"

의화는 냉정한 태도로 말했으나 눈 밑이 불그레하게 물들었다. 의화는 안에서 나온 모양이다.

"앉지."

나성구 씨는 의자를 가리켰다.

"아니에요. 가봐야죠."

의화는 가볍게 몸을 흔들었다. 그리고 선 채 성표의 눈을 피한다.

"무슨 일이 있나?"

"시간 약속이 있어서요."

의화는 성표에게 고갯짓을 하고 좀 흐트러진 걸음걸이로 급히 나가버린다. 성표는 의화를 뒤쫓아 나가고 싶은 충동을 누른다. 그는 두 손에 힘을 모았다.

눈앞에 보인 기적이 어처구니없이 그 자취를 감추고 만 것이다. 성표는 한 시간가량 나성구 씨 댁에 있다가 일어섰다. 푸른 저택으로 돌아왔다.

그는 안으로 들어가지 않고 은행나무 밑에 우두커니 서버렸다. 노오랗게 물든 은행나무와 푸른 하늘, 물감을 풀어놓은 듯 선명하다. 저만큼 영희가 간다. 한가한 풍경이다. 영희가 고개를 돌렸다. 은행나무 밑에 서 있는 성표를 보자 그는 방향을 바꾸어 성표 곁으로 다가왔다.

"얄미울 지경으로 노오랗죠?"

영희가 은행나무를 올려다보며 말했다.

"빛깔도 모양도 다듬어놓은 것처럼 빈틈이 없죠?"

영희는 다시 말했다. 성표는 아무 대꾸도 하지 않았다. 영희는 힐끗 성표를 쳐다본다.

"제발 이맛살 좀 펴세요. 보는 사람의 마음까지 우울해져요."

"안 보면 되지 않아요?"

"어머, 그럼 제가 보기 때문에 얼굴을 찌푸리셨단 말이에요?"

"……."

"왜 화가 났죠?"

"모르겠어요."

성표는 얼굴을 돌렸다.

"우린 친구 아니에요?"

성표는 다시 얼굴을 돌리고 영희의 눈을 바라본다. 영희의 눈에는 웃음이 있었으나 그것은 의식적인 노력인 듯 보였다.

"친구 이상으로 생각하고 있지 않으니까 화내시지 마세요."

웃음기를 머금은 눈이 희미하게 흐려진다. 무엇을 보고 있는지 초점이 확실치 않다.

"그런 아량이 역효과를 낸다는 것을 알고 있겠지."

성표는 잔인하게 말을 내뱉었다.

"비비 꼬였군요. 그건 마음이 남성답지 못한 때문이에요."

영희는 화를 발끈 냈다.

"네, 감사합니다, 하면 사나이답겠어요? 순진한 소녀처럼."

"순진한 소녀가 매춘을 하나요? 하기는 순진한 소년이 하찮은 장난질을 두고두고 후회하고 가슴 아파하죠. 더욱이 사랑하는 여성 앞에서 말예요. 그것을 대단한 상처처럼 되새겨 보죠."

"그만하시지."

성표는 노여워하면서 낮은 목소리로 영희의 말을 막았다.

영희는 천천히 걸어갔다.

'오셨어요?'

성표 귓가에 의화의 목소리가 울려왔다. 고갯짓을 하고 나가던 의화의 뒷모습이 눈앞에 떠올랐다. 푸른 저택에서도 의화를 최소한 하루 한 번 정도는 만난다. 그것은 목마른 순간순간의 절단切斷만 같았다. 한순간의 빛처럼 눈앞에 나타난 의화의 모습은 한여름 밤의 바람 소리보다 약한 울림이 있을 뿐이다.

그나마도 그것은 순간인 것이다. 성표는 대부분을 암흑 속에 자기가 있는 것을 느낀다. 집 안으로 사라진 영희의 모습도 정원을 거니는 오 부인의 모습도 암흑 속을 걸어가는 의미 없는 여인들이다. 은행나무를 바라보며 얼마 동안을 서 있었는지,

"신 선생님."

성표는 천천히 돌아보았다. 영희가 언제 왔는지 아까와는 사뭇 다른 표정으로 서 있었다.

"부인께서 오시랍니다."

갑자기 영희의 표정은 심술궂게 변했다.

"중대한 말씀이 계신 모양이에요."

성표는 걸었다. 영희가 바싹 옆으로 다가서서 걷는다. 홀에 들어갔다. 오 부인은 보이지 않았다. 성표는 영희를 본다.

"이 층 거실로 좀 오시래요."

"……."

"어서 가보세요."

성표는 주저하지 않고 층계를 밟았다. 그는 오 부인이 무슨 말을 할 것인지, 그 점을 전혀 생각하고 있지 않았다.

층계를 돌아갈 때 성표는 홀에 서 있는 영희의 눈길을 느꼈다. 그는 잘 아는 사람의 사무실을 찾아가는 사람처럼 감동 없

이 또박또박 층계를 밟는다.

이 층으로 올라간 성표는 곧장 오 부인의 거실로 가지 않고 발코니에서 발길을 멈추었다. 누릇누릇하게 물들어 가기 시작한 잔디밭을 내려다본다. 상록수가 많은 정원에는 몇 그루의 은행나무와 잔디만이 가을을 표현하고 있었다. 바람이 일렁이는 듯하다. 아찔아찔한 환각이 성표의 머리를 어지럽힌다.

'처음 이 집에 찾아왔을 때 여기 올라왔었지. 그러고는 이번이 처음이구나.'

성표는 발코니의 청동으로 된 난간에 기대어 서서 담배를 붙여 물었다.

'아마도 마지막이 되겠지.'

봄에서 가을에 이르기까지 성표는 이 푸른 저택에서 갖가지 일들을 겪었다. 정지해 있던 성표의 인생 수레바퀴가 수없이 회전한 그런 기간이었다. 그런데도 불구하고 그러한 회상은 해변에서 멀리 떠밀려 올라온 조개껍질들이 오랜 풍화작용으로 푹석푹석 바스러지는 그런 공백에 가까운 것이었다.

'의화!'

성표는 아스라이 먼 곳에서 묻어오는 향취를 느끼듯 나직한 목소리로 불러본다. 그러나 의화는 뱃전 가까이 떠 있는 달, 잡으려면 낱낱이 부서지고 형체 없는 강물만이 손에 차가운 그러한 의화, 낮에도 밤에도 성표는 마음속에서 그 모습을 바라본다.

'미쳤어! 바보같이.'

성표는 담배를 끄고 걸음을 옮겼다. 문을 밀고 들어섰다. 오 부인은 창가에 단정히 앉아 창밖을 바라보고 있었다. 언제나 다름없는 초상이다.

소파 옆에 늘어져서 자고 있던 베시가 성표를 보고 응얼거렸으나 집 안에서 낯이 익은 식구라 그런지 험악한 시위는 아니었다.

"앉으세요."

오 부인은 성표를 올려다보았다. 처음 만났을 때처럼 싸늘하고 감동 없는 눈이다. 성표는 오 부인과 마주 앉았다.

"찬이가 며칠 후엔 우리 집에서 나가게 됐는데 신 선생은 어떻게 하시겠어요?"

"하숙을 구해야죠."

"아직은 못 구하셨어요?"

얼음장처럼 냉정한 목소리다.

"친구들에게 부탁해 놨으니까 쉬이 될 겁니다."

"그럼 찬이하고 인연을 끊는 거예요?"

"시간제로 해서 보아달라는 말씀이더군요."

"누가?"

오 부인은 뻔히 알면서 묻는다.

"찬이 어머님께서……."

오 부인은 다시 창가로 눈을 돌렸다.

"신 선생."

"네?"

"나, 한 가지만 묻겠어요. 그 일이 불가능하면 다시 한 가지 물을 거예요. 확실히 대답해 주시겠어요?"

성표는 오 부인의 저의를 알 수 없어 그 여자의 눈빛을 살핀다. 싸늘했던 그 눈에 별안간 불이 이글이글 타오른다.

"확실히 대답해 주시겠어요?"

오 부인이 되풀이하여 말했다.

"네, 제가 대답할 수 있는 일이라면 말씀드리겠습니다."

성표는 이글이글 타오르는 오 부인의 눈빛에 도전하듯 말했다.

"나를 사랑하세요?"

성표의 몸이 순간 굳어버린다. 오 부인의 눈 두 개가 이마빼기에 박힌다고 생각했다.

"나를 사랑하세요?"

오 부인의 목소리가 덮쳐 씌우듯 또 날아왔다. 그 말은 강인한 철사줄 같았다. 그 철사줄이 전신에 휘감겨 바싹바싹 죄어드는 것 같았다. 성표는 혼신의 힘을 다하여 그 줄을 끊어버려야 한다고 생각했다. 오 부인의 두 눈동자는 여전히 성표 얼굴 위에 못 박혀 있었다.

"사, 사랑하지 못했습니다."

성표는 숨찬 목소리로 말했다. 순간 오 부인의 고개가 앞으로 확 꺾어졌다. 오 부인의 검은 머리칼이 성표의 시야 가득히 들어왔다.

그 여자는 앉은 자리에서 다만 고개를 숙였을 뿐인데 성표는 그 검은 머리가 자기 가슴으로 육박해 들어오는 것 같은 착각에 사로잡힌다.

숨이 막히는 시각이었다. 성표는 눈길을 돌렸다. 그러나 성표의 시선이 간 곳에도 오 부인이 있었다. 청동으로 된 오 부인의 흉상이었던 것이다. 그것은 생명력을 담고 성표를 응시하고 있는 듯했다. 그 앞에서도 성표의 시선은 도망쳐야 했다.

오 부인은 천천히 얼굴을 들었다. 미소를 머금고 있었다. 그러나 그 여자의 눈언저리는 아까보다 푸릇푸릇하고, 풀어져버린 안면 근육은 그를 평소보다 십 년은 더 늙은 여자로 보이게 했다.

"신 선생."

"네."

성표는 차마 오 부인의 얼굴을 보지 못하고 낮은 소리로 대답했다.

"한 가지만 더 묻겠어요."

"……."

"미국서 온 여자를 사랑하세요?"

찬이 엄마라 하지 않고 미국서 온 여자라 했다. 성표의 눈이 몹시 흔들렸다. 그러나 그는 대답은 하지 않는다.

"말씀해 주세요."

탁자 위에 얹은 오 부인의 손이 탁자 모서리를 꼭 눌러 잡는다.

"그런 질문에도 대답을 해야 합니까?"

성표는 다시 자세를 바로잡으며 반발하듯 힐난조로 말했다.

"그러니까 미리부터 정확하게 대답해 주겠느냐고 묻지 않았어요? 신 선생은 그러마고 하셨어요."

"사랑합니다. 저 혼자만이 사랑합니다."

물과 같은 침묵이 흐른다. 넓은 방 안이 텅 빈 것만 같았다. 그러자 별안간 베시가 방바닥을 발기발기 긁는다. 오 부인은 후딱 일어서서 입을 다문 채 개를 방 안에서 몰아내고 성표가 앉은 자리에서 얼마만큼 떨어진 곳에 놓인 의자에 앉는다.

"신 선생."

"미국서 온 여자가 누군 줄 아세요?"

"……?"

오 부인은 허공에다 대고 웃음을 터뜨렸다.

"그 여자는, 나의화는 옛날의 내 애인을 빼앗아 간 여자입니다."

"네?"

"놀라시지 마세요. 그때 불란서에서 나는 미국으로 건너가고 그 사람은 한국에 잠시 들렀다가 미국으로 오게 돼 있었죠. 돌아온 그는 결혼해 있었습니다. 바로 그 여자하고 말입니다."

성표는 이 놀라운 사실에 말을 하지 못한다.

"두 번씩이나 그 여자는 나에게서 사람을 빼앗았군요……."

그 말은 독백에 가까웠다.

깊은 비밀에 가려져 있는 듯했던 푸른 저택의 분위기와 오 부인의 신변을 휩싸고 있던 안개가 차츰 걷혀지는 듯했으나 성표의 마음에는 착잡하고 걷잡을 수 없는 혼란이 일었다. 의화가 오 부인의 애인의 아내였다는 일, 오 부인의 애인이 강 사장의 동생이었다는 일, 벅찬 상상이 아닐 수 없었다.

'그랬었구나!'

강 사장이 오 부인을 바라보던 눈, 오 부인이 찬이를, 의화를 바라보던 눈, 그 눈은 다 무서웠다고 생각했다. 갈등과 증오에 찬 눈이었다고 생각했다.

'내게는 상관없는 일이야. 깊이 생각할 필요도 없어. 본시 그들은 다 타인이었으니까.'

마음속으로 중얼거렸으나 넓고 휑했던 방이 이상하게 압축되어 성표에게 몰려왔다. 성표는 이 숨 막히는 방에서 놓여나고 싶다고 생각했다. 밖으로 나가서 싸늘한 바람을 마시고, 자유로운 자기 생각으로 돌아가고 싶었다. 하기는 이야기가 더 있을 것 같지도 않았다. 그는 몸을 일으켰다.

"잠깐만."

오 부인은 손을 들어 성표의 동작을 멈추게 했다. 성표는 오 부인이 던진 보이지 않는 줄에 발목이 묶인 듯 다시 자리에 앉았다. 그러나 오 부인은 무슨 말을 하는 것도 아니요, 도로 자리에 주저앉은 성표를 의식하고 있는 것 같지도 않았다. 그는 골똘히 생각에 잠겨 있었다.

눈 한 번 깜빡하지 않는 그의 좌상은 페치카 턱 위에 올려놓은 그의 흉상과 조금도 다를 바 없었다. 두 개의 상이 다 무생명의 정물 같았다. 그런가 하면 두 개의 상이 다 이제라도 곧 움직일 것 같은 착각이 들기도 했다.

"전 이제 가보겠습니다."

견디다 못해 성표는 다시 몸을 일으켰다.

"네?"

오 부인은 의아하게 얼굴을 들었다.

"나가보겠습니다."

"아아."

오 부인은 비로소 생각이 난 듯 가볍게 고개를 끄덕이며,

"잠깐만."

또다시 오 부인은 성표를 못 나가게 했다. 그리고 성표의 얼굴을 마치 눈먼 사람이 더듬어보기라도 하는 듯 빛을 잃은 오 부인의 시선이 성표의 얼굴 위에서 헤맨다.

"신 선생."

"……."

"예기치 않았던 일은 아니었어요. 그러니까 확실히라는 말이 필요했던 거예요."

"……."

"찬이는 글피 나가죠?"

오 부인은 별안간 화제를 바꾸었다.

"그런가 봅니다."

"신 선생도 그날 같이 나가시게 되나요?"

"하숙을 구하는 대로, 그 안으로라도 나갈 예정입니다."

"그 안으로라도……."

오 부인은 입속으로 뇌었다.

"그런데 부탁드리고 싶은 일이 있어요. 내 생전에 어떤 일을 하나 치르지 않으면 안 되는 거예요."

성표의 낯빛이 약간 변한다. 그 말은 죽음을, 자살을 의미하는 것이었기 때문이다.

"놀라시지 마세요. 자살한다는 뜻은 아니니까요."

순간 오 부인의 눈은 잔인해졌다.

"머지않은 장래에 신 선생은 나에게 한 번 오셔야만 합니다."

수수께끼 같은 말이다.

"지금 날짜를 정할 수는 없지만."

"……."

"뭐, 어려운 일도 아니에요. 강 사장과 함께 사무적인 얘기를 할 테니까요."

성표는 사무적인 얘기를 자기에게 할 이유가 없다고 생각했다.

"대수롭지 않은…… 이야기는 대수롭지 않아요. 그렇지만 나에게는 퍽 중대한 일이거든요. 한 번은 꼭 만나야 합니다."

오 부인은 하고 있는 말보다 마음속의 생각을 하나하나 따지듯 말했다.

"오시겠어요?"

"언제 오면 됩니까?"

"글쎄, 아직 그 날짜가 결정되지 않아서…… 찬이 집으로 연락하면 되겠죠?"

"아마도…… 될 겁니다. 학교로 하셔도 좋습니다."

"알았어요."

오 부인이 먼저 일어섰다. 성표는 그 방에서 나왔다. 오 부인이 뒤쫓아오는 것만 같았다. 아래층으로 내려온 성표는 찬이를 찾았다. 찬이는 뜰에도 없었고 그의 방에도 없었다.

'엄마 방에 있을까?'

성표는 잠시 망설이다가 의화가 거처하고 있는 방으로 향하였다.

오 부인이 뒤쫓아오는 것 같은데, 그 자신은 의화를 쫓아간다고 생각했다. 오 부인을 뒤쫓는 사람은 강 사장이었고, 강 사장을 뒤쫓는 사람은 영희라 생각했다. 하나의 일렬종대다.

'그럼 의화 씨는 누굴 쫓고 있는 것일까? 찬이의 아버지? 그것은 심연이 아니냐? 의화 씨가 그 심연에 떨어진다면 이 일렬종대가 연달아 떨어질까?'

성표는 괴상한 생각을 했다고 뉘우쳤다. 그러나 사람의 관계가 이렇게 미묘할 수 있을까 싶었다. 성표는 의화 방 앞에서 문을 두들겼다.

"네?"

의화 목소리다. 성표가 얼른 문을 열지 못하자,

"들어오세요."

상냥스러운 목소리가 다시 들려왔다.

"찬이 이 방에 있습니까?"

성표는 방문을 열지 못하고 물었다.

"아, 네."

성표는 방문을 열었다.

"선생님!"

찬이가 팔딱 뛰어와서 성표 팔에 매달린다.

"공부해야지?"

하면서 성표는 의화를 보았다. 의화는 미소를 머금고 있었으나 좀 딱하다는 표정이다. 성표는 그날 밤의 의화의 입술을 자기 입술 위에서 강하게 느낀다. 너무나 생생한 의화 입술의 감각이 되살아났던 것이다.

"선생님? 저 엄마가 말이에요, 우스운 얘기 했었어요."

"무슨?"

성표는 자기 입술 위에 남은 감각을 놓치지 않으려 애쓰면서 허공에 뜬 목소리로 말했다.

"못써요. 그런 소리. 찬이는 나빠."

의화는 소녀처럼, 찬이의 친구처럼 눈을 흘기며 찬이의 말을 막는다.

"하하핫…… 하하핫, 엄마도 부끄럼쟁이네요."

찬이는 유쾌해 죽겠다는 듯 크게 소리 내어 웃었다. 성표는 그들을 따라 웃을 수가 없었다. 왠지 웃음이 나오지 않았다.

'두 번이나 사람을 뺏어간 여자!'

오 부인의 목소리가 귓전을 쳤다. 그런데 여전히 의화의 입술을 성표는 강하게 느끼고 있는 것이다.

"찬이가 말예요, 하도 선생님을 좋다 하기에 샘이 좀 났었어요. 그래서 밉다고 했더니 엄마 엉터리라 하면서 그 말 취소하라잖아요? 그래서 방금 취소하고 엄마도 선생님이 좋다고 했거든요."

의화는 미소 지으며 말했다. 성표는 그 말을 도리어 역으로 들었다. 그것은 깍듯이 차리는 인사의 말에 지나지 않았던 것이다. 부드러운 목소리 속에서도 내 가까이 오지 말라는 힐난이 숨어 있는 듯했다. 성표는 눈길을 돌리며,

"찬이야, 가자. 공부하고 놀아야지."

좀 엄격한 어조로 말한다.

"그래, 찬이야, 가봐!"

의화는 그렇게 말하고서 다소 마음 약한 시선을 성표에게 던졌다.

“피아노 하는 거죠?”

성표에게 묻는다.

“네, 학습은 나중에.”

말하며 성표는 방에서 나가려고 했다.

“그럼 선생님, 저도 한번 구경할까요?”

의화의 말이 뒤쫓아왔다.

“네, 좋습니다.”

성표는 무뚝뚝하게 말하고 혼자 앞서서 성큼성큼 걸어간다.

‘모르겠다! 관대한 여잔가, 위선의 여잔가, 아니면 미국식으로 간단하게 있을 수 있는 일로 처리해버린 것일까?’

성표는 복도를 걸어가면서 마음속으로 중얼거렸다. 복도가 거의 끝날 무렵 성표는 영희와 부딪쳤다.

“아, 선생님, 전화예요.”

“아, 네.”

성표는 뒤따라오는 의화와 찬이를 돌아다보며,

“찬이야, 가서 기다리고 있어. 곧 갈게.”

성표는 홀로 나와서 수화기를 들었다.

“신 형이오?”

탄력 있는 박영태의 목소리가 요란스레 울려 나왔다.

“아아.”

“바쁩니까?”

“바쁠 건 없지만.”

"오늘 저녁에 만날 수 없겠지요?"

"나갈 수 없는데……."

"하, 거 유감이군."

"무슨 일이 있는데 그러오?"

"뭐 별일은 아니지만 좀 바람이 불어서."

"바람이 불다니?"

"마음 바람이 분단 말요!"

"흐음……."

"피차가 다 마찬가질 텐데 그 말뜻을 모르다니…… 술이나 진탕 할려고 했는데 글렀구먼. 노대중이나 끌어내야지. 참, 신 형!"

"말하시오."

"저기압이군. 그런데 하숙은 어떻게 됐소?"

"아직 미결이오."

"그럼 됐구먼. 노대중이가 신 형하고 함께 있고 싶어 하더군요."

"하숙비 떼어먹으면 변상할 용의가 있답디까?"

사실 성표는 하숙 문제를 까마득히 잊고 있었다. 당장 시급한 문제인데도 그는 잊고 있었던 것이다.

"제법 빼기는군."

영태는 껄껄 웃는다.

"어쨌든 시급하니까 아무 데나 갑시다. 박 형이 노 형한테 말 좀 잘해주시오."

"말하구 뭐구 있겠소? 오라는데."

"그럼 내일이라도 봇짐을 싸야겠군."

"봇짐을 싸려면 약간은 섭섭할 게요. 화려한 화원이었으니까."

"농담은 그만, 나두 바쁘니 그만두죠."

성표는 전화를 끊고 찬이에게로 왔다. 그는 의화의 얼굴을 피하고 말없이 찬이 옆에 앉았다.

피아노는 바이엘이 벌써 끝나고 체르니도 중간쯤 나가고 있다. 진도가 빠른 편은 못 되었다. 그러나 성표는 착실히 찬이의 손을 잡아주었고 도중에 몇 번인가 싫증을 내는 고비가 있었지만, 이제는 찬이도 습관화되어 차분한 자세로 받고 있었다.

의화는 방해가 되지 않게 뒤에 놓은 의자에 앉아서 그들의 모습을 바라보고 있었다. 그는 성표의 뒷모습을 바라보고 있었다. 그는 성표의 뒷모습을 청수하다고 생각했다. 그날 밤의 일이 약간의 흥분으로 되살아나기는 했으나 그의 마음속에서 그것은 그리 밀도 짙은 것은 아니었다.

의화는 남편의 자살로 받은 상처가 컸다. 그때만 해도 소녀의 시기를 간신히 벗어난 때였기 때문에 더욱 그랬는지도 모른다. 그는 남성에 대하여 아무래도 씻어버릴 수 없는 공포감을 가지고 있었다. 미국에서도 접촉한 남성이 전혀 없었던 것은 아니다. 이따금 데이트도 하고 했으나 그 정도에 그쳤을 뿐 이성으로서 어떤 감정을 지닐 수 없었다. 성표에 대해서도 그런 것이었는지도 모른다. 비교적 무관하게, 오히려 다정스럽고 상냥하게 대하면서도 그것은 공포심에서 오는 일종의 위장이었는지도 모른다.

'큰어머니하고 신 선생은?'

의화는 문득 걸어서 돌아오던 그날 밤 일이 생각났다. 오 부인의 태도는 적의였다기보다 분노에 가까운 것이었다. 층계를 밟고 올라가는 뒷모습은 어떠한 요기까지도 발산하고 있지 않았던가.

'왜 그럴까? 왜 그랬을까?'

오 부인에 대한 의혹은 비단 그것만이 아니었다. 성표를 두고 생각할 때 그것은 새로운 의미를 갖는다.

'신 선생께 물어볼까? 큰어머니는 왜 나에게 그런 태도를 취하는 것일까?'

그러나 의화는 그런 생각을 물리치고 말았다. 미국에 있을 때부터 오 부인이 자기에게 한 번도 회답을 주지 않았던 일을 생각하지 않기로 했던 것이다. 사십 분가량 하여 피아노 레슨은 끝났다.

의화는 혼자 생각에 잠겨 시간의 흐름을 의식하지 못했다. 성표는 일어서며 의화를 힐끗 쳐다보았다. 그 눈길을 느끼자 의화는 좀 당황하여 일어섰다.

"어머니?"

찬이는 의화 입에서 칭찬의 말이라도 나오기를 기대하고 있었던지 빙긋이 웃었다.

"참 잘했어. 선생님, 수고하셨어요."

의화의 입에서는 좀 딱딱한 말이 나왔다.

"나가실까요?"

성표는 도어를 열어주며 다시 의화를 쳐다보았다. 눈이 부딪쳤다. 의화의 눈은 당황하며 흔들렸으나 성표의 눈은 깊은 바다처럼 가라앉아 있었다. 의화는 조심스레 성표 앞을 지나쳐 나갔다.

12. 어떤 종말

외출에서 돌아온 오 부인은 이 층 거실의 문을 밀고 들어섰다.

'……?'

낮에는 집에 들어앉아 있는 일이 없는 강 사장이 오 부인에게 등을 보이고 앉아 있었다. 그뿐만 아니라 그는 권총을 매만지고 있다가 오 부인이 들어선 줄도 모르고 그것을 이마에 갖다 대보는 것이었다. 권총의 총구가 강 사장 이마빼기에 바싹 닿았다.

"뭘 하시는 거예요?"

오 부인은 놀라는 기색도 없이 말을 걸었다.

"아아."

강 사장은 권총을 탁자 위에 놓고 돌아보며 픽 웃었다. 오 부인은 뚜벅뚜벅 걸어가서 코트를 벗어 핸드백과 함께 소파에 던진다. 그러고는 강 사장과 마주 앉는다.

"연습을 해봤지."

오 부인이 더 묻지 않는데 강 사장은 자기 행위에 대하여 설명을 했다.

"무슨 연습?"

"이렇게 죽을 수 있는가 하고."

태연한 표정이었다. 도리어 농을 하고 있는 것같이 보이기도 했다. 오 부인은 자기 생각에 수정을 가하듯 신중한 눈으로 강 사장을 바라본다.

"어디 갔다 왔어?"

"아주 다 틀려버린 거예요?"

오 부인은 강 사장이 묻는 말에는 대꾸하지 않고 엉뚱한 말을 했다.

"완전히, 그야말로 완전무결하게 나빠졌지."

강 사장은 가벼운 스포츠에서 패배당한 사람처럼, 아니 마치 남의 일처럼 덤덤하게 말했다. 실패의 연속으로 줄달음치고 있던 그의 사업이 이제 막다른 골목으로 들어선 것이다.

"이제 도박의 밑천은 완전 두절이야. 완전히 때려잡히고 말았지. 유감 없이."

사실 강 사장에게 지금 남은 거라곤, 아니 남겨두고 갈 수 있는 거라곤 의화 모자를 위하여 그가 마련해 준 조촐한 집 한 채뿐이었는지도 모른다.

"만일에 도박의 밑천이 좀 더 있다면 계속해 보시겠어요?"

오 부인은 자기대로의 생각에 잠기며 말했다.

"그야 희망을 가지지는 않지만 마지막 주사위가 남았다면 어차피 던져버려야지."

"그럼 좋아요. 일주일만 시간적 여유를 주세요."

"그러지. 어렵지 않은 일이야. 그러나 오 부인의 성의가 반갑군그래."

강 사장은 입가에 차디찬 미소를 띠며 말했다.

"우리는 적수였어요. 그러나 퍽 손이 맞는, 아니 호흡이 맞는 사이가 아니었어요?"

"그래서?"

"운명을 같이하는 거예요."

"같이 망하겠다는 건가, 아니면 같이 세상을 하직하겠다는 건가?"

"두고 봐야죠."

"그럴싸한 말이야. 이해는 하지. 등어리가 붙은 쌍둥이처럼 말이야, 나는 오 부인을 학대해야 하고 오 부인은 학대를 받아야 하고, 어느 쪽이든 그것이 없으면 따분해서 못 살겠지, 하하핫……."

강 사장은 일어서서 권총을 서랍 속에 넣고 담배를 붙여 물더니 경기 든 아이처럼 별안간 몸을 흔들며 다시 한바탕 웃어젖히는 것이었다. 오 부인은 홍소하고 있는 듯한 강 사장을 넋 빠진 사람처럼 바라보고 있었다.

"나는 초인이야, 나는 범속한 인간은 아니었어. 나는 한 번도 내 의사에 거역한 일이 없는 행복한 인간이었더란 말이야."

강 사장은 웃음을 거두고 담배를 낀 손을 불끈 잡고 그 주먹을 쳐들며 말했다.

"버러지들이 아니냐 말이다, 모두가. 한 사람이라도 자기 의사에 순종한 인간이 있었던가? 없었지. 나는 고독하지 않았다. 어느 누구도 사랑한 일이 없었으니까 말이야."

강 사장은 차츰 흥분하기 시작했다. 고독하지 않았다는 그의 강조는 고독했다는 이야기가 될지도 모른다.

"나는 내 의사에 거역한 일이 없었어."

강 사장의 어세는 누그러졌다.

"다만 한 번 내 의사에 거역할 일이 있지. 그것은 죽음이야."

강 사장은 고개를 번쩍 쳐들고 오 부인을 노려보았다. 노여움이라 할까 체념이라 할까, 그의 눈은 온통 고통으로 일그러져 있었다.

'바보같이.'

오 부인은 살짝 눈웃음쳤다. 그 눈웃음을 재빨리 본 강 사장은,

"내가 졌다고 생각하나, 오 부인?"

말씨는 조용했으나 강 사장의 눈은 오 부인을 잡아먹을 듯 적의에 불타고 있었다.

"마찬가지 아니에요?"

"마찬가지?"

"저울에 달면 아마도 수평일 거예요. 지독하다 뿐이지 우린 서로가 다 초인은 고사하고 범속에도 차지 못하는 인간일지도 몰라요."

"흐음……."

강 사장은 우리 속에 가둠을 당한 곰처럼 방 안을 뒤뚝거리고 다녔다.

얼마 동안이 지났다. 강 사장의 입가에는 냉소가 돌아왔다. 그는 모자와 코트를 집어 들었다.

"자아, 그럼 지금부터 찬이한테나 한번 가볼까?"

지금까지의 일을 씻은 듯 잊어버린 그런 얼굴이다. 그는 나가다 말고 돌아보면서,

"가정교사가 그 집에 시간제로 나간다지?"

소파에 다리를 포개 얹고 앉아 있던 오 부인 눈에 불이 확 댕겨진다.

"파랑새가 날아가 버렸군. 안 되지, 안 돼. 그 녀석은 좀 선량하더구먼. 또 죽은 오 부인의 애인과 비슷한 데도 있고……."

강 사장은 그 말을 남기고 밖으로 나가버렸다. 그 말은 오 부인의 상처를 후비는 듯한 잔인한 말이었으나 한편 의화와 성표의 앞날을 예견하는 듯한 말 같기도 했다. 강 사장이 나가버리자 오 부인은 소파에 몸을 파묻듯 하고 오랫동안 앉아 있었다.

'나는 그 사람을 데리고 가야 한다. 어떻게 해서라도 데리고

가야 한다.'

오 부인은 벌떡 일어섰다. 그는 조금 전에 강 사장이 권총을 넣어둔 서랍을 열었다. 그리고 권총을 꺼내어 손 위에 올려본다. 권총의 무게를 느끼며 오 부인은 그것을 꼭 쥐어본다.

'데리고 가야지.'

오 부인은 거실에서 침실로 들어갔다. 그리고 옷장을 열어 작은 서랍에다 그것을 넣고 열쇠로 잠갔다. 도로 거실로 나온 오 부인은 전화기 옆으로 가서 다이얼을 돌린다.

"현 박사 좀 대주세요."

이내 현 박사는 수화기를 받는 모양이다.

"현 선생이죠?"

"아 네, 웬일이십니까."

다소 뒤로 재는 듯한 목소리가 울려왔다.

"좀 와주실까요?"

오 부인은 명령조로 말하였다.

"어디로?"

"집으로 오세요."

"가죠."

오 부인은 수화기를 놓았다. 그리고 아래층으로 내려가서 영희를 찾는다. 영희를 찾다가 오 부인은 영희 방으로 갔다.

"영희 있니?"

"네."

영희는 방문을 열고 나왔다.

"들어가도 좋아?"

"네, 들어오세요."

영희는 어리둥절한다. 오 부인이 영희 방을 찾아온 일은 처음이었기 때문이다. 오 부인은 잠자코 침대에 걸터앉았다.

"영희."

"네?"

"만일 영희가 이 집에서 나가야 한다면 어떻게 할 작정이야?"

영희는 시점이 고르지 못한 오 부인의 눈을 잡기 힘들다는 것을 느꼈다. 영희는 대리석처럼 반반한 오 부인의 이마에 눈길을 던진 채 그 말의 뜻을 새겨보려고 한다.

"일본에 가고 싶지는 않아?"

"아뇨."

영희의 대답은 짧고도 명쾌했다.

"어머니가 계시다지?"

"네."

"일본에 계시다지?"

영희는 의심스러운 눈으로 오 부인을 쳐다본다.

"일본 사람이에요."

영희는 오 부인의 물음에 대한 대답 같지도 않은 말을, 뻣뻣한 나무토막 같은 말을 했다. 그러고도 그 자신 오래 잊었던 기억을, 그러나 아무런 감명도 없이 되살려 보는 듯했다.

"실감이 나지 않아요. 일본 사람이라는 것, 어머니라는 것, 그런 혈연의 유대 같은 것 생각해 본 일이 없어요. 아주 옛날 말고 요즘에 와선……."

오 부인은 시초의 질문이나 이 방으로 영희를 찾아오게 된 동기도 다 잊어버리고 영희를 물끄러미 바라보고 있다.

"누구에게 기대어 산다는 일, 몸서리쳐져요. 그림을 그리는 일보다 더 허황해요."

영희는 빙그레 웃는다.

"돈이 있으면 살겠구나."

"돈요?"

"음."

"밥만 먹여주면 살죠."

영희는 남의 일처럼 말했으나 바보에 가까울 정도로 심각한 얼굴로 말했다.

"영희가 의식衣食의 부자유를 느끼지 않고 살았던 것은 강 사장에 대한 봉사의 보수였지. 하지만 영희에게 난 빚을 지고 있어."

오 부인은 시초의 용건이 비로소 생각난 듯 말을 다듬었다. 영희가 멀거니 오 부인을 바라본다.

"영희가 내게 한 봉사는 무보수였지, 안 그래? 영희, 그래서 난 영희를 일본으로 보낼까 싶었지."

듣는 사람이나 말을 하는 사람 모두가 어느 한구석이 빠져버린 듯 허탈해 있었다. 영희는 아무 관심도 표시하지 않았고, 오 부인 역시 열심은 아니었다.

"아무 데도 갈 생각은 없어요. 정글 같은 곳이라면, 범에 먹히는 재미로나, 호호홋……."

영희는 전에 없이 느닷없는 말을 스스럼없이 하고는 웃었다. 오 부인은 당돌한 말인데도 불구하고 공감을 느끼는지 미소 짓는다.

"마지막에 와서 덧없는 친구 같은 말을 하는군."

그 말에 영희는 말을 잊은 듯 경이에 찬 시선을 오 부인에게 보낸다.

"하여간 우리 사이의 부채는 이대로 두지. 며칠 동안…… 영희를 정글 같은 곳에 보낼 수야 없잖어?"

오 부인은 아주 유쾌하게 웃었다.

"처음이에요."

"뭐가?"

"그렇게 웃으신 것은."

"나에게도 행복한 시절은 있었을 게 아니야? 이렇게 웃을 줄도 알어."

"신기해서요."

"그래?"

"오늘은……."

하고 영희는 눈이 부신 듯한 웃음에서 별안간 나락에 떨어진 듯 굳어버린 오 부인의 얼굴을 쳐다본다.

"오늘은?"

어쨌다는 거냐 하는 투로 오 부인은 영희의 눈을 마주 본다.

"제가 이 집에 와서 이 년이 넘었어요."

"……."

"그랬는데 이 년 동안에 한 말보다 더 많은 말을 한 것 같아요."

영희는 말을 많이 한 것 같다는 말보다는 정다웠다는 말을 하고 싶었다. 그때 마침 심부름하는 계집아이가 왔다.

"현 박사님 오셨어요."

"음, 알았다."

오 부인은 일어섰다. 그리고 아무 말도 하지 않고 영희를 한번 쳐다보지도 않고 방에서 나가버렸다.

현 박사는 홀에 앉아 있었다.

"이 층으로 가세요."

오 부인은 선 채 말했다. 현 박사는 일어섰다. 두 사람은 나란히 층계를 밟고 올라갔다.

방으로 들어가자 오 부인은 방문에다 열쇠를 걸었다. 현 박사는 호기심에 찬 눈으로 그러는 오 부인의 동작을 살핀다.

"앉으세요."

신기한 눈으로 현 박사가 쳐다보고 있는데 오 부인은 돌아섰다. 그리고 찬장 속에서 양주 한 병과 술잔 두 개, 그리고 마른 안주를 탁자 위에 날랐다.

"웬일이십니까?"

"잠자코 계시는 거예요."

오 부인은 인색하게 미소 한 번 띠지 않았다. 그는 술을 따라 놓고,

"드시죠."

"웬일이세요?"

"할 얘기가 있어 그래요."

"술을 마시지 않고는 말씀하실 수 없다는 그런 뜻인가요?"

"그렇죠."

"무슨 얘깁니까?"

"취해가지고 하죠."

두 사람은 묵묵히 술을 마신다.

"술이 센데요?"

네댓 잔을 마셨는데도 끄떡하지 않는 오 부인을 보고 현 박사는 침묵을 깨뜨렸다.

"술을 핑계 삼는 거지, 쉽사리 취할 수 있을까요? 말을 많이 하기 위하여……."

오 부인은 다소 머뭇거리듯 말을 끊었다. 그러나 이내 그의 얼굴에는 굳은 결의가 나타났다.

"강 사장이 막다른 골목에 이르고 있는 일 아시죠?"

"틀렸다는 얘기 들었습니다."

"강 사장이 앞으로 어떤 처신을 할 것인지 생각해 본 일 있으세요?"

"별로."

"틀림없이 그 사람 권총 자살을 할 거예요."

"권총 자살? 그럴 듯한 얘기군."

"정확한 얘기죠."

"그래서?"

"계획을 하나 세웠어요."

"무슨 계획?"

"스스로, 강 사장 스스로가 목숨을 끊어버리는 것보다 우리들이 끊어버리게 하자는 거죠."

오 부인은 납덩어리 같은 시선을 현 박사에게 보냈다. 현 박사는 그 시선에 자신이 빨려 들어간다고 생각했다.

"무슨 까닭으로 그럴 필요가 있습니까?"

강 사장의 죽음에 대한 문제는 마치 읽고 있던 책의 한 갈피를 넘기는 것보다 간단한 것으로, 무감동한 것으로, 다만 어떤 의문만을 품으며 현 박사는 반문하는 것이었다.

"그럴 필요가 있어요. 어차피 한 사람은 죽는 거지만 그 죽음에 동행할 사람이 있으니까."

오 부인은 쓰디쓴 술을 훅 들이켰다.

"동행할 사람이라니?"

"죽음의 길을 동행하든지 아니면 영원히 햇빛을 보지 못할 곳으로 가든지."

오 부인은 무서운 미소를 지었다.

"그, 그 사람이 누굽니까?"

"그 이름은 나중에 말하기로 하고, 우선 어떤 결과가 오느냐, 그 말부터 하겠어요. 두 사람이 우리 눈앞에서 없어질 때 나와 더불어 내가 지닌 모든 것은 현 선생한테 가는 거예요. 아시겠어요?"

"모르겠소."

무서운 음모가 숨겨져 있다는 것만은 알 수 있었으나 민첩하고 치밀한 현 박사로서도 오 부인이 계획하는 일의 윤곽을 잡을 수 없었다.

"하여간 나와 더불어 내가 지니고 있는 모든 것이 현 선생한테 갈 수 있다는 전제하에 협력을 해주시겠느냐 말입니다."

"오 부인은 나의 어디를 믿고 그런 말씀을 하시죠? 만일 협조와 반대되는 고발의 행위를 취한다면 어떡허시겠소?"

현 박사는 여유를 보이며 말했다.

'악당 같으니라구! 흉정에 능란하군. 악당 같으니라구!'

오 부인은 마음속으로 욕설을 퍼부었다. 그러나 어디까지나 태연자약한 태도로,

"그런 일은 미처 계산에 넣지 않았군요."

"호오?"

현 박사는 싱긋이 웃었다.

"그럼 계획을 말씀해 주실까요?"

"강 사장을 쏘는 일입니다."

"누가?"

"현 박사가."

현 박사의 표정이 순간 변한다.

"내가?"

"네, 그렇습니다."

"내가 쏘다니요?"

"사실은 현 박사가 쏘지만 쏜 사람은 다른 사람이 될 거예요."

오 부인의 무서운 눈빛이 현 박사를 후려치듯 쏟아졌다.

"그 사람은 누굽니까?"

현 박사는 숨이 막힌 듯 말했다. 오 부인도 숨이 막힌 듯 현 박사를 쳐 다보았다.

"신성표."

오 부인의 눈동자는 움직이지 않았다. 현 박사의 눈동자도 움직이지 않았다.

현 박사는 두 사람을 가상하고 있었다. 나의화와 신성표였다. 가상했던 사람인 만큼 오 부인의 말을 들어도 놀랄 것은 없다. 거기다가 선량한 시민이 될 수 없는 현 박사에 있어서랴.

현 박사는 술잔을 들면서 싱그레 웃었다.

"미국에서 있었던 일보다 그 방법에 있어서 약간의 차이가 있군요.”

“그것은 부질없는 고려예요.”

“부질없는 고렬까요? 오 부인은 하수인이고, 나는 정신적인 전과자가 아닙니까?”

“새삼스럽게…… 그건 현 선생한테는 사소한 전과가 아닙니까?”

오 부인의 목소리는 위협적이다. 현 박사는 다시 싱긋 웃었다.

“이야기가 엇길로 나간 것 같군요. 어떻습니까?”

오 부인은 재촉하듯, 그러나 배 속에서 천천히 말을 밀어냈다.

“오 부인 계획에 참가하는 문제 말입니까?”

“…….”

“무기는 처음 들어보는 일이라…….”

“약물은 많이 다루시지 않았어요?”

“그야…… 하지만 좀 살벌하군. 더군다나 남의 복수전에…….”

현 박사는 또 웃었다. 그러나 그의 손은 안정성을 잃고 무릎 위에서 이리저리 헤매고 있었다. 그때 마침 뜰에는 코발트빛 자가용이 들어왔다.

“강 사장이 돌아오는군요. 가엾은 사나이…….”

현 박사가 뇌었다.

“천만의 말씀, 유감 없는 도박사의 생애였습니다.”

오 부인은 응수하면서 일어섰다. 그리고 문 곁으로 가서 열쇠를 돌려놓았다. 한참 후 강 사장은 문을 열고 들어섰다.

그는 현 박사를 보아도 놀라지 않았고, 탁자 위에 널려진 술병을 보고도 무감동이다. 그는 모자를 벗어 소파에 던지고 현 박사 맞은편 의자에 털썩 주저앉았다.

"오래간만이군."

강 사장은 입으로만 인사를 하고 그의 손이나 눈은 술병으로 갔다.

"주인도 없는 집에 대낮부터 실례했습니다."

패세가 역력한 강 사장에 대하여 현 박사는 이미 그의 권위를 인정치 않는 말투로 나왔다. 정중하면서도 우월한 자의 쾌감을, 그리고 자살이든 타살이든 수일 내로 종말이 오고야 말 사나이에 대한 잔인한 쾌감을 현 박사는 느끼고 있는 것이다.

"밤이 아니어서 다행이군."

강 사장은 내뱉듯 말했으나 조금도 적의를 표시하지 않았을 뿐더러 거의 묵살이다. 그는 오 부인이 마시던 술잔에 술을 따라 마셨다. 조금씩 음미하듯 마신다. 음미의 소중함을 이제야 알았다는 듯이, 그렇게 보여지기도 했다.

"사업에 차질이 생겼다죠?"

현 박사는 또 입을 내밀었다.

"차질? 그 점잖고 어려운 말이구려. 빈털터리요. 우리 그런 뜻에서 악수나 한번 할까요?"

강 사장은 안주를 우둑우둑 씹으며 굵다란 손을 쑥 내밀었다.

오 부인은 두 사람을 번갈아 보고 있었다.

부슬부슬 내리는 가을비 소리를 들으며 성표와 노대중은 일찍 잠이 들었다. 그래서 그런지 창유리는 짙은 남색으로 아직 미명未明인데 그들은 거의 동시에 잠이 깨었다.

노대중의 집인 이 층의 육조방은 몸집이 큰 사나이가 둘 누워 있어 그런지 빽빽하고 좁아 보였다. 아무 장식도 놓인 것이 없는 남자들만의 방 안은 살벌했다. 성표는 담배부터 피워 물고 천장을 멀뚱멀뚱 쳐다본다.

"비가 갠 모양이죠?"

노대중은 성표 켠으로 얼굴을 돌리며 말을 걸었다.

"그런가 부지."

유리창에서 남색이 차츰 걷혀지기 시작한다. 노대중은 가정부가 갖다 놓은 조간신문을 집어 들었다.

푸른 저택에서 성표가 노대중의 집으로 옮겨온 지도 어느덧 일주일이 지나갔다. 노대중의 부모는 영업 관계상 대개 밖에 나가 있었으므로 집 안은 늘 조용했다.

성표로서는 푸른 저택보다 훨씬 마음 편한 곳이었다. 이 층의 전망은 좋고, 주택가였지만 뒤에 산이 있어서 뿌옇게 비라도 내리는 날이면 산과 마주 보고 이야기라도 나누고 싶은 그런 분위기를 이따금 성표는 느끼곤 한다.

베개를 가슴에 괴고 신문의 활자를 더듬고 있던 노대중은 신문을 확 집어던진다.

"형님."

천장을 멀뚱멀뚱 쳐다보고 담배 연기만 내뿜고 있던 성표는 고개를 돌려 노대중을 쳐다본다.

"가령 말입니다. 이 세상에 종말이 온다면 기분이 어떨까요?"

엉뚱한 말을 한다.

"별안간 무슨 소리야?"

"글쎄, 이따금 생각해 보는 일인데요."

"신문에 핵전쟁이라도 일어난다는 기사가 있어?"

담배 연기를 따라가는 성표의 시선은 멀기만 하다.

"핵전쟁 이야기가 있기는 하지만, 그건 심심찮게 나는 기삿거리고, 우리가 종말을 생각한다는 것은 심심찮은 일은 아닐 겁니다."

"어차피 마찬가지지. 혼자 죽으나 전 인류가 한꺼번에 죽으나 종말이야 약속된 것 아닌가? 허나 일시에 막이 내려진다면 재미있을 거야."

성표는 몸을 비스듬히 일으켰다. 그리고 베갯머리에 놓인 재떨이를 끌어당겨 담뱃재를 떨면서 뇌었던 것이다. 그의 입 밖에 나온 말은 의미 없는 것이었다. 그는 의화의 영상을 눈을 뜨면서부터 쫓고 있었다. 아니 밤새도록 꿈속에서 의화를 쫓아가던 그 상태를 계속하고 있었던 것이다.

"설마…… 재미가 있을라구요."

노대중도 타성적으로 말하며 집어던졌던 신문을 다시 접어 찬찬히 들여다본다.

"모든 고통과 모든 구질구질한 것들이 이 지구에서 말끔히 가셔진다는 일을 생각하면 신나지 않겠느냐 말이다."

여전히 허공에 뜬 말을 뇌며 성표는 의화의 영상을 쫓고 있다.

'어젯밤에도 그랬다. 필요 이상으로 정중하고, 필요 이상으로 예의 바르고, 그리고 상냥스러웠다.'

성표는 그것이야말로 부숴버릴 수 없는 완강한 마음의 벽이요, 거부의 태도라 생각했다. 성표는 지그시 눈을 감았다.

창가에 서 있었다, 의화는. 연기처럼 흩어져 가는 가을비를 바라보고 서 있었다. 얼굴도 연기처럼 엷게 흩어지고 말았다. 하얀 얼굴이 물결처럼 출렁이며 다가오는 듯도 했다. 그러나 그 여자는 성표의 눈을 보자 돌아서고 말았다.

꿈속에서도 그러했다.

'무한정, 무한정으로 나는 쫓아가야 하는가? 잡히지 않는다. 어느 일부분이라도, 그리고 한순간이라도 움켜잡고 싶구나!'

"고통이 없고 구질구질한 게 없다면 무슨 재미로 이 세상을 살아갑니까?"

노대중의 말이 귓가에 울리고 있었다.

"……하기는 죽은 재상이 산 개보다 못하다는 말이 있더군."

"그럴 겁니다. 그것은 참말이지요. 어떤 하찮은 인생이라도 산다는 것은 좋은 일 아닙니까? 완전히 없어지고 완전한 종말이 온다면 모든 섭리와 신비는 뭐가 되죠? 이상한 일입니다."

노대중은 신문에서 눈을 떼고 그 커다란 눈을 껌벅껌벅하며 말했다. 그리고 자기 말의 표현 부족을 안타까워하는 표정이었다.

"왜? 무서울 것 같아서 그러나?"

노대중의 말에 대한 대답으로선 좀 거리가 있는 말을 한다.

"무섭지요. 뼈에 저리도록. 그리고 만일 그런 경우를 당하게 된다면 나는 누구하고 그 최후를 맞이해야 하는지 가끔 그런 생각을 하면 갈증을 느끼게 됩니다."

그 말에 비로소 정신이 든 것처럼 성표는 강한 눈초리로 노대중을 응시한다.

"애인하고 같이 죽지."

성표는 노대중의 눈을 응시한 채 독백처럼 뇌었다.

"애인이 있어야 말이죠."

노대중은 애인이라는 말에 긴장을 풀고 소년처럼 싱긋 웃는다.

"흠."

성표도 그를 따라 픽 웃는다.

"대중의 애인은 참, 망우리에 있었지."

"그것은 취중에 나오는 무형의 애인 아닙니까?"

"무형이건 환상이건 애인은 애인이지."

"아주 서글퍼지는 이야깁니다. 사실 그 여자가 살아 있었다면 애인으로 생각했을는지…… 사람이란 상대방이 지닌 것보다 자기 자신이 만들어 붙인 것에 현혹당하고, 그렇게 살아가는 것 아닐까요? 이야기만 남겨놓고 갔다는 것은 환상을 더 짙게 하게 마련이니까. 그래서 그 여자는 취중의 애인입니다."

과히 심각한 표정으로 말한 것은 아니었지만, 그 말의 내용은 깊이 씹어보고 한 것처럼 들렸다.

'대중은 단순하면서도 현명한 말을 하고 있다. 아니, 단순하게 때문에 정직한 말을 했을 거야. 아니, 단순하지 않아. 남의 얘기를 빌려 오지 않았기 때문에 순수할 뿐이야.'

성표는 노대중의 말을 옳다고 생각했다.

사람은 사람과 사람의 거리 속에서 살고 있고, 그 거리로 하여 좋게도 나쁘게도 오해하며 살고 있는 것이다. 그러나 가령 그 거리가 서로 다가섬으로써 제거되었다 할지라도 그것이 꼭 같은 영혼의 합치라 볼 수는 없는 일이 아닌가. 합칠 수 있는 영혼이 각기 궤도를 달리하고 있는가 하면 합쳐진 영혼이 다 이질적인 경우도 있다. 그것이 대부분의 인간의 관계다.

성표의 눈은 다시 천장으로 갔다.

'합칠 수 있는 영혼이 서로 다가선 그런 복된 경우가 몇 번쯤 이 세상에 있었을까?'

아주 새로이 느껴보는 의문 같았다. 그리고 바보 같은 말이라 생각한다.

"……그 여자는 이 세상에 없거든요. 그래서……."

노대중의 목소리가 아득히 먼 곳에서 흘러들어 왔다. 아까부터 노대중은 말을 계속하고 있었던 모양이다.

"그래서 나는 내 마음대로 그 여자를 미화시켜 그 환상에 취하고 있는 겁니다. 아마 그럴 겁니다. 무의식적으로. 하지만 만일 우리에게 그 종말이 온다면 말입니다. 그때는 이러한 환상만을 의지할 수가 있겠습니까? 죽음을 눈앞에 두고 환상을 안고 초연할 수 있겠느냐 말입니다. 몸서리쳐지는 현실이지요. 아우성치고 몸부림치고, 그러한 아비규환 속에서 나 혼자 조용히…… 안 될 겁니다."

노대중은 소년처럼 심각한 얼굴로 고개를 흔들었다.

"그것을 생각하는 게 무서워요. 그때야말로 조금도 미화되지 못한, 환상이 아닌 진정한 사람이 내게 필요할 겁니다. 꼭 껴안고 운명을 같이할 사람, 그게 없거든요. 아마도 끝내 없을 겁니다."

노대중의 목소리는 진공을 와르르 흔들어주는 것만 같았다.

"끝내 없을 거라구?"

성표는 가벼운 전율이 전신을 타고 내려가는 것을 느끼며 혼잣말처럼 뇌었다.

'대중이도 그것을 생각했는가?'

성표는 새삼스럽게 노대중을 지그시 쳐다본다. 단순한, 정말 단순한 감상파로만 여기고 있었다. 주먹을 쓰면서도 선량하고 눈물이 있는 그런 청년으로만 알고 있었다.

'당연한 일이 아니냐? 누구나 다 그런 것을 생각하지. 그런 것을 생각하지 않는 사람이 있을까? 누구나 다 외로운데…….'

성표는 노대중이 그런 마음을 갖고 있는 것이 조금도 이상할 것 없다고 생각했다.

남색 유리창이 이제는 그 빛을 완전히 잃고 말았다. 우윳빛 같고 서리 같은 창문에 완만한 곡선을 이룬 건너편 산이 거무스름하게 떠 있었다. 아침 거리에서는 스산한 소음이 울려왔다. 한낮보다 선명한 음향이다.

하룻밤이 걷혀지고 새로운 해가 다시 솟는다는 진부한 말을 마음속으로 뇌니 절로 쓴웃음이 나온다. 항용 심각한 얘기는 유치하다는 뉘우침이 따르게 마련이다.

"내일 전쟁이 나는 것도 아니구, 또 내일을 생각한다는 것은 피곤한 일이니까."

성표는 벌떡 자리에서 일어났다. 노대중도 싱거운 생각이 들었던지 픽 웃었다.

"자아, 그럼 오늘은 무엇을 한다?"

성표는 기지개를 켜며 창가로 다가갔다.

"날씨가 좋을 것 같은데요? 비가 갠 뒤라 더욱 산뜻할걸요. 아무 계획도 없습니까?"

"아무 계획도."

"방구석에 틀어박혀서야 어디…… 그야말로 어두운 일요일이 되겠군요."

"일요일만 어두운가? 나날이 다 별수 없지."

성표는 수건을 집어 들었다.

"영탤 불러내어 어디 놀러 갈까요?"

"사내들끼리만 무슨 놈의 재미로."

"여자를 싫어하면서 그러세요?"

"여자가 날 싫어하지, 내가 여잘 싫어해?"

"공연한 말씀을, 형님은 여자에 대해서 불감증이더군요."

"불감증? 흐흐흐……."

성표는 기묘하게 웃는다.

"불감증인 여성이 한 사람 있기는 있더구먼."

"오 부인 말입니까?"

영태로부터 주워들은 말인 모양이다.

"오 부인?"

성표는 대중을 힐끗 쳐다본다. 생소한 사람의 이름이 튀어나온 것처럼.

"기가 막히게 아름답다는 여인 말입니다."

"기가 막히게 아름다워?"

마치 종이를 씹듯 무감동하게 뇌어본다.

"그건 그렇고 미스 최는 또 형님 때문에 얼마나 마음을 태웠게요."

"공연히 그래보는 거지. 그 여자는 자기 자신의 자존심을 위해서 그래보는 거야. 내겐 장난치고 싶은 기분은 없으니까."

성표는 겉도는 대화에서 비켜서기 위하여 수건을 들고 밖으로 나왔다.

수돗가에 나갔을 때 식모는 뜰에서 눈물을 질금질금 흘리며 불을 피우고 있었다.

"연탄불이 꺼졌군요."

좀 무뚝뚝해 보이는 중년의 식모는 짜증 비슷하게 말했다.

"조반이 늦어지겠습니다."

식모는 덧붙였다.

"늦으면 어떻습니까? 일요일인데요, 뭐."

성표는 수도꼭지를 틀었다. 쏴아 하고 물이 상쾌하게 쏟아진다.

"어제 어떤 부인네가 찾아오셨더만요."

밥을 짓던 가정부는 돌아보지도 않고 말했다.

"저에게 말입니까?"

"네."

"젊은 부인입디까?"

"글쎄요…… 잘 차리고 있더만요."

"뭐라구 해요?"

"뭐 안 계시면 할 수 없다고, 전할 말은 없다더구먼요."

성표는 고개를 갸웃거렸다. 누가 찾아왔을지 얼핏 생각이 미치지 않았던 것이다.

조반을 끝내고 별로 할 이야기도 없어 두 사람이 우두커니 앉아 있는데 식모가 올라왔다.

"손님 오셨어요."

성표를 보고 말했다.

"저에게 말입니까?"

성표는 자기를 가리키며 물었다.

"네, 여자 손님이에요."

"들어오라고 해요, 무조건."

노대중은 심심풀이는 되겠다는 투로 장난 섞인 말을 했다.

"어제 왔었다는 사람인가요?"

"아뇨."

"그럼 제가 내려가 보죠."

성표가 일어섰다.

'영희가 왔을까?'

층계를 밟고 내려가면서 성표는 피뜩 생각했다.

'아니면?'

한 번, 꼭 한 번은 만나야 한다던 오 부인의 말이 귓가에 울려왔다. 그와 동시에 분노에 일그러지던 오 부인의 얼굴이 눈앞에 다가왔다. 성표는 어떤 불길한 예감에 전신이 긴장되어옴을 느꼈다. 성표는 지금까지 오 부인의 말을 잊어버리고 있었을 뿐만 아니라 그 말을 들었을 때도 깊이 뜻을 새겨보지 않았던 것이다.

'영희에게 나는 책임이 있는가? 아니야, 내겐 아무런 책임도 없다.'

성표는 오 부인의 말을 생각하면서도 엉뚱하게 영희에 대한 말을 마음속으로 지껄이고 있다. 그는 먼 옛날에 잊어버렸던 여자들을 아쉬운 마음으로 되새겨보는 듯했다. 그만큼 많은 세월이 흘러간 것처럼 느껴졌던 것이다. 그러면서도 안갯속을 허우적거리듯 의화에게로 몰입되어 가는 자기 자신을 본다.

"아아, 난 또 누구라구?"

성표는 나직이 말했다. 정란이 현관에 오두마니 서 있었다. 그는 금빛 나는 밍크코트를 입고 있었다. 얼굴은 다소 여윈 듯했으나 피부는 맑고 깨끗했으며 눈은 빛나고 있었다.

"연락할 길이 없어서 왔어요."

성표의 눈빛부터 살핀다.

"하여간 올라와."

정란은 조심스럽게 구두를 벗었다.

"무슨 일인데?"

성표는 체중을 층계 하나하나에 올려놓듯 하며 무겁게 층계를 밟고 올라간다.

"뭐 별일은 아니에요. 오빠하구 저, 대중 씨하구 그리고 또……."

정란은 말을 끊고 잠시 망설이다가,

"그이하구 저녁이나 했음 싶어서요. 오늘은 일요일 아니에요? 바쁜 일 있으면 할 수 없구요."

정란은 성표가 충분히 거절할 수 있는 여지를 주면서 말했다.

"마침 잘됐군."

성표는 좋다 나쁘다는 표정 없이 아무렇게나 말을 내뱉었다. 그러나 정란의 낯빛은 기쁨으로 싹 변했다.

"나오시겠어요?"

"음."

성표는 정란의 심중을 잘 알고 있었다. 김세형이 형무소에서 나온 이래 바쁘다는 핑계로 한 번도 찾아가지 못했던 성표였다. 정란은 그것이 김세형에게 미안했던 것이다. 그러면서도 성표에게 한번 만나봐 달라는 간청을 하지 못하는 정란이었다.

"아, 난 누구시라구? 정란 씨였군요."

팔베개를 하고 벌렁 나자빠져서 휘파람을 불고 있던 노대중이 좀 당황하며 일어나 앉았다.

"안녕하셨어요?"

정란은 잘못을 저지른 아이처럼, 혹은 스스러워하는 아이처럼 그 독특한 웃음을 띠며 살그머니 자리에 앉았다.

"김 군 나왔죠?"

"네."

"건강은 괜찮습니까?"

"네."

"지금 집에 있지요?"

"네."

노대중이 비시시 웃는다. 그 웃음에 감염된 듯 정란도 빙긋이 웃었다. 노대중으로서는 다소 미안한 마음이 있어 물어본 말이었으나 세 번이나 '네'라는 대답을 되풀이하는 것이 서로 우스웠던 것이다.

성표는 정란을 이 층에 올려다 놓고 벌써 정란의 존재를 잊어버린 듯 창가에 서서 맞은편 산만 우두커니 바라보고 서 있었다. 그는 아무 생각도 하고 있지 않는 듯 보였다. 수염이 자란 얼굴은 다소 꺼칠했으나 그의 몸은 싱싱한 젊음에 넘쳐 있었다.

정란은 웃다가 창가에 우두커니 서 있는 성표를 힐끗 쳐다본다. 성표가 말을 해줄 줄 알았는데 아무 말이 없으니 좀 딱했다.

"저 오늘 저녁 때 오빠하고 함께 나와주셨음……."

하는 수 없이 정란이 말을 꺼내었다.

"네?"

"저, 그이하고 저녁이나……."

"아아."

노대중은 좀 낭패한 듯 거북스럽게 몸을 움직였다.

"만나고 싶어 해요."

"김 군이 무사히 나왔으니 저희들이 한턱내야 하는데 도리어…… 이거 무안합니다."

노대중은 머리를 긁적긁적 긁는다.

"아, 아니에요."

정란은 무안을 당한 사람처럼 얼굴을 빨갛게 붉혔다. 뭔지 좀 뒤틀린 일 같기는 했다. 고생한 사람 편에서 성한 사람들을 초대한 일이 부자연스러웠던 것이다. 그것이 다 정란의 마음 씀에서 온 것이니 더욱 그러했다.

"정란아."

성표는 창가에서 돌아와 앉으며 누이를 불렀다.

"네?"

"오늘 저녁은 누가 내든 가기로 하고, 너 그런데 박 군에게 연락했나?"

"아뇨."

하는데 정란의 눈은 몹시 흔들렸다.

"왜?"

"……."

반문은 성표가 하는데 정란은 노대중의 얼굴을 힐끗 본다.

"박 군이 공로자야. 정란이 너를 위해서도, 그리고 김 군을 위해서도 말이야."

"알아요."

정란은 고개를 숙인다.

"나야 뭐 아무 한 짓도 없지만."

"그, 그럼 오빠가 연락하셔서 같이 나오시겠어요?"

"그러지."

성표보다 노대중은 좀 더 잘 박영태의 감정을 알고 있었기 때문에 그들 대화에 끼어들지는 않았지만 유심히 정란을 바라보고 있었다.

"그래, 김 군은 이제 사람이 됐나?"

성표는 물어보나 마나의 질문을 한다.

"아주, 아주 달라졌어요."

정란은 그 질문에 놀라며, 그러나 달라졌다는 것을 강조한다. 성표는 더 이상 말하지 않았다.

얼마 후 정란은 돌아갔다.

거의 저녁때가 다 되어 성표와 노대중은 밖으로 나갔다. 박영태하고 전화로 약속한 다방에 갔을 때 박영태는 전에 없이 시무룩해가지고 앉아 있었다.

"제이기랄!"

박영태는 노대중을 보자마자 내뱉듯 말했다.

"왜?"

"재수가 없으려니."

"무슨 일인데?"

"버스에서 돈을 털렸어."

"뭐? 하하핫……."

노대중은 소리 내어 웃고 성표는 픽 웃는다.

"아무리 봐도 거지 꼴인데 그놈의 소매치기 투시력이 대단했던 모양이지?"

노대중은 재미난 듯 놀려준다. 아닌 게 아니라 요즘 박영태의 몸꼴이란 형편없었다. 게다가 날씨마저 싸늘한데 코트도 없이 다니는 것이었다.

"투시력이고 개똥이고 실은 내가 다른 현상에 온통 정신이 팔려 있었단 말이야."

박영태는 비로소 익살스럽게 말을 하며 씩 웃었다.

"옆에 미인이 있었던가?"

"미인쯤으로 정신이 팔릴 박영태는 아니야. 슬픈 피에로에겐 항상 체념이 아름답다는 것, 그것쯤은 알고 있지. 겸손이 아니고 자애自愛란 말이야."

박영태는 돈 잃은 생각은 어느새 날려버렸는지 능갈을 친다.

"미인도 아니라면, 그럼 종로의 불구경을 하고 있었댔나?"

"시시하다, 야. 서울이 불바다가 돼봐라, 내가 눈썹 하나 까딱하는가."

영태는 재듯 앞가슴을 펴보다가 자기 딴에도 호들갑이 지나쳤다 생각했는지 눈을 굴리며 웃음을 참는다.

"흥! 어지간히 뒤 닻을 놓는구먼. 별 이야기도 아닌 걸 가지구."

영태는 노대중의 말은 귀담아듣지도 않았다. 그는 시선을 돌려 성표의 얼굴을 바라본다.

"신 형."

"뭐, 나하고 관계되는 일인가요?"

박영태의 표정은 성표의 주의를 끌기에 충분했다.

"관계될 것까지는 없지만, 강 사장하고 오 부인이 함께 가더군요."

"헷 참, 남이 함께 가는 게 뭐 그리 대단하담?"

"모르거든 가만히나 있어. 넌 몰라도 무방한 일이니까."

영태는 노대중의 말을 꺾어버린다.

"아주 또, 백주대로를 사람이 가는데 불구경보다 신기하다는 법이 있어? 아니면 같이 가다가 살인극이라도 벌어졌단 말이야?"

"주먹 쓰는 놈은 주먹 생각이나 하고 있으란 말이야."

해놓고 영태는 다시 성표에게 얼굴을 돌렸다.

"사실은 함께 가는 일이 중대하다는 얘기는 아닙니다. 그 사람들 둘이서 나란히 걸어가더란 말입니다."

"따분한 소리 하지도 말어. 아, 그래 사람이 걸어가지 날아간단 말이야."

노대중은 다시 말참견을 하며 밉상을 떨었다. 이번에는 영태도 그 말에 응수하지 않고,

"내가 종로에서 전차를 탔단 말입니다. 그때 무심코 거리를 내다보았더니 아, 글쎄 강 사장하고 오 부인이 걸어가지 않겠어요? 그들이 자가용을 타지 않고 타박타박 걸어가는 것도 이상한 일이거니와 그보다 차림새가 묘하더란 말입니다."

성표는 묵묵히 말을 듣고 있었다.

"그야말로 뒷골목의 가난한 연인들처럼, 가을 낙엽처럼 쓸쓸

한 모습이더군요. 참 묘합디다."

역시 성표는 말없이 앉아 있었다.

"강 사장은 허름한 바바리코트의 깃을 세우고, 오 부인 역시 단조롭고 눈에 띄지 않는 회색 코트의 호주머니에다 양손을 찌르고……."

박영태는 자기 양복 주머니에다 손을 찌르는 시늉까지 하며 말했다.

"강 사장은 성질이 거칠고 인간성이 잔인하지만 그런대로 겉멋이야 있는 사람 아니오? 오 부인이야 왕족이지요. 그런 사람들이 뒷골목의, 그도 황혼기에 접어든 자신 잃은 사람들처럼 타박타박 걸어가다니."

정말 영태는 불난 구경보다 신기했던 모양이다.

"강 사장을 본 일이 있어요?"

말 한마디 없이 앉아 있던 성표가 돌연 물었다. 성표가 알고 있는 한에 있어서 영태는 강 사장을 만난 일이 없었기 때문이다.

"본 일이 있죠. 신 형이 그 집에 가시기 이전, 형 집에 초대받아 온 일이 몇 번 있었어요."

"그래요?"

성표는 조소를 머금고 바라보던 강 사장의 눈과 정한하게 뻗은 그의 힘찬 양어깨를 눈앞에 그려보았다. 그러나 그러한 눈이 의화에게 돌려질 때 경건한 빛으로 변해지던 것을 성표는 생각하고 있었다.

"자세히는 모르지만 소문에 의하면 강 사장의 여명도 얼마 남지 않았다더군요."

"뭐라구요?"

성표는 희미한 반응을 보인다.

"모조리 무너진 모양이오."

"모조리 무너지다니?"

"사업 말입니다. 지금까지 누구 한 사람 그 내막을 몰랐는데, 요 며칠 사이에 그 윤곽이 거의 드러난 모양이오."

"그럴 리가……."

"모두들 그러더군요. 여러 면으로 호적수였던 형까지도 그럴 리가 있겠느냐구 의심하더구먼. 하지만 엄연한 일인가 봐요. 화려하게 살았으니 화려한 최후도 그럴싸하지 않소?"

"……."

"그런 말을 들었기 때문인지 아까 그 걸어가는 광경이 예사롭게 보이지 않더란 말입니다."

그러나 성표는 영태의 말을 조금도 실감할 수 없었다. 높고 엄연한 강 사장의 성곽이 그리 허무하게 무너지리라 생각되지 않았던 것이다.

일면 지껄이고 있는 영태의 표정에도 호기심이 있었을 뿐, 아주 안됐다는 빛은 없었다.

"거, 남의 얘기는 그만하고 나갑시다."

흥미 없는 듯 노대중이 말했다.

"어디로 가는 거야?"

비로소 영태는 노대중을 바라보았다.

노대중은 어떻게 할까 보냐는 듯 성표를 힐끗 쳐다본다. 그들은 박영태를 나오라 했을 뿐 어디 간다는 말은 하지 않았던 것이다.

"하여간 나가봅시다."

성표는 슬그머니 일어섰다.

"어딜 갑니까?"

성표는 영태의 물음을 무심히 흘려버리고,

"따라오시오."

성표는 찻값을 치르고 앞장서서 다방을 나섰다.

온 거리에는 땅거미가 지고 있었다. 가을비가 갠 도시의 황혼은 아름답고 개운했다. 말끔한 가로, 뿌옇게 번져 나오는 가로등, 그리고 발아래 굴러가는 낙엽들, 조락凋落이나 일모日暮는 처량하기보다 오히려 젊은이들에게는 쾌적한 것으로써 부딪쳐 온다. 그리고 모든 분위기는 청춘의 향기처럼 싱그럽기만 했다.

성표는 시계를 보아가며 왜식 집으로 들어갔다.

"신 형이 한턱내는 거야?"

박영태는 노대중을 쿡 찔렀다. 노대중은 빙그레 웃을 뿐이다. 미리 일러두었던 모양으로 여종업원이 일행을 구석진 방으로 안내했다. 그들이 방 안으로 들어서자 김세형이 얼른 자리에서 일어났다. 정란은 맨 먼저 박영태의 눈길을 잡았다.

박영태는 비로소 알았다는 듯 혼자 고개를 끄덕였다. 다른 사람보다 먼저 박영태는 김세형 앞으로 다가갔다. 그리고 손을 쑥 내밀었다.

"고생했소."

굳게 손을 잡는다.

"고맙습니다. 신셀 많이 졌습니다."

김세형은 옥고를 치른 사람 같지도 않게 말쑥한 얼굴에 웃음을 띠었다. 그러나 그 웃음은 한없이 비굴한 것이었다. 영태에 비하여 체격도 늠름하고 얼굴도 잘생긴 김세형이었지만, 이 대면에 있어서 박영태의 정신세계가 그의 용모를 아름답게 했다.

'고추는 작아도 맵다더니 저만하면 됐어. 사내다운 녀석이다!'

노대중은 기분이 좋았다.

다섯 사람은 조용히 식사를 했다. 성표가 별반 말을 하지 않아서인지 분위기는 조용했다. 정란은 박영태에게 많은 신경을 쓰고 있었다.

"김 형."

박영태가 입을 열었다.

"네?"

김세형은 역시 비굴한 눈을 들어 박영태를 쳐다보았다.

"몇 번 만난 일밖에 없지만 전과 퍽 달라졌군요."

"……."

"나쁘게 말입니다."

영태는 씩 웃었다. 정란의 눈이 재빨리 영태에게 쏠렸다. 김세형은 어리둥절한 눈길을 던졌다.

"남자가 바지저고리가 돼서는 안 되죠."

영태는 비굴해진 김세형에게 준열한 어조로 말했다. 그 말 속에는, 이제는 생활 기반을 닦은 정란에게 의존하는 그런 못난 사내가 되지 말라는 뜻도 포함되어 있었다.

김세형은 슬쩍 얼굴을 찡그렸을 뿐 아무 대꾸도 하지 않았다.

"그런 소리 하지 말고 김 군 취직 자리나 하나 알선하지그래."

마음 약한 노대중이 무마하듯 말을 거들었다.

"자네는 취직이란 말을 오해하고 있는 모양이야. 월급을 받아야만 취직인가? 날품팔이 일을 가져도 취직은 취직이야."

영태는 냉정하게 말한다.

"요는 유명한 가수가 된 정란의 남편 될 자격이 없다 그 말씀인가요?"

김세형이 입을 떼었으나 그 말 속에 오기는 없고 역시 비굴한 울림이 있을 뿐이었다.

"애정에 무슨 자격이 필요합니까? 더군다나 정란 씨 같은 분에게 말입니다. 내 군소리는 일종의 질투 같은 것이라 받아두십시오."

영태는 엉뚱한 곳으로 말머리를 돌려버리며 화제를 잘라버린다. 정란의 얼굴이 벌게진다. 그 말에 다소 만족을 느꼈는지 김세형은 박영태에게 술을 권했다.

"저도 지금까지의 생활이 허황된 것이었다는 것을 깨달았습니다. 주먹을 쓰는 놈은 주먹으로 망한다는 말을 절감했습니다."

신중을 기하여 한 말이었으나 어색하고 유치하기조차 했다. 사실 김세형은 박영태의 말의 진의를 알고 있지 못했다. 그리고 없어질 수 없는 그의 허영이 그런 말을 하게 했다. 그의 형무소 생활의 이유가 사기죄에 있었던 것이 아니고 마치 폭력행위에 있었던 것처럼 주먹을 운운한 것이 아닌가.

성표는 입맛을 다셨다. 정란은 김세형의 말이 부끄러운 듯 고개를 숙였다.

영태는 술맛이 떨어지는 듯 술잔을 놓고 정란을 바라보았다.

'저 순진한 여자는 또 고생을 하겠구나. 하지만…… 그다지 나쁜 놈은 아니니까.'

어색한 저녁이 끝나고 그들은 김세형과 헤어졌다.

"우리 진짜로 한잔 안 할랍니까?"

영태는 모퉁이를 돌아가는 김세형과 정란의 뒷모습을 바라보고 섰다가 말했다.

"돈 다 털렸다면서?"

노대중의 말에,

"돈 털렸음 너희 집에 가서 외상을 달랠까 봐?"

노대중과 박영태가 말을 주고받는데 성표는 잠자코 대폿집으로 발을 들여놓았다.

와글거리는 술손님들 사이를 헤치고 세 사람은 자리를 잡는다.

술이 거나해지자 영태는,

"신 형, 뭐니 뭐니 해도 우리들 다 복이 있는 족속들 아닙네까? 그렇죠? 행복까지는 못 가도 복은 타고났어요."

"그렇게 생각하니 다행이다."

성표 대신 노대중이 이죽거린다.

"너같이 어린 놈은 인생의 진미를 모르지."

"흥! 동갑의 아재비가 있기는 있다더구먼."

"이 새끼야! 정신연령 말이다. 언제까지나 소년세계를 벗어나지 못하고 죽어버린 여자를 위하여 눈물 콧물을 줄줄 흘리는 너 따위가 뭘 안단 말이냐?"

"박 형."

성표의 불그레한 눈이 영태를 응시한다.

"네, 말씀해 보세요."

"정란이가 걱정이지?"

"네?"

"정란이 말이오."

"호오?"

영태는 성표를 유심히 바라본다.

"또 눈물깨나 흘리겠어."

성표는 정란에 대하여 이렇게 이야기를 한 일이 없었다.

"내버려 두십시오. 행복까지는 못 가도 다 조금씩은 복을 타고났으니까요. 속이 울적하면 이렇게 우리는 대폿집을 찾아와서 술을 마실 수 있지 않습니까? 정란 씨도 마찬가집니다. 약간의 명성도 있고, 약간의 돈도 있고, 고운 옷도 더러 입고, 사랑도 느끼고…… 그러고도 눈물을 흘리지 않겠다면 될 법한 애깁니까?"

영태는 다변해진다.

"아아주, 또 초월한 인생철학이구먼."

노대중의 말에,

"이 새끼, 까불지 마! 안 그렇습니까, 신 형? 다 조금씩은 있단 말입니다. 저 얼간이 같은 노대중이에게도 말입니다. 여자를 생각하는 마음도 있고, 맥주 맛의 시원한 것도 알고 있고, 주먹으로 사람 치는 통쾌한 맛도 알고 있고, 우리도 그렇죠. 뭐 예술입니까? 아니면 기술입니까? 그런 게 있죠. 그러면 됐지 뭐요."

"강 사장이 망했다구요?"

성표는 영태 말에 귀를 기울이고 있지 않았던 모양으로 곰곰이 생각하듯 말했다.

"걱정할 아무런 까닭이 없지 않습니까? 그까짓 게 비극인가요? 대안의 불이란 말입니다. 낡아버린 세대의 필연적인 귀결이란 말입니다. 자아, 우리는 우리의 실연을 위하여!"

양주 글라스나 맥주컵처럼 멋도 없이 투박한 대폿잔을 영태는 신이 나는 듯 번쩍 쳐들었다. 그러나 나머지 두 사람은 그의 행동에 동조하지 않았다.

"얼마나 찬란한 젊음이오? 얼마나 살기 좋은 한국의 풍토요? 슬픔도 감미롭고 실연도 적당한 쾌감이 아니겠소? 나에게 모두 오라! 난 그것을 이 오 척 단구에 모조리 수용하리라!"

영태는 떠들어댔다.

그렇게 한참 마시고 노닥거리다가 그들은 거리로 몰려 나왔다. 영태는 점점 다변해지고 노대중은 우울에 빠졌다. 그리고 성표의 눈은 번쩍번쩍 빛나고 있었다. 그러나 그들의 걸음걸이는 취기 때문에 허황하였고, 그 허황한 발길 아래 네온의 빛이 부드럽게 미끄러지고 있었다.

영태는 바지 주머니 속에 양손을 찌르고 휘파람을 불며 걷고 있었다. 세 사람 중에 가장 빈약한 체구인데도 불구하고 그는 그의 말대로 찬란한 젊음을 누구보다 충실하게 간직하고 있는 듯 보였다. 밤공기는 싸늘했다. 코트도 없이 낡아빠진 양복에 타이도 매지 않고 때 묻은 셔츠 사이로 목덜미가 온통 드러나 있었건만 영태의 기분은 상쾌하기만 한 모양이다.

어디로 갈까 망설임도 없이 그들의 발길은 퇴계로 쪽으로 빠져 나왔다. 그리고 이미 작정이 다 된 것처럼 남산을 향하고 있었다. 그러다 성표가 별안간 빙글 돌아섰다.

"나, 다녀올 데가 있소."

풀쑥 말을 한다.

"어디 말이오!"

영태는 굵은 목소리를 가라앉히며 성표의 한 팔을 덥석 잡았다.

"난 고용살이는 안 하겠단 말이야."

성표는 바락 소리를 질렀다.

"그건 무슨 소리요? 꿈을 꾸었단 말이오?"

"지게를 졌음 졌지 안 하겠단 말이야."

"하하핫……."

영태는 상체를 뒤로 넘기며 크게 웃어젖혔다. 노대중은 멍하니, 이들의 일행이 아닌 것처럼 하늘을 올려다보고 있었다.

"그, 그럼 신 형, 그 여자의 얼굴을 못 보지 않어? 하하핫……."

성표는 영태의 손을 세게 뿌리친다. 그러고는 뒤돌아보지도 않고 오던 길을 되돌아간다.

'흥! 내가 그 짓을 하고 밥을 먹어? 절대, 절대 안 될 말이다!'

성표는 취기에 머릿속이 아리송했다.

'내 자존심은 썩어서 문드러졌단 말이냐? 하루 한 번 얼굴이라도 보기 위하여 찾아간단 말이야?'

성표는 크게 소리도 못 내고 웃는다.

'말 한마디 못 하고 장승처럼 피아노 앞에 고스란히 앉았다가 돌아오는 못난 녀석!'

성표는 주먹을 꽉 쥐었다.

'가야지. 가서 나는 당신네 아들을 이 이상 가르쳐줄 수 없다

고 선언을 해야지. 그런데?'

걸음을 걷다 말고 한 가지 의문이 성표의 마음속에 떠올랐다. 하기는 지금 처음 느끼는 의문은 아니다.

'어찌하여 그 여자는 내 감정을 알면서, 그리고 그날 밤 그런 짓을 했는데도 나를 그대로 드나들게 하는 것일까? 나성구 씨의 권고에 의하여? 아니면 찬이의 장래를 위하여? 하지만…….'

그것을 이유로 붙여보기는 어딘지 석연치 않은 것이 있었다.

'내 행동이 너무 성급했던지 몰라. 여자에게는 보다 긴 시일이 필요했던지…….'

그것은 자유였다. 성표의 흐릿한 시야에는 무수한 의화의 얼굴이 겹쳐왔다. 상냥스럽게 웃는 얼굴이 있었다. 엄숙하게 깊은 눈으로 응시하는 얼굴이 있었다. 어두운 빛이 확 스치는 얼굴이 있었다. 그러나 차가운 얼굴은 없었다.

모두가 다 따스한 체온을 느끼게 하는, 그런데 그것은 모든 것에 향하는 따스함이었다. 성표는 자기에게만 던져주는 부드러운 눈길은 아니라는 것을 어쩔 수 없이 인정해야만 했다. 선하고 착하고, 그것은 그의 천품이었다. 그것은 동시에 그의 고독이었다. 옛날에 있었다는 어질고 착한 여왕과 같이.

성표는 의화를 찾아갔다. 밤이 저물지는 않았으나 술을 마시고 홀로 있는 여인을 찾아가는 것은 일종의 만용이었다.

중늙은 식모는 늘 오는 사람이어서인지 조금도 의아한 빛 없이 성표를 의화가 있는 거실에 안내해 주었다.

"어머! 웬일이세요?"

책을 읽고 있던 의화는 일어서며 놀란다.

"죄송합니다."

성표는 흐트러진 몸짓으로 의자에 앉았다. 의화는 조용히 성표를 응시하고 있었다.

"밤늦게 죄송합니다."

성표는 다시 되풀이했다.

"아뇨, 전 아직 잘 시간이 멀었으니까요."

그 말을 할 때 의화는 생각하는 표정이었다. 그리고 그는 술 냄새를 느꼈지만 거기 대해서 아무런 비난의 표정도 짓지 않았다.

"찬이 어머니."

"네?"

"전, 전 오늘 밤 얘기하러 왔습니다."

"……."

"전 찬이 어머니에게 실례된 짓을 했습니다."

성표는 머리를 쓸어 넘긴다.

"그, 그런데도 저를 여기 오게 하시니 어떻게 된 겁니까?"

"……."

"말씀해 주십시오. 머릿속이 빠개지는 것 같습니다."

"그거, 그건 저도 모르겠어요."

두 사람은 서로 넋이 빠진 사람처럼 멍하니 바라보고 있었다.

"그, 그렇습니까."

한참 만에 성표는 혼잣말처럼 중얼거렸다. 그러고는 다시 그들은 침묵으로 돌아간다.

성표는 어둠이 밀려온다고 생각했다. 그 속에 희미한 빛이 보일락 말락 느껴졌다. 어둠은 의화의 검은 스웨터 탓인지도 몰랐다. 길게 양어깨에 늘어뜨린 머리 탓인지도 몰랐다. 의화는 꼿꼿이 앉아 있는데도 허리를 구부리고 그 흰 얼굴을 검은 스웨터와 머리에 묻고 있는 것 같았다.

"저는, 저는 그만두겠습니다."

이번에도 성표가 먼저 침묵을 뚫었다. 의화의 눈동자가 천천히 성표의 이마에 와서 머물렀다.

"다른 좋은 분이 얼마든지 있을 겁니다. 내일부터 전 나오지 않겠습니다."

성표는 숨찬 듯 말을 내뱉고 크게 숨을 쉬었다. 의화는 끝내 한마디의 말도 하지 않았다.

이 긴장된 대면은 요란스러운 전화벨로 하여 일단 중단되었다. 의화는 구원을 받은 듯 얼른 일어서서 수화기를 들었다.

"아아, 큰어머니세요?"

멍해 앉아 있는 성표 귀에도 그 말은 들려왔다.

"네, 네, 아직 전하지 못했습니다. 하지만 지금 와 계시니까…… 네, 네, 바꿔드리겠어요."

의화는 수화기를 놓고 성표를 돌아보았다.

"큰어머니한테서, 전화 바꿔 달라시는군요."

성표는 일어서서 수화기를 들었다.

"신 선생이에요?"

"네, 그렇습니다."

"밤늦게 웬일이세요?"

오 부인은 이를 악무는 듯한 목소리를 냈다.

"네, 그만둘려구요."

"술을 하셨군요."

"……."

"하여간 그건 그거구, 그간 안녕하셨어요?"

"네."

"다행입니다. 그런데 아침에 그 집 사람에게 부탁을 해놨는데 아직 전달이 안 된 모양이군."

"네, 방금 왔으니까요."

"어쩌면 이런 시간에 와 계실지도 모른다는 생각해서 전화해 본 거예요."

"……."

"일전에, 그러니까 우리 집에서 나가시기 전에 제가 부탁한 일이 있죠?"

"……."

"잊으셨어요?"

"아, 아닙니다."

"그럼 마지막으로 내일 와주셨음 싶어요. 강 사장과 함께……
강 사장과 저의 문젭니다만, 조력을 바라고 싶어요."

이때 성표는 강 사장의 사업체가 완전히 쓰러지고 말았다는 박영태의 말을 생각했다.

"제게 그런 힘이……."

"대단치 않은 일이에요. 신 선생이 할 수 있는 일이니까요."

"그, 그럼 가보겠습니다."

"내일 다섯 시, 여기서 차를 보내겠어요. 어디에 계시겠어요?"

"아, 아닙니다. 차 보내실 필요 없습니다. 저 혼자 가지요."

"아니에요. 시간을 엄수해야 하니까요. 어디로 차를 보낼까요?"

"학교에 있을 수도 없구……."

"그럼 하숙에 계세요."

"하숙? 모르실 텐데요?"

"알고 있어요. 다섯 시 정각에."

오 부인은 전화를 끊었다.

의화는 그동안 식모가 끓여다 준 차를 찻잔에 붓고 있었다.

"참, 아침에 큰어머니한테서 기별이 있었는데 제가 깜박 잊고 있었군요."

의화는 아무렇지도 않게 말했다.

성표는 술기가 확 깨는 듯했다. 그것을 느끼는 동시에 말할 수 없이 어색한 자리에 앉아 있다는 생각이 들었다. 의화의 표정이 나무라는 그것이 아니어서 더욱 그러했다.

"드세요."

의화는 차를 권한다. 차를 몇 모금 마신 뒤 의화는 좀 결연한 표정을 짓는다.

"신 선생님 말씀 잘 알겠어요. 제 희망 같아서는 이대로 나오셔서 가족적인 분위기로 사귀고 싶었습니다만…… 전 늘 남성을 신비스럽게 생각하고 있어요. 알 수 없으니까 무서운 거예요. 그 감정에서 영 놓여나지지 않는군요. 저의 과거가……."

잠시 말을 끊었다가,

"찬이 아버지가 돌아간 그 원인 때문일 거예요."

의화는 그 원인이 무엇인지 말하지 않았다. 그러나 성표는 그 원인이 오 부인에게 있었다는 짐작은 이내 할 수 있었고, 그 상대의 여자가 바로 오 부인이라는 것을 의화가 모르고 있다는 것도 짐작할 수 있었다.

그러나 성표는 오 부인이 찬이의 아버지를 살해했다는 것에까지 생각이 미치지는 못하였다.

이튿날 오 부인은 강 사장과 함께 차를 타고 G동에 있는 그들의 별장으로 갔다. 몇 해 동안 남의 손에 맡긴 채 내버려두어 황폐해 있는 별장이다. 푸른 저택을 짓기 이전 시내에 저택이 있을 때 가끔 이용하던 곳이다. 뜰에는 하얀 들국이 간밤의 서리로 하여 생기를 잃고 있었다.

그들이 내리자 자동차는 차체를 돌렸다. 오 부인은 앞서가는 강 사장에게 잠시 눈을 주다가 운전수에게 손짓을 해 차를 멎게 한다.

"나중에 올 때 여기서 반드시 클랙슨을 눌러요."

"네."

오 부인은 민첩한 몸짓으로 강 사장 뒤를 따랐다.

"뒤뜰로 가실까요?"

오 부인은 강 사장에게 얼굴을 기울이며 물었다.

"아무 데나."

강 사장은 좀 피곤한 듯 말했다.

그들은 뒤뜰로 돌아갔다. 앞뜰보다 뒤뜰이 훨씬 넓었고 솔밭인 산과 통하는 곳이었다. 강 사장은 야외용으로 마련된 탁자 앞의 의자에 무겁게 몸을 놓았다. 이내 별장지기의 아낙네가 뜨거운 차를 날라 왔다.

"부를 때까지 오지 마시오. 손님이 오시거든 혼자 보내시오, 여기에."

오 부인은 빠른 소리로 말했다.

아낙의 모습이 사라지자,

"얘기란 뭐요? 이런 곳에 온 걸 보니 심각한 얘긴 모양이지?"

"……."

"하긴 오 부인의 재산을 내가 바란 것도 아니지. 그보다도 올 손님이란 누구요?"

"오면 알아요."

"채권자는 아닐 테고 혹 현 박사가 아니야?"

"왜 그렇게 생각하시죠?"

"우리가 정사라도 하면 현 박사가 입회자가 될 수도 있으니까 말이야."

오 부인의 입술이 실룩하고 움직였다.

"자살 방조의 죄는 어떡허구요."

"아, 그렇군. 오기 전에 해치우면 검시의가 되겠지."

오 부인의 입술이 다시 한 번 실룩거렸다.

"하긴, 검시의밖엔 못 될 인간이에요. 입회라니, 그런 짓 할 위인이 못 되죠. 악인이지만 소인이거든요."

오 부인은 신경질적으로 웃었다.

'혼자 하시오, 혼자. 입은 다물어드리지. 오 부인의 입도 막아두어야 하니까 내 입도 자동적으로 다물려질 것 아닙니까? 내가 할 일을 오 부인이 그 시각에 하면 되잖소? 장갑을 끼고 말입니다.'

하며 꽁무니를 빼던 현 박사의 얼굴을 생각하며 오 부인은 웃었던 것이다.

"여보?"

오 부인은 웃음을 거두고 강 사장에게 눈길을 쏟았다. 강 사장은 희끄무레한 시선을 들었다. 두 시선이 서로 얽힌다.

"당신, 나하고 가고 싶으세요?"

"죽고 싶으냐 말이오?"

"네."

"별로 생각해 본 일이 없는데 여기 오니까 묘한 생각이 드는군."

"묘한 생각이라뇨?"

"악마는 같이 지옥에 떨어져야 한다구. 당신이나 나나 남 못할 짓만 하지 않았어? 후회하는 건 아니지."

강 사장은 그런 말을 하는데 희끄무레한 눈빛이 별안간 환하게 밝아진다. 그리고 새로운 도박에 도전하듯 매우 명쾌한 표정이 된다.

"못할 짓만 했다구요? 지옥에 떨어져야 한다구요? 그럼 천당에 계시는 하나님께서는 저에게 무엇을 주었지요?"

"그야 생명을 주었겠지."

"생명을……."

오 부인은 중얼거리면서 가만히 강 사장의 눈을 노려본다.

"생명은 사람에게만 준 건 아니에요. 저 나무도, 산새도, 그리고 온갖 동물에게도 준 거예요."

"흥! 그것보다 사람은 별개의 것이라 생각하는 게 어리석은 짓이야."

그러나 강 사장은 그런 말에 흥미도 느끼지 않는 것 같았고 깊은 뜻도 두지 않는 것 같았다. 도리어 조금 전까지 명쾌했던 표정이 차츰 흐려지기 시작했다. 고통이 그의 얼굴을 스쳐가고 있었다.

"나는 산송장이 되고 말 앞날에 아직도, 아직도 미련을 갖는가?"

강 사장은 중얼거리며 자리에서 일어섰다. 그는 오 부인에게 돌아선 자세로 나무에 기대어 섰다. 그리고 먼 곳을 바라보는 모양이었다.

오랜 시간이 흘러갔다. 강 사장은 그대로 움직이지 않았고, 오 부인 역시 움직이지 않았다. 할 얘기가 있다고 같이 왔지만 강 사장은 그 이야기가 무엇인지 알려고도 하지 않았다.

이때 밖에서 클랙슨이 울렸다. 오 부인은 자리에서 일어섰다. 그리고 재빨리 핸드백을 열었다. 그는 침착하게 권총을 꺼내었다. 강 사장의 등을 겨누었다. 총성과 함께 강 사장이 쓰러졌다. 쓰러진 위에 다시 총성이 지나갔다. 오 부인은 권총을 쥔 채 강 사장의 시체를 내려다보았다.

요란한 발소리와 더불어 성표와 운전수가 함께 달려왔다. 그들은 눈앞의 광경을 보고는 파아랗게 얼굴이 질렸다.

"가까이 오지 마세요. 쏠 테니까!"

오 부인은 성표를 노려보았다.

"시간이 좀 빨랐구먼. 신성표 씨가 이곳에 도착하는 순간 이 총성이 났어야 했을걸. 살인범 신성표! 연극의 차질이오. 그것은 내 두뇌의 실수가 아니구 심장의 잘못인 것 같구먼. 악마의 동반자는 신성표가 아니고 오세정이었던 모양이오."

말이 끝나기도 전에 오 부인은 자기 미간에다 대고 권총을 쏘았다. 눈 깜박할 사이였다. 두 사람은 동시에 오 부인에게 덤벼들었으나 모든 일은 끝나고 말았다.

두 건장한 사나이는 입이 붙어버린 듯 말 한마디 하지 못하였다. 두 사나이를 뒤쫓아 온 별장지기와 그의 아낙네도 그들 뒤에 말뚝처럼 우뚝 서 있었다.

"우우!"

성표는 외마디 소리를 지르며 뛰어 내려간다.

아무 일도 없었던 것처럼, 마치 액자에 넣어놓은 한 폭의 풍경화처럼 산과 하늘과 잎 떨어진 수목들은 움직이지 않았다.

어휘 풀이

- 루바시카[rubashka]: 러시아 남자들이 입는 겉저고리.
- 하이브라우(Highbrow): 지식이나 교양을 뽐내는 사람.
- 사비스(Service): 서비스.

작품 해설

훼손된 세계와 본향적 세계로의 지향

이덕화(평택대학교 명예교수)

1. 들어가는 말

박경리는 작가 의식으로 생명주의를 최우선으로 내세운다. '생명의 근원'에서 오는 '불덩이 같은 슬픔'은 생명 전체에서 오는 연민 때문이다. 슬픔은 자신에 대한 연민에서 타자인 이웃으로 확대되고, 결국 운명에까지 이른다. 즉 자신의 근원에서 오는 한이 타자와의 유대감으로 확대되는 것이다.

생태계에서 개체 하나가 생존하기 위해서는 자연의 도움뿐 아니라 서로 간의 유기적인 연관관계를 가지지 않으면 안 된다. 박경리는 인간을 위해 자연을 도구화하는 자본주의가 아니라, 모든 생명이 유기적인 연관성을 가지고 있기 때문에 더불어 살아야 한다는 공동체의식으로 나아간다. 생태주의자 가타리Guattari는 사람들이 자본주의의 욕망에 미치는 대신, 마음속에 잠재되어 있고 신체에 담겨 있는 생명 에너지로서의 욕망이 활성화될 때 마음을 자유자재로 움직이며 고정관념에 사로잡히지 않는 상태에 이른다고 했다.*

박경리의 작품, 특히 장편소설에서는 자본주의의 물질문명에서 비롯되어 남성중심주의의 권력, 폭력, 강간 등으로 나타나는 훼손된 세계의 인물들, 또 척박한 환경 속에서도 자신의 천성을 그대로 유지해 나가는 천사 같은 품성의 지고지순한 여성이 대비적으로 나타난다. 『가을에 온 여인』 역시 박경리 전체 문학의 틀에서 보면 그런 작가의식을 반영한 작품이다. 자본주의와 물신주의에 대한 비판과 함께 연민을 불러일으키는 연약한 여성적 본성이 주는 친연성이 주변 삶에 따뜻하게 활력을 불어넣어 끝내는 밝은 미래적 전망을 던진다.

이 작품은 《한국일보》에서 1962년 8월부터 1963년 5월까지 연재된 작품이다. 연재소설에 필요한 대중성은 적당한 통속성과 스릴을 요하기 때문에, 이 작품은 그것을 감안하여 읽어야 한다. 『성녀와 마녀』 『노을 진 들녘』 『김약국의 딸들』 『파시』 『단층』 등 박경리 장편소설의 대부분이 같은 작품 구조를 보여준다.

이 작품의 배경이 되는 집, 즉 푸른 저택을 파멸시키고 균열

* 신승철, 『지구살림, 철학에게 길을 묻다』, 모시는사람들, 2021, 127쪽.

시키는 인물은 그 집의 가장인 강 사장을 비롯한 오 부인, 비서 겸 집 관리인 영희, 주치의 현 박사 등이다. 이들은 자본주의가 무의식까지 침투된 인물들이다. 즉 권력과 물신주의에 의해서 타락된 인물들이다. 강 사장은 사업으로 성공, 집에 가족보다 일하는 사람과 강아지가 더 많은, 군주나 마찬가지인 인물이다. 가부장제의 종주로서, 또 사업주로서 강 사장은 남성이 휘두를 수 있는 폭력과 강간을 거리낌 없이 휘두르는 사람이다.

반면 성표를 둘러싼 인물들, 동생 정란, 친구 영태, 자신이 가르치는 찬이, 찬이 엄마 의화, 의화 오빠 나성구는 그 반대편에 있는 인물들이다. 천연적인 성품으로 서로서로의 관계를 지향하며 돕는 인간적인 관계를 지향하는 인물들이다.

흔히 여성과 남성을 분류할 때 여성은 공감각적이고 주관적이며, 감정적이고, 직관적이고, 관계지향적이면서, 비논리적이거나 불안정해 어떤 중심이나 실체가 없는 부정형으로 간주한다. 여성을 자연처럼 언제나 이용하고 착취할 수 있는 수동적이고 열등한 존재로 규정한다. 반면 남성은 이성적이고 안정적이며, 모든 권력·지식·재산·지위를 독점해 여성을 억압하는 위계질서 체계인 가부장제를 확립시킨 존재로 규정한다.*

박경리의 장편소설에서 현실은 타락한 세계이며, 그 속에서 여성 인물은 불안정하고 어떤 실체가 없어 부정형적으로 언제

* 정정호, 「생태학과 페미니즘의 대화적 상상력」, 『페미니즘과 영미문학 읽기』, 이정호 편저, 서울대학교 출판부, 1995, 15쪽.

나 이용되고 착취당하는 수동적인 인물이지만, 동시에 공감적이고 관계지향적, 미래지향적인 인물로 그려진다.

2. 자본주의가 만들어 낸 괴물들

문명이 자연을 정복의 대상으로 삼았듯이 남성이 여성을 지배의 대상으로 삼았기에 여성은 남성과 문명에 의해 이중으로 침략당한 '식민지'일 수밖에 없었다. 남성의 가부장적 폭력을 자신의 것으로 삼는 성찰 없는 여성은 피해 코스프레로 인한 것이다. 치마 입은 남성처럼 폭력을 행사하는 괴물이 되는 것이다.

초점 인물 성표가 가정교사로 입주하게 된 푸른 저택의 안주인인 오 부인은 자본주의를 바탕으로 한 남성 중심 문화에 무의식까지도 감염된 인물이다. 5대 재벌 안에 든다는 푸른 저택의 오 부인은 남편 강 사장에게 폭력을 당하면서, 자신 역시 똑같은 권력과 폭력을 휘두르는 여성이다. 자본의 힘과 미모를 이용해 자신의 마음에 드는 남성을 마음껏 유혹한다든가, 자신의 목적에 저해되면 살인까지도 감행하는 인물이다. 권력을 마음껏 휘두르며 관리인 영희까지 매일 강간하는 남편 강 사장과 다를 바 없는 면을 지닌다.

이 작품의 초점 인물이면서 정란 오빠 성표의 대학 동기이자, 부잣집 아들인 영표가 말하는 오 부인의 인상을 인용해 본다.

"우리 집 큰 형수가 그 마담을 좀 알아요. 가끔 초대를 받아가기도 하구. 그런데 형수 말이, 그 여성을 만나기만 하면 등골에 땀이 솟는다는 거요."

"땀이?"

"처음에는 너무 아름다워서 그런 거라고 생각했다나요? 그러나 그게 아니었더라는 거지. 무서운 살기를 갖고 있다는구먼."

"무서운 살기……."

"그런데 이상하게도 싫지는 않대요. 무서운 살기를 뿜으면서도 그 무표정한 얼굴은 때때로 통곡하고 있는 것만 같은 것을 느끼게 하고, 그럴 때면 까닭 없이 애처로워진다는 게 아니겠소." (47~48쪽)

위 인용문에서 보듯이 '등골에 땀이 솟고, 무서운 살기를 품은 무표정한 얼굴에, 통곡하고 있는 것만 같은' 인상은 한 인물에게서 풍기는 것이라고 하기에는 다면적인 인간형을 그리고 있다. '무서운 살기'라는 것은 오 부인이 뿜어내는 기운을 의미하는 것이라면, '통곡하고 있는 것만 같은 얼굴'은 보는 사람의 관점을 얘기하고 있다. 무언가 오 부인이 억울함을 당한 듯하고, 그래서 그 슬픔에 압도되어 그렇게 보인다는 것이다. 이것은 작가가 의도적으로 오 부인의 이미지를 부여해 전개될 내용의 복선을 깔고 있는 것이다. 이런 인물평은 작품 초반부터 끝날 때까지 바뀌지 않는다.

결국 남성과 자본은 이성이나 합리성, 개발이나 발전의 논리를 내세워 자연을 파괴하고 문명을 건설한다. 그러나 문명 속에서 생명은 사라지고 죽음만이 남게 된다. 자본이 내세우는 경쟁논리가 인간의 심리를 부추겨, 이기고 지느냐의 승부욕에 의해 타인을 짓밟고 생명까지도 사물화해 죽음으로 몰고 가기 때문이다.

오 부인은 약혼자였던 강 사장의 동생이 다른 여인을 사랑, 결혼하자 그 동생을 살해한다. 그리고 살인한 약혼자의 형 강 사장과 결혼한다. 오 부인은 강 사장의 사업에 막대한 영향력을 끼치는 동업자이며 부인이다. 강 사장과 오 부인의 주변은 정글사회다. 마음에 들지 않으면 잡아먹고 먹히는 사회이다. 강 사장과 오 부인, 두 사람은 철저히 경쟁심리에 사로잡혀, 강 사장은 동생에, 오 부인은 동생 부인에 대한 질투 때문에 서로 물어뜯고 죽인다.

> 창밖에는 다만 암흑이 있을 뿐이다.
>
> 강 사장은 오 부인이 거의 단말마까지 갔을 때 별안간 손의 힘을 풀었다. 실신한 오 부인을 무서운 눈초리로 내려다보고 있던 강 사장은 찢어진 오 부인의 나이트가운을 벗겼다. 그리고 전라에 가까운 오 부인의 몸을 강 사장을 범하는 것이었다.
>
> 대개 오 부인이 의식을 회복하는 것은 강 사장이 오 부인을 범한 뒤다. 강 사장은 탁자 위에 놓인 냉수를 기분 좋게 들이마시고 축 늘어진 오 부인을 돌아다본다. 이러한 강 사장의 발작은 일 년에

한두 번 있었다.

(……)

"오세정은 내 동생을 죽였습니다. 찬이 애비 말입니다. 죽도록, 죽도록 사랑한 나머지 죽였다는군요. 하기는 세정이도 같이 죽으려고 약을 먹었다죠, 아마? 그러나 내 동생의 죽음을 확인하고 싶어서 약을 조금만 먹었다지 않습니까. 무서운 여자 아니오. 내가 그 복수를 하기 위하여 오세정하고 결혼했다구요? 아, 아닙니다."

강사장은 팔을 저으며 다시 술을 들이켰다. (480~481쪽)

위의 인용문에서 보는 것처럼 이들은 마조히즘과 사디즘이 서로 교차되는 이상한 관계의 부부이다. 동생을 죽인 동생의 애인, 오 부인을 혐오하고 증오하면서 결혼한 강 사장, 강 사장을 철저히 무시하고 증오하면서 부부 생활을 계속하는 오 부인. 두 사람은 똑같다. 가족이라는 위장 아래 인간다운 삶을 철저히 차단하고 있다. 두 사람은 기회만 있으면 서로 다른 이성을 탐색하면서도 철저히 부부로 위장한다. 그들은 폭력과 에로티즘으로 점철된 삶을 반복한다.

오 부인이나 강 사장은 자본주의의 물신 숭배와 경쟁심리에 의해 만들어진 괴물들이다. 주위 인간을 사물화하고, 살인과 폭력, 농락과 장난감 놀이를 반복하는 인물들이다. 물질문명 혜택으로 누리는 에로티즘과 퇴폐는 결국은 자신의 쾌락만이 최고인 이기주의를 양산하고, 그런 괴물들은 대체로 차갑고 모가 나 있으며 딱딱하다. 그들은 가족이면서 각자의 성을 쌓고 있는 외로운 섬이며, 고립되어 있다.

3. 주변적 삶을 사는 여인들

지배 집단이 거주하는 중심지를 벗어나 주변부에 위치하거나, 지배 집단의 하수인 노릇을 하는 주변적 삶을 사는 인물들은 결핍, 부정, 부재, 비이성, 혼란, 어둠 등과 결합하여 위기의 삶을 영위한다. 박경리는 위의 오 부인처럼, 남성과 같은 이성적이고 폭력적인 경쟁 논리에 빠질 것이 아니라 상호 의존적이고 비폭력적인 여성들의 공존 원리를 삶의 미덕으로 내세운다. 박경리는 작품 속 소극적이고 수동적이며, 맹목적이고 비주체적인 가부장 의식이 내면화된 인물을 통하여 구원을 그린다. 대표적으로 초점화자 성표의 동생 정란이 있다. 강 사장의 동생인 남편이 살해당하고, 강 사장이나 특히 오 부인에게 외면당해 귀국도 못한 채 고립된 삶을 사는 의화도 정란 같은 인물로 묘사되어 있다. 작품의 마지막 부분에서 의화는 귀국하나 큰 역할을 보여주지는 못한다.

이 작품에서 가장 천성이 착하고 수동적이며, 폭력적이고 비윤리적인 남편에게 맹목적인 사랑을 퍼붓는 '이브'와 같은 인물로 묘사된 정란을 박경리는 가장 바람직한 여성상으로 등장시

킨다. 이런 인물은 박경리 초기 장편소설부터 『토지』의 월선이까지, 작품마다 한 명씩 등장한다. 이들은 어떤 제도나 조건에서도 천진하고 착한 품성을 드러내는 인물이다. 그러나 부당함에 대해 저항하지 않고 수동적이며 의존적이다. 정란 역시 남편의 폭력에 대해 무방비 상태로 노출된 채, 자기 성찰 없이 막무가내로 당하는 인물이다. 오빠 성표와 함께 고아로 자라며 구박 속에서 따스한 손 한번 잡아본 적 없는 정란이다. 그런 인물에게 스스로에 대한 존엄성이나 자기 정체성을 기대할 수는 없다. 그러나 자신에 대한 연민이 타인과의 신뢰감으로 발전, 관계를 지향하게 되는 인물이다.

> 검푸르게 피멍이 든 눈언저리를 정란은 손끝으로 누른다. 은색 매니큐어를 한 뾰족한 손톱이 반짝거린다.
> "그 새끼! 또 행패를 부렸구나. 그만 죽여버릴까부다."
> "그이 잘못이 아니에요."
> "그럼 뉘 잘못이냐!"
> 언제나 그 대답이 돌아오는 것을 뻔히 알면서도 성표는 소리를 바락 질렀다.
> "다 제가 그일 좋아한 탓이죠." (665쪽)

위의 인용문에서 드러나듯이 정란의 남편은 푸른 저택의 강사장과 마찬가지로 모든 형태의 횡포와 폭력을 휘두르는 '힘'을 가진 가장이다. 폭력과 사기로 점철되는 남편 대신 정란은 카바레까지 나가며 생활비를 벌고, 지극정성으로 봉양을 하면서도 남편의 폭력 속에서 산다. 모든 가장이나 아버지, 남편은 그 자리에 있으면 모두 비슷한 모습을 지니게 된다. 힘이 약한 여성은 스스로 거부해야 할 남성과 자본의 논리를 도리어 받아들일 수밖에 없다. 이것은 여성이 남성보다 약하다는 논리로 인한 것이며, 모든 잘못을 자기의 탓으로 돌리는 등 자기 성찰이 불가능한 상황 때문이다. 이런 인물들은 구조적으로 기득권의 재생산에 이용당한다.

또 푸른 저택 오 부인의 비서이면서 관리인인 영희 역시 정란과 다를 바 없다. 그녀는 스스로 고생을 많이 했다며 미대를 중퇴, 로랑생의 그림을 좋아하고 장 뤼르사 작품 〈결빙〉을 오 부인에 빗대어 황량하고 냉혹하게 정의하는 지식인 그룹에 속한다. 영희는 매일 밤 강 사장에게 강간을 당해도 용기 있게 푸른 저택을 떠나지 못한다. 오 부인에게 모든 수모를 당하면서도 아무렇지 않게 자신을 비하하며 모든 집안일을 관리한다. 자신에 대한 혐오로 자살까지도 시도하지만 결국은 매일 푸른 저택에서 밤에는 강 사장의 섹스 시중을, 낮에는 집안 관리를 한다.

'불쌍한 여자다.'

냉혹하기 이를 데 없는 강 사장의 표정이 생각났다.

'자살하려고 생각한 것도 무리는 아니다. 뱀 같은 사내다! 그리고 영

> 희는 미처 정부도 되지 못하는, 그의 말대로 창부, 가엾은 창부…….'
> 경멸하고 돌아서기에는 도저히 그의 감정이 따르지 않는 일이었다. (266쪽)

위의 인용문은 초점화자 성표가 영희와의 대화 중에, 강 사장이 영희를 강간하는 모습을 떠올리며 영희를 불쌍하고 가엾은 창부 같은 여자로 규정하는 대목이다. 주변인의 삶을 사는 정란과 현실적으로는 비슷한 환경에 놓여 있지만, 영희의 삶의 태도는 전혀 다르다. 정란은 고아 출신이면서도 자신의 현실을 그대로 받아들이고 주위와 상관없이 마음이 끌리는 대로 행동하는 맹목적인 여성이다. 오히려 그것이 다른 사람들에게 연민을 불러일으키고 신뢰를 받는다. 영태가 정란을 끝까지 돕는 것은 '이 세상에 나서 처음 사람을 대하듯 순박하고 이브와 같은 사람'이 폭력적인 사기꾼을 남편으로 지고지순하게 떠받드는 것에 대한 경이의 마음 때문이다. 반면 영희는 대학을 중퇴한 엘리트 여성이지만 한때 생활고로 댄스를 했다는 이유로 자신의 존엄성을 팽개치고 푸른 저택의 관리인으로 들어와 자포자기한 듯 퇴폐적인 생활을 계속해 나간다.

비록 두 사람 모두 수동적인 삶을 살지만, 정란은 지고지순한 자신의 순박한 정서를 따라 스스로의 사랑을 지키며 살아가는 데 비해 영희는 물신주의의 경쟁심에 의해 다른 사람과 자신을 비교함으로써 스스로를 내던져 버리는 황폐한 삶을 산다.

4. 나가기 : 연약하고 부드러운 인물로부터의 구원

생명은 굳고 억센 것에서 나오는 것이 아니라 연약하고 부드러운 것에서 솟아난다. 어떠한 상황에서도 상대방의 입장에서 이해하고, 그것을 사랑과 연민으로 베풀며 감싸 안는다면 누구든 품지 않을 이유가 없을 것이다. 이 작품에서 나타나는 관계 지향성은 연민으로부터 비롯된다. 성표가 오 부인이나 영희에게 성적 욕망을 일으키는 것도 연민 때문이다. 두 사람은 모두 화려한 저택에 있지만, 자신의 몸을 스스로 내던지는 황폐한 삶을 산다. 남녀 간의 사랑은 연정이 아니라 '측은지심'을 동반한 휴머니즘적인 인간애로 발전한다. 특히 정란을 돕는 영태의 경우가 그렇다.

정란의 오빠 성표는 푸른 저택에 입주 가정교사로 들어가면서 주변부에서 지배 세력의 주변인으로 입장이 바뀐다. 성표는 정란의 남편을 비난하지만 정란이 카바레에서 벌어오는 돈으로 생활하는 그와 자신이 다를 게 없다는 성찰을 하면서 일자리를 찾았고, 그것이 가정교사 자리였다.

성표는 5대 재벌가의 푸른 저택으로 자리를 옮겨 주변인이 되었지만, 자본주의 물질과는 무관한 세계에 살고 있는 비판적 지식인이다. 비판적 지식인, 즉 중간자적 입장에서 바라보는 세상이 가장 객관적이라고 루카치György Lu´kács가 말한 바 있다. 박경리는 그런 연유로 성악을 전공한 성표를 초점 인물로 배치,

음악 전공 학생들은 대체로 부유한 집안의 자녀로, 푸른 저택에 대한 객관적인 정보를 제대로 알려줄 수 있는 친구들로 엮었다. 성표의 음악대학 친구들은 실제로 이 작품의 주요 인물들로 기능한다. 성표의 친구이자 방직회사 막내아들 영태 역시 단지 오 부인에 대한 성적인 호기심으로 푸른 저택을 들락거리지만 결국 정란에 대한 연민으로 현실적인 어려움을 해결하는 데 큰 도움을 준다. 정란의 남편이 사기 행각으로 감옥에 가고, 특별한 연고도 없는 자신에게 변호사비 삼백만 원을 빌려주면 갚겠다고 말하는 정란의 태도를 접한 영태는 이것저것 재지 않고 타인을 믿고 부탁하는 그 순결한 마음에 매혹당한다. 영태는 변호사비뿐만 아니라, 정란이 호텔 싱어로 일하기에는 아깝다며 지인을 통해 취업까지 주선, 생활이 안정되도록 돕는다. 결국 정란과 영태의 순수한 열정은 정란의 남편까지 구원에 이르게 한다.

오 부인이 살해한 강 사장 동생의 부인이자, 성표가 가르치는 찬이의 엄마 의화도 정란과 같은 이미지로 묘사된다.

> 의화는 누가 보나 오 부인보다 아름답지는 못하였다. 그러나 그의 영혼의 맑음, 그의 자태를 부드럽게 감싸주고 있는 그 천부의 것은 오 부인의 미모를 능가하고도 남음이 있었다. 그는 분명히 모성임에도 불구하고 성처녀 같았고, 그 슬기로움은 인접을 불허하는 그런 것은 아니었다. (513쪽)

작품의 마지막 부분에 나타난 의화는 순수한 자태와 천연적인 성정으로 관계를 지향하는 인간적인 인물이다. 그 관계지향성은 나성구를 통해서도 보여진다. 영태와 지인인 나성구는 가수로서 정란이 지니는 장점을 살리는 데 물심양면으로 도와 안정적인 생활을 할 수 있게 하는 인물이다. 이는 성표를 비롯한 이십 대의 젊은 청년들이 가지고 있는 순수한 정서, 즉 타인에 대한 감동과 연민 때문이다. 이것은 이들이 아직 젊은 영혼, 자본주의의 물신성에 물들지 않은 맑은 영혼을 가졌기 때문이다. 그것은 인간의 본향, 마음속에서 생각만 해도 따뜻해지는 고향 같은 것이고 타인에게 에너지를 준다. 고향을 마음속에 품으면 그 맑은 정서가 삶을 정화시키는 법이다. 이는 생명력을 넘치게 하고 언제나 새롭게 충전되는 자연의 품으로 인간을 이끈다.

잘 살고 잘 죽기를 위한 하나의 방법은 따돌림을 주고받지 말고 남성/여성, 부자/가난한 사람 등 다양한 이분법적 사고에 저항하기다. '친척 만들기'를 제안한 해러웨이는 '무리에서 따돌림 받지 않기' 위해 다양한 친척 맺기를 주장하고 있다.* 여기서 말하는 친척이란 신분이나 출신에 의한 계보가 아니라, 전혀 연결고리가 없는 탈가족화된 인간들과의 고리이다. 『토지』의 인물들인 김환, 길상, 서희는 최 참판가와 연결고리를 가지고 있으

* 도나 해러웨이, 김상민 역, 「인류세, 자본세, 대농장세, 툴루세 : 친척 만들기」, 『문화과학』, 2019 봄호, 168쪽.

며 모두 고아이다. 이 작품에서 성표, 정란도 고아이다. 성표를 중심으로 정란, 영태, 나성구, 의화 등은 이런 식의 연결고리를 통하여 서로 관계 맺기가 가능해진다. 이것이 바로 인간적인 삶의 시작이다. 생명체 하나하나가 영성적 존재라고 한다면 어느 하나 소중하지 않은 것이 없다. 자신의 몸이 모든 생명체와 연결되어 있다는 의식은 개체적 자아가 확대, 광역적 자아*로 나아가는 것이며 이는 스피노자가 말하는 신의 표현 방식과 같다.

* 신승철, 앞의 책, 129쪽.

가을에 온 여인

초판 1쇄 인쇄 2023년 12월 11일
초판 1쇄 발행 2023년 12월 21일

지은이 박경리
펴낸이 김선식

부사장 김은영
콘텐츠사업2본부장 박현미
책임편집 임고운 **디자인** 정명희 **책임마케터** 최혜령
콘텐츠사업6팀장 임경섭 **콘텐츠사업6팀** 한나래, 임고운, 정명희
편집관리팀 조세현, 백설희 **저작권팀** 한승빈, 이슬, 윤제희
마케팅본부장 권장규 **마케팅1팀** 최혜령, 오서영, 문서희 **채널1팀** 박태준
미디어홍보본부장 정명찬
브랜드관리팀 오수미, 김은지, 이소영
뉴미디어팀 김민정, 이지은, 홍수경, 서가을, 문윤정, 이예주
크리에이티브팀 임유나, 박지수, 변승주, 김화정, 장세진, 박장미
지식교양팀 이수인, 염아라, 석찬미, 김혜원, 백지은
브랜드제휴팀 안지혜
재무관리팀 하미선, 윤이경, 김재경, 이보람, 임혜정
인사총무팀 강미숙, 지석배, 김혜진, 황종원
제작관리팀 이소현, 김소영, 김진경, 최완규, 이지우, 박예찬
물류관리팀 김형기, 김선민, 주정훈, 김선진, 한유현, 전태연, 양문현, 이민운
외부스태프 **교정교열** 원보름 **본문 조판** 스튜디오 수박

펴낸곳 다산북스 **출판등록** 2005년 12월 23일 제313-2005-00277호
주소 경기도 파주시 회동길 490
전화 02-704-1724 **팩스** 02-703-2219
이메일 dasanbooks@dasanbooks.com
홈페이지 www.dasan.group **블로그** blog.naver.com/dasan_books
용지 아이피피 **인쇄** 상지사피앤비 **코팅 및 후가공** 제이오엘엔피 **제본** 상지사피앤비

ISBN 979-11-306-4948-1 03810